U0928187

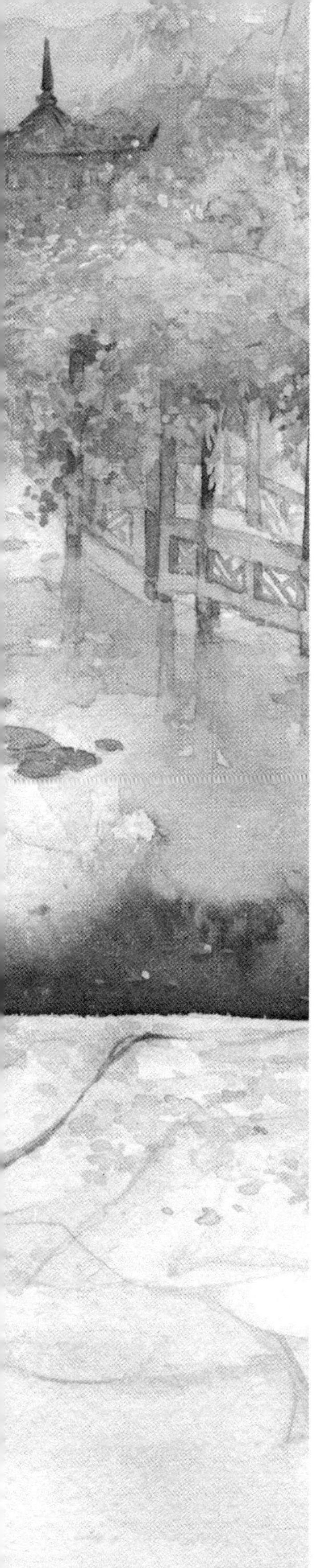

人生苦短
相思苦长

# 妾心如宅

婀璃 著

贰

中国华侨出版社

**图书在版编目（CIP）数据**

妾心如宅. 2 / 姵璃著. — 北京 : 中国华侨出版社,
2015.2
ISBN 978-7-5113-5033-6

Ⅰ. ①妾… Ⅱ. ①姵… Ⅲ. ①长篇小说－中国－当代
Ⅳ. ①I247.5

中国版本图书馆CIP数据核字（2014）第281599号

妾心如宅.2

著　　者：姵　璃
出 版 人：方　鸣
责任编辑：沛　芊
封面设计：所以设计馆
排版制作：刘珍珍
经　　销：新华书店
开　　本：700mm×980mm　1/16　印张：21　字数：388千字
印　　刷：北京慧美印刷有限公司
版　　次：2015年3月第1版　2015年3月第1次印刷
书　　号：ISBN 978-7-5113-5033-6
定　　价：25.00元

中国华侨出版社 北京市朝阳区静安里 26 号通成达大厦 3 层　邮编：100028
**法律顾问：陈鹰律师事务所**
发 行 部：（010）82068999 传真：（010）82069000
网　　址：www.oveaschin.com
E-mail：oveaschin@sina.com

**如发现图书质量问题，可联系调换。质量投诉电话：010-82069336**

# 目录

# 第一章 始共春风容易别

经过云羡的苦苦相求，太夫人和出岫决定，将闻娴的事瞒住二小姐云慕歌。无论是这位三姨太的生前所为，还是她的死因，身为女儿的云慕歌都一概不知，只道是闻娴外出省亲，路上突发重病离世。

这年仅十三岁的单纯少女，永远记取了她娘亲美好的一面。那些龌龊的、恶毒的内在，都随着闻娴的死而渐渐湮灭……

闻娴死后第三天，云羡向太夫人和出岫请辞，想到京州长期打理云氏生意。这相当于“自请外放”，婆媳两人也知道他再无颜面留在府里，便准了这请求。

云羡临行的那一日，云慕歌还沉浸在失去娘亲的痛苦之中，太夫人与出岫也没有露面，偌大的云府，唯有四姨太鸾卿破天荒地送他一程。原本在这件事上，鸾卿知情不报难辞其咎，但后来太夫人并未对她多加责难。

究其原因，毕竟鸾卿曾尽力相救过两任离信侯的性命，而她一念之差铸下大错，也不过是因为一个“情”字。

情之一字，最为烦扰，太夫人和出岫是过来人，多多少少能理解一些。

三月初三，烟岚城外，十里长亭细雨霏霏。雨丝飘洒在离人面颊上又缓缓滑落，倒像是离别时的泪水。此情此景，此时此刻，无人撑伞。

“自此一去，大约再无相见之日，你……多保重。”云羡一袭绯衣被雨水染得颜色泛浓，一如他此刻的心境，沉重压抑，甚至鲜血淋漓。

鸾卿良久没有说话，浅色瞳仁里盈满着说不清道不明的东西，伤感、绝望、后悔、不舍、难过。可仔细再看，只余一片摄人心魄的异族之美。

“三爷也多保重。”最后，她只说了这一句。其实也没什么可说的了，云羡虽未娶妻，但养了两个美貌侍婢，这次远赴京州还带在身边随侍。有人体贴服侍他，又不是缺金少银的贫苦人家，想来虽是外放，日子也不会太艰难。

鸾卿抬袖抹去面颊上的雨水，转身往自己那辆马车走去。

“鸾卿！”云羡忽而在身后开口唤她，这也是他头一次不唤她“四姨娘”。鸾卿顿住脚步转身看他，虽然彼此只隔着几步之遥，但谁都没有再往前一步。

出了这样的事，两人都是有愧的，再有多少情愫，也都随着闻娴的死而埋葬了。她是他的庶母，这段关系本就无望。

“你还年轻，不如……改嫁吧。”云羡说着这话，口中是一片苦涩，也许心里更苦，但他已不愿去感受，“名分只是个庇护而已，你喜好清净，深宅大院是非不断，不适合你……还是改嫁吧。”

鸾卿隔着雨帘定定看了云羡一会儿，才笑回：“多谢三爷关心。其实自始至终，我的名字都不在族谱之上……太夫人已放我走了。”

鸾卿的名字不在云氏族谱之上？云羡微讶，可转念一想也是理所应当。既然如此，那是否意味着，她一直是自由之身？

忽然，一个念头从云羡心中跳了出来，他看着鸾卿，有句话几乎就要脱口而出。他知道，鸾卿也在等他说出来。然无论是出于礼教的束缚，还是为了往日的是非，他都说不出口，虽然只有短短三个字——“跟我走”。

毕竟，她曾是他的庶母，比他整整大了七岁。而他也不能确定，以后彼此日日相对，他是否还能忘记母亲闻娴的所作所为，是否还能摆脱对父侯云黎、对大哥云辞的终生愧疚。

罢了罢了，本就是一场错缘，当初不该开始，如今更不该继续。云羡选择了沉默。

鸾卿仿佛早已料到他的反应，于是她期待的目光只闪了一瞬，便又归于沉寂。她望着他欲言又止的样子，知他内心的痛苦挣扎，终于还是率先笑道：“三爷保重。天涯海角、山长水阔，咱们……两两相忘。”

一言甫毕，这敢爱敢恨的异族女子已再次转身，决然登上马车离去。

两两相忘……云羡怔怔闻着空气中鸾卿留下的异香，和着雨水就变成了令人甘之如饴的毒药。半晌，他才突然反应过来，鸾卿方才离开的方向，不是回云府！而是……在前头的岔路南下了！

他北上，她南下。原来当真如她所言，他们要山长水阔两两相忘。

有那样一瞬间，云羡冲动地想要追上去，只可惜他很快就恢复理智，到底还是顿住了身形。

云羡兀自苦笑一声，又长舒一口气，似要将这一切前尘尽数忘却。最终，他回望了一眼烟岚城的方向，登上马车毅然北上。

蒙蒙细雨伴随着马车的辘辘嗒嗒，奏出了一曲悲欢离合。

翌日。

云承“病愈”之后再次随沈予习武，从靶场归来。出岫对他二人说起三房的事。

“后来我才知道，是二姨太重新找到了那个江湖术士，问出他是鸾卿的师兄，灼颜才能顺藤摸瓜。”出岫重重一叹，“倒是让二房白白背了这罪名。”

“也不算白背，他们的确想害人，只不过没能得手。”沈予安慰道，“你这分寸拿捏得极好，罪不及子女。”

“不过这一次辛苦承儿了，白白受了几天高热之苦。”出岫拿着帕子递了过去，示意云承擦汗。

云承很恭顺地接过帕子，边擦汗边笑回：“其实我没觉得难受，是叔叔配的药好，只是摸着我身上有些烫罢了。”

“是啊，要多谢你沈叔叔。”出岫看着沈予和云承，难免又想起云辞，不禁低眉叹道，“无论如何，这一次侯爷的仇是彻底报了。承儿，你会觉得我狠心吗？”

云承一愣，连忙摇头：“岂会？母亲对父侯情深意重，儿子只觉得钦佩。”

出岫抿唇，想了片刻才抬头看他：“我要你参与此事，是想让你明白，离信侯的位置虽风光无限，但也艰难险阻。你父侯就是太过宽厚仁慈，才被害得英年早逝。你要吸取他的教训，虽不能起害人之心，但也绝不能没有防人之心。”

云承很是郑重地点头：“儿子明白。母亲这是为了我好。”

出岫颔首：“你明白就好。让浅韵带你回去歇着吧，我有话要与你沈叔叔说。”

云承道了声“是”，又向沈予行礼，跟着浅韵退了出去。

云承一离开，沈予便蹙眉道：“这么早就教孩子这些阴谋诡计，会不会……”

“这不是阴谋诡计。”出岫打断他，“这是自保之法。难道要让承儿步侯爷的后尘？”

沈予哑然片刻，才道：“如今二房、三房气数已尽，承儿也安全得多，你该放心了。”

“安全？在离信侯府哪里有安全可言？”出岫反问道，“没了自己人暗算，还有那么多不安分的族人，更何况南北两国虎视眈眈，焉知哪一日不会将心思动到承儿头上？”

“你说得也没错。”沈予始终持有保留意见，“但我还是觉得，对于孩子的教导，要以‘善’为先。”

这一次，出岫没有再反驳，也不想在此事上与沈予多费唇舌，便转移话题道：“说来这次还要多谢你。若不是你请了那老道士，又替我散播这传言，我一个人也成不了事。”

沈予只随意地一笑："挽之的事就是我的事，你的事也是我的事。"

出岫已习惯了他这种说话的口吻，也不多做计较。想了想，又提醒他道："小侯爷，这些日子慕王不在房州，听说是心上人被贼人掳劫，他私用虎符调兵寻人去了。这事一时片刻完结不了，聂帝必然要追究他的罪行，趁着机会难得，你快回京州去吧。"

沈予见出岫面上尽是关切之色，心中亦有些动容，不禁苦笑一声："来不及了。如今我宅子外头都是慕王的人马，想要出城绝不可能。"他幽幽一叹，又道，"还真让你说中了，慕王已对我起了心思，想要将我扣留在此。"

"若只是扣留也没什么，怕只怕……"出岫秀眉微蹙，一副难以掩饰的担忧，"想不到慕王的动作竟如此之快，人都离开烟岚城了，还不忘派人监视你。"

沈予痴痴看着出岫这张容颜，只觉她连叹气蹙眉都如此好看，不由得脱口道："晗初，有你为我担心，我就算死也值了。"

"说什么胡话！"出岫立刻斥道，"什么死不死的，你要让我折寿吗？"

沈予一笑，继而解释道："我只是玩笑话而已……"虽然这话题有些沉重，但他此刻却很愉悦。若是晗初能日日为他担忧，他就算长留房州受人监视又如何？他总是心甘情愿的。

沈予正如此想着，竹影突然进来禀报："夫人，小侯爷身边的清意来了，说是有要事。"

清意是沈予在烟岚城找的贴身小厮，专司跑腿之事，人也分外机灵。他知道沈予的心思，因而平日里沈予来云府，他从不跟着，只怕自己碍了主子的眼。

若非要紧之事，清意绝不会找到这里来。沈予也知道他的分寸，忙对竹影道："让他进来吧！"

片刻之后，一个十六七岁、眉清目秀的少年急匆匆跑进门，面有忧色地禀道："小侯爷，方才京州来信说，老侯爷忽染重病，如今已是……病危了！"

文昌侯病危？出岫和沈予皆震惊不已。后者尤其感到心悸，倏尔起身看向清意，急迫地道："好好说话！信呢？"

清意哆哆嗦嗦从怀中掏出一封书信，恭敬地递给沈予，又补充道："是世子爷的亲笔书信。"

沈予见信笺尚未拆封，知晓清意是从送信人口中听来的消息，便迫不及待将信拆开来看。果然是他大哥沈赞的亲笔书信，三言两语说了父亲文昌侯的病情。

沈予匆匆扫完信件，只觉心中一揪，执着书信的手死死攥成一团："是我不孝。"那一字一字，无比沉痛。

出岫见他神色不对，忙道："小侯爷，你先别急，让我瞧瞧这信。"

沈予将信递了过去，出岫略微一扫，原本想说什么，又顾忌下人在场，便对竹影和清意道："你们先下去。"

两人匆匆告退，出岫才对沈予安抚道："小侯爷别急，这事指不定有蹊跷。"

"蹊跷？什么蹊跷？"沈予神色一凛。

"你可记得，方才我对你说，慕王私用虎符调兵寻人，惹得聂帝大怒不已？"

沈予点点头："我自然记得，你还说机会难得，让我觑着这空子离开房州。"

出岫"嗯"了一声："也许文昌侯患病是假，想以此为借口让你回去是真。试想慕王如今惹得聂帝大怒，文昌侯必定知道此事，大约是怕你留在房州有所牵连，抑或是福王已开始筹谋争储，所以他才想让你回去。"

听闻出岫一番分析，沈予稍感安慰了些，但仍是忧心忡忡："你说得有道理，怕只怕……父侯是当真患病了！"

"两种可能都有，京州隔得那么远，谁也不敢断定文昌侯生病是真是假。"言罢出岫轻轻一叹。

沈予见出岫叹气，心中更为自责："按理而言，我是神医屈方的关门弟子，学得一手好医术，平日不承欢膝下也就罢了，可如今父侯患病，我也不能为他诊治……我真是，太不孝了！"

"小侯爷，眼下不是自责的时候。"出岫继续劝慰他，"旁的不说，文昌侯病重，这是你离开烟岚城的好机会！父亲病危，儿子理当回去尽孝，只要慕王还顾着面子上的和气，因着这个缘由他就得放你走。"

"晗初……"听闻此言，沈予眉峰紧蹙，一双俊目看向她，"是我从前不了解你，还是如今你真的变了……你，越来越像太夫人了。"

像太夫人？出岫愣怔一瞬，继而苦笑："你这是夸我，还是损我？"

"不是夸，也不是损。"沈予垂目，"我只是觉得，你离我越来越远了。"

又是这一伤感的话题，又是她无法给予回应的深情。出岫在心里叹气，口中继续说道："当务之急还是回京州的事儿。你先别急，我让云氏暗卫去打听打听京州局势。至少也要先探出来，文昌侯的病情究竟如何。"

沈予无奈点头："如今也只有这法子了，我等你的消息。"

此后过了二十日，云氏在京州的暗卫送出话来，说文昌侯的确染了病，但并无性命之忧，只是故意夸大事实，在家卧病将养，想要避过如今朝内"两王相争"的风头。

出岫将消息如实告知沈予，后者明显松了口气。

"小侯爷，我会想法子送你回京州，你给我些时日准备。"出岫对沈予承诺道。

“晗初，你这是……”沈予很诧异，习惯性地蹙眉，“你要赶我走？”

“难道你想死在这儿？”出岫别过脸不去看他，“你已在房州滞留了一年多，即便曾对侯爷有愧，如今逝者已矣，该偿还的也早已还清了……你回去吧。”

这句话说完，两人都沉默了。屋子里有一种突兀的尴尬在隐隐飘荡，惹得彼此一阵窒息。若不是二姨太的突然造访打破了这尴尬氛围，他们还不知要相顾无言到什么时候。

沈予对二房一直没有什么好感，虽说事实真相业已查明，云辞之死是三房所为，可他只要想到云起的龌龊嘴脸，便觉得恶心。尤其后来云想容的一番表白，更令他想起了茶茶……

因而从那之后，沈予便对二房敬而远之。后来教云承习武时，偶然瞧见云想容，他也是避之唯恐不及；抑或大大方方打个招呼，私下里绝不多说一句。他记得自己还欠云想容一个人情，但说句实话，他私心里实在不愿与她再扯上任何关系。

眼见花舞英走进了内堂，沈予一时大感扫兴，便起身对出岫道：“我先回去了。”言罢扫了花舞英一眼，客客气气招呼一句：“二姨太。”

花舞英反倒显得很热络：“小侯爷慢走。”

沈予也不多说，转身大步迈出屋子。

出岫一直瞧着沈予的背影消失不见，才转对花舞英问道：“二姨娘今日前来，所为何事？”

花舞英也不卖关子，开门见山道：“夫人，我是为了想容的婚事。如今是三月底，想容已有十六，早到了定亲的年纪……”

说到此处，她停顿片刻，有些哽咽道：“若不是去年二爷的事耽搁下来，她早该嫁了……夫人，如今二爷已死，我只有这么一个闺女，她没有做过半点儿对不起侯爷和您的事儿，我想请您给她找个好人家。”

听花舞英这么一说，出岫才想起来，云想容的确十六岁了，按道理这年纪是该定亲甚至嫁人了。出岫有些疑惑：“二姨娘为何不去找太夫人说？”

花舞英也不隐瞒，坦白回道：“我从前是太夫人身边的奴婢，对她的脾性最为了解。如今虽说闻娴死了，起儿也是冤枉的，可太夫人还是记恨我，毕竟……我的确想要害她。”

“只怕如今，太夫人巴不得想容嫁得不好，又怎会替她做主定亲？”花舞英语中难掩悔意，“自作孽，不可活。当年我做错的事，如今都报应在了儿女身上……本来我是没脸来求您的，可我只有想容这一个孩子了……我实在是……”说着说着，花舞英渐渐掩面低泣，再难继续。

出岫怎会不知为人父母的心情？怕是为儿女考虑得再多，也觉得不够。更何况，云想容的确是花舞英唯一的依靠了。

想到此处，出岫也感到有些愧疚。花舞英与老侯爷、太夫人的恩恩怨怨暂且不提，可她的确冤枉了云起，不仅害他成了阉人，还让他被闻娴害了性命。

还有灼颜之死，虽说与她并无直接关系，但灼颜死前，也算变相将真相告知了她。单单为了这一桩，出岫便不得不愧疚。更何况，灼颜是一尸两命。

“说到底，想容也是云府的大小姐，身份、秉性、容貌都无可挑剔，我会将这事奏请太夫人，就说是我的意思，请她为想容挑个好夫君。”出岫将这事应承下来。

花舞英闻言大为欢喜，可只一瞬，又故作忧虑起来：“不瞒您说，想容那孩子倔得很。若不是她自己看上的人，只怕她不肯嫁。”

听到此处，出岫有些了然：“你的意思是……想容要自己选婿？”

花舞英摇了摇头，小心翼翼再看出岫：“不用选，她心里有人了。”

“谁？”出岫问出口的同时，其实心中已隐隐有了答案。

“沈小侯爷。”花舞英干干脆脆地道了出来。

果然是他。出岫只觉心头一凝，一股说不清的感觉涌了出来，她下意识地想要拒绝：“小侯爷不行。”

“为何不行？”花舞英佯作诧异，“大人，小侯爷与咱们关系密切，他不仅是侯爷生前的挚友，还是您与侯爷的媒证，如今又教世子习武……难道咱们亲上加亲不好吗？”

亲上加亲……这四个字令出岫心中一沉，想要反驳却不知该如何开口。

花舞英见状，即刻又道：“难道夫人不愿意？小侯爷这等重情重义之人，又是文昌侯的嫡幼子……咱们想容虽是庶出，好歹也是出身云府，两人无论身份、年纪都堪匹配。还望夫人说一说这媒。”

“说媒？”出岫娥眉深深蹙起，“你要我如何说这媒？”

花舞英这才低下头去，有些尴尬地道：“按理讲，是该男方主动说媒，可事已至此，为了想容的终身大事，我只能舍下这张老脸来求您。以您与小侯爷如今的关系，只要您开口，我想这事儿也就成了七分。”

面对花舞英渴求的目光，出岫哑然，想了想，她无法直白拒绝，唯有搬出另一个借口：“眼下不是说这事的时候。文昌侯突染重病，小侯爷大约会在近日内返回京州，你若真想与文昌侯结亲，也要过了这段时日再说。”

花舞英闻言却并不失望：“文昌侯既然身染重病，必定更想看到小侯爷早日成亲，为沈家传宗接代。他若是与咱们想容成了这桩好事，文昌侯一定乐意得很。”

花舞英絮絮叨叨又说了半晌，并不在意出岫的反应，末了才郑重其事地看向她：“夫人，虽说今日是我来求您，但也是您欠我的。二爷和灼颜都死得冤枉，您难道没有一点愧疚？还要让想容的终身也搭进去吗？”

花舞英不给出岫半分开口的机会，再亟亟剖白：“您是离信侯夫人，自然想让阖府安宁。只要您促成这桩事，从此以后二房任您差遣，鞍前马后再无异心！”

出岫沉默片刻，并未直接应承，只道：“这事我记下了，你先回去吧。”

花舞英不敢逼得太紧，唯有告退。

此后，出岫一直揣着这桩心事。沈予英俊挺拔、风流倜傥、家世良好、重情重义、身手也不错，云想容喜欢他，无可厚非。然而……她当真要向沈予提及此事吗？她怎么开得了口？

论理而言，自己身为离信侯夫人，自然希望阖府和睦兴旺，尤其经过二房、三房、四房这一连串的灾祸，死的死、走的走，云府也冷清了不止一星半点。若能借此机会与二房缓和关系，的确再好不过。

但，出岫私心里实在不愿强迫沈予，更不想利用他来成全云府往后的安宁。抛开彼此的身份地位，她自问已亏欠沈予太多。他的救命之恩、他的一片深情、他的放手成全、他如今长留房州……他一手促成了她与云辞的相遇相知……

这样一个男人，她这辈子注定了无以为报，又怎能张口要求他去娶别的女人？出岫觉得内心无比挣扎，煎熬难当。

好在她没有挣扎几天，便被另一件事转移了注意力——时节到了三月底，各地各行业的管事要来云府报年账。出岫在太夫人的要求下，开始接触云氏在南熙的生意。她平日里虽是个性子怯懦的人，可当真逼着她上手时，她又做得极好。真真是应了太夫人曾说过的话——“出岫是个吃硬不吃软的人”。

生意与庶务的繁忙，让出岫暂时搁置了云想容的婚事。时日如此过得极快，转眼到了五月，南北时局又有了新的变化：

其一，北宣开国臣帝遇刺驾崩，其独子臣暄继位登基，南熙派遣九皇子——诚郡王聂沛潇前往北宣恭贺。

其二，房州的主人——聂帝第七子、慕王聂沛涵私自调兵“英雄救美”，聂帝却并未大加处置，相反还破天荒地给两人赐婚，让一个北熙名妓嫁入南熙皇室，成为名正言顺的慕王侧妃。而且，这位名妓还和新登基的北宣帝王有些情爱纠葛。

慕王聂沛涵出身行旅，军功赫赫，自封王来到房州之后，一直洁身自好，从没人见过他亲近女色。就连前两年娶的一房侧妃，听说也是他救命恩人的女儿，并不是为了男女私情。但这一次，他为了一个北熙的妓女闹得世所皆知，实在令人大为吃惊。

而此事仿佛也成了一种风向标——聂帝对慕王偏爱的风向标。试想，如若不是真的偏爱有加，聂帝又岂会容许一个妓女嫁入皇室？且还不是一般的妓女，是一个曾与北宣皇帝龙潜时有染的妓女。

一时之间，朝内纷纷传言，慕王将是南熙储君人选，连带他的侧妃——北熙名妓鸾夙的艳名也因此传遍南熙，风头盖过了同时期另一个传奇女性——云氏一族的出岫夫人。

其实早在三年前，鸾夙就已艳名远播，与南熙第一美人晗初齐名，时称“南晗初，北鸾夙”。只不过如今，鸾夙的旧情人造反成功，做了北宣皇帝；她的夫君又是堂堂南熙慕王，便为她的魅力再添了令人遐想的一笔。

就连出岫本人，也十分想要见一见这位与她齐名的鸾夙，不，应该是慕王府的“鸾妃娘娘”。

大约是因为慕王大喜，最近他对沈予的监视好像松了些。出岫不禁盘算着，是否该趁这个时机将沈予送走。毕竟，聂帝肯松口让一个妓女嫁为慕王侧妃，这事太蹊跷了，也许慕王真的要做南熙储君了！若果真如此，四皇子福王绝不会坐以待毙，而他又是沈予的姐夫……这姻亲关系注定了文昌侯府与慕王势不两立。

出岫越想越觉得沈予的处境不安全，正思忖着要如何悄悄送他离开……岂知二房花舞英又来了！这两个月里，她已来过知言轩四次，次次都是为了云想容的婚事。出岫磨不过面子，见过她两次，另有两次借口庶务繁忙，推说不见。

可这一次，花舞英显然有备而来。她急匆匆闯入知言轩，被竹影和护院们拦着，便在拱门处连哭带号地叫唤。出岫敌不过她的泼皮招数，只得松口传见。

花舞英抹干眼泪进门，一瞧见出岫便“扑通”跪地，切切道：“夫人！如今已是五月底了！我托您说的那桩婚事，又耽搁了两个月。您若再不开口，想容要熬成老姑娘了！”

出岫早料到花舞英会这么说，此刻只觉得头痛，对云想容的好感也减了五六分。心道这位大小姐是个好样的，自己装作大家闺秀，推了亲娘出来折腾，还真是……

出岫心中反感，又听花舞英在她耳边道：“二爷先是成了阉人，后来又惨死在外头；他好不容易留了后，灼颜也是一尸两命……如今我只剩下想容这一个女儿了，夫人……我求您了！”

自从云起被阉割之后，这位二姨太也不再穿红戴绿，每日打扮越发素净起来。这一刻，她跪在地上，紧张与急迫交织的神情令她眼角的细纹堆聚起来，出岫才恍然发现，花舞英不再年轻了，足有四十岁了。

纵然她再闹再折腾，也不过是出于一片母爱，想为仅剩的女儿安排好终身大事……想到此处，出岫也无法对她说出什么拒绝的狠话，尤其她每每前来闹腾，总要将云起和灼颜的死提上一提……

出岫只得抚额沉默，正想着该如何再拖延一阵子，不巧云承恰好跟随沈予习武归来，进屋瞧见这一幕。

这次花舞英早不来晚不来，偏偏挑了这时候，只怕也是打听清楚，故意在沈予面前表态了！出岫的心思沉了一沉，再看花舞英，见她仍旧一副恳切的表情跪在地上。

"母亲，您怎么了？"云承见出岫神色不对劲，连忙进屋问候。待急匆匆走到跟前，才看见跪在地上的是花舞英，他只得按捺下情绪对她招呼："二姨奶。"

"给世子问安。"花舞英故作擦泪，又转头看向屋外，匆匆起身道："小侯爷也来了。"

此时沈予正站在屋门口，即将来临的暮色为他一身劲装镀了层金。他左手背负身后，右手持着一大一小两张弓，显见方才是教云承射靶去了。

沈予素来对花舞英无甚好感，正打算胡乱招呼一声，便听对方朝自己道："小侯爷来得正好，妾身有事找您……"

"二姨娘！"花舞英话没说完，已被出岫打断，"你先回去，眼下不是说这事的时候。"

"怎不是时候？小侯爷恰好在这儿，多难得的机会。"花舞英似铁了心一般，作势又要对沈予张口。

"二姨娘先回去，我自会对他说。"出岫亟亟出言阻止，语中是不常见的急迫。

花舞英将信将疑地看了她一眼，试探地问："您可不能再拖下去了。我等得起，想容是等不起的。"

出岫秀眉微蹙朝她摆手："我明日会给你个交代。"

花舞英这才舒展了眉头，掩去那副苦大仇深的模样，恭恭敬敬地告退出门。走过沈予面前时，还不忘与他寒暄两句，嘘寒问暖直让沈予感到厌烦。

待瞧见花舞英走得远了，出岫才替云承擦了擦满头的汗，薄斥他："你方才太鲁莽了，就这么闯进来，她面子上多不好看。"

云承知错地低下头去："儿子瞧您神色不大好，以为是您抱恙……"他话到一半，没有说完。

出岫这才轻轻一笑："身为世子，自该稳重。你瞧你沈叔叔，自始至终一直站在门外，恪守礼节，你多向他学学。"

云承深深点头："儿子受教。"

出岫颇为疼爱地道："快去沐浴歇着吧。"

这是出岫惯用的借口，云承知晓她必定有话要对沈予单独说，便也痛快地应道："晚上母亲别留我的饭，我要去荣锦堂陪祖母。"

出岫闻言一怔，讶然于云承察言观色的天赋。想到他才十岁，已能如此体贴入微，便有些动容地道：“早些回来，别打扰你祖母休息。”

云承轻笑称是，那神情简直与云辞如出一辙。出岫看得有些愣怔，云承已恭谨地告退而去。

这边厢孩子刚走，那边厢沈予便大踏步进来，笑道：“我这人平日最不懂礼数，方才你在承儿面前夸我稳重，我以为是句讽刺。”

出岫回神，不禁赧然地笑回：“好歹你也是他叔叔，总不能比晚辈还不如吧？”说到此处，出岫顿了顿，想起方才花舞英的请求，笑容也敛去不少，“小侯爷，你比承儿大多少？”

“整整十岁。”沈予亦是浅笑，仿佛知道她想说什么，自行补充道，“弱冠之龄，我也该娶妻了。”

娶妻……出岫不禁抬眸望向沈予，见后者也正看着自己，那目光之中，是满满的了然之色。

出岫抿唇想了一瞬，开口留客：“我有些事想对你说，晚上留下用饭吧。”

“好。”沈予一口应承，想了想，又疑惑地问道，“只有你我二人？”

出岫不解沈予为何有此一问：“你以为还有谁？承儿去陪太夫人了。”

沈予笑了笑，状若随意地道，“我以为你会让二姨太作陪。”

出岫哑然，只能尴尬地道：“我让竹影给你准备热水沐浴，晚膳时候喊你。”沈予每次教授云承习武归来，都会在此盥洗一番，将衣裳换了，再清清爽爽地回住处。待下次来授课时，恰好也有干净的衣裳可供换洗。如此已成了习惯。

“好，我先去沐浴更衣。”沈予并未多话，这一次他颇为爽利地走了。

待晚膳时，气氛显得更为沉闷。以往有云承在，三人总有话题，即便都不说话，心情也是愉悦的，有时沈予还会没话找话。可今日，两人都没有说话的欲望。

默默吃了会儿菜，沈予忽然开口：“我今日想喝酒，你陪我小酌两杯吧。”

“哪有主人家还没开口，客人自己要酒喝的？”出岫话虽如此，但还是吩咐淡心拿了酒，又屏退下人，亲自为沈予满上。

沈予二话不说一饮而尽，又“嗒”的一声将杯子沉沉放下，抬起俊目看向出岫：“如今你是名满天下了……云氏的当家主母，出岫夫人。”

三日前，出岫正式从太夫人手中接过主母的重担，这事尚未对外公开，沈予却已知道了，很显然，是云承对他说的。

出岫看出他兴致不高，也不知要如何接话，只得另起了话题：“暗卫又从京州传出话来，说文昌侯的病情尚算稳定，你不要担心。”

沈予握着酒杯的手紧了一紧，沉敛着神色半晌才道：“也许我是该回去了。”

“啊？”他忽然冒出的这句话，令出岫有些意外，“你说什么？”

"没什么。"沈予执起酒壶自斟了一杯，仰头喝尽，才重复道，"我的确该回去了。如今你不再需要我的帮助，而我留在这里一事无成，和你的差距只会越来越大……"

他目光之中满是无力，又说不上绝望，那种带着星火却深知无法燎原的微薄念想，在沈予双目之中表现得如此明显："没有离信侯府，就无法成就出岫夫人。同样，离开文昌侯府，我也什么都不是。"

他语中满是自嘲："京州才是我的地盘，只有在天子脚下，我才是统盛帝的螟蛉之子，是文昌侯府的沈小侯爷。只有倚仗这两重身份，我才配得上你。而不是现在，留在房州像个废人，被慕王日夜监视。"

"小侯爷……"出岫开口想劝，见他又执起酒杯要倒酒，连忙按住他的手，"喝酒伤身。"

沈予执着酒杯的手就此停在半空之中，他定定瞧着出岫的雪白柔荑，缓缓抬起另一只手覆上，只觉那指尖的温凉触感令他爱不释手。

但又不得不放手。

沈予缓缓拂去出岫的一根根手指，道："让我喝吧，我从不愿在你面前表现得窝囊，可今日，我想窝囊一回。"他的话语之中，带着出岫听不懂的波澜，"今日一醉过后，我就不是原来的我了。"

出岫觉得这番话句句都有深意，又句句令她毫无头绪。她唯有再劝："你若想离开，更应该保持清醒。"

这话戳中了沈予的软肋，只见他脸色忽然一凝，放下酒杯道："是的，我必须要走！我要为父侯尽孝，我要做出一番成就……晗初，我不能当个废人。"

出岫庆幸沈予终于想开了，岂知他还有后话："若我有朝一日做出了一番事业，能像挽之一样，甚至比他还强……届时，我希望你不要再拒我于千里之外……我会配上你的，一定会！"

一定会。多么斩钉截铁的三个字，几乎要让出岫忘记留他吃饭的用意——云想容。

她感觉自己越来越难开口了，该怎么提出这桩婚事？即便自己不提，花舞英也会直接去找沈予闹……虽然出岫私心里不想逼迫沈予，但不能否认，沈予早就到了成婚的年龄，而且，若与云氏联姻，其父文昌侯必定乐见其成。

最重要的，这是能保住沈予性命的机会。无论往后局势如何变化，无论是慕王夺嫡还是福王胜出，沈予若做了云氏的女婿，对他有百利而无一害。

出岫想了又想，到底还是把心一横，劝道："其实你是否想过，不孝有三，无后为大，你若当真想为文昌侯尽孝，头等大事便该娶妻生子，而不是出人头地。"

说出这番话时，出岫本人也有些心虚，甚至不敢去看沈予的神色。果然，对方闻言也是一阵沉默，良久才回："等我设法脱身再说吧。"

这倒是真的。如若沈予无法离开房州，这婚事也进行不下去。没有父母之命媒妁之言，总不能让他在烟岚城入赘云府吧？出岫低眉斟酌片刻，终于敢抬眸看他："小侯爷放心，至多下个月底，我一定助你离开房州。"

沈予意外于出岫的决绝，更担心她会使什么手段："你打算如何做？"

"眼下还不能告诉你。"出岫饮了一小口酒，继续道，"我心里有数。"

沈予当真没有再问下去，只"嗯"了一声："我相信你如今有这能力。"从始至终，他都不该担心她，她的才智一直在他之上，是他不自量力了。

然而出岫却没发现他的异样，又道："你再耐心等等，时机成熟了我自会告诉你。"

"好。"他以一字禅而回。

从前在酒桌上能说会道的沈小侯爷，如今也变得寡言起来，有时想想岁月当真残忍。大家都变了，她也从一个被人抛弃的青楼女子，变成了云氏的新任主母，而且是个寡妇。虽然，她只有十七岁。

沧海桑田，世事变幻。性情可以变，想法可以变，身份可以变……而他们所能做的，唯有极力保持那份本心不变。

如今她是出岫夫人，坐拥天下财富与名望，但其实，真正拥有的已经太少。与沈予这段似友非友、其实并不算纯洁的关系里，有她太多的回忆，也有太多值得珍惜的情分，她不想轻易破坏掉。

说她自私也好，狭隘也罢，她虽不喜欢沈予，但也绝不想伤害他。如果强行要求他去娶云想容，他大约会答应，可彼此也就真的产生隔阂了。

想到此处，出岫豁然开朗，决定将云想容的事抛诸脑后。她必然会给花舞英一个交代，也会给云想容再寻一个好归宿，但那个归宿绝不是沈予。

也许有朝一日，沈予会明白世家的婚姻都附带着利益，到了那时，当他能坦然接受一桩并不单纯的婚姻时，她会再为他筹谋一个最有利的妻子。

堵在心中的巨石终于落了地，出岫大为舒畅。瞥见桌上有两盘菜沈予一口没动，便夹了一筷子到他碗里，笑道："不吃可就凉了。"

沈予定定望着碗里出岫夹的菜，倏尔抬目看向她，脸色也沉到极点，说不清是失望还是悲伤。

出岫心中"咯噔"一声，好像抓到了什么念头，又好像什么都没抓到，只得茫然地与他对望："怎么？"

"没事。"沈予缓缓换上清俊的笑意，仿佛方才的负面情绪从不存在。他垂目执筷，将出岫夹给他的菜放入口中，细细咀嚼起来。

此后两人又对饮了几杯，将桌上几道菜吃得干干净净。出岫许久没有这么快活过，话也比寻常多了很多。反观沈予，虽说一杯接一杯下肚，但话却渐渐少了，最后只是附和于她。

夜色渐渐深沉，出岫不知最后是如何散的场，她只记得自己喝醉了，头昏得很。如此一觉到天明，再睁开眼时，额头还是阵阵刺痛。不知为何，一种不祥的预感无端升起，出岫猛然从榻上起身，正待唤人，却听得屋外传来哭闹声，且那声音颇为耳熟，又是二姨太花舞英。

出岫打算与她谈谈，劝她母女对沈予断了念想。如此想着，便欲唤淡心进来服侍盥洗。然就在此时，后者恰好急匆匆进屋："夫人！昨夜小侯爷醉酒，误闯了大小姐的屋子……二姨太如今不依不饶地闹开了！"

"你说什么？"出岫闻言大惊。

淡心连忙又重复一遍："昨夜小侯爷在这儿喝多了，没回私邸休息，歇在了客院的东厢房，就是他从前住的那一间。当时是竹影亲自扶着他回去的，谁知……今早二姨太跑过来说，一大早霓裳阁的丫鬟服侍大小姐梳洗，看到他们两个人……躺在一张榻上。"

淡心毕竟是个未出嫁的姑娘，说到最后一句时，已然面红耳赤、难以启齿。

出岫明白了事情的严重性，忙对淡心道："快！服侍我盥洗更衣！"说着亟亟从榻上起来。匆匆忙忙洗漱、梳头、换了衣裳。

刚收拾妥当，外头又传来二姨太花舞英隐隐约约的哭闹声："夫人！你要为我们做主啊……别拦着我，我要见夫人！"

淡心神色既紧张又担忧，小心翼翼地看向出岫："您看，是否要避一避二姨太？"

"都闹到这份儿上了，还避什么？"出岫急得面色通红，正待出门，脚步一顿又问淡心，"小侯爷现在何处？"

"还在霓裳阁里，被大小姐的侍卫和护院拦住了。"淡心如实禀道。

"荒唐！这是要闹得尽人皆知吗？！"出岫只觉惊怒交加，出了这等事，不想着如何遮掩，还让侍卫把人拦着，二房是生怕别人不知道，自家姑娘毁了名声吗？！

"云想容的护院都是白养的吗？"出岫一阵心焦，对淡心道，"走！去看看二房到底玩什么把戏！"她相信沈予绝不会做出这等事情，沈予纵然再风流，也只会碰他喜欢的姑娘，并且是"你情我愿"那种，又怎会半夜溜进霓裳阁？

更何况，客院和霓裳阁之间，可不是一步两步的距离。一个在外院，一个在内院，就算跑过去，至少也得小半炷香的工夫！沈予定然是被陷害了！

出岫边往外走，边在心里转了千百个念头。还没走到知言轩的垂花拱门处，就瞧见花舞英一把鼻涕一把泪地在那哭喊。竹影和竹扬谨守职责拦着她，前者一脸阴沉，后者一脸嫌恶。

花舞英远远瞧见出岫疾步过来，还不忘努力挣脱竹影和竹扬的束缚，眼见挣脱不开，便“扑通”一声跪在原地：“夫人！夫人！你要为我做主啊！”

“住嘴！”出岫鲜少有如此气急败坏的时刻，“你是嫌知道的人还少吗？你不要名声，想容也不要了？”

花舞英没料到出岫会这般疾言厉色，一时间也愣了。片刻之后她才反应过来，眼前这位貌若天仙的女子，已不是从前云辞身边的小小哑婢，而是掌握云氏生杀大权的出岫夫人了！这般一想，花舞英立刻低头请罪：“是我太心急了，请夫人恕罪。”

出岫低眉看着跪地的花舞英，连句“起身”都懒得说。她从未觉得如此恼火，从未！

花舞英自然发现了出岫的冷意，饶是她跪在地上，也能感到头顶上如同刀子一般落下的眼神。她咬了咬牙，正想抬头回看出岫，岂知这位当家主母已冷冷说了四个字：“去霓裳阁。”言罢步履匆匆从她面前一闪而过。

花舞英赶紧起身，跟在出岫、淡心、竹影和竹扬四人的身后，往云想容住的霓裳阁而去。她知道，在知言轩这几个下人眼中，她根本不算云府的主子，就连走路也不让她先行了，还得她看着竹影几人的后脑勺。

但，为了唯一的女儿云想容，花舞英决定忍了。

一行人匆匆来到霓裳阁，园子里瞧着倒还平静，可一走近想容所住的闺房小院，出岫便瞧见一排护院齐刷刷地把守在门口，各个面色严肃。

“见过夫人，见过二姨太。”护院们一并跪地请命。

出岫眼风一扫，足足有十余人守在这里……知道的人越多，对沈予越是不利。出岫也没什么好脸色给护院看，只吩咐一句：“让开！”说着已自行穿过小院门口，走了进去。

护院们纷纷让行，竹影、竹扬、淡心和花舞英相继迈入跟上。

出岫原本以为沈予会是一副宿醉的模样，或是悔不当初，抑或大吵大闹。岂知出乎她的意料，沈予此刻竟然衣装整齐地坐在小院的石凳上，一只手还搁在石案上轻轻敲着，不知是打发时间还是在斟酌什么。

迎着初升的朝阳，出岫瞧见他的湖蓝衣衫闪着细微的光泽，应是布料内层暗绣的金线。他的侧脸棱角分明、分外挺拔，高挺的鼻梁和深蹙的眉峰如同连绵起伏的山岭，衬着那海一般颜色的衣衫，令她想到高耸的山川与广袤的大海。

这一瞬，出岫觉得沈予一夜之间有了变化。抑或是他早已变得成熟起来，只是她从前没有发现，甚至刻意忽略。

“夫人！”花舞英跟在出岫等人身后，见她忽然停下脚步，便喊了一声。出岫回神的同时，沈予也循声望了过来。

这个眼神……出岫心中一抽，只觉沈予眼中有太多说不清道不明的情愫。她原本在路上准备好的说辞，面对着他这个神情，竟也开不了口了。

最终，还是沈予先从石凳上起身，沉声对出岫道：“昨夜是我醉酒唐突，误闯了大小姐的香闺……你要如何处置，我都无话可说。”

竟是承认得如此干脆！想要替他说情都没法子了！出岫唯有侧首去问花舞英：“想容呢？”

花舞英茫然地看了看四周，磕磕巴巴没有回话。

“她在屋子里。”沈予回了这五个字。

出岫看向花舞英：“你先进去陪陪想容。”说完见她欲言又止，便冷冷瞟了她一眼，花舞英见状没敢再说什么，快步进屋去找云想容。

出岫又屏退了竹影等人，将空间留给他俩单独说话。眼见该走的都走了，她才看向沈予，认真问道：“你到底是误闯，还是……”

“我是故意的。”出岫话还没问完，沈予已自行回道，“这不是遂了二房的心意吗？”

“小侯爷，你为何……”出岫只觉得嗓子发干，余下的话，皆因为这“故意”二字，她都问不出来了。

“昨晚你留我用膳，不就是想说这事吗？”

出岫眼眶一热，有些羞愧地低下头。

沈予却笑了：“其实你没说出来，我很高兴。至少让我知道，我在你心里头还是挺重要的，不是吗？”

“那你为何还要自己‘上当’？”出岫急忙再问。

沈予并未正面回答：“你知道昨夜咱们为何会宿醉吗？因为晚膳八道菜里，我最爱吃的两道被人下了药。本来我一口没动，最后你给我夹了两筷子，我吃了。”

出岫大惊：“你是说……”

沈予冷着脸：“你要注意知言轩的下人，想不到二房这么有本事，把人安排到厨房里了。”

听闻此言，出岫不知该如何表达自己的愤慨，只能紧紧攥起双手，声音已是哽咽：“就因为我给你夹菜，你明知被下了药，还是吃了？”

这一次，沈予却摇了摇头：“你别哭。我自幼学医，那些药我早识破了……我是故意装醉，让竹影扶我去客院休息，想看看到底是谁在耍把戏……但我没想到，居然是云想容半夜来找我，说她有法子送我回京州。”

“什么法子？”出岫心里一紧，忍不住脱口问道。

“云想容让我假装喝醉，夜里误闯她香闺，然后被二姨太逼婚。如此一来，我偷偷出城就有了光明正大的理由——‘逃婚’。”沈予如是回道。

对方三言两语，出岫已经明白了。

世人都道沈予风流，慕王自然也知道。若是沈予被云府逼婚，从而逃婚离开烟岚城，这个情由的确非常合理，也符合沈予的性格，至少明面儿上挑不出什么错处。

如果沈予真的“逃婚”成功，这个哑巴亏慕王只得吃了。他明面上绝不可能去捉拿沈予回来，让人觉得他在插手云府家事。

尤其，在慕王眼中，云氏看重名望高于一切，太夫人绝不会为了帮助一个外人逃跑，而故意毁了云想容的名节！即便慕王如此怀疑，也无法坐实。

但这么做的最终结果是：为了把戏做真，沈予逃回京州之后，云府必定会向文昌侯府施压，甚至是到慕王面前“哭诉”，要求沈予明媒正娶云想容。若没有最后这一步，这出戏就太假了，慕王必定会猜到是云府和沈予在联袂演戏，保不准他还以为云府也投靠了四皇子。

做戏做全套，沈予既然走到这一步，看来，他娶云想容也是早晚而已了。

如此一分析，出岫只觉又惊又叹。“逃婚”的主意若真是云想容想出来的，那她只能说，从前她太小看这位云府大小姐了！

# 第二章 明修栈道暗度陈仓

“小侯爷，你可知道，既然答应了想容的计策，你离开之后，必定要娶她！”出岫仍旧顾虑着，唯恐沈予着了道，没有想到这个后果。

“我自然知道，倘若我不娶她，不仅云府的面子过不去，慕王那里也会识破此计。”沈予慎重地点头，目光灼灼看向出岫，“我会娶她。”

“你又何必……”出岫嗓子越发干涩，心里也堵得慌。

沈予故作沉稳地一笑：“其实是一举数得。我有了逃跑的理由，你也能让二房真心归附……”

他顿了顿，很坦然地继续解释：“更何况，如今姐姐嫁给了福王，我总得为我们沈家留条后路。倘若我娶了云想容，文昌侯府与离信侯府就成了姻亲……即便最后福王落败，看在我是云氏女婿的面子上，慕王也不会太为难我们。”

“这也是云想容分析的？”出岫疑惑再问。

“是我和她一起商量的。”沈予如实回道。他不能否认，云想容很精明，也懂得利用形势来达到目的。既然她那么喜欢自己，又那么想嫁，他就娶她好了。云想容都不怕搭进去终身幸福，他一个男人还怕什么？

更何况，沈予也有私心。他始终觉得云想容是个后患，倘若让她留在云府，也许将来会给出岫使绊子。但如果她嫁给自己，便理所应当要去京州……如此一来，云府中就没有出岫的敌手了。

“小侯爷。”出岫在这时忽然开口，打断了沈予的思路，他回过神来：“什么？”

出岫斟酌半晌，最终还是问道：“你是不是担心我帮你逃跑之后，慕王会治我的罪，才想出这个计策？”

她问得小心翼翼。果然，沈予很是欣慰地笑了：“你能考虑到这一点，我真的很欢喜。晗初，你终于正视我的心意了。”

可是，正视他的心意又有什么用？他们总归越走越远了……想到此处，出岫的眼泪终于簌簌而落，也不知是心疼沈予要娶一个他不喜欢的女人，还是感动于他的付出。虽然，这份感情她真的无以为报……

出岫的心情五味杂陈，几乎是带着几分责怪地哭道：“你为何不与我商量？我已经想好送你出城的法子了，慕王是绝对不会怪罪我的！如今，你竟要糟蹋自己的名声，还要违心娶想容……”

她的泪水潸然而下，汩汩如同一眼泉水，不断地清澈流淌。沈予听出她话中的责怪，心里又是动容又是心疼。他岂会不知，倘若娶了云想容，他们之间的关系看似沾亲带故，却也是……越来越远了。

但他总觉得，他和她不会到此结束，也许这会是一个新的开始。她已经嫁给云辞了，如若他也另娶，他们是不是就扯平了？

“你哭什么。”沈予走近两步，低头去看出岫。他在男子之中身形已算高大，出岫的额头与他的下颌持平，在女子里也算身材高挑。他多么想揽她入怀，任由她的泪水打湿自己肩头。但，这是霓裳阁……关键时刻，他不想惹恼云想容。

“别哭了。”沈予只能望着出岫，故作轻松地道，“云想容都肯嫁，我难道还嫌委屈吗？”他深深看着她的水眸，几乎就要陷溺其中，“她嫁过来，我不会碰她，但会给她作为妻子应得的尊重。日后我们和离，她仍旧是完璧之身，想来以云氏的名望，再嫁不难。”

他不打算碰云想容？还想要与她和离？出岫连忙拭净泪水，道：“不行！你若当真如此，她定然心有怨懑！”

“这就不是你操心的事了。”沈予顿了顿，又道，“今日过后，这事必然要闹开，还是尽早让慕王知道为妙。就让他以为，我为了逃婚和云府决裂了。”

出岫点头：“我自会刻意压制下来，再派人将话悄悄传到慕王耳朵里……只是，太夫人那里，你不打算告诉她实情？就让她这么误会着你？”

“让她误会着吧。”沈予道，“她老人家若知道实情，这计策就行不通了。她岂会让云想容破坏名节来帮我？”言罢又坏笑一下，“不过……木已成舟，能瞧见她老人家气歪鼻子，我也很乐意。”

出岫被这句话逗得哭笑不得，正待开口再说什么，只见花舞英和云想容母女已从屋子里相继走了出来。想必花舞英已知道了事情真相，面上也没了方才的哭闹。她先看看出岫，才对沈予道：“小侯爷，想容这么帮你，你可不能负了她。”

“这是自然，请二姨太放心。”沈予看也不看花舞英一眼。这话音刚落，她母女两人已并排走下台阶。

出岫和沈予齐齐看向云想容，但见她垂着头，一副不胜娇羞的模样。若不是知道这个“逃婚”的计策是她想出来的，出岫当真会被云想容的外表所骗，以为她是个薄脸皮的单纯小姐。

但显然，今日这一出令人太过震惊，尽管出岫不希望沈予娶云想容，但也不得不承认，这个“逃婚”的法子实在太妙：

其一，沈予有了理由逃出房州；其二，云想容能如愿嫁给心上人；其三，二房真心归附，换来云氏阖府安宁；其四，文昌侯府多了一条后路；其五，自己帮沈予逃跑的风险也减少很多。

云想容一箭五雕。

出岫觉得又惊又悔，纵使太夫人提醒过她，二房里云想容是个厉害角色，可她还是识人不清！比起太夫人的手段，她自认还差得太远了！

但事已至此，没有回头路了。

三日后，一条小道消息不胫而走。长留房州的南熙文昌侯嫡幼子沈予，因故与云府决裂。至于因为何故，外人不得而知。

消息传出去的第二日，出岫下令彻查知言轩的所有厨子。查来查去最终才知，原来在她和沈予的晚膳里下药的人，恰好是她从外头请回来煲汤的厨子！也就是去年在荣锦堂做出不同汤品的厨子！

一年前，她无意中将这个厨子带回知言轩，在太夫人和各房面前，用一碗汤令自己“落胎”再嫁祸给灼颜，顺势逼出了二房的真面目，也令云起被阉割。

一年后，二房也利用这个厨子给她下了药，顺利让沈予上钩，也让云想容达成嫁人的目的。

同一个厨子，在知言轩和二房之间来来去去。出岫原本一腔愤怒地想要找出下药之人，可当真找到了，她却又不想发落了。她只觉得世事讽刺可笑。

只能说，云想容这次掐脉掐得太准，就连找个厨子也要“以彼之道还施彼身”，让她忆起灼颜和云起的下场。

出岫终于决定将计划提前实施，当即便前往荣锦堂与太夫人密谈……

“你让云氏支持慕王夺嫡？”饶是太夫人平日泰山崩于前而面不改色，但此刻听了出岫的想法，她还是有些意外。

出岫却显得很平静：“既然咱们弃了北宣，就一定要依附南熙。如今两王之争显露端倪，不是福王胜出就是慕王胜出。与其坐以待毙，不如主动出击。我相信，若是云氏支持哪一位皇子，这位皇子的赢面会更大一些。日后若皇子登基，云氏便是功臣之一，至少能保下阖府无虞。”

出岫很坦诚地看向太夫人，后者也在认真打量前者。半晌，太夫人那睿智精明的目光才从出岫面上移开，只淡淡道："我以为，你会选沈予的姐夫，福王聂四。"

只这一句话，出岫已明白，什么都没瞒过太夫人。可一码归一码，帮沈予是帮沈予，出岫不会置云氏家业于不顾："我选择支持慕王，是有缘由的。其一，离信侯府身在房州，这是慕王的封地，若要跳过他去支持福王，只怕瞒不住。"

出岫停顿片刻，又道："其二，福王素有仁善之名，文治出众；慕王是戎马之人，军功显赫。若要是个太平盛世，福王的赢面自然大一些。可如今乃是南北乱世……乱世之中逐鹿江山，必以武力取胜。慕王在军中威望颇高，这是很大的优势。"

听到此处，太夫人才出口提点道："你说得是没错。但慕王的母妃出身低微，他也不受聂帝重视，早早被打发到军中，估摸聂帝也没想到他会有如此功勋。相反，福王的母族较为显赫，因而他俩究竟谁能胜出，尚不可知。"

太夫人眯起双眼，仿佛很了解这位南熙的统治者："聂帝是个自恃过高的庸人，眼光从没准过。"

"话虽如此，可臣氏是在战场上打来的北宣天下，如若南熙让福王继位，军中后继无人，岂不是要败给北宣？"出岫看向太夫人，切切道，"纵然聂帝再不喜欢慕王，这个道理他不会不懂。以慕王的性格，又岂会甘居人下，为了福王的江山去打拼？"

"你只考虑到一方面。"太夫人补充道，"文昌侯必定支持福王，届时万一福王赢了，沈予的姐姐就是皇后，沈氏就是后族。沈予若娶了想容，云、沈两家便是姻亲，即使咱们支持慕王，看在这层关系上，福王也不会太为难云氏……但慕王不一样，无论输赢，他睚眦必报。"

太夫人轻轻叹了口气，总结道："这场争储无论结果如何，支持慕王还有退路，若支持福王，慕王不会放过咱们。"

闻此一言，出岫知道太夫人被自己说动了，她大喜过望连忙附和："我也是这个意思。"

太夫人颇具深意地笑了："你还有另一个意思吧？倘若最后慕王登基，沈予是云氏的女婿，慕王看在咱们的面子上，也许会饶他一命。"

出岫深深垂眸，不敢接话。

"你有什么不好承认的？这也是人之常情，何况沈予待你不错。"太夫人仍旧噙笑，话音却是一转，"我再问你，倘若有朝一日，文昌侯府与我云府敌对，你当如何自处？"

文昌侯府与云府敌对……出岫心中"咯噔"一声，连忙表明心迹："若当真有那一日……我是云氏的媳妇，自然以云氏为重。”

太夫人得到这句承诺，才满意地点了点头：“我只是随口一说。倘若沈予真喜欢你，又看在辞儿的面子上，他不会让两家走到这一步的。你也不会。”

是的，她和沈予，都不会让两家有正面敌对的那一天。

“既然你决定支持慕王，这事便由你来与他接洽吧。你年纪轻，又是新寡，即便哪句话说得不当，他也不会和你较真。若你谈不拢，我再亲自出马也不迟。”太夫人俨然一副放心的模样，将大权交给出岫。

出岫正有此意，想借这机会偷偷送沈予出城，便痛快应下：“媳妇遵命。”

“很好，这才是当家主母的风范。”太夫人终于发自内心地笑了出来，“我的手令已经传下，不出一月，南北两国都会知晓，你是云氏新任的当家主母。”

对于这件事，出岫早已做好了心理准备。无论前方是平途大道还是荆棘密布，为了云辞，她都会一往无前守护云氏。若云辞在天有灵……也定会保佑她吧。

“你准备何时去找慕王商谈此事？”但听太夫人又问。

出岫沉吟片刻，回道：“越快越好，如今已是六月初……我最迟六月底去。”

太夫人表示赞同，又问：“你要如何与慕王谈条件？”

这一问，出岫已胸有成竹：“云氏最令人觊觎的，除了名望便是家业。慕王举事是暗中进行，咱们的名望对他暂无用处，我想，他如今最需要银钱支持。”

“你说得不错。”太夫人再次点头赞同，“慕王想夺嫡，必然需要大笔花费，尤其是养兵和养幕僚的费用。你可以给他钱，换他一个承诺，若他夺嫡成功，便要保我云氏长盛不衰。”

“我明白了。”出岫领命。

太夫人半晌没再说话，她微微合目，似是下了极大的决心才道：“倘若谈妥了，我会把藏在静园下的银钱拿出来，那里头是云氏近四成家财，足够他用了。”

“四成！这么多！”出岫小声惊呼。

“静园有多大，掘地七尺就能挖出多少金条。你说多不多？”太夫人的语气无比自豪。

出岫已想象不出静园究竟藏了多少金银，此刻她唯有赞叹。

话到此处，太夫人又想起一事，遂提醒出岫：“你要和慕王谈，不妨从他新娶的侧妃身上下手。”

新娶的侧妃？“您是说北熙名妓鸾夙？”出岫反问。

“是她。”太夫人忽然压低了声音，“那慕王也是个痴情种，对鸾夙喜欢得不得了。据我所知，鸾夙从前是北熙官宦之女，抄家时死里逃生沦落风尘，才做了青楼女子。”

出岫曾听说过鸾夙的身世，但她不明白这事与鸾夙有什么干系，自己又为何要与鸾夙攀交情。

正感到不解，岂知太夫人还有后话：“鸾夙原名‘凌芸’，取父母之姓为名。她父亲姓凌，母亲叫云非烟，是老侯爷叔父家中最小的庶女。若抬举几分，辞儿该叫她一声姑姑……如此一算，咱们与鸾夙是近亲。”

听了这话，出岫才明白过来太夫人的意思。慕王既然喜欢鸾夙，必然会顾念她的母族——也就是云氏。自己与鸾夙年纪相仿，又都曾沦落风尘，倘若与慕王相商无果，大可与鸾夙攀攀交情！

至此，出岫恍然大悟——其实太夫人早就有心支持慕王！故而才会对他的侧妃如此上心！这一次，她们婆媳想到一块儿去了！

六月中旬，出岫过了十八岁生辰。在她自己的执意要求下，云府并未大操大办，只是阖府一齐吃了顿饭。

过完生辰的第七日，出岫派人给慕王送去拜帖，表达了登门拜访之意。帖子是早上送去的，下午便有了回话，慕王很慎重，也对这次会面表示出了极大的热忱与礼待，当即推掉部分公务，定在翌日下午见面。这个时辰原本不宜登门，但两人都不是拘泥礼数之人，便也无甚异议。

第二日用过午膳，出岫特意换了件不失体面的衣裳，虽说还是白色，但也白得得体、白得华贵。一件绣着牡丹的雪岭绸缎，裙边逶迤着一层粉色烟纱。这是云锦庄十个绣娘日夜赶工，耗时半年才做出的一件衣裳，赶在今年出岫生辰之前，由云锦庄的当家人——管家云忠的侄儿云逢亲自送来。

出岫向来不爱金银饰物，这次去见慕王也没有刻意妆扮，只在发髻上斜斜插了支玉簪，除此之外，浑身上下再无半点装饰。

在前往慕王府的路上，出岫不禁猜测起慕王的模样，又斟酌在他面前该如何用词。传说中慕王长相阴柔、军功赫赫、性情阴鸷、手段狠戾，出岫不敢对他小觑。

这般想了一路，车辇已缓缓停下，慕王在府门前亲自相迎。出岫目不斜视下了车，对着那袭黑色锦袍盈盈拜道：“妾身云氏出岫，见过慕王。”

“夫人客气。”慕王的声音干脆有礼，却藏不住冷凝与疏离。只听这几个字，出岫已能大致猜到，这位令人闻风丧胆的慕王该是如何一副模样了。然，当她抬起头来与之对视时，还是震惊了。不只是她，对方显然也震惊不已。

四目相对之间，出岫与慕王异口同声：“是你？！”语罢又一同轻笑出来。

最终是慕王先伸手相请：“这里不是说话的地方，夫人请。”

出岫亦不客气，迈步进入慕王府，去了他的机要书房。

下人们刚将茶盏端上，慕王已挥退左右，笑道：“晗初姑娘，许久不见。”

“南七公子，别来无恙。”出岫望着这位风姿绝世的男子，软语笑回。

凤眼上挑、姿容魅惑、一张俊颜雌雄莫辨……外人大约都不晓得，传闻中杀伐决断、行事狠戾的慕亲王，竟有如此惑人的风采。

也是出岫的一位故人。此事说来话长……

十四岁那年，出岫已是一曲动天下的晗初，风妈妈安排她去北熙为青楼女子传艺，这也是她唯一一次离开南熙京州。其实说是去“传艺”，也不过是个噱头而已——帮她打响名声的噱头。因为她已到了挂牌的年龄，即将竞拍初夜。

由于风妈妈的提前造势，晗初人还未到北熙皇城，便已引来一片热议。而她亮相怡红阁的当日，更引来全城半数以上的男人围观。按照竞价高低，最终时为北熙镇国王世子的臣暄——也就是如今的北宣晟瑞帝胜出，夺得了一睹她芳容的机会。

出岫犹记那日晚间，她正欲更衣与臣暄相见，却发现屋里藏了个黑衣男子。她大感惊恐，偏生臣暄在此时进了门，出岫还没来得及看清他的长相，门外又忽然闯进几个杀手寻他晦气，险些将出岫也杀了。

她当时以为杀手是黑衣男子安排的，岂料臣暄受袭之后，黑衣男子竟然跳出来救人。瞧见她身有危险，还果断地先救她一命，又撂下一句“在下南七，得罪了”，然后便从窗户一跃而出，去援救臣暄了。

虽然只有一面之缘，且初见的场景如此无稽，但他们都给对方留下了深刻印象。毕竟，如两人这般风采绝世的男女，世上能有几个？自然是对彼此见之不忘了。

当时出岫只是个十四岁少女，曾心心念念要答谢这位南七公子的救命之恩。可她打听来打听去，整个北熙都没有一个姓“南”的世家，她只好渐渐放弃报恩的念头。

后来，出岫回到南熙，机缘巧合认识了赫连齐，恰好又到了挂牌的年纪，便在风妈妈的安排之下正式接客了。

再以后，她遭遇了赫连齐的负心，还有明璎的多番侮辱，甚至险些葬身火海……

一转眼将近四年过去了，出岫无论如何也没想到，当年她遍寻不到的救命恩人，竟然不是北熙人，而是堂堂南熙慕王！更加可笑的是，她在烟岚城住了两年多，今日是头一次与他相见！

世事不可谓不玄妙。出岫忽然觉得，这桩出乎意料的重逢之喜，会让今日的密谈事半功倍……

两人并未在往事上多做纠缠。慕王没有问她为何从晗初变成了出岫夫人，她也没问慕王为何从臣暄的救命恩人变成了情敌……

都是干脆利落之人，一番商谈也很快结束。出岫直白道明来意，云氏愿以半数资产襄助慕王举事。作为回报，慕王荣登大宝之后，要保云氏满门昌盛繁荣。

慕王为人也很大方，直言他只是“借用”云氏的资产，事成之后他会将银钱全数归还。

对方话虽如此，但出岫只当成一句客套话听听。眼见密谈如此顺利，大事已定，她便萌生去意。毕竟她一介寡妇，在慕王府逗留的时候太长，只怕会遭受非议。

岂料慕王出言挽留：“本王有个不情之请……本王侧妃鸾夙近日小产，心内郁结，想请夫人为她开解一番。”他顿了顿，又补充道，“鸾夙母族姓云，与离信侯府也算近亲。”

出岫一口应承下来。她与鸾夙都出身风尘，又都经历过落胎之伤，算是同病相怜，尤其都与云氏沾亲带故，实在是不小的缘分。“南晗初、北鸾夙”，出岫也想见一见这位在风月场上与自己齐名的女子。

于是，两人便不多话，一起往鸾夙居住的小院走去。慕王虽是堂堂亲王，封邑又在富饶的房州，可他这座府邸并不奢华，至少不比离信侯府。慕王府的风格是简洁利落，阖府不见一花一草，全是参天古木，还有不少修竹。

慕王早早命人知会鸾夙有贵客到访，因而两人来到小院时，她已立在廊下相候。出岫远远瞧着，暗道鸾夙身段婀娜过了头，实在太瘦了。

她边走近边打量着鸾夙，觉得对方身上有一股难以掩饰的孤清高傲，并非明璎的骄纵跋扈，也不是云想容的矫揉造作——这是唯有书香门第才能培育出的气质。鸾夙不愧是北熙第一贤相的遗孤，自幼熏陶在良好家世之中，虽然沦落风尘多年，但仍旧不卑不亢。

要说眉眼长相，鸾夙并非人间绝色，然而能让两位人中之龙——北宣晟瑞帝、南熙慕王相继倾心，足见她绝不是俗世女子。

出岫顿时对鸾夙生出亲近之感，她足下脚步不停，口中轻轻对慕王赞道：“殿下好眼光。”

慕王只勾唇一笑，没有接话。

两人并步来到廊檐之下，出岫继续看向鸾夙。此时已近夕阳西下，淡金色的光影洒在后者身上，令她苍白的脸色有了些红润光泽。许是刚刚落胎的缘故，鸾夙的精神有些不济，略施粉黛也遮不住憔悴之意。

慕王显然是心疼了，未等鸾夙对他行礼，已蔼声道：“你身子未愈，不急着出来吹风。”若不是出岫亲耳听闻，她绝对想不到，这温润关切的声音是出自杀伐狠绝的慕王之口。

出岫看到鸾夙将目光从自己身上收回，施施然对慕王俯身行礼，道："无妨，养了二十余日，出来透透气也是好的。"

慕王闻言，目中闪过一丝安慰，顺势指了指身边的出岫，对鸾夙介绍道："离信侯府当家主母，出岫夫人。"

出岫礼节性地俯了俯身："妾身云氏，见过鸾妃娘娘。"

鸾夙仿佛是受宠若惊了，她睁大双眸，连忙回礼："夫人莫要折煞我了。"这一欠身，竟比方才她拜见慕王时的礼节还要郑重几分。

于是轮到出岫受宠若惊了。

两位女子互相客套着，慕王已对她们笑道："你们进屋再说吧。鸾妃不能吹风。"

出岫点头，又见鸾夙对慕王问道："殿下不进来坐坐？"

"不了。"慕王摆手，"今日有些紧急事务，况且女儿家的话题，本王也不便参与。"言罢转对出岫客气道："鸾妃身子未愈，劳烦夫人费心照看。"

出岫微笑颔首，表示应承。

慕王又深深看了鸾夙一眼，见她比往日精神了几分，才安下心转身离去。

鸾夙见慕王走远，便请了出岫进入她寝闺之中："内室简陋，教夫人见笑了。"

世人都以为富甲天下的离信侯府该是富丽堂皇，显然鸾夙也做此想。出岫明白她话中之意，只淡淡一笑："娘娘无须与妾身客套。慕王殿下已向妾身言明了您的身份，若论起资辈，您与先夫还算是表兄妹。"

这话一出口，鸾夙颇不自在地道："夫人也说了，咱们是近亲，那夫人也别称呼我什么'娘娘'了，我曾沦落何处为生，想必夫人一清二楚。"

听了这番话，出岫亦有些黯然，为鸾夙的自伤自怜，也为自己曾与之同病相怜。但她与鸾夙还是幸运的，至少都找到了真心相待的人，摆脱了以色事人的宿命。

为免对方再自怜自伤，出岫连忙转移话题，浅笑道："当年非烟姑姑逃婚离家之事，先夫也曾对妾身提及。谁能想到她竟是嫁给了名满天下的凌相，倒也是一桩良缘。"

鸾夙轻轻叹了口气："只可惜母亲福薄，过世得早。"

"如此才显得有情人之难能可贵。"说到此处，出岫也难以掩饰伤感之色，"这世间变故太多，若要寻到一双白首到老的鸳侣，何其难得。不说旁人，妾身与先夫便是活生生的例子。"

鸾夙果然表情一凝，不再说话。出岫见她这般模样，已确定她喜欢的人不是慕王，否则良人就在身边，她绝不会如此神伤。看来传言是真，鸾夙喜欢的是北宣晟瑞帝臣暄……

想到慕王方才对自己的嘱咐，出岫只得隐晦地劝慰她：“既有赏花人在侧，合该好生把握。若是自己都不珍惜容颜和身子，未等折花便已凋零，才是可惜之事。”

鸾夙闻言一怔，两行清泪潸然而下：“夫人，你不懂……”

出岫见状，更加确信心中所想。臣暄在北宣做皇帝，鸾夙却嫁到了南熙……这对有情人大约也相守无望了！道理虽在这里摆着，出岫还是违心地安慰她：“鸾妃娘娘要好生爱惜自己，终有一日，相思之人，必得相见。”

鸾夙只默默地垂首拭泪，哽咽一瞬才换上笑容：“听了夫人的劝解，我心里舒坦很多。不知为何，我只觉与夫人十分亲近。”

“娘娘不知为何，妾身却知晓。”她们自然是亲近的，都曾沦落风尘，都曾艳绝天下，也都在芳华正茂时觅得良人，历经传奇。而如今，都与相爱之人相隔天涯……

出岫没有再继续解释下去，看着鸾夙略显迷惑的憔悴容颜，只柔声道：“娘娘未出小月子，不宜操劳多虑，若想知道什么，大可去问慕王殿下。”

她并未对鸾夙道破曾经的身份，如果鸾夙想知道，慕王自会如实相告。

眼见劝慰得差不多了，出岫才望了望窗外天色，起身道：“云府琐事繁多，妾身先行告辞，得空再来与娘娘说话。”

鸾夙没有多做挽留，执意将出岫送到了院落外。

两人作别之后，出岫凭借来时的记忆，熟门熟路折回慕王的书房向他复命。

“世人都道出岫夫人有过目不忘的本领，如今看来果然不假。夫人方才只走了一次，便能记得这来回之路。”慕王负手客套道。

出岫向来记性甚好，初到云府时，她也是走一遍就能记得府内曲曲折折的路了。然而此刻听闻慕王这话，仿佛有些怪罪的意思，出岫拿不准，索性淡笑道：“冒犯殿下了。”

慕王摆了摆手：“她如何了？”

“该说的都说了，娘娘冰雪聪明，大概思索一两日便会想通。”

闻言，慕王紧绷的情绪霎时放松下来：“于公于私，夫人都是本王的恩人。”

恩人？若要说恩，最初是慕王先救了她一命呢！出岫客套回道：“云氏传承数百年，看似繁华如旧，实则早已人心涣散，处处皆是铜臭味。殿下成大事在即，能看得上云氏，是云氏的福分。”

慕王沉默一瞬，郑重以回：“夫人不惜以半数家产支持本王，此等恩情，本王没齿难忘。夫人放心，待本王事成之后，云府巨资必定奉还，再助夫人断了后顾之忧。”

两人又回到了方才密谈的话题上。出岫笑道："家财是小，人心是大。殿下事成之后，只需助我云氏扫清内患、保住昌盛即可。"

"夫人之胆色，果非寻常女子可比。你放心，若是事败，本王绝不会拖累云氏。"

出岫自然也不甘示弱，很是自信地回道："云氏经营数百年，这点自保之法还是有的，殿下放心。"

慕王点了点头，忽然不再说话，良久，长声叹道："一别三载余，再见夫人，当真教人慨叹世事无常……"回想从前与晗初在北熙的相识，再到如今云氏与慕王府的牵绊，都好似冥冥之中自有天意。

终于还是说出来了，彼此初见的往事。出岫亦是无限感慨："妾身也不曾想过，云氏与鸾妃娘娘还有这层关联，更没料到，我俩会以这般身份相见。"出岫是故意提起鸾夙的，如今她已捏准了慕王的软肋。

而慕王却犹自未觉，只以为出岫是随口感叹，便噙笑附和："'南晗初，北鸾夙'，谁能想到夫人会嫁入云氏，鸾夙也成了本王侧妃。"

这一句话，令两人都沉浸在了对无常世事的怅然之中，谁也没有再开口。

半晌，还是慕王打破沉默："犹记本王初见夫人，是在北熙黎都怡红阁。实不相瞒，当时本王听闻镇国王世子臣暄乃是爱花之人，猜测他必定会去观赏南熙第一美人，才设法进入夫人的香闺之中，欲与臣暄见上一面，共商大计。"

原来慕王那日躲在屋子里，是为了结识臣暄，商议合作事宜……出岫终于明白了这其中的前因后果。

"当日殿下藏在妾身寝闺之中，着实吓人得紧。只是镇国王世子前脚进门，妾身尚未看清他是何模样，便有一群杀手闯进来行凶，说来还应多谢殿下出手相救。"再想起当年的惊心动魄，出岫忽然有些怀念起来。

这一次，云氏暗地里支持慕王举事，也算是她偿还三年多前慕王的救命之恩吧。

而此刻慕王更是感慨万千，不禁想起救下晗初之后所发生的故事：

当日臣暄在黎都怡红阁被人刺杀，连累晗初也受到危险。他一念而起先救下晗初，再赶去欲救臣暄时，便瞧见鸾夙将人救走了。

若是当初他忽略晗初而先救臣暄，便不会遇到鸾夙，如此也没了三人那些爱恨纠葛。可若是当时他任由晗初被杀，则如今自己夺嫡谋事，又哪里能轻易得到云氏的巨资支持？

可见苍天那只翻云覆雨之手，早已将世事安排得诡异绝妙。

慕王越想越觉滋味莫辨，时悲时喜。出岫看在眼中，情知不便叨扰，遂识趣地道："今日出来久了，府中必定积攒许多事务，且容妾身先行告辞。"

只这一句话，便将彼此从往事拉回到现实之中。慕王没有多做挽留，又亲自将出岫秘密送回云府，唯恐她在路上有了闪失。

回到云府之后，出岫所做的第一件事，并不是去荣锦堂找太夫人。而是唤来竹扬，很是慎重地交代她："你悄悄去一趟小侯爷的私邸，告诉他随时做好离开的准备。"

# 第三章 人事易分花易落

出岫从慕王府归来的第三日，恰好是七月初一。南熙皇城传来消息，道是聂帝已下旨为慕王赐婚，命他娶左相庄钦之女为正妻，也就是名正言顺的慕王妃。

消息传出，立时在南北两国引起轩然大波！众所周知，慕王乃是戎马之人，在武将中颇具威望，但在文臣中无甚支持者。而左相庄钦不仅是文臣之首，门生更是遍布天下！慕王与左相联姻，这意味着什么？

意味着聂帝已经开始扶持慕王的地位了。换言之，聂帝想让慕王文武兼修。再深一步分析，慕王大约是聂帝心中的储君人选……

这对于刚刚取得后族明氏支持的福王聂四而言，是个不小的打击。须知皇后的兄长是右相明程，而慕王的岳丈是左相庄钦……

一个右相，一个左相，在南熙朝内是出了名的不对付。右相处世圆滑，左相正直孤高，无论是为人还是政见都相去甚远。这两人也互相牵制对方，微妙地制衡着朝内局势。

虽然就目前看来，右相略胜一筹，因为其妹是当朝皇后。可左相胜在门生众多，在南熙民间也德高望重。此次慕王与左相结亲，显然是聂帝有意立其为储君。

出岫得到消息之后，更是心焦不已：

其一，聂帝赐婚慕王，福王必不会坐以待毙，两王夺嫡一触即发，慕王第一步便会就近钳制沈予，用以要挟文昌侯；

其二，慕王即将去皇城京州迎娶慕王妃，倘若让他先走一步，就算沈予尾随离开房州，也大有可能在路上遭他埋伏；

其三，聂帝已算变相表态支持慕王，云氏又在暗中资助，慕王的赢面显然更大。若福王当真夺嫡失败，整个文昌侯府必会遭殃，想要保住沈予，必须让他尽快娶云想容！

三重危机，箭在弦上，沈予不得不走！

出岫只得再去一趟慕王府，明里是恭喜慕王大婚之喜。她知道，南熙皇子娶正妻都要在皇城完婚，由聂帝亲自主持，于是便小心翼翼地打听：“殿下准备何时启程去京州完婚？”

“不日启程。”慕王答得十分隐晦，“此次本王赴京，一来一回至少四个月，若是筹谋得当，一切便可尘埃落定。”

不日启程？到底是哪一日？可会与自己的计划相冲突？出岫在心中盘算着，面上却是粲然一笑：“云氏的钱庄遍布各地，既然您举事在即，不若趁此机会，让暗卫分赴各地押送现银回来，以备您不时之需。”

也不知是即将得势的缘故，还是因为情场失意，慕王并未多做斟酌，几乎是不假思索地应承下来，并给了出岫离开房州所用的通关文牒。

出岫唯恐慕王矢口反悔，连忙趁热打铁召集暗卫，吩咐他们前往各地押送云氏钱庄的现银。这件事她自知瞒不过太夫人，便如实禀告，得到了后者的首肯。

可有一件事她没对太夫人坦诚——她准备将沈予混在这些暗卫里送出城去。

这个法子出岫酝酿了很久，即便没有云想容半途杀出，她也准备按此方法送沈予出城。只是如今，有了云想容的逼婚，事情会方便很多。至少慕王看在云氏巨资支持的分上，不会怀疑她帮助沈予逃跑。毕竟如今沈予算是慕王的敌人，而云氏是慕王的盟友。

七月十五，月圆之夜，却注定了无法人月两团圆。云氏新任当家主母出岫夫人，亲自送两百暗卫出城，分赴各地押送现银回来。

夏风本是徐徐，出岫却觉得风声猎猎，她望着旷野里漆黑一片的夜色，以及夜色下待命的两百暗卫，心中是五味杂陈。这一次，她以公谋私了——用押解现银当幌子，用两百暗卫当幌子，送沈予出城。

这是当世最为神秘的组织之一，云府豢养了数百年的死士，不仅忠心耿耿，且武艺高强，比之南北两国纪律最严明的军队也不遑多让。由于他们大多在夜中行动，又从不以真面目示人，久而久之便得到一个称号——“云氏暗卫”。

今次暗卫们皆身穿夜行黑衣，脸覆银色假面，左肩之上统一绣着云氏的祥云徽标，俯首跪地恭敬待命。虽然他们是跪着，但那身姿却无比挺拔，也无比……视死如归。

在前往曲州、慧州等地的暗卫相继离开之后，最后一批人也准备就绪。这是暗卫中最精良的五十人，他们明里的任务是远赴京州押解银钱，但暗里其实是护送沈予。

这是出岫能想到最稳妥的法子，也是她所能做到的极限。明明知道沈予就掩藏在这一批人当中，但出岫认不出来。

为了将戏做真，也为了引开慕王的视线，出岫已很久没有见过沈予，彼此往来全靠竹扬秘密传话。她其实很想再看他一眼，再嘱咐他一句，只因她知道，再见已是遥遥无期。

想着想着，出岫竟有些鼻尖酸涩。可在这些暗卫面前，她不能落泪，她要维持当家主母的威严。出岫强忍泪意，目光从每个人身上一一划过，试图寻找那个熟悉的身影，可，她最终还是失望了。

也罢！这该是好事，证明沈予隐藏得够深！连她都认不出来，想必即便慕王在场，也认不出来了吧？

出岫唯有凝着嗓子，冷声道："你们是优中选优的暗卫，从无败绩，这一次也只许成功，务必将人安全送到京州！"

"必不辱命！"五十人齐声回道，语气铿锵。

出岫朝暗卫头领略微点头示意，头领便对众人命道："启程！"言罢一众黑影立刻翻身上马，动作整齐划一、干脆利落。

夜半的夏风吹起，伴随着旷野里诸多马匹的嘶鸣声。出岫重新坐回马车之上，微合双目，想要忽略那突如其来的离别悲伤。

车辇又开始辘辘而行，耳边风驰电掣的声音不断响起，是暗卫们出发了。他们都持着慕王特批的文牒，夜中出城也无人阻拦。只要能出了烟岚城……沈予便算是成功一半了。

出岫死死攥着手心，任由马车驶回云府。不知为何，她只觉心跳得极快，除却与沈予分别的悲伤之外，还有一种惶恐不安的情绪……

就在马车快要驶回云府之时，出岫终于被这巨大的惶恐所惊，倏然对驾车的竹影命道："快！去南城门！"

云府坐落在烟岚城北，去京州却要从南城门走，这几乎是要穿越整座烟岚城了！竹影感到有些诧异，可到底不敢违逆出岫之意，只得掉转车头又往反方向驶去。

也不知是巧合还是冥冥天意，恰在此时，一个黑色身影骑马飞驰而来，远远便能瞧见那银光面具闪耀非常。出岫撩开车帘望去，本以为是沈予，待到近处定睛一看，才发现是暗卫头领。

"夫人！慕王在南城门将兄弟们截住了！说要一个个取下面具看过长相之后，才让离开。"头领一边翻身下马，一边亟亟禀道。

出岫闻言大惊："荒唐！慕王当我云氏是什么？"她此刻又恼又怕，只好自己给自己壮胆子，对头领命道："你先回去告诉他们，我随后就到！先不要轻举妄动！"

暗卫头领得命而去。竹影也不禁加快赶车速度，不过小半个时辰，便已赶到南城门下。

天上的圆月已悄悄隐匿在密布的乌云之后，仿佛昭示着今夜会有一场不同寻常的干戈。出岫提着精神不敢有半分懈怠，迫不及待撩开车帘望去。

只见南城门下插着数支火把，火光中两拨人马正在紧张对峙。一拨人军服在身，足有百余人，一看便是慕王麾下的亲卫；另一拨人银光覆面，身着黑衣，不多不少恰好五十人，正是最后一拨出城的云氏暗卫。

出岫未到跟前已远远感到血腥杀气，心思也随之沉到深渊。慕王他，还是怀疑了！心思转了几瞬，马车已停了下来。出岫走下马车，故作沉稳地对慕王亲卫们道："妾身云氏出岫，欲请见慕王殿下。"

此时她已难以抑制声音中的颤抖，幸而场面气氛凝滞紧张，两拨人马都高度集中着注意力，便也无人察觉她的异样。

慕王果然是治军严明。若换作其他军队兵士，听到"云氏出岫"这四个字，想必都难掩好奇之心，早就回头看了。可慕王的亲卫却纹丝不动，个个面色紧绷与暗卫对峙着，如同蜡像一般。只有那领头人循声望来，客气地道："见过夫人。"

出岫哪有闲工夫与他客套，不禁又道："劳烦大人通传一声，这其中想必有什么误会。我云氏暗卫出城，是得了慕王手令的！"

"本王在此。"出岫话音刚落，一个挺拔的黑衣男子已从一众亲卫中走出，双手背负、面带魅笑、风采绝世、心思莫辨，不是慕王聂沛涵是谁？

看来，沈予是难逃此劫了！

出岫下意识地往那五十暗卫看去，确信看不出哪一个是沈予，才略微安了神。她几乎是咬着牙质问慕王："殿下这是何意？这些暗卫出城，难道不是您允准的？"

"自然是本王允准的。"慕王魅笑不变，绝世容颜看向出岫，"不过本王又改变主意了。你这些暗卫若要出城，必当取下假面，待本王亲自验人之后，才能放行。"

出岫心中猛然一沉，面上表情更是凝重："殿下可知，云氏暗卫从不以真面目示人。若要他们揭下面具，唯有一死。"

"凡事都有特例不是吗？"慕王打定主意不为所动，看向出岫道，"正因为这些暗卫身负重任，本王才必须万分小心。"

万分小心？出岫冷笑："那殿下为何不查前几批出城的暗卫，偏偏为难这一批？"她努力让自己看起来底气十足，面沉如水再次质问，"殿下这是不相信妾身，还是不相信云氏？"

"夫人言重了。本王自然相信云氏，怕只怕有人浑水摸鱼，不仅要弄了本王，也坏了离信侯府的威名。"慕王笑意未减，语调无甚起伏很是冷凝。

慕王只说相信云氏，却未说相信她……出岫听出来了，又哪里肯让步？"殿下可要想清楚了，暗卫是我云氏的死士，取下他们的面具，便犹如打我云氏的脸面！”

听闻此言，慕王凤眼微眯，一双长眸在出岫面上打量半晌，似是极力忍耐着怒意，又似在斟酌什么，片刻再道：“本王冒犯在前，先给夫人赔个不是。但今日这些暗卫的假面，必须要取下来！”

对方执意如此，出岫惊怒不堪。这已不仅是关乎沈予安危的问题，而是关乎云氏威望的问题！她抬起清眸决然地与慕王对视，冷声道：“数百年来，还没有谁敢要求云氏暗卫取下面具。虽说云氏已今非昔比，又支持殿下举事，但这旧例决不能破，您也不该提这过分要求！”

即便放弃北熙产业，即便出资支持慕王，但云氏并非南熙仕族，也与他聂七没有隶属关系。这等要求，她怎能答应？

“看来云氏是没有福气为慕王效劳了。”出岫右手一抬，打算示意暗卫们撤退。

谁知这一个指令还没落下，前方空荡荡的街道上忽然响起急促的马蹄声，众人一致循声望去，只见一人一马匆匆行来，那骑马之人是个年轻男子，手中还持着一具火把。

来者是慕王的贴身侍卫。火光映照之下，他一脸焦急之色，翻身下马跪地禀道：“属下岑江，有要事禀告。”

慕王见他这副模样，霎时脸色一变，问道：“她怎么了？”

她？想必是指鸾夙吧？出岫侧耳倾听，但见岑江已行至慕王身边，欲言又止。

慕王顺势看了出岫一眼，又对岑江道：“出岫夫人不是外人，你但说无妨。”

岑江这才开口回禀：“鸾妃娘娘落胎之后身子未愈，今晚突然腹痛难当，府里的大夫束手无策，属下便私自做主，请了沈小侯爷前去诊治。这会子让管家陪他抓药去了，您看……”

岑江话还没说完，出岫又是心中一惊。沈予在为鸾夙诊治？今晚他没来？

想到此处，出岫长松一口气，再抬眸去看慕王，果见他表情阴晴不定，也不知是担心鸾夙还是怎的，蹙眉不语。

出岫只觉得底气又足了几分，冷冷问道：“慕王殿下，您是要回府探望鸾妃娘娘呢，还是要继续验查我云氏暗卫？”

慕王看向出岫，却也只是看着，没有任何表态。

出岫作势叹了口气，话语不卑不亢，又略带遗憾，连她自己都分不清此时是不是在做戏：“想我云氏真心支持殿下，您却反生怀疑。既然如此，妾身也无话可说了。此事只好作罢。”

出岫记得太夫人曾说过的话，自己年纪轻，又是个寡妇，即便说错什么话，慕王也不会多做计较。因此，她也就放开胆子了。这般一想，出岫已再次抬手，一个

"撤退"的手势便要落下。

就在此时，慕王终于开了口："夫人息怒，是本王冒犯了。兹事体大，本王难免过于慎重。再者常言道，宁可错杀不可放过。"

宁可错杀不可放过……听到最后这句话时，出岫不禁打了个寒战，她能想象到沈予留在烟岚城的下场了！行事狠戾阴鸷的慕王，又怎会轻易放过他？

出岫眸光转了几转，一个失神便没有立刻回话。可看在慕王眼中，还以为她仍在生气，便只得再退一步，攀上交情："鸾妃染恙，本王不便在此久留。云氏是她的母族，算来本王与云氏也是姻亲……今日冒犯之处，改日自当登门向太夫人和夫人当面谢罪。"

出岫是识趣之人，眼见慕王已赔了罪，也知晓自己不能太过分，便佯作软下声音，道："如今云氏与慕王府同气连枝，妾身又怎会拆您的台？疑人不用，用人不疑吧。"

慕王听此一言，便知出岫解了气，他尴尬地轻咳一声，再道："如此，这里就有劳夫人照看了，本王回府看看鸾妃。"

"请代妾身向鸾妃娘娘问好。"出岫再道。

这句话说得很合时宜，慕王的面色又缓和几分，对出岫颔首致意："多谢夫人，本王一定转达。"言罢他已示意亲卫们撤退，又命人牵过坐骑，翻身上马飞驰而去。

慕王的亲卫头领一直站在不远处，方才也将慕王和出岫的对话听了个七七八八，便带着百余名慕王亲卫匆匆离开。为方便云氏的暗卫出城，临行前他还特意吩咐守城将士先行回避。

南城门下终于又恢复了诡异的寂静，方才还冷凝对峙的气氛也松懈下来。五十名暗卫从始至终都没有做过声，如今亦是做待命状。

出岫望着空空荡荡的城下街道，情知沈予今夜无法出城了。可这些暗卫们却不得不走……

错过这次机会，出岫不知沈予还能不能逃出去。但今夜他没来，其实算侥幸逃过一劫，也变相保下了云氏与慕王的关系。想到此处，出岫略感安慰，已没有精神再去指挥暗卫，便吩咐竹影道："你让他们出城去吧。"

竹影深深蹙眉："小侯爷还没到。"

"他今晚来不了了……只好再寻其他机会了。"出岫低眉叹气，打算返回马车上。

岂料，此时街上忽又响起一阵马蹄之声，来者一身黑衣，脸戴银光假面，那身形……万分似沈予！

出岫又惊又喜，未等沈予走近，已连忙示意竹影："快！将他带到车上来！"

说着已率先上了马车。

片刻后，打扮成暗卫模样的沈予也坐上马车，顺手取下面具，对出岫笑叹：“今夜好险，我都出了一身冷汗。”

这一个多月里出岫一直避见沈予，演着两家决裂的戏份。此时瞧见他，还是在这种情况之下，也难免眼眶一热，有些激动又有些斥责地道：“你到底怎么回事儿？要吓死人吗？”

沈予一副吊儿郎当的模样，坏笑一声解释道：“我也不想啊！我刚准备更衣出门与你会合，慕王府的人就找上门来了，说是慕王的侧妃身子不适，请我去诊治一番。我还以为是‘请君入瓮’的戏码，斟酌半晌才壮着胆子过去。”

沈予当时唯恐生变，便将暗卫的衣裳穿在里头，外头再套上自己的衣服，随慕王府的管家走了一趟。好在当时天色已晚，也无人发现他多穿了衣服。

来到慕王府后，沈予便为鸾夙诊治了一番。其实鸾夙的身子并无大碍，不过是落胎失调的后遗症。沈予担心赶不上出城，便借口说鸾妃娘娘病情严重，慕王府没有合适的药材，他要回自己府中取药。

鸾夙在慕王心中的地位如何，整座慕王府上下皆知。侍卫岑江把沈予的话当了真，也不敢怠慢，连忙出门向慕王禀报，让管家带着几个侍卫陪沈予回府取药。

沈予毕竟是有功夫在身的人，一出慕王府便两三下打昏了管家和侍卫，又解开马车上套着的马，一路飞奔赶来南城门。

沈予三言两语将今夜发生之事说完，出岫却听得胆战心惊，亟亟道：“慕王府就在城南，离此处不远，他若回府发现你逃跑，怎会轻饶于你！事不宜迟，你赶紧出城去吧！”

眼下慕王关心则乱，牵挂心上人的病情才会如此大意。若他冷静下来仔细回想，必然会发现其中的破绽！出岫不敢赌，也不敢让沈予去赌……

“再不走就来不及了！”她催促他道，“这五十暗卫路上任你差遣。你回京州之后，我会立即向文昌侯府施压，让你在最短时间内迎娶想容。你……多保重。”

沈予点了点头，但身形未动，一双潋潋深眸回望出岫，目中写满了不舍与牵挂。就在出岫以为他要下车之际，他却忽然伸手握住她一双柔荑，郑重其事地问道：“晗初，你舍不得我是不是？你不想让我娶云想容是不是？”

出岫尚未反应过来，已感到沈予紧了紧手中力道，语气灼灼地表白：“只要你开口让我留下，我便不走了，云想容我也不娶了！”

人非草木孰能无情。出岫低眉望着沈予宽厚的手掌，自己的一双手正被他紧紧握着，那温热的触感令她无比安心。可，她何德何能要他以性命来守护？留在房州，他唯有死路一条。

出岫只好强忍鼻尖酸涩，直直抬眸斥责沈予：“你胡闹什么？！”说着已从他掌心里抽回双手，掩于袖中。

果然，沈予失落了，但对他而言，出岫拒绝是在意料之中。他只好缓缓抬手戴上银光假面，将表情隐藏在面具之后，没有再说一句话。

出岫见他还不下车，急得狠下心再道：“你死心吧！从前、如今、往后，我都不会喜欢你！开弓没有回头箭！云想容你不得不娶！”言罢她已探手为沈予掀开车帘，干脆利落地与他道别，“保重。”

假面后的那双俊目终于没了任何神采，没有失望，亦无不舍。沈予探出身去打算下车，只一瞬却又忽然转身，握住出岫的手放下车帘，同时飞快在她唇上印下一吻。

继而，身形一闪，人已离开马车。

出岫觉得自己手上一热，腰身一紧，唇上已被擦了一下。滚烫、柔软，盈满沈予独有的气息。她下意识地再次掀开车帘望去，见沈予正背对着她牵过马匹，缓缓走入暗卫之中。

虽然他只留给她一个背影，但那身姿很是挺拔，也足够，孤独决绝……出岫不敢再多看一眼，匆匆对竹影一摆手，示意他下令让暗卫出城。

数十匹骏马同时嘶鸣而起，朝着烟岚城外疾驰而去。不消片刻，城门下已空空如也。出岫愣怔地坐在车上，手中还死死攥着车帘一角，稍不小心，已用力过度将车帘拽了下来。

没有了帘子的阻挡，夜风阵阵灌入马车之中，吹起出岫一缕发丝，恰好拂过她的唇角。那微痒的触感，一如片刻之前的匆匆浅吻。

出岫深深嗅着空气中残留的药香，朝马车外再次望去。眼前唯有竹影独立于夜风之中，哪里还有那闪烁的银光与杀气？只剩下一片空空荡荡的萧瑟而已。

人事易分，残花易落。

# 第四章 一波未平一波起

就在沈予出逃的第二日，慕王借口成婚之事，启程南下京州。出岫知道他是追击沈予去了，但她摸不清楚，慕王到底知道了多少，又怀疑了多少。

至少从表面上看，如今慕王用着云氏，一时半刻不会发难。但若长久来看……出岫实在没有把握。她唯有抓住与鸾夙的交情，希望将来慕王得知真相后，会看在这一层关系上，不予计较。

出岫知道，凭借云氏暗卫的速度，以及沈予逃生的决心，慕王是铁定追不上了。再者，各地还有自己人暗中打点，藏个人也无甚困难。只要沈予离开房州，离开慕王的封邑……剩下的事，不仅云氏暗卫会处理，沈予的姐夫福王也不会坐视不管。

此事还是没有瞒过太夫人。出岫受了家法，理由不是她帮助沈予逃跑，而是她将睚眦必报的慕王玩弄于股掌之中，并且，极有可能搭上云氏的前程。

出岫受的家法不算重，太夫人顾及她作为当家主母的面子，只进行了秘密责罚。但即使如此，出岫还是躺了将近一个月，待完全康复时，已是八月中旬。与此同时，暗卫传回消息——沈予成功逃回京州。

出岫不敢想象，从房州到京州，少说也要近一个月的路途，沈予是如何不到二十天就走完的。她知道，即便有云氏暗卫沿路安排，沈予也必定吃了不少苦头。

出岫为他感到庆幸，但明面儿上该做的戏还是得做——对沈予逼婚。出岫立刻奏请太夫人，请她老人家亲自修书一封，向文昌侯“哭诉”此事，要求给云氏一个交代。

这边厢逼婚的书信刚送出去，那边厢二房已开始迫不及待地准备嫁妆了。此后不久，文昌侯故作羞愤地回信一封，言明沈予一定会负责到底。近几年云府死的死、走的走，实在太冷清太晦气，因此云想容的婚事很令仆婢们期待，好似也为阖府增添了不少喜气。

一切都是暗藏风云，但又悄无声息地如愿进行……

十月初十，慕王在京州大婚，娶当朝左相之女为妻。早在九月底，出岫已修书告知身在京州的云羡，请他代表云氏一族出席婚宴。毕竟如今云府多是女眷，丧夫的丧夫，待字闺中的待字闺中，世子云承也年纪尚幼。因此，由三爷云羡出面恭贺便显得理所应当，也不算失礼。

好巧不巧，就在慕王成婚的第二日，文昌侯府也把聘礼送到了云府。二姨太花舞英笑逐颜开，云想容更是一脸娇羞。

原本一切进展都很顺利，岂料，半路起了一桩风波——南熙九皇子、诚郡王聂沛潇派人上门提亲。提亲的对象不是别人，正是她云府大小姐云想容，只不过，是做郡王侧妃。

这让花舞英陷入了两难境地：

爱女若是嫁给沈予，理所应当是做正妻。但文昌侯府形势微妙，日后命运如何，还得看福王与慕王的争储结果。

爱女若是嫁给九皇子，她便鱼跃龙门成为皇亲，自然是扬眉吐气。但云想容只是个侧妃……

花舞英挣扎良久，最终还是偏向了九皇子，便去荣锦堂找太夫人商量，想要退了文昌侯府的婚事。

恰好出岫也在太夫人屋里，也是来商议此事的。花舞英有些搁不住脸面，毕竟论理而言，如今的当家主母是出岫，她应先找出岫商议才对，然她却径直找了太夫人，这算是越级，何况还被出岫抓个正着。

花舞英有些尴尬，但想起来意，只得厚着脸皮道：“太夫人、夫人，我是为想容的婚事来的。”

“二姨娘来得正好，我也正要派人请你过来。”出岫表情淡淡，看不出什么不悦之色。

花舞英不愿多费周章，直白问道：“我也不瞒着，我想问问九皇子来提亲的事儿，您二位怎么看？”

听闻此言，太夫人瞟了出岫一眼，后者看懂暗示便开口答道：“文昌侯府是四皇子党，而九皇子与慕王交好，显然，这明里是婚姻之争，暗里却是两派权势之争。如今九皇子忽然上门提亲，大约是想彻底断绝云氏与四皇子的关系吧。”

花舞英听得似懂非懂，亟亟道：“夫人，我不懂这个，我只想知道，您属意想容嫁给谁？”

“自然是按原来的计划，嫁去文昌侯府。”出岫不假思索回道。

嫁去文昌侯府？花舞英大为不满：“那您还与太夫人商量什么？这便是你们商

量的结果？”

出岫只觉得好笑：“我们是在商量，该如何回绝九皇子。”

“回绝九皇子？”花舞英听了此话终于按捺不住，跺脚道，“不可！应该选九皇子为婿！他堂堂皇子，不计较想容是庶出，也不在意她定过亲，这多难得！小侯爷虽然答应娶想容，但勉强得很，想容嫁过去怎会有好日子过？”

出岫闻言又是一笑，犀利反问道：“想容不是对小侯爷痴心一片吗？她愿意悔婚另嫁？”

花舞英支支吾吾了半晌，才道：“是我的意思，想容并不知情。”

出岫对她实在没有脾气，只得再劝：“二姨娘，我方才说了那么多，便是想告诉你，九皇子娶想容的动机并不单纯，乃是为了拉拢云氏，不想让四皇子占了先机。这种权谋联姻，明明白白是在利用云氏，想容会幸福吗？”

花舞英却早已准备好说辞，索性一股脑儿道出来：“九皇子好歹是皇子，母族又显赫，想容若跟了他，日子不至于过得艰难。可若是跟了小侯爷……万一四皇子倒台，她作为沈家的媳妇，必然会受到牵累……”

“胡说八道！”听了花舞英一席话，太夫人终于开口喝斥，“你以为嫁入皇室，就能保住想容了？我告诉你，她嫁给聂九只是做妾！妾是什么地位你不知道吗？聂七若想过河拆桥，就算想容做了聂九的正妻也没用！”

太夫人说话毫不客气，句句不给花舞英留情面：“你自己做了一辈子妾，还想让闺女也跟你一样？你就这么下贱的想法？我云氏的女儿，入宫为后为妃都绰绰有余！聂九以侧妃的名分来求娶想容，原本就是侮辱！也只有你这小家子妇人，才会当成抬举！”

一顿话劈头盖脸，将花舞英说得不敢反驳，只敢小声嘀咕：“做妾也要看是做谁的妾……”

幸好，太夫人没听见这句。

但出岫听见了，她眼看气氛尴尬，便出面缓和道：“二姨娘糊涂了，小侯爷重情重义，想容也算对他有恩，以后他不会亏待想容的。而且，咱们已接了文昌侯府的聘礼，若是悔婚，对想容的名声也不好。依我看，还是不要节外生枝了，明日便知会文昌侯府来接新娘子吧！”

花舞英心里颇不痛快，可到底不敢忤逆太夫人的意见。又想起女婿是云想容亲自挑的，便只好不情不愿地点头了。

婚事还是按照最初的构想进行。依照南熙嫁娶的习俗，文昌侯府很快请了当朝礼部尚书前来请婚，其后云想容便带着精挑细选的丫鬟奴仆，还有令人骇然的巨额陪嫁，浩浩荡荡地前往京州与沈予拜堂成亲。

关于九皇子插足求娶的这一段，也让太夫人找个理由圆了过去，自然，是要沈予来背这个黑锅。大抵借口是：沈予酒后误闯云想容的闺房，已经毁了她的清白。因而云府只能婉言谢绝这桩求婚，并对此深表遗憾。

这番说辞令人找不出破绽，九皇子也只得作罢。

冬月十五，沈予与云想容在京州完婚。由于文昌侯"正在病中"，两人的婚事便一切从简。云氏与沈氏联姻，是继慕王成亲之后，引发南熙朝内震动的又一件大事。

冬月二十，慕王与新王妃回到烟岚城。紧接着慕王派人传话，请出岫过府一叙。

"本王从京州成婚回来，路上曾两次遇袭。"慕王开门见山。

其实出岫早已听说了他的遇袭事件，一次是在京郊山岭，一次是在四皇子福王的封地。但她决定假装不知，便故作关切地问："遇袭？殿下可有损伤？"

"无碍，本王早有准备。"慕王冷笑一声，"老四开始动手了，本王也不是任他拿捏的。若不出意外，三个月之内，他必会等不及造反了。"

"造反？"这两个字的意思是……

"不错，造反。"慕王对出岫魅惑一笑，"狗急了会跳墙。你记住这句话。"

出岫无法想象，慕王用了什么手段逼福王公然造反。无论如何，皇子逼宫都是不明智的，要么是胜券在握，要么是困兽一击，且无论成功与否，儿子造反老子，这"不孝"的罪名是背定了。更何况，福王素有"仁善"之名……

出岫正想着，但听慕王再道："他要造反，必然要用兵。说到用兵，老四远不及本王。"

听这口气，慕王是胸有成竹了。出岫只得点头："妾身预祝殿下得偿所愿。"

闻言，慕王凤眼微眯，半晌没有说话。就在出岫准备再起个话题时，才听他突兀地说道："云大小姐出嫁时，本王在回来的路上，也没留在京州观礼。如今总得表示些心意，一会儿差人将贺礼送至府上。"

这一番话下来，只字不提沈予出逃之事。出岫心下稍安，又客套了两句以表谢意。

岂知慕王语锋一转，还有后话："老四举兵造反之后，本王会消极用兵一段时日，局势会暂且倒向老四那边儿。届时什么话该对大小姐说，什么话不该说，还望夫人心里有数。"

原来这才是重点！慕王怕她泄露风声给云想容和沈予，从而让福王得知内情。出岫心思一沉，面上却笑道："您放心，妾身自有分寸。"

慕王"嗯"了一声，再看出岫一眼："夫人与沈小侯爷很熟稔？"

"小侯爷对妾身曾有大恩。"出岫只回了这一句。她知道慕王早已摸清了所有故事，因此她并不打算多费唇舌。

"本王敢问夫人一句，若有朝一日沈予威胁到了云府的地位，夫人在二者之间会如何取舍？"慕王语气平平，说出的话却咄咄相逼。

只这一问，出岫背上已渗出了冷汗。这个问题，她曾想过无数遍，沈予和云府……若要她伤害沈予，她做不到。可若要舍下云府，她更做不到。

为了云辞……出岫咬了咬牙，狠下心回道："妾身是云氏的媳妇，自然以家族利益为重，以个人恩怨为轻。"

"是吗？"慕王隐晦地暗示她，"还请夫人记得今日之言。"

从慕王府回来不久，出岫与慕王密谈之事便步步发生，毫无遗漏。

整个腊月，慕王府都没有任何大动静，只有些小情小爱的传闻闹出来，要么是说王妃庄氏与侧妃鸾夙争风吃醋；要么是说鸾夙与北宣晟瑞帝藕断丝连；要么是说当初慕王本来就是强娶鸾夙……

直至年关将近，慕王仿佛一直沉浸在两房妻妾所制造的烦扰之中，无暇顾及朝中大事。而他新婚燕尔便家丑外传，世人也对他颇为同情。

与此同时，云氏暗卫传来消息：四皇子福王在朝内多遭弹劾，不仅被人揭发他曾两次偷袭慕王，且他负责的差事也屡屡办砸，不时有血腥事件发生。

一时间，各种传言如雨后春笋般冒了出来，矛头纷纷直指福王伪善，令他多年来塑造的"仁善"之名及文治之功毁于一旦。出岫足不出户尽知天下大事，听了各地暗卫的密报，也不禁为慕王的手段拊掌叫好。

四皇子福王，果然等不及了，开始在暗地里密谋举事。

新的一年，在南熙晦暗不清的夺嫡局势中悄然到来，比以往任何一年都令人紧张。空气中都暗藏着刀光剑影，仿佛稍有不慎，一场"大事"便会一触即发！

就在这时，京州也传来了关于文昌侯府的消息——老侯爷在沈予成亲之后再次发病。这一次他是真的重病了，带着对家族前途的忧心忡忡而病逝。不过出岫认为，文昌侯死前应是欣慰的，至少他溺爱的嫡幼子成了云氏的姑爷，已无性命之忧。

沈老侯爷的丧葬办得十分隆重，南熙聂帝、皇后明氏亲自前往府中祭拜，也算全了文昌侯府的颜面。待过了年关，沈予的大哥——世子沈赞正式承袭爵位，继任文昌侯。这一次，云氏作为沈氏的姻亲，依然是由身在京州的三爷云羡代为恭贺。

慕王大婚，身处同地的离信侯府，派出云羡出面恭贺；新任文昌侯继位，作为姻亲的离信侯府，还是派出云羡恭贺。这看似对两派不偏不倚，旁人一时之间也观望不出云氏的想法。

就在新任文昌侯继位的当月，四皇子福王终于公开举事，矛头直指七皇子慕王挑拨离间、两面三刀。而慕王只是消极抵抗，大喊冤屈的同时，一直没有太强势的动作。

慕王与福王的夺嫡之争终于摆到了明面上，时称“慕福之争”。

此后，福王先发制人，慕王显得措手不及，整个局面好似都倒向了福王。而偏偏聂帝隔岸观火，看着两个儿子斗来斗去，并不表态支持谁。

慕王说过会消极抵抗一段时日，趁机看清朝内局势，因此出岫笃定他会在此役中胜出。况且，表面上虽是慕王败退，可银钱却没少花，大笔大笔的银子都从云府运了出去。

由于慕王花销太大，最后迫不得已，出岫只好下令将几个钱庄关了。为此，乱世之中再添风云，大家纷纷传言云氏新任主母持家无能，不仅弃了北熙的族人和生意，如今连南熙的生意也管不好了，竟然被迫关闭钱庄。

甚至有人说，因为世子云承是过继来的，出岫夫人才打算将个烂摊子交到他手里。

再后来，不知是谁别有居心放出谣言，说是夏嫣然并非溺水而亡，二爷云起也不是死于意外，三姨太闻娴更不是病逝——出岫夫人才是内斗败家的罪魁祸首！

眼看着关于出岫的谣言越来越多，太夫人除安慰几句外，也没再表示什么。出岫费尽心思几经查探，才发现消息的来源是皇城京州……

这便有些微妙了。能知道云府这么多内情，人还在京州的，只有两个：嫁去文昌侯府的云想容、管理京州生意的云羡。前者对出岫有情爱之妒，后者对出岫有杀母之仇，二者都有嫌疑。

无论是谁散播谣言，总之出岫的名声是毁了。随着慕王的“节节败退”，云氏关闭的生意也越来越多，虽然明面上给出的缘由是回避战事关掉铺子，但云府家底变薄是不争的事实。

短短三四个月光景，“出岫夫人”在南熙百姓心中，已成为一个不择手段上位、牝鸡司晨、能力不足的红颜祸水，甚至有人分析，素来战无不胜的慕王屡战屡败，也是因为遭了她的晦气。毕竟，两人同在一城。

太夫人见出岫为了这些传言终日苦恼不已，到底是看不下去了，特意将她唤来荣锦堂：“依我看，你也不必揣测了，这事儿不是想容和老三做的。”

出岫见她一副深知内情的模样，连忙问道：“不是想容和三爷？那是……咱们的敌人？”

“不是敌人，是盟友。”

“您是说……慕王？”出岫大感意外，“他为何要散播这种传言？”

“为了转移世人的注意力。”太夫人捏了捏手中的串珠，高深一笑，“如今两王相争拼的是权谋，也是兵力。你仔细想想，聂七在军事上节节败退不可疑吗？他一个惯常用兵之人，会输给文治起家的聂四？即便聂四手下有谋臣，可放眼南熙，谁的兵法能敌得过聂七？何况他还有聂九襄助。”

“您是说……如今慕王故意败退，他怕惹人猜疑，便放出烟幕弹，让世人将视线转移到我身上？”出岫问道。

太夫人点头：“以这些秘辛和你扶正的故事，再加上我云氏的名望，难道还不足以引起世人好奇？”

的确足矣。出岫恍然大悟，心里对太夫人更为敬佩：“还是您看得透彻……不过，您是如何知道的？”

“原先我也不太确信。”太夫人挑眉再笑，“直至最近传言说你是不祥之人，还说聂七节节败退是染了你的晦气，我才确定这造谣的主谋是他。”

太夫人将手中串珠搁在案上，继续解释：“别看我每日念经礼佛，其实我并非信佛之人，但世人却信奉怪力乱神……聂七将你说成祸水，你又与他同在烟岚城，那他沾了你的晦气屡战屡败也是正常。这谣言一出，无论他以后是胜是败，总有条退路，不至于被世人诟骂从前浪得虚名。”

原来如此！这也是权谋之术的一种吧！出岫心道，慕王可真是狠，自己如此支持他，他反而牵扯自己下水，为了转移矛盾制造出这等谣言，实在可恶可憎可恨。

“别想了，他是在报复你帮沈予逃跑呢！否则为何专挑你下手？”太夫人叹了口气，“慕王聂七心胸狭隘、行事狠戾，世所皆知。你摆他一道送沈予离开，他必然怀恨在心。依我对聂七的了解，他用这种手段整治你，已算仁慈了。”

听闻此言，出岫唯有苦笑：“原来是这么个内情……我记得这教训了。”

太夫人“嗯”了一声：“如今你想想，我让你受了一顿家法，你亏不亏？若不给你吃个教训，日后你在他聂七手里只会更惨，这也算是我老太婆变相给他赔个错。”

如此一解释，出岫也明白了太夫人的良苦用心，不禁羞愧地低下头去：“我知错了。可慕王这报复的法子……我宁愿再受一次家法，也不愿让世人如此看我。”

“放心吧！聂七既然让你做他的挡箭牌，日后也定有法子帮你洗清，只看他肯不肯了。”太夫人劝慰出岫，又教她一招，“聂七容得了你一次，但绝不会有第二次。你多与他的侧妃走动走动，他自会明白你的意思。”

太夫人这番话，出岫深以为然。她曾亲眼目睹过慕王对鸾夙的一片深情，只要云氏还是鸾夙的母族，想来慕王不会太过为难。

“日后再碰上沈予这种事，宁肯当面求聂七放人，也不能暗地里使小动作。我原本想着你不开窍，大约会登门为沈予求情，谁知道你这次如此聪明，将他混在暗卫里送出城。这胆子，我自问都得斟酌斟酌。”太夫人话中虽是斥责，但却是笑着说的，出岫觉得她并非生气，相反好似是种夸奖。

此后又过了三个月，出岫一直生活在谣言之中，忍受着各种流言蜚语。直至有一天，两王夺嫡有了新的进展，这才转移了世人的注意力——福王聂四造反失败。

事情的经过，出岫身在烟岚城并不十分清楚。据暗卫送来的密报上说，福王举着“手足怙乱，相煎何急”的旗帜，迫不及待地攻往了皇城京州。这是极为失败的一招，让福王的野心昭然若揭，也让他积攒数年的仁善之名彻底毁于一旦。

与此同时，慕王却反攻了。他以福王“造反”为由，一鼓作气直捣福王的封地曲州，并且先斩后奏，将其妻妾子女尽数处死，一个活口没留。沈予的姐姐作为福王正妃，自然没能逃过此劫。

事情发生时，福王正在皇城周边指挥作战，听到这一消息险些昏厥。谁想，慕王竟然两面夹击，吩咐一队人马前去处置福王的亲眷，自己则带着另一队人马大举南下，一路上战无不胜、攻无不克，直捣皇城。而且举出的旗帜是“护驾救国”。

显然，在声势上，福王已经输了。更何况，慕王根本没给这位四皇兄留一条后路，而是将他的妻妾子女一并杀尽。这等手段足够铁血，也足够令人胆战心惊。

终于，一切纷纷扰扰逐渐接近明朗。六月十九，慕王击溃福王人马，攻入皇城京州。在南熙皇宫大殿之上，聂帝被迫在两个儿子面前做出抉择——选七弃四。四皇子福王悲愤交织，在大殿上刎颈自尽。

此后，慕王顺利拿到了聂帝的禅位旨意。但他没有即刻在京州登基，而是以“旗开得胜”的忠君孝子姿态，启程返回封邑房州，继续做他的慕亲王，也给世人留下一个贤孝的好名声。

至此，一场激烈的夺嫡之争尘埃落定——慕王聂七成为南熙储君。明眼人一看便知，下一步，他的野心会是统一南北。

然此时此刻，出岫无暇为慕王的胜利而开心，也无暇为自己的远见卓识而自豪。她的心思全都放在了文昌侯府——慕王既然如此决绝，将沈予的姐姐、福王妃沈萱诛杀，出岫几乎可以想象，文昌侯府会是怎样一个下场。

“母亲，我要救沈小侯爷。”出岫前往荣锦堂，言辞恳切地道，“福王事败，文昌侯府下场堪危！”

太夫人轻飘飘地瞟了出岫一眼：“你急什么？沈予的大哥也不是吃素的，想必已设法自保了。”

“连福王都被逼得引颈自刎，慕王岂会轻易放过沈予一家？万一他要文昌侯阖府陪葬……”话到此处，出岫已变了脸色。

“出岫，你如今的言行已经逾越了你的身份。你选择支持聂七，不惜重金资助，如今他举事成功，正该是咱们云氏好生笼络之时。你既然知道聂七的为人，便该清楚，在这个节骨眼上你不能保沈予，若你再忤逆他一次，云氏下场堪忧。”太夫人沉声教训道。

听闻此言，出岫霎时泪盈于睫，仿佛沈予之死就在眼前："您以前说过，我若想力保沈予，就不要在背地里使小动作，当面向慕王求个人情即可。"

太夫人轻轻叹了口气："这话是我三四个月之前说的，当时我也不曾想到，聂七竟然如此狠辣，将聂四一家赶尽杀绝……"她一副惋惜神色，又叹，"想容这枚棋，咱们是要弃了。"

弃了！弃了云想容，便等同于弃了沈予！

"母亲！"出岫亟亟唤道，试图让太夫人改变主意。

太夫人只摆了摆手，阻止她继续说下去："你如今是当家主母，一言一行都代表着云氏的态度。我不能让你为了沈予胡闹！"

"如今慕王正意气风发，若能挑个好日子去提沈予的事，兴许他会同意呢？"出岫不愿放弃，"您让我试试行吗？"

"哦？你要如何试试？"太夫人一副好奇模样。

其实出岫也没有十足的把握，兼之此时脑中混沌一片，只得胡乱脱口道："我想去找慕王的侧妃鸾夙。"

"你还嫌身上的污水少吗？"太夫人怒极，一口否决，"你找鸾夙攀交情，请她帮忙搭救沈予，聂七会如何想？他必定以为你在利用鸾夙！鸾夙是他心爱的女人，你利用她，聂七又怎会善罢甘休？"

听了这一席话，出岫心里乱了套，急得"扑通"一声下跪道："母亲！您也知道沈小侯爷是我的恩人。在京州时，若不是他搭救收留，我早已葬身火海了！后来他也屡屡相帮……再者想容是我云氏的女儿，我怎能见死不救？您难道要让世人说，云氏连自家的女儿和姑爷都保不住吗？"

太夫人一生看重荣耀和面子，听了出岫的最后一句话，她果然沉默起来。片刻之后，才道："你说得对，倘若文昌侯府满门抄斩，世人必定说我云氏无能，保不住自家女儿女婿。往后咱们与聂七的关系公开，还有可能会招人非议，说咱们牺牲一个庶女去谋求阖族荣耀。"

"我也正是此意。"出岫连忙附和。

"是我大意了，没想到这点。"太夫人似有些疲倦，捏了捏眉心，再道，"我老了，考虑事情不周全了。你若想试试，那就去吧。"

为了能让太夫人安心，出岫斟酌片刻，将自己与慕王的相识经过说了出来。她与慕王，是旧识了！也许因为这个缘由，慕王会对她宽容一些？

果然，太夫人得知两人相识始末之后，心里好像踏实了些，便道："你记住，凡事以家业为重。"

得到太夫人的允准之后，出岫便思忖着该如何说服慕王，甚至连世子云承的课业都忽略了。但越是等待，越是心焦，原本以为慕王拿到禅位旨意之后就会返回烟岚城，岂知他又径直去了北宣！秘密前往！

若不是云承的生父云潭派人告知，出岫还不知道这事。可见慕王的手段越来越高，已能避开云氏在各地的眼线了。

时日在等待中一点一滴流逝。待到慕王从北宣返回烟岚城，已是当年十月中旬。出岫送帖拜见，但这一次等了两天才有回复——因为前来拜见慕王的人太多了！

今时不同往日，慕王毕竟是未来的帝王，只要是能攀上点关系的人，都会在此时前来锦上添花，趋炎附势。一时之间，慕王府门庭若市。但慕王还算给云氏面子，只让出岫等了五天便传见了她，日子定在十月二十一。

这日一大早，出岫刚准备出门，人还没跨出云府门槛，管家云忠却捏着一封书信匆匆来禀："夫人，大事不好！三爷在京州下狱了！"

"下狱了？"云羡向来行事稳重，怎会犯事下狱？出岫忙问，"怎么回事儿？"

"三爷在京州……逛青楼。为了一个青楼女子与人大打出手，结果失手将人打死了。原本咱们能摆平的，可后来才知，死者名唤'明璀'，是当朝右相的次子，也是皇后的亲侄子。明氏为此不依不饶，皇后也去聂帝面前哭诉，三爷便被下狱了……"

死者是明璀？出岫觉得这名字很是耳熟，猛然想起，他正是当初去追虹苑搜人的那个，后来被云辞三言两语打发了。沈予来房州之后还曾无意中提过，茶茶最后也跟了这人。

可云羡怎会失手将明璀打死，还是为了一个青楼女子？出岫越想越觉得奇怪："消息可靠吗？"

"可靠。是京畿大牢传来的消息，三爷已被关押好几天了。明氏奏请发落，如今聂帝压着呢。"管家边说边将书信呈上。

出岫接过来仔细看了一遍，不禁深蹙娥眉，心思一沉……

云羡如今是老侯爷唯一的血脉了，绝对不能有任何闪失。况且，自己被泼了几盆子脏水，将夏嫣然、云起、灼颜、闻娴的死全部背了黑锅，倘若云羡再死了，难保世人不会以为又是她"出岫夫人"的狠毒手段。

于公于私，她都不能坐视不管！但此事又万分棘手：虽说如今聂帝禅位的旨意已下，可慕王尚未登基，聂帝还是一国之君，明氏也依然是后族。死者明璀是皇后的亲侄子，换了哪家都咽不下这口气。

出岫暗中猜测，明氏敢将事情闹大，必定是想以云羡为筹码，与云氏谈什么条件。如此也好，至少云羡一时半刻不会有性命之忧。

出岫一咬牙，对管家云忠道："这事儿我知道了，你去向太夫人禀报一声吧。"言毕带着竹影匆匆去了慕王府。

因为云羡的事耽搁，出岫比预计迟到了小半个时辰。来到慕王府时，慕王正在小院里射靶，例无虚发、箭箭命中。出岫等了好一会儿，慕王才好似刚发现了她，似笑非笑招呼一声："夫人来了。"

"妾身见过殿下。"出岫勉强一笑，"先恭贺殿下旗开得胜，得偿所愿。"

"得偿所愿么？"慕王口中重复一句，面上有一闪而过的失意，继而又恢复如常，对出岫道，"多亏了夫人的支持。云氏一半家产，本王三年之内必当如数奉还。"

"三年？这么快？"出岫摇了摇头，"您又何必较真儿呢！我云氏既然出资支持您，就没想过要回这钱。日后您荣登大宝，一统两国之后，能多多照顾云氏即可。"

慕王深深看了出岫一眼，才笑回："本王难道对云氏还不够照顾？至少对夫人够了吧？"

出岫心中一动，知他意有所指，忙道："您大人不记小人过，是妾身莽撞了。"她决定把话说开，"小侯爷于公于私，都与云氏密不可分。他不仅是我云氏的姑爷，且还是妾身的救命恩人。这等关系，妾身怎能坐视不理、见死不救？"

"左右您如今是彻彻底底赢了，妾身也赔上了名声，这事儿您消气了行吗？"出岫刻意软语服低。

慕王瞧着出岫这副模样，不知怎的有些恍惚。他险些忘了，眼前这女子才刚过完十九岁生辰，而且是风尘出身……他忽然想起了鸾夙，还有他的九弟——诚郡王聂沛潇。

犹记几年前，九弟曾对晗初的琴技仰慕一时，更在听说她香消玉殒之后，做了一首《朱弦断》。他始终没有机会告诉九弟，晗初还活着，而且嫁入了云氏。也许是他私心所致，自己爱上了风尘女子，又爱而不得，便也不希望九弟重蹈覆辙。毕竟，晗初已成了离信侯遗孀……

想到此处，慕王不胜感慨，便对出岫回道："本王为何要消气？若是还没消气，夫人你会如何做？"

出岫摆出为难的表情，沉吟片刻道："那妾身只好斗胆打扰鸾妃娘娘，请她出来说项。毕竟云氏是她的母族，妾身还算她的嫂嫂。"

听闻此言，慕王阴鸷的表情一闪而过，但很快他又笑了："夫人很聪慧，这次知道对本王当面说了。实不相瞒，你若背着本王去找鸾夙，即便本王当时答应，事后也不会轻饶云氏。"

他宁肯当面挨刀子，也不能容忍背后的小动作。

慕王这一席话，令出岫长舒一口气！这证明她的路子是对的！先是坦白从宽，再提与鸾夙的关系，最重要的是，得知道忍一时之委屈，主动低头。眼前这毕竟是个男人，“以柔克刚”的招数还是管用的，慕王也是“吃软不吃硬”。

出岫轻抚额头苦笑出声：“妾身话说到这份儿上，您若还不消气儿，妾身唯有硬闯文昌侯府救人了……”

慕王终是大笑两声，听着很是舒畅：“你只顾着云大小姐和姑爷沈予，云三爷不管了吗？”

这事已传到慕王耳朵里了？出岫定了定神：“妾身还没来得及开口……”

“夫人好胃口，登一次门，要救三条人命。”慕王颇具深意地再问，“那夫人为何不先提云三爷之事？”

“因为三爷尚且没有性命之忧，明氏顾及云氏威名，不会轻易动手。只要妾身坐视不动，明氏自会找上门来提条件。”出岫不假思索地答道。

“啪啪”两声脆响传来，慕王拊掌笑道：“不愧是云氏的当家主母，夫人一语中的。”

出岫摇了摇头：“若是从前侯爷在世，明氏哪敢如此放肆？还不是欺负我们阖府的寡妇，生意又一落千丈，今非昔比……”她故意提及生意，是想让慕王明白，云氏现下这么艰难，全是支持他的缘故。

“本王也很欣赏离信侯，他英年早逝的确令人遗憾。”慕王这一句说得诚心，又道，“至于生意，夫人且再支撑个两三年吧。待本王寻到龙脉宝藏，自然会将借用的银钱归还。”

龙脉宝藏？大熙王朝分裂之前，皇室留下的宝藏么？没想到，在南北分裂八十余年之后，这龙脉宝藏竟让慕王找到了！如此说来，他承诺归还云氏钱财不是虚言。

出岫连忙逢迎道：“看来殿下真是天命所归，注定要一统南北了。连龙脉都让您找到了！”

这句话慕王很受用，终于绽开一个魅惑的笑意，对出岫道：“就为了夫人这句话，本王也要管一管云三爷的事儿。况且本王年幼之时，没少被皇后明臻使绊子，十年风水轮流转，如今也该让明氏‘尝尝鲜’了。”

他笑意不改，继续道：“世人都说本王睚眦必报，若不给明氏一点苦头，本王岂非‘浪得虚名’？”

出岫险些忘了，明氏支持的是福王，慕王与他们不对付。此刻见慕王痛快答应相救云羡，她不禁心中大喜。但想起明程、明璀、明璎三父子的嘴脸，还是忍不住问道：“三爷下狱之事，会不会是被明氏陷害的？他并非莽撞之人，也不是个花天酒地的浪荡公子，怎会为了青楼女子大打出手？”

“不是陷害。”慕王陈述事实，“今年年初，惜花阁来了个姜族女子，半年之内红透京州的风月场。云三爷时常过去给她捧场，后来撞见她被明璀调戏，大怒之下英雄救美，谁知失手将明璀打死了。”

慕王的话意有所指，看着出岫道：“不过明璀的死状很可怖，浑身是伤、七窍流血，似是中了毒。”

姜族女子、云羡英雄救美、明璀死状可怖……出岫在心中细细联想，总觉得这三者之间有什么联系。想着想着，竟也不自觉在慕王面前走了神。

片刻之后，出岫才明白了慕王话中之意：“多谢您提点，妾身懂了。”

一定是四姨太鸾卿去了京州，还沦落风尘……那明璀究竟是被云羡失手打死的，还是被鸾卿下毒害死的？

只不过，慕王既愿意出手相帮，想来云羡和鸾卿也无性命之忧了。出岫长舒一口气的同时，不忘小心翼翼地试问：“那我家大小姐和沈小侯爷的事……您看……”

# 第五章 旧时知音难相逢

出岫希望慕王能放过沈予和云想容，岂料对方闻言笑回：“沈予虽是云氏的女婿，但听说与云大小姐不甚和睦。夫人你看这样如何，由本王做主劝他二人和离，云大小姐另行改嫁。如此一来，沈予的生死就与你云氏无关了。”

这是不愿放过沈予了！出岫娇颜一沉，倒有几分别样的美妙风采。她抿唇沉吟片刻，再问：“您就不能看在云氏的面子上，放沈小侯爷一马吗？”

“夫人可知‘放虎归山’？本王今日放他一马，怎知他以后不会卷土重来？”慕王仍不松口。

“沈小侯爷根本不是弄权之人！”出岫亟亟代沈予解释，“他从前是一味花天酒地的世家公子，后来又长住房州，并未参与时政。文昌侯府的抉择与他无关！他若想要出仕，几年前当今圣上收他做螟蛉义子时，他便不会推辞了。”

“本王自然知道沈予不是弄权之人，可他却是个热血之人。其父沈淙与本王是对头，其兄沈赞暗地里也帮了老四不少，沈予能放，沈赞不能放。若有朝一日他要为父兄报仇，本王岂不是放虎归山，自讨苦吃？”慕王态度很是坚决。

出岫这下真的急了，不管不顾地再劝：“殿下！得饶人处且饶人！沈小侯爷是圣上义子，与您也算半个手足。如今福王已死，您若再将他处死，世人只会说您不顾手足之情！”

这话一出口，出岫立刻后悔，她自认说得太直白犀利了，万一惹怒慕王怎好？于是未等慕王反应，她连忙解释道：“是妾身失言，您多海涵。但妾身话语之中并无恶意……”

出岫原以为慕王会为此大发雷霆，岂料他却大笑起来：“能看到夫人失言失态，本王甚是快慰。”

出岫一愣，不明白他话中之意。

"方才本王不过是试探夫人，看你救沈予的决心到底如何。如今看来，夫人是个知恩图报、重情重义之人啊！"慕王对出岫如是评价。

听此一言，出岫更有些摸不着头脑。她知道慕王喜怒无常，眼下对方虚虚实实这一招，她实在不解其意，于是只得回道："妾身自然是知恩图报之人。四年多前您的相救之恩，妾身也一直不敢忘怀。"她自问这句话很是诚恳。

慕王在出岫面上打量一瞬，才笑道："本王也不后悔当年救过夫人。"他双手背负走了两步，见出岫面色凝重，终于松了口，"夫人重情重义，本王也不是凉薄之人。沈予既是云氏的女婿，本王便放他一条生路。但文昌侯府的爵位是必定要摘的。"

这么快又改变主意了？慕王到底是怎么想的？出岫正讶异于慕王态度的转变，后者已噙笑而回："本王原本就打算放了他，方才试探这么多，还请夫人见谅。"

原来当真是个试探……

事到如今，只要能保住沈予的性命，出岫哪里还顾得上被慕王戏弄之事？忙道："多谢您手下留情！"

慕王摆摆手："其实不只是你，本王九弟也开口替沈予说情了。他二人年纪相仿，私交不错。"话到此处，慕王停顿片刻又道，"不过，本王虽能放过沈予，但其兄沈赞必死无疑。"

无论慕王是看谁的面子，能救下沈予，出岫已然达成所愿，又怎能开口再为沈赞求情？只是，往后沈予没了家世依靠，沦落为平头百姓，大约要依附"云氏女婿"的名义而活了！

但只要活着，就有希望！出岫眼眶一热，心中大石终于落地，强忍着情绪再次道谢："您这个人情，妾身铭记于心。以后慕王府但有所命，妾身义不容辞。"

"义不容辞？看来沈小侯爷在夫人心中很重要啊！"慕王似笑非笑，语气很是玩味。

出岫情知说多错多，无奈再道："您何必明知故问？妾身与小侯爷交情如何，岂能瞒得过您？"

慕王笑着没有接话，忽然转移了话题："夫人如今年方十九，难道真要寡居一生？"

说起这个话题，出岫面色万分郑重："妾身心意已决，矢志为先夫恪守不渝。"

慕王点头轻叹："夫人此举实在令人敬佩。"他沉默一瞬，又道，"其实沈予配不上你。"

配不上吗？出岫只觉嗓子发干，便深吸一口气笑道："您多虑了，小侯爷如今……是妾身的妹婿。"

再说下去，就是话题禁区了。出岫见此行目的均已达到，便有意回避慕王的问话，起身告辞道："殿下还有什么吩咐？"

"的确还有一件事。"慕王凤眼微眯再看出岫，魅惑的俊颜上是一副看戏的表情，"经铎今日到访烟岚城，本王将设夜宴款待，于礼该邀请夫人出席。"

经铎，正是当今九皇子、诚郡王聂沛潇的表字。

九皇子来烟岚城了？也对，如今大局已定，只等着慕王哪日高兴了赴京州登基，九皇子来房州找他，也不需再掩人耳目了。

出岫忽然想起了那首《朱弦断》，当时她曾感念过这段知音之情，也曾想过，有生之年彼此见上一面……可如今自己身为云氏当家主母，又是个寡妇，有些举动便不大合适了。

想到此处，出岫婉拒慕王："您说笑了。妾身寡居，不宜抛头露面……"

"夫人是怕他将你认出来？其实不必为此担心。本王曾问过经铎，当年晗初挂牌之时，他人在包厢内，只闻其琴未见其人，即便看见了，也只是个朦胧的影子。时隔多年，他早已记不清晗初是何模样了。"慕王解释道。

出岫摇了摇头："诚郡王前来，必定有要事与您相商。您两位手足相亲，又是许久未见，自然有千言万语要说。本该是一台家宴，妾身去了反倒多余……更何况，妾身酒量尚浅，又是寡居，实在不便……"

慕王见出岫如此坚持，也没再多劝，况且他本就是按礼邀请而已："也罢，本王不做勉强。"

这话音刚落，王府管家的禀报声已在门外响起。

"进来吧！"慕王看着管家进门，先行问道，"人来了？"

管家点头称是："诚郡王殿下马上就到府门外。"

慕王立刻心情大好，笑道："本王亲自去门外迎接！"

看来这两位皇子当真是手足情深。出岫见九皇子已到，更不敢久留，便再次告辞："那妾身也告退了。"

"本王随夫人一道出去。"

这一白一黑两个绝世的身姿走在慕王府里，都是步履匆匆——一个急着避嫌离去，一个急着迎接兄弟。

待走出慕王府正门，外头仍旧空空荡荡一片，九皇子还没到。出岫让竹影将马车赶至门前，最后对慕王得体一笑："妾身告辞。"言罢已款款转身，抬步欲上马车。

便在此时，街上忽然响起马蹄之声，铿锵匆匆，听声便知是匹骏马。出岫循声望去，远远瞧见一个男子驭马而来，身姿潇洒，紫袍怒马，看着很是意气风发。

继而，街上又出现了十余匹骏马，都远远跟在其身后，将整条街道充斥得热闹起来。出岫猜测当先一骑是九皇子聂沛潇，不过彼此隔得太远，她只匆匆看了一眼，便上了马车，朝云府返回。

片刻之后，九皇子聂沛潇已疾驰到慕王府门前。以往他来房州都是偷偷摸摸，这一次因为时局已定，他便来得光明正大，打定主意要在此吃喝玩乐一段时日，赏遍美景风光。

聂沛潇边想边从马背上跃下，神采奕奕，毫不掩饰激动之情："七哥！"

"九弟。"慕王亦是高兴不已，又看了看随行的侍卫仆从，笑问，"没坐马车？"

聂沛潇不耐烦地摆手："坐车太慢了。咱们行旅之人还是喜欢骑马，只有姑娘家才喜欢坐车！"

聂沛潇说完，又望了一眼前方辘辘远去的金顶马车，随口一问："七哥是出来送客？好像还是位娇客？"他方才在马上看见一个白衣身影款款上车，因隔得太远，马匹又颠簸，只来得及看到一个模糊的侧影。不过只是侧影，已很婀娜。

"你别乱说话，那是离信侯府的出岫夫人。"慕王笑着解释。

岂知聂沛潇却不屑地挑眉，望着云府渐行渐远的马车，道："原来是天下最有钱的寡妇。"

慕王听出他话中的轻蔑之意，好奇地问："你对出岫夫人有意见？"

"我哪里会对她有意见？又没什么交情。"聂沛潇笑着调侃道，"这女子也算传奇了，凭借个遗腹子上位，还能把谢太夫人哄得言听计从。"

其实聂沛潇的确对出岫不满，这里还有另一个原因——他诚心求娶云想容，却遭拒绝。后来他听说沈予与出岫夫人关系匪浅，便笃定自己被拒婚是出岫的主意。

想到在云府墙外听到的美妙琴声，聂沛潇不禁有些失落。原本以为能找到一个与自己志趣相投、琴箫默契的女子……况且他听说沈予不愿意娶云想容。但云府还是逼着沈予娶了她，而沈予又是自己的好友……

聂沛潇越想越是对出岫不满："我诚心求娶云家大小姐，却遭猜疑别有居心，定是这寡妇的主意。"他轻哼一声，"云府的寡妇，个个脑子有病。谢太夫人为难我母妃，出岫夫人又为难我，也不知上辈子结了哪门子仇！"

慕王见自家九弟如此愤慨，只觉得好笑："怎么又将母妃和谢太夫人的恩怨给揪出来了？"

聂沛潇无奈地叹了口气："七哥你早早封王出宫，自然不知道，母妃隔三岔五就在宫里发牢骚，对我述说当年如何被谢太夫人算计的事。我听得耳朵都起茧子了……"

慕王闻言，与聂沛潇对视一眼，两人不约而同哈哈大笑起来。也不知是笑他们的母妃对往事耿耿于怀，还是笑聂沛潇每次聆听时的无奈。

七皇子与九皇子并非一母同胞，但却甚为亲厚，这在南熙朝内已是公开之事。

而这其中，还牵扯了一桩宫闱秘辛。

慕王的生母出身低微，只是一州小吏的女儿，且还嫁过人。当年聂帝喜欢微服出巡，偶然在房州地界认识了这位年轻美貌的寡妇，哄骗之下与之几夜风流。聂帝本没打算将她带回宫中，然而这美貌的寡妇却意外怀了身孕——便是七皇子聂沛涵。

无奈之下，聂帝给寡妇安排了新的身份，迎进宫中封了个不大不小的位分。因为寡妇是在民间生下七皇子，随后才被纳进后宫，所以后妃们对她多有鄙夷，认为她行举不端，以子嗣谋得入宫的机会。

聂帝这人极好面子，有时想到将一个寡妇纳进宫中，也觉得有损自己的英名。再加上明后从旁挑拨，寡妇又不适应宫廷生活，便慢慢地失去宠爱，患病抑郁而死。

后来贵妃叶氏见七皇子年幼丧母，又想着自己膝下无嗣，便奏请聂帝，将年仅三岁的七皇子接到自己宫中抚养。哪知三个月后，叶贵妃自己也怀上身孕，并且一举得男——生下了九皇子聂沛潇。

此后，叶贵妃满心照看亲生儿子，曾有几年忽略了七皇子的存在。直至九皇子五岁那年，偶然发现自己的七哥被皇后明氏的宫婢欺负，便回来告状，叶贵妃这才发现，自己对七皇子多有疏忽。

叶氏与明氏本就不对付，无论是前朝还是后宫都斗得厉害。叶贵妃见明后欺人太甚，连小小宫婢都敢欺负她收养的皇子，着实跟聂帝告了一顿枕头状。

因为此事，叶贵妃对七皇子心生愧疚，又恰逢有人算命说七皇子是个福星。她想起自己多年无嗣，收养七皇子后不满三月便怀上龙裔，遂对“福星”一说深信不疑。

自此，叶贵妃终于开始正视七皇子的存在，对膝下两位皇子都视如己出。但聂帝只疼爱最小的九皇子，对七皇子仍旧不冷不热。七皇子小小年纪心高气傲，便在十三岁时自请去军中历练。

说来这七皇子真是个军事奇才，短短两年便在军中历练得十分沉稳，立下几件军功。叶贵妃想到他在宫里不招聂帝待见，便问他是否愿意开府单过，当时七皇子年仅十五岁，却毫不犹豫地点头。

于是，叶贵妃动用娘家势力，恳请聂帝为七皇子封王出宫。聂帝一口应允，封他为“慕郡王”，让他在京州城内开府单过。翌年，十六岁的七皇子出兵收复慧州，聂帝又晋封他为“慕亲王”，并将房州赐给他作为封邑——房州是七皇子生母的家乡，也是聂帝与之定情的地方。

如今不过短短八年，房州已在慕王和云氏的共同打理下，成为南熙最富饶的一个州。而慕王这些年不仅立下赫赫军功，还将九皇子也带出一番功勋。兄弟两人互相扶持，兼有叶贵妃的娘家暗中帮衬，才有了今日的胜利局面——

南熙江山，已尽在掌握；北宣江山，也势在必得！

因为这段旧事，向来阴鸷狠戾的慕王，唯独对九弟聂沛潇疼爱有加，也对叶贵妃很是尊敬，唤她一声“母妃”。

兄弟两人一边回忆旧事，一边往慕王府里走，都觉得此番成功来之不易。如今慕王“救驾”有功，又拿到了聂帝的禅位旨意，只等时机成熟便可公之于世，继位登基。

再想起叶贵妃与谢太夫人的恩恩怨怨，慕王仍觉得小题大做：“这么多年过去了，母妃怎还对这桩旧事耿耿于怀？你也不劝劝她？都是要做太后的人了，何必？”

眼见兄弟二人都进了待客厅，聂沛潇才将左右屏退，轻叹一声：“这些年谢太夫人风生水起，名满天下，母妃自然心中愤懑。”

谢太夫人谢描丹与叶贵妃叶莹菲，未出阁前便是出名的死对头。谢、叶两家同为曲州世家、书香门第，两家闺女又是同龄，无论美貌与才艺都不分伯仲。为此，两家人没少暗中较劲，都想为自家女儿博得“曲州第一闺秀”的名声。

当时，云辞的父亲云黎还是世子，老侯爷不知怎的看中了曲州叶家，便为世子云黎提亲，想求娶叶家嫡女叶莹菲为正妻。叶莹菲听说是离信侯府求娶，自然欢喜非常，哪知隔天便听到一桩小道消息，说是南熙皇帝有意替太子求娶谢描丹做太子妃，也就是未来的南熙皇后。

叶莹菲本没多想什么，欢天喜地准备做离信侯世子夫人，还特意派人去打听世子云黎的人品才华。几日后，打听消息的人前来回话，将云黎说成一个花天酒地、不学无术的浪荡公子。叶莹菲急了，连忙找闺中姐妹哭诉，商量对策。

岂知那闺中姐妹无意中提起，说谢描丹知道云、叶两家联姻之后，嗤笑叶莹菲即将嫁给一个“废物”。叶莹菲哪能咽得下这口气，又想到谢描丹即将做南熙的太子妃，对比之下便心生不满，执意回绝了离信侯府的提亲。

这事过后仅仅三个月，曲州传遍一个消息——离信侯府向谢家下聘，即将迎娶嫡女谢描丹做世子夫人。至此，叶莹菲才恍然发现自己是被算计了，再去打听，才知道南熙皇室根本没有求娶谢描丹做太子正妃，而是侧妃！

更令叶莹菲气愤的是，叶家回绝离信侯府提亲的消息不胫而走，逐渐传遍了南北两国，几大世家听说之后怕得罪云氏，无人敢向叶家提亲。叶莹菲想到离信侯府的地位，又想到谢描丹做了世子夫人，也对其他世家公子再无兴趣了——她不想比谢描丹嫁得差！

当年年底，南熙老皇帝病逝，太子聂竞择即位为帝，宣布立明氏的女儿明臻为皇后。第二年，聂帝下旨选秀，广开后宫之门。眼看叶莹菲在闺中无人问津，“曲州第一闺秀”的头衔也因此拱手送给谢描丹，叶父万般无奈之下，将女儿送进宫中为妃。

这么多年来，叶莹菲一直耿耿于怀，每每提到云氏和谢家也是一脸愤恨。当年听说云黎逝世，谢描丹守了寡，她不知道有多高兴。再后来，谢描丹成为云氏当家主母，她又不高兴了，她自觉只是个籍籍无名的贵妃，而谢描丹已经名动天下。

故而在叶莹菲心中，第一死对头是谢描丹，其次才是皇后明臻。

叶莹菲将这事憋了十多年，后来见两个儿子都长大知事，便一股脑儿地抱怨出来。并且，她说过一次之后再也打不住，会时不时地提起，累得两位皇子每每都要安慰她一番。

因此，慕王很能体会聂沛潇的无奈。听了这么多年，兄弟俩早都听腻了。

慕王觉得又无奈又好笑："谢太夫人守寡多年，独子云辞英年早逝，如今云府的地位也大不如前，日后必定被我牵制。难道母妃还不解气？"

"七哥你想想，谢太夫人都落到这个地步了，母妃还难以释怀，可见这老太婆有多狠。"聂沛潇鄙夷道，"当年谢描丹年纪轻轻，就能摆母妃一道，自己嫁去离信侯府。如今这个出岫夫人是她一手调教的，必定得了真传，心计颇深。"

谢描丹当年阻挠他母妃的婚事，如今出岫又阻挠他的婚事，聂沛潇怎能不恼？他越想越发气闷，一张贵气逼人的俊颜上满是恼火之色，对慕王道："七哥，你能否找个借口让出岫夫人再来一趟。我想会会她。"

"哦？你真的想见她？"慕王挑眉，凤眼之中神色莫辨。

"是啊。我想看看她到底是个什么样的女人。"聂沛潇毫不掩饰语中鄙薄，"她一个婢女，听说还是沈予送给云辞的，哪知后来就变成了离信侯遗孀。结果遗腹子也落胎了……七哥你不觉得这事儿蹊跷吗？说不准她本来就没怀孕，是为了上位假孕而已。"

"你为何猜测她是假孕？"慕王又问。

"宫里这事儿还少吗？假孕争宠屡见不鲜。"聂沛潇摇了摇头，"都说最毒妇人心，这女人若是算计起来，男人可差得远。也正因如此，不到迫不得已，我绝不立妃，只豢养姬妾。"

慕王闻言，笑着戏谑道："那是谁口口声声说不立妃，转身又去求娶云大小姐？为此还遭了母妃的训斥？今日这事你不说清楚，我可不会让你安生。"

"这个……"聂沛潇干笑一声，慎重斟酌起来。要说实话吗？说他因为一曲琴音，对一个素未谋面的女子心生爱慕？可是，如今云想容都已嫁人了，他不想破坏她的名声，于是聂沛潇打定主意不说："七哥只管为难我，今晚要灌我多少酒，我都无话可说。这事儿你别再问了。"

慕王见他不愿作答，也没有执意相问，便笑着转移话题："世人皆知你有三大爱好，'美酒'乃是其中之一。我若今晚灌醉你，这哪里是为难，这不正合你意吗？我才不会让你称心如意！”

听闻此言，聂沛潇朗声大笑起来：“还是七哥懂我！”两年前，他曾在一个世家子弟的宴会上，公然表示自己有三大爱好，还认认真真排了序，将音律放在首位。后来有人问起“打仗”在他心里排第几，他当时回说：“仅次于成婚！”

自此之后，京州城内便流传开来——诚郡王聂沛潇有三大喜好：音律、美酒、美人；还有两大憎恶之事：成婚、打仗。

想到此处，聂沛潇又对慕王笑言：“其实今晚，咱们该铆足劲头把对方灌醉。我灌醉了你，那是做弟弟对兄长的恭贺；你灌醉了我，才能套出我的话，知道我为何想娶云想容。”

“这主意不错。”慕王附和而笑。

聂沛潇又道：“择日不如撞日，要不今晚就将出岫夫人请来？我一个郡王光明正大来到房州，还不够资格让她出面接风？”

“你对出岫夫人这么感兴趣？”慕王见他屡次提及出岫，虽然语气不善，但却十分迫切想要见上一见。

“世人不是传言她害死好多人么？如今云府一门寡妇，这女人看来很有手段，我也想见识见识。”聂沛潇坦诚道，“我的确对她很好奇。”

慕王一听这话，更不能让聂沛潇见出岫了，只怕到时再生出什么事端来。他这个九弟自小被惯坏了，皇子脾气大得很，对兄弟虽讲义气，但若恼火起来，什么话都敢说，什么事都敢做。

如此一想，慕王便打定主意回绝，更何况出岫也不愿抛头露面：“其实方才出岫夫人登门时，我已邀她今晚赴宴。她自言是寡居之人，不大方便见客，便婉拒了。”

聂沛潇听了这话心里很不是滋味：“有什么不能抛头露面的？她是云氏的当家主母，难道抛头露面还少吗？”聂沛潇语带不满。

慕王闻言眉峰微蹙，不由自主便替出岫开口解释：“她虽是当家主母，可平日见的都是云氏族人和府中家奴，有什么抛头露面之事，也甚少亲力亲为。你这话失之偏颇了。”

慕王这番解释，反倒引来聂沛潇的诧异：“七哥竟会为她说话？”

慕王见聂沛潇对出岫的误解越来越深，又想起那首《朱弦断》，不禁更加感慨。他虽不希望这两者有什么牵扯，但云氏毕竟是南北第一世家，他也不想聂沛潇与之结仇，多惹事端。

“其实你误会了，出岫夫人的差名声是我传出去的。一则是为了转移视线；二则是为了教训她。”慕王如是说道，希望能令聂沛潇对出岫的看法有所改观。

“她的坏名声是你传的？”聂沛潇更诧异了。

“嗯。”慕王点头。

“这就奇了。你说为了转移视线，我能理解这意思，是怕世人盯着你和老四不放，再看出什么端倪……可你‘教训’出岫夫人，这又从何说起？她不是咱们的盟友吗？”聂沛潇不解地追问。

慕王便将沈予出逃的原委说了一遍，最后又道：“因此，我怀疑云想容和沈予的婚事，是出岫夫人一手促成的。目的是在我事成之后，保下沈予一命。”

原来如此……聂沛潇听后不禁沉吟起来，心中不知对出岫是个什么看法。须知这世间敢在背后算计他七哥的人，寥寥无几，女子更是绝无仅有。单就这件事来看，这位出岫夫人的确有胆有识。

况且，听起来她对沈予挺不错，不惜冒着性命危险助他逃走。聂沛潇自己也与沈予有些交情，但他自问做不到这一步，何况出岫夫人一介女流。

这般一想，聂沛潇又不禁对出岫另眼相看起来。而更让他另眼相看的，是云想容。明知沈予在劫难逃，云想容还是愿意嫁给沈予……这等女子与自己无缘，委实是桩憾事。聂沛潇不禁叹了口气。

“经七哥这么一说，我对出岫夫人的印象是改观了一些。不过她心计颇多，这点肯定不假，否则也做不了当家主母。”聂沛潇如是评价出岫。他自幼长在宫中，早已看透了女人心计。

“出岫夫人的确具有远见卓识。至于心计，哪个女子没有呢？”慕王摇头轻叹，“连鸾夙都有，何谈她人。”

聂沛潇闻言，神色郑重地道：“但我仍旧觉得，这世上必定有纯真无邪的美好女子，善良美丽、品行端正。唯有这种女子才值得我喜欢，无论她出身高低。”

说着说着，兄弟二人都沉浸在了对于感情的无奈之中。屋子里沉默了好久，最终还是聂沛潇先回过神来，大笑着道：“七哥还想鸾夙呢？走了她，还有别的女人！天涯何处无芳草，今夜你我不谈女人，只饮美酒，不醉不归！”

这一晚的接风宴上，兄弟二人畅快痛饮，最终是慕王大醉一场，因为江山在握，也因为情殇。而聂沛潇尚算清醒，只是想起云想容嫁人之事，稍感失落。

宴后，管家扶着慕王前往住处休息，聂沛潇却毫无睡意，带着贴身侍卫信步而出，在烟岚城内漫步行走。走着走着，也不知过了多久，侍卫出言提醒道：“殿下，咱们已经穿越大半座城了。”

聂沛潇这才发现走了很远。大约是今晚饮酒所致，又或者是月色寂寥，他的孤寂之感越发浓郁起来。无论在人前装得如何飞扬跋扈、放浪形骸，这种夜深人静的薄醉时刻，他还是难掩心中寂寥。

聂沛潇没有再说话，接着往前走，侍卫也不好再出言提醒。直至走到城北，瞧见那座庄严肃穆的离信侯府，他才停下脚步。

竟然不知不觉从城南走到城北了！原本今夜接风宴便结束得晚，如今又走了这么久，天色都快亮了，街上也开始陆陆续续出现早起的行人。

聂沛潇想了想，对侍卫道："去云府后院墙外。"

聂沛潇的贴身侍卫名唤"冯飞"，从前是慕王极为看重的人，后来因为犯了个忌讳，被慕王打发出去。聂沛潇见他是个人才，便收为己用。

主仆二人一路绕行到云府后墙，此时天色已隐有浅淡的亮意。将暗未暗、将明未明，有一种说不清的压抑与挠心。

聂沛潇在墙外伫立片刻，从怀中取出一支玉箫，但并未放在唇边吹奏。他将玉箫轻轻竖在墙角之下，对侍卫冯飞叹道："若再有下一次，我必定不会退让了。"

当年，醉花楼里惊艳于晗初的琴音，他却没有与赫连齐相争，本以为是君子成人之美，结果晗初被赫连齐无情抛弃，又不明不白葬身火海。

如今，求娶云想容被拒，他若以皇子的身份逼迫文昌侯府退婚，也不是不能，但他却顾念与沈予的交情而做出让步，结果听说沈予待云想容很冷淡。

聂沛潇自问，若是他得了这样一个女子，定要捧在手心里呵护着。可偏偏有人有眼无珠，不懂爱花惜花。若再有下一次，遇上喜欢的女子，他定不会让步了！

求而不得，这滋味当真不好受！聂沛潇最后看了看竖在地上的玉箫，叹道："天要亮了，走吧。"

主仆二人一路无话，默默返回慕王府。因为熬了一夜没睡，又喝了酒，聂沛潇觉得困倦难当，便一觉睡到当天夕阳西下。待醒来时已缓过精神，恰好赶上用晚膳。

兄弟二人在饭桌上又是一番畅聊，聂沛潇听说烟岚城有座"管红轩"很出名，里头多为卖艺不卖身的孤苦女子。他本着对音律的喜好前去一探，点了两个会琴的女子隔着屏风弹琴，他在雅间里细细聆听。

岂知管红轩里的女子琴技差强人意，聂沛潇听得百无聊赖，便将人打发出去，又独自坐了一会儿，打算起身离开。

一楼大厅热闹一片，二楼仅有的几个雅间倒算安静。聂沛潇刚走出门外，便听到隔壁雅间里隐隐传来"云大小姐"几个字。他不禁足下一顿，侧耳细听起来——

"如今知道她被沈小侯爷冷待，老子心里不知道有多痛快。哈哈哈哈！"一个男人的声音响起，在隔壁雅间里大笑。

"您这是对云大小姐因爱生恨啊！"另外一人调侃道。

那男人冷笑一声："前年老子仰慕她芳名，上门提亲被拒，但老子并不灰心啊！想着她云大小姐出身高贵、才貌双全，拿捏架子也是应该，于是去年趁她出城烧香的机会，老子想找借口见她一面。你们猜怎么着？”

“怎么着？”雅间内三五个人同时出口相问。聂沛潇在门外也提起精神静待后续。

只听那男子冷哼一声，续道：“当时庙里有位师太正在弹奏佛曲，殿内聚集了几个信徒听琴，老子混进去想接近她，谁知她听着听着竟打起了瞌睡！老子见她失态，好心在旁提醒，想要博得她几分好感。她以为老子不认识她，便冷着脸说‘我最讨厌弹琴的，更讨厌听琴的’。说完甩袖走了。”

男子如是回忆道。尤其是最后复述云想容的那句话，还刻意掐着喉咙做出女子声音，将那份鄙薄与骄纵模仿得惟妙惟肖。

屋内继而响起一阵议论，有人说云想容故作清高，有人说她涵养有限，甚至有人说云府教女无方……

“老子以前把她当个天仙供起来，只差做梦遇见她。结果那日在庙里一见，姿色虽有几分，可惜修养不够，真是让人失望透顶！”男人再次轻叹。

“您这哪里是失望，是挂怀她抹了您的面子吧！”屋内又有一人笑言。

那男人也不生气，只道：“听说沈小侯爷被云府逼婚，吓得跑回京州，连跟咱们告个别都来不及。估摸他也知道这美人名不副实，所以才被吓跑了。哈哈哈哈！”男人再次大笑起来，屋内也响起一片附和声，纷纷对沈予表示同情。

听到此处，聂沛潇几个月来的失落心情忽然一扫而光，有种想说又说不出的激动与狂喜。

云想容既然听琴都能打瞌睡，又说出“讨厌听琴”的一番话，那自然不是擅琴之人！聂沛潇想起在云府后院墙外听到的琴声，当时是他自己凭空臆想，以为弹琴之人是云大小姐。如今看来，是他认错人了！

是了！云府女眷甚多，就连奴婢都个个才貌双全、蕙质兰心。也许真是哪个得宠的婢女在夜里弹琴？或者是云二小姐云慕歌？聂沛潇看向身后的冯飞，沉吟片刻，问他：“你上次说，云府二小姐多大了？”

冯飞回想一瞬，才道：“属下后来仔细打听了，云二小姐如今该是十四岁。”

十四岁……晗初当年十二三岁，琴技已名动天下，可见世上的确是有极具天赋的琴者！难道真是云二小姐所弹？也不是不可能！试想他自己今年才二十有一，还不是十年前就吹得一手好箫了？

“云慕歌……”聂沛潇心中想着这个名字，不自觉喃喃出口，越想越觉得极有可能。连名字都是“慕歌”，可见也是喜好音律的！

“走！去云府！”聂沛潇激动地迈出管红轩，迫不及待想要翻身上马。

“殿下不可！”冯飞亟亟阻止他。

“有何不可？”聂沛潇已坐到马上，俯身看着冯飞问道。

“此刻已是亥时，您上门拜访有失礼数。”冯飞解释道。

聂沛潇爽朗大笑：“我去后院墙外看看，兴许还能听到那琴声呢！你不必跟着，回七哥府里等我吧！”言毕他没给冯飞开口的机会，驭马疾驰而去。

待到了目的地，已近子时。周遭一片寂静，只有清风徐来，伴着月色皎银，没来由地令人心情舒畅。聂沛潇将坐骑拴在附近的树上，匆忙行至后院墙下，想要找到昨夜留下的玉箫。可是，那玉箫已经不见了……

难道被谁拿走了？可这里如此僻静，有谁会来？其实在聂沛潇心里，他希望是被那弹琴的女子捡到了，也许，这会是一个美好的开始？

此次他来房州的目的，一则是探望七哥，二则是聊以遣怀。不想，竟无意中得到了意外的转圜！定是缘分使然！

聂沛潇在墙下站了良久，也没能听到那思慕已久的琴声。但是，他依然觉得心跳很快，一种怦然的安慰不可阻挡。

怀着如是激动的心情，他决定先行回府。之后，他特意吩咐慕王府管家前去打听，想知道云二小姐是否擅长奏琴。

翌日下午，管家便回了话：云慕歌弹得一手好琴。

# 第六章 此恨无关风与月

聂沛潇抵达烟岚城的三日前，出岫收到云羡寄来的书信，看信上所标注的时间，应是他下狱前写的。

信上说，他的胞妹云慕歌如今已芳龄十四，到了定亲的年纪，希望出岫能嫂代母职，为云慕歌找个好人家。最后，还不忘为三姨太闻娴所犯下的孽事再次赔罪，希望能罪不及子女。

事实上，闻娴的所作所为一直都瞒着云慕歌，直至如今，这位云府二小姐还是一个娇滴滴的天真少女，以为娘亲只是病逝而已。

云羡信中所求，若是在闻娴刚死的时候提出来，出岫定然不会答应。但如今，恩怨已消，云府又经历了这么多是非，出岫也累了。她认为，云辞在天之灵，也希望看到阖府和睦，因此，她一口应下这事。

出岫专程去了一趟荣锦堂，将为云慕歌选婿之事禀报一番，只说是自己的主意。太夫人听后，沉默良久说了一句："嫁出去也好，免得杵在府里碍眼。"

这意思是允了，出岫放下心来，便开始为云慕歌的婚事操心，还特意去清音阁找她说话。也不知闻娴生前是不是太偏心儿子的缘故，出岫发现三房子女差别很大：

三爷云羡成熟稳重、处事得宜；二小姐云慕歌对世事一无所知，书画勉强略懂皮毛，琴棋是一窍不通，整日里喜欢看些诗书，还有从淡心那儿借的话本子。

出岫知道，太夫人必定不会插手二、三房子女的教养，可云想容心计多端、云慕歌天真无知，这两位云府小姐实在难负盛名。

因而，出岫也不指望能为云慕歌寻到一个多荣耀的婆家，何况如今在世人眼中，云府也大不如前了，尤其云慕歌还是个庶女。

就在出岫去慕王府的那一日，曲州传来消息，说叶家有意为嫡长子求娶云慕歌。出岫从慕王府回来，恰好听说此事。她知道叶家出了位贵妃娘娘，是慕王的养母、诚郡王的生母。若无意外，叶贵妃日后必定成为太后，叶家也会因此一跃龙门，百尺竿头更进一步。

出岫猜测叶家有意求娶的原因，大约是通过叶贵妃的关系，知道云府如今的衰落乃是支持慕王所致，也明白这衰落只是一时假象。

相传叶家世代书香，每一辈都会出几个翰林学士，抑或编纂史官。这官职看似不位极人臣，但极为重要，尤其是史官，掌握春秋笔法、书写王朝兴替，其职不可小觑。

出岫对曲州叶家很满意，也派人去打听了那位嫡长子的人品，年十七、通诗书音律，应是个不错的人选。为此，出岫特意去荣锦堂向太夫人禀报，哪知太夫人听说提亲的是曲州叶家，当场便回绝了。

出岫一头雾水，又不知前因，被太夫人迁怒训斥了一顿。也不知是走了什么巧合，事后第二日，曲州谢家也派人来求娶——太夫人的娘家。

出岫知晓太夫人又该恼了。谢家一定是想着有太夫人这层关系，求娶云慕歌是亲上加亲。但他们并不了解云府的秘辛，便无从得知太夫人对三房子女的怨恨。

谢家提亲使上门的当日，出岫刚走到荣锦堂垂花拱门处，便听到里头传来隐隐的怒骂声。待走到客厅，恰好瞧见提亲使灰头土脸出来，对方见到出岫整了整神色，颇为尴尬地道："在下来得唐突，不久留了。"

看这样子，是打退堂鼓了。出岫笑回："您慢走，妾身派马车送您一程。"说着便吩咐淡心备车，自己独个去见太夫人。

太夫人此时面色通红，大约还是怒急所致。出岫尚没敢做声，太夫人已然道："你来得正好，曲州叶家不是有意求娶云慕歌吗？你托人问问，倘若属实，便准了吧。"

准了？这么快改变主意了？

太夫人长长出了口气，又道："你不晓得这其中内情，我们谢家与叶家世代相争，是出了名的不对付。如今叶家求娶，我本不愿云慕歌嫁过去，可只要想到她要做我谢家的媳妇，我心里更堵得慌。相比之下，我宁愿让她嫁去叶家。"

太夫人冷笑一声，又道："我谢家不要的人，让叶家捡去吧！云慕歌这不通世事的性子嫁过去，也不能主持中馈，叶家会后悔的！"言罢，还做出一副看戏的表情。

"媳妇明白。"

三日后，曲州叶家果然上门提亲，将出岫吹捧一番，但只字未提太夫人。恰好，太夫人也推说身子不适，避不见客。

无论太夫人动的是什么心思，左右这桩婚事成了，只差将云慕歌的庚帖拿去与男方比对，若无相克，便能按照婚嫁的流程走下去。

云慕歌的婚事在数日之内定下，快得令出岫感到不可思议。想到云羡如今身在京畿大牢内，出岫便修书一封送给了京州暗卫头领，吩咐他在三爷出狱之后，即刻将书信呈上。

一连几天，出岫都为云慕歌的婚事而忙碌，早已将聂沛潇前来房州之事抛诸脑后，再者这位诚郡王也一直没说要来云府拜访。在太夫人说了谢、叶两家的恩怨之后，出岫大致能猜到，叶贵妃定然与太夫人不和。

那么聂沛潇不待见云府，也是自然。出岫又开始为云府的前程担忧起来。若是这位板上钉钉的叶太后嫉恨谢太夫人怎么办？她是否会迁怒整个云氏？

“夫人，慕歌小姐求见。”淡心适时打断出岫的思绪。

出岫敛神：“让她进来。”

片刻，云慕歌娇美无邪的面孔出现在出岫面前，十四岁，已脱稚嫩，容貌也算长开了。不知是不是闻娴遗传的缘故，云慕歌虽不算顶尖的美人，但气质很婉约。

“嫂嫂。”云慕歌手持一管玉箫，对出岫盈盈一拜，“我娘不在世，哥哥又远在京州，这婚事全凭您操心了。”

倒也算懂事，出岫点头：“若只是道谢，你何须专程跑来一趟？长嫂如母，这也是我分内之事。”

云慕歌羞赧地垂下头去，将那管玉箫呈上：“这是在咱们后院墙外捡到的玉箫，我瞧着十分名贵，不知是不是咱们府中哪位贵客遗失的，便特意送来给您。”

出岫接过玉箫仔细打量，只见通体生润、色泽剔透、触手生温，不听音色便知是一管好箫。不知为何，出岫忽然想起了诚郡王聂沛潇，而他此刻恰好就在烟岚城内。

“你说这箫是在后院墙外捡到的？何时捡的？”出岫疑惑着问。

云慕歌想了想，报上一个日子，又道：“是我的丫鬟去后院外头摘果子，无意中捡的。”

出岫听了云慕歌报上的日子，正是聂沛潇抵达烟岚城的翌日清晨。试想他头一日下午甫至，慕王为其设宴接风，兄弟二人必定把酒言欢直至深夜，他又如何能来云府？何况慕王府在城南，云府在城北。

如此名贵的玉箫，即便不是皇家之物，只怕也是世家私有。慎重起见，出岫决定将这玉箫暂时留下，再行处置，便道：“这玉箫先搁我这儿，你回去吧。”

云慕歌点了点头，却没有告退的意思，踟蹰着不走。

“还有事吗？”出岫问她。

云慕歌攥着袖角，支吾着道：“嫂嫂唤我‘慕歌’即可。实不相瞒，我确然有一事相求……如今这婚事已定，而我的闺阁技艺不精，不知道您能不能做主将婚事推后两年，让我在这两年里头，发奋学一门技艺。”

云慕歌越说声音越低：“从前是被我娘和三哥宠坏了，学什么都没长性。我……不想被夫家瞧不起。”

听闻此言，出岫有些讶异。她原本以为云慕歌不谙世事，却不承想她小小年纪，也懂得为自己筹谋了。

“这是好事。曲州叶家世代书香，叶公子也是风雅之人。你是该学一门技艺，日后也好与夫君琴瑟和鸣、举案齐眉。”出岫笑回，又问她，“你想学什么？”

云慕歌脸色越发红了，瞥了一眼出岫手中的玉箫，道：“我想学箫……”

学箫？出岫笑道：“学箫可不能速成，旁的不说，就是对‘气’要求很高。你若气短，这箫是学不成的。”言罢又打量了一下云慕歌的身形，道，“你这般瘦弱，学箫会底气不够。”

云慕歌面上有些失望神色：“那……全凭嫂嫂做主，看哪一门能速成的？”

速成？出岫看了看手中玉箫，灵机一动：“这样吧，自古琴箫不分家，你不如学琴。在这方面我也懂些皮毛，先请师傅教教你，闲来无事我也能指点指点。”

云慕歌闻言大喜，连连点头，转而又为难地道：“嫂嫂……您先教我入门行吗？否则请了师傅回来，我连指法都不准，岂不是很丢人？”

出岫脆笑起来，一口应承：“也好。只不过我白日事忙，不仅要照顾生意，还要主持中馈……这样吧，从明日起，每日晚膳过后，我教你一个时辰。”

“多谢嫂嫂，那我先告退了。”云慕歌借口要向太夫人请安，径直去了荣锦堂。

“慕歌见过母亲。”云慕歌娇滴滴地拜见太夫人。

太夫人挑了挑眉，面上一派和气之色：“该对你嫂嫂说的话，你可都说了？”

“说了。”云慕歌低眉顺眼地回道，“嫂嫂也同意教我弹琴，每日用过晚膳以后，我跟她学一个时辰。”

太夫人满意地点了点头：“你听话就好。我筹谋让你嫁给叶家，你也知道是抬举你了。叶家出了位贵妃娘娘，又是慕王的养母，日后便是南熙皇太后。你虽为云府小姐，却是庶出，能嫁去叶家做嫡长媳，是条好出路。”

云慕歌长在闺阁，并不知道谢家与叶家的恩恩怨怨，听了太夫人这话，只道是真：“多谢母亲恩典。”

太夫人“嗯”了一声：“外头都传闻你擅琴，叶家主母及其子也是喜好音律之人。若不是这层缘由，又有我云府的威名，你是绝无可能高攀上的。”

云慕歌抿唇点头：“女儿明白，定跟随嫂嫂好生练琴。”

太夫人心中嗤笑，面上却道：“最多明年你就嫁了，还能学成什么？做做样子而已，不必学得太认真。有那么一两首曲子勉强入耳，便算你的本事。”

“可嫂嫂说，我可以过两年再嫁的……”

云慕歌这话说得轻悄，奈何太夫人还是听见了，当即沉下脸色：“你不知道‘夜长梦多’吗？既然亲事定下了，自然要速成，明年你十五了，年岁正合适。你看你姐姐想容，差点儿熬成老姑娘。你听话，我自然不会亏待你，给的嫁妆只会比你姐姐更多！”

听到嫁妆给得多，云慕歌忙又喜道：“多谢母亲。”

果然是小家子姑娘，给几个嫁妆便能欢喜成这样。太夫人轻咳一声，故作缓色道：“这几日叶家的人还没走，只怕晚上会在附近转悠，想听听你的琴声。你想个法子让出岫替你弹吧，先将人打发走了再说！”

云慕歌果然紧张起来，咬着下唇道：“女儿明白。”

“我累了，你去吧！”太夫人不想对她多说一句话。

云慕歌施施然退下，到如今还不知自己是被太夫人摆了一道，连出岫也被蒙在鼓里。

一旁侍奉的迟妈妈见云慕歌走得远了，才叹道：“谢老爷派人来为长子提亲，被您斥走了，叶家听说之后很欢喜，当即便将婚事定了。”

太夫人冷笑一声：“叶家什么心思，我还能不知道？他们以为如今出岫是当家主母，我老太婆放权了，便不将我放在眼里……”

太夫人顿了顿，似在嘲讽叶家鼠目寸光：“叶家想与我云氏联姻，保住满门昌盛。他们也不想想，云氏愿不愿意给他们做后盾？我就算不做当家主母，也一样能将叶家拉下来。”

迟妈妈笑着附和：“叶家看咱们拥立慕王有功，云想容又能保住沈予，才会效仿此法，以为大树底下好乘凉。”

太夫人亦是笑得轻蔑：“不怪叶家未雨绸缪，慕王毕竟不是叶莹菲亲生的，保不齐她日后干政，慕王就把叶家处置了。”

“叶贵妃就算无心干政，有您珠玉在前，她必定想要压制您一筹。就为了这个原因，她也会干政的。”迟妈妈算好了叶贵妃的小心思。

“她叶莹菲也不想想，这世上能有几个谢描丹？她想牝鸡司晨，也得慕王愿意！”太夫人再次冷笑，“我不过是添油加醋一把，你且看着，就凭叶莹菲这股心气儿，最后还是慕王先容不下她！除非她自己知趣！”

至于云慕歌嘛，既是闻娴的女儿，她怎能容得她好？就借叶家的手来处置她吧！叶家与云慕歌，最终只会抱成一团去死，还指望云氏会援手相救？笑话！

想到此处，太夫人合目微笑。闻娴害死她的爱子云辞，按理自己也容不下云羡。可偏偏云羡如今是老侯爷仅剩的血脉，她也只能对云慕歌下手了！

用一个蠢钝到家的云慕歌，去偿还云辞一命，说到底，还是闻娴赚了。

翌日用过晚膳，出岫与云慕歌在静园相约。原本是打算去云慕歌住的清音阁传艺，但出岫怕琴音外泄，碍着大家休息，便将地点改在了静园。

如今的静园格局与从前大不相同。当初为了支持慕王，将荷塘下头的金库开启了，为了能把大批金条秘密运出去，太夫人索性翻修静园以掩人耳目，将金条混着泥土运送而出。

时值冬月上旬，好在南熙四季如春，即便冬日夜晚也不觉得寒冷。出岫命管家找了一具好琴，带着竹扬来到静园，打算从指法教起，再慢慢教云慕歌看曲谱。

岂料等了半晌，云慕歌才姗姗来迟，双手还裹着厚厚的纱布。

“这是怎么了？”出岫见状忙问。

“丫鬟们在外头擦门，我恰好推门想出去，结果丫鬟一使劲，将我的手指夹在门缝里了。”云慕歌齉着鼻子回话，显然方才是哭过了。

“两只手都夹住了？伤得厉害吗？”出岫关切地问。

云慕歌点了点头：“已经让大夫看过了，也上了药，说是无甚大碍。但只怕这两天是练不成琴了。”

出岫出言安慰：“你也别急，要不我先教你认曲谱？”

云慕歌面上闪过一丝慌乱，又抬首望了望天色，道：“天都暗了，打着灯笼认曲谱实在太费眼睛。改天我特意去知言轩请教嫂嫂好了。”

出岫想了想，道：“也好。那今日你回去歇着吧。”

“可我想听嫂嫂弹琴。”云慕歌忙道，“我得先练练耳朵。”

练练耳朵？出岫哭笑不得，但也并未拒绝，笑道：“那好，我先弹几首简单的，你听听。”言罢已定了心神，款款落座，入手弹起一首小调。

出岫距离上次弹琴，已是一两年前的事了，也是在这静园之内。她还记得自己弹琴时，墙外有箫声相和。自那之后，事情接二连三地发生，她也没什么机会再抚琴，如今手都生硬了。出岫耐心缠好护甲，便拨弄琴弦练起手来。

简短而静谧的曲子从她指间缓缓流淌，有一种安稳心神的作用。初开始，云慕歌听得很赞叹也很认真，过了一会儿，许是时辰太晚，她竟打起了瞌睡，有一下没一下地捣着头，手肘支在石案上托腮睡着了。

出岫犹自沉浸在抚琴之中并未发觉，竹扬在旁也不好开口打断。原本今夜是为了教云慕歌弹琴，可弹了几遍之后，她也找到了从前抚琴时的感觉，遂变换曲子认真弹奏起来。

一首《薄幸人》凄凄婉婉刚弹到一半，墙外忽然响起一阵婉转箫声。不缓不急，卡着节奏，恰好能与这琴声相和。出岫不禁提起精神，弹得越发精准沉稳。

得觅知音便如棋逢对手，端的是畅快淋漓。直至一曲终了，出岫大感心情舒畅，回过神来，才发现云慕歌竟然睡着了。

“你送二小姐回清音阁吧！”出岫对竹扬命道，又笑着说，“我自己回知言轩。”女护卫还是方便一些，好比眼下这种情况。

竹扬踌躇一阵，回道：“夫人，让护院送您一程吧。”

“也好。”出岫并未拒绝，“如今云府人丁稀少，再没人能算计我，你还怕我路上出事吗？快去吧！别让二小姐着凉了。”

竹扬闻言没再坚持，俯身抱起沉沉睡着的云慕歌，率先离开静园。

出岫又在石案前独自坐了会儿，想起墙外的一曲箫声，感到异常亲切。她想了想，自己这么走了好似不大礼貌，于是便在琴上划了几个尾音，算是向吹箫人告别。

这一次，墙外的箫声没有再回应。难道吹箫人已经走了？出岫边想边抱着琴具起身，打算返回知言轩。谁知她刚一回头，竟瞧见有个暗紫色身影立在廊亭之下，足足比她高出一个头，脸覆一片黄金面具，就这么不声不响地站在她身后。

出岫瞬间花容失色，骇得失手将琴掉在地上。只听“嘭”的一声伴随着弦断之声，好端端一具琴已摔出了一道裂缝。

出岫哪里还顾得上这些，连忙后退一步惊呼着问：“你是谁？怎么进来的？”如今静园里再无金库，也加强了护卫，为何这个戴着黄金面具的男人能够轻易闯入，却没被护院发现？

但显然，对方没有回话的意思。质地纯正的黄金面具映着廊亭灯火，闪现出一片流光溢彩。那面具后的男人只露出鼻骨以下的部位，下颌僵硬、薄唇紧抿，似在极力隐藏着怒气，抑或隐藏着失望？

出岫见对方一直沉默不语，也没有出手伤人的意思，这才稍稍稳定心神，再次问道：“阁下是谁？”

紫衣男子至此终于身形微动，掩在面具后的一双深眸泛着别样光泽，只盯着出岫细细地看。他眼神之中有惊艳，也有惊讶，但更多的是……难以置信。

他将垂在阴影里的右手缓缓抬起，手中握的是一管长箫：“在下无意冒犯，只是听闻天籁琴音，心生向往，故而忍不住进府一探。”

不知怎的，出岫只觉这男子说话声音极为低沉，好似有掩藏不住的忧伤。她看不到他面具后的神情，只能凭借感觉来判断，眼前这男子应当就是墙外吹箫之人。而能吹出这等美妙箫声的，不应该是个别有居心的登徒子。

出岫垂眸看着他骨节分明的右手，还有被修长手指所握住的长箫，语气清淡地再问：“阁下知道这是何处吗？”

“云府。”紫衣男子的声音比方才更为低沉。

出岫朱唇轻启，容颜宛若湖中仙子，抬眸对他轻声道：“妾身乃寡居之人，偶然抚琴遣怀。阁下既然瞧见妾身真容，还请快些离去吧。”

她想了想，又补充道：“今夜之事，望阁下权当不曾看见。告辞。”言罢她俯身拾起地上那具摔坏的琴，抱在怀中快步走下廊亭。

刚走了几步，出岫又想起一事，便顿足回首看去。那紫衣男子仍旧站在亭内，隔着面具凝望台阶下的她，身姿很是……孤清绝望。

“阁下是否遗失了一管玉箫？还请告知府上地址，妾身明日差人送还。”出岫抬首望向对方，等他一句回话。

岂料，紫衣男子闻言之后身形一晃，好像承受了极大的打击，喑哑着声音道：“出岫夫人……”这四个字，似疑问，又似确认。

出岫想起对方的箫声，只道这是个痴迷音律之人，遂坦白回道：“正是妾身。”

她话音刚落，不过眨眼工夫，廊亭内已闪过一片紫金光影。紧接着，那紫衣男子消失得无影无踪。

宛如迷梦一场……

聂沛潇从云府静园出来之后，只觉得恍恍惚惚，竟不知自己是如何回到慕王府的。自从得知弹琴之人不是云想容后，他每夜都来云府后墙外，只希望能重新听到那魂牵梦萦的琴声。

等了多日，今夜终于再次听到了！几乎是在曲调响起的一瞬间，他便笃定这弹琴之人是他心仪的那位女子，于是取出玉箫相和，想以此表达爱慕之意。

怎奈一曲终了，院里再也没了琴音。他按捺不住多日的思念与探究心情，遂从后墙跃入静园之内，又与侍卫联手打昏了几个护院，想去一探芳踪。

取出事先准备好的黄金面具戴上，循着灯火摇曳之处，聂沛潇远远望见一个宛如仙子的身影，白衣胜雪、超凡脱俗，正坐在琴案前对另一人说着什么。

他缓缓靠近不愿惊扰佳人，便隐在暗处屏息凝神，自问这身法就是当世高手也不能轻易发现。果然，他骗过了那个女护卫，但也听到了令他震惊不已的一番话：

“你送二小姐回清音阁吧！我自己回知言轩。”

“如今云府人丁稀少，再没人能算计我，你还怕我路上出事吗？快去吧！别让二小姐着凉了。”

既然这白衣女子称呼别人为“二小姐”，那她自然不是云慕歌了。聂沛潇情不自禁地走近，一眼认出这绝美的女子曾与自己有过一面之缘——在云辞大婚那日。

原本以为她是云府一个得宠的丫鬟，然，再后来的一番对话却令他的心坠入无尽深渊……

这白衣女子竟然是……离信侯府的当家主母！传说中杀伐决断、冷酷无情、不择手段、靠遗腹子上位的出岫夫人！是他曾深深鄙夷过的寡妇！

他怎能相信，怎能接受！回到慕王府后，聂沛潇二话没说闯进酒窖里，将他七哥私藏的美酒一一开封，闷着头将自己灌醉。

如此美好的女子……若是没瞧见她的容颜，若是未曾与她说过话，他还只是心存仰慕而已——仰慕这女子的琴心，还有那份无比默契的心意相通。

可，就在看到她真容的那一刻，听到她与女护卫谈笑的那一刻……电光石火，一眼万年，聂沛潇忽然觉得认识她许久了，仿佛彼此早已在轮回中牵绊过无数次。她的一言一行、一颦一笑，都与他心里的影子如此吻合！

一种从未有过的怦然心动令他窒息，几乎……失态。好不容易抑制住那份狂喜，想要确认她的身份……最终竟得到一个如此残酷的事实！

头脑昏昏沉沉，胸腔里的抽痛令聂沛潇难以释怀，心口某处仿佛扎入了一个柔软的物什，硌着、嵌着、疼着、难受着。

一个十九岁的美貌寡妇，若是别人家的寡妇也就罢了，可偏偏是云氏……只这一重身份，便将两人隔绝在了天涯两侧，莫说是做知音，即便想坦坦荡荡地来往，也不能够……

聂沛潇想笑，笑着笑着却又觉得苦涩，最终也不知究竟喝了多少坛酒，又掺了多少品种，总之他是醉了，头一次毫无顾忌地醉倒在酒窖里，不知如何慰藉这份荒诞无稽的心动。

醉倒的那一刻，昏暗的酒窖里闪过一片光泽，是他怀中的黄金面具掉了出来。聂沛潇伸手拾起，缓缓发力，一阵金属碎裂之声倏然响起，那薄如蝉翼的黄金面具已断成两片……

是夜，他做了一个梦，梦里满满都是一张绝美容颜，在阑珊灯火下泛起令人痴迷的潋滟，时而沉静端庄、时而笑靥如花、时而惊慌失措、时而清淡有礼……

“如今云府人丁稀少，再没人能算计我，你还怕我路上出事吗？……”

出岫夫人曾说过的这句话，深深烙在了聂沛潇的脑海之中。再联想起世所传言的云府秘辛，他几乎可以想象得到，这个女子经过了多少迫害，又抵住了多少压力。

就连梦中，他也为此深深心痛着。

翌日再醒来时，聂沛潇已身在自己房内的榻上。宿醉的乏力与针扎般的头痛令他难以起身，再想起“出岫夫人”这四个字，只觉得昨夜是一场梦魇。

他缓缓起身，正欲唤侍卫入内，眼风却扫见桌案上放着两片断裂的面具。只这一眼，昨夜那种心痛的感觉又回来了……这不是梦！一切都是真的！

刹那间，聂沛潇做了一个决定——离开房州！再也不与云氏来往！

“冯飞。”他哑着嗓子唤来侍卫。

“殿下。”冯飞领命进屋，身后几个丫鬟鱼贯而入，服侍盥洗。

聂沛潇起身穿衣，二话不说拎起案上的茶壶，一口气将一壶冷茶喝得干干净净。至此，才解了咽喉中火烧一般的渴意，再问冯飞：“七哥现在何处？”

冯飞犹豫一瞬，才如实回话：“慕王殿下如今正在待客厅，会见……出岫夫人。”

“咣当”一声，聂沛潇将手中的琉璃茶壶重重放下，凝着脸沉默片刻，才道：“替我更衣……”

慕王府，待客厅。出岫正与慕王商量南下京州之事。

“夫人想亲自去一趟京州？”

出岫点头：“今日一早妾身接到飞鸽传书，三爷已平安出狱，想容和姑爷也迁出了文昌侯府……”她顿了顿，对“姑爷”这称呼还是不大适应，“妾身想过去看看，替他们打点打点。尤其我家三爷长期在京州打理生意，妾身也想趁此机会去拜访一些世家公卿。”

出岫原是打算教授云慕歌练琴，奈何这丫头手指肿得厉害，大夫说没个两三月休养，不能使力。恰好沈予和云羡的事也接连办妥，她便想利用此机会去京州一趟。尤其对沈予，她实在放心不下。

听闻此言，慕王不自觉噙上笑意：“以云府的声名地位，夫人何须拜会他们？该是他们拜会你才对。”

“殿下莫要折煞妾身了。”出岫低眉，无奈地叹了口气，“京州乃是天子脚下，公卿世家入眼繁华……云氏今非昔比，日后还要仰仗殿下。”适时的低头服小，是为了换取以后的昂首抬头，这一点，出岫看透了。

她这话果然令慕王很是受用，后者魅惑一笑，负手而回道：“夫人折煞本王了。云氏家底如何、实力如何，外人不清楚，本王可是清楚得很。日后本王执掌南熙江山，夫人若是袖手旁观，只怕本王的日子不会好过。”

毕竟，米面、粮油、棉麻、漕运、钱庄等关乎民生命脉的行业，大部分都由云氏把持着。遑论云府还有一支秘密军队——豢养了数百年的云氏暗卫。这究竟是一个多少人的组织，又有多强的实力，慕王自问摸不透，他想恐怕连出岫也没有完全摸透。

一番心思在暗中百转千回，慕王面上却不动声色，再问出岫："夫人打算何日启程前往京州？本王也好为夫人送行。"

"殿下太客气了，妾身……"

出岫一句话未完，忽听王府管家在外禀道："殿下，诚郡王到。"

聂沛潇突击前来，令出岫避之不及。饶是她心底抗拒与之相见，可这不期然地撞在一起，她若再躲避，便显得矫情了。出岫只得坦坦荡荡地起身相迎。

刚从座上站起来，便见聂沛潇跨过书房门槛，身材挺拔、俊朗无匹，面上还噙着一抹似笑非笑。他虽刻意保持着清爽神色，但出岫一眼便知，这位九皇子是宿醉刚醒。

她仍旧习惯称呼聂沛潇为"九皇子"，只因他写就《朱弦断》时的那个身份，早已烙印在她心里。就像无论时局如何变迁，沈予也依然是她眼中风流倜傥的"沈小侯爷"……

只是出岫从未想过，今生她还能与九皇子相见，而且是在这种场合下。想着想着，出岫不禁多看了九皇子一会儿，待她回过神来，才发现对方也正瞧着自己。

四目相对之下，一种说不清的感觉在彼此之间暗涌。出岫可以肯定，她以前从未见过聂沛潇，但不知为何，她竟觉得他十分眼熟，尤其是这身形……

不过片刻工夫，出岫心中已闪过数个念头，同时朝聂沛潇盈盈一拜："妾身云氏出岫，见过诚郡王殿下。"

聂沛潇并未即刻回话，面上划过一丝黯然，才回神道："夫人客气了，本王惶恐。"

此时慕王也开了口，调侃着道："你可舍得起了？昨夜险些喝空我的酒窖。"

聂沛潇闻言轻咳一声，尴尬回道："昨夜失态了，七哥莫怪。"说着眼风还刻意瞟了出岫一眼，见她无甚反应，才放下心来。

出岫见聂沛潇欲言又止，还以为他是顾忌自己在场，便适时告辞："不耽误您二位谈事了，妾身先行回府。"

慕王点头，一个"好"字尚未出口，岂料聂沛潇已唐突地开口："夫人且慢！"

出岫一怔，望向聂沛潇："殿下有何吩咐？"

聂沛潇哑然，不知该如何回话。他原本是无意识地出口挽留，大约是想再看她两眼，哪知他言语之间失态了。

想了又想，聂沛潇找到一个借口，对出岫道："本王是想向夫人解释一下……本王求娶云大小姐，其实是个误会。"

误会？出岫只觉得好笑，面上却得宜地回话："此事本该妾身致歉才对，是想容没有福分。”

只一句话，便将聂沛潇给堵了回去。他忽然感到有些烦闷，暗嘲自己面对出岫夫人时，竟然像个毛头小子一般，再没了平日的骄傲与随意。

慕王也看出聂沛潇今日一反常态的拘束，遂出言调解：“经铎，你这会儿来见我，是有什么急事？”

聂沛潇即刻反应过来，敛目沉吟一瞬，艰涩地开口：“我是来向七哥告辞的……已近年关，母妃想让我回京州陪她过年。”

“这么快走？”慕王蹙眉，“来时你曾说过，要在房州陪我过年，等过了正月再离开。”

闻言，聂沛潇又看了出岫一眼，故作坦然：“我改变主意了，下次吧。”

慕王并未强留，顺口说道：“恰好，出岫夫人也打算南下京州。”

她也要去京州？聂沛潇不动声色注意出岫，唯恐遗漏她任何一个表情：“夫人要去京州？”

出岫顺势点头：“妾身去处理一些私事和生意。”

“何时启程？”他忍不住再问。

“大约后日。”

后日？与自己计划离开的日子是同一天！聂沛潇不知心中该喜还是该悲。喜的是他还有机会与出岫再见面，悲的是怕自己多见她几次，只会更加难受……

此时慕王见聂沛潇屡屡不在状态，便再对出岫道：“本王会修书一封，夫人到了京州若有任何需要，可凭本王的手书请京畿卫帮忙。”

“多谢殿下，妾身却之不恭。”出岫明白慕王的意思，他担心因为云羡出狱之事，明氏会在暗中下手报复。而自己又与明璎有宿怨……

正想着，慕王已起身行至书案旁，匆匆几笔写就一页书信，又取出私印加盖其上。他将书信工整叠好递给出岫：“夫人收好。”

出岫接过书信，又道了句谢，便欲再次告辞。话已到了嘴边，她才想起今日遗漏一桩事，于是命竹扬将一方锦盒送进来，递给慕王道：“妾身此去京州，临行前还有一事要请殿下帮忙。”

“夫人但说无妨。”慕王很客气。

出岫便当着两位皇子的面，将手中的锦盒打开，指着其中的名贵玉箫，笑道：“这是我府里下人无意中寻到的一管箫，妾身看这箫异常名贵……想请殿下帮着打听打听，城内有谁家遗失了玉箫。妾身寡居不便露面，又即将赴京，还请您代为归还此物。”

慕王垂目去看锦盒里的玉箫，一眼便认出这箫的主人是谁。他下意识地看了聂沛潇一眼，果然瞧见对方神色闪烁，不大自然。

九弟的箫，为何在出岫夫人手中？且看这情形，出岫夫人应是不知情的。慕王自认对聂沛潇很了解，他这个九弟即便遗失钱袋，也绝不可能遗失这管心爱之箫……

慕王再瞟了一眼聂沛潇，这才伸手接过锦盒，对出岫郑重笑回：“这事好办，夫人放心交给我吧。”

出岫莞尔，最后向两位皇子告辞：“妾身不便久留，这就回府收拾行装了。”她捏着慕王所给的通关文牒和亲笔书信，欠身行了告辞之礼。

她要走了？这么快？聂沛潇望着眼前这白衣身影，只觉出岫夫人无论是面容、身段，还是声音、神态，都美得无可挑剔。难怪天人之姿的离信侯也会喜欢……

鬼使神差地，聂沛潇脱口而出：“既然同去京州，夫人是否方便捎本王一程？”他顿了顿，又解释道，“本王此次微服前来，回程决定得仓促，路上来不及置备，想沾沾夫人的光。”

这意思是……同行京州吗？出岫认为，这要求有些唐突了，即便知道两人必是分车而行，但，传出去于礼不合。

她明白聂沛潇的意思，大约是想顺道享受云氏的款待，哪知话说得太快，词不达意了。这般一想，出岫便对聂沛潇笑着回道：“妾身要沿途处理各地生意，大约会影响您的脚程。您大可先行一步，这路上的衣食住行，云氏必会安排妥当。”

出岫的婉转拒绝，令聂沛潇很是酸涩。他不假思索提出想要与她同路，说出这话之后又是后悔、又是期待，想要远离又想靠近的心情十分煎熬。他原本以为出岫夫人会应承，哪知她竟如此谨慎，也如此……洁身自好。

聂沛潇看着这清浅一笑的绝色女子，实在无颜继续纠缠下去。他脑子里是一片空白，只得僵硬地挤出四个字：“多谢夫人。”

出岫莞尔一笑，未再多言，施施然行礼而去。

慕王则按照礼数，一路将出岫送出书房所在的小院，才又转身返回。

在这期间，聂沛潇一直站在原地，只怔怔望着出岫的背影。直至后者离开了视线范围内，他的目光依然没有收回，仿佛空气中还残留着出岫的影子，值得他一看再看。

“经铎，你今日怎么屡屡失态？难道酒还没醒？”慕王淡淡的询问飘入聂沛潇耳中。

“我失态了吗？大约是昨夜宿醉，没睡好。”聂沛潇神色沉敛，敷衍着回道。

“啪嗒”一声，慕王已将出岫送来的锦盒打开，一把取出那管玉箫，在他眼前晃了晃：“这事你又作何解释？你的心爱之物怎会落到出岫夫人手中？她还请我代为寻找失主？”

慕王越说越是心沉："这玉箫你从不离身，别说是我认错了。"

聂沛潇仍旧垂目，下颌收紧，面上说不清是压抑还是绝望。他见自家七哥如此忧虑，便刻意换上轻松的表情，故作风流地回道："七哥多虑了，我只是见出岫夫人美貌，一时有些挪不开眼。她是什么身份，做弟弟的不敢忘怀，也自问没那个色胆。"

"当真？"

"当真！"

慕王心里将信将疑，最后对聂沛潇解释道："你别怪我多心……正因我尝过情殇滋味，才不想让你重蹈覆辙……"

"我明白，七哥是一片好心。"聂沛潇勉强再笑，视线落在慕王手中的玉箫之上，"这管箫，烦请七哥先替我保存。"

"怎么，你舍得？"慕王挑眉。

聂沛潇心中苦笑，面上却若无其事道："我若带在身上，万一去京州的路上被出岫夫人发现了，可是百口莫辩……"

"也好，这玉箫先放在我这儿，待你哪一日想要，我差人快马给你送去。"慕王凤眼微眯，语焉不详地提醒他，"你路上小心。"

# 第七章 人生自是有情痴

两日后，聂沛潇与出岫同日启程赶往京州。出岫知道自己赶不回云府过年，便在临行之前将中馈暂时交还到谢太夫人手中。

从烟岚城到皇城京州，水路一条、陆路一条。聂沛潇与出岫都不约而同地选择走陆路，因此总是前后脚抵达一座城池。每到一地，聂沛潇都受到云氏热情的款待，但他一直没有再见过出岫——她要沿途处理各地生意。

初开始，出岫尚能与他前后脚入城；待出了房州地界，她每每总是晚他半日；直至在路上走了二十余天，聂沛潇已比她提前了整整一日的脚程。

也就是说，他们无法再同处一城了！这个认知令聂沛潇万分失落。

腊月十五，聂沛潇结束了这趟前后脚行程，率先抵达皇城京州。但他心中的失意却越来越浓，那种明知对方行踪却不能相见的苦恼，令他煎熬无比。

算算日子，再过两日出岫夫人也该到了。可直至腊月十八，仍然不见云氏一行入城。聂沛潇终于慌了……

“你带上二百护院，随我出城寻人。”他面上难掩担忧之色，对侍卫冯飞命道。

冯飞是唯一一个知晓聂沛潇心事的人：“殿下莫急，云氏在各地都有暗卫，出岫夫人身边也是高手如林，应当无碍。”

“高手如林？就凭她身边那个女护卫？”聂沛潇哂笑一声，“我都走到跟前儿了，她还没发现，这能叫高手如林？”他指的是夜探静园那一夜，竹扬没有发现他的闯入。

关心则乱，冯飞情知这个道理，也不敢再劝，忙在半个时辰内召集了二百护院待命。临行前，聂沛潇特意将闲置多时的佩剑擦拭一番，才领着人马出城寻人……

此时此刻，距离京州城外五十里的小镇上，出岫正坐在茶馆里与故人相谈甚欢。临入京州的前一日，她意外在此与神医屈方以及他的义女玥菀重逢。

出岫与他二人足有两年半没见过面了，此番相见自然有说不完的话题。追忆起这些年里发生的点点滴滴，出岫不禁潸然泪下。

立云承为嗣、惩治闻娴、支持慕王、助沈予出逃，乃至顶住传言压力，为云氏的前程操劳……桩桩件件，都凝结了她的无数心血。再讲到如今文昌侯府的衰败，沈予勉强虎口脱险……屈方作为沈予的师傅，自然也为他担心不已。

“既然天意让咱们在此时重逢，定有它的绝妙安排。屈神医，您是小侯爷的恩师，如今他过得艰难，妾身想请您去开解他一番。”出岫冒昧地出言相请。

谁知屈方婉拒：“小侯爷自幼锦衣玉食，为人又极好面子……如今家道中落，以他的骄傲性情未必肯见我。”

“您好歹随我进了京州再说。他若不愿见您，我自会派人送您出城。”出岫并不气馁。

玥菀也不禁在旁帮腔：“义父，夫人说得有理，先不说小侯爷想不想见您，他从大牢里出来，又经历家破人亡，万一打击过度生了病，咱们也能为他诊治一番。”

屈方无奈地叹了口气，正待应承下来，众人忽听外头响起急促的马蹄声，一阵接着一阵，一阵高过一阵，听声音正是往他们所在的方向而来。

出岫立刻打起精神，对竹影道：“你出去看看。”

她话音刚落，但见几个大汉已手持利刃闯了进来，对茶馆的掌柜道：“奉诚郡王之令，前来寻人。”

诚郡王？聂沛潇？他要找谁？出岫不愿多生是非，遂小声地对屈方及玥菀道：“此处太乱，咱们先上马车，到了京州再说吧。”

两人齐齐点头，起身便与出岫一道往外走，竹扬和淡心跟在几人身后。怎奈刚走到茶馆门口，却被这几个凶神恶煞般的大汉拦下：“奉诚郡王之命寻人，还望几位留步。”

出岫刻意低下头不做声，便听竹影在旁喝斥道：“诚郡王寻人，还要耽误别人赶路不成？”

“你胆子不小啊！”但见一名大汉开口反驳，无比轻蔑地看向竹影，“你是什么人？竟敢如此说话！”

竹影冷笑一声，上上下下将来人打量一番：“你们说是诚郡王寻人，也得让人相信。腰牌呢？手令呢？穿的都不是京畿卫军服，我为何不敢对你如此说话？”

“你！……”大汉闻言十分恼火，咬牙怒道，“来人，将他们给老子绑起来！”

竹影与竹扬又岂是好对付的？立刻拔剑相向，前者再斥：“你若伤了我家主人，只怕十个脑袋也不够偿命。”

大汉一听此言，目光在屈方等人面上逐一划过，见出岫一行布衣简从，胆子便逐渐肥了起来："老子管你是谁！今日不治你个'妨碍公务'之罪，老子就不是人！"说着他当真拔出刀来，转身将门外的帮手都叫进茶馆内。

"京州城外，天子脚下，竟还有这等狗仗人势之事。"便在此时，一个沉敛的男声在门外幽幽响起。来者并未进门，只从怀中取出一块令牌撩给那大汉，冷声道："你们既然是诚郡王的手下，可认识这令牌？"

其中一人接过令牌低头看去，又与其他几人对视一眼，立刻变了语气，客套地道："原来是赫连大人，得罪。"

赫连大人？出岫一怔，回想那男子的声音，果然耳熟。他是……赫连齐。

出岫心头一凝，不知是何滋味，毕竟她在赫连齐眼里是个死人了，更何况，她没有料到自己还能与他再见。想到此处，出岫不禁将头埋得更低，又后退几步藏到屈方身后。

竹影知道关于出岫的一切内情，听到"赫连大人"四字之后，也不禁放眼打量这一门之隔的年轻公子。只见他年约二十几岁，器宇轩昂，虽比不得自家主子云辞，但也的确一表人才。

"本官奉旨办差，恰好返回京州，不想遇见你们这群跋扈之人。"赫连齐语气比方才更冷，沉声再道，"诚郡王现在何处？本官倒想与王爷叙叙旧。"他尚未发现茶馆内究竟是谁，只不过在外头听到了几句对话，路见不平而已。

"这……"几个大汉面面相觑，磕巴着不敢回话。

赫连齐见状蹙眉，正欲再次开口质问，却被一阵有力的马蹄声所打断。他听到一个清朗的男声远远传来："本王在此。"

伴随着一阵骏马嘶鸣，聂沛潇收紧缰绳停在茶馆门前，俯身看向不远处的赫连齐："景越，许久不见。"赫连齐，字景越。

赫连齐勾唇一笑，没有半分怯懦惶恐之色："下官赫连齐，见过殿下。"

聂沛潇纵身跃下马背，随手将马鞭递给侍从，又重重拍了拍赫连齐的肩膀："听说你升任刑部侍郎，真是可喜可贺。"

赫连齐闻言反而敛去笑意，不动声色转移话题，指着茶馆门内几个大汉，道："下官路过此地，瞧见这几人为难路人，下官怕有损殿下威名，便多管了一番闲事，还望殿下莫怪。"

"为难路人？"聂沛潇眼刀瞟进门内，只见方才还颐指气使的大汉们立刻跪地请罪。这几个大汉一跪下，屈方等人没了阻挡，便从他们身后显露出来。

小小一扇茶馆门，里头站着几个布衣之人，聂沛潇一眼瞧出不俗之处，再定睛细看，打头的男女还颇为眼熟。

这是出岫夫人身边的男女护卫！聂沛潇大喜，再也顾不得其他人，连忙上前相问竹影："出岫夫人呢？"

竹影面上有些迟疑，想起赫连齐并不知道出岫夫人是谁，才放下心来。他正待开口，竹扬已接下话道："我家夫人在此。"

屈方见这位诚郡王认识出岫，便知趣地往旁边侧身，将身后那张绝色容颜显露人前。

事到如今，出岫情知避无可避，只得无奈地抬眸，却不是看向聂沛潇，而是看向他身后的赫连齐。

后者在听到"出岫夫人"四个字时，已是浑身一震，再瞧见那素白衣衫映着的绝色容颜，心头更凝，足下也跟着踉跄几步。是她！晗初！

上千个日日夜夜朝思暮想，甚至不惜使出"金蝉脱壳"之计，只希望能瞒天过海让明璎死心。今日，他终于又见到她了！她果然是出岫夫人！是沈予送给离信侯的婢女！

赫连齐张了张口，"晗初"二字卡在喉中难以说出来。而出岫则一直定定看着他，眸中蕴含着太多说不清道不明的东西：有冷淡、有漠然、有无畏、有警告……但，没有丝毫怨恨与情爱。

在场众人都感到了气氛的凝滞，还有聂沛潇狂喜之后的释然。他一颗心终于重重落了下来，三日里的担心在此刻全部被思念所取代。聂沛潇正想询问出岫的近况，这才发现了异常——出岫在看谁？

他循着视线转身望去，恰好看到赫连齐绵远而颇具深意的表情，好似欣慰、好似愧疚、好似心痛、好似热烈，又好似痴迷……

赫连齐这副表情，绝不是初见出岫夫人的惊艳，而是一种故人重逢的感怀……原来他们两个早就认识！一想到这一点，聂沛潇便觉得不是滋味。

便在此时，出岫已将目光从赫连齐身上收回，转而笑看聂沛潇："妾身见过殿下。"

"夫人无须多礼。"聂沛潇极力沉稳回道。

出岫笑意不变，抬手抿起耳畔垂发，再问："殿下这是奉旨寻人？"

"这……"聂沛潇尴尬地轻咳一声，扯谎道，"不是奉旨，是我府中逃出来几个下人，还偷走一件重要的东西，本王这是……来追人的。"

他顿了顿，想起方才赫连齐所提及的争执，有些担心出岫会误解，忙又道："若是本王的属下有什么失礼之处，还望夫人海涵见谅。"

"您言重了。"出岫的潋滟眸光似能摄人心魂，诱惑着她对面的两个男人，"妾身在路上遇见故人，耽搁了几日行程，如今着急赶路，就不打扰您寻人了。"言罢她款款俯身行礼，又对赫连齐略微示意，便带着竹影、屈方等人径直往茶馆外的马车上去。

一阵熟悉的幽香忽然袭面而来，经年未改。赫连齐脑子一蒙，眼见出岫从自己身边擦肩而过，一时冲动竟伸手拉住她的右臂。

众目睽睽之下，但听“刺啦”一声，出岫的袖摆已被生生扯开了线。

在这静默的气氛中，衣帛撕裂之声显得异常尖锐刺耳，好像是在平滑的肌肤上刺下一道血痕。出岫霎时娥眉紧蹙沉下面色，尚未开口喝斥，已有人先她一步，捏住了赫连齐的右腕。

“景越！”聂沛潇面色不善，俊目斜睨赫连齐，一脸阴沉，是勃怒的前兆。

赫连齐这才意识到自己的失态，连忙松开出岫的衣袖，极力克制声音的颤抖：“在下失礼，还请……夫人莫怪。”

在几路人马面前被扯开衣袖，出岫爱惜名声，面子上自然挂不住，便沉默着没有开口。

忽然，一声清脆的“哎哟”传来，只见淡心不动声色地跑到出岫跟前，假装低头检查绣工，口中还念念有词道：“夫人的衣裳开线了！赶明儿您得训斥云锦庄，这等绣工还敢送过来让您穿！”

出岫依旧沉默，淡心忙又看向竹扬：“竹扬姐姐，咱们将针线奁放在哪辆车里了？”

竹扬立刻会意：“就在夫人所坐的马车里。”

淡心便又转向出岫道：“夫人，咱们别再耽搁了，三爷捎来了口信，说是明晚要给您接风呢！”

听闻此言，出岫这才轻抬左手，缓缓抚过衣袖的开线处，道：“吩咐下去，继续赶路吧，再腾出一辆马车给屈神医。”

淡心立刻领命，请了屈方和玥菀先行上车。出岫对聂沛潇颔首致意，带着一行人上了各自的马车，重新启程。从始至终，她都没再看过赫连齐一眼，也没再对他说过一句话。

眼看云府的数辆马车已渐行渐远，聂沛潇才回过神来，看向失魂落魄的赫连齐：“景越，你认识出岫夫人？”他问得小心翼翼。

赫连齐魂不守舍好一阵子，才缓缓回道：“不认识……只是出岫夫人肖似一位故人，下官一时冲动，认错了。”

聂沛潇哪里会信，方才他看两人的神情，分明是旧相识。尤其出岫夫人向来温婉有礼，若是初次相见赫连齐，必定会客套几句。但他情知在赫连齐身上问不出什么，于是便与之告别，又故意在小镇上溜达几圈，才策马返回京州。

翌日，云府一众勉强在城门关闭前入了城。出岫一进京州城，便直奔追虹苑——如今沈予和云想容的住处。她吩咐无关之人全部回避，只带着竹影、淡心、竹扬和屈方父女过去。

追虹苑里没有任何仆婢的影子，唯有云想容在门前迎接。

夕阳西下，落日熔金，时隔四年之久重新回来，出岫不禁感慨万千。这里的一景一物，一草一木，格局都与四年前无异，唯有廊檐上的浮灰和园子里的凋零，诉说着世事的无奈与苍茫。

犹记初入追虹苑时，她小小青楼女子是何等的惊叹！而今故地重游，她又是何等的感慨……

"想容见过嫂嫂。"云想容一脸憔悴之色，礼数周全地拜见出岫，又见屈方在旁，便笑道："神医也来了，正好劝劝小侯爷吧。"

"如今哪里还有什么'小侯爷'？你身为他的妻子，言语更应该注意，不要再给他惹麻烦。"出岫薄斥云想容一句，在外人面前也算不留情面。不是她小题大做，盖因事实太过惨痛——

沈予搬离文昌侯府的第二日，其兄沈赞被削去爵位，阖府老小全部下狱。半月之后，因福王造反的连坐之罪，文昌侯府被满门抄斩，唯有沈予夫妻留下性命。

慕王也算仁至义尽，至少将沈予名下的这座私邸保留下来，给了他和云想容一个栖身之所。

单看追虹苑人烟稀落，已知沈予之凄凉。出岫越想越觉得难受，又四处寻不见沈予的踪影，便问云想容："他人呢？"

云想容憔悴之中又添黯然："他如今日日买醉，从没见过清醒的时候……如今在西苑里躺着。"

日日买醉？出岫连忙加快脚步往西苑里走，屈方等人跟在她身后。西苑里草木依旧，与她离开时没有太大分别，出岫凭着记忆走到主院，人还没进屋，便被一股子浓烈呛人的酒气给熏了出来。

她以袖掩面后退两步，转身对屈方道："神医，麻烦您进去看看他。若是他醉得不省人事，只管想法子让他醒过来。"如此贸然进去，她怕会看到沈予衣衫不整，再让彼此多添尴尬。

屈方早就料到沈予会是这种情形，便从随身携带的药箱里取出两只瓷瓶。他特意拔塞闻了闻，确认无误之后才径直往屋子里去。

出岫一干人等都在门外等着，她见云想容咬唇不语，便看了看淡心等人，道："你们先下去，我与大小姐有话要说。"

淡心、竹影、竹扬、玥菀很是识趣，全部退到院子外头候命。出岫这才对云想容斥道：“你既然嫁给他，便该尽到妻子的责任。他买醉，他伤心，你难道放任不管？”

云想容低头，苍白着脸色道：“我根本说不上话……成亲到如今，我们甚至没有圆房……”

还没有圆房？出岫心中一惊，不知怎的更为烦躁。

云想容依旧不服气地抱怨：“他连正眼都不看我……就算他不喜欢我，我好歹也算他的救命恩人……”她说着已是一番哽咽，“都说‘精诚所至，金石为开’。我陪他经历抄家下狱，从没说过一句怨言……可他又是怎么对我的？嫂嫂，我不服！”

出岫闻言只得沉默，她是最没资格劝慰云想容的人。

云想容见状沉吟一瞬，索性一股脑儿说出来：“其实嫂嫂不该来这一趟……他心里难受，要喝酒，我都能陪着，至少他不会再想你……可如今你来了，我的努力都白费了！”

出岫没有想到，云想容能撕破脸皮说出这番话，而她自己竟然无从辩解。一个寡妇记挂妹婿，的确惹人闲话。有一瞬间的冲动，出岫几乎要转身离开，可再想到沈予如今这个样子……

曾几何时，云辞刚去世时，自己是多难受，险些就要殉情而去。当时沈予的关切历历在目，他的支持与付出，曾是她活下去的动力之一。从某种程度上说，若没有沈予，就没有如今的出岫夫人。

世事如棋、宿命无常，现在换成他家破人亡，她又如何能不闻不问？若只是救下他的人，却不能救了他的心，又有什么用！想到此处，出岫也是一阵哽咽，垂眸克制了半晌，才凝声对云想容回道：“只这一次，让我劝醒他，从今往后再不相见。”

不相见，不代表不关心。她可以在暗中默默支持他，帮助他重新振作起来。

云想容张了张口，还没来得及拒绝，碰巧屈方从屋子里走出来，叹了口气：“他还醉着，只怕是自己不愿醒过来。”

自己不愿醒过来？失去至亲的痛楚出岫也曾体会过，那种不愿面对事实的心情，她怎会不理解？遂二话不说举步走上台阶，转身又对屈方和云想容道：“无论屋子里发生什么，你们都别进来。”

天色已晚，烛火摇曳，屋子里的酒气比方才淡了些许。出岫先将窗户全部打开通气，才绕过屏风，去看斜倚在榻上的男子。自从沈予逃出烟岚城迄今，已经整整十七个月了，这么久未见，出岫几乎认不出他来！

消瘦、憔悴、颓废、眼底乌青、下颌之上也满是胡茬儿。这哪里还是从前玉树临风的沈小侯爷？！这简直是只鬼魅！尤其，他还蹙眉合目，显然是不愿见她！

就在片刻之前，出岫还曾斥责云想容不该唤他为“小侯爷”，可眼下，她自己也险些这么开口了。习惯当真是可怕的，就如她已习惯了沈予的守护，如今彼此的角色颠倒过来，她一时之间还难以适应。

出岫站在榻前缓了缓心神，改了称呼低声唤他："沈予。"一声落下，对方没有任何反应，只有那眉峰的隐动表明他是清醒的，也知道来人是谁。

出岫深吸一口气，垂眸再道："你睁开眼看看我，行么？"

沈予依然闭着眼，索性翻身背对她躺下。

出岫看着他僵硬的背影，终于汩汩地落下泪珠。而沈予只是无言地躺着，如同一具尸体，对周遭的一切不闻不问。

也不知这般过了多久，出岫终于恼了。她擦干眼泪绕过屏风，拎起桌案上的一壶冷茶，二话不说返回榻前，扳过沈予的肩膀兜头浇下！

沈予猝不及防被浇得一个激灵，但依然没有睁眼，也没有开口说话。茶水顺着他的俊颜一路淌下，下颌、脖颈、前襟……无一处幸免。而他，又变成了一具死尸。

眼看一壶冷茶浇完，沈予依然如此，出岫索性一咬牙，"咣当"将茶壶摔在地上："你要醉生梦死，好，我陪你一起！"说着她已抬起手来，拔下绾发的簪子抵住自己咽喉，"我数到三，你若再不回头看我，我就用簪子刺死自己，先去黄泉路上等你。"

"一……"

"不要！"

出岫刚开口说出第一个数字，沈予已立刻翻身下床。见他终于有了反应，出岫才缓缓放下执簪的右手，一双清眸盈泪看向他。

没了发簪绾系的青丝垂肩而下，丝滑如缎直到腰际，比那夜色还要漆黑几分。屋里的两扇窗户都开着，恰有清风掠窗而过，拂起这青丝随风飞扬，也让出岫美得如隔云端，不似凡尘之人。

十七个月没见，将近一载半，冗长的时光并没有将沈予的爱意减淡，相反愈加浓烈起来。眼前是他朝思暮想的女子，曾无数次出现在他的梦里，他不是不想睁眼看她，只是……

烟岚城一别，他曾意气风发地许诺她，甚至以吻定盟……可惨痛的事实却将两人的距离越拉越远，直至云泥之别——

她是名动天下、柔情铁腕的云氏主母；他是家破人亡、被扣上"造反"罪名的落魄子弟……

沈予从没有如此气馁过、绝望过，更不想面对亲情与爱情的双重打击……只差一点儿，他几乎就要痛哭失声，长久以来憋在心中的痛苦，犹如汹涌的潮水想要迸发出来。

然而，男人的自尊与骄傲不允许他这么做。在面对自己心爱的女人时，他不愿表露出脆弱的一面，于是只能克制着道：“你来做什么。”

这并非疑问，而是避见。被烈酒浸灌了数日的咽喉，早已没了往常的温润与磁性，沈予喑哑着嗓子，沉声再道：“你可以走了。”

“一年半没见，你就对我说这些？”出岫不给他逃避的机会，“我费尽心思救你出来，不是看你日日买醉的！”

沈予没有再说话，靠在榻上又想要翻身躺下。出岫眼疾手快，立刻上前阻止他：“沈予，你太让我失望了！”

沈予双目之中布满血丝，刚毅的脸部线条掩藏在颓废之下，整个人看起来无比自暴自弃：“我早就让你失望了。我无能，我配不上你，从始至终都是我一厢情愿。”

“啪”！一声脆响突兀地传来，在寂静的屋内显得无比生硬。出岫重重一巴掌打在沈予脸上，直恨得咬牙切齿：“你知道你在说什么吗？”

这一巴掌打得特别狠，出岫自己的掌心都已经发麻。她看着他平复半晌，再道：“在我心里，你一直是个顶天立地的男子汉，直到现在，我也这样认为……倘若两任文昌侯还在世，瞧见你如今这副模样，他们只会心痛，而不是欣慰！”

沈予摸了摸自己被打的右颊，唇畔浮上一丝诡异的嗤笑，打定主意对一切充耳不闻。

从烟岚城到京州，出岫酝酿了一路说辞，可直到此刻她才发现，沈予根本听不进去任何大道理，他的状态实在太差了！比她料想的还要糟糕几分！出岫又急又恨：“从前那个重情重义的沈予哪儿去了？”

“重情重义……”沈予好像听到了什么可笑之事，忽然放声大笑起来。他一直笑着，直到流下两行男儿清泪也浑然未觉，捶着自己胸口道，“跟我扯上关系的人，没有一个有好下场……”

先是云辞、再是整个文昌侯府……怕只怕，下一个会轮到他心爱的女人……

沈予只觉得浑身阵阵冰凉，满室的烛火也不能焐热他的胸膛。他看到出岫望着他的眼神，他觉得那是怜悯，这个认知也深深刺痛了他：“我不需要你可怜我。你走吧，再也别来了。”

出岫踉跄着后退一步，险些气得晕倒。她抬手作势要再给沈予一巴掌，只恨方才打得不重，没有彻底打醒他。

岂料，沈予自觉地回望过来，神色没有丝毫躲闪：“我就知道你方才手下留情了。你打吧，今日让你打个痛快。”他再次抬手摸了摸右脸，其上还残留着火辣的痛感，遂自嘲地再笑，“就怕脏了你的手。”

“你到底是在折磨谁？！”出岫恨铁不成钢，终于明白自己当初寻死觅活时，沈予是个什么滋味儿，只差剖心相告了！

见他依然面无表情，她继而再道：“权谋之争没有对错，赢了就是赢了，输了就是输了，你用这种法子逃避现实，是懦夫的表现！”

“我一直是个懦夫……”沈予终于呢喃了一句，却没有丝毫触动。

出岫蓦然想起往事，忍不住再叹：“侯爷死的时候，我曾想过殉情。当时你看我如此，心里是个什么感受，由己及人，你也该体会我如今的心情。”

她想了想，如实道上一句：“无论如何，我们之间的情分，我总是很珍惜的……”

也不知是这一番劝说起了作用，还是最后这句话让沈予动容，他终于肯直视出岫，颓废的面容上闪过一丝期望，殷殷切切看向她问道：“你说的……是真的？”

“事已至此，我还有必要骗你吗？”出岫垂眸叹气，绝美的容颜上飞快闪过一丝红晕。虽然屋内昏暗，可迎着烛光，沈予还是捕捉到了。

他心中已经死寂的某处，好似又恢复了跳动。一种温热的、叫作“血液”的东西重新在胸膛里涌动起来，先是缓慢，继而加速，直至汹涌澎湃。沈予只觉得难以呼吸，浑身上下没有一处不在叫嚣，僵硬的肢体变得疼痒难忍，这是一种复苏的前兆，他又要活过来了！

出岫哪里知晓沈予的心思？见他抚着胸口剧烈喘气，已吓得慌了神，连忙俯身探去：“你怎么了？”

她一只手刚伸出去，沈予已一把使力拉过她。出岫重心不稳向前一栽，恰好跌坐在对方怀里。她下意识地惊呼出声，可这声惊呼只到一半，又被她倒吸一口气咽了回去。

浓熏的酒气扑面而来，和着沈予独有的味道，他就这么……吻了她！

出岫想闪躲想出声，奈何朱唇被沈予的唇舌堵得密不透风。她感到自己的腰身也被他环住，一只温热的手掌缓缓抚上她的脸颊，带着无限的宠溺与深情。

口中被迫摄入微甜的酒气，出岫霎时觉得醉了，头脑昏沉不知该如何是好。所幸，这个男人没有更过分的举动，只是吻着，虔诚地吻着……直到出岫快要窒息时，才恋恋不舍地放过她。

“晗初……”沈予转而将下颔抵在她肩上，轻轻摩挲着她的香肩。

饶是隔着衣衫，出岫也能感到沈予的胡茬儿刺痛了她的肌肤，那细密的疼痛和微痒的触感很是难受。她想从他怀中挣扎出来，却被揽得死紧。

方才一壶冷茶浇下，沈予的上衣几乎湿透，此刻两人身子紧贴，出岫的衣衫也被洇湿了，那股凉意沁在肌肤上，有种说不出的暧昧。

“为了你，我会振作的。”沈予犹自未觉，痴迷地把玩着出岫的秀发，只觉这一刻来得太不真实，恍如一场浮梦。

听到这句话，出岫终于安下了心。她将彼此微微挣开一点距离，长舒一口气道：“不要去找慕王报仇……你该想想如何重振门楣。”

沈予“嗯”了一声，沉溺在这来之不易的美好之中，不愿醒来。许久，出岫终觉得胸口气闷，咳嗽一声道：“你再不放手，我要喘不过气了。”

沈予这才依依不舍地松开手，改为握住她一双柔荑，再问：“你真的没有看不起我？”

“岂会？”出岫清浅一笑，眼眶还有些泛红，“若没有你，我早就死在醉花楼了。你救过我多少次，如今我只是还了利息而已……咱们至多算是扯平。”

“对！扯平！”沈予抚弄着她的雪白柔荑，更为爱不释手。他的神情终于渐渐清明，方才晦暗无神的双目之中，霎时聚拢起希冀的清光，如波闪烁。

他看着出岫，扯开一个振作的俊笑，同时也下了极大的决心：“为了你，也为了父侯和大哥，我会重振门楣。”

“不是为了我……”出岫想起方才对云想容做下的保证，鼻尖又是一阵酸涩，“为了你自己，也该振作起来。你……好生待想容，我才能凑着这份关系帮你。大丈夫忍一时之辱也没什么，往后路还长。”

大约是因为提起了云想容，沈予脸上又有些黯然：“我答应你好好对她，但她不会是我的妻子……这辈子都不会。”他顿了顿，又道，“我不想当你的妹婿，你也别用这理由帮我，我想靠自己。”

靠自己？就凭眼下这个情况，他怎么靠自己？出岫想要劝动他：“‘妹婿’不过是个幌子，只是方便我帮你……即便侯爷在世，他也会这么做的。权谋之术不分手段、不看经过，只为结果……”

“唯有借力，才能使力。这道理你该懂得。”出岫试图令他改变主意。

奈何沈予太过坚定，也太过骄傲：“你不用再劝我，我有我的底线，不想一而再再而三地打破……娶云想容，已是我的极限。”

沈予终究还是执着于“云氏姑爷”这个称呼，也执着于和出岫的关系……他担心如今利用这个身份越多，以后再想回头就会越难。嫂嫂和妹夫，不容于世。

可出岫没有细想沈予的心思，还以为他是所谓的自尊心作祟。她觉得他的想法太骄傲，也太不切实际，但她知道沈予的脾气，再争论下去也不会有什么结果，于是只得微笑着敷衍：“好，我不插手。”

沈予又“嗯”了一声，两人谁都没有再说话。相顾无言直到一盏烛火燃尽，沈予才从略微黯淡的光影里回神，拇指缓缓按上出岫的唇畔，极力抑制住体内那股原始的冲动。

“簪子呢？”他问她。

出岫这才想起自己披头散发着，连忙用素手揽过一头青丝细细抚弄。她不得不承认，方才与沈予的言行太过亲近了些，她唯有默默告诫自己，这一切都是为了让沈予重新振作起来，仅此而已。云辞在天有灵，会理解她的。

“在想什么？”沈予见出岫愣神半晌，有些担心地问。

“啊？”出岫回神，从袖中取出玉簪，答非所问，“簪子在这儿。”

“让我为你绾一次发，好吗？”沈予带着几分祈求，目光切切地看着她。

面对这样的眼神和言语，出岫犹豫了，她没有办法拒绝沈予，也不想让他失望。她此行的目的是让他振作不是吗？想到此处，出岫颔首答应：“好。”

沈予笑了，立刻从出岫手中接过玉簪，几乎是颤抖着伸手去拢她的秀发，一缕缕、一束束，只怕漏掉任何一根发丝。

绾发之事，他从前也为别的女人做过，大多时候是耐不住她们的娇嗔攻势。但他自问从没哪一次像今日这次，他如此认真，如此心甘情愿。

原来，过往的千娇百媚不过都是锤炼试手，他练就一身的情爱功夫，只为遇见这一人，用尽全心全意去喜欢。

沈予熟练地将出岫一头秀发绾好，又用簪子簪牢，深深嗅着她的发香，笑道：“好了。”

出岫抬手抚了抚发髻，故作满意地微笑。她看到沈予也在笑，只是那笑容很决然，很遥远，也很……悲伤。

果不其然，沈予的下一句话是：“你回去吧，别再来了。等我何时重振了门楣，我会主动找你。”

“好。”

# 第八章 从此不见痴儿女

云氏在京州有无数私产，其中一座私邸“流云山庄”最为奢华，也是众人皆知的云氏产业。这一次来京州，出岫本就不打算低调而行，相反她还要探清京州局势，并且拜访当朝左相——慕王的岳丈，未来的国丈大人。

因此，出岫选择栖身在这座“流云山庄”，方便与公卿往来，也方便打点生意。只不过，这座私邸虽为“山庄”，却不在城郊，而是毗邻赫连氏的祖宅。幸而，赫连齐如今娶了明璎，又在朝为官，聂帝另给他赐了官邸。

从追虹苑回流云山庄的路上，出岫哭了，独自一人坐在马车里默默拭泪。她也不知自己在哭些什么，是哭沈予一片痴心错付，还是哭今夜自己对云辞的背叛？

心乱了，有些事情也就不得而知。

哭着哭着，出岫在车里睡着了，待马车停下来时，她恰好惊醒，便听到竹影在外禀道：“夫人，流云山庄到了。”

出岫整了整仪容，下了马车。府门前一排灯笼高高映照，令她瞬间晃了眼，刚缓过心神，山庄里几个得脸的下人已齐齐跪地行礼：“见过夫人。”

出岫赶了一天路，晚上又在追虹苑折腾一番，实在没有精力再去应付下人们的逢迎，便随意地摆摆手：“辛苦了，明日再来拜见吧。”

言罢又转对淡心、竹扬等人命道：“你们也劳顿了，都歇着吧。车上的行李先放着，明日再收拾。”

淡心等人领命称是，出岫便强打着精神迈上台阶。岂料刚走两步，流云山庄的管家忽然上前禀道：“夫人，刑部侍郎赫连大人，已等候您多时了。”

赫连齐？出岫心中一阵反感，也许还有一阵倦怠，她懒懒地道：“转告赫连大人，今日天色太晚不便相见。”

“是”。管家恭谨应下，出岫便进了山庄。走到待客厅前时，她特意绕了路，远远还能望见厅里亮着憧憧烛火，一个挺拔的身影映在窗户纸上，显得无比耐心而沉稳。

出岫复又抬步前行，走了两步忽然再次停下来，对管家吩咐道："日后赫连大人过来，只管找理由打发了，不必再来禀报。"

翌日清晨，京州，诚郡王府。

聂沛潇用过早膳，却不急着撤席，有一搭没一搭地与几位幕僚说话，顺势打探他离京期间的各种情况。譬如，几位当朝大员是升是贬？左相、右相府里有何异动？京州城又有什么大事发生？

正与幕僚们说到兴头上，却听侍卫冯飞在外求见。聂沛潇一提精神，立即屏退左右，才传了冯飞进来，问他："事情如何？"

"不出您所料，出岫夫人进京之后先去了一趟追虹苑……然后下榻在流云山庄。"冯飞顿了顿，提醒自家主子，"就是与赫连一族祖宅毗邻的'流云山庄'。"

与赫连氏的祖宅毗邻？聂沛潇想起赫连齐与出岫夫人之间的异样，有个念头一闪而过。难道，出岫夫人与赫连齐曾有私情？他知道自己想歪了，可前日赫连齐的表现太过明显，他实在无法相信那个"认错人"的说辞。

聂沛潇心中有些烦躁，连忙挥退胡思乱想，再问冯飞："赫连齐有什么动静？"

"昨日酉时，赫连大人去流云山庄拜访出岫夫人，结果直到深夜离去，两人也没见上面……说是出岫夫人交代过了，以后凡是他来拜访，一律避见。"

"一律避见？"聂沛潇蹙眉，不禁自言自语，"有什么深仇大恨，值得出岫这么回避？按理说，赫连氏世代公卿，门中文武辈出，赫连齐又是长子嫡孙，日后必然是一族之主。出岫为什么不见他？"

冯飞摇了摇头："这恐怕要问出岫夫人自己……不过以属下了解，她处理家族庶务虽然强硬，但对待外族还是很有礼数的。"

聂沛潇点头附和："正因如此，我才觉得奇怪。"

赫连齐、出岫夫人……看似八竿子打不着的两个人，究竟有什么旧怨？或者不是旧怨，而是旧情？聂沛潇越想心里越不舒坦，便对冯飞道："你下去吧，我自己想想。"

冯飞领命告退，刚出了膳厅，却与府中管家擦肩而过。他刻意慢下脚步，只听管家进了膳厅对聂沛潇道："殿下，离信侯府当家主母出岫夫人求见。"

出岫夫人来了？真是巧了！冯飞可以想象，自家主子定然又是欢喜又是抗拒。他很想笑，但也只能忍着，果然听到主子的声音带着几分忐忑："快请夫人上座……替本王更衣！”

半盏茶的工夫，聂沛潇换了一身绣金紫衣来到待客厅，一眼瞧见出岫夫人。她今日仍旧一袭白衣，颜色虽素简，但烟纱罗裙层层叠叠，繁复端庄又不失体面，浅绿色的袖口绣着精致花纹，针脚细密还掺着金线。远远望去，便如翠色欲滴的叶子上托着一朵白芍药，美得恍若天上仙子。

时而端庄、时而娇媚、时而清妍、时而绯艳。

此时此刻待客厅内，出岫正对着匾额上“紫气东来”四个字怔怔出神。她对这种字体并不陌生，很久以前，有一首名为《朱弦断》的诗便是这种草书，云雷变幻、笔走龙蛇。

“夫人大驾光临，本王不胜荣幸。”聂沛潇在外看了半晌，见出岫一直微微出神，才双手背负迈入厅内。

出岫回过神来，盈盈一拜：“妾身贸然来访，还望殿下勿怪。”

这一句令聂沛潇无比舒畅，他大马金刀地坐上主位，又对出岫伸手相请：“夫人有何事需要本王效劳？”

“不敢。”出岫朱唇轻启，示意竹影将礼盒送进来，“妾身此次来访，是有两件事。其一，敝府无意中寻得一管绝世好箫，想请您笑纳。”

出岫话音未落，竹影已将礼盒奉至王府管家手中，再由管家送到聂沛潇手边。聂沛潇接过锦盒并未打开，只按在桌上笑回：“夫人太客气了。”

“您吹得一手好箫，世所皆知。这玉箫妾身留着也是无用，不如为它另觅良主。”出岫客气回道。

若放在以往，聂沛潇必定不会当面拆开别人的赠礼，可这次不同，因为送礼之人是出岫，他便显得有些迫不及待：“本王失礼，已经着急想拆开看了。”

出岫款款伸手：“您请。”

聂沛潇顺势打开锦盒，但见一支通体流翠的玉箫躺在其中，光泽溢彩，色泽温润，玉质上乘，竟比自己那管箫还要好上几分！他情不自禁地将玉箫取出，放在唇边试着吹奏，随随便便两个音，便听得那箫声呜咽如泣如诉。

“无论玉质还是音质，当真难得一见！果然是好箫！”聂沛潇很是喜欢，将玉箫放回锦盒之中，诚心道谢，“多谢夫人，本王却之不恭。”

也许这是天意吧！他因出岫夫人而舍弃一管箫，又从她手中得到一管箫，失之东隅收之桑榆，不得不令人感慨。

出岫又哪里知道这么多内情，莞尔道：“您不嫌弃就好。”

怎会嫌弃？喜欢还来不及！聂沛潇心里如是想，便不假思索脱口而道：“若能与夫人琴箫相和，才是本王之幸。”

话音甫落，他便后悔了，这不摆明了他知道出岫夫人擅琴吗？聂沛潇连忙尴尬再笑：“本王只是猜测，猜测而已。”他有些紧张，状若无意地再看出岫，见对方无甚反应，才暗暗放下心来。

可出乎意料的是，出岫没有深想他话中之意，反而落寞一笑：“殿下高看妾身了。妾身是个俗人，只懂得打理庶务，对琴棋诗画……一窍不通。”

“一窍不通？”聂沛潇的笑容敛在俊颜之上，“夫人是说玩笑话吗？”

“怎是玩笑话？”出岫垂眸，刻意掩去悲伤之色，“妾身出身低微，曾是云府奴婢。写字、看账都是跟先夫学的，对于风雅之事的确一窍不通……只能凑凑热闹罢了。”

凑凑热闹？这便是她对自己琴艺的评价？聂沛潇不明白出岫为何要自我贬低，再想起她口口声声唤云辞“先夫”，心里更觉得不痛快。

从烟岚城返回京州的路上，他已派人打听过了。四年半前，沈予将出岫送给云辞，云辞便将她带回京州，这其中是宠爱过一段时日，出岫甚至还怀过孩子，但为了迎娶夏氏为妻，云辞让她把孩子打掉了。再后来夏氏进门，云府上下才知道，原来云辞宠爱出岫，是因为她的容貌与夏氏有七分相像……

聂沛潇还听说，云辞为了讨夏氏欢心，曾将出岫贬去洗衣房。后来夏氏溺水而亡，云辞爱妻心切引发旧疾，眼看即将膝下无嗣，而恰好出岫又在此时怀了身孕，他才在死前写下婚书将出岫扶正。云辞的决定如此匆忙，甚至连媒证都没来得及找，还是在他死后，由沈予补签的媒证之名。

聂沛潇在听说出岫的遭遇后，对云辞那位谪仙般的男人产生了怀疑，这传说中悲天悯人的离信侯，怎能对一个女子如此残忍？

想到此处，他忽然没了心思与出岫说笑，遂敛去表情，双目无波地问她：“夫人此次前来，难道是专程为本王送箫？”他知道，这玉箫只是敲门砖，出岫夫人必定有事相求。

出岫见聂沛潇主动问起来了，也不好再回避，垂眸轻声道：“实不相瞒，妾身确有一事相求……是关于我家姑爷沈予的。”

“夫人请讲。”

“妾身想请您关照姑爷，保举他戴罪入仕。”

“戴罪入仕？”聂沛潇头一次听到这个说法，“夫人又说玩笑话吗？”

“事到如今，妾身哪里还有心思开玩笑。”出岫长叹一声，“妾身知道这是为难殿下……可若不是别无他法，妾身也不会冒昧来这一趟。”

她竟如此为沈予打算？甚至不惜对自己相求？聂沛潇心中泛起一阵酸意，遂婉拒道："夫人高看本王了，此事必得父皇做主才行。"

出岫闻言也不气馁："虽说当今圣上仍旧在位，但你我皆知，慕王殿下已拿到禅位诏书，他才是当朝掌权者。您与慕王手足情深，此事若由您说项，便成了七分。"

"哦？那另外三分呢？"

"另外三分……大约是看我云氏的薄面了。"出岫如是回道。

听闻此言，聂沛潇开始慎重斟酌起来。他知道出岫的性子，看似温婉实则胆色过人，若想做成一件事，必会用尽全力。但……且不说沈予与出岫关系如何，单单文昌侯府连坐的"造反"之罪，沈予也是没什么机会翻身了。

这般一想，聂沛潇只得再次婉拒："子奉的确很有才华，他长于军事，有些见解连七哥也称赞不已。但夫人知道七哥的为人，四哥的旧部他绝不会用。如今七哥能放子奉一条生路，已算很难得了。"

"这事若简单，妾身也不必如此苦恼。"出岫轻叹一声，"妾身曾是姑爷府里的奴婢，当时就在追虹苑当差，后来能去云府，全赖姑爷成全……妾身曾三番五次受性命之危，也是姑爷及时援手相救、施治得当，妾身才能保住性命……"

追忆起往昔与沈予的点点滴滴，出岫不胜感慨："实不相瞒，当初妾身一意促成想容和姑爷的婚事，甚至不惜回绝您的提亲……一则是因为想容对他痴心一片，二则也是妾身想为他留下一条后路。"

"本王说过，提亲之事是个误会。"聂沛潇连忙解释，只怕出岫误会自己，"此事夫人不必放在心上。云大小姐与子奉结合，也是郎才女貌，很般配。"

出岫听了这话，稍感放心，她就怕聂沛潇对云想容的婚事耿耿于怀。见对方并未多做计较，出岫沉吟片刻，继续道："戴罪立功之事，古已有之。文昌侯阖府下狱之时，妾身去向慕王殿下求过情，当时他曾提及，您也是力保姑爷的……妾身思来想去，在房州说话不便，这才等到了京州，唐突找上您。"

聂沛潇俊目打量出岫，仿佛是有千百条小蛇在他心头游蹿咬噬，那种痒不可耐、一颗心被渐渐侵蚀的无力感如此煎熬。明明说好不见她了，但又忍不住打听关于她的一切；明明知道彼此的身份遥不可及，但又按捺不住见到她的迫切与喜悦……

聂沛潇知道，沈予对于出岫而言，是一个特别的存在，否则也不值得她一救再救。虽说她是坦坦荡荡地为沈予筹谋，但聂沛潇始终觉得，这两人并非昔日恩情那么简单。他很想问问出岫，她对沈予到底是什么感情，可这话他问不出口。

他兀自思索着，出岫也没有急于再劝。这事换作是谁，恐怕都要斟酌一番，她也没想过要让诚郡王今日便给答复。

"夫人的心情，本王很能体谅。但若要促成这事，的确很难。其一，子奉一家满门抄斩是七哥的意思，倘若本王举荐子奉入仕，焉知他是否会存报复之心，再来谋害七哥？

"其二，子奉从未出过仕，要举荐他任什么官职才合适？这也并非本王一人能做主。"聂沛潇将心中顾虑如实道出。

他能说出这番话来，足以证明是真的在心里考虑过。但他所提出的两个问题，出岫都已想好该如何回答："其一，姑爷是明白事理之人，最知道'胜者为王，败者为寇'的道理。他从未出过仕，也不懂弄权，只一心重振门楣，绝不会做出什么报复之举。这一点，妾身可以担保。"

出岫怕聂沛潇不信，又道："古语有云，'君要臣死臣不得不死'，慕王抄他满门，的的确确是因为福王造反。于情于理都是文昌侯府理亏，慕王只是按律处置，姑爷他也无话可说，更不会做出以卵击石之事，让自己扣上'弑君'的罪名。"

其实有一点，出岫没对聂沛潇说出来——即便沈予为了她，也不会找慕王复仇的。否则，云氏与慕王关系密切，沈予便会陷云氏于不仁不义的境地。为了她，为了云辞，沈予不会这么做。

而这也是昨晚她故意给他希望的原因之一，她要他记得，并且一直记得，爱可以融化仇恨。更何况，权谋一事无分对错，无论福王造反是被谁所逼，反了就是反了，而文昌侯府支持福王，错了就是错了。

出岫垂眸刻意掩去神伤之色，再对聂沛潇解释道："至于其二，您也说了，姑爷他长于军事，曾受慕王称赞。既然如此，您可以让他去军中历练，放他去攻打北宣，抑或平定叛乱……只要姑爷不在慕王眼前打转，想必慕王也该放心了。"

"夫人的意思是……让子奉出去带兵，是生是死、是胜是败，全看他自己的造化？"聂沛潇疑惑地问。

"妾身正是此意。慕王在军中心腹众多，大可派人去监视姑爷，看看他是否兴风作浪。届时沙场无眼，他是生是死，那便不是咱们能决定的了。"

出岫对沈予有信心，就凭他如今的心气，他不会轻易言败，更不会轻易死去。尤其沈予自己就是医者，他懂得自救。

让沈予入伍带兵？聂沛潇也认真思索起来。在与福王的一场夺嫡之争中，七哥死了几名爱将，如今几支亲信部队都是直接听凭七哥号令。可，七哥早晚要登基为帝，不可能再像从前一样直接管辖军队，必是要找人代劳。而自己身为郡王，也不可能每逢战事躬亲征讨。

不可否认，如今七哥身边正缺武将。

在这种情况下，另觅良将迫在眉睫。沈予之才曾受父皇称赞，七哥也曾有意让他入伍，都被当时的老文昌侯给一口回绝了。倘若往后沈予能进入心腹部队，七哥必当如虎添翼，也不用担心被沈予反将一军。

再者，莫说沈予只懂军事不懂权谋，即便他会弄权，难道还能赢得了七哥？

尤其，沈予入伍最大的好处是：七哥会被世人称赞“不计前嫌、爱才若渴”；倘若日后沈予不堪重用、起了异心，七哥也能直接在军中将他解决了，安上个“战亡沙场”的罪名，面子上光明正大。

如此说来，这还真是个不错的主意，不仅能缓和云氏与七哥之间的关系，而且，出岫夫人也会欠下自己一个人情……

聂沛潇长眸看向出岫，并没将这番暗中心思说出来，只问她：“倘若本王今日拒绝了夫人之求，夫人又该如何？”

出岫以为聂沛潇是拒绝了，这也在她意料之中，便垂下一双清眸，如实道：“那妾身打算去拜访左相庄钦大人……”

左相庄钦，七哥的岳丈？聂沛潇脸色一沉：“倘若左相大人也拒绝呢？”

“妾身会去求鸾妃娘娘。”出岫认为倘若由鸾夙开口，慕王必定会同意，但也必定恼恨她利用他心爱之人。这会牵连整个云氏，因而不到迫不得已，她不会去找鸾夙。

听到“鸾妃”二字，聂沛潇也紧张起来，立刻说：“本王奉劝夫人一句，切莫打鸾妃的主意。七哥能忍得当面刀背后箭，但这条软肋，夫人捏不得。”

“妾身自然明白这个道理，否则也不会先来求您。”出岫坦白道，“在这件事上，鸾妃娘娘是下下之选，您是上上之选。”

“夫人过奖了，本王愧不敢当。”聂沛潇听了这话不知该不该喜，又问，“夫人第一个想到的是本王？”

“正是。”

屋内气氛忽然静默，良久，聂沛潇才缓缓叹气：“夫人请回吧，此事宜慢不宜快，本王尽力一试。”

离开诚郡王府之后，出岫重重松了口气。她知道若有聂沛潇出马，此事便算成了。因此在离去之前，她留下二十万两银票，言明这其中十万两是送给聂沛潇，略表心意的同时，也请他代为打通沈予入仕的关节；另外十万两，出岫请聂沛潇以他自己的名义转交给沈予，只说是“借”，不说是“给”。

事毕，出岫只觉得身心舒畅，她没有急着回流云山庄，而是去了一趟云羡如今的住处。

“羡云阁”三字应是云羡自己改的，这座园子从前不叫这个名字。出岫提前派人通传了云羡，待马车行到地方，云羡已在门前相候。

“嫂嫂。”云羡恭谨地迎了出岫下车。

“三爷，许久不见。”出岫没与云羡多客气，任由他引着往园子里走。待行至云羡的书房，出岫才屏退竹影等人，开口便问，“三爷在京州可好？”

“托嫂嫂的福，一切都好。”云羡面上略有失意，再道，“多谢嫂嫂这次不计前嫌，将我救出来。”

大约是因为将沈予的事办妥，出岫心情很好，笑道：“三爷言重了。”

云羡目露伤感：“想想我娘做下的孽事……”

“都过去了，不提了。”出岫适时打断他的话，“罪不及子女，更何况你还是老侯爷的骨肉，也是侯爷最器重的弟弟。”往事已矣，该遭报应的人已经伏诛，她不想再继续恨下去了。

说话间，屋里进来一个女子奉茶。出岫原本没注意，一直等奉茶女子走到眼前，才被她盈白罕见的肌肤晃了眼。出岫侧首看去，是鸾卿。

自从听慕王说起云羡入狱的始末之后，出岫便已猜到那个青楼女子是谁。即便鸾卿此刻不出现，出岫也是要问起她的。

“鸾卿姑娘。”出岫率先开口问候，得宜地换了称呼。

听到出岫如此称呼自己，鸾卿反应不及，片刻之后才躬身行礼：“夫人。”她打量出岫，发现时光并未在对方脸上留下痕迹，反而更添逼人光艳，便由衷地赞叹，“您的风采更胜从前。”

“你不也一样？”出岫笑回。

两个女子互相客套完，云羡才再次开口，语气很是坚定地道：“不瞒嫂嫂说，这次我是为了救鸾卿才……”

“是我的错。”鸾卿没让云羡说完，抢话对出岫道，“是我回姜地之后，对三爷念念不忘，便决定去京州找他。奈何三爷对我避而不见，我一气之下便自己卖身去了青楼，想引起他的注意……”

“结果三爷还是无动于衷，于是你又想出挂牌卖身的招数，孤注一掷？”出岫替鸾卿将剩下的话说完，“岂料三爷没拔得头筹，你反而将明二公子吸引来了。你见弄巧成拙，想着自己擅毒，便在明二公子色心大起时下了毒？”

鸾卿如实点头，又补充道：“我当时不知明璀的来头……可我到底是把三爷给引来了。三爷怕我被轻薄，急忙闯进来救我，但当时明璀已被我毒死了。三爷想着东窗事发之后我必定难逃一死，便主动将这罪名扛了下来，又在明璀身上补了几刀，对外推说是争风吃醋失手杀人。”

听到此处，出岫也忍不住一叹。鸾卿置之死地而后生，不仅如愿激出云羡的真心，还让他心甘情愿替她顶罪……

此时云羡面上也满是愧疚之色："我当时真不知道他是明氏二公子，只想着凭咱们云氏的底气，至多赔些银子罢了……岂料后来事情越闹越大……"

云羡边说边看向出岫，再次道谢："说到底，还是仰仗嫂嫂出手救了我……"

"你是老侯爷仅存的子嗣了，我不能看你出半分差错，太夫人也不会。"出岫再叹，"你娘的事，恨归恨、气归气，可正因为我是当家主母，才更该恩怨分明。"

闻言，云羡更加愧疚，愧疚之余又有动容，语中也多了几分钦佩之意："嫂嫂宽宏大量，不仅援手救我，还为慕歌安排婚事……请您受我一拜。"

云羡说着就要下跪，出岫忙伸手阻止，哪知对方异常坚定，已"扑通"一声跪下，又喊了一声："鸾卿。"

鸾卿应声而跪，与之并排并肩，颇有些夫妻成双的意思。云羡一派磊落，对出岫说道："嫂嫂别拦，这一拜您受得起。"言罢已深深叩首，鸾卿随之效仿。

云羡叩了一次，但没有起身："我还有一事，想请嫂嫂成全。"

出岫看到他二人齐齐跪地，已猜到他要说什么，果不其然，便听云羡再道："经过此次下狱，很多事我都看透了。我已决意迎娶鸾卿……长嫂如母，想请您为我二人主持婚事。"

"你不回房州成亲？"出岫脱口而问。

云羡摇了摇头："因为我娘的事，母亲必然恨我入骨，我也不想回去了……更何况鸾卿从前是我的庶母，这桩婚事她老人家必不赞成。"

是了，出岫能理解云羡的意思。鸾卿不仅曾是他的庶母，且还比他大了七八岁……虽说鸾卿是异域美貌、别有风情，但他们到底是"老妻少夫"的结合，更何况鸾卿擅毒……

作为云氏的当家主母，其实出岫并不赞成云羡的选择，他的婚事应该经过太夫人首肯，娶一房门当户对的妻子，至少也该系出名门、知书达理；然而，作为云羡的嫂嫂，出岫支持他的决定，并且给予深深的祝福。

出岫明白，唯有基于真情的结合，才是无悔无憾的。云羡这样正统的世家子弟，能摒弃世俗偏见，勇敢地选择与鸾卿在一起，实在难得。

不知为何，看着这两人并肩跪在自己面前，出岫很想落泪。她再次伸手将两人扶起，冲动地一口应下："好，我为你们主婚。日子定下了吗？"

云羡和鸾卿皆是一喜，两人对视一眼，不约而同地道："今日吧。"择日不如撞日，就在今日。

出岫噗地笑出声来，这一瞬间，她也受到气氛所感染，暂时脱去了"云氏当家主母"的枷锁，莞尔笑道："那只好一切从简了。"

云羡与鸾卿的婚事十分简略，只扯了几块红绸随意装饰了园子，新郎新娘的婚服都是现买的，龙凤红烛也没有定做，一切很快准备就绪。

为了迎合气氛，出岫破天荒地换掉白衣，穿了一件粉桃色裙裾。自从云辞离世以来，她是头一次摒弃白色，可就在穿上粉桃色裙裾的那一瞬间，她好像忽然释然了。有的人可以永远放在心中思念，至于素服缅怀，也不过是一种形式吧。

出岫嫂代母职，完成了所有仪式，最终也忍不住潸然落泪。在旁人眼中，她这是喜极而泣，唯有她自己晓得，她想起了谁，又在一直想着谁……

礼毕，淡心与竹扬一并将新娘送入洞房，正欲开宴热闹一番，却听下人来报："诚郡王到了。"

聂沛潇？这个时辰他来做什么？且还是来找云羡？出岫正疑惑着，但听云羡已高声喜道："诚郡王来得好巧！"言罢他看向出岫，再问，"嫂嫂，您说我若请诚郡王来做这个媒证，他会答应吗？"

请聂沛潇来做媒证？出岫觉得不大可能。先不说云羡是庶子，况且今夜这桩婚事根本不符合婚仪的礼数与流程，纳采、订盟等步骤一概跳过，只是拜了天地高堂。而且，还是一桩有悖伦常的婚事。

出岫虽做如此猜测，却不忍扫了云羡的兴致，便敷衍着道："先请殿下进来再说吧。"

云羡干脆地点头，与出岫一道去门外相迎。聂沛潇仍旧骑着一匹骏马而来，身后的几个随从亦是骑行。

出岫率先行礼："妾身见过殿下。"与此同时，云羡也行礼拜见。

聂沛潇利落翻身下马，一眼瞥见出岫换了件粉桃色衣裙，在灯笼的映照下显得异常娇艳妩媚。他有些挪不开眼，但还是先与两人见了礼，才又笑着问道："夫人换了衣裳？"

出岫觉得这句话实在好笑，不禁莞尔回道："您只瞧见妾身换了衣裳，却没发现我家三爷今日有何不同吗？"

聂沛潇应声看向云羡，上上下下打量一番，才发现他穿了喜服，遂不解地挑起俊眉："三爷这是……大婚之喜？"

云羡恭敬笑回："正是。殿下来巧了。"

难怪出岫夫人一改常态，穿了这么鲜艳的颜色。聂沛潇心内诧异，怎的堂堂云三爷成婚，不回房州、不大摆筵席，反而如此悄无声息地进行？他心中如此想，但面上并未显露出来，只笑道："那本王当真来巧了，可要讨杯喜酒喝喝。"

云羡顺势伸手相请，聂沛潇便迈步入园。他刻意打量园内环境，发现只不过是用彩绸稍稍点缀一番，挂了几盏带着烫金"囍"字的灯笼，其他倒也没怎么布置。

“殿下怎会突然来了？可是找我家三爷有事？”出岫甜糯温婉的声音轻轻传来，令聂沛潇心头一痒，好似被小猫挠了一下，有种难耐的舒坦。

他今夜的确是来找云羡，只是没想到出岫会在。今早出岫离开诚郡王府时，留下了二十万两银票，聂沛潇思忖整整一日，觉得这钱不能收，否则不仅会被出岫看扁，也让他觉得自己不够光明磊落。更何况，二十万两数目虽不小，却并不值得他折腰，他帮出岫，真正原因也不是为了钱。

但出岫既然已将银票送来，他再退回去也不大合适，于是他前思后想，决定经由云羡的手将银票还回去。他连借口都想好了，只推说是从烟岚城返回京州的路上，向云氏钱庄借急使用，如今连本带利十万两一并归还。至于出岫让他转赠给沈予的十万两，他会如数转交。

然而聂沛潇没想到，今晚夜访云羡竟会遇上对方“成婚”？只不过走了几步路，聂沛潇的心思已转了几转，想起方才出岫问他为何而来，他又无法实话实说，便玩笑道：“唔……本王夜观星象，算出今夜羡云阁将有大事发生，于是特意前来一观。”

出岫自然是不信的，见聂沛潇不愿如实相告，她也不好细问。毕竟男人之间有些事情，女人不便插口。于是她会心一笑，顺着聂沛潇的话道：“原来‘郡王’不过是掩人耳目的身份，您真正是个掐指会算的仙人呢！”

聂沛潇甚少听到出岫如此欢快的语气，心中也大感愉悦，脱口回道：“今夜的主角儿是新郎官，夫人怎的捏着本王不放？”他边说边看向云羡，笑问：“新娘子是哪家小姐？”

话一问出口，出岫与云羡都没有立刻做声。聂沛潇心中暗道糟糕，云羡既然选择在京州秘密成婚，还如此从简，必定这婚事是太夫人反对的，那新娘子只怕也不是什么千金小姐了……

聂沛潇忽然想起云羡下狱之事，听说他是为了个青楼女子，将明家二公子打死了……难道是？

正想着，只听云羡已幽幽回道：“内子是姜族人。”

姜族人？那青楼女子不正是姜族人吗？等等！姜族！聂沛潇立刻顿下脚步，不再往前走了。

方才云羡是激动得昏了头，此刻见聂沛潇脸色变得阴晴不定，便也跟着停了下来。不过一瞬间，他明白了——

九皇子聂沛潇，是剿灭姜族、收复姜地的头号功臣！当年他深入姜地领军作战，两军对阵时一剑斩下姜族首领的首级……如此说来，聂沛潇该是鸾卿的灭族仇人……如今姜族族人稀少、沦落各地，都是拜他诚郡王所赐！

其实云羡自己倒没什么，怕只怕鸾卿知道来人是诚郡王，会做出冲动之事……

这倒是棘手了！云羡不禁暗自捏了把冷汗。可笑自己方才还异想天开，希望聂沛潇能给自己和鸾卿做媒证……

“看来本王来得不是时候。”聂沛潇自然也想到了这段内情，不等云羡开口，已自行说道，“本王还是改日再来拜访吧。”

“殿下？”出岫不明白其中内因，犹自不解地看向两人。

云羡朝出岫使了个眼色，奈何天色太暗她没有看见。反而是聂沛潇回望着她的潋滟眸光，笑道：“今日云三爷大婚，本王来得不巧，但所幸不是空手，有份薄礼还望三爷笑纳。”他边说边从怀中掏出一个红色信封，轻飘飘递到云羡手中，信封正是今天出岫给他的那一个，里头是足足十万两银票。

云羡推辞不过，只得接下，心中隐约猜测其中是银票。他颇带歉意地看向聂沛潇，没想到贵客还没迎进屋，如今又要送出去：“殿下……这事是我思虑不周，请您海涵。”

“与你无关，是本王贸然前来。”聂沛潇朝云羡摆摆手，“今日是云三爷的好日子，切莫冷落新娘子太久，快回去吧。”他迟疑一瞬，再看出岫：“不知夫人可愿送本王一程？”

出岫并未犹豫，笑着点头：“自然，此乃妾身之幸。”说着两人便与云羡在半道上分开，转身又朝门外走。

“让您白跑一趟了，妾身和三爷都很惶恐。”出岫低声道歉，又问聂沛潇，“您方才赠给三爷的是什么？”

这一句虽是疑问，但语气很笃定。聂沛潇看到出岫了然的目光，遂轻笑回道：“夫人既然能送礼给本王，怎么，不许本王再转送云三爷？他今天新婚，本王空着手可不行。”

出岫低叹一声：“您又何必……妾身更觉得愧疚了。”

聂沛潇大笑起来：“夫人若想表示心意，不妨事成之后再说吧。如今拿着这重金，本王也很惶恐，况且你还送了一管玉箫。”

出岫无奈地笑笑：“您今晚来找三爷，就是为了归还银票？如今‘礼’是送出去了，也没喝上一杯喜酒，您不觉得亏？”

听闻这句戏言，聂沛潇忽然有种感觉，自己与出岫的关系好似亲密了许多。大约是因为如今彼此有了共同的联系——沈予。他能感到出岫的态度友好起来，不比从前疏离冷淡，这种认知令他很舒畅，虽然是为了另一个男人。

“夫人有所不知，本王不是不想喝这喜酒……当年剿灭姜族，乃是本王带兵所为……因此，三爷担心……”

出岫明白过来，不再多言。

聂沛潇忽然想要试探出岫对自己究竟有多亲近，于是便问了个略显私密的问题："这姜族女子出身风尘，三爷为何执意娶她为妻？纳妾不行吗？竟肯为她触怒谢太夫人，还悄悄在京州成亲？"

听闻此言，出岫脚步微顿，并未回答而是反问："在您看来，风尘女子便不值得明媒正娶了？"

"本王并非此意，只是觉得云三爷不至于如此。"聂沛潇察觉到出岫有些不悦，连忙转移话题，"他在京州成亲，由你来主持婚事，那谢太夫人岂不是也要怪罪于你？"

出岫长叹一声："不瞒您说，他二人是旧识。"她想了想，决定如实相告，"从前老侯爷在世时，曾庇护过一个姜族孤女，并纳她为妾……今日三爷所娶之人，便是这位云府四姨太。"

"什么？"聂沛潇闻言难掩震惊之色，俊目瞪大看向出岫，"你是说……三爷娶了庶母？"

出岫摇了摇头："其实也没这么严重，鸾卿只是云府名义上的四姨太，并未纳入族谱，也一直是清白之身。后来她离开云府沦落风尘，才有了三爷英雄救美下狱之事……如今两人能走到一起，三爷也经历过一番挣扎。"

饶是出岫如此解释，可聂沛潇仍觉得不可置信。他受正统皇室教育长大，在他的观念里，君君臣臣父父子子，纲常伦理胜过一切。即便那姜族女子未入族谱，可到底曾是云羡的庶母……况且听起来，年纪也该比云羡大……

不知怎的，听了出岫说起这故事，聂沛潇脑中闪过一个念头，虽只是一闪而过，但，无比深刻——

既然云羡娶庶母这等有违伦常之事，出岫夫人都能接受，那她是不是也可以接受改嫁他人，甚至嫁入皇室？

而且，他七哥聂沛涵的生母也是个寡妇，但最后还是被父皇纳入宫中。先不论下场如何，有这等前车之鉴，自己是否也可以效仿？

刹那间，一种彻底的贪婪之欲，毫不掩饰地从聂沛潇心底生出，匪夷所思，但又合情合理。虽然只是一念起落，可他知道，这将会变成自己的执念。

聂沛潇蹙眉侧首，看向被粉桃色衣裙包裹着的出岫，身段玲珑、别具娇媚，就像一个美丽的深渊，引诱着他逐渐沦陷坠落……

遗憾的是，出岫并未在意聂沛潇的反常。她礼数周全地将人送出羡云阁，眼瞧着聂沛潇及一众随从翻身上马，便欲返回招呼云羡的婚事。

岂料就在这时，又有一辆马车从不远处行来，恰与聂沛潇的人马擦肩而过停在羡云阁门前。随即一个中年男子匆匆下车，对出岫拜道："见过夫人。"

出岫迎着灯笼一看，是流云山庄的张管家："管家匆匆前来，所为何事？"

那张姓管家也不多话，从袖中取出一封书信，奉至头顶回道："方才赫连大人府上送来书信一封，说是急件，请您过目。"

出岫垂眸看着张管家手中书信，昏暗灯火下隐约可见信封上四个遒劲大字"夫人亲启"，但并未言明是写给谁。出岫扫了一眼，面色无波地嘱咐管家："这信你自行处置了吧。"言毕转身返回羡云阁。

"这……"张管家看着渐渐隐入门内的出岫，只得将信揣入怀中，打算回流云山庄烧掉。他重新上了马车，朝来时路上返回，谁知刚转过一个街口，马匹忽然不住嘶鸣。但觉一个车轱辘儿"咯噔"两下，整辆马车便往左前方倾斜，张管家反应不及，一跟头栽出了马车。

他骂骂咧咧准备找车夫算账，却见两个路人模样的男子适时赶来，分别将他和车夫从地上扶起。

"老先生，您无碍吧？"其中一个男子关切问道。

张管家顺势拍拍身上的尘土，感觉除了股间有些疼痛之外，其他倒也没什么，遂道："还好还好，一把老骨头也没摔坏，多谢两位公子。"

那男子只是一笑："路过而已，举手之劳，老先生不必挂怀。"他看了看掉下一个车轱辘的马车，再问，"车坏了，您要如何回府？"

张管家狠狠瞪了车夫一眼，才笑着回道："不劳两位操心了，老朽让家人来接我们。"

于是，两个男子没再多问，客套了几句便翻身上马告辞。两匹骏马疾驰而去，只过了一个路口，便在一家客栈门前勒马而停。方才扶起张管家的男子走进客栈，对厅里等候的人禀道："殿下，从那管家身上摸出一封书信。"

说话者不是别人，正是聂沛潇的贴身侍卫冯飞。

而等在客栈里的人自然就是他的主子。方才聂沛潇离开羡云阁时，见一辆马车与自己擦肩而过停下，他便猜到是来找出岫的。于是他多了个心思，派冯飞跟去一探究竟。冯飞倒也利索，直接将书信摸走了。

聂沛潇伸手接过信，发现信封上的火漆并未拆开，显见是出岫夫人拒收了。不知为何他忽然想起了赫连齐，于是连忙将信打开来看，信上没有抬头，也没说是写给谁，但内容却暧昧至极：

"相思相见知何日？此时此夜难为情。一别近五载，思卿甚深，戌时设宴城西千雅阁，殷盼卿至。"末了落款写着年月日，还有一个"齐"字。

齐？聂沛潇心中一沉，果然出岫夫人和赫连齐有过旧情！这个认知令他大为恼火，不禁将信攥成一团，随手撂到烛台之上。

“噼啦”一声，纸团将烛台带倒在地，同时也渐渐引火自燃。聂沛潇俊颜阴沉，看着那纸团烧成灰烬，心中一腔恼火却越烧越旺。冲动之下，他对冯飞命道：“走！去千雅阁！”

他觉得自己实在憋不住了，今夜若不问清楚出岫夫人与赫连齐的旧事，他必定难以入睡。

千雅阁从前曾是兵部尚书家里的私宅，后来辗转卖给明氏，成为世家子弟聚众宴请的一个固定据点。本来这座宅子并不在明璎的陪嫁之中，后来不知为何，右相明程将其补送给了独生爱女。如今，这座千雅阁已是赫连齐夫妻二人的私产。

聂沛潇曾经在千雅阁参加过游园宴请，管家与侍卫都认识他，知道来人不能得罪，遂连忙请示赫连齐。后者虽感到诧异，但也知道礼数，于是前往迎接：“殿下怎的来了？”

“怎么，本王不能来吗？”聂沛潇对千雅阁的格局很是熟悉，边说边抬步往小花园里走。待走近一瞧周围的布置，他立刻蹙眉不悦，面色犹如风雨欲来。

小花园素来是千雅阁的一道风景，但容客量太少，因而大家每每只是驻足观赏，并不在此设宴聚请。今夜这里显然是特意布置过，四周挂满荷花形状的粉色灯笼，各种不具名的鲜花将主桌环绕一圈，红红绿绿争艳夺目，使人步入其中便如身临花海，整个氛围鲜艳而暧昧。

原本能够坐下四人的主桌，被人生生撤掉两张石凳，余下的两张隔桌相对，凳子上还铺着莲花宝座形状的软垫，应是主人体贴客人所准备的。还有那主桌上的两盏红烛熠熠高耸，怎么看都像是成亲所用的龙凤喜烛。

只是随意扫了几眼，聂沛潇已更添恼火，冷下声音对赫连齐笑道：“景越好兴致，约了哪位佳人？”

由于聂沛潇背光而立，赫连齐看不到他的脸色，便也不知这位诚郡王醋意大发。他尴尬地轻咳一声，回道：“殿下说笑了，不过是故人重聚，约来小酌一番。”

“小酌一番？”聂沛潇笑得讽刺，“这位故人应该是个女子吧？你也不怕尊夫人吃醋？”

提起明璎，赫连齐霎时变色，沉声嗤道：“内子善妒之名，原来都传到殿下耳朵里了。”

善妒？明璎善妒可是出了名的。“当年明夫人火烧醉花楼，逼死晗初姑娘，那可是流传甚广的段子啊！”聂沛潇有意刺激赫连齐，边说边侧首看去，见他脚步踉跄似受了打击，口中还不清不楚说了句话。

"你说什么？"聂沛潇倾身细听，仅仅能分辨出"晗初"二字。听到这个名字，再想起四五年前那曲绝妙佳音，聂沛潇更觉恼怒，冲动之下再行讽刺，"景越好大的艳福，先有晗初姑娘做红颜知己，如今又能与出岫夫人月下相约。本王真是羡慕。"

听闻此言，赫连齐立刻醒悟过来，看向聂沛潇问道："殿下都知道了？"

聂沛潇冷哼一声，算是默认。

赫连齐见状摇头苦笑："下官差点儿忘了，当年晗初挂牌时，您也曾经前去相争，必定是见过她的真容……如此说来，您早就知道出岫夫人的真实身份了？"

聂沛潇一时没明白这话中深意，不禁愣怔原地反应片刻……晗初、出岫、真实身份？

电光石火之间，醍醐灌顶！聂沛潇猛然醒悟过来：绝美、擅琴、又与赫连齐是旧识……这天底下还有几个如此绝色的女子？又有几人能弹出那天上仙音？！

吾自缘悭琴箫合，君赴九霄弹云端。世间再无痴情事，休教仙音泪阑干……

这一切是如此匪夷所思！聂沛潇不禁一把拽住赫连齐的衣襟，急切喝问："你说什么？出岫夫人是晗初？！"

名动天下的云氏主母，竟然就是当年的"南熙第一美人"晗初！聂沛潇见赫连齐出神不语，情急之下再次问道："出岫夫人真是晗初？！"

而赫连齐犹自未觉，仿佛醉了一样，失魂落魄地回话："殿下何必明知故问……"

只这一句，已将聂沛潇的猜想坐实。他难以抑制胸腔之中的激动，抓着赫连齐衣襟的手也开始阵阵颤抖，脑中忽然一片空白……

良久良久，他的心绪才平复下来。恍然间，有些令他一直困惑着的事情，也终于有了答案！

难怪离信侯曾对出岫宠爱有加，后来又弃如敝屣，必定是发现了她的真实身份是风尘女子，才会……

那这其中，沈予又扮演了什么角色？当年醉花楼一场大火，难道是他救了晗初？倘若真是沈予援手相救，又以文昌侯府的权势给她庇护……那么聂沛潇也能理解，为何如今出岫要不遗余力地救出沈予，还为了他的前程而苦苦奔走。救命之恩，回护之情，的确值得百般相报。

难怪她要在自己面前否认擅琴！难怪她会找自己相救沈予！原来她是晗初！她早就听过那首《朱弦断》！

原来如此……

"她不会来了是吗？"此时赫连齐忽然幽幽开口，打断了聂沛潇的绵长思绪。

聂沛潇俊目看向赫连齐，抿唇不语。

赫连齐见状已是确认，表情忽然似哭似笑，口中发出呜咽之声，好像真的绝望到了极点。若非聂沛潇亲眼所见，他几乎难以想象，这位平素沉稳冷静的刑部侍郎、赫连氏未来的当家人，竟会有这等失态模样。

如同一只陷入重重围猎的野兽，没有愤怒，没有激动，只有绝望。

“她不仅不来，还将此事告诉了你……”赫连齐有些语无伦次，喃喃自语，“她不会原谅我了……”

他说出这句话时，聂沛潇离得近了，才闻到他身上的清淡酒气。原来赫连齐喝酒了，聂沛潇冷哼一声：“幸而出岫夫人拒绝前来，否则看到你这鬼样子，只怕也没什么好心情。”

大约是被这句话所刺激，赫连齐再也不顾什么君臣之仪。他一脚将主桌旁的鲜花丛踢飞，当着聂沛潇的面将案上的酒壶一把捞起，仰头灌入自己喉中。

聂沛潇在旁冷眼看着，见他将整整一壶酒倒入口中，又“咣当”一声放下酒壶，大口大口喘着气。赫连齐两手支在桌案上，俯身盯着空空如也的酒壶，绝望地道：“我若不给自己灌些酒，怎么敢请你过来……”

你？赫连齐把自己当成出岫了？聂沛潇嫌恶地说了一声：“你喝醉了。”

怎奈赫连齐如同听不见一般，自顾自坐下，仍旧盯着酒壶，继续道：“我明白你不愿见我……可我当年有苦衷。”

“和明璎定亲时，爷爷拿你威胁我，说要毁了你。一个‘毁’字，我不敢多想是什么意思，只能狠下心不去见你。听说明璎侮辱你，用簪子刺你……晗初，你不知道我有多难受……”

赫连齐边说边揽起左袖，将手臂裸露在外，朝着聂沛潇道：“你看，明璎侮辱你，我也用匕首往自己手臂上扎，她用簪子刺过你多少下？我这些伤疤够不够？”他将左臂伸给聂沛潇看，急急剖白道，“晗初，你知道吗？她侮辱你，我也感同身受，我真是……”

赫连齐没再继续说下去，忽然放声痛哭起来：“是我的错，我太懦弱了！”此时他已近乎神志错乱，抑或是饮酒过猛伤了心神。

聂沛潇蹙眉看着赫连齐，目光最终落在他左臂之上。满园灯火下，只见那条左臂布满伤痕，深浅不一、纵横交错，一看就是陈年旧伤，密密麻麻很是骇人。

赫连齐仍旧痛哭着，满脸悔色：“后来我好不容易定下瞒天过海的计策，原本以为尸体烧得面目全非，他们就会放过你，我也能趁乱把你带走。岂料那晚你根本不在醉花楼，我找不到你……后来风妈妈告诉我，是沈予把你救走了！”

赫连齐狠狠拽住聂沛潇的衣袍，渴求般地看着他：“晗初，那晚你来了这里对吗？风妈妈说你跑来千雅阁，才会侥幸逃脱那场大火……你还记得，咱们就是在这儿相遇的……”

说着说着，赫连齐又笑了，欣慰且迫切地道：“原来你也没忘了我……我是你第一个男人，那时我们很要好……晗初，我……”

“够了！”听到此处，聂沛潇气闷不已，尤其那句“我是你第一个男人”，简直令他憋屈到了极点。他试图甩开赫连齐的手，奈何对方拽得死紧，他唯有再道：“赫连齐！你看清楚，我不是晗初！”

此时此刻，赫连齐又怎会听得进去？他双目茫茫没有焦点，视线却一直落在聂沛潇身上，痛苦地长叹：“是啊，你不是晗初了，你是出岫夫人……你听我解释，沈予把你救走，那只是暂时的，我当时羽翼未丰，不敢和爷爷叫板，也不敢得罪明璎……我想着总有一日能把你要回来……”

“可我没想到，沈予把你送给了云辞！”说到此处，赫连齐终于松开手，不再拽着聂沛潇的衣袖，改为捂住自己的俊脸。汩汩的泪水从他指缝里流出，直到湿润了整只手掌，“我拿什么和云氏争！我只能眼睁睁看你去了房州……你知道吗？我听说这个消息时，就明白你再也不会要我了！”

最后一句话，赫连齐说得如此无望，那种情绪也深深感染了聂沛潇。是啊，云氏当家主母这个身份，便如一道难以逾越的鸿沟，将出岫夫人的所有爱慕者，隔绝在了遥不可及的另一端。

“晗初，我真的错了！我太懦弱了！”赫连齐此时已经神魂尽失，身形剧烈地颤抖起来。他脚下一个趔趄，忽然向后栽倒在地，却没有起身的意思，索性躺在地上号啕大哭。

聂沛潇深深叹了口气，无比感慨、无比怜悯地望向赫连齐。后者还躺在地上痛哭流涕，毫无顾忌地忏悔着。今夜，他并不是什么权贵子弟，而是一个痛失所爱、不被原谅的痴人罢了。

谁说男儿有泪不轻弹？只是未到伤心处。

今夜之事太过匪夷所思，聂沛潇一时也难以消化，更无心再去看赫连齐的失态，欲离开此地。刚走了两步，他又驻足停步，冷声问道：“本王记得，赫连大人有一双儿女，如今幼女该有两岁了吧？”

一句话，令赫连齐忽然凝了嗓子，紧闭双眼不愿面对现实。

“懦夫！后悔有什么用？你早已没了资格。”聂沛潇再度冷笑，言毕迈步而去……

宿命是多么神奇！兜兜转转，他还是回到了五年前，认识了本该在五年前就认识的人。恍惚间，聂沛潇听到自己急促的呼吸声，还有什么东西在心底隐隐碎裂的声音……

# 第九章 玲珑骰子安红豆

翌日，出岫宿醉醒来，直感到头痛不已。

昨夜在云羡的婚宴上，她因为沈予的仕途有了诚郡王作保，便心中放松，来者不拒，最终喝得酩酊大醉。

刚盥洗完毕，京州的暗卫头领便乔装而来，通过竹影递进来一封密信。出岫看这信上的暗号，应是来自北宣，她立刻打起精神，拆信细看，匆匆扫了几眼已是大喜过望——晟瑞帝臣暄病入膏肓！

这消息对于云氏来说，真是天大的好事！出岫自然庆幸，庆幸自己选择了南熙，也选择了慕王。

其实云氏先祖自古有训，族人不得出仕，但这并不代表云氏不能参与政事。事实上，世代云氏当家人都是顶着“离信侯”的虚职以商干政，用手中的巨资以及名望，在幕后默默地干涉王朝兴衰。恰如出岫如今所做的一样。

而臣暄与慕王，这两位人中之龙不仅年纪相当，能力也不相伯仲，若当真要在战场上分出胜负，只怕两位当事人也没有把握。出岫一直为此捏一把汗，唯恐有朝一日南北起了纷争，最终会是臣暄胜出，届时则云氏危矣！

可如今，臣暄病入膏肓、危在旦夕，北宣便后继无人！只要臣暄一死，这天底下还有谁能与慕王相争？他必将所向披靡一统南北！

如此一来，云氏作为支持慕王登基的股肱之臣，又秉承“永不出仕”的原则，在朝堂上与慕王没有利益冲突。待慕王统一南北，做了开国帝王，云氏也会成为一代开国功臣！

况且，撇开云氏的荣耀不说，即便为了沈予，这也是喜事一桩。她一直担心沈予出仕之后，慕王会派他去攻打北宣，尤其是担当急先锋……虽说她对沈予的能力有自信，但臣暄太强了！一个能成功谋反并坐上北宣帝位的人，实力不容小觑！

如今只要臣暄一死……即便沈予去攻打北宣，应当也是胜多败少。

臣暄之死所带来的好处实在太多，云氏的名望、沈予的前途都有了保证！再加上京州有云羡坐镇，这桩桩件件都令出岫遂了心愿！

这样畅快的时刻，在云辞去世之后，出岫只体会过两次：一次是闻娴死，一次便是现在。而这一次所带来的畅快远比前次更甚！

眼看着如今已是年关，出岫决定按照原计划在京州过年，并借机拜访世家公卿，正式以“出岫夫人”的名义结交权贵。

既然打定了主意，她便开始吩咐流云山庄置办年货。这座府邸长久闲置，下人们都懒散惯了，如今正主儿交代下来在此过年，一个个都变得异常忙碌。一时间，流云山庄上上下下好不热闹。

这期间诚郡王聂沛潇仿佛没了动静，听闻慕王也从封邑房州赶来，去应元宫陪聂帝过年。

一晃已是腊月的最后一日，一大早，云羡夫妇便前来流云山庄，打算与出岫一并守岁。出岫想了又想，还是招呼竹扬前来，对她命道：“你去一趟追虹苑，问问大小姐的意思，看她愿不愿意同来守岁。”

毕竟是血浓于水的一家人，如今追虹苑又是这么个凄惨境况，论礼应当一起守岁，何况这也是传统习俗，但前提是云想容不介意。出岫自认作为长嫂，开这个口坦坦荡荡、问心无愧，不过她更加尊重云想容的意愿，也不会多做勉强。

“记住，你私下去问大小姐的意思，不要让姑爷听见……倘若大小姐拒绝，你也什么都别说，回来就是了。”出岫对竹扬千叮万嘱。

竹扬领命而去，不过一个多时辰就带话回来：“大小姐说是她自己身子不适，害怕在新年里将病气过给您。大小姐还说，多谢您惦记他们夫妻二人，她和姑爷不胜感激。”

出岫闻言，沉默半晌才道：“你下去吧。”自此，一顿午膳她吃得不甚开怀。

到了下午，淡心嚷嚷着要学包饺子，还拉着鸾卿一起学。而后者竟然真的愿意！这让出岫觉得，鸾卿变了很多，不再是从前那副拒人于千里之外的冰冷模样。

时辰过得快极了。因为有淡心这个娇俏的大嗓门，流云山庄好不热闹，上上下下都在为除夕晚宴忙碌着。可未时刚过，张管家却来向出岫禀道：“夫人，宫里来人了。”

宫里？皇城京州能有几个“宫里”？出岫眼皮一跳，紧张地看了云羡一眼，才道：“快传！”

话音落下，一个内监打扮的中年男子已笑眯眯入内，掐着嗓子细声细气地道：“老奴王全福，见过出岫夫人。”

王全福？是应元宫的首领太监，聂帝身边的头等宠侍。出岫笑着回礼："王公公莫要折煞妾身。这大过年的，您怎么来了？"

王全福头也不抬，躬着身子很是有礼："今夜圣上设宴守岁，老奴是特意来请您进宫赴宴的……"

进宫赴宴，还是除夕夜的守岁宴，这与自己、与云氏又有何干系？出岫心中疑惑不解，面上却没有表现出来，笑着对王公公道："妾身自当准时赴宴，多谢您。"

王公公点头："酉时，奴才在宫门口迎您。"

出岫笑着应下，又看了看一旁候命的张管家。

张管家立刻会意，从袖中取过一个红彤彤的信封递到王公公手中。后者推辞几句，出岫顺势劝道："公公辛苦一趟，这是应该的。再者今天除夕，只当拿个好彩头不是？"

王公公这才笑眯眯地收下，又逢迎几句："今晚圣上设宴，慕王殿下也会来，都是些得脸的娘娘和皇子才能赴宴，公主们可是一个都不让去。可见圣上多看重云氏！"说着他还不忘竖起大拇指，口中振振有词。

出岫心里不屑，暗道谁稀罕聂帝一顿赐宴，不过听了王公公这话，她心中也安稳了些。既有这么多娘娘、皇子前去，想必聂帝也不会公然对云氏怎么样。再者还有慕王在场，她去捧捧场也是应该，于是再笑："承蒙公公吉言。"

"那老奴就回宫复命了。"直到告辞之时，王公公才抬起头来看出岫，只一眼，顿生惊艳之感。他在宫里看过无数美貌的妃嫔宫婢，也算见过世面，可这位出岫夫人……

王公公到底经过无数大风大浪，又是个阉人，也知道何时该看，何时不该看。于是，他与出岫、云羡客套了几句，便回宫复命去了。

"聂帝为何突然传嫂嫂进宫？可会有诈？"云羡见王公公走远，才开口问道。

出岫摇了摇头："不知道，但总不会是鸿门宴吧。"

云羡有些不大放心："我总觉得今夜将有大事发生。"

出岫轻笑出来："你太杞人忧天了，这个时候聂帝不敢动我，何况慕王也在。退一万步讲，就算要动我，也不会选除夕这个日子吧？"

"但愿是我多虑了。"云羡强自安慰自己，也安慰出岫，"让竹影和竹扬陪您一起去。"他顿了顿，坚定地道，"我们等您回来再开宴。"

因为接了旨意进应元宫赴晚宴，出岫便将家宴交给了云羡主持，并吩咐下去备好屋子，若是谁守岁困了就去打个盹儿。

她带上竹影和竹扬，酉时准时来到宫门前。王公公早已在此相迎，出岫与之客套几句，便换了宫轿入内。

一行走了许久，宫轿才在一座华丽的殿前停下。出岫款款下轿，一眼瞧见几株一抱多粗的不知名花树，挺拔玉立，独具仙姿，也不知是什么品种，正怒放而开。那暗香清浅浮动，沁人心脾。

再一眼，发现正中的那株花树下站着一人，紫袍锦衣，贵气逼人，锋锐的唇角向上勾起，带着十分浅俊的笑。而这一笑，衬得他整张俊颜更为轮廓分明，仿佛落日熔金时的漫天紫霞，眸光悠长绵远。

此时恰有微风拂来，吹动聂沛潇的锦衣下摆，他从花树下向前走出一步，真正诠释了"玉树临风"四个字的真谛。这是出岫头一次正经打量聂沛潇的长相气质，也是头一次发现，这位九皇子，样貌不俗、气质绝佳，比之慕王不遑多让。

"哟！王爷您怎么出来了？"王公公尖锐的声音忽然响起，出岫回过神来，这才朝着聂沛潇盈盈一拜："见过殿下。"

聂沛潇看了一眼王公公，却对着出岫说道："本王前来迎接夫人。"

出岫低眉莞尔，声音轻柔响起："有劳殿下，妾身惶恐。"

聂沛潇看着出岫，未再多言。她今日又换了一件衣裙，比之那日的粉桃色更添富贵华丽，又不失端庄高雅。

他能看得出来，出岫今日是特意打扮过的，发髻上倒没什么讲究，只插着一对玉玲珑步摇，但耳朵上坠的祖母绿嵌金耳环，还有腕上戴的穿花白蝶金镯，都是难得一见的不俗之品。

眼前这是南熙第一美人晗初，香消玉殒数年但艳名不衰，风月场上无人能及，过往花客争相缅怀；

她也是云氏当家主母出岫夫人，能够审时度势做出取舍，柔情铁腕杀伐决断，是乱世之中的叱咤红颜。

不过十余日未见，却像是过了漫长的一生。聂沛潇觉得出岫更美了，娇艳之中透着明媚，从容之中带着温婉，矜持之中含着隽秀，便如一朵娉婷的白芍，绰约淡雅偏又摄人心魂。

是了，最初他是向往，后来变作仰慕，再然后是沉溺，如今已被她摄走了全部心魂。

"殿下？"出岫一声询问淡淡响起，适时唤回他的神思。

"什么？"聂沛潇失魂落魄地问。

"您没事吧？"

"没事。"聂沛潇连忙轻咳一声，用以掩饰自己的失神，"咱们该进去了，莫教父皇与皇兄等急了。"

出岫点头，跟随聂沛潇缓缓步入设宴的宫殿，此时两侧皆已满座。丹墀之上，一位略显苍老的男人与两位雍容华贵的妇人并肩而坐，不必多说，自然是统盛帝聂竞择及其皇后明臻，还有贵妃叶莹菲。

这一后一妃分列聂帝左右，若是按照南熙以左为尊的说法，出岫也能辨出哪位是当朝皇后。更何况，聂帝右手边的叶贵妃显然要年轻一些，衣饰也不及皇后华贵。

殿上只有这两位娘娘，余下是四位皇子，个个皆是亲王、郡王的服色打扮。而这其中，又以慕亲王、诚郡王最为出众。除此之外，宴上再无旁人。

自己竟有幸参加聂帝的除夕家宴，呵！出岫心里嗤笑，面上却是笑容得宜，款款行礼："妾身云氏出岫，见过圣上。"

她并没有拜见明臻与叶莹菲，且不说这两大世家的地位远远不及云氏，更何况聂帝也没有多做介绍。同理，殿上四位皇子她也不是全都认得，自问也无须个个见礼。

在出岫眼中，南熙聂帝并不算什么，她所看重的是慕王，后者极有可能成为统一南北的铁血君王，功绩自当彪炳史册。尤其，在北宣晟瑞帝病重之后，她更为笃定这个猜想。

出岫一直维系着得体的微笑，也适时听到殿上传来的惊艳之声。她对此并未多加在意，一径随着侍者的指引，笑吟吟入座。而她对面恰好是慕王聂沛涵，以及诚郡王聂沛潇。

出岫对两人略微颔首致意，便听见聂帝在丹墀之上开了口："早闻出岫夫人之风华，今日一见果然名不虚传。"

出岫垂眸浅笑："圣上过誉。"

聂帝顺势将宴上的几人逐一介绍，出岫这才一一见礼，尤其是对着皇后明臻时，她能感觉到对方投来的敌意，还有……挑衅。出岫忍不住与慕王交换一个眼色，对方握着酒杯轻轻摇头，表示"不足为具（惧）"。

"方才出岫夫人没来时，慕王还提起你，道是这一次他救驾有功，全赖云氏出资出力。如此说起来，夫人也是护驾的功臣呢！"明后率先开口，笑里藏刀撂出这一句话。

出岫盈盈回望，笑道："皇后娘娘谬赞。福王不忠不孝，逆天而行，事败乃是早晚之事。慕王仁义之师，师出有名，即便没有云氏襄助，也是天意所归。"

皇后闻言掩面而笑，啧啧赞道："不愧是出岫夫人……"她一句赞叹没有说完，转而又道，"只是可惜了，夫人年纪轻轻，又生得风华绝代，却要就此守寡……不得不说是一桩憾事。"

出岫听出来了，明后一直在故意找碴儿。也是，明氏暗中支持福王，却被慕王挫败，马上还要将"后族"的宝座拱手送人……自己作为慕王的同盟，自然要被她视为眼中钉了。

尤其，明二公子是因为云羡而死，明、云两家也算结怨了。

如此一想，出岫也不生气，话语温婉地对明后回道："先夫离世经年，但他一直保佑云氏，在妾身心中仿若不曾远离；相反，这世间有些女子锋芒太重、不知分寸，最终闹得夫妻离心，便如同守活寡一般。妾身以为，这样的女子才更可惜可怜可叹，娘娘您说是不是？"

话音落下，殿内适时传来"噗"的娇笑声，来自聂帝右侧的叶贵妃。她轻轻拊掌表示赞同："不愧是出岫夫人，这一番见解于本宫心有戚戚焉。离信侯与夫人伉俪情深，即便他英年早逝也宛在心中，相比之下，守活寡是要难受得多。"

原本出岫方才那一席话，已令皇后面色不善，此刻又有叶贵妃添油加醋，更令其绷起脸来。

出岫向叶贵妃投去一个致谢的眼神，口中迎合道："贵妃娘娘集万千宠爱于一身，又有慕王、诚郡王两位王爷承欢膝下，实在让妾身羡慕不已。"

"本宫也很羡慕夫人呢！本宫自问这个年纪，还不怎么懂规矩，全赖圣上不予计较，体贴包涵……否则本宫也早早就守活寡了。"叶贵妃轻轻瞟了聂帝一眼，又笑，"不过膝下有子，的确是件安慰之事。"

出岫与叶贵妃一唱一和，将明后噎得无话可说。众所皆知，明后的独子大皇子早逝，她暗中支持的福王也造反失败，如今她膝下无嗣，这比失去丈夫的宠爱更为悲痛。不得不说，叶贵妃很会拿捏她的痛处。

但奇怪的是，这一后一妃争风吃醋都摆到明面儿上来了，聂帝却一直噙笑旁观，没有半分干涉或不悦；再看殿上几位皇子，也很是淡然无波，仿佛已将这段子看过千百遍了。

出岫这才反应过来，其实无论今晚她在与不在，叶贵妃与明后都不会消停。既明白这道理，出岫也不怎么搭理明后，对方说什么，她至多敷衍几句，如此倒当真清净不少。聂帝也适时传来歌舞，又与一众皇子闲话家常，出岫在旁闲得无聊，还是没弄明白为何聂帝要请自己来赴宴。

难道只是为了看戏？看明后与叶贵妃争风吃醋？出岫不禁再看了一眼对座的慕王，这一次没瞧见慕王回看过来，反倒发现诚郡王在看着自己。出岫不解地用目光询问他，然对方却似心虚一般，埋头啜饮一杯，没有回应。

今晚这顿宫宴实在奇怪得紧，出岫只得以不变应万变。直至宫宴将尽，明后才忽然又来了兴致，再次捏住出岫不放："从前只闻夫人芳名，今日甫见才知夫人艳绝天下。以您这等才貌，莫不是要生生守着云氏一辈子？"

怎么又提到"守寡"上来了？出岫有些不耐，沉默着不愿回应。

谁知明后咄咄逼人：“云府与慕王府同处一地，夫人又是一介女流，慕王合该多多帮衬。”言罢她又故作安慰地看向聂帝，“难怪出岫夫人会支持慕王……依臣妾看来，慕王有云氏相助，必会一帆风顺统一南北，您也可以放心了。”

话到此处，出岫终于听出来明后的意思了。她对自己别具深意的笑，还有方才的出言不逊，并非是针对云氏，也不是因为知道自己就是晗初……她是在针对慕王！

明后拐弯抹角说了这么多，无非是想指摘自己与慕王有私情。先说自己支持慕王有功，又屡次提及自己年轻守寡，还说云府与慕王府同处一城互相帮衬……原来是想往自己和慕王身上泼脏水啊！

旁的可以忍，但于“贞节”一事上，出岫绝不允许别人说半句闲话！她承认自己被惹恼了，再看慕王也是一脸阴沉，那双凤眼泛着墨黑冷光，相当骇人。

出岫见状底气也足了许多，她知道此刻自己该保持沉默，任由慕王去解释反驳，但她做不到，也忍不下去，明后触碰到了她的底线……

出岫藏于袖中的双手紧了一紧，想要起身反驳，哪知有人快了她一步——此时，聂沛潇倏然起身，似笑非笑地对明后道：“母后说得极是。儿臣也终于明白，明大小姐为何要嫁去赫连氏了。”

“哦？此话怎讲？”明后见聂沛潇提起自家侄女明璎，不禁侧耳细听。

“倘若儿臣没有记错，当年明府与赫连府只隔了半条街，想必母后未出嫁之前，赫连大人也没少帮衬您。因而您才知恩图报，执意将明大小姐许给赫连大人的独生爱子。不知儿臣猜得对不对？”聂沛潇嘴角噙笑，毫不掩饰讽刺之意。

明后霎时变色：“你胡说什么？”

“咦？儿臣哪有胡说？是您先说七哥与云氏同处一城，七哥必定对出岫夫人多有帮衬，因此云氏才会斥资支持七哥救驾。同理而言，明府与赫连府挨得更近，难道从前赫连大人没有帮衬过您？那您又为何将亲侄女嫁过去？”

这一番话驳斥得滴水不漏，明后的精致容颜已渐渐变得扭曲。然而聂沛潇却毫无惧意地与之对视，唇角笑意更盛：“母后指摘儿臣胡说，可儿臣是跟您学来的。母后贵为南熙皇后，母仪天下，言行堪为一国表率。难道儿臣学得不对吗？”

如今明后与叶贵妃早已公然翻脸，作为叶贵妃之子，聂沛潇自然也不屑与明后维持和气。

而听到此处，明后早已气得浑身颤抖，又碍于外人在场不好发作，只冷笑一声：“好！好！叶贵妃教养的好儿子。”

“不及母后教子有方。”聂沛潇很是从容。

皇后明臻一再被戳到子嗣的痛处，便恶狠狠剜了叶贵妃一眼。

后者只当没看见，抚着腕上的玉镯，浅笑着对聂沛潇道：“潇儿，你喝醉了。”话虽如此说，语中却没有半分责怪之意，相反多是宠溺。

聂沛潇顺势笑回：“唔，儿臣是有些醉了，在父皇面前失态了。”

聂帝表情莫辨，摆了摆手命他坐下。

出岫将今晚这一切看在眼中，很是惊诧。若非她亲身经历、亲眼所见，她尚不知晓，如今应元宫中的矛盾已激化至此，就连面子上的礼节都不再维持了。

可既然如此，还摆什么家宴？好端端的一个除夕，各过各的不就是了？出岫对此心生厌恶，索性沉下心来，想寻个借口率先离席。

“都消停消停，除夕家宴，净说些招人笑话的话。”终于，聂帝开了金口，却是对出岫笑道，“夫人莫怪，皇后与诚郡王并无恶意，不过是想表示对夫人的称赞而已。”

称赞？出岫头一次听见这么称赞人的，但她不愿再生事端，遂勉强扯出一丝笑容：“岂会？圣上说笑了。”

聂帝便接着笑道：“其实皇后说得也没错，云氏支撑南熙半数产业，如今又救驾有功，夫人实在功不可没，真正是‘巾帼不让须眉’。”

今晚的正题终于来了！出岫不禁提了提精神：“圣上谬赞。”

聂帝哈哈一笑：“教夫人看笑话了，朕今日请夫人前来赴宴，也是想趁机论赏……但，云氏富甲天下，又不出仕，朕也不知该赏些什么才好。金银珠宝、高官厚禄，只怕云氏都看不上。”

聂帝指了指下座的慕王，再笑：“你与夫人同在一城，平日也有些来往，不如说说，赏赐些什么最为合适？”

慕王闻言故作斟酌，继而缓缓起身，回道：“以儿臣愚见，出岫夫人身为当家主母，自然最看重云氏名望。您不若下旨在烟岚城修建几座牌坊，再御笔亲题赐给云氏，也好供世人观瞻，想必会传为天下美谈。”

此话一出，聂帝立刻拍案叫好：“果然是好主意！你仔细说说。”

慕王面色不改，继续噙笑禀道：“其一，云氏支持儿臣救驾有功，是为忠义，值得一座‘忠义牌坊’；其二，云氏乃天下巨贾，经商有道，该赐一座‘诚信牌坊’；其三，云氏乐善好施，世所皆知，理当赐一座‘善施牌坊’；其四……”

慕王特意顿了一顿，看向出岫：“其四，夫人贞静节烈，恪守不渝，最值得一座‘贞节牌坊’。”

一座贞节牌坊，不仅能堵住天下悠悠之口，避免世人将自己与出岫夫人扯上私情；而且，也能断了九弟聂沛潇的痴心妄想。慕王以为，这主意再好不过。想必，出岫夫人也不会拒绝。

“好！的确是好主意！忠义、诚信、善施、贞节四座牌坊，一定要用最好的石料修建，必会成为烟岚城的地标！”聂帝放声大笑，转而也看向出岫，“朕以为这主意不错，夫人意下如何？”

赐牌坊？这的确是好事。可莫名的，出岫只感到一阵悲凉涌上心头。都说“天家无情”，今日她才真正见识到了。即便杀伐决断如慕王，也如此爱惜名誉，在被人泼了脏水之后，只想着自己能如何脱身。

出岫忽然觉得自己很傻，今晚完全是被当箭靶子使了。慕王早就看穿明后的心思，知道她怀疑两人有私情，因此才请她进宫亲耳听闻这一切，再借由聂帝的口澄清，顺势赐下四座牌坊表示友善。

若单单以今晚这桩事来看，出岫只觉得愤恨。自己无端被卷入权谋之争，活生生被人当面利用，又被几座牌坊压在身上无法反抗……

可若是长远来看，这四座牌坊对云氏有益无害。况且，自己也没有改嫁之意，多一座贞节牌坊反而是好事，不仅能堵住悠悠之口，也能让太夫人安心。

到底，云氏的声望在出岫心里更重，要重过她自己的骄傲。况且有了这座贞节牌坊，也能彻彻底底断了沈予的心思。于是，出岫便直了直身子从座上起身，缓缓行礼：“妾身多谢圣上恩典，此乃云氏之幸。”

是的！她是云氏当家主母，绝不能让人小瞧！尤其，不能让慕王看低！一个主意在出岫心中飞速闪过，她倏尔抬头看向聂帝，使力笑道：“不过，妾身还有一个请求。”

“夫人但说无妨。”

“既然立牌坊是慕王殿下的提议，妾身恳请由慕王来为这四座牌坊题字盖印。诚如皇后娘娘所言，云府与慕王府同处一城，若由慕王殿下亲办此事，才显得更为理所应当，也更能堵住小人之口。”出岫边说边用余光瞥向慕王，话语铿锵有力，坦坦荡荡。

她并不稀罕聂帝的御笔亲题，那自然比不得慕王的题字。如今他聂七只是南熙储君、一州亲王，可不久的将来，他会是开国之君，名传千古！显然，慕王的字要比聂帝的字更有价值，也会变相成为云氏的护身符。

是慕王先逼她的，不能怪她反将一军！堂堂慕王自己提出要为云氏修建牌坊，倘若再亲笔赞誉云氏“忠义、诚信、善施”，出岫也想看看，将来他登基之后是否会打自己的嘴巴！

出岫故作诚恳模样望着聂帝，见他微有迟疑，不禁黯然叹道：“诚如皇后娘娘所言，这世上已有小人讹传，欲毁了慕王殿下与妾身的清誉。若是这座贞节牌坊由您御题，反而有欲盖弥彰之意，未免让世人多做揣测。解铃还须系铃人，倒不如由慕王殿下亲题，才能真正还妾身一个清白！”

语毕，出岫侧首看向慕王，淡淡再问："不知殿下您意下如何？"

慕王自然知道出岫这番话只是表面说辞，她的真正意图不过是想逼他表态，以后不会为难云氏，而这四座牌坊便是铁证。慕王感到自己被出岫反将一军，不禁眯起凤眼与之对视。

后者虽为弱质女流，可那神态却异常坚毅，仿佛是在告诉他"以彼之道还施彼身"是什么意思。

慕王心中忽然勃怒，一句冷拒就要出口。可就在此时，他忽然看见出岫眸中盈出一滴泪意，似委屈，似怨愤，直直射到他心底。这一刻，这神情，像极了某个人，猝然令他胸口抽痛。

他想起了鸾夙。而鸾夙的母族，正是云氏。

只这刹那而起的念头，眼前的出岫仿佛也变成了他心里的人。鬼使神差之间，他妥协了，凤眼之中杀意尽去，缓缓噙笑点头："夫人所言极是，本王荣幸之至。"

慕王答应了！出岫终于长舒一口气，一句道谢尚未出口，只听"咣当"一声，诚郡王聂沛潇的右手一抖，酒杯已从他手中滑落，掉在地上。

出岫下意识地去看那酒杯，也不知是什么材质异常结实，摔在地上不仅没碎，还滚了几滚落到大殿正中央。一时之间，众人的目光都看向那只杯子，然后，再一起投向聂沛潇。

出岫一眼望去。只一眼，看到的是诚郡王阴沉、冷冽、锋利的俊颜。

聂沛潇这是什么表情？出岫有些不解，再看聂帝等人也是一脸疑惑望着他。叶贵妃爱子心切，急忙起身询问："你怎么了？"

怎奈聂沛潇如同未闻一般，直愣愣盯着慕王，面色阴沉。

慕王怎会不知聂沛潇是何意？他唯恐这个弟弟放浪惯了，再当众做出什么出格的事来，忙对丹墀上的一帝一妃笑道："看来九弟是真的醉了。"

慕王明白，今夜这顿宫宴上有输有赢。自己借出岫洗脱污名，出岫也借他保住云氏满门荣耀，他与出岫夫人勉强算是打了个平手。输家看似是皇后，但其实真正输的，是他九弟聂沛潇。

一座贞节牌坊，已将这位诚郡王的爱情判了死刑……

# 第十章 前缘至此终明灭

今晚这顿宫宴，出岫自问没有白来。除了得到四座牌坊和慕王的允诺之外，她还听说一个消息——待过了这个年，慕王不会再回烟岚城，而将以摄政王的身份开始监国理政，聂帝会退居幕后真正放权。

想得到的消息都有了，出岫便借口回流云山庄守岁，提前从宫宴上离席。她走后，宴上的气氛骤然冷却，聂帝无心再装父慈子孝，也借口精神乏力而去；明后今夜颇为失意，便随着聂帝离开；叶贵妃大获全胜，本想叫两个儿子陪她守岁，可见他二人似有话要说，只得先行回宫；其余两位皇子也知趣离开。

聂沛潇坐在席上原处，薄唇紧抿，沉默不语，脸上是慕王从未见过的失意与冷冽。从未见过——就连那晚将他从慕王府地窖里捞出来时，也不及现在。

终究是有愧的，慕王沉吟片刻才道："我只想让你看清楚事实……你该断了这心思。"

聂沛潇仍旧不语不动，如同石化一般坐着。慕王想起，从前他们兄弟二人起争执时，总喜欢打上一架，叶贵妃还曾戏言是"以武力解决问题"。此刻，他也希望聂沛潇能有力气出拳，无论要挨多少拳头，他都会生生受下。

慕王自问与这个九弟向来亲厚非常，纵使上阵杀敌都是以命相托、以命相护，可如今，为了一个女人，手足之间也要产生隔阂。他以为，聂沛潇如今不懂，但有朝一日应会明白他的良苦用心。

沉默半晌，还是慕王率先开口劝道："你同出岫夫人从前无缘，如今以你二人的身份地位，更无可能。"

闻言，聂沛潇如同石化的身形终于动了一动。他唇畔勾起讽刺的笑意，缓缓抬头望向他最敬佩的七哥："这么说，你早就知道她是晗初，却一直瞒着我？"

慕王不语默认。

“啪”的一声，聂沛潇生生将一双筷子折断在手中，愤而起身喝问：“你明知道我为她写过《朱弦断》，为什么不告诉我？我前后去过烟岚城多少次？你从没提过！”

“我也是在云辞死后，才知道出岫夫人就是晗初……”慕王凝声回道，“告诉你能改变什么？你只是喜欢她的美貌与才情，这女人太厉害，不适合你。”

“我到底喜欢她什么，七哥你不明白。她是什么样的人，我自己会看。”聂沛潇冷声反驳，“她厉害还是软弱，都是被你们逼的！正如今晚，她若不反抗，早被你和明臻一人一刀捅死了！”

“你想说什么？”慕王蹙眉斥问，“你知道她有多能耐？连我也不止被算计过一次……上次她为了沈予……”

“七哥还嫌给她扣的帽子不够多？”聂沛潇出声打断，“沈予是她的救命恩人！她知恩图报不行吗？即便她和沈予有什么，你一座贞节牌坊压下来，也什么都没了！”

“你忘了在烟岚城答应过我什么？”慕王立刻沉声反问，句句紧逼，“你将那管玉箫留下，还说该做什么你心里自有分寸。这些话你都忘了？”

“此一时，彼一时。倘若七哥你早些对我说实话……我也不至于落到如此地步！”

“哪个地步？”慕王忽然发现自己轻看了聂沛潇的心思，如今瞧着，他竟是难以自拔了。

可聂沛潇没有再回话，他额上青筋暴露，双手紧握成拳，极力克制着一腔怒火。他从桌案里头走出来，一言不发就往门外走，走过慕王身边时，没有片刻停留。

“除夕夜，你要去哪儿？”慕王使力拽住他，“你清醒一点，别胡闹。”

“我不清醒？我胡闹？”聂沛潇似听到什么好笑之事一般，赤红着双目与之对视，“她才十九岁！你让她守一辈子寡，就不是胡闹？就不残忍？”

聂沛潇奋力甩开被拽住的衣袖，绝望而又讽刺地笑道：“为了权势，你们都疯了！”言罢，疾步而去。

出岫从宫中出来，赶回流云山庄时已是亥时三刻。刚进庄里，云羡等人便急匆匆赶出来迎接，各个面带关切之色。

出岫有些热泪盈眶，目光缓缓从每个人面上划过：云羡、鸾卿、淡心……还有想容和沈予？想容不是拒绝前来吗？出岫刻意强迫自己不去看沈予，只笑着打量云想容：“不是说身子不适？怎么又来了？”

云想容来时已备好说辞，便略微赧然地低下头，道：“晌午是有些不舒服来着，心想大过年的，不能将病气过给您……后来觉得好些了，便过来了。谁知来了之后听三哥说，您去宫里赴宴了。”

“是啊，聂帝派人来请，不去不合适。”出岫笑回。

显然云想容已经知道了云羡和鸾卿成婚之事，便笑道：“还是这里好，一家人守岁，热热闹闹。”

“你说得对，所以我提前回来了。”出岫再笑。

“嫂嫂如何？宫里没人为难你吧？”云羡连忙逮着机会问道。

出岫缓缓摇头：“没有，我很好。”

“那聂帝让你进宫做什么？”云羡再问。

出岫瞥了沈予一眼，下意识地不想将今晚之事说出来，尤其是那座贞节牌坊，倘若沈予知道的话……出岫不敢想，便一句话带过：“也没什么，只是给了些赏赐，大约年后才会有旨意下来。”

“就这么简单？”云羡不大相信。

“我这不是好好地回来了？你还担心什么？”出岫作势掩唇而笑，“除夕宴上，聂帝总不会要了我的命。”

“呸呸！夫人您说什么丧气话！”淡心立刻接道，“回来就好！咱们也都担心得要死。”

“不让我说死，你自己又说！”出岫笑着斥责，又望了望天色，“子时快到了，都站着做什么，回屋守岁去！”

众人又蜂拥着往厅里进，出岫也找不到机会和沈予说话。她走在最前头，一只脚刚跨进屋，不禁身形一顿，在门前停步——屋里摆着满满一桌宴席，碗碟搁放整齐，没有丝毫动筷的迹象。

云羡见出岫怔在门口，便在她背后笑道：“嫂嫂是主心骨，您不回来，咱们都不敢动筷子。”

至此，今夜出岫终于掉落了一滴真心的眼泪。不同于在宫里的虚伪做戏，这是真心实意的感动。她想起自己刚被扶正时，云羡眼中的轻蔑、鸾卿眼中的漠然……

这纷纷扰扰的误解和流言，时至今日，终于成就了她的一番成绩。她带着云氏走对了路，选对了人，不仅得到太夫人的认可，也得到了这些人的尊重……云羡口中的“主心骨”三个字，堪比千言万语的嘉奖赞誉。

刹那间，出岫觉得，她从前受过的所有委屈和非议都不算什么，今晚的惊魂宫宴也能一笑而过了。于是她深吸一口气，忍了忍眼泪回首笑道：“你们倒是心疼我，知道我在宫里没吃饱。”

淡心是个有眼色的，见状连忙吩咐下人热菜，又新添了几个菜肴，还急火火地去下饺子。待一盘盘饺子端上来，她还不忘介绍道：“这玉冰虾仁馅儿的，是我包的；这素馅儿的，是三夫人包的……”

出岫看着几盘子歪七扭八的饺子，哭笑不得："这不会有毒吧？"

鸾卿尴尬地低头道："应该……不会。吃是可以吃的。"

众人闻言，围着桌子笑成一团，一顿除夕宴吃得也算极为热闹。宴过之后，子时也快过去，众人又在园子里闲逛起来。

云想容不知为何很没精神，逛园子时不停地揉眼睛。出岫见她如此，柔声关切："累了吧？要不去屋里打个盹儿，左右子时也过了。"

"不用。我撑得住。"云想容强打精神。可不消片刻，她实在忍不住了，只得被丫鬟扶着进屋子里休息。

又过不久，云羡与鸾卿也相继喊困，出岫却觉得自己神采奕奕，再看沈予也是一样精神。她心中有些异样的猜想，将云羡夫妻送走之后，便招来淡心低声问话："你在饭食里做了手脚？"

淡心连忙喊冤："您可别冤枉奴婢，此事与奴婢无关！"她顺势打了个呵欠，"唔，奴婢也困了，要去打个盹儿。"说着她一把拉走竹扬，还不忘朝竹影眨了眨眼，又瞥了一眼云羡夫妻离去的方向。

竹影立刻会意，随之而去。

出岫这才明白过来，是鸾卿！她必定在几人的酒水里下药了！这又是什么意思？给自己和沈予制造机会吗？出岫低眉苦笑，忽然觉得有些拘束无措。

不过片刻工夫，园子里真的只剩下他们两人了！出岫这才敢大大方方打量沈予。

十余日不见，他已不是那副醉生梦死的颓废模样，俊颜清爽、眉峰疏朗、身姿依旧挺拔轩昂，又变成了那个风流倜傥的沈小侯爷。只是，若仔细打量便会发现，沈予眉宇之间有藏不住的淡淡忧郁，还有……思念。

与此同时，沈予也在看着出岫。事实上从她进门开始，他便一直在看她，也发现她刻意不看自己。几日未见，她好似神采更盛，双眸犹如两痕秋水，柔光潋滟。顾盼飞扬之间，整个人也明快许多。

看到对方过得不错，两人心底都觉得欣慰。四目相对，相顾无言，对彼此的挂念与关怀都映在眼中，心照不宣。只是，当出岫想起那晚与沈予有过的亲密，她还是会觉得羞赧、尴尬，甚至是……愧疚。

虽然是迫于形势，也是为了让沈予振作起来，但不得不说，那晚是她对云辞的一种背叛。想着想着，出岫的眸光也不禁黯淡起来，自责与内疚再次袭上心头。

沈予倒显得很坦然："我见竹扬来找想容，猜到必然是你让她来传话……我知道想容回绝了，但还是忍不住撺掇她过来……我想看看你，哪怕共桌吃顿饭也行。"

明明是想忍着，也自觉无颜再见她。然而，只要想起她与自己同处一城，想起那晚她的泪、她的吻、她的柔软肌肤和丰盈青丝，他便忍耐不住刻骨的相思。

沈予心里清楚，晗初是多么矜持的一个人，那夜又怎会突然允许自己与她拥吻痴缠、为她绾系青丝？他隐隐明白她是在牺牲色相帮他振作，可偏生，心底还是存了那么一线希望，只盼着自己精诚所至，她能金石为开。

说是自欺欺人也罢，怎样都好，至少现在，他心中满满全是动力，不想去恨，只想做一个配得上她的男人，如云辞一样为她遮风挡雨。即便不能长相厮守，退一万步讲，他还能以妹婿的身份帮衬她，守护她。

守着守着，要么他死去，要么她接受。

一时间，两人都沉浸在各自的思绪中，静默着，黯然着。沈予努力想找一个安全的话题，找了半晌，才问出岫："聂帝让你进宫做什么？真没什么事儿？"

出岫心中一惊，又想起那座贞节牌坊，连忙笑道："怎么一个两个都来问？看我没有断手断脚，你们反倒不乐意了？"

大约是她做戏做得太好，沈予仿佛信了，深沉广袤的眸光里流露出些许安慰，便如高绝孤独的险峰金光普开，霎时令出岫安下心来。是的，如今只要他好好的，比什么都强。

两人又是一阵相顾无言，园中轻淡的灯色照在彼此身上，只剩下一片温热。沈予望向出岫，见她唇边带着清浅的笑，但不知为何，他觉得那笑容到不了她心底。

沈予已无法揣测出岫在想些什么，她让他想起深湖之中遥远的青峰，倒影明澈清净，看似近在眼前，实则云深不知处。

也许，这一段故事当真该结束了。往后他们是否还能再续前缘，就要看他振作与否，能取得多大的成就。而在此之前，他终于发现，多见一次只是多添一分尴尬，也是在慢慢消磨彼此从前的情分。

相见争如不见，这才能令他置之死地而后生。想到此处，沈予也叹笑一声："今日你进宫一趟必定累了，早些回去歇着吧。我……先回去了。"

"你不等想容了？"出岫脱口而道。

沈予眸色沉了一沉，隐隐透露出三分失意："不了，有你们在，她必能平安无事地回去……晗初，我沈予在此发誓，今生若不出人头地、重振门楣，绝不再见你。"

这话一出口，出岫已明白，他们将有很长一段日子见不到了。但越是如此，她才越相信他的决心。出岫既觉得难受，又为沈予欢喜，不禁凝着嗓子道："我送你吧。"

"好。"离别在即，沈予也分外珍惜这最后的点滴。他说不准自己能撑多久，一年？两年？五年？十年？但总归，属于沈小侯爷和晗初的故事，今夜真的到头了。

正门缓缓被推开，出岫与沈予并步走下台阶，一句惜别之语尚未出口，却瞧见一袭贵气紫衣正立在阶下，身影朦胧。

“诚郡王？”出岫有些疑惑，还以为看错了人。这个时辰他不在应元宫里守岁，怎会跑来流云山庄？出岫与沈予对望一眼，显然后者亦做此感，目中闪过不解之意。

可人既然来了，出岫也不能怠慢，连忙款步轻移来到聂沛潇身边，就着檐下灯火定睛看去：“殿下怎么这个时辰过来了？”

她清浅笑着，卸下在宫宴上的防备。眼前这位诚郡王，曾在明后面前替她解围，单是这份仗义便足以令她对其改观。更何况，她还有求于他，为了沈予。

然对于出岫的问话，聂沛潇却恍若未闻，一双星眸闪着莫辨光色，似悲似怒，似寒似恼。他将目光从出岫面上移开，缓缓看向她身后之人，只一眼，脸色又是一沉。

出岫方想起沈予在此，霎时又记起自己刚得了一座贞节牌坊，不禁干笑一声解释道：“今夜除夕，我家大小姐和姑爷同来守岁。”

很有默契地，沈予也顺势来到出岫身边，客气笑道：“如今再见殿下，予该自称‘罪臣’了。”

沈予见聂沛潇好似有些疲倦，看样子也无意多做客套，便揣测他此时过来必定有要事相商，只得再道：“不耽误殿下与夫人说正事，予先行告辞。”

他说着，又深深看了出岫一眼，只盼这最后一眼能够直到永久。他没有想到，彼此直至临别也是如此匆忙，想让她送一程，再说几句话，这样简单的要求也难遂心愿。

不是不遗憾，但在外人面前，她还是贞静娴婉的出岫夫人，他不愿给她增添任何负担。沈予静默着欲上马车，想了想，又回首对出岫道上一句：“烦请您代为照看想容了。”

出岫情知他这句话是专程说给聂沛潇听的，便点头道：“姑爷放心，慢走。”

马蹄的嗒嗒声掺着车辇的辘辘声，缓缓驶离流云山庄。除夕夜街上到处挂着彩灯，流离光色喜气洋洋，却挡不住这离别的气氛。就连出岫也未曾想到，此次与沈予匆匆一别，再见竟会是两年之后。当然，这是后话……

直到沈予的马车走得远了，出岫才再次回神看向聂沛潇：“夜里风大，殿下有事进来说吧。”

聂沛潇薄唇紧抿，沉默应下。两人一路无话往流云山庄的书房里去。紫绡长纱飘飘摇摇，灯盏明照。流云山庄的书房坐落一隅，也是近日出岫处理生意的地方，最为安静清幽。待请了聂沛潇入内，又吩咐小丫鬟上茶，出岫交代下去，不准任何人靠近。

她以为，若非十万火急之事，聂沛潇绝不会在除夕夜贸然而来……会是什么十万火急之事？她与这位诚郡王的联系只有两人，一是慕王，二是沈予。

出岫心中一揪，也不多做迂回，开门见山问道：“殿下是有什么急事？”

聂沛潇抬目望去，并未即刻回话，反是问道：“本王深夜造访，可会对夫人造成困扰？”他话中闪着些微期许，只盼着能在出岫面上看到一丝羞赧，抑或红晕。

然而他失望了，出岫神色如常，只是笑回：“妾身虽然孀居，但也不是矫揉之人。您既然深夜前来，难道妾身还要以‘男女之妨’为由，将您赶回去不成？”

这原是一句玩笑话，可出岫发现聂沛潇听后神色更黯。她见状也只得收敛起笑意，小心翼翼地问：“殿下可是遇到什么棘手之事？若能用得着云氏，您但说无妨。”

闻言，聂沛潇双眼犹如弥漫了一层雾气，沉默良久，才道：“是有件棘手之事，不过本王想先问夫人一句，今晚宫宴之上，七哥强加于你的……四座牌坊，夫人受得可甘心？”

四座牌坊？出岫笑了：“您指的是那座贞节牌坊吧？”她缓了缓，自以为面对聂沛潇已无须遮掩，便如实回道，“不瞒您说，妾身早已萌生此念，想请慕王殿下登基之后赐立一座贞节牌坊。如今这事不过提早而行，妾身自然受得心甘情愿。”

最后四字一出口，出岫瞧见聂沛潇脸上掠过一丝阴霾，眸底寒星碎落，仿佛有什么东西丝丝破裂，直至体无完肤。若不是书房里灯火明照，出岫几乎要以为自己看错了，这素来受尽万千宠爱的天之骄子，怎会如此……失意？

“殿下？”她轻声关切，“您身子不适？”

聂沛潇仍旧不回，沉眸凝声，再问：“倘若本王没有记错，夫人还不到二十岁……风华正茂的年纪，当真要守着云氏孀居一世？”

出岫依然没有看出聂沛潇的心思，坦然回道：“殿下宅心仁厚，体恤妾身，实乃妾身之幸……不过，先夫早逝，妾身毕生之愿是完成他未竟之志，其余不作他想。”

“其余不作他想……”聂沛潇低声重复一般，几乎是颤抖着再问，“倘若此后，有一个真心尊敬、钦佩、爱慕你的男人出现，夫人也……不会动心吗？”

他终于明白过来，倘若再不说些什么，出岫将一辈子懵懂他的意思：“夫人，我……”他看着出岫，正欲剖白心迹，此时恰听书房外传来一阵动响：

“大小姐，夫人交代过任何人都不能进去……”

“让我进去！她若不是心里有鬼，为何要偷摸在此？”是云想容的声音，听那语气很是愤恨。

原本出岫的心思全在聂沛潇身上，此刻听见外头一阵异响，注意力也被吸引了去。她秀眉微蹙对聂沛潇道了声歉，又走到书房门前，打开半扇房门问道："想容，你在外头做什么？"

云想容正与家丁对峙，抬首看见出岫衣饰整齐出现在房门前，才稍稍放下心来。哪知转眸又见书房窗子上映出一个男子身影，在灯火映照下显得极为高大挺拔……

云想容心中一抽，立时大为光火，冷声问道："嫂嫂这话问得好，我也想知道，嫂嫂在此做什么？"

出岫想起屋子里的聂沛潇，自己一个寡妇三更半夜与男子单独相见，实在于礼不合，于是她迟疑一瞬没有即刻回话。

只是这片刻的迟疑与沉默，却使得云想容心中更凉，她不管不顾地站在阶下怒指出岫："除夕家宴共桌吃饭，为何我们都困倦不堪，唯有嫂嫂和夫君毫无倦色？这三更半夜夜深人静，嫂嫂又有什么要紧话对夫君非说不可？知道内情的，是说嫂嫂与夫君有要事相商，不知道的，还以为你们是……"

"是什么？"不等云想容说完，出岫已冷声打断，一双清眸闪着冷光，直直落在她身上，"云想容，你想清楚再说话！"

这是出岫第一次直呼她的名字，云想容也不禁一怔，再想起出岫和沈予偷偷将一桌子人下药放倒，独自在此共处一室……她只觉得恨！

"你让他出来见我！"云想容已是语带哭腔，万般委屈，"无论如何我也是他的妻子，是云氏的大小姐，他竟然在我云氏的山庄里公然罔顾伦常，又置我的颜面于何地！"

云想容说着已落下泪来，将四下的仆婢都引了过来。可她仍旧不依不饶，梨花带雨再道："他若当真负心至此，不若今日一封休书，将我休了也好。"

出岫看出云想容的手段，明白她是故意要将事情闹大，好以此断了自己与沈予的私下接触。如此众目睽睽之下，若当真让云想容坐实此事，只怕她辛苦经营的名声就毁了！

嫂嫂与妹婿之间无论发生什么，德行有亏的始终是女方。更何况，沈予曾是自己的旧主！出岫气得浑身发抖，她没想到自己今夜会被连摆两道！在皇宫也就罢了，家里人还不消停，尤其，是在外人面前。

出岫能感到身后有两道目光射来，来自聂沛潇。她无须回头已能感到他的怜悯，而那种感觉令她如芒在背。出岫不想让聂沛潇看笑话，遂冷声斥问云想容："你胡说些什么？还不快回去？"

云想容见出岫站在两扇门之间，双手扶着门框，而屋子里的男人始终没有露脸。这番情景令她越发坐实心中的猜测，便故作愤怒地道：“嫂嫂，大哥死去经年，你独守云氏的确艰难。可你不能……你不能……夫君他……”

她越说越是伤情，话中那羞于启齿之意令在场所有仆婢都为之恻隐。这里是流云山庄，而并非离信侯府，仆婢们的管教也差得远。出岫几乎可以预见，倘若今晚这事不说清楚，大约不出一月，整座京州城都会传出她云氏当家主母行为不端，有失妇德！

出岫握着门框的双手死死收紧，心中已凉得透彻。她举目往台阶下看去，赫然发现淡心和竹影也在其中，这两人亦是一副忧心模样，泄露了紧张神色。他们也以为屋子里的是沈予吧……

出岫缓缓松开双手，收入袖中：“屋子里是……”

她话未说完，一股龙涎香气已忽然袭来，伴随着一句冷嘲：“都说云大小姐温婉贤淑、知书达理，本王今日一见，果然名不虚传。”

聂沛潇的身影终于出现在书房门前，与出岫并排而立。他睨着阶下愕然止泪的云想容，冷声冷语再度传来：“今夜出岫夫人进宫赴宴，圣上有旨意下达。怎么，本王趁夜前来宣读密旨，还需要向云大小姐请示？”

云想容未曾料到书房里的人不是沈予，慌乱之下不知所措地问：“您是……”

“见到诚郡王殿下，还不行礼？”出岫凝声对外头看热闹的一众仆婢命道。

众人这才醒悟过来，连忙窸窸窣窣地下跪见礼。

出岫也不想将事情闹大，便对竹影命道：“还不把大小姐带回去！”

云想容正是心虚，未干的泪痕还残留在眼角，慌乱地转身欲走。

“且慢！”聂沛潇沉声阻止，看到云想容身形一顿，又道，“大小姐就这么走了？你污蔑你嫂嫂德行有愧，难道不该解释一句？”

聂沛潇挺拔身姿双手负立，高高站在阶上俯视云想容。他一袭紫衣衬着浩瀚星空，飞星碎玉贵气逼人，犹如睥睨众生的王者：“方才本王亲自送了子奉出去。子奉是你夫君，除夕守岁却弃你不顾独自回府，身为妻子不知自斟自省，反将脏水泼到你嫂嫂头上？”

纵然夜色深沉，光影黯淡，出岫还是看到了云想容忽而刷白的脸色。聂沛潇这话说得重了，只怕是戳到了她的痛处。

果然，云想容咬着下唇轻轻抬眸，忽然软语道：“嫂嫂莫怪……我是听了婢子的胡言乱语才会……”

“云大小姐宁肯听凭婢子一面之词，也不相信你的嫂嫂？”聂沛潇打断云想容的话，再次冷笑，“本王依稀记得，方才你说要让子奉写下休书？这主意不错，想必子奉也很乐意。不如趁机请他回来，本王也好当面做个见证，好聚好散，你二人从此各自婚配互不相干吧。”

“嫂嫂……”云想容闻言一震，服软地道上一句，已是泫然欲泣，“想容耳根子软，听了婢子的胡言乱语，还请嫂嫂……责罚。”

“哦？是哪个婢子胆敢胡言乱语，侮辱云氏当家主母？”聂沛潇显然恼极，铁了心要让云想容难堪。

此时此刻，出岫只觉得一阵阵头痛。再想起如今沈予与云想容感情冷淡，心中也有些愧疚，遂轻声对聂沛潇阻止道：“殿下……得饶人处……”

聂沛潇见出岫清眸瞟来，已知其意，冷哼一声不再言语。

出岫抚了抚额头，也不再看云想容，只命道：“竹影，送大小姐回追虹苑。”想了想，又补充道，“大小姐精神不好胡言乱语，明日请个大夫给她瞧瞧。”

竹影领命称是，走到云想容身边伸手相请。后者忙不迭地对出岫和聂沛潇告辞，匆匆而去。淡心见状也上前轰人：“都杵着做什么？王爷与夫人密谈，你们是打算听壁脚吗？”

这罪名扣下来，谁又受得了？看热闹的下人们纷纷作鸟兽散。

出岫大感无奈，这才重新关上书房的门：“教殿下看笑话了。”她边说边缓缓落座，眸中涌出毫不掩饰的倦色，聂沛潇看在眼里，很是替她心疼。

被这事一闹，出岫良久都没有再开口说话，聂沛潇以为她会哭，然她只是垂眸兀自静默，半晌才幽幽笑叹：“殿下今夜替妾身解围两次，妾身都不知该如何言谢了。”

她再没了心思与聂沛潇多说，只隐晦地道：“妾身今夜不大舒服，您的事儿若不急，改日妾身再登门拜访行吗？”她以为，聂沛潇应能理解她此刻的心情，纵然还有天大的事情，她此刻也实在无力应对了。

可聂沛潇不想走，他唯恐错过了今晚，便很难再找到机会。都说“一鼓作气，再而衰三而竭”，他亦如此。

“值得吗？”他低声问她，“夫人一心守护的家人，都是这般对你，值得吗？”

出岫有气无力地笑了笑：“没什么值不值得，最艰难的日子都过来了，如今……已经很好了。”

这话她自己没觉得自伤自怜，可听在聂沛潇耳中却是如此讽刺，心中也升起一股烦恼与气闷：“方才本王问夫人的话，你还没回答。”

方才问的话？是什么？被云想容这么一搅和，出岫已记不得了。

显然，聂沛潇也猜到她忘记了，便苦笑一声，重复再问：“本王方才说，倘若往后有一个真心尊敬、钦佩、爱慕夫人的男人出现，夫人是否会考虑改嫁？”

真心尊敬、钦佩、爱慕自己的男人？出岫想起了沈予，心中酸涩，低眉浅回：

“殿下说笑了，妾身既然愿意接下那座贞节牌坊，自然是打定主意孀居一生。”

她不解为何聂沛潇要在这个问题上纠缠，倘若他除夕夜赶来只是为了求证此事……也太小题大做了！奈何她此刻无心再与他迂回周旋，遂再次温婉解释，想要尽快结束这个话题送客出门：

“殿下的意思妾身明白，也很感激……但妾身心意已定，没有半分勉强，能为先夫守护云氏，妾身很知足。”

她话到此处，聂沛潇再也按捺不住，倏然从座上起身。仿佛是有一腔无以言表的疼痛渐渐噬入他的骨髓，随着出岫的一字一句扩散至全身，最后令他无可救药，濒临死亡。

“即便要守护云氏，也不是非得要一座贞节牌坊……”聂沛潇冲口而出，“牌坊的事，只要夫人有一丝勉强，本王愿去说服父皇与七哥，收回成命。”

他顿了顿，意识到自己过于急切，便又刻意缓下声音：“本王的意思是……七哥的话不过是宫宴上的一句戏言，趁着旨意未下，一切都还有转圜的余地。”

“多谢殿下一番美意。”出岫再想起聂沛潇曾写就的那首《朱弦断》，更觉这是一位难得的皇亲贵胄，心底纯善。只可惜，自己并不需要。

“夫人无须这么快回话，你……可以再考虑看看。”聂沛潇几乎意识不到自己是在说什么，那语中潜藏的卑微祈求，连他自己都觉得虚伪可耻。

对方将话说到这个份儿上，出岫终于醒悟到了什么，但又不敢相信。她抿唇想了片刻，故作轻松地笑问：“殿下夜访流云山庄，该不会仅仅为了贞节牌坊的事吧？”

话问出口，她就有些后悔了，因为聂沛潇俊目闪过的炽热光泽如此明显，令她无法忽视。她只觉得难以置信，堂堂诚郡王怎会……

一个念头还没落下，但听聂沛潇已无奈地笑道：“我自觉今晚已暗示得足够明白，夫人还不懂吗？”

出岫抬眸迎向聂沛潇的目光，一时慑于他的坦然凝视，几分浓眷，几分沉醉，只一闪念便已落入他坚实温暖的怀抱之中。

“殿下！”出岫惊呼一声，下一刻已被聂沛潇扼上下颌，逼得她不得不抬眸与之正视，而且是……如此亲密的姿势。出岫慌乱地想要推开他，奈何对方铁了心不放手，低头以唇抵在她额上，炽热呼吸伴随着深情话语：“为何不告诉我，你是晗初？”

出岫心中“咯噔”一声，终于明白为何聂沛潇今夜如此反常，原来是知道了这件事……既弄清楚原因，她反倒坦然一些，冷静片刻低声问道：“是慕王殿下告诉您的？”

聂沛潇也不多做解释，只深深嗅着怀中的惑人馨香，贪恋不已。

如今离得近了，出岫才闻到他身上的清淡酒气，就连他的呼吸也弥散着一股子醉意。她不禁再次挣扎起来："您喝醉了，先放开我行吗？"

此话不说还好，一说出口，聂沛潇反而更加收紧手臂，将她圈在怀中。那带着磁性的声音再度袭来，比前次更多了几分难舍的眷恋："既然听过那首《朱弦断》，为何不告诉我你是晗初？反而对我否认你会弹琴？嗯？"

他的几句质问之中，没有恼意，没有失望，有的只是深深的酸楚与慨叹，仿佛是在叹息命运的不公，又在唏嘘命运的奇妙。

出岫愣怔在他最后那个绵远幽长的尾音里，半晌才回过神来，耳根烧热拼命挣扎："殿下自重！"

聂沛潇贪婪地拥着怀中的娇躯，他既然已经说出来也做出来了，便打定主意强势这一回，什么男女之妨、伦理纲常、君子风度统统抛诸脑后了。他终于发现，似出岫这样的女子，倘若一味以礼相待，他永远也没有机会。

是时候用些强势与诱哄的手段了。

如此一想，聂沛潇更加不愿放手。此时此刻，他脑中皆是出岫美目流转、玲珑浅笑的模样，又有软玉温香抱满怀，便令他越发情难自禁，竟连雄雄欲火都被撩拨了起来。

正感到有些心猿意马之时，左手手背忽然传来一阵疼痛，聂沛潇垂目一看，怀中的女子为了挣脱他，已使力咬在他手背之上。他见状手臂一紧，纹丝不动，只觉得这点牙劲儿远不够锋利，就如小猫的爪子轻挠了两下，比之从前在战场上的腥风血雨，根本算不得什么。

出岫显然没想到聂沛潇如此能忍，她使了七分力气咬下去，对方却毫无反应。一直到腰腹上忽然被什么硬物抵着硌着，她才心中更惊，生怕聂沛潇做出放浪之举，遂狠了狠心，使尽全身力气再咬下去。

口中涌起一片轻微的血腥之气，舌尖品到一阵说甜不甜、说咸不咸的味道，可眼前这男人仍旧无动于衷。

纵然平日里对待族中事务杀伐决断，但出岫毕竟是个不到二十岁的女子，面对这等被人轻薄的情形，她也不禁慌乱起来，情急之下竟落了泪。

聂沛潇感到左手背上传来一阵湿意，本以为是自己的血迹，可低头一看，恰好瞧见出岫颊上两滴泪顺势滑落。那晶莹剔透的珠子滚烫，落在手背上又变得微凉，她一双楚楚动人的泪眸如同一道锋刃，手起刀落划成他心头重重的伤痕。

"别哭……"聂沛潇终是松了点力道。出岫立刻后退两步挣脱出他的怀抱。她抵着桌案深深喘息，面上全是戒备神情，残留的泪痕更添几分娇婉可人。

事已至此，出岫再难保持端庄姿态，又惊又怒指向书房门口，毫不客气地道：“你出去！”

聂沛潇削薄的唇紧紧抿着，见出岫气得脸色绯红，心里更是一痛。对于心上人的抗拒，他仍旧执着于先前的问题，第三次问道：“为何不告诉我你是晗初？”

出岫抚着胸口惊魂未定，明白今夜若不将此事解释清楚，聂沛潇不会甘心。于是她戒备地看向他，右手背于身后缓缓摸到桌上的砚台，打定主意他若再靠近，她便狠狠砸过去。

“没什么可说的，晗初早就死了。”出岫平复下心绪，“承蒙殿下错爱……妾身不送。”

聂沛潇倏然眯起一双幽深长眸，心中丝丝凉透：“我将夫人当作知音，夫人何须抗拒如此？”

“知音？”出岫冷笑，“殿下待你的知音，都是这般放浪轻薄？”

放浪轻薄……聂沛潇见她误会自己，心头一慌急忙解释：“不！我只当夫人是知音，对别的女子绝没如此。方才……是我唐突了。”

出岫哪肯相信，只道：“殿下既然称呼妾身为‘夫人’，合该知道妾身的身份。您今夜之举实在过分……请回吧。”

聂沛潇见自己弄巧成拙，再一次被下逐客令，也顾不得手背上汩汩地流血：“夫人听我解释……”可这话出口，他又不知该从何解释，想起方才云想容在外头闹事，便也只好从求娶之事开始说起。

“当初我求娶云想容为侧妃，是因为两次在云府后院听到夫人的琴声，又与你琴箫合奏……我错将夫人当作了云大小姐，才会冒昧求娶……”聂沛潇说得急切，有些语无伦次，“直至云想容嫁给子奉，我再次听到夫人的琴声，才晓得自己认错了人……当时，真是又庆幸又痛苦……”

出岫闻言错愕，定了定神才醒悟他话中之意，又想起那夜戴着黄金面具的男子，便疑惑问道：“那夜……”

“一直以来，与夫人琴箫合奏的都是我，那夜闯入云府与你相见的，也是我。”聂沛潇话中满满都是失意，“也是那一晚，我发现自己认错了人，与我合奏的不是云大小姐，而是夫人你……”

他话到此处，停顿片刻，面上浮起无奈的苦笑：“世人都道我痴迷音律，最看重知音，可我好不容易寻得一个心意相通的女子，却是云氏的当家主母……后来又知道你是晗初……你可想而知，我心里头是什么感受。”

余下的话，聂沛潇不用再说，出岫也明白了。可明白又有何用呢？总归是没有一分可能。早在五年前，他们就已经错过了。

有时想想，宿命当真是捉弄人的，又是奇妙绝伦的，她与他擦肩而过，又以如今的身份再次相识……本以为，若能一辈子瞒着也好，可偏偏他还是知道了。

许是为聂沛潇的一番深情告白所感染，又或许是回忆从前慨叹所致，出岫逐渐平静下来，不复方才的惊慌气愤。她悄悄松开握着砚台的那只手，思忖着该以什么理由直截了当地回绝他。

“以您的尊崇身份，什么样的千娇百媚得不到？您既然知道我是谁，也该清楚我所有的事……”出岫此时也忘记再以“妾身”自称，顿了顿又道，“我落过孩子，出身又低微，实在配不上您……”

“唉！”聂沛潇亦是无奈喟叹，“是啊，以我的身份，什么样的女子得不到……可偏偏是你……”

世上千娇百媚香骨缭绕，独有眼前这女子似是注定了一般，要让他无可奈何、辗转迷惑。

遇上她之前，他的心就如一面深邃湖泊，即便历尽千帆，但也从无餍足，没有什么女人值得他一心追逐。即便当年初识晗初，他也未曾深深沉沦；可上天却让他在经年之后与她重逢，认识她的另一种身份，另一副模样。若是年少轻狂之时，也许他仍会退却，退却于彼此的身份障碍，但如今，时间正正好。

谁说情爱不需天时地利人和？聂沛潇自觉这便是最好的例子。

“情爱若能自控，便也不称之为‘情’了。夫人以为我没抗拒过吗？若能解脱，今夜我也不会过来。”聂沛潇的这一句，竟让出岫听出些悲凉之意。

“夫人天姿国色，绝世无双，多少男子为你倾倒。赫连齐和离信侯，也不是你的错……倘若当年摘牌时我没有退让，也许你我之间早已是另一番景象。”聂沛潇灼灼地望过去，想要她一个答案，“我若说我不在乎，夫人能放下吗？”

“放下什么？”出岫刻意垂眸，唇畔勾起若有似无的嘲笑，也不知是嘲笑对方，还是嘲笑她自己，“我若放下了，殿下又要如何待我？如同求娶想容一般，纳我为侧妃？娶一个寡妇？”

“七哥的生母也是个寡妇，父皇照样……”

“那我为何要走这条老路？为何要效仿慕王的生母？”出岫嗤笑打断，“如今我虽没丈夫，至少也是云氏当家主母，执掌一族，受尽尊崇……我若从了你，又能得到什么？”

出岫抬眸侧首望向窗子，丝丝弥弥的浅淡灯火映照其上，反射出一个女子的身影，依稀便是她自己。出岫看着那影子，就如同对镜自省，冰冷反问：“殿下是要许我一个侧妃位置，在你府中籍籍无名过完一生？同无数个女人邀宠争媚，然后等待红颜凋零恩宠不再，或者，红颜未老恩先断？”

出岫这几句犀利的反问，令聂沛潇哑然。事实上在明了自己的心意之后，他从未过多考虑以后要如何，只一心认为出岫不能守寡，想着要她接纳自己。

可究竟要如何安置出岫，如何走下去，他并没有万全的考虑。这也是他从未考虑过的方面，关于情爱，关于婚姻，他从前没想过太多。

出岫见聂沛潇沉默不语，知道自己的话有了效果，遂又讽刺一笑：“殿下是聪明人，您不说话，想必也知道我该如何选择。云氏当家主母，自然比做个小小侧妃强得多……既然如此，也没什么可说的了。您请便吧。”

聂沛潇依然沉浸在要如何安排出岫的未来中，脑中是一片混乱。出岫见他没有去意，又下了一剂猛药：“慕王殿下的生母虽是寡妇，但当今圣上敢公然纳她入宫，敢问您可有这勇气？何时您敢明媒正娶我这个寡妇，还能堵住天下悠悠之口，再来表意吧。”

出岫的冷言相拒毫不留情，终令聂沛潇丧了气。不可否认，他与出岫面前的障碍太多了，单单是他母妃与七哥那一关，只怕也过不了……更何况，这其中还牵扯到云氏。

面对心上人的质问与反驳，他竟然给不出一个完整的承诺！是啊，诚郡王的侧妃，怎比得上云氏当家主母？就算是正妃位置，也比不上。

更何况，他出身皇室身不由己，虽能许她一世宠爱，却未必能许她正妃之位……

这般一想，手上被咬破的伤口也感到前所未有的疼痛，一种溃烂至肌理深处的伤痛凶猛袭来，令聂沛潇无力抵抗。他知道，倘若这场情爱注定是殇，他手上的这个伤口将永生难以愈合……

话已至此，出岫自觉已达到了目的：“我不说自己是晗初，是不想与过去多有牵扯……您也瞧见我与赫连大人如今形同陌路……妾身不愿与您闹到如此地步。”

她又用“妾身”自称，又恢复了那个高高在上的身份。出岫不愿再与聂沛潇同处一室，见他依然怔在原地，她只得先行离开：“殿下请自便，妾身恕不奉陪。”

出岫莲步轻移行至门前，正欲推门而出，忽然又想起什么，回首再道：“举荐我家姑爷出仕，就不劳殿下费心了，妾身会另想办法。”她不愿欠下聂沛潇这个人情了，因为这情，她还不起。

“吱呀”一声房门开启，夜风破门而入如烟掠过，也将出岫身上的清淡香气再次送入聂沛潇鼻息之中。屋子的主人绝然而去，徒留他这个客人在此伤情，无尽迷惘。

已是大年初一了，流云山庄的寂静与京州城内的喜庆氛围形成了鲜明对比。

聂沛潇不知自己是如何返回应元宫的，他只觉得一路上的热闹繁华都与自己格格不入，即使爆竹喧天、欢声笑语，也焐不热他那颗苍凉的心。

他纵是天之骄子、皇亲贵胄又能如何？

人生在世，谁也逃不开一个“情”字。

# 第十一章 人面不知何处去

在流云山庄里安生过了个年，刚出正月十五，出岫便开始按照原定计划结交各个世家。她这次来京州，带了不少奇珍异宝，又差遣云氏钱庄京州分号代为留意，多寻觅一些罕见珍宝，以供所用。

这京州城里的各家，出岫头一个去的便是慕王的岳丈左相府。由于除夕夜与聂沛潇闹得不愉快，她也撂话出来不让聂沛潇再管沈予的事。如此一来，她只得退而求其次，希望能说动左相代为斡旋，替沈予在朝中说话。

岂料去了一趟左相府，远比出岫想象中要顺利得多。左相听闻沈予之事，只斟酌片刻便痛快应下，竟比当初聂沛潇的态度更加明朗爽快。

这简直是个意外之喜，出岫不知该如何道谢。以左相的高洁风姿及其权势地位，再多金银珠宝、古玩珍奇怕也入不了他的眼，出岫只得欠下这天大的人情。

但她所不知道的是，她前脚刚出左相府，后脚便有人去诚郡王府报信。

一整个正月，出岫忙于在京州城里应酬，而聂沛潇也没有再出现，他好像当真死心了一般，毫无动静。

这使得出岫长长松了一口气，也暂且将与聂沛潇之间的事抛在脑后。刚到二月初，处理了几桩生意，出岫意外接到慕王的密信——“三日之内，速离京州”。

出岫没有多问，她能预感到慕王要开始有所动作了。毕竟，他将以摄政王的身份逐渐执掌南熙朝政，必然是要肃清政敌，以保证登基之后高枕无忧。

出岫大胆猜测，慕王要对付的人是明氏，否则也不会特意让她速离京州。出岫也怕赫连齐与明璎会狗急跳墙，再闲扯事端将她卷入其中，于是，她匆匆将手头的庶务处理完，又吩咐云羡明哲保身，然后便带着云府一众浩浩荡荡地离开。

出岫回到烟岚城时已是四月，她刚到房州境内，暗卫便从北宣送来消息：晟瑞帝臣暄因病驾崩，由于无嗣，传位于其义弟臣朗。

纵是千古风流人物，身前功名万丈，也难逃世间生老病死。想起鸾夙痛失挚爱，再思及自己，出岫也很感伤。

阔别云府半年，一草一木峥嵘依旧，便如这府里真正的主人谢太夫人一般，长年不衰、精气十足。很显然，太夫人已听说了云羡与鸾卿成婚之事，自出岫回来后就没有好脸色，但也并未对她多做斥责。

出岫知道这事自己理亏在先，也不敢多言，只埋头做好分内之事，着手准备二小姐云慕歌的婚事。按照云、叶两家的安排，决定赶在秋天完婚。

云府的一切都看似很平静，井井有条与从前无异。变化最大的当数世子云承，半年不见，他长高了何止一头，如今是比出岫还要高出许多。

“看着倒像个男子汉了。”云承虽然只十二三岁稚气未脱，可那张脸与云辞越发相似了，清朗如玉、卓然如月、气质磊落不似寻常，出岫看在眼中，欣慰的同时更觉酸楚难受。这孩子的存在仿佛是在时时刻刻提醒着，她此生唯一的刻骨相思是谁，又是在为谁坚守忠贞。

想着想着，出岫不禁一阵黯然。云承倒没瞧出来她的异样，兴致勃勃地将半年来的所学所见大致说了一遍，最后不忘提起浅韵的功劳：“浅韵姑姑将孩儿照顾得极好，母亲您该奖赏她。”

“是该赏。”半年未见，出岫觉得浅韵的模样无甚变化，不过心境大约是变了，从前那股冷淡气质稍稍敛了去，多出几分平和之意。

只要想到浅韵对云辞的一番痴心，出岫也很放心将云承交给她照顾。可是……浅韵今年二十有一，早已过了婚配的年纪，真的熬成老姑娘了。而竹影也是孑然一身，还有淡心、竹扬……

转眼这又是一个年头，知言轩里出岫最看重的几个人，终身大事没一个有着落。这总是她的一桩心事，每每想起都觉得头痛。

思来想去，还是要从竹影下手，只要竹影的婚事解决了，才好给女孩子们寻婆家。于是，四月末的一天，出岫单独留下竹影说话，大致意思是想劝他尽快成家，找一个知根知底的好姑娘。

“你有没有相中的女孩子？”出岫怕挑起他的伤心事，刻意避谈浅韵。

竹影想了想，很痛快地承认：“有。若不是夫人您来找我，我也打算等二小姐成婚后，来向您求娶的。”

出岫以为竹影的心思还在浅韵身上，便笑着暗示：“情这一字最不能勉强，须得两情相悦才能长久。”

竹影一怔，很是坦然地笑回：“您说得是，因而我也拿不准她的心思，想请您帮忙说一说。”竹影没给出岫再次试探的机会，直截了当地道，“我想求娶竹扬。”

“竹扬？”这答案颇令出岫意外，她以为……会是浅韵或淡心。不过，想起竹扬那凛凛的拳脚功夫，还有寡言少语的姿态，倒也与竹影有共通之处。

“这是你的心里话？”出岫想要确认。

“嗯。”竹影低下头，素来老实刚毅的脸上浮起一丝难得的红晕，“是真心话。”

这人选虽然出乎出岫的意料，却也令她长舒一口气，若竹影当真执着于浅韵，又或者选了淡心，那还真有点儿棘手了。毕竟浅韵、淡心情同姐妹，无论竹影选了谁，只怕都是对姐妹情分的一种伤害。

“什么时候的事儿？”她打心底里替竹影开心，“你竟瞒得严严实实，连我都没发现。”

竹影干笑，如实回道：“也没什么时候……成天和竹扬搭伴儿在您身边侍奉，时间久了……”他无措地顿了顿，轻咳一声，“我也不知她是什么意思，就怕她不愿。”

出岫这才瞧出来，竹影先后喜欢的两个女子——浅韵和竹扬，都是不爱说话、沉稳持重的类型。只不过浅韵沉默之余是体贴入微、细致周到，竹扬寡言之余是面冷心热、不让须眉。

知言轩这一文一武两个女子，其实性子上是殊途同归。只可惜了淡心……

出岫默默叹了口气，但也为竹影和竹扬感到开心。如此也好，夫唱妇随，想必这夫妻二人闲来无事斗斗拳脚，也是乐事一桩。更何况，两人都在自己身边侍奉，也更亲近。

想到此处，出岫一口应下：“你去吧，这事交给我，保管说动竹扬。”

竹影眉目一动，隐隐透露些喜色，道谢而去。

当天，出岫便趁着竹扬当值的时候，传她进来说话，直截了当地问：“方才竹影向我求娶于你，你愿不愿意？”

竹扬娥眉一挑，一股子英气宣泄而出，沉吟片刻反问道：“他不是喜欢浅韵吗？”

这话一出口，出岫知道竹扬必然也上心了。竹扬来知言轩最晚，那时竹影已和浅韵渐渐疏远，她若不暗中留意，又如何能得知竹影从前的心思？既然留心过，就有戏！

出岫见竹扬这隐隐约约吃醋的模样，只觉得好笑，忙替竹影辩解：“你别误会，他自小在侯爷身边服侍，同浅韵认识的时间长。若说情分是有，但他这人性子如何，你我都看在眼里，绝非三心二意之人。他既然向我求娶于你，自然是心里头放下了。”

竹扬不置可否，只道：“我想先与他谈谈。”

若是在寻常的高门深院，下人的婚事自然由主子决定，更别提女方还要私下与男方商谈婚事了。也唯有竹扬这种直来直去的性子，才敢开口提这种要求。

出岫也不喜欢矫揉造作的女子，见竹扬如此爽利，她也干脆地点头："好，不过有一点，无论成与不成，你们都别互相生分。"

竹扬闻言没再多说，径直往竹影的院子里去。

平素里，两人虽然身为出岫的男女护卫，但一直分工持均，私底下来往也不多。竹影晌午才对出岫开了口，下午便见竹扬亲自寻过来，他心里也多少猜到一些。

"你……来了。"竹影只说了这一句，再也不知该如何开口。

其实仔细看去，竹扬虽不比浅韵、淡心长得美貌出众，但那飒爽英姿别具风采，也是文文弱弱的女子没有的气质。她修长手指握着佩剑，"啪嗒"一声放在桌上，开门见山道："我不喜欢退而求其次，更不喜欢被人退而求其次。"

竹影反应片刻，才明白她话中之意："你都知道了？"

"你对浅韵如此上心，傻子都瞧出来了。"只要浅韵出现，竹影的视线便会若有似无落在她身上，有时还会刻意避见。竹扬旁观者清，自问看得一清二楚。

听闻此言，竹影苦笑一声："这些都过去了，你可相信？"

竹扬上上下下打量他一番，没有吱声，静待下文。

竹影见状，也不再隐瞒，索性将事情原本道出："我同浅韵都是云氏家奴，也算自小认识，她十二三岁从太夫人身边调来知言轩，我与她朝夕相对，说不动心很难。"

竹扬听了毫无反应，直直看着竹影，似在倾听，又似观察。

竹影叹息一声，又道："其实我也说不上对浅韵究竟是什么感觉，也许是习惯每日见着她，也习惯有事与她商量，总觉得倘若她嫁给别人，我心里会不舒服……但我知道浅韵心里没我，我向她表明心迹两次，她都拒绝了……"

话到此处，竹影没再继续，那脸上说不清是黯然还是什么，总之脸色不大好看。竹扬则更说不清心里是什么滋味儿，想了想，问他："你很伤情？"

"有那么一阵子。"竹影如实点头，"可后来你过来了，便不同了……我虽自认喜欢浅韵，却不喜欢她认死理儿的性子，也不喜欢她的固执。你……很好，对就是对，错就是错，我很喜欢。"

"原来你是相中我的性子，喜欢浅韵的人。"竹扬嗤笑。

"不是……"竹影想要辩白，可看着竹扬直直投射来的目光，又不知从何说起。良久，才是一叹，"我虽不是滥情之人，但也比不得浅韵的执着长情。人这一辈子，喜欢过的人不止一个，但只要知道自己最想要的是谁，那便圆满了。"

竹影素来不爱说话，如此剖白也算头一遭，即便他从前面对浅韵，也没有急切地说过这种话。好像唯恐对方不相信似的，他边说边去看竹扬的表情，见她还是没有反应，心下不禁有些失望："是我唐突了，你若不愿，那就算了。"

“我相信。”竹影话音甫落，竹扬忽然开口。

“什么？”竹影脑子一蒙，尚未反应过来。

竹扬执起放在桌上的长剑，面无表情地道：“你方才说，你和浅韵都过去了，问我信不信。现下我回答你，我信。”言罢目中划过一丝狡黠之色，悠悠而去。

竹影在原地呆立半晌，才明白过来这话中之意，心头霎时涌起狂喜。待追门而出，对方已不见踪影。

这事……成了！

出岫也未曾想到，她回府之后接手的第一件婚事，竟然不是云慕歌，而是竹影和竹扬。没等云府二小姐嫁去曲州叶家，这年夏天，知言轩已多了一对伉俪夫妻。

让她更没想到的是，就在这两人成婚的第二个月，慕王以南熙摄政王的身份下了旨意，赐立云氏四座牌坊。而前来传旨之人，是聂沛潇。

聂沛潇清楚记得前几次踏足离信侯府的情景，一次是云辞大婚时他前来恭贺，一次是云辞病逝后他前来祭拜……两次都是为了云辞，可那时他又怎会想到，有朝一日竟会喜欢上云辞的女人！

八个月未见，这一次聂沛潇是特意求了慕王才过来的。慕王见他如此执着，也没有再狠心阻止他的心思，倒有些顺其自然的意思了。于是，聂沛潇趁着这次赐立牌坊的机会，说动慕王做了这个传旨人，只为名正言顺来见出岫一面。

原本他并不喜欢云府，只觉得这座华丽空荡的府邸死气沉沉，空有名望辉煌和四处铜臭，守旧地安享着富贵荣华。但如今因为出岫，他竟觉得云府的一角一落都透露着安宁与寂寥，与这府中女主人的性子是如此契合。

八月正是金桂飘香的季节，云府里桂花树并不多，但这淡雅而又渺远的香气却弥散了整座府邸，浮动于秋日的肃杀，没来由地沁人心脾。

聂沛潇带着一众从宫里来的内侍，在大厅里等了片刻。他闻着这隐隐约约的香气，脑海中一丝一缕都是出岫，正出着神，但听管家云忠一声禀报，他满怀期许朝厅外看去，来者却是有过几面之缘的谢太夫人。

霎时，聂沛潇心头一阵失落，可到底还是依照礼节噙笑问候：“谢太夫人安好。”

“诚郡王不远而来，老身有失远迎，还望莫怪则个。”太夫人一双眸子闪着精光，似能洞悉人心，似笑非笑道，“人不服老不行了，身子骨不便，走路也慢，让您久等了。”

“哪里。”聂沛潇笑意不变，将旨意宣读，似不经意般地问道，“怎不见出岫夫人？论理她是当家主母，这旨意该她来接，怎劳驾您亲自出来？”

太夫人摆了摆手，叹息一声："说来老身还要向您告个罪。可不巧，我这媳妇近日身子不大爽利，一吹风便头痛得厉害，如今是半步也不出知言轩了。"

出岫病了？聂沛潇心里一紧，面上泄露出几分担心。然转念一想，又觉得这只是出岫拒绝见他的托词，遂道："既然如此，本王也不多做叨扰。此次前来烟岚城还有些公务在身，本王会在此逗留几日，改日再来拜访您吧。"

太夫人没有留客，一路将聂沛潇送出云府正门之外，眼见他即将上马离去，忽而又笑着问道："贵妃娘娘可好？"

聂沛潇怔了怔才反应过来，亦是笑回："母妃一切都好，劳太夫人记挂。"

"人老了，最近总是忆起故人。"太夫人似意有所指，隐晦地道，"不比殿下风华正茂、意气风发，一道坦途只见新人。"

聂沛潇望向太夫人，见她目中闪烁着莫辨光泽，心思一沉，似郑重又似玩笑地回道："其实本王念旧。"

太夫人未再多言，笑着送客。

其实太夫人并不算欺骗聂沛潇，这几日出岫的确身子不适，额上总是阵阵扎疼。大夫来瞧过，说是忧思过度、休息不足，因而这几日，出岫闭不见客，有些庶务也都延迟处理了。

可不想见聂沛潇倒是真的，原本走两步、接个旨也没什么，她是刻意避见，唯恐相见尴尬。

如此在知言轩好好歇了四五日，出岫才感到缓过精神，又听禀报说那四座牌坊动工在即，心中更觉踏实一些。既然是聂沛潇前来传旨，那是否意味着他已妥协接受事实了？

正想着，却听竹影前来禀道："慕王两日前秘密回府，今日他府上捎来口信，想请您过府一叙。"

慕王怎么又回来了？他不是在京州摄政吗？不过慕王这人向来心思莫测，说不定他让聂沛潇过来便是个障眼法，实际是他自己要回来。毕竟，房州是慕王经营数年的封邑。

出岫不疑有他，匆匆换了衣裳前往慕王府。临到慕王府门前该下车辇时，她才想起聂沛潇尚在此处。

"诚郡王也在府里？"出岫低声问随侍而来的竹影。

竹影点头："听说也在。"

出岫闻言有些犹豫，但想想她与聂沛潇已八月未见，以传言中这位诚郡王的风流多情而言，也许他早将这事抛诸脑后了，若是自己还斤斤计较着，反倒显得矫情。

如此一想，出岫便坦然地下车，任由慕王府管家迎着进了待客厅。哪知慕王没等到，先等到了淅淅沥沥的秋雨。待客厅前一泓小池粼粼细细，圈起点点涟漪，檐廊下雨声错落有致，晕染了这府邸一片湿意。

出岫不自觉地微合双眸，深深嗅着这飘满桂花清香的雨气，间或夹杂着泥土的味道，令她忽然有种错觉，好像如今身处之地并非王府豪门，而是乡土人间。

唇畔不经意地漾起一丝惬意的笑，再睁眸时，忽而便瞧见面前站了一人，削薄的唇，锋锐的轮廓，俊逸的面庞，逼人的贵气，正是许久未见的聂沛潇。

出岫有一瞬间的无措，又立刻反应过来，浅笑见礼："妾身见过殿下，方才失仪了。"

怎会是失仪？在聂沛潇看来，方才出岫立在厅前惬意合眸的模样，和着这满廊烟雨，便如那似近似远的凌波仙子遥遥落于万丈红尘，也落于他的心间。八月未见，她风采更胜从前，但添了一丝憔悴。

聂沛潇顿觉心疼，下意识地看了一眼自己的左手手背，其上有一行浅浅的疤痕，正是八个月之前，被出岫咬过的地方。每每瞧见这道伤痕，他竟是怀念得很。

心头掠过一丝异样，聂沛潇克制着难耐的相思，沉声道："夫人客气了，请坐。"

出岫心下有些疑惑，举目望向厅外："慕王呢？"

聂沛潇面不改色扯谎道："七哥刚回来，有些事务在身，命本王先来款待夫人。"

出岫闻言也不好多说，又怕冷场尴尬，便主动提起一个安全的话题："那日您前来敝府宣旨，妾身恰好抱恙在身未曾迎接，请您多多担待。"

望着出岫无懈可击、礼数周全的笑容，聂沛潇心中很不是滋味儿。她竟然这样客气，这样疏远！他想悉心关切她，又怕像除夕那夜弄巧成拙，唯有凝声道："云氏庶务众多，夫人操劳之余也要保重自己。"

"多谢殿下关心。"出岫垂眸不看聂沛潇，眼观鼻、鼻观心端起茶盏搁在手里，有一搭没一搭地拂着茶盖子。

聂沛潇却痴痴盯着出岫不放，明知她神色闪躲刻意避见，但总归他还是把她骗来了。虽然这手段有些拙劣，可他实在无计可施了。

窗外的雨声越发大了起来，有些不休不止的趋势。出岫颇为担心地看了一眼，又见慕王迟迟不来，不禁再问："慕王若是脱不开身，不如妾身改日再来拜访吧。"说着便要起身告辞。

聂沛潇立刻阻止："夫人为何躲着我？"

出岫自觉尴尬，仍旧不看他，只笑："怎会？殿下多虑了。"

"难道我会吃人？"

"应该……不会。"

又是一阵沉默，聂沛潇发觉不论自己说了什么，出岫总有办法堵回来。就好似他磨刀擦枪铆足劲全力上阵杀敌，对方却派出一支娇滴滴的娘子军，那种感觉令他既无奈又无力，几乎快要崩溃。

他承认自己沉不住气，不如七哥稳重；也承认自己浮躁，总是静不下心。八个月才见这一面，对方却陌路以待，这感觉他真的受够了！

明知有些话不该再出口，后果只会是惊扰佳人，但聂沛潇忍不住："夫人可还记得，今年除夕夜……"

"除夕夜的事儿，妾身都忘了。"出岫笑吟吟地打断，"也请殿下别放在心上。"

聂沛潇听了这话心里一凉，见出岫态度坚决以柔克刚，心中更觉堵得慌。他唯恐说多错多，又不甘心这么快放出岫离开，便问道："夫人不想知道子奉的事儿吗？"

沈予？果然，出岫凝起神色，眉眼间泄露出担心与紧张。

终究比不过那人啊！聂沛潇心中苦笑，面上却未流露。原本他想将沈予交托的书信暂时留下，也好多找一次借口再见出岫，可眼下，他只得从袖中取出一张信笺，再道："子奉有书信一封，托本王转交夫人。"

沈予的书信……出岫不知自己听到这话是什么心情，迫切？悸动？忐忑？仿若忽然生出一种"近乡情怯"的感觉，她竟是不敢去接聂沛潇手中的那封信。

她一时的失神被聂沛潇看在眼中，心头蓦地一痛。倘若这之前他还存有一线希望，希望沈予与出岫之间只是单纯的旧主关系，而此刻出岫的这番表现，已彻彻底底让他的希望幻灭。

聂沛潇不想在出岫面前失态，遂落手将书信放在桌案上，道："上个月他已去刑部报到。"

"刑部？"出岫感到诧异，"即便不带兵，他也该去兵部才对，怎会……"

"是七哥的决定。"聂沛潇答，"七哥要开始对付明氏了，便让他去打头阵，届时肃清余党、抄家什么的，大约会落在他头上。"

慕王的决定？出岫心中有些慌乱，隐隐有种不祥的预感。明氏无论如何是后族，都说"瘦死的骆驼比马大"，这当口将沈予推出去，这不是拿他当枪使嘛！明氏又怎会放过他！

"你不必担心子奉，这其实是个美差。"聂沛潇见出岫毫不掩饰担心之色，伤情之余，也心疼她，"如今刑部尚书是右相明程提拔的，他女婿赫连齐又是刑部侍郎，相当于整个刑部都在明氏掌控之下。子奉到刑部是替七哥办事，这事他若做得好，明氏的势力就连根拔除了。"

聂沛潇见出岫将信将疑，继续道："子奉若能刑讯逼出些内幕来，七哥只会嘉奖，绝不会杀他灭口……如今七哥初初掌权，也算求贤若渴，只要子奉好好干，七哥不会亏待他。”

“但愿如此吧。”事到如今，再要阻止也来不及了。出岫只怪自己这段时间忙于竹影的婚事，又抱恙在身，竟然一时大意了沈予的事，让他去了这么个风口浪尖的地方。

“仕途就是如此，若要明哲保身奉行中庸，一辈子也无法有所建树。子奉若想重振门楣，必然是要冒一冒风险。”聂沛潇安慰出岫，“夫人放心，这事我会留意的。”

出岫心中一紧，想要出言拒绝：“多谢殿下美意，姑爷的事不劳您费心了，妾身……”

“子奉也是我的朋友。”聂沛潇听到此处，已知其意，立刻出言解释，“即便没有夫人这层关系，我也不会对他坐视不理。”

对方话已至此，自己再拒绝反而显得自作多情，但出岫还是替沈予感到不安：“他那性子其实不适合走仕途，若要外放出去带兵，倒是更令人放心一些。如今去刑部弄这权谋之术，且还是对付明氏，实在让人替他捏把汗。”

闻言，聂沛潇笑得有些苦涩：“夫人未免小瞧他了，经过文昌侯府抄家一事，你还当他只是吃喝玩乐的公子哥儿吗？什么该做什么该说，他早已摸得清清楚楚了。”

“既然如此，便请殿下多提点提点他吧。”出岫唯有笑道。

聂沛潇“嗯”了一声，想了想又道：“不过他刚去刑部第三天，便与刑部侍郎闹得不大愉快……”他边说边观察出岫的表情，果然见她变了脸色。

刑部侍郎？不是赫连齐吗？沈予这是要做什么？还没出手就打草惊蛇？出岫有些恼他，又迫切地想要知道内情：“殿下可知……姑爷他为何与赫连大人闹不愉快？”

“听说是为了个女人。”聂沛潇盯着出岫，不愿放过她丝毫的反应，“他们独自在屋子里议事，后来大打出手……为此，两人都遭了训斥，连七哥都知道这事了。”

聂沛潇说到此处，见出岫脸色刷白，便再解释道：“赫连齐是文官，比不上子奉功夫好，夫人不必担心。”

他们两人为了个女人大打出手？还能是哪个女人？！出岫大致能猜到其中内情，赫连齐素来文质彬彬，这事儿必然是沈予先挑起的，至于沈予为何挑事，她也不必再问了。

出岫抬眸看向聂沛潇：“殿下将这事告知妾身，所为何意？”

所为何意？聂沛潇自哂，连他自己都不知道是所为何意。也许，只是想找个话题，与她多说一会儿话？又或者，是想试探她对沈予的心意如何？

出岫的这一问，他没有回话，此时恰好外头雨越来越猛，隐隐有演变成瓢泼大雨的趋势。出岫再瞟了一眼门外，问道：“慕王还没来？”

眼见瞒不下去了，聂沛潇只得如实说道："七哥并没回来，是我为了见夫人一面，使了个小伎俩。"

小伎俩？竟连云氏的暗卫都骗过去了？出岫冷叹："殿下此举实在是……"

"幼稚。"聂沛潇未等出岫说完，已接过话茬儿，继而自嘲，"我知道，我这法子没多大意思，但倘若不以七哥为托词，夫人你也不肯见我。"

出岫不再看聂沛潇，只淡淡将视线望向窗外："殿下想说什么？"

"只是想跟夫人道个歉。"聂沛潇道，"那夜……是我太过唐突。"

"若是为了这事，殿下大可不必。方才妾身已经说过，这事过去了，妾身也忘得一干二净。"出岫眉眼似露出浅浅笑意，有一种看透人世的淡然，"殿下既然来传这道旨意，想必也是放下了。"

放下了吗？聂沛潇沉吟片刻："不是放下，只不过眼下想通了，有没有那座牌坊，都不能阻止我的心意。"他将沈予的书信重新执起，走到出岫面前递给她，很是坚定地道，"无论夫人心里装着谁，赫连齐、云辞，抑或沈予，我下定了决心，便不会退却。"

"殿下应该记得妾身说过的话。"出岫伸手接过沈予的信，攥在手中道，"除夕夜，咱们已经说得很清楚了。"

"是很清楚。"聂沛潇自然不会忘记，"那夜夫人你说，倘若我敢明媒正娶你，再来表意。这一次来烟岚城，我是想对夫人说一句，只要夫人点头，我愿以正妃之位相待。"

"正妃之位？"出岫终于转眸去看聂沛潇，见他态度认真不似说谎，更觉难以置信，"可是叶贵妃和慕王……"

"这都不是问题。"聂沛潇低头看着自己左手上的疤痕，目中流露出几分柔软，"我自有法子能让母妃和七哥点头；谢太夫人和云氏，我也会处理。只要夫人愿意。"

最后这一句，端的是恳求示爱。

见对方如此固执，出岫觉得一阵头痛，她低眉抚了抚额头，眼帘一垂，恰好看到手中那封信。信封上沈予的笔迹苍劲峻逸，犹如一团烈火灼烧她的手心。这个人的痴情她已无以为报，又何必再去招惹另一人？

银牙一咬，出岫狠下心来："承蒙殿下错爱，但妾身心意已决。倘若您一再坚持，妾身只好对您避而不见，形同陌路。"

"就如你对赫连齐那样？"

"比之更甚。"出岫美目清隽，不带半分感情，深深与他对视。

两人相顾，一个是痴心到不可救药，一个是决然到无以复加。终于，还是聂沛潇败下阵来，只要想到往后出岫会对他形同陌路，比对待赫连齐还要冷漠，他便觉得剜心。是他逼得紧了，徐徐图之，至少还有一丝机会。

“我明白了。”聂沛潇锋锐的轮廓似被磨掉了利刃，只剩一片残忍的痕迹，“我不会再对夫人造成困扰，但求夫人能记着我这个人，还有那首《朱弦断》……”

贵胄骄子如他，如此卑微示情已算难得。出岫不忍再闻再看，便将沈予的信收入袖中，再道：“该记得的，妾身自然会记得；该忘记的，妾身也不会多想。告辞。”

“雨太大，等会儿再走吧。”聂沛潇难掩被拒的苦涩，只想再多看她一刻，禁不住出言挽留。

出岫想了一瞬，余光瞥见聂沛潇手背上的疤痕，只觉得难受。若说没有一丝感动是假的，更何况多年前他已为她写过一首《朱弦断》，为她叹、为她憾。倘若没有这番错爱，也许他们真的会成为知音，闲时聊聊家国大事、谈谈音律、琴箫合奏。

眼里的犹疑一闪而过，为了那首《朱弦断》，也为了聂沛潇卑微的祈求，出岫到底开不了口再说狠话。更何况，窗外的确雨势倾盆，只怕撑伞也要淋湿一身，又何苦让车夫和马匹受罪呢？

出岫沉吟良久，才道：“那妾身只好再叨扰片刻。”

聂沛潇心头骤然一喜，这才发现自己竟是低到了尘埃里，能为她的一句话而如此忐忑、如此恳求：“夫人坐下吧，你的茶凉了，我让下人再给你换一杯。”

出岫觉得他此举多余，可那“不必”二字尚未出口，却听门外响起一声问候，犹如黄莺出谷：“王爷，外头雨大天凉，我来给您送件披风。”

出岫循声望去，只见门外一个娉娉婷婷的女子手里挂着件披风，眉眼清淡，又有些轻柔，两腮娇红。再看她一身打扮，虽说不上华丽锦绣，但也绝非普通婢女。

出岫侧首再看聂沛潇，恰好见他脸色一沉，出言喝斥：“谁让你来的？”

他只这一个表情，一句话，出岫立刻明白眼前女子的身份。她必然是聂沛潇从京州带来的……侍妾。

此时此刻，那侍妾只一心一意看着聂沛潇，并未在意出岫，切切回道：“我瞧雨越下越大，您肩上的旧伤遇到这种天气最易复发，便过来给您送件披风。”

“出去！”聂沛潇蹙眉命道，脸色越发难看。他忍不住看了出岫一眼，见对方面无表情，更觉烦躁，但又不知该如何解释。

若是出岫此刻有一丁点儿不悦，他定然高兴坏了；可若是这事惹得出岫不悦，他又会烦恼。聂沛潇越想越觉得矛盾，忍不住将一腔怒火尽数怪罪到侍妾头上。他一个眼刀撂过去，侍妾心中一凛，情知来的不是时候，作势便要告退。

“殿下既然有伤在身，合该注意身子。”此时出岫忽然幽幽开口，替那侍妾解围。

“一点旧疾，不碍事。”聂沛潇想解释，却无从开口。

那侍妾一直站在门外，这才听声看向出岫，只一眼便赞叹不已："您……真美。"

出岫恍若未闻，朝着聂沛潇淡淡一笑："旧疾更该好生休养。那妾身还是不叨扰您了，就此告辞。"说着她已再次起身，打算朝外走。

方才出岫还松口愿意多留片刻，如今却又改变了主意……聂沛潇情知再次弄巧成拙，也不敢再出言挽留，便顺手从侍妾手里取过披风，道："外头雨大天凉，夫人带上这披风吧。"

聂沛潇此言一出，出岫看到那侍妾面上划过黯然之色。她这才将目光缓缓落在披风之上，紫金绣线，蟠龙云纹，厚薄适中，料子一看就是极好的，款式一看便是男人所用。出岫又怎会接受？不禁莞尔回绝："不必，您自己留着用吧。"

聂沛潇经过几场生死战役，从前深入姜地领军作战时，曾被擅毒的姜族人偷袭，右后肩被毒物蜇了一下，生生剜掉一块肉才保住整条手臂。可每到雨雪天气，这肩伤便会复发。从前他都能忍得住，但此刻这旧疾仿佛比以往剧烈数倍，扯得他四肢百骸都是疼痛，直直钻入心底。

聂沛潇知道，自己再纠缠下去就是下贱了，至少今日这种情况，让出岫撞见他的侍妾，他解释不清楚。也许出岫并不在意，但他始终没法故作轻松来逃避这份尴尬。思及此处，聂沛潇也没再勉强，沉声对那侍妾道："去给夫人寻件披风，再找把伞来。"

侍妾一溜烟儿跑了出去。出岫无奈地道："其实殿下不必费这工夫。"

"离信侯府在城北，外头雨又大……夫人执意要走，也得让我安心才行。"聂沛潇回道。

出岫抿唇而笑，答非所问："妾身不赞成灵肉分离，还请您珍惜眼前人。"

聂沛潇无措地张了张口，却没说出任何话来，两人就此并肩站在门外，彼此都沉默着。片刻，侍妾携了一件披风和一把纸伞匆匆赶来，道："夫人，这披风我没穿过的。"

出岫知道，倘若自己今日不收下这披风和伞，聂沛潇定然会迁怒于这侍妾，于是她只得接过这两样物件，笑道："有劳。"

话音刚落，聂沛潇的侍卫冯飞匆匆撑伞过来，怀中抱着一个油纸包，胳膊里夹着一把伞，隐隐还能瞧见伞上桃红色的点缀花纹，应是女子所用。

冯飞走到廊下，连忙行礼道："殿下、夫人，方才云府管家差人送来披风和雨伞，又遣了一辆大马车过来，说是候命接夫人回府。"

这等天气，自然是大马车更为平稳安全，云忠不愧是云府老管家，的确想得细致周到。这下子，出岫总算没那么尴尬了，她将手中的两样东西重新递还给那侍妾，再笑："累你白跑一趟了。"

言罢，出岫很自然地从冯飞手中接过油纸包，又道：“烦请将妾身的侍卫唤进来。”

冯飞领命撑伞而去，将外头的竹影叫了进来。竹影立刻会意，接过出岫手中的油纸包，将包裹着的披风取出来。出岫顺势披上，撑起一把油纸伞盈盈告辞：“外头雨大，殿下留步。”

烟雾渺茫，潇潇雨落，伊人撑着桃花红油伞款款而去，宛如一朵霜菊傲然雨中。更无情几番风过，雨水溅在聂沛潇面上，也淋湿了他一番心事，让七情六欲乱了满心。

# 第十二章 牵一发而动全身

一晌大雨使得天色沉暗许多，路上泥泞难行，待出岫回到云府时，已近午膳时分。

灰蒙蒙的天穹依然暴雨如注，未有半分停歇之意。云府门前几片尚见青翠的叶子禁不住风吹雨打，落到出岫撑起的红油伞上，遮住了工匠笔下精美的桃花，莫名地让人意兴阑珊。

一路虽坐着马车，又披着披风，可出岫的裙裾仍旧湿了一大片。下车回到知言轩，她连忙换了衣裳屏退左右，掏出沈予的书信来看。

纵然仔细护在袖中，奈何这信还是沾湿了。出岫拆掉火漆打开信笺，但见上头只有寥寥数字：

“休将牌坊做借口，冷硬死物尔，来日必坍……”最后还有一句话，但字迹已被雨水洇成一片乌黑墨团，出岫费了半天力气，实在辨认不出写的是什么。

出岫知道沈予是生气了，气自己没将贞节牌坊的事告诉他。再想起方才聂沛潇所言，沈予在刑部找赫连齐的晦气……她心中竟是烦躁得要命，又心虚得要命。

点亮一盏烛火，将沈予的书信烧干净，出岫忽然有一种不祥之感，觉得沈予在京州不会安宁。而且这感觉尚未持续多久，便为一个消息所证实。

从慕王府回来的第二日，二姨太花舞英来访，被竹影挡下。

这次从京州城回云府，出岫都快忘记这个人了，不想见也不想提，只当花舞英不存在。她几乎能想象出花舞英又该向自己哭诉什么了，遂不耐烦地对竹影道：“晾她一会儿再说。”

半盏茶后，竹影再来回禀：“二姨太人还没走，在小客厅里坐着。”

“让她进来吧。”出岫撑着下颌坐在主位上，见花舞英急匆匆进来，面带狼狈之色，她便客客气气地问一句：“二姨娘这是怎么了？”

“扑通”一声，花舞英没说话，直接下跪。

这伎俩对方使过太多次，出岫早已看腻了，遂叹气道：“二姨娘有事直说便是，不必次次下跪。您年纪大了，再跪出什么毛病来怎么办？”

花舞英却只做未闻，一副苦大仇深的模样：“夫人！您要替我们母女做主啊！”

母女？又关云想容什么事了？出岫心头更觉厌烦：“竹影、淡心，将二姨太扶起来。”言罢她又看向花舞英：“您要是这么喜欢下跪，不会好好说话，那以后都不用说了。”

从前花舞英这一招屡试不爽，她竟不想这一次出岫如此抗拒。她也不敢闹得太过，只得收起眼泪从地上起身，亟亟道：“夫人，方才京州送话过来，说姑爷要与想容和离。”

“和离？”出岫禁不住重复一句，“好端端的，为何要和离？”

和离不比休妻，“休妻”是女方有错，为夫家所弃；“和离”则是夫妻双方都无过错，按照“以和为贵”的原则自行离异，各自嫁娶再不相干。

在京州时，看着沈予和云想容还好端端的，这又是怎么了！“你听谁说的？他们为何闹和离？”出岫也有些担心起来。

花舞英低头支吾片刻，才回话道：“听说是今年除夕想容犯了件错事，但姑爷一直不知道。后来姑爷不知听谁乱嚼舌根……总之他听说之后恼极了，与想容大吵几次，要求和离……”

云想容除夕夜做了件错事？必然是她将聂沛潇错认成沈予，在流云山庄大闹一场的事……想到此处，出岫心里一沉，摆了摆手：“这事我会处理，二姨娘回去吧。”

花舞英走后，出岫强迫自己静下心来分析。如今沈予在刑部当差，又即将对付明氏，本不该如此冲动才对。云氏是他的后盾，倘若他此时与想容和离，没了云氏姑爷这层身份，文昌侯府又倒了台，明氏便会无所顾忌地拿他开刀。

再者，沈予与赫连齐都公然闹开了，这梁子早已结下，如今再要与想容撇清干系，只会陷他自己于危险的境地，有百害而无一利……聪明如沈予，必然也想到了这其中的利害关系。

如此一分析，出岫再也按捺不住。为了沈予的前程和身家性命，即便云想容再过分，她也不允许他们闹和离！想必，云想容也是抓住了这一关键，才会派人回来给花舞英报信，让花舞英来求自己的。

这世上最无奈的，不是被人强迫去做自己不喜欢的事，而是明知这事自己不喜欢，还得心甘情愿去做。出岫如今便是后者。从这点来看，云想容的手段确实高明。

出岫独自坐了一下午，待到晚间雨声渐小，才唤来竹影问道："从前姑爷长住烟岚城时，在此买了栋宅子，如今可有靠得住的人留在此地？"

竹影回想片刻，点头回道："有，从前有个叫'清意'的小厮一直跟着姑爷办事，前前后后来回跑腿。后来姑爷独自逃出烟岚城，他便一直替姑爷打理这宅子。"

"清意"这名字出岫曾听沈予提过，她记得还见过他——当时沈予长留烟岚城，老文昌侯病重的消息，就是他来云府告诉沈予的。想如今文昌侯府树倒猢狲散，这小断还肯留下来替沈予打理宅子，且一待就是两年多，可见也是个靠得住的人。

恰好如今沈予身边正缺人手……出岫想了想，再对竹影道："你问他还愿不愿意跟着姑爷，倘若他愿意，让他明早过来见我一趟。"

翌日一大早，清意便诚惶诚恐地在云府门前等着。待竹影知道这事时，他已在外头等了近一个时辰，身上都凉透了。竹影将他带进知言轩，热茶热水暖了半晌，清意才缓过劲来。

"你在此等着，夫人立刻过来。"竹影只交代了这一句，便去清心斋请出岫。

一整个早上，出岫一直在此伏案疾书，写了撕，撕了再写，来来回回折腾了一个时辰，才言简意赅写出几个字："门楣事大，闲事事小，切莫冲动，戒骄戒躁。"

原本长篇累牍写了很多心里话，但出岫自己撕了，她怕适得其反，再给沈予无谓的希望；若要挑明不让他与云想容和离，又怕沈予一怒之下会撂挑子，再生出什么事端。想来想去，她唯有写下这短短十六个字来暗示他。

竹影进清心斋时，一眼便瞧见出岫在写信，书案上到处都是写废的信笺，可见写信之人的矛盾与纠结。

"夫人，清意来了。"竹影在门外禀道。

恰时，出岫将信封写好，又将信装入其内，招呼竹影进来："你将这信用火漆封好。"她停顿片刻又问，"从前侯爷那儿有两把鸳鸯匕首，一把镶着红宝石、一把镶着绿宝石……这对匕首现在何处？"

"收拾侯爷的遗物时，都搁起来了。夫人要找出来吗？"竹影知道，那对匕首是沈予送给主子云辞的大婚贺礼。

这些年来出岫刻意不去想那对匕首，但如今，还是要用上了。她沉吟一瞬，道："你吩咐淡心将匕首找出来，一会儿送去给我。"言罢起身往知言轩待客厅而去。

两年多不见，当初那个稚气未脱的小断，如今看着已稳重许多，出岫因见过清意，也不多做客气，进门便笑着问他："如今可有十七八了？"

清意立刻从座上起身，恭恭敬敬地道："回夫人，马上十八了。"

出岫点头，开门见山道："文昌侯府的事儿你也听说了，当年姑爷离开烟岚城时危险重重，这两年难为你还替他守着宅子，也算忠心耿耿。"

出岫顿了顿，在清意老实巴交的面上打量一番，又道：“从前听姑爷提起，你年纪虽小但很有分寸……你若不想再跟着他，我可以给你一笔钱自谋生路，或者给你安排个前程；你若还愿意跟他，我送你去京州。”

清意显然没想得这么长远，一时踌躇起来：“奴才只想替小侯爷看好宅子，其他的，没想那么多。”

“这已很不容易了。文昌侯一倒台，多少人与之撇清干系，你还能守着他的宅子，也算忠仆。”出岫轻叹，“你想清楚，如今姑爷他出仕刑部，即将做出一番事业，身边儿也正是缺人的时候。你若跟了他，这个患难情分是别人不能比的。”

出岫话说到这份儿上，清意也明白过来，立刻跪地表态：“若不是小侯爷，奴才当年早就饿死了……这份恩情，奴才做牛做马都要报答。”

清意激动得有些语无伦次，不过出岫听懂了，遂点头道：“很好。但你需得记住，他如今已经不是沈小侯爷，你不能再这么称呼他。京州不比烟岚城，一句话不慎就会招来杀身之祸。”

“奴才记下了。”清意慎重地回道，“奴才只当他是主子，不是沈小侯爷。”

出岫对清意的表现很满意，最后又是一番恩威并施：“今日你既然答应了我，往后就要好生伺候姑爷。但凡敢有二心……你可知道我云氏的厉害？”

清意连忙磕头：“请夫人放心。”

“你回去吧，姑爷的宅子自会有人接手打理。我给你一日时间收拾行李，明日派人送你去京州。”出岫最后命道。

清意千恩万谢离开云府。待他走后，竹影才执着一方锦盒入内，对出岫禀道：“您要找的两把匕首都找着了。信也封好了。”

出岫接过锦盒打开一看，两把匕首静静躺在其中，匕身光华耀眼，宝石璀璨夺目，未出鞘已能感到隐隐寒光。一个“情”字，一个“深”字分别镌刻于两把匕首之上，好似这世间最强大的魔咒，死死困住了一个男人的心。

出岫素手轻轻抚过“情深”二字，又将那封信放入锦盒之内，对竹影嘱咐道：“明日你安排人手送清意赴京，让他务必将这盒子交给沈予。”

出岫边说边从袖中取出印鉴，撂给竹影：“拿我的印信去账房支一千两银票给清意，让他以后好生伺候他主子。”

竹影领命，接过锦盒转身退下。一直到他走出房门口，身后忽然又响起一声：“回来。”

竹影转身折返，重新走回出岫身边：“夫人还有何吩咐？”

他问出这话，半晌再没听到任何动静。良久，才见出岫把锦盒要了回去，从中取出那柄镶嵌红宝石的匕首，又把锦盒再次递给他：“下去吧。”

不知为何，竹影竟从这短短三个字里，听出云氏当家主母的懦弱与哽咽。他终究没有多话，执着锦盒再次告退。盒盖仍旧保持着翻开的样子，竹影低头看去，方才的两柄匕首只剩下一柄，虽然孤孤独独，但异常璀璨夺目。出岫的亲笔书信放在其上，所盖住的地方，恰好是匕首柄身上的那个“情”字。

送走清意又过了半月，聂沛潇也返回京州。二小姐云慕歌的婚事在即，累得出岫一阵手忙脚乱。九月底，云慕歌正式嫁去曲州叶家，云氏的陪嫁足有二百抬，金丝楠木的箱笼上统一盖着冰丝红绸，浩浩荡荡抬去夫家，一时在房州、曲州两地传为美谈。

此后，云羡寄来家书，信中提及沈予与云想容已经和好，没有再提和离之事。

待入了冬，管家云忠突染重病，临终前举荐亲侄儿云逢接替他的位置：“老奴为云府鞠躬尽瘁一辈子，如今也可以去九泉之下继续侍奉两位侯爷了。既然竹影不愿接这个位子，老奴想让侄儿云逢接手……”

云忠缠绵病榻、老泪纵横：“我这侄儿能力是没得说，自小跟在老奴身边看着学着，也懂得不少。不敢评说他能力如何，但他对夫人痴心一片，单凭这一点夫人便可用他，他不会背叛您的。”

若是云忠不提，出岫险些要忘了，云逢以前曾两次向云辞求娶自己。说来云忠为云府尽职一生，始终功大于过，无论他是出于私心还是出于忠心，出岫都不忍拒绝他的请求，只道：“云府管家一职非同小可，这事我会与太夫人商量的。”

云忠仿佛已料到太夫人会答应似的，抹了眼泪笑道：“好，好！她老人家必会赞同。我那侄儿今年春上丧妻，如今一直鳏居。若是夫人不嫌弃，就给他再配一个续弦，也好断了他对您的念头，从今往后为您所用。”

“好。”出岫见不惯生死离别的场面，心中一软答应下来。第二日，云忠便病逝了。出岫提了提举荐云逢的意思，太夫人果然没有反对。

云府的又一个新年，因为没了老管家云忠，出岫总觉得缺少点儿什么。待过了正月十五，云逢正式走马上任，接管云府内务。

又过了一月，京州传来消息，皇后明臻以“失德”之罪被剥去后位，贬为庶人；紧接着，右相明程挪用国库、买卖官吏、谋害朝廷要员等秘事被逐一揭发，数罪并罚处以极刑。

明氏动用了大量人力物力，终于令摄政王聂沛涵妥协，保下了其他族人的性命，右相仅剩的嫡长子明璋、嫡女明璎没被株连。但明氏地位一落千丈，从后族变成罪臣之门，姻亲赫连氏也受到牵连，声望大不如前。

与此同时，刑部尚书留职察看，刑部侍郎赫连齐称病在家，沈予以刑部主事的身份，奉命暂代刑部侍郎一职，会同大理寺一并审理彻查明氏此案。

京州变天，风云密布，朝堂清洗一触即发。

事到如今，出岫不得不感叹，慕王这一步棋走得极妙，时间也刚刚好。用沈予来打击明氏，于公于私沈予都不会轻易罢手。显然慕王也是捏住了这层心思，不仅用他去当这个出头鸟，且还让他被使唤得心甘情愿。

但出岫还是为沈予这桩差事担心不已。即便有慕王撑腰又如何？明氏百年公卿世家，接连出了两位皇后，即便明后被废、右相被斩，也并非一时半刻就能扳倒。除非慕王还有后招……

听说，沈予去抄家时，从右相府里搜出的古玩玉器、奇珍异宝更胜南熙国库；

听说，右相嫡长子明璋好赌，欠下的巨额债资利滚利，已及得上南熙举国七年赋税；

听说，当朝几位老臣近年来病的病、退的退、死的死，都与右相脱不了干系；

听说，右相还与亡国的北熙余党有勾结，妄图襄助他们复辟……

一时间，关于明氏的丑闻接连不断，甚至连明璎善妒之事都被人拿来大做文章，牵扯出了六年前醉花楼的那一场大火。更有甚者，就连当年晗初的死状都描绘得有模有样，如同亲见一般。

墙倒众人推，那些纷纷扬扬的小道消息帮了沈予不少忙，虚虚实实倒也有不少线索可用，令他以意想不到的速度结案。

待到四月底，明氏的案子已基本查清，牵连出的公卿世家不在少数。摄政王虽本着“罪不及家人”的原则处理此案，但最后还是斩了百余人。当然，也为他登基扫清了障碍，与此同时赢得了威名、仁名。只是连累沈予，两个月里接连遭到三次暗杀，所幸并无大碍……

出岫一直关注着沈予的动态，命人定期从京州送信过来。是日晚，夜半无人，灯色浅淡，她展开从京州送来的密信，就着烛火细细看去：

“明氏结案，赫连氏脱罪无恙。沈予四月初辞去刑部主事一职，入诚郡王麾下，日内将带兵前往曲州，奉旨肃清福王余党。”

虽只简简单单数语，出岫已安下心来。这次经过明氏一案，沈予算是名声大振，但也有人说他审理案件时滥用私刑，不择手段。好在慕王本人也是个不择手段的人，出岫倒不担心慕王会因此责罚他。

她更担心的是，沈予离开刑部进了军中，却是要奉命去肃清福王余党……再怎么说，福王曾是沈予的姐夫，也曾是文昌侯府的后盾，如今让他带兵去对付曾经的盟友，这滋味想必很不好受。

但出岫也知道，如今南熙大势已定，慕王登基在即，沈予若想重振门楣，必然要与从前划清界限。慕王这分明是在试探他，看他够不够忠心，够不够狠心。

算算日子，如今沈予应该已快到曲州了。那是福王从前的封地，如今还有不少人马在苟延残喘，而云慕歌的夫家叶家亦在此处。虽然叶家是叶贵妃的娘家，必然无虞，但出岫心中还是隐隐不安，总觉得沈予此行会和叶家有所牵连，还会有什么大事发生。

转眼到了这年夏天，沈予在曲州一切顺利，只是身上没有实职。原本以为这个夏季该安安稳稳过去了，岂料，七月底从曲州传来的一桩消息，犹如晴天霹雳——

沈予带兵本是所向披靡，将福王在曲州的旧部逼得无路可退。然正值攻坚之际，福王从前的一个幕僚却趁着云慕歌外出之际，使计将其绑架，并扬言要以云慕歌的性命为代价，要求沈予退兵。

这消息传到出岫耳中时，她惊得几乎要失手打翻茶盏！云慕歌如今是叶家的嫡长媳，她若是出了半分差池，沈予便会与叶家生出龃龉，遭叶贵妃记恨；更何况，沈予也是云氏的姑爷，云慕歌算是他的小姨子！

原本沈予带兵去对付福王旧部，已有人诟骂他是贪图荣华富贵，六亲不认；如今又有云慕歌的性命横亘其中，这便是故意要让他进退两难了！

他顾惜云慕歌的性命，是徇私，置大义于不顾；他忽视云慕歌的性命，是无情，更有可能得罪叶贵妃！

进也不是，退也不是，不要说沈予为难，出岫心里也没个主意了！于是她连忙赶去荣锦堂禀报此事，想与太夫人商量个对策。后者经过一番深思熟虑，只道：“慕歌的性命，咱们不要了。”

“不要了？”出岫大惊，“慕歌好歹是云府二小姐，还是叶家的嫡长媳，她若有什么闪失……”

“无妨。”太夫人沉眉敛目，果断地道，“慕歌死在曲州，便是叶家护她不周，不仅与我云氏无关，他叶家还要欠咱们一条性命。况且沈予的危机也能解除，这笔买卖咱们不亏。”

话虽如此，但出岫听到太夫人以“买卖”二字来形容云慕歌的性命，心中还是一凉：“就没有更好的法子吗？”

“难道你有？”太夫人冷笑，“作为当家主母，必须当断则断。你如今妇人之仁，不仅会害了沈予，更要置咱们云氏于不仁不义！你想想，咱们一直支持慕王，如今肃清福王余党时，却让他们捏住慕歌的性命做要挟……但凡咱们有一丁点儿犹豫，慕王会怎么看云氏？”

太夫人叹了口气，继续道：“关键时刻不能前功尽弃，既然选择支持慕王到底，牺牲两三人命也在所不惜。何况还能为沈予解围……你即刻去下红扎手令，一份送去曲州，一份送去京州，告诉他们云氏以大局为重。”

大局为重……这四字一出，便结束了一个女孩儿花一样的生命。虽然这是顾全大局的法子，能将牺牲降到最低，但未免太过残忍，出岫狠不下心。

太夫人见出岫一再犹疑，终是掩不住怒色：“你对云慕歌存什么善心？你忘了她娘是谁？你忘了闻娴是如何害死辞儿的？你若不先一步声明放弃云慕歌，等她一死，这笔账叶家迟早要算在沈予头上！你就等着替他收尸吧！”

提起沈予，出岫也犹豫了。她知道太夫人说得没错，只要自己发出这份声明，无论云慕歌是生是死，都不是沈予的错了。刀剑无眼，也自有云氏这一句“以大局为重”在前面挡着，与沈予的私心无关。

出岫能感到自己的手指在颤抖，她不愿做这个刽子手，还想再拖一拖时间：“母亲，我想亲自去曲州看看，行吗？”

“不行！”太夫人脸色一沉，“曲州如今是个什么情况？别人躲还来不及，你怎么迫不及待往火坑里钻？要去也是去京州！你去找慕王和叶贵妃，曲州你不能去。”

出岫也说不上如今自己是什么心情了。担心云慕歌，担心沈予，抑或担心这场事故给云氏带来的影响？但太夫人说得对，倘若曲州去不了，那只能去京州了。至少要稳住慕王和叶贵妃，取得他二人的谅解与支持，也能为沈予斡旋一把。

“我明白了，今日便动身。”出岫只得妥协。

太夫人又岂会看不出来出岫的不忍？也不愿逼她逼得太紧，便叹道：“这样吧，这道手令由我来下，你即刻启程去京州。务必要快！倘若沈予在这事上处置欠妥，你也可以去替他周旋。”

太夫人与自己想到一块去了。出岫不敢再耽搁，连忙告退，正准备回知言轩收拾行装，却听太夫人忽然又道：“必要时，可请诚郡王帮忙。绕指柔能熔化百炼钢，你自己拿捏好分寸。”

原来凡事都没逃过太夫人的眼睛。出岫心中忽然生出羞愧之意，不敢多言，匆匆告退。当日，她便启程前往京州。

这一路上，她时不时以飞鸽传书来打探两地局势，紧赶慢赶终于抵达京州，可到底还是晚了一步。

应元宫里万象无声，巍峨的帝王宝殿如今已是摄政王聂沛涵的专属。其父聂帝早已称病不问政事，只等哪一天这个儿子兴致大发，拿出那道禅位旨意，登临南熙帝位。

“为了您的宏图大业，我云氏真是惨淡极了。”出岫一见到慕王，头一句便忍不住叹气。

就在她动身的半月之后，沈予挥兵剿灭福王旧部。当日，云府二小姐、叶家嫡长媳云慕歌死于两军阵前，曲州战事接近尾声，沈予得胜。

然而经此一役，沈予骂名更盛。万幸的是，叶家并未因此与其结仇，慕王也下了旨意，册封沈予为从三品“威远将军”，并再行调拨一万兵马，命其常驻曲州待命。

见出岫叹气，慕王却是魅惑一笑：“夫人切莫悲伤，云二小姐之死，不正好遂了太夫人的心意？”

出岫以为慕王知道了闻娴做过的祸事，遂道：“原来您都听说了。”

“听说什么？”慕王没有故作高深，只如实道，“太夫人煞费苦心让云二小姐嫁去叶家，难道不是存心想要害死她吗？”

“此话怎讲？”这次轮到出岫不明白了。云慕歌嫁去叶家，又与太夫人害她有什么关系？

“怎么，夫人你不知道？叶家嫡长子喜好娈童，近两年已折磨死五个男童了。”

“娈童？！”出岫惊得花容失色，再也顾不得什么礼数仪态，“不是说叶家嫡长子文才出众又擅音律……”

“文才是挺出众，他也挺擅音律。”慕王笑道，“但这与他娈童有何干系？不是每个文采出众、擅长音律的男子都温润如玉。九弟是放浪不羁，他这个表弟则是性喜渔色，癖好特殊。”

慕王适时露出隐晦一笑：“否则你以为，未来的太后一族——叶家堂堂嫡长子，叶贵妃的侄子，诚郡王的表弟，又为何要娶云氏的庶女？即便云氏门楣不低，但云慕歌本人并不出众，也无法堪当一族女眷之表率。更何况，叶贵妃还与谢太夫人有宿怨。”

有宿怨？出岫根本不知道这些内情，此刻只觉得匪夷所思。倘若真如慕王所言，叶家嫡长子有娈童之癖，那云慕歌嫁过去哪里会有好日子过？刹那间，她心中掠过一个念头，不禁脱口道：“太夫人知道姑爷娈童？”

“以谢太夫人的能耐，她能不知道吗？”慕王面不改色，噙笑而回，“所以云二小姐即便不死于阵前，早晚也会被夫君折磨致死，她这一死反倒解脱了。叶贵妃早知侄儿有这个毛病，却让叶家向云氏提亲，自然是想气一气谢太夫人；可她没想到太夫人也不待见云二小姐，正好借此机会把这个女儿推入火坑。”

话到此处，慕王幽幽一叹：“这一局，其实还是太夫人赢了，不仅如愿折磨死云二小姐，还让叶家欠她一个人情，更为云氏赢得‘大局为重’的美名。因此夫人你也不必自责，即便没有你和沈予，云二小姐也活不长。”

这个消息对出岫而言实在太过震惊，她一时间也难以消化，唯有怔在原地不言不语。

原来，一切都在太夫人掌控之中；原来，太夫人一直都恨着闻娴及其子女。因为云羡是老侯爷仅剩的血脉，太夫人动不得，便将主意打在云慕歌头上。

这招数狠吗？可太夫人丧夫丧子，要替她的夫君和爱子报仇，又有什么错呢？但云慕歌又实在无辜……

母债女还。至此，这场纠缠了二十年的恩恩怨怨，真的该落下帷幕了吧！但愿随着云慕歌的死，太夫人能真正释怀。老侯爷与云辞在天之灵，也能真正安息。

想着想着，出岫也难掩神伤与感慨，对慕王叹道："多谢殿下将此事告知妾身。否则，妾身还一直蒙在鼓里。"

"云二小姐也算是为了本王的大业而死，本王自会下旨厚葬，追封她为'贞烈夫人'，也算保全了云氏和叶氏的美名。夫人以为这主意如何？"慕王继续说道。

"人死不能复生，身后的荣耀也不是由慕歌来享受……殿下既有这份心意，不如赏赐活着的人吧。"

"哦？夫人这意思……是怪本王对沈予的封赏不够？"慕王刻意笑问。

"妾身并非此意，只盼着您别再让他背负骂名就行了。"出岫心里难受得紧，也自知这话说得失礼，但她已顾不得了。

"沈予如今背负骂名，是为了以后的荣耀。"慕王笑回，"否则他一个福王叛党如何能服众？那些追随本王出生入死的将士，又如何能服他？自是要给他一个将功折罪的机会。"

"沈予虽是个人才，但也不是非用不可，本王是看在九弟和夫人的面子上才用的他。"慕王破天荒地开口解释，"怎么，原来在夫人眼里，本王对沈予是'利用'而不是'重用'？"

只怕慕王想重用沈予是真，想利用沈予也是真……出岫心中如此想着，只觉慕王的心思深不可测，话也说得似真似假，令人捉摸不透。

"妾身妇人之仁，出语无状还望殿下莫怪。"她怕说多错多，再为沈予招来杀身之祸，唯有先行请罪。

在出岫眼中，慕王曾是个睚眦必报之人，阴狠毒辣不择手段。别的不说，单单是她帮助沈予从烟岚城逃跑之后，被慕王狠狠摆了几道，那滋味便足以令她终生难忘。

可如今，慕王仿佛哪里变了。是因为即将登上大位，眼界更宽阔了？总之，出岫觉得他比从前大度了，私下相处时她也松懈许多，会时不时地顶撞几句，抑或玩笑几句，而慕王不会再恼羞成怒。

这是好事，也是帝王应该拥有的特质。既要统一南北名垂千古，慕王该有容人之量才对。这令出岫忍不住感慨，时光飞逝，大家都变了。

唯有云辞不变，在最完美无瑕的时刻退场，将一个完美的印象留在世人心中。

从此，他成为她心里不可逾越的高度，前无古人，后无来者。

想起云辞，出岫不禁黯然。慕王见她如此，还以为她在为云慕歌或者沈予的事难受，遂笑道："夫人总是为别人操心，怎么不为自己想想？"

为自己想想？这话的意思是……

"九弟对夫人痴心一片，夫人难道无动于衷？"慕王话中带着几分试探之意。

听闻此言，出岫脑中一闪而过的画面，是去年聂沛潇带着侍妾来烟岚城宣旨的场景。她有些哭笑不得："承蒙诚郡王殿下错爱，都过去这么久了，您就别再拿妾身打趣了。"

"原来夫人以为，九弟放弃了？"慕王来了兴致，挑眉再问。

出岫一怔，回道："这都过去一两年了，诚郡王早该忘了。他府里如花美眷数不胜数，您连贞节牌坊都赐下了，何必再看妾身的笑话。"

"只怕九弟还没完全死心。"慕王有意提点。

出岫终是明白过来慕王话中的深意，凝声道："殿下放心，妾身是孀居之人，心中自有分寸。诚郡王一时之惑，总会有死心的一天。"

"但愿如此。"慕王满意地点头，又问，"那四座牌坊工期如何了？"

"大约今冬竣工。"出岫回道，"您将地点选在烟岚城的南城门处，来往行旅入城之时，都要经过那四座牌坊，真真是给足了云氏面子。"这一句，她说得似感谢，又似讽刺。

"夫人满意就好。"慕王凤眼微眯，很是坦然，"本王也打算在今冬登基。等那四座牌坊竣工之日，便是本王归还云氏巨资之时。"

"您真打算还钱？"

"有借有还，再借不难。"

出岫不知该如何接话了。原本她这一趟来京州，是为了云慕歌和沈予的事，如今既然都已经解决，她也自问没有再逗留的必要了，便道："妾身明日将返回烟岚城，今日在此先向您告辞了。"

"夫人急着回去？"慕王忽而再问。

出岫迟疑一瞬，笑回："您不会真要为诚郡王做说客吧？"

慕王闻言大笑否认："本王只是觉得，如今明氏倒台，赫连氏荣耀不在，夫人该抓住机会落井下石才对。这么着急回去，可看不到好戏了。"

她还需要再落井下石吗？单听沈予主审此案时所用的手段，出岫便知道，沈予早已替她报过仇了。

这般一想，她也不知该喜该叹："如今妾身只希望，能与明氏、赫连氏再无牵扯。对于那些无关紧要之人，妾身不想多费心思。"

“怕只怕夫人无法如愿。”慕王暗示她，“倘若本王没估量错，赫连齐夫妇很快便会找上门了。”

“您何出此言？”出岫不解地问。

“说来话长……”慕王适时停止这个话题，只是赞叹道，“有时本王不得不佩服离信侯的深谋远虑。”

离信侯的深谋远虑？出岫立刻上了心思：“先夫去世经年，又与这事有何牵扯？”

“佛曰，不可说。”慕王反倒卖起了关子。

但凡与云辞沾上一点边儿，出岫又怎会轻易放弃？忍不住追问道：“您既然漏了口风，又为何藏着掖着？您若不说清楚，妾身只怕要寝食难安。”

此话出口，半晌没见慕王再说话。出岫秀眉微蹙打量过去，只见慕王也正在打量自己，那魅惑的目光之中，几番审视，几番唏嘘。

出岫不知慕王在想些什么，但总归不是男女之情，便也没有感到羞赧。良久，她才听慕王慨叹道：“夫人平日里睿智果敢、沉稳机敏，唯有在本王提起离信侯时，才会泄露几分焦急之色……可见夫人用情之深。”

“若要比起用情之深，殿下更远胜于妾身。”出岫笑得酸涩。

“因此，本王才不希望九弟走这条老路，步本王的后尘。”慕王忽而低缓声音，也不知是为了鸾夙而伤情，还是为了聂沛潇而担心。

他停顿片刻，继续道：“九弟知道夫人今日进宫，特意请本王转告夫人，明日他在京州城北的翠湖设宴，想请夫人前往一叙。”

翠湖设宴？出岫很是无奈：“您既然不希望诚郡王走您的老路，又何必将这话告诉妾身。”

“本王话已带到，去或不去全凭夫人自行决定，本王可不想再‘得罪’九弟。”

出岫暗道慕王精明。试想他若不把话带到，那便是他的错；而他将这番话转达了，无论自己去或不去，都与他无关了，并不妨碍他们的手足情分。

出岫轻轻叹气：“妾身知道该如何做了，您放心吧。”

# 第十三章 碧落黄泉不负卿

出岫并未去翠湖赴宴，见过慕王的第二天，她便动身返回烟岚城。这一次来京州，她没有见云羡，毕竟对方是云慕歌的同胞兄长，如今妹子枉死，且还是各路人马的明逼暗迫所致，她实在不知该如何面对云羡。

匆匆而来，匆匆而去，路上又是一月光景，待回到烟岚城，恰好是十月初一。此时，慕王所赐下的四座牌坊，工期也已到了尾声。

进入烟岚城的南城门内，一眼便望见宽阔街道上耸立着四座巍峨的牌坊，用"巍峨"二字形容真不为过，其高其阔其华丽，放眼南北两国，当世所第一。

汉白玉的高门石柱通体透泽，四座牌坊的样式虽形态各异但又极为统一，只差金漆赐字尚未拓印。每座牌坊的白玉高柱上雕琢着形态各异的鸟儿，竟是没有一只重样。百鸟图，象征吉祥如意。

出岫特意命马车在四座牌坊之前停驻片刻，她撩开车帘远远仰望，那汉白玉的材质在熔金阳光下显得异常透明，起伏雕刻的纹理折射出一道道光线，令牌坊迤逦出缥缈光泽，犹如登临仙境的一道道天门。

工匠们此时正进行着最后一道工序——将慕王的亲笔题字往牌楣上拓印。出岫抵着刺目的阳光抬首仰望：忠义、诚信、善施、贞节，四座牌坊八个大字，是云氏全部荣耀的体现。

出岫恍然想起，自己二十一岁了，这个年纪便能得到一座贞节牌坊，倒当真是慕王的抬举了。

放下车帘，马车重新辘辘而行，从四座牌坊底下逐一穿过。出岫坐在车中，尚能听到周围隐隐传进来的赞叹声，大抵是惊叹于牌坊的华丽，还有云氏的威名。

冬月初一，四座牌坊正式竣工。当日，从京州城里传下旨意，摄政王聂沛涵册封出岫为"一等护国夫人"，再赐良田千顷、珠玉无数。趁着这道旨意，陆陆续续往烟岚城里运送的，却是一箱箱的金条，正是当年慕王向云氏举借的四成资产。

原来，在修建牌坊时，慕王已将金条混在汉白玉的石料里运了过来，一直藏在临城的几个仓库里，派重兵把守着。房州是慕王自己的封邑，藏匿无数金条元宝也并非难事，只等这四座牌坊一竣工，便大大方方运进烟岚城。

出岫没有过问慕王是哪里来的银钱，但也听说他找到了大熙王朝留下的宝藏。数百年来人人争抢的龙脉宝藏，无数人为之疯狂丧命都没有找到，最终却落于慕王之手。也许这便是天定的帝王之才。

随着这四座牌坊的竣工，以及一道道旨意和赏赐，出岫之名也再次传遍南北两国。但这一次传言的内容，并非说她不择手段、牝鸡司晨、不善庶务，而是说她高瞻远瞩、审时度势、眼光精准、巾帼不让须眉。

当年云氏为何要放弃北熙产业，又为何要接连关闭钱庄银号，如今都得到了最好的解释——出岫夫人耗费巨资支持慕王登基，而且，她成功了。

“云”这个姓氏，经过数百年的经营，一直保持着威严、富贵与荣耀，是最传奇的一个世家。多少人都眼红，等着看云氏在南北分裂之后的没落，等着看云氏如何做出选择。

然而，云氏在出岫手中，度过了最艰难的时刻，在南北分裂的动荡之中做了最正确的选择。北熙亡、北宣起、臣暄死、慕王摄政……一切的一切都已表明，九州统一必将在慕王手中完成。

出岫夫人，带领云氏族人缔造出了新的辉煌。云氏，即将成为历经两大王朝的盛世豪门。这等荣耀，这等传奇，说是“空前绝后”也不为过。

自此，在世人眼中，离信侯府一改从前的孤高形象，成了更为煊赫的富贵宝地。人人都巴望着结交出岫夫人，一时间，云府往来拜访之人络绎不绝。

而出岫打定主意称病不见，一概交给管家云逢处理。

这一日，淡心与出岫正在屋里闲谈，云逢忽然来禀：“夫人，我有要事求见。”

“进来吧。”出岫望向门外，见云逢恭敬进屋，怀中还抱着两张烫金红帖和……一摞账本？

烫金红帖不用多说，自然又是哪家送来的拜帖。但这账本是……

出岫算算日子，对云逢道：“如今还不到月末对账的时候。”

“的确不到。”云逢没有抬头去看出岫，更像是故意低着头，也让出岫瞧出了他的拘束和克制。

自从云逢上任至今，掐头去尾也快一年了，但他总是这副样子。出岫释然地一笑：“云管家每次来见我，都是如临大敌一般。”

云逢惭愧地低下头去，显然是对往日的痴心难以释怀：“从前是我对夫人无礼了。”

“你若不说，我都要忘了。”出岫轻笑，很自然地转移话题问道，“你拿着账本来做什么？”

云逢闻言立刻正色，暂时抛去方才的拘束，回话：“我近日整理账目才发现，有一本账是单独列支的，近几年都没有签字印鉴，最后一次审阅是在五年前，当时是侯爷盖的戳、签的字。”

云辞在五年前盖的戳、签的字？出岫接过那些账簿搁在腿上：“也许是账目已经清算过了，不需要再审了。”

岂料云逢摇了摇头：“恰恰相反，这是一套出账，一直由我叔叔亲自保管，每一笔借出的银钱都记得清清楚楚，借债人是……明氏嫡长子明璋。”

云逢顿了顿，终于抬目看向出岫：“六年之内利滚利，他欠下的数目是……黄金五千万两。”

“黄金五千万两！”云逢这话一出口，出岫与淡心同时惊呼出声。

这个数目实在非同小可，饶是天下第一巨贾、云氏当家主母，出岫也无法小觑。

南熙向来比北熙富庶，一整年的赋税才不足一千万两黄金，而明璋竟能在六年内欠下五千万两黄金的巨债！也就是说，他欠了南熙举国上下六年的赋税！

再者，云氏阖族不吃不喝，一年积攒下来的财富也不过五百万两黄金，又哪里能让明璋欠下辛苦十年的家底？即便他曾是南熙皇后的亲侄儿、右相明程的嫡长子，以云辞的为人，也绝不可能无缘无故借这笔巨款给他。

出岫忍不住低头翻看起账本，想要印证云逢说的话。这三本账簿的确是从六年前开始算的，头一年也的确是云辞经手，那印鉴、那签字尽数出自云辞本人，出岫自认绝不可能看错。

她细细翻看三本账簿，发现最初这笔账只有两千万两黄金，可之后的五年里，明璋还一直不停地借债，再加上利息，竟然当真欠下足足五千万两黄金了！

出岫越看越觉得诧异，即便开始这笔借款是云辞首肯的，但云辞死后，管家云忠为何还要继续借债给明璋？而且还捂得严严实实不让人知道。这一次若非云忠病逝得猝然，只怕云逢也翻不出这笔账目来。

最奇怪的是，这么大笔数额的黄金从云氏流出，竟然能做到神不知鬼不觉？出岫不晓得太夫人是否知道此事，但她自己当家数年，委实不知这笔债务的存在。

尤其，借债人还是明璋，而这个姓氏实在太过敏感……

出岫忽然想起一件事来，今年春上沈予主审明氏案件时，京州城里曾有个谣言，说是右相明程的嫡长子好赌成性，欠下了巨额债资，数目之大及得上南熙举国七年赋税……

当时出岫听到这个传言，也只是一笑了之。她认为，明璋好赌也许是真，欠下巨额债资也可能不假，但数额绝不会是南熙七年的赋税。可眼下看着手上这笔巨债账目，足以抵得上全国六七年赋税了！原来传言是真的！

出岫知道，管家云忠绝不可能是徇私之人，也没有胆子和能力背着云氏借出这么多钱，何况最开始这笔债务还是云辞经手的。出岫隐隐觉得这事大有蹊跷，脑中似闪过什么念头，却又抓不住，抑或说她不敢相信。

出岫慎重斟酌片刻，当机立断对云逢道："这账本我留下，你只当不知道此事，在太夫人面前也不要提起一个字。"

云逢点头，若不是他整理叔叔的遗物，也不会翻出这三本账簿。原本以为是陈年旧账才会藏得严严实实，岂料……这么大的数额，他实在不敢怠慢，即便要让叔叔云忠身后遭到质疑，他也绝不敢隐瞒下去。

云逢敛了神色，郑重回道："夫人放心，这事我绝不会说出去半个字。"

出岫点头，又看向淡心，未等再出言提醒，对方已自行保证："夫人放心，奴婢平时虽然心直口快，但什么话该说，什么话不该说，也算心里有数。"

眼前这两个都是可靠之人，出岫暂且放下心来，再道："你们两个先下去，替我将竹影唤进来。"

淡心与云逢情知兹事体大，也不敢多话，互相对看一眼行礼告退，又将竹影唤了进来。

看着竹影一副坦荡的神色，出岫忽然沉默了。竹影跟在云辞身边多年，若说这世上谁是云辞最信任的心腹，想必非他莫属。但这事竹影知道吗？又知道多少？为何这么多年都不提一句？

云辞一个腿脚不便之人，去哪儿都会带着竹影，这么大的数额，少不得要在各地来来往往好几趟，又怎能瞒过竹影？想到此处，出岫才缓缓抬眸看他，先是问道："竹影，这些年来我待你如何？"

竹影一怔，继而如实回道："夫人待我极为照顾。"

出岫捏了捏手上的账簿，再问："那你可有什么事儿瞒着我？"她这句话问得极为郑重，甚至可以说是严厉，双眸一动不动盯着竹影，不愿放过他一丝表情。

如愿的，她看到竹影低下头，蹙眉回道："我自己的私事，绝无一分瞒着您，但府里有些事的确没让您知道。"他顿了顿，又道，"是主子生前吩咐的。"

"啪"的一声，出岫将腿上的三本账簿撂在桌案上，单手指着道："那你说说这是怎么回事？又是谁让你瞒着我的？也是侯爷吗？"

竹影不明就里，站着没动，出岫凝声提醒他："明氏嫡长子明璋曾向云氏大举借债，而且当年是经过侯爷同意的，这事你知道多少？"

果然，竹影闻言脸色一凝，眉头紧锁沉吟良久。出岫见他不说话，知他定然清楚其中内情，不禁再问："这么一大笔债务，你为何从来不说？你知不知道这些年利滚利，明璋欠了我云氏多少钱？！"

两句质问出口，竹影仍未回话。出岫这才恼了："当年侯爷为何同意借钱给他？"她知道云辞不是冲动之人，也绝不会因为强权或者别的条件，冒着云氏资金周转不灵的风险，将钱借出去。

"夫人真想知道？"问了半晌，竹影只说了这一句。

出岫凝眸看他。头一次，她在竹影面上看到了似哀伤、似感慨、似动容的神色，若非今日亲眼所见，她绝对想不到，平日不苟言笑的竹影，会有如此脆弱的时刻。

她静静等着，等着竹影对她如实道来，她也隐隐预感到，这并不是一个简单的故事。

"这钱不是云氏借给明璋的……其实明璋之所以欠下巨额赌债，是主子下的一个套。"竹影忽然不知该从何说起。

"这话怎讲？"出岫不解了，云辞为何要给明璋设下这圈套？

竹影默叹，回道："主子听闻右相明程膝下有两子一女，二子明璀玩物丧志，不足为惧；幺女明璎骄纵善妒，目无寸光；唯有一个长子明璋文韬武略，但嗜赌成性……主子想要扳倒明氏，奈何右相明程是只老狐狸，主子唯有从他这名嫡长子入手……"

云辞想要扳倒明氏？为何？出岫心中想着，可话到嘴边却变成了："这是什么时候的事儿？"

"六年前。"竹影不再隐瞒，"就在您来到烟岚城之后。"

六年前，她才刚随云辞来到烟岚城呢！出岫猛然想到了什么，但又觉得难以置信，她甚至不敢再去深想，只怕会是自己自作多情。然而这个时间卡得实在太过巧合，由不得她不多想。

"夫人不必猜了，当时我也问过主子为何这么做，他是为了您。"竹影至此难掩黯然，如实道，"早在追虹苑时，主子已猜出了您的身份，还特意派我去查实。正因为他知道您是晗初，才会下决心带您回来……当他出手对付明氏的时候，我就知道，他是真对您上心了！"

"啪啦啦"的脆响传来，出岫一时不慎，衣袖将案上的茶盏带倒在地。那瓷片碎裂的声音如此清晰，就如她的一颗心，跌成碎片，碎无可碎。

出岫几乎是抚着自己的心口，平复半晌、克制半晌，才敢开口相问，那声音不自觉地颤抖："这事……慕王可知道？"

"知道。"竹影点头，"其实慕王早就存了心思要对付明氏，但一直苦于没机会。从前明氏对咱们也一直很客气，慕王主动找上门几次，提出要和主子联手打击明氏，主子都一口拒绝了……但自从明璀去追虹苑闹着要抓您，主子把您带回来之后，便主动去找慕王合作。”

话到此处，竹影终于将此中内情尽数道来：“主子为了设这个套，将京州城里最大的几个赌坊都盘了下来，他在幕后坐镇，这事也办得很隐蔽。当时是慕王找了几个老千骗明璋下大注，最后他输得多了，主子便顺理成章诱他签下高利贷……”

“后来，慕王找了很多人去逼债，主子在幕后撺掇明璋再去赌钱，有时让他赢，有时让他输，就这么设计了大半年，明璋已输遍整个京州城，向咱们云氏的钱庄借了两千万两黄金……”竹影话到此处，已是哽咽得厉害，“这事当时是忠叔亲自去办的，这么多年明璋一直在赌，也没有钱庄愿意借钱给他，唯有云氏……”

竹影眼底隐泛泪光，发现出岫亦是垂泪不止。他死死咬牙半晌，才忍着泪意继续道：“今年明程被斩时，有一条罪状便是‘私自挪用国库’……您以为明程为何要这么做？自然是为了替他儿子还债……这其间慕王也做了不少手脚，才会逼得明家挪用国库……”

挪用国库……那沈予必定也知道内情了，这么大的事，他是审理明氏的主官，又怎会不知？原来只有自己被蒙在鼓里……出岫紧紧掩口，眼泪簌簌而落，只怕会在竹影面前失态痛哭。

半晌，她又想起一个万分重要之事，便颤抖着问道：“既然是设局，那咱们这几千万两黄金，都去哪儿了？”

“一小部分给了老千，做了封口费；大部分进了慕王的口袋……主子深谋远虑，会同慕王布局整整六年，才能逼得明氏倒台。这其中固然是慕王得利最多，但主子若不是为了您，绝不会去蹚这趟浑水……”

话已至此，平素刚毅寡言的竹影，再也说不下去了，唯有痛哭不止。他的主子云辞，在死去五年之后，终于为挚爱的女子出了气，报了仇，除了患。主子默默背负了全部，为心上人铺好前路，却独独瞒着她一个人！

他早就死了，死了五年，只怕尸骨都已经寒透。英年早逝的离信侯，惊才绝艳的离信侯，丝丝入扣算准了一切，却唯独没有料到——不是他陪她到最后。

他算准了这开头，却算不到这结局。

再后来竹影又说了些什么，出岫已全都听不进去了。她只记得自己脑中一片空白，听到最后摆手让竹影出去。继而，她强撑着站起身来，却是一步也迈不开，头脑一昏摔倒在地，恰恰跌在那碎裂成片的茶盏上。

掌心、膝盖都被划破了，肌肤里不知嵌入了多少碎瓷片，鲜血汩汩地流着，出岫却感觉不到疼，一点儿也不疼，她已对一切发肤之痛麻木。

唯有一颗四分五裂的心在微弱地跳动着，提醒着她，自己还活着，还在这世上苟延残喘。而换来她这条贱命的代价，是云辞付出了宝贵的生命。

忽然间，出岫欲哭无泪了。她垂目看着地上星星点点的血迹，眼底伤得好像要淌出血来，落不下一滴眼泪。

云辞，她的夫君，便如这满地的碎瓷片一般，再也拼凑不成一个鲜活的人，再也回不来了！他为她做到了一切，教她写字，给她新生，替她遮风挡雨，为她付出生命……他早已死去，又在死去五年之后为她报复了明氏，千百倍地赎回她曾经受过的疼痛。

那白衣缥缈的男子，那恍如谪仙的天人之姿，原本高高在上执掌着云氏，却为她落入凡间沾了一手尘埃。离信侯的显赫身份赋予了云辞全部，也夺走了他的全部，甚至连一副强健的体魄都不曾让他真正拥有过。

出岫知道，在云辞二十一年的短暂生命里，他从没为自己考虑过，由生到死，由热闹到孤独，全部是为了云氏、为了责任、为了大义……最终是为了她，走完了短暂的一生。

可笑的是，云辞带着满腔爱意离世，而他们之间的最后一面，是她满腔的怨恨和决绝的话语。

多想与他畅谈一次，多想倾诉悔恨与思念，多想祈求他的原谅，多想去听听他的心声……但这一生她做不到了，阴阳两隔，就此错过。

“倘若本王没估量错，赫连齐夫妇很快便会找上门了。”

“说来话长……有时本王不得不佩服离信侯的深谋远虑。”

“佛曰，不可说。”

此刻，她终于醒悟到了慕王那番话的深意，却是明白得太迟。倘若早知真实的内情如此令人心碎，她宁肯从不知情，从没听过……

时至今日，出岫终于肯承认，她口口声声说爱着的那个人，她从来不知他到底想过什么。印象中的云辞，从不哀叹，从不抱怨，从不流露胆怯退却，他犹如神祇一般无惧无畏、无所不能，掌控着云氏的起起落落，也掌控着她的悲欢离合。

云辞本不该英年早逝，他本该有一番更大的作为，他本该叱咤乱世名垂千古……可最后，他却在最为繁华显赫的时光里骤然离世，如同天际最闪耀的那颗明星，曾照亮无尽夜空，终究黯然陨落……

红尘无声泪已干，蜡炬成灰恨无尽。冰冷的地砖紧紧贴着出岫的肌肤，锋利的瓷片死死嵌进她的伤口，但她如同没有了灵魂，徐徐从地上站起来，踉跄地想要朝屋子外头走去。

这一刻，没有云氏主母，没有出岫夫人，她只是一个痛失挚爱的女子，被掏去了心神，摄走了魂魄。

屋门外，月华满地灯影错落，明明灭灭阑珊意尽，原来天色已黯淡至此。晴冬的这个夜晚所发生的一切，出岫永无可能忘记，印象之深之刻骨，堪比她与云辞的初遇之夜。

犹记得，六年半前的仲夏夜晚，她怀抱琴具沿着次第明灭的星稀月朗，第一次在追虹苑里遇见那袭白衣。目光所及之处，风清霁月交接于潋滟湖光，云辞的身影在光与影的辉映下直入眼底，缥缈出尘似没有尽头的天边深云。

只一眼，前缘已定；再一眼，弥足深陷；最后一眼，爱恨两茫茫。而如今，上穷碧落下黄泉，肝肠寸断不复见。

额头似被火烧一般，心中撕裂的痛楚逐渐蔓延至全身，脑海中云辞清淡的面容倏然再现，远比她无数次梦到的更为清晰真实。出岫大悲，而后大喜，强忍着周身弥漫的痛楚，只想追随云辞永不再分离。

但终究，心头一悸，昏了过去……

自那日之后，出岫便病了，重病一场，每日昏昏沉沉没有清醒的时候，连吃食都咽不下去，只能靠流食来维系性命。多少大夫来看过，都说出岫是忧思过度、操劳伤神，却没有一人能说出这病情的所以然来。

如此足足病了半个月，就连腊月初一慕王的登基典仪都错过了，遑论那些排着队送上拜帖的访客们。

这件事终于惊动了身在京州的诚郡王聂沛潇，他再也顾不得从前出岫说过的狠心话，急匆匆请旨赶来烟岚城。

新帝见最亲厚的弟弟如此执着，甚至不惜苦苦请求，只得遂了他的意愿，索性顺势连下五道旨意：

其一，翌年起，改元“天授”，大赦天下，自此聂沛涵世称“天授帝”；

其二，尊其父聂竞择为太上皇，尊养母叶莹菲为皇太后；

其三，册立左相庄钦之女、原慕王妃庄萧然为皇后，统御六宫、执掌凤印；

其四，晋封诚郡王聂沛潇为“诚亲王”，赐封邑房州；

其五，追封已故的四皇子、福王聂沛瀛为“福寿王”，从旁支中寻得子嗣过继其膝下，承袭王位及香火。

这其中第一道旨意与第五道旨意合在一起，算是间接成全了沈予。因为文昌侯府便在改元“大赦天下”的名单之内，而且当年被逼造反的福王也被正了名，追了封。

世人纷纷赞颂天授皇帝文武双全、刚柔并济，与此同时，也有人见风使舵，见沈予拜入诚王聂沛潇麾下，意识到这位威远将军将受重用，便上书奏本请求为他擢升品阶、单独建府。天授帝按下奏本斟酌两日，最终驳回了为沈予擢升品阶的要求，但是赐还了原来的文昌侯府给他作为将军官邸。

因此，威远将军沈予从曲州前往京州接旨谢恩，新帝特别恩准他留在京州过年，待过了正月十五再返回曲州驻守。其间曾有人问起，将军夫人云想容是否需要随军安置，被沈予一口回绝。

而这一切的一切，出岫都毫不知情。她远在烟岚城缠绵病榻，如同花儿一般迅速枯萎凋零，在短短一月之内消瘦憔悴，奄奄一息。太夫人请来神医屈方亲自照料出岫的病情，但他也束手无策，最后只说了一句话：“出岫夫人是生无可恋，自己不愿醒来。”

聂沛潇连晋封亲王的仪式都没有参加，便带着御医赶来云府为其诊治。当世几位名医会诊之后皆摇头慨叹，言及出岫熬不过明年开春。

谢太夫人每日亲自过来探视，少了出岫当家，世子云承也因此变得异常早熟，才十四岁便开始帮助祖母处理庶务。

云府起势至今数百年，从没有哪一个腊月过得如此惨淡。门庭清冷谢绝外客，府中下人们也无心置办年货。

最后，还是竹影对谢太夫人道：“设法请沈将军回来一趟吧，他懂医术，夫人如今在鬼门关上，大约只有他才能救回夫人的性命。”

沈将军，云氏的姑爷，曾经的沈小侯爷，如今的威远将军沈予。

“沈予有重兵在身，又接了旨意在京州过年，无诏不能出京。他若擅自离京，近年来的辛苦经营便将毁于一旦。”太夫人对竹影叹道，“这事需要从长计议。”

“从长计议……只怕夫人没时间等了。”竹影急切而又自责，“都怪我，不该将主子设计明氏的事儿告诉夫人……否则她也不会心神俱损，生无可恋。”

“再生无可恋，难道还能比得上辞儿刚死的时候？”太夫人难掩伤心，“出岫太让我失望了，如今云府的声望即将翻新，她竟不愿看到聂七统一南北，云府更迭两朝不衰……”

“主子对夫人情深意重，夫人对主子深情不渝……大约她是看云氏已度过危机，觉得心愿已了，才不想再醒过来。”竹影对着出岫的寝闺黯然叹息，自责的同时，也为这对生死相隔的苦命鸳鸯而遗恨。

“五年了，难道还要让我再一次白发人送黑发人？”太夫人向来坚毅精明的面容之上难掩哀痛，也许连她自己都未曾发现，她已将出岫看得很重。

初开始，她是想让出岫进门做饵，引出暗中下蛊的幕后真凶。

再后来，在对付灼颜和云起的事上，她发现自己小瞧了这个儿媳。

继而，桩桩件件的沉着冷静，直至将三房完全拔出，出岫的手段恩威并施、刚柔并济。

而最让她讶异的，是出岫对于南北时局的见解，还有对云氏生意的合理掌控。自己到三十岁上才练就的本事，出岫二十岁不到就能学会，这曾令她又惊又喜。

原本，她没有完全接受这个儿媳，明里让她做了当家主母，其实是想让她当靶子，在前头顶住世人的误解与族人的压力。出岫明明知道她的心思，却默默承受了，为了能叫她一声"母亲"，在云府劳心劳力。

但她也看出来，出岫缺乏识人之明和驭人之术，于是便在幕后坐镇，偶尔给以指点。许是她孤独太久了，又或许是真的老了，如今，她竟对这个风尘出身的儿媳妇，不知不觉认可了。

若是在这当口，出岫有了三长两短……太夫人心思一黯，然而只一瞬间，她又恢复如常，再次变作了杀伐决断的谢太夫人，对竹影命道："给我磨墨，我要亲自写信给聂七！"

"……老身年迈逾大，常自感命不久矣，近年来越发思女心切，每每寝食难安……特请旨庶女云想容及婿沈予返城省亲，以慰安年。望圣上允准。"

太夫人执起书信瞧了又瞧，最后才封缄起来。她自问一生骄傲好强，何曾用过这等卑微的口气求人？也只是为了出岫吧。

写下这封信的当日，云氏暗卫飞鸽传书，以最快的速度送进了南熙皇宫。然书信送走两日之后，却迟迟未见回复，这次连聂沛潇都急了，命人速去打听其中内情。

而与此同时，沈予终于得知出岫病重的消息。他见宫中没有任何动静，便再也等不及了，竟在宫里未下旨意之前擅自离开京州。

多日不眠不休，沈予赶在正月里抵达了烟岚城。他未及休息片刻便来到云府，与师傅屈方一同为出岫诊治。这边厢他拔脚刚走，那边厢天授帝聂七震怒不已，下旨追缉。

即便是为了治病救人，但沈予到底有违圣意，这乃是带兵之人的大忌，也难怪会惹怒天颜。然而，这其中究竟出了什么岔子，天授帝为何没有及时看到谢太夫人的书信？经过聂沛潇的一番查探，真相也终于水落石出——

是因为叶太后出手干预。叶太后与谢太夫人作对惯了，见是她的来信便私下挡着拆封来看。叶太后并不知道这封信与出岫的病情有什么干系，只单纯地以为是谢太夫人思女心切。于是叶太后私自按下书信，不想让太夫人遂愿。

因为此事是叶太后理亏，聂沛潇便积极斡旋，又将失误都揽在自己身上，才算暂时平复了天授帝聂七的怒意。毕竟沈予如今在他麾下，部下有错，他也难逃其责。

再后来，天授帝也得知了真实内情，看在出岫夫人重病的面子上，又是他最亲厚的弟弟说情，便松口允了沈予暂时留在烟岚城。但，对于沈予擅自离京之罪，他并非不予追究，而是容后处置。

虽然沈予师承名门医术高明，但他毕竟敌不过其师傅屈方。说来倒也奇怪得紧，多少神医都对出岫的病情束手无策，可就在沈予接手诊治的第三日，出岫竟渐渐有了起色，至少，她的面容不再是一片惨白。

“你是如何治的？”聂沛潇眼见出岫有好转的迹象，欣慰之余，也忍不住似醋非醋地问道。

沈予双目赤红充满血丝，神色疲倦勉强一笑，未做答复。

此后平平静静又过了三日，忽然有一封紧急军报送至聂沛潇手中——姜地再起叛乱！

姜地是鸾卿的故土，曾经屡遭流离动荡。当年还是聂沛潇领军前往一鼓作气，收复了这个诡异而又神秘的民族。因而这一次，姜地再起叛乱，新帝第一个想到的还是他九弟聂沛潇。

这封军报的意思再明显不过——天授帝希望聂沛潇能重新领兵平定叛乱。当然，没有直接下旨而是采用军报的形势来暗示，便是帝王给足聂沛潇时间去考虑，告诉他事情还有转圜的余地，不必勉强。

“姜地丛林密布、瘴气深重、毒物众多，当年我领兵前去几乎吃了大亏，若不是有熟谙地形和用毒的高手出谋划策，只怕那一仗我不会赢，至少不会赢得那么快。”虽然旗开得胜，但聂沛潇为此付出的代价也极为惨痛，他肩上被生生剜去一块血肉，年纪轻轻每到风雨天气便疼痛不已。

贵胄如他，本不必亲自去受这种折磨。当年为何执意要去军中历练，跟随七哥上阵杀敌，那缘由聂沛潇已想不起来了。也许是他觉得宫中生活一潭死水，想要追寻一些刺激，抑或是他急于摆脱富贵闲散的头衔，想要证明自己的价值。

但总归，他做到了，也从不后悔。可正因他曾亲身经历，才对姜地的危险知之甚深，也知道这一趟他非去不可。

一面是心上人缠绵病榻，一面是手足兄弟的宏图大业，聂沛潇选择得很艰难。他捏着军报忧心忡忡，对沈予交代道：“七哥暂时不会降罪于你，你好生留下为出岫诊治。此次我领兵前去平乱，她的情况你务必及时告诉我。”

出岫是生是死、病情是好转还是恶化，他必须要知道。纵然不想在此刻离开，也难免记挂出岫，但平叛姜地他有经验，的确是不二人选。

岂料沈予听了这话，沉默良久后却回道：“岂有让堂堂亲王亲自领兵平乱的道理，末将如今在您麾下，甘愿担当急先锋。”

聂沛潇闻言惊诧万分：“子奉，你这话的意思是……”

“此次末将擅自离京，全仰仗您从中斡旋。圣上震怒不已，这罪名早晚要受处置。不若这一次让末将带兵前去平乱，若能得胜归来，也可以将功折罪。”沈予说得十分平淡泰然，那神情好似只是去游山玩水一般。

然而聂沛潇却意识到他这话的严峻，立刻蹙眉：“不行。出岫这里需要你，而且姜地太危险……”

“末将自己就是医者，自保还是没问题的。”沈予打断聂沛潇的话，目光悠长望向出岫的屋子，“她如今已度过最危险的时候，有我师傅在此看顾，必当无恙。”

“子奉……”聂沛潇踌躇斟酌，再劝道，“你不要冲动。”

“不是冲动。”沈予自嘲地笑叹一声，卸下官场上的称谓，剖白道，“我辛苦经营两年，一朝擅自离京，几乎就要前功尽弃。我曾对晗初立下保证，此生若不出人头地，绝不再见她……”

沈予布满血丝的双眼泛起阵阵猩红，疲倦之中又带着戾气，停顿片刻再道：“倘若我失去一切甚至因此下狱，即便晗初醒了，我又有什么脸面再见她？难道还要让她再去面圣求情吗？堂堂男儿，怎能躲在女人的庇护之下？”

虽说沈予算是聂沛潇半个“情敌”，但也是他的好友兼部下，此时此刻，聂沛潇是真的担心不已：“姜地凶险万分，这一仗你可有把握？”

“没有把握也得有。”沈予看似笑得轻松，“当年收复姜地何其凶险，您十几岁的年纪便能旗开得胜。如今不过小小叛乱而已，末将已二十有四，难道还灭不了几个姜人？”

听闻此言，聂沛潇更难放心，遂再次劝道：“你若想将功折罪重振门楣，咱们可以再想其他法子，未必非要去姜地平乱……”

“错过这机会，也不知要再等多久。殿下放心，这一仗我有把握，只会胜不会败。”沈予收起玩笑，面色转为冷凝郑重，大有义无反顾之决心，“在此期间，烦请您照顾晗初。”

他揉了揉眉心，勉强撑着精神又道：“如今这话要换作末将来说了，此后她病情如何，还请您及时告诉我。”

聂沛潇说不上自己心中究竟是什么滋味儿，没有答话。

“殿下别再犹豫了，这一仗，不是我去便是您去。”沈予干脆地再道，面上是一种浓烈的视死如归之意。

聂沛潇抬目仔细打量沈予，赫然发现他这位认识多年的酒肉朋友，说来也算半个手足的嬉笑玩伴，早已不是当年风流放浪的模样了。

在经历过家破人亡、沙场征战、爱断情伤之后，时光早已将沈予打磨成为一个真正的男子汉，让他能够肩负重任。从沈予擅自离开京州算起，迄今不过一月余，却是他不眠不休换来的，为了出岫，他几乎葬送了所有努力，甚至是性命。

聂沛潇终于发现，自己对出岫的喜欢还远远不够，至少比起眼前这人，沈予，他还差得很远。但他既然自请来到房州，便不会轻言放弃。

情场是情场，沙场是沙场，情敌归情敌，朋友归朋友。

“你要去姜地这事我做不得主，还是请圣上定夺吧。”聂沛潇唯有如此说，也不知是该送该留。沈予说得对，他若不去，便是自己去，总要有一人留下看顾出岫，而另一个去平定叛乱。若是沈予能把握这次机会，也许真的可以将功折罪。

“只要是您举荐末将去姜地平乱，圣上必定会同意。”沈予又看了看出岫寝闺的方向，叹道，“此生若是一败涂地，我宁愿不再见她。”

沈予目光中的深情与不舍如此强烈，惹得聂沛潇也忍不住一并看去，幽幽一叹：“她若醒来知道此事，定会怪我。”

“那就不要告诉她我来过这里。”沈予摇头苦笑，“我曾说过，若不功成名就绝不见她，倘若让她知道我回来，那便是我破誓了。”他顿了顿，又道，“而且这一走，我怕回不来。”

聂沛潇默然，终是上书他的皇兄天授帝，举荐沈予出兵姜地平复叛乱，借此机会将功折罪。

未几，天授帝应允。聂沛潇与沈予彻夜相商，制定作战方案，并将自己亲临姜地的经验、教训一一传授。

沈予带兵离开的那天，出岫面色忽然红润起来，病情也有了好转的迹象，仿佛是教离人安心出征一般。最后在榻前看了出岫一眼，沈予身着银光铠甲毅然南下，聂沛潇亲自送他出城。

红尘喧嚣，旧梦已去，义无反顾想要赢得身前功名，也不过是为了一个女人而已。

# 第十四章 衣带渐宽终不悔

二月，万物复苏春暖花开，出岫也仿佛结束了一场冬眠，悠悠醒转。睁开双眸，只觉大梦一场，前尘往事恍如隔世。

“夫人！您终于醒了！”淡心、浅韵、玥菀都在榻前守着，浅韵头一个瞧见出岫睁眼，饶是她平日冷淡，也忍不住惊喜出声。玥菀霎时热泪盈出，喜极而泣道：“我去请义父进来。”

出岫神识仍不大清明，脑中昏昏沉沉。她强撑着想要起身，淡心和浅韵执意将她按下。

“我睡了多久？”出岫迷迷蒙蒙地问，长时间不曾开口说话，从前甜糯的嗓音也有些暗哑。

“快三个月了。”淡心一阵哽咽，“您这病来势汹汹，险些就……”

原来自己睡了将近三个月。出岫缓缓抬起双手，终于明白何为“骨瘦如柴”。掌心上新生的肌肤盈白可见，若不仔细去看，也找不到那些细密的疤痕。出岫反应片刻，才想起昏倒那日的情形，她是跌在了碎裂的茶盏上，嵌了满手满膝的碎瓷片，可见已经有人悉心为她剔除过，还上了伤药。

正想着，玥菀已领着屈方和另外三位名医进屋。此时也顾不得什么男女之妨了，浅韵和淡心一道撤了屏风，好让屋子里空间大一些。

除却屈方之外，其他名医皆是聂沛潇带来的，最近吃住都在云府。几位名医相继为出岫诊了脉，皆是连连称奇：“夫人总算熬过难关了！多少好药用下去，幸而没白费。”

出岫勉力笑着道谢，想了想，轻咳一声又问：“妾身依稀记得卧榻期间，一直有人在妾身耳边说话，虽听不清说了什么，倒是拉扯着妾身的神志不让耗尽。这招数还挺有用的，也不知是哪位神医的主意？”

话问出口，屋内无人回应。淡心、浅韵、玥菀都似哑了一般，沉默不语。

出岫不明所以，抬眸望向屈方，后者眉目一蹙，斟酌片刻才开口回道：“是诚王。”

“诚王？”出岫无意识地反问出口，对这个封号一时反应不及。

淡心见状连忙解释道：“在您卧病期间，摄政王已在京州登基称帝，改元‘天授’，还晋封诚郡王为‘诚亲王’，赐了封邑在房州。”

原来如今已是天授元年了，自己当真病得太重了。出岫虚弱地笑笑，适时转向屈方等人道谢：“有劳几位神医。”

屈方与出岫已很是熟稔，便摆了摆手没有多做客套。反而是其余三人中有一人笑道：“夫人毋庸客气，下官等人乃是奉了诚王殿下之命而来。”

自称“下官”，那便是有官职在身的御医了。出岫晃了晃神，有些想不起聂沛潇的模样，印象中唯剩一个朦朦胧胧的紫色身影，依稀记得他俊朗非常、贵气天成。

“请代妾身向诚王殿下致谢。”出岫对那御医回道，又问，“睡了太久，头脑都不清醒了。不知妾身是否可以外出走走？”

“还是再静养些时日吧。如今刚到初春，外头风大，夫人小心为好。”屈方如是嘱咐，便与几位御医一并离开，去研究如何给出岫用药。

自那日醒来之后，云府终于恢复了一丝生气。每日里，太夫人、云承、几位神医进进出出，如流水一般前来探病，就连二姨太花舞英也来过几次，却独独不见诚王聂沛潇。

他自然已知道出岫醒转，怎奈如今姜地战事吃紧，他实在分身乏术。纵然沈予医术高明、自保无碍，但聂沛潇还是担心会吃败仗。日日听着奏报，大军又死伤多少人，他心里也是一阵阵地烦躁。

毕竟如姜地那种情况，并非靠兵力和谋略便能取胜，那些瘴气、毒物……每想一次，他肩上的旧疾便是生疼。

战事一直胶着到了二月底，才总算有了一丝转机。军报上说，主帅沈予中了不具名的毒物，险些丧命，幸而得到当地一名女子相救，才挽回性命。休养十余日，沈予如今已无大碍，便开始率军深入，预计三月中旬能剿灭乱党。

听了这消息，聂沛潇终于长舒一口气，取过信笺提笔写道：“速战速决。”想了想，又添上四个字，“出岫无碍。”

驯养有素的飞鸽振翅上天，绑着诚王的军报，遥遥飞去千里之外……

转眼到了三月中旬，出岫的身子终于痊愈，虽然面色依然憔悴，但已隐隐再现绝代风华。而沈予在姜地也频传捷报，战事到了收尾之时。

在此期间，聂沛潇一直没去云府探望出岫，一是他心系战事，二是知道出岫缠绵病榻，于礼数而言自己去了也见不到人。但他时不时地会送些补品药材过去，派去的御医也每日向他汇报出岫的病情。

三月二十日，从京州请来的几位御医打道回府，出岫为表谢意，亲自在云府设宴送行，诚王聂沛潇自然成为座上之宾，这顿送行宴也算宾主尽欢。

宴后将几位御医一直送出烟岚城，聂沛潇也破天荒地跟着去了，直让几位御医受宠若惊。出岫难得出府一趟透透气，也没急着回去，便在城外信步而行，聂沛潇陪在一旁。

春色三月，草长莺飞，烟岚城外倡条冶叶婀娜多姿，任人攀折，像极了青楼女子的凄然宿命。出岫怔怔望着那柳叶繁花，想起自己的过往经历，不禁略微出了神。

聂沛潇自然而然问起她的近况："身子都好了？"

"嗯。只是坐得时间久了，还有些乏力。"出岫回过神来清眸浅笑，比从前多了一丝宁谧，"这次多谢殿下了。"

"我要的不是一句谢。"聂沛潇想要说什么，顿了顿又叹道，"罢了，如今你身子未愈，我还是不给你多添烦恼了。"

"没有，您算是我的救命恩人。"这一句，出岫说得真心实意。

聂沛潇俊目一挑，笑道："救命之恩难道不该以身相许？"

出岫脚下步子一顿："您说笑了。"

聂沛潇没再逼迫出岫，只仔仔细细打量她一番，无比疼惜地道："你瘦了很多。"

出岫下意识地抬手抚上脸颊，自嘲而叹："如今是好多了，您不知道我刚醒来那会儿，都不敢照镜子。"

她想起屈方说过，自己缠绵病榻的几个月里，聂沛潇担心不已，连封王的典仪都没参加，便匆匆带着御医从京州赶来，期间还多次前来探视。若说没有一点感动是假，对方贵为亲王，前后算起来也痴情了两三年，若是逢场作戏早该放弃了。

"夫人？"聂沛潇关切的声音适时传来，"可是身上不适？"

出岫缓缓回神抬眸，只见聂沛潇俊面清逸，紫色锦袍金绶缓带，目中隐隐约约闪烁着情意，还有担忧。

出岫在心底默默而叹，这是位天潢贵胄，而自己呢？她低眉浅笑，端的是自嘲："我没事，方才走了会儿神。"

聂沛潇紧蹙的眉峰这才舒展开来，沉吟片刻又道："你知道你这次病愈之后，最大的变化是什么吗？"

出岫微有迟疑，笑回："该不会是我变丑了吧。"

聂沛潇摇头，也不卖关子，目有灼光炽热望去，难掩愉悦之意："你这次痊愈之后，没有在我面前自称过'妾身'。"

是吗？聂沛潇这么一说，出岫才意识到这一点，自己好似真的在他面前卸下防备了，至少不再自称"妾身"，便如对方早已不再自称"本王"。这其实是一种很微妙的感觉，细细品味便知道，是彼此放下身段、放下生疏后的一种熟稔。

倘若聂沛潇这番话放在一年前或半年前，出岫听了也许会感到赧然、疏离、刻意回避。但如今，经历这一场生死之症，一切礼数她都不大在意了，外人的言语表态也能淡然看待。只因她更坚定了，但究竟是坚定了什么，她也说不出来。

出岫一直沉默不语，聂沛潇便一直这么看着她，大病一场伤了元气，出岫的下颌更尖了，削如夏日冒露的小荷，配着那不甚红润的樱唇，显出一种别样的娇嫩。

忽然之间，他如鬼使神差一般脱口而出："我不是灵肉分离的支持者……"

灵肉分离？这话怎说得如此突然？出岫显然没反应过来，迷茫地看着聂沛潇："嗯？"

原来她已经忘了……聂沛潇心里涌起莫辨滋味，既庆幸于出岫的忘记，也苦恼于她对自己的忽略，遂低头自嘲地笑了笑，解释道："我是想说……我已散尽府中姬妾。"

出岫这才明白过来，他指的是那个侍妾的事情："您这是何必……"

"你还是不信我。"聂沛潇面上露出一阵失望之色。

"不，我信。"出岫眸底泻出笑意，"我相信，也感激您的厚爱。"

"你终于信了……"聂沛潇似欣慰般地叹息道。明知有些人、有些话不该提，但他还是戳破了，"虽然子奉很不错……但我不会放弃，我很确定我的心意。"

"我也很确定我的。"出岫似有深意，如是回道。

聂沛潇一时没明白这话的意思，以为自己又惹恼了她，遂小心翼翼地问："夫人生气了？"

"岂会？"出岫报以微笑，"从前是我太过放肆，承蒙您抬爱……不过有的话，听听也就过去了。"

聂沛潇显然没想到出岫的态度温和许多，不比从前对自己的抗拒，便笑道："病了一场，夫人的性子倒是柔和了。"

"是啊！大病一场，也大彻大悟了，觉得这世上除了生死，没什么可计较的。"出岫远目望着遍地春色，深深感慨。她如今的心境，就如同一个十恶不赦的罪人忽然得到救赎，那种在泯灭之后又找回良知的感觉，几乎能让她立地成佛。

她说不上自己是解脱了，还是禁锢得更牢。总之，从前该执着的、不该执着的，都随着这一场大病消散了。现如今在她眼中，生死之外无大事。

"时候不早了，也该回去了。"出岫适时提出来。

“这么快！”聂沛潇想起出岫的身子刚刚痊愈，不宜吹风，也只得妥协，“好吧。”

出岫顺势望了望不远处城门上“烟岚城”三个大字，忽而道：“殿下同我走进去吧。”

“好。”聂沛潇并未多想，一路陪着出岫走入城内。他的侍卫冯飞、出岫的侍卫竹影，还有两家的马匹车辇都跟在后头徐徐而行。

一个紫金锦袍、俊朗贵气，一个白衣胜雪、绝色倾城，两人并肩走着便是最惹眼的风景，直把三月春色也逼得黯淡几分。出入城门的路人各个分神来看，纷纷好奇不知是遇上哪家的公子小姐，真如神仙眷侣一般。

偏生这两人都对旁人的瞩目不大理会，静默着走入城门。聂沛潇隐隐盼着这条路没有尽头，如此一直与出岫并肩走着，再好不过。

然而走着走着，他忽然脸色一沉，霎时醒悟过来出岫邀他同行之意。暮春时节的阳光分外灿烂，照着城门内迎面伫立的四座汉白玉牌坊，那闪动着的光泽晶莹剔透，生生刺痛了他的双眼。

出岫却对周遭一切不闻不见，只莲步轻移缓缓前行，目不斜视穿过归属云氏的四座牌坊，一重重、一步步，似有什么信念在心底更加坚定。

如此走了一大段路，眼见从前的慕王府、如今的诚王府在前，出岫止步笑道：“不知不觉，倒是将您送到家门口了。”

聂沛潇想起方才出岫的明示暗示，偏不想让她如愿，便假装没明白一般，笑问：“夫人可是好久没来了。怎么，从前的慕王府来得，如今变作诚王府就来不得？不进来坐坐？”

哪知这话说出来，出岫竟没头没尾问了一句：“殿下府上有琴吗？”

聂沛潇微微一愣，点头道：“有，而且收藏着几把好琴。”

出岫莞尔：“恰好我也手痒痒了，不知是否有福气沾沾您府上的好琴？”

聂沛潇被这话撩拨得喜上心头，转瞬忘了方才出岫的婉拒，忙道：“求之不得！”

出岫未再多言，随着聂沛潇一道进了诚王府。这座府邸与从前慕王所住时大致相同，格局几乎没变，只比从前多了些花花草草，看着也多了几分生气。

聂沛潇吩咐管家将小库房打开，里头尽是他收藏经年的古玩珍奇，其中不乏几具好琴。出岫精心选定一把，小心翼翼地抱在怀中从小库房里走出，玩笑道：“您这儿好东西真多，我看得眼花缭乱，都舍不得出来了。”

“夫人可随时过来，看中什么也无须客气。”聂沛潇看了一眼小库房，直白而叹，“别说是库房，我这府里也缺个女主人。”

出岫沉静的目光没有一丝波澜，自然而然转移了话题：“从前您邀我琴箫合奏一曲，当时我气盛拒绝，如今若想要一赎前罪，不知晚不晚？”

“不晚！”聂沛潇一口应道，只觉得出岫今日异常怪异，欲拒还迎、若即若离。从前的她是拒人于千里之外，言行决绝不给他留一丝念想，现下大病一场后，态度倒是好了许多，但又隐隐透露着古怪。

但无论如何，能与出岫光明正大合奏一曲，是他执着已久的一个念想，他也自信能通过音律传递情意，让她明白他们的契合。聂沛潇取出随身携带的玉箫，示意出岫开始起调。后者会意，将琴搁在案上拨弄了几下，试过调子便素手弹起。

曲调悠悠扬扬，雅致似静谧幽兰，曲意姿态高洁。只听了几个音，聂沛潇便追上调子，箫声响起与琴声相合。渐渐地，但闻乐音悠扬起起落落，随着暮春清风流连不尽，好似四面八方全无外物，这片天地只余一琴一箫，还有弹琴吹箫的两个人。

待一曲终了，出岫收手于袖。聂沛潇仍旧沉浸在这天衣无缝的配合之中，只觉得意犹未尽，身心俱受一番洗涤，摒弃了一切红尘杂念。

等等，摒弃了一切红尘杂念？聂沛潇为自己忽然生出的这个想法而惊诧不已，但曲毕的那一刻，他当真是将七情六欲都抛却在外了！甚至连心爱的女人都暂且忘记。

一首琴曲，竟能让他生出这种感觉？但这不是他与出岫琴箫合奏的初衷！他是希望他们通过音律走得越来越近，并非渐行渐远！

聂沛潇低头去看仍坐在石案上的出岫，那绝色女子一身白衣折射出了耀眼光泽，似幻似真。他看到她面上泛起意味深长的笑容，这笑容的意思是……

“《无量寿经》里说，‘人在世间，爱欲之中，独生独死，独来独去，当行至趣，苦乐之地，身自当之，无有代者’。”出岫盈盈抚过每一根琴弦，对聂沛潇笑道，“不知殿下闲来无事是否研究佛经，我倒认为这话说得极为在理。既然知道解脱之法，又何苦执着于无果之事呢？”

对方话已至此，聂沛潇想装聋作哑也不成了。方才并肩穿过贞节牌坊，如今又弹出这首佛曲，说出这段经文，字字是拒！聂沛潇不禁暗道：出岫这一招当真比从前高明许多，看似温婉柔情，却是以柔克刚，堵得他无言以对。

“殿下看重我在琴声上的造诣，我亦珍惜彼此在音律上的默契，咱们何必破坏掉呢？”出岫从案前起身，幽幽再叹，“凡事一旦沾上‘情’字，都会变了味道。”

“你这是彻彻底底地拒绝我了。”聂沛潇心底阵阵苦涩，又不愿输了风度，“我倒宁愿你气急败坏骂我一顿，总好过带我去看贞节牌坊，又和我谈什么佛经。”

出岫浅笑，声音婉转悦耳不输琴声，但说出的话不啻给聂沛潇判了死刑：“您若看得起我，愿同我谈谈音律、畅聊心事，我荣幸之至乐意之极。至于旁的事……反而是对知音之情的一种伤害。”

“一种伤害……”聂沛潇呢喃一句，心中说不出是酸楚还是疼痛，但又有一种诡异的宁静，应是受了方才那首曲子的影响。

他知道，出岫这话的意思再明显不过：他们做知音可以，但若要往前逾越一步，只怕连知音都没得做……想到此处，聂沛潇面上难掩失意之色，沉目远视不知看着何处，那一身光华贵气倏尔收敛，只余落寞孤独。

出岫大病一场，也算懂得了聂沛潇"越挫越勇"的脾气，又感于他的深情厚谊，才想出这委婉的法子拒绝。如今看来，是有效了，至少比她从前冷言冷语以对，要奏效得多。

出岫知道聂沛潇需要时间来平复，便就势笑道："时辰不早了，我先回府，殿下留步。"

她说着已盈盈行礼告辞，正欲转身，却听聂沛潇的声音沉沉响起，撂出一问："那沈予呢？"

足下稍顿，出岫闪过落寞之色，只一瞬，快得犹如从未出现过："他是我的妹婿。"

聂沛潇哑然在出岫的坦荡回复之中。他想质疑，想反驳，又或者他相信了，那卡在喉头的话还没出口，冯飞已急匆匆闯了进来，禀道："殿下，姜地送来沈将军的奏报。"

沈将军？姜地？出岫不自觉地去看聂沛潇，对方便解释道："是子奉的军报。"

听到沈予的表字，出岫感到一丝挠心，忽然想要一听究竟。可转念一想，军报乃机密要事，自己不得逾越，于是她便施施然再次行礼："不耽搁殿下办正事，妾身告退。"说着她已莲步轻移，打算离开。

聂沛潇蹙眉："又在我面前自称'妾身'？"

出岫无奈，瞥了一眼旁边的冯飞，低声回道："殿下的侍卫在侧，我总不能坏了礼数。"

聂沛潇怕耽误战况，也没有再挽留出岫，他从冯飞手中接过军报之后，命道："你替本王送夫人一程。"

冯飞领命称是，对出岫伸手相请。后者略微点头致意，随之一道出了诚王府。

聂沛潇见四下无人，也顾不得再去书房，立刻拆开军报来看，只见寥寥十四个字："不负圣意，剿灭乱党，近日班师返回。"

沈予赢了！这么快！聂沛潇原本心中失意，此刻也禁不住为这消息所振奋，大喜过望之下，连忙招来王府管家命道："快去打听威远将军班师的日子，本王要亲自迎他入城，设宴犒劳三军将士！"

那边厢聂沛潇喜不自胜；这边厢出岫也辞了冯飞上了马车，返回云府。

刚踏进知言轩，云逢已迎了出来："夫人。"

"怎么，有急事？"出岫问道。云逢是管家，平日里事务繁忙，若非有什么急事，也不会等在知言轩里见她。

"是有急事。"云逢恭敬回道，"您前些日子一直病着，按照太夫人的意思，各家前来探病的拜帖都给拒了。如今您病好了，这些人又要过来问候……"

听到此处，出岫有些不解，心道云逢所言之事并非十万火急，为何他非要等在知言轩里禀报？除非这些送来拜帖的世家里，有什么人物她非见不可。

尚未等她开口求证，云逢已主动送上一张帖子，目光颇为意味深长。

出岫接过低眉一看，不禁想笑。这帖子上的名姓是……明璋、明璎两兄妹。

"您见是不见？"云逢声音压得很低。

出岫捏着帖子笑叹："从来都是讨债的人心急火燎，没见过欠债的人主动送上门来。"她顿了顿，又道，"你去问问他们两兄妹的意思，若是想还债，这事儿你全权处理了吧。"

这意思是拒见了？云逢会意，退了下去。

出岫在垂花拱门前驻足良久，看着在旁护卫的竹影，道："你随我进来。"言罢走进屋子里坐定。

竹影随之入内，见出岫面无表情，更不敢怠慢，沉默听命。

出岫缓缓抬眸看他，问道："沈予去姜地带兵了？"

竹影迟疑片刻，终是如实回道："是。"

"什么时候的事儿？怎没人提起？"出岫有些较真，担心是因为沈予吃了败仗，知言轩里一众心腹才不敢对她说。

竹影见出岫问得如此郑重，也不知当说不当说，唯有打马虎："那时候您病着。后来……我以为淡心和屈神医早就告诉您了。"

出岫秀眉微蹙，似信非信："当真是忘了？那你现在跟我说说，这是怎么一回事儿？"

竹影闻言斟酌起来。他想起沈予临行前一再交代的话，只得隐瞒沈予来过烟岚城的事实，道："姜地突然起了叛乱，天授帝让诚王举荐出兵人选，诚王便举荐了……沈将军。"

竹影原本想说"姑爷"二字，然话到口边又换了称呼。

听闻这番话，出岫秀眉蹙得更深，再问："天授帝和诚王麾下名将众多，为何偏偏派他去？"

"是沈将军自请前往的。"

自请前往？出岫垂眸不语。好端端的，刚从曲州剿灭福王旧部，怎就闲不住呢？姜地又是处处毒物，即便沈予医术高明，也未必能保自己周全。她越想越觉得担忧，又问："如今战况如何？"

"听说叛乱平息了。"

"听说？听谁说的？"出岫连连再问。

竹影顿觉无言，不想出岫忽然问得如此犀利，他一时也找不到什么好借口，唯有道："您卧榻将养期间，诚王前来探过病，时不时地提起过这事。"

出岫似是信了，沉默片刻回道："我知道了。"竹影见状正要告退，又听出岫道，"慢着。"

"夫人，您说。"竹影重新站定。

出岫想了半晌，才缓缓道："你让暗卫去探一探，沈予这一仗是输是赢？若是赢了，何时回来？是直接班师回朝，还是先回烟岚城向诚王复命？务必打听清楚。"

竹影得命，再次告退。待他沉着脸色出来之后，恰好遇上淡心，后者觉出他的不对劲儿，便笑着问道："这是怎么了？夫人给你好果子吃了？"

竹影无奈地摇头，没有多说。

"喂！娶了媳妇，不认妹子了？"淡心气鼓鼓地睁大双眸，双手掐腰故作生气状，"如今你见了我，说话都敷衍。我还没恼你，你倒爱理不理。"

竹影想起从前淡心喜欢自己，如今看她坦坦荡荡，才释然一笑："是我的错，得罪妹子了。"

"那你该对我讲讲，你方才从夫人屋子里出来，为何脸色不豫？"淡心显见不想放过他，依旧不依不饶。

"不是不豫。"竹影沉吟片刻，叹了口气，"是我觉得，夫人病好之后，变了许多。"

"哪里变了？"淡心顿了顿，又道，"若真说变了，也是变得越来越温和了，如今都没见她对谁红过脸。"

竹影摇头："我也说不上来。夫人看似比从前更和顺，但其实更厉害了。"

"你这话前后矛盾，我没明白什么意思。"淡心不解地追问。

竹影低声将今日出岫对聂沛潇的婉拒复述一遍，末了还不忘评价道："这等四两拨千斤的招数，难道不是更胜从前？"

淡心没对此事多做评价，只耸了耸肩："也不知夫人面对小侯爷时，能不能如此狠心。"

"恐怕不能。"竹影脱口笑回。

"为何？你今日总是卖关子，一句话不说个痛快。"淡心嗔怪他。

竹影立刻故作严肃地道："乱说什么？多想想你自己，年纪不小也该嫁出去了，没得光操心别人的事。"言毕，他再也忍不住大笑起来，快步而去。

# 第十五章 千种风情何人说

三月末的傍晚不冷不热，太阳落山后最适宜闲庭信步，尤其如出岫这般大病初愈之人。吟香醉月园里，月朗星疏光华点缀，清风自翠竹之间淡淡穿绕，花香四溢沁人心脾。

世子云承自出岫病后便开始接手云府庶务，为谢太夫人打下手。近日里遇到不懂的账目问题，此刻正逐一向出岫讨教。淡心及浅韵侍立一侧，瞧着这名义上的母子二人言语往来，都是心生感慨。

云承长得太像主子云辞了，在这天色黯淡的夜晚，竟令她们生出一种错觉，好似眼前站着的还是从前那一双璧人。只可惜事实惨痛，离信侯云辞已逝世五年有余了。每想到此处，浅韵和淡心也不禁黯然神伤。幸而夕阳已落，灯影惆怅，出岫与云承说得起劲，并未发现两个丫鬟有何异样。

云承的问题一个接着一个，出岫也答得仔细，最后竟不知时辰已晚。

“母亲可会精神不济？那我明日再向您请教吧。”云承担心出岫太过疲倦，遂道。

出岫也怕一口气说得太多，云承记不住，于是笑着回道：“也好，今日我说的这些地方，你回去下下功夫，好生思索一番。”

云承点头，俊朗的面容上映着月华，酷似故人：“那我陪您回知言轩。”

他此话一出，好似提醒了出岫一件事，她想了想，忽而问道：“承儿，你今年该十四了吧？”

“正是。”

“都是我的疏忽，当年你进府才不到十岁，自然是跟着我住在知言轩，如今你大了，也是时候该搬出去了。近日你留意留意，这府里若相中哪处园子，只管开口。”出岫停顿片刻，又道，“按例你十三岁便该开园单住了，不过去年事情太多，我几次想起来，又给忘记了。”

云承闻言只道："儿子随意，但凭母亲做主。"

他刚说到此处，管家云逢却禀报入内，瞧见园子里人多，又站着不说话。

云承见云逢欲言又止，知他是有话单独与出岫商谈，便知趣地带着浅韵离开。淡心见状也笑道："我去给云管家奉杯茶。"说着转进园子里的小隔间。

云逢看了一眼那消失的鹅黄色背影，才对出岫道："前几日明家兄妹登门拜访一事，我已按您交代的话转达了，但他们兄妹二人执意要来拜访您，只说是有要事相商。"

"要事？"出岫目光潋滟泻出一丝笑意，"除了欠债一事，我云氏与明氏没什么瓜葛。"

云逢亦是叹道："他们很执着，初开始只派了个得脸的下人过来；前几日换了管家来送拜帖；今日是明璋亲自过来，又送上一张帖子……说是无论如何也要见到您。"

"还真挺执着的。"出岫再笑，"那你是如何将他打发走的？"

云逢斟酌一瞬："我说夫人您大病初愈，前来问候的世家太多，如今还不得空。"

出岫满意地点头："这主意甚好，你去回他，若是真想登门，可没法子加塞儿，让他们候着吧。"

她说得随意淡然，不带一丝感情起伏，云逢亦猜不到出岫心中所想。他只知道，凭他对云辞和叔叔云忠的了解，云氏必定是与明氏有深仇大怨，才会精心设下一个布置了六年的局，花费这天大的数额去算计明璋。

云逢见出岫对此事浑不在意，心中忽然有些不安，只怕这其中有诈，便忍不住劝道："夫人，明氏兄妹既然如此执着，许是真有什么要事……要不您松口见见？"

闻言，出岫眸光落在云逢身上，好像对他为明氏兄妹说话而感到意外。又见云逢面上一副坦荡之色，这才收回眸光，低眉沉吟起来。

云逢见出岫一直不开口，以为自己惹恼了她，正打算告罪，耳边忽然轻飘飘掠过来两个字："也好。"出岫顿了顿，又问，"今儿是什么日子？"

"三月二十八。"

"那你告诉明氏兄妹，我日子紧，让他们四月十八再过来吧。"

"为何是四月十八？"云逢不解。

"随口说的。"出岫笑回，"总得晾他们二十天才行。"

"那我明日就去告诉他们。"云逢受命。

出岫"嗯"了一声，未再多言。

气氛忽而静谧下来，令夜晚的吟香醉月园有些诡异。也许出岫自己并不觉得什么，云逢却觉得尴尬。当初两番痴心求娶，都吃了闭门羹，第二次更是遇上云辞之死，也令他看出了这女子对云辞的一片深情。至此，不敢继续奢想。

可心却似管不住一般，每每总忆起出岫的玲珑浅笑。这几年来，他最渴盼的便是每年三月底，各地各行业的管事前来报账，那是他一年之内能光明正大看见她的唯一时候。

一年一年，他也见证了她从一个小小哑婢变成出岫夫人的传奇过程。旁人也许不知道他究竟花了多少心思留意出岫的事情，但这些年来出岫一步步杀伐决断、名动天下，他了解内情之详细，几乎便如亲眼所见。

每每向叔叔云忠打探时，叔叔总会警告他死心，可是……身份差距已如云泥之别，难道还不许他相思一场？当初匆匆娶的一房妻子终于发现他心有所属，怀孕三月时伤心小产，最后郁郁而终。

不是不愧疚，但自从他误闯知言轩小院的那一刻起，那惊鸿一瞥已注定了此生他要心系于她。纵是得不到，若能天天看着，也觉得心满意足了。

好在皇天有眼，叔叔临终之前举荐他来接替管家之职，如此他才能名正言顺来到云府，有这同住屋檐下日日相见的机会。

想着想着，不禁就想得远了。云逢在心底默默叹气，也不知算是满足的叹息，还是贪婪的叹息。他垂着双目，只用余光去看出岫，虽然并不能清楚看到她的表情，但不知为何，他竟觉得她也在看自己。

果然，但听出岫徐徐问道："云管事丧妻多久了？"

云逢一怔，没想到她会问起这个："整整两年。"想起亡妻，他心中也是一番内疚，"是我对不住她。"

"两年……都这么久了，云管家没想过续弦？"出岫再问。

听到这话之后，云逢的第一反应是想问问出岫：侯爷都死了五六年，你怎没想过改嫁？但他知道这话他不能问，于是只得继续沉默，不予做答。

出岫想起老管家云忠临死前说的话，此刻又见他这副不言不语的模样，也信了七八分。这事若放在从前，只要对方不戳破，她定然会假装不知，抑或故作轻松自然。可大病一场，在鬼门关前走了一遭，她也深知该坦然面对。

就如同能坦然面对聂沛潇的示爱，能有勇气接见明氏兄妹一般，对于云逢的痴心错付，她明知会无疾而终，又为何要故作不知再耽误他？不若挑明了吧。

想到此处，出岫笑问云逢："咱们府里别的不多，一是钱多，二是女孩子多。你若都看不上，也放眼去外头挑挑，以你如今的身份，年轻有为，必能挑到可心之人。"

云逢闻言笑得苦涩："大约缘分还没到，我也不强求。"

"我不是催你，只是瞧你每日为府里忙进忙出，屋子里没个贴心之人。"出岫淡淡解释。

云逢只得回上一句：“多谢夫人挂心。”

出岫未再多言，静默片刻命道：“去将淡心叫出来吧，该回知言轩了。”

方才淡心借口煮茶回避，如今是该叫她出来了。云逢领命往小隔间里而去，忽然觉得淡心也是个不错的女子，知情识趣，而且与她相处并不觉得烦闷枯燥。

只是这霎时起的一个念头，云逢忽然顿住脚步，转身看向出岫，头脑一热脱口而出：“夫人，我想求娶淡心姑娘。”

既然很难再喜欢上谁，那何不娶一个自己欣赏的女子？更何况，淡心是出岫身边的大丫鬟，颇受重用，自己若娶了淡心，这是不是也能变相与出岫更亲密一些？

娶不了心上人，那便娶一个离她最亲近的女子吧。倘若真能娶到淡心做续弦，云逢相信自己第二次做人夫君，会比第一次做得好，至少不会让淡心重蹈亡妻的覆辙。

此时此刻，出岫也很错愕，她没想到云逢竟然会开口求娶淡心……然而更错愕的是，她顺着月光看去，恰好瞧见淡心站在小隔间门前，就在云逢身后几步之遥。

鹅黄衣衫在月色下泛着柔和清顺的美，淡心呆立当场。

十五日后。

出岫见这些日子淡心一直回避云逢，终是忍不住了，逮着机会问她：“你一直避着也不是办法，那日云管家说的事儿，你心里究竟如何想的？”

一转眼，出岫认识淡心近七年了，她其实很舍不得淡心，可也知道身为女子终归是要嫁人的。云逢虽说丧妻，但人品能力各方面都高人一筹，倘若淡心嫁过去，倒不会吃亏。只是出岫顾虑，淡心会对云逢求娶过她的事耿耿于怀，因而她也不敢多劝。

淡心仿佛也是遇到了为难之事，略出了会儿神，才缓缓叹道：“夫人，您说我是不是老姑娘了？如今只能挑个鳏夫？”

“怎么这么说话！”出岫笑着斥责，“你若介意，拒了他便是，咱们再寻个好婆家。”

淡心闻言，轻轻再叹：“其实我很舍不得云府，从小就盼着能嫁给府里哪个俊才，这样便可以一辈子留在主子身边，往后年龄大了，还能继续伺候主子的儿女……正因如此，我才会不知不觉喜欢上竹影……”

“你若真这么想，其实云逢倒算个良配。”出岫笑道，“云逢是管家，比竹影的地位要高，你做了管家夫人，以后可就更上一层楼了。而且，也能一辈子留在府里。”

出岫这句是实话，淡心是知言轩的大丫鬟，本就高人一等，若是再做了管家夫人，从此之后别说在这云府，便是旁支的族人见了她，也得客气三分。

岂料淡心却摇了摇头：“从前我以为自己是舍不得云府，如今才知道，我是舍不得主子。主子走后，我也想开了，做奴婢的，其实看的不是地方，而是跟着什么人。倘若有一日您要离开云府，我必定是跟着您走。”

“瞎说什么！我怎会离开？”出岫连忙驳她，“我会一辈子守在这儿。”

“夫人如花年纪，又是倾城之色，难道真要耗上一辈子？主子泉下有知，怕是要心疼的。”淡心忍不住道。

出岫只微微一笑，没有继续这个话题：“原本是说你的婚事，怎的你又说起我来了？我问你，对于云逢的求娶，你到底是愿，还是不愿？”

淡心没有任何迟疑，立刻正色道：“不愿！我若嫁了他，倘若有朝一日您离开云府，我就没法追随您了。”

饶是出岫病愈之后自诩看淡世事，此刻听了这话也忍不住心头触动，但口中却道：“你说的什么话？终身大事才最要紧！更何况我说了我会守着云氏。”

淡心略略低下头，娇俏的容颜里有一丝犹疑，好似在斟酌与云逢的可能性。

出岫见状再道：“你年纪也不小了，难道要学浅韵一样终身不嫁？我劝不动她，但我不能看你步她的后尘。你若不喜欢云逢也没关系，另觅良配便是了。”

淡心眼眶一红，仍旧垂眸不语。

出岫见她如此模样，反倒更觉得这桩姻缘能成：“其实你与云逢挺默契的，但我不晓得你是否介意做续弦。”

淡心一径摇头，终于再次开口：“他前面那个，人都死了，我有什么可计较的，再者我自己也是一堆坏毛病……而且，我觉得我是真的老了。”

“这话的意思，你是同意了？”出岫瞥着淡心，想要她一句明白话。

淡心仍旧摇头：“不，他心里喜欢的还是您。”

出岫心中原本“咯噔”一声，可再深想一步，又觉得此事没什么可隐瞒的，便坦然地道：“这都过去六七年了，你别放在心上。”

“夫人您会错意了，我没计较。”淡心笑出声来，“我反倒觉得，这些年来他还一直对您上心，可见是个有情有义之人，虽及不上主子和小侯爷，倒也算是难得。”

出岫很意外，她没想到淡心竟会如此看待云逢。若要这么说，这两人其实也算彼此欣赏。出岫不禁想起自己初遇云逢时的情形，当时他就说他认识淡心，还让淡心替他在云辞面前挡下拿错账本的失误。

说起来，他们也是有缘分的，若是那天云逢迷路时没有撞见自己，也许这桩姻缘早就成了，因为云逢的叔叔云忠一直都很相中淡心。

如此一分析，出岫更打算撮合试试：“你和云逢缘分不浅，只是从前没到时候，你心系竹影，他也另娶佳人。既然你不计较他曾娶过妻，我反而觉得他与你很合适。云逢那性子必定处处忍让，日后只会是你欺负他。”

淡心听到此处，脸已红得像熟透的果子，再一跺脚：“我算听出来了，您是云逢的说客！”她气得樱唇微翘，面上一副倔强模样，“您越帮他说话，我越不待见他！”

“我的好淡心，你可别因为和我赌气，错过了这桩姻缘。”出岫哭笑不得，“你喜欢老实寡言、痴心执着的男子，竹影便是如此，云逢也恰好符合。嫁给他，你就能永远留在云府，而且他也喜欢你，至少是欣赏你的。那你还犹豫什么？”

从前竹影喜欢浅韵，淡心明知这一点，却还默默喜欢着他……出岫推测，淡心拒绝云逢的求娶，并不是介意云逢曾喜欢过谁，也不是介意他曾娶过妻。

“我可提醒你一句，适当捏捏架子也没什么，女儿家是该矜持一些。但你若态度坚决，让云逢伤了心，错过了可未必会有更合适的人选了。”出岫敛去玩笑神色，郑重说道。

听闻此言，淡心咬着下唇没有作答，似在认真思量。出岫知道她还要犹豫一段时日，也没有继续劝说：“这事勉强不来，不过无论你做出什么决定，我都尊重你的意愿。”

淡心低下头仍不说话，出岫便冲她摆了摆手：“我这儿有几个小丫鬟便够了，你自个儿去歇着吧，也好生想一想。”

好似是为了配合出岫这番话一般，此时竹影恰好进来禀道：“云管家在外求见。”

近日但凡云逢必须亲自过来知言轩，便每每先请竹影代为传个话。在出岫看来，这正是体贴淡心的一种行为——云逢怕淡心尴尬，但又适时提醒她，他仍在等着。

于是出岫也不顾及竹影在场，当即问了淡心一句：“你还要躲着？”

淡心忙不迭点头，耳根灼红道：“您方才刚说过要放我的假，这会儿我可要走了。”说着竟拉住竹影的袖子急匆匆往外走，看样子应是询问他的主意去了。

出岫忍着笑，估摸淡心已经走远了，才命云逢进来，颇有深意地调侃：“你最近不来知言轩了，怎么今日又过来了？什么事儿劳您大驾？”

云逢苦笑着摇头：“这要感谢竹影给我机会，非要让我将这封密报呈给您。”

出岫疑惑地接过密报一看，恍然大悟。云逢和竹影向来分工明确，一文一武：

各地生意上的奏报、场面上的书信往来都由云逢负责，但各地暗卫的密报都是经过竹影的手。而此刻出岫手中的这封密报，上头标有云氏暗卫的记号，应是竹影分内的差事。

大约是竹影也想撮合云逢和淡心，这才找借口让云逢将密报送来知言轩。出岫没想到他婚后开窍了，如今还能想出这鬼主意来，遂忍不住再次调侃云逢："如今我知言轩上上下下都是你的眼线，我看淡心这回跑不了了。"

云逢不说一句话，将出岫的调侃生生受下。出岫也怕耽搁了暗卫送来的密报，不再多言打开来看，但见其上写着："姜地叛乱已平，沈予率一万先锋军先行返回复命，五日后抵达烟岚城。"

这是上个月让竹影去打听的消息，沈予赢了！出岫由衷而喜，再读了一遍密信，视线最终落定在"五日后"三个字上。她似想起了一件事，再问云逢："明氏兄妹何时过来？"

云逢想都没想，立刻回道："按照您的意思，定在四月十八，即五日之后。"

"这日子倒是撞上了。"出岫捏着密信笑道，"姑爷也是那日凯旋回城。"

云逢从前对沈予知之甚少，最早听说这个人，是因为沈予在出岫和云辞的婚书上做媒证，后来又听说他长住烟岚城，心里也隐约猜到一点他的心思。然而云逢未曾料到，沈予最终娶了云大小姐……

云逢原本以为沈予死心了，但前些日子出岫重病时，沈予的所作所为太过震撼，竟违逆圣意擅自离京，不眠不休为出岫赶路而来。只这一点，云逢都要对他另眼相看，也自问没这个勇气如沈予一样奋不顾身。

此时此刻，云逢瞧着出岫面上泛起的喜悦神色，便觉得自己从没资格喝这缸醋，于是倒也坦然了："姑爷平乱凯旋，当真可喜可贺，咱们是该好生庆祝一番，设个家宴。"

出岫点了点头，交代云逢："我估摸着，那日晌午诚王定要设宴为他接风，咱们还是将家宴定在晚上吧，这事由你亲自负责。"

亲自？这话一出，云逢也意识到了什么。以往设顿家宴，交代给副手和厨房便行了，何须他亲自盯着？看来，出岫将沈予看得很重……

云逢心中如是想，面上倒没表示出来，只问出岫："那明氏兄妹前来拜访一事……可要押后？"

"不必。"出岫干脆地笑道，"那日我会去城门处凑凑热闹，明氏兄妹若来了，便让他们等着吧。"

转眼到了四月十八，这一日天色未亮，淡心便兴致勃勃地起身，去往出岫屋子里侍奉她穿衣。未料想，出岫早已起了，而且穿了男装。

“夫人好早。”淡心“咯咯”而笑。

出岫瞥了她一眼：“我让竹影在醉仙楼订了靠窗的雅间，你要去吗？”醉仙楼在距离南城门半里路的街道边上，楼高五层，视野开阔，靠窗而坐，便能将城门下的人与景尽收眼底。

“去！怎么不去！若不去，我也不必起这么早。”淡心很兴奋地道，“醉仙楼今日肯定人满为患！”说着主仆二人已迈步从知言轩出来。

天色将明未明，呈现出一片灰白颜色，时辰还早，竹扬特意打了灯笼出来。三个女子坐上同一辆马车，竹影骑马跟在后头，一行往醉仙楼而去。

车夫紧赶慢赶，终于用大半个时辰赶到醉仙楼。出岫等人从车内出来的一刹那，天色恰好突的一明，朝阳从山后一跃而出，暖色橘红洒向人间。

便如此刻出岫的心情，由暗到亮，豁然开朗。

竹影已事先打点好一切，包了五楼临街的一个雅间。几人不分主仆围坐一桌，连早饭都在醉仙楼里用过了，街上才渐渐热闹起来。

出岫稍稍探首窗外往右看，轻松可见冷硬高阔的南城门，再看左侧，那汉白玉材质的四座牌坊剔透耀眼。而醉仙楼，恰好坐落在南城门和汉白玉牌坊之间，能将两侧景物尽收眼底。从前云氏的牌坊没建起来时，这里曾是南城门附近的制高点，若说俯瞰街景，当数第一。

“你这位置挑得不错。”出岫随意夸了竹影一句。

话音刚落，却听街上响起一阵急促的马蹄声，三五十人铠甲闪烁，当先一人有些眼熟。出岫眯着双眼辨认半晌，才看出他是聂沛潇的侍卫冯飞。

“探路的过来啦！”淡心拊掌笑道，“这是诚王的人马吗？出来接人的？”

出岫点头，“嗯”了一声。

许是为这些军骑士兵的威严所慑，路人纷纷驻足而看。不多时，街上已围满了熙熙攘攘的百姓，扰得南城门入口内拥挤不堪，摩肩接踵。

“这么个情况，一会儿大军还怎么进城啊？”淡心又嘟囔一句。

仿佛是为了配合她这句话，淡心刚说完，自诚王府方向忽然来了无数齐齐整整的步兵，开始疏散人群，然后又列队于道路两侧，整装侍立形成人墙，将百姓隔绝在外。沿途还设有红绸华盖，以示喜庆热闹。

路人见状，凑热闹的也越来越多，饶是有步兵疏散挡着，大家也都不约而同朝城门处看，盼着能目睹什么大事发生。

出岫也盯着城门处，唯恐错过沈予入城。

忽而，街上所有士兵齐刷刷跪地，那铠甲相磨之声与兵器捣地之声混在一起，甚是铿锵。另有两队步兵也从北边跑出来，穿过四座牌坊列队于两侧，并同时抬起盾牌挡在身前，恭候着行军中礼节。

聂沛潇一骑飞掣，怒马鲜衣而来。紫金绶袍是他的亲王服色，迎着日渐升高的朝阳，泛起浮动的金光。出岫虽隔得远，却也能感到他的意气风发，须知沈予在他麾下，此次平乱及时，的确是值得开怀。

出岫没见过更大的作战场面，只看着眼前这成千士兵，脑中已浮出“金戈铁马”四个字。而此时聂沛潇也已翻身下马，大步向南走去，所到之处百姓逐一下跪行礼，遑论军中将士。

倏尔，城楼之上号角奏响，声声庄严肃穆。出岫心中一紧，放眼看向南城门处，恰好瞧见几位士兵将城门打开，数不清的先锋军浩浩荡荡步入城内，城门上也有队队将士层层林立。

听说，此次沈予只带了一万人马入城复命，看这样子应是快到了。两年多未见，出岫迫切想知道他变成了什么样子，在刑部和军中相继磨砺之后，他是否变得比从前更加稳重迫人了？

捧起茶盏在手，茶香清淡，其上雾色缭绕，水汽浮来。出岫低眉品了口茶，一心想象大军入城时该是怎样的壮观，那期待与欢欣隐隐交织，竟让她有些莫名的紧张。

终于，窗外的号角声渐渐低沉，至于悄声。可与之呼应的是，南城门外忽然传来金鼓擂动，声如雷鸣，响彻天际。鼓声隆隆之后，一道低沉的号角再次响起，铁蹄踏来、大地震动，出岫面前的茶盏也被震得“咣咣”直响。

方才还阵阵喧闹的烟岚城，刹那间静谧下来，整座城池蓦然隐于无声之中，只余庄严肃穆。

碧空之下，万里无云，出岫望见一面紫色大旗高高擎起，猎猎幡动，其上标榜一个“诚”字。不可否认，饶是这一仗乃沈予率军，但若没有诚王在背后授意支持，只怕沈予新将入主，不会领兵领得如此顺利。

这般想着，街上已是万众翘首。伴着渐行渐近的沉沉铁蹄，城门口倏尔涌起无边无际的铠甲光亮，折得满城日光射向四方，如瀚海银波辽阔璀璨，生生耀了所有人的眼。

出岫高高坐于醉仙楼上，还能清晰听到整齐划一的步伐落地声。身穿银光铠甲的将士们齐齐下马，那铿锵脆鸣之声仿佛能震动整座烟岚城。两侧百姓这才找回了神思，不约而同爆发出一阵热烈的叫好声，响彻天际。

醉仙楼上，淡心率先捂住双耳，扯着嗓子喊：“我要聋了！”可这话瞬间便淹没在街上的喧天掌声中，无人能够听见。

出岫也被这声势吊起了精神，不禁站起身来探向窗外，这才发现两侧其他雅间都是窗门大开，宾客各个探首在外，说是削尖脑袋也不为过。

此刻她只觉得心跳极快，几乎要被外头震天的声响充斥得窒息。蓦地，一声巨响振聋发聩，入城的一万铁骑纹丝不动同时立定，铁甲摩擦铮铮作响，齐齐望向南城门处，威严肃穆迎接主帅入城。

沈予，终是回来了！

这一刹那，春风也变得料峭肃杀，仿佛带着猎猎之气。

城门大开，将士肃立，一骑白马忽而飞踏入城，马上之人银盔战甲，手持佩剑，风驰电掣云雷而入。那佩剑上的红缨肆虐风中，飒飒飘扬犹如战旗飞舞。

霎时，城内大军阵形风云变化，迅速列成十个方队，铿锵如一振声高呼："恭喜诚王得胜，恭喜沈将军凯旋！"

"旋"字一出，在天际划过绵远之音，久久回荡不息。一万铁血战士同时喝出这一声，当真是震天动地直冲九霄，竟比方才的场景更令人心折生畏。这是从姜地征战凯旋的浴血英雄、壮志男儿，唯有曾经上过沙场、披荆斩棘、生死一线的将士们，才能喝出的豪迈与威慑！

出岫被这勇猛的呼声震住了，一颗心紧绷到无以复加。她握着窗框的手有些颤抖，忽然不敢去看街上那白马银甲的主帅，仿佛方才眼前一掠而过的锋利银光，只是梦幻一场。

都说"近乡情怯"，其实"近人情更怯"。

出岫缓缓闭上双眸，深深吸了口气，耳边再次爆发出百姓的欢呼声，如汹涌潮水般一浪高过一浪。听到这红尘喧嚣里的鲜活人声，她好像踏实了一些，这才再次睁开双眸，举目去寻找那匹白马、那身银光铠甲。

此时此刻，沈予恰好驭马穿行过云氏的四座牌坊，朝聂沛潇的方向驶去。然而在经过最后一座牌坊时，他却忽然勒马而停，仰首望向牌楣上的四个金漆大字——贞节牌坊。身姿挺立、孤独挺拔，铠甲沉重而锋芒闪烁。

这一眼，生生晃了出岫的视线。她极力眺望，想要看清沈予的身形与表情，无奈只能看到他骑在马上的一个背影。

出岫心中泛起苦涩，将方才的喜悦与迫切冲淡许多。再回神时，沈予已彻彻底底勒马停下，纵身一跃落定在聂沛潇面前，双手抱拳、单膝跪地，恭敬行了一个军中大礼。

聂沛潇作势虚扶一把，笑着不知对沈予说了些什么，继而立刻有侍从端上托盘，其上搁着两个酒杯。聂沛潇与沈予各执一杯，共饮而尽，算是喝了一杯迎归庆功之酒。

街上的欢呼声依然经久不息，出岫还能听到隔壁雅间里有人探头出来说话："这是哪位将军？威风凛凛啊！"

听到这句话时，出岫简直激动得热泪盈眶……她望着沈予徐徐转过的身形，终于看清了他的面庞，虽然隔得很远，但很清晰，异常清晰。

两年多未见，如今这个凌冽风发、睥睨傲然的将军，竟会是沈予！那周身所散发的肃杀之气如此强烈，几乎能令遥遥在望的众生感到胆战，至少，出岫已为之生颤。

她知道，这气质绝不是花拳绣腿能培养出来的，沈予必然是经历过生死血战才能练就至此。出岫能想象到他在军中吃了多少苦头，经历过多少锤炼……

试想，聂沛潇麾下大多是天授帝的亲信，精兵铁骑猛将如云，各个都是南征北战、军功甚高之人。沈予若要整肃三军听命于他，除却聂沛潇的大力支持外，必然要有骇人听闻的辉煌战绩，才能用武力和鲜血来征战服众！

可他做到了！单看今日入城的一万先锋军，出岫便知道，沈予真的做到了！短短两年之内，他已从一个风流放浪的世家公子、一个身败名裂的罪臣子弟，一步一个脚印，赢得了如今的身份地位——威远将军！

姜地何其复杂诡异，任谁出征都要再三掂量。出岫相信，经此一役，南熙朝内再也无人敢小觑沈予！审明氏一案、剿福王旧部、平姜地叛乱……从文到武，他完成了真正的蜕变！

从前，都是沈予见证她的一路成长，今日，终于轮到她做了一次见证人！见证他从无到有的过程，见证他练兵之精、治军之严，名扬天下得胜凯旋！

出岫不知古语中"威震六合"到底是何意，但此时此刻，此情此景，她相信纵然天授帝聂七在此，也要为之动容震撼！

出岫站着，听着，看着，面朝窗外肆意地流着泪，不愿让身后的淡心等人看见。直至缕缕春风抹干她的泪痕，直至她已能平复自己五味杂陈的心情，她才缓缓回身重新在案前坐定，静默无言。

"竹影留下，你们先去车上等我。"她看着面前的茶盏，轻声说道。

淡心与竹扬不敢有议，领命离开雅间。两人推门而出的那一瞬，醉仙楼里的纷繁人声飘入屋内，出岫充耳所闻，皆是询问方才入城的主帅是谁，以及对他的啧啧称赞。

欣慰吗？大约无人比出岫更加欣慰了。转眼间，他们相识已近八年，占据了她人生里的四成时光，也是她最璀璨、最热烈、最坎坷、最难忘的八年。

人生能有几个八年呢？只可惜，她在最好的年华里遇上了他，却并非是他最好的年华。倘若当初彼此相遇时，沈予是如今这等面貌，也许一切结局早已改写。

但，人生之凄美，便在于那些意外、那些错过。她意外地遇见了云辞，意外地爱上了他，意外地与沈予错过。

可出岫认为，无论以后沈予是否再娶，自己是否再嫁，这八年时光所磨炼出的情分，曾互相扶持走过的日子，终将成为他们心中一笔共同的财富，无可替代。

如此出神许久，周遭的喧嚣声才渐渐平息，街上的人群熙攘四散，雅间里也能隐隐听到外头的脚步声。大家把热闹看够了，见了诚王和威远将军，自然是要离开的。

出岫垂眸再看街上，但见那一万先锋军已分列十队，整齐有序地上马离开。这次大军扎营在城西，只在烟岚城停留三天，然后聂沛潇将亲自率军回京州复命，沈予作为头等功臣，自然也要随军前往。

论功行赏是意料之中，出岫已能想到，京州城里那些攀高踩低之辈，那些曾在文昌侯府倒台时落井下石的人们，这一次要自打脸面了。只是不知道，沈予扬眉吐气之后，是会逐一报复，还是一笑置之？

出岫猜测大约是后者。她笑着垂眸再看窗外，聂沛潇和沈予二人仍旧站在原地说话，前者大约是在向后者询问这一次的战况。

眼见天色快到晌午，日光越发强烈，出岫这才对竹影笑道："咱们回府吧。"她边说边往窗外看去，想要再看沈予一眼。

此时街上那些将士正列队上马而行，队伍已离开过半，但聂沛潇和沈予都没有动身上马的意思，似乎在等什么人。出岫正有些好奇之际，却见他两人已结束交谈，沈予忽然转身指向南城门处，不知对聂沛潇说了句什么。

出岫顺着他所指方向回望城门口，遥遥看见一辆软红马车辘辘入城，正朝着聂沛潇和沈予的方向不紧不慢驶来。马车旁边还有一人骑马随侍，正是出岫送去京州的清意！

清意也算沈予的心腹了，这马车既然由他护着，还是尾随一万先锋军入城，可见车里应是什么重要人物。出岫仔细打量那马车的装饰布置，猜测应当是……世家女眷所乘的车辇规制。

女眷……这两个字在出岫脑海中一闪而过，就此定格。

正想着，那辆软红马车已穿行过四座牌坊，缓缓停在距离聂沛潇十步开外之处。沈予连忙走到马车前，掀开车帘说了句什么话，饶是出岫离得很远，也能感觉到此刻沈予忽然收敛起杀戮之意，周身换作一泓温和清润的气质。

紧接着，马车里缓缓伸出一只盈白的手，露出一角浅绿色的女子衣袖。沈予顺势握住那只手，小心翼翼地扶着绿衣女子下了马车。

那身着浅绿衣裙的女子面朝北、背朝南，出岫看不见她的样貌表情，但沈予与她相对而立，恰恰是面对着出岫。温和、俊笑、关切等表情逐一从沈予面上掠过，他仍旧握着那绿衣女子的手，似在嘘寒问暖。

竹影亦瞧见了这一幕，心中突然生出一股不祥之感。他用余光瞥了出岫一眼，见她依旧毫无表情看着窗外，便也没有多说什么。

再看沈予，此刻终于松开了绿衣女子的手，两人并肩而行，真真似一对璧人。而且，沈予还时不时地侧首在她耳畔悄声低语，如同护花使者一般将她引至聂沛潇面前，应是互相作了介绍。

出岫定睛细看，清楚瞧见聂沛潇面上一闪而过的错愕。但只一瞬，他已恢复如常，噙笑颔首。

绿衣女子顺势俯身行礼，朝聂沛潇盈盈一拜，后者则嘴唇翕动客套了几句。三人又聚在一起说了些什么，不多时，聂沛潇朝身边的侍从打了个手势，侍从立刻恭谨地牵马过来，他便率先上马朝城西驶去。

而沈予则搀扶着绿衣女子重新上了马车，自己还亲自驭马护送她的车辇，随在聂沛潇身后朝西而去。

一直到软红马车和沈予的银光铠甲消失在视野之内，出岫才缓缓收回目光，转而再看竹影，道："走吧。"她语气寡淡，面色如常，看起来并无任何异样。

竹影不知她心中作何想法，但却发觉，相比方才她隐隐约约的紧张、激动和欣慰，此刻的出岫显得太过平静，好似已无悲无喜。竹影终是没有开口多嘴，护送出岫打道回府。

一路上坐在马车里，淡心一直赞叹着方才的场面，还时不时地夸赞沈予几句，但出岫一句话都没接，只淡淡笑着回到云府，心思莫测。

刚跨入大门，云逢已迎了出来，他也顾不上避讳淡心，敛声禀道："夫人，明氏兄妹已等了快两个时辰。"

明氏？出岫回想一瞬，才忆起今日确然应承了明家的拜帖，怪只怪自己早上一心去看沈予入城，倒将这事给忘了。

出岫向来自诩过目不忘，记忆惊人，然而此时此刻她却发现，无论如何努力，她都记不起明璎的长相了。印象中那个善妒、高傲的世家小姐，如今只剩下一个模糊的骄纵的影子。

曾经有多不甘，多屈辱，多绝望……如今皆变成了过往云烟。方才去看沈予进城，出岫才蓦然发觉，她与明璎的恩怨已过去许久了，足以抹去前尘。若不是那五千万两黄金的生生提醒，她会完全放下。可云辞六年多前便开始部署，她怎能辜负他的筹谋？

她自然要将云辞未完成的计划进行到底。

出岫沉吟良久，才对云逢问道：“赫连大人可来了？”

云逢否认：“只有明氏兄妹二人。”

赫连齐没来？出岫颇为意外，但须臾又明白过来，他这是摆明不愿插手明璋欠债的事情了。

出岫在心底默默思量，又看了看自己的一身男装，再对云逢道：“让他们兄妹去待客厅等着，我换件衣裳就过去。”

# 第十六章 相见争如不见时

两个时辰前。烟岚城近郊的吹花小筑。

这座园子并不大，只有一座不高的小楼，但胜在清幽寂静、别致精美，也算是一座不错的别院。吹花小筑从前是南熙朝内一位官员的私产，五六年前他因有求于右相明程，便将这座小园送给了明氏。后来明璎出嫁，明程又将其转送给了爱女，算是她的陪嫁之一。

一年多前，沈予审理明氏一案时，明璎已嫁去了赫连氏，因此这座吹花小筑才免遭没收充公。而明氏兄妹与赫连齐，近日便一直住在此地，盼着能找机会拜访诚王及出岫夫人。

如今的明璎，已不再是右相嫡女、皇后的侄女了。到底是遭遇过家门巨变的人，不比从前锋芒显露，但性情仍旧强势。尤其是明氏家道中落之后，她被迫将主持中馈的权力交还给婆婆，赫连氏族人也越发不待见她。只这一点，便令她心有不忿。

“如今放眼南熙朝内，最为显赫的便是诚王爷和云氏一族，这都是家底深厚、拥立有功的人，咱们一个都开罪不起了。”明璎一边对镜梳妆，一边幽幽叹气，神色无比感伤。

自从知道出岫接下明璋的拜帖之后，赫连齐心中也是百味杂陈。他知道，如今的出岫夫人已并非软弱可欺的晗初，别说明氏已经倒台，即便明氏屹立不倒，出岫也不会再惧怕明璎。遑论如今明璋还欠下了云氏的巨款……所以这一次明氏兄妹去云府拜见，他根本不担心明璎会伤害出岫。

赫连齐正想着，但听明璎再道：“今日我与大哥前去拜访出岫夫人，你务必要去诚王府等着，即便见不到诚王本人，你也不许离开。”

赫连齐最反感明璎的强势口气，便下意识地冷笑一声，讽刺她：“我为何要去？”

明璎也不恼，从梳妆台前转过身来，对他道："你想想，如今诚王和云氏盘踞烟岚城南北两端，哪一个咱们敢得罪？倘若诚王知道咱们先去见了出岫夫人，他会怎么想？他必然以为咱们没将他放在眼里，或者以为咱们与云氏有什么见不得人的诡计。因此你才要去诚王府，让诚王明白，咱们是一碗水端平，两家一个都不得罪。"

"你想得还真细致，只怕是多虑了。"赫连齐又是一声冷嘲。他自问认识聂沛潇多年，在这些礼节礼数上，后者向来不是循规蹈矩之人，又哪里会想这么多！

明璎早就见惯了赫连齐的冷淡，听了这话，只瞥他一眼回道："都说百无一用是书生，我若身为男儿，自当比你更能看清朝中局势。"

"你不也嫁了个书生吗？"赫连齐面无表情，"我自然比不上岳父大人能看清朝中局势。"

自从明氏倒台之后，明璎最听不得别人讽刺她的家世，此刻登时恼了，单手指着赫连齐道："你这话什么意思？如今我明氏倒台了，你也敢对我大呼小叫了？当初若没有我父亲和姑母替你撑腰，你能年纪轻轻就做到刑部侍郎？你赫连氏能有实权在手？"

"我的确没有实权在手，那你当初为何嫁我？"赫连齐反唇相讥。

是啊，自己为何要嫁他？明璎鼻尖一酸，叹道："这么多年过去了，你还是忘不了晗初。"

赫连齐面色一凝，没有做声。

明璎垂目又道："我知道，你以为是我放火烧死她的。但这事真的与我无关！"

"我没说是你放的火，你多心了。"赫连齐仍旧语气冰冷。

听闻此言，明璎更觉一阵酸楚。这些年来，她至少在赫连齐面前澄清过五六次，自己不是烧死晗初的幕后真凶。但每次她如此解释，赫连齐总是冷淡地回一句——"你多心了"。

他始终不肯相信她。夫妻之间，全无信任。可她已为他生儿育女，如今是离不开了，更何况明氏已经倒台，攀附赫连氏，是她唯一的出路。

明璎兀自神伤感慨，却听门外忽然响起一声招呼："小璎、妹婿，你们收拾好了没？"

明璎连忙回过神来，朝门外回道："这就出来！"言罢再看赫连齐，又回到最初的话题："你到底去不去诚王府？"

赫连齐冷笑道："听说今日沈予率军回城，诚王要设宴犒劳军中将士，只怕一整天都不得空……明知去了会吃闭门羹，那我为何要去？"

明璎见状也不再勉强，反倒叹了口气："所以我才说，这个出岫夫人真不简单。沈予那个乱臣贼子，要不是做了云氏的姑爷，又由她力保，怎能咸鱼翻身，还抄了我明氏！”说到最后一句，明璎已隐隐带了记恨之意。

赫连齐侧目看她：“你如何知道是出岫夫人力保沈予？难道不会是诚王保举他的？”

“不会。”明璎颇为自得地分析，“真要论起身份来，诚王与天授帝手足情深，他又怎会举荐福王的妹婿入仕？要知道从前福王和天授帝可是死对头，诚王才不会那么傻，这不是给自己泼脏水吗！”

话到此处，明璎顿了一顿，低声再道：“反而是世人传言，从前天授帝龙潜房州时，和出岫夫人有私……”

“情”字尚未出口，只见赫连齐已倏然起身，蹙眉斥道：“你胡说什么！”

在明璎面前，赫连齐总是冷漠讽刺居多。此刻明璎见他突然发起火来，有些惊讶，立刻反唇回道：“你发什么火？难道我说错了吗？她年纪轻轻一个寡妇，若没有手段，怎么可能带着云氏达到巅峰地位？必定是当初慕王在背后支持她。”

“明璎！”赫连齐真的恼了，直呼她的全名，再斥，“你若再诋毁她半句，立刻给我回京州去！”

明璎尚且不知出岫夫人是谁，见赫连齐如此着恼，只觉得一头雾水，抄手摔了案上一个茶杯：“这都什么时候了！你不想着帮我哥还债，还跟我闹！”

许是屋子里动静太大，外头的明璋等不及了，推门而入：“怎么又吵起来了！”

明璎冷哼一声，强忍着委屈不愿掉泪。

明璋知道妹妹性子强势，妹夫多为隐忍，便道：“好了好了，今日还要去云府，若是晚了有失礼数。如今你哥哥我还有求于她。”说着他又转向赫连齐问道：“妹婿你去吗？”

赫连齐瞥了明璎一眼，意味深长地回道：“我不去了……我也不去诚王府，我就在这儿等着。”

他等着看明璎见到出岫后的反应，等着看她气急败坏地回来。这等报复的快感，赫连齐已等了太久。

再看明氏两兄妹来到云府，等了近两个时辰也没见到出岫，明璋倒是很有耐性，明璎却已大为不满。她见厅内四下无人，连奉茶的丫鬟都跑个没影，不禁小声抱怨：“一个奴婢出身的寡妇，好大的架子！”

明璎边说边伸手摸了摸凉透的茶盏，再冷哼一声：“也不知离信侯府是什么规矩，丫鬟都不知道添茶吗？”

“小璎！”明璋低声喝斥一句，四下看了看，才谨慎地道，“你说话当心。”

明璎自知兄长这话不假，也只得转移话题，问道：“大哥，你可有把握说服出岫夫人？须知你可是欠了天价的债务！”

明璋沉吟一瞬，回道：“还可以吧，我有五成把握，就看出岫夫人识不识轻重。”

明璎闻言，似笑非笑说了一句：“可惜你早已娶妻，云氏也没有第三个女儿可嫁了。否则你大可效仿沈予去做云氏的姑爷，这事儿也就水到渠成了。”

话音刚落，门外响起一个温婉又不失威严的女声：“两位久等了。”

明璋与明璎尚未反应过来，已看到云逢跟在一个白衣女子身后进门，介绍道：“这就是我家夫人。”

明氏兄妹立刻起身，按照礼数不便直接去看门口，只得垂目相迎。两人扫见一角白色裙裾逶迤飘逸，鼻中也忽然摄入一丝浅香，紧接着，那白衣女子已莲步轻移从眼前掠过。

出岫目不斜视从明氏兄妹面前走过，缓缓落座于主位之上，还不忘对他二人款款相请：“二位请坐。”

“二位”这个词实在说得极微妙，没有尊称，没有敬称，没有逢迎捧高，也不见踩低。说来也是，如今明氏倒台，明璋和明璎身份大跌，也算不得什么贵客。但他兄妹两人听着这句“二位请坐”，还是觉得异常讽刺。

然而讽刺归讽刺，偏偏又寻不出什么怠慢之意，况且，说话之人声音温婉甜糯，听起来也没有嘲讽的意思，这才真真是高明之处！

明璎气不打一处来，偏又不能发作，唯有极力克制着重新坐下，还得勉强噙上微笑，假作什么都没听到。她正想抬头瞧一瞧传说中的出岫夫人是何等气魄，可目光还没落在对方脸上，先听到身侧的兄长低低赞了一声。

明璎有些好奇，便顺着明璋的目光向主位看去。第一眼，觉得那出岫夫人有些眼熟，美貌无匹；再一眼，心中一惊不敢相信；最后定睛细看，脑中“轰”地炸开，如遭雷击！她瞪大双目猛然起身，颤抖着抬手指向出岫：“你……你是……”

出岫目色无波淡然回视，轻声问道：“怎么，明夫人不舒服？妾身今日俗事缠身，又恰逢诚王平乱得胜，因而耽搁了时辰，让两位久等了。”

明璋也对明璎的反常举止很诧异，低声提醒她：“小璎！”言罢再看出岫，只感觉眼前这女子美得惊人，连他阅女无数都大为惊艳。不过众所周知，明二公子好色，明大公子好赌，因此纵然出岫貌美，他也不会失态。

想起方才出岫的客套话，明璋不禁正了正神色，回道：“夫人言重了，是我兄妹二人冒昧登门，您莫怪才是。”

明璋话虽如此，但也知道出岫夫人是刻意晾着他们，否则断不会选在今日会客，这是在给他们下马威。这般想着，他余光瞥见明璎仍旧呆立而站，便尴尬地对出岫解释：“我这三妹是为夫人的气质所慑，失仪了。”

出岫只浅笑回道：“您太客气了。”转而再看明璎一眼道：“夫人请坐吧，若是身上不舒服，可不要勉强。”

明璎仍旧沉浸在震惊之中，将出岫上上下下打量一番，心中打鼓自问：晗初不是死去多年了吗？怎会成为云氏当家主母？难道这世上真有如此相像之人？

像，实在太像了！不过面容虽一样，气质却大不相同。从前的晗初，就如一朵娇弱的花儿，经不得半点风吹雨打，看着便让人想要怜惜呵护。明璎一直认为，正是晗初的那份楚楚可怜，才会让赫连齐念念不忘。

而眼前这位出岫夫人，身上散发着清纯与美艳两种风情，光艳逼人，又偏偏淡然出尘，有一种不食人间烟火之气。她每一个表情、每一句话语所流露出的姿态，能令世间一切女子为之自卑。

明璎目光在出岫面上流连不去，久久说不出话来。出岫便任由她打量着，很是坦然，只向明璋问道：“不知您二位前来，所为何事？妾身听敝府管家说，不是为了还债而来。”

明璋闻言颇为尴尬，又分心担忧着明璎，无奈只得厚着脸皮道：“不瞒夫人，从前在下好赌成性，全仰仗云氏出资襄助，在下也为此不胜感激……但当初云氏肯慷慨解囊，是看在明氏的面子上，如今敝族的状况您也瞧见了，一时半刻这钱只怕还不上了。”

出岫仍旧噙笑，表情未改淡淡回道：“无妨，左右是利滚利。今年还不了，那就明年还。明公子还不了，还有您的子女不是？再者明夫人是赫连一族的长媳，想来这事赫连大人也不会不管不问。”

明璋见出岫语气温和，可说出的话却如此强硬，最要命的是自己还不能发火……他稳住心神，叹息道：“都说‘墙倒众人推’，赫连氏虽是姻亲，但也指望不上了……实不相瞒，这笔数目实在太大，以敝族如今的状况，的确有心无力。”

听闻此言，出岫清眸睨着明璋，秀眉轻挑：“明公子的意思是，这钱不还了？”

“不！不是不还。”明璋解释道，“在下是想与夫人您商量商量……如今明氏倒台，不知可否烦请您举荐在下重新入仕……只要凭您之力，在下必能重振明氏，来日这钱自然也就还上了。”

听明璋如此一说，出岫只觉得恶心。无耻之人实在忒过无耻，欠债不还也就罢了，还想诓着云氏出钱出力，保举他重新入仕……尤其听明璋这口气，也不知以后要搜刮多少民脂民膏。

想到此处，出岫直接一口回拒：“实在抱歉，这条件妾身不能答应。”

她只说了这一句，也没说任何缘由，明璋见她如此干脆，也不好再劝。他想了想，只得说出此行的另一个目的："既然夫人不同意，在下也不勉强，但还有另外一事相求。"

出岫颇有耐心："明公子既然来了，但说无妨。"

此刻明璋也顾不得再去看明璎的反应，斟酌片刻道："这第二件事，完全是出于在下的私心……还请夫人您高抬贵手，放我明氏一条生路。"

"哦？此话怎讲？"

"您的妹婿沈将军主审我父亲时，算是用尽了手段，若不是他，我明氏也不会落到如此地步。请夫人看在这件事的面子上，能将这笔债务减免一些。"明璋顿了顿，又道，"其实沈将军当初去抄家时，也落了不少油水。"

这话说得真是恬不知耻。难道因为沈予是云氏的姑爷，又负责主审明氏之案，所以明家倒台就得云氏负责了？还是说，因为沈予抄家时得了好处，他明璋的债就不用还了？

出岫心中冷笑，暗道明家果然各个蛮不讲理。至此她也不愿再听明璋继续说下去了，佯作看了看门外天色，道："时辰不早了，眼看着要开午膳。二位若不嫌弃，便在敝府用个午饭吧。妾身孀居之人多有不便，便让云管家作陪招待。"

逐客令也下得太快了，尤其留饭还让一个管家作陪！饶是明璋再厚颜，也知道自己是被彻底拒绝了。眼见出岫欲起身离去，他心中一急，忙将最后一道撒手锏使出来："夫人可别忘了，我家二弟是被云三爷害死的！"

说了半天，终于说到正题上了！出岫本已逐客，听了这话反倒沉下心来，连方才的厌恶都懒怠，端起茶盏啜饮一口："明公子是想拿此事要挟妾身吗？"

"不敢。"明璋自知这话说得鲁莽，但如今他破罐子破摔，也别无他法，只得道，"在下没有要挟，只是想让夫人明白，云氏也并非一分一毫都不欠明氏！"

两年半以前，明二公子明璀和云羡争抢一个姜族妓女，并为此大打出手，最后云羡失手将明璀打死……这件事曾闹得满城风雨、人尽皆知。当时右相和明后曾在聂帝面前不依不饶，更想以此为条件与云氏谈判。

出岫犹记得，当时她已猜到明氏闹大是为了谈条件，可她万万没想到，明氏所谈的"条件"竟是一笔天价债务！也难怪慕王会答应相帮云羡，根本就是因为明氏所欠下的巨债，他自己也有份参与算计！

云辞，真是瞒得她好苦！慕王，真是守口如瓶！当如今真相大白于眼前，出岫自问所能做的，便是不让云辞失望，至少要让云氏这些年的损失重新回到口袋里！

既坚定了这个信念，出岫也是面色一沉，再问明璋："明公子既然不是要挟妾身，那您旧事重提，到底是什么意思？"

明璋见出岫不悦，便没有将话说得太过分，只道："常言说'冤家宜解不宜结'。再者当年是我二弟性喜渔色，又夺人所好，才会落得被云三爷失手打死……可二弟死后，我明氏都没有多做计较，将心比心，为何夫人不能高抬贵手？"

"将心比心？"出岫只觉得好笑，当初对于明璀之死，明氏可是不依不饶来着，若非慕王从中斡旋，明氏怎会善罢甘休？只怕他们非逼着云氏免除这笔巨债才行……

出岫静下心来仔细分析，今日明璋为何会咬着明璀之死不放？还不是因为云羡是老侯爷仅剩的骨血，他笃定云氏不会眼睁睁看着云羡丧命。

出岫恍然发现，方才她小瞧了明璋。心中越恼，她面上越是笑吟吟地问："哦？以您之见，妾身该如何高抬贵手？"

明璋瞥了一眼自家妹子，见明璎神魂俱失，没有开口帮腔的意思，也知道指望不上她，唯有自己一口气说道："我二弟当初好歹是皇后子侄，一条人命难道抵不上几成债务？"

出岫笑着反问："以您所见，明二公子这条命，能抵上多少真金白银？该不会是黄金五千万两吧？"

明璋不动声色，将问题撂了回去："云三爷这条性命值多少钱，我二弟理应同等价值。"

好一个"同等价值"！出岫几乎要拊掌赞叹。今日明璋说了这么多话，唯有这一句才能真正让人听出水平来。出岫没有即刻回话，睨着明璋沉默不语。

后者见状，乘胜追击道："离信侯与云二爷相继病逝，老侯爷的血脉仅剩云三爷一人。当初明氏没让云三爷以命偿命，这笔债又要如何算？您看云三爷的性命值多少钱，那就抵掉多少债务吧。"

明璋说出这番话时，面上没有丝毫惧怕，相反隐隐带着几分胸有成竹和跋扈之意。出岫明白他话里有话，也就是说，倘若今日这债务谈不拢，云羡的性命不保……

出岫大为光火，但又担心明璋说到做到。明氏虽然树倒猢狲散，可这个家族盘踞京州多年，必然还有不少心腹藏在暗处。而云羡如今也在京州，敌在暗我在明，防不胜防……

显然，明璋这番话捏住了出岫的软肋，她的确不能让老侯爷唯一的血脉有任何闪失："明公子将话说到这份儿上，妾身倘若再不松口，就是不识时务了。"

出岫樱唇微启，似笑非笑，教人看不出是生气还是平静："明人面前不说暗话，您觉得明二公子一条命值多少价，妾身照单全收便是。不过丑话说在前头，倘若您说能抵五千万两黄金，那未免狮子大开口。"

听了这话，明璋心中大喜，也识时务地退一步，道：“岂会？在下只想让夫人将这些年的利息给去了。”他顿了顿，又道，“是两千万两黄金。”

“那剩余三千万两呢？”出岫再问。

“剩余的债务，在下自有办法筹措。”明璋自信满满。

出岫只得点头，故意在明氏兄妹面前叹道：“看来以后云氏不能随意借债，万一遇上您这等厉害角色，妾身可吃不消，连利息都要不回来了！”

明璋不知自己欠债是被云氏算计，只讪讪一笑，掏出一张准备好的契约道：“劳烦您在这张纸上签字盖印，算是彻底免了这两千万两黄金的债务。”

“搁着吧。妾身办妥之后，自然会差人送去吹花小筑。”出岫懒得去看明璋手上那张纸，只问，“不知两位何时返回京州？”

“不日之内。”明璋答得隐晦。

出岫点头：“好，但愿两位一路顺风。”

她最后四个字咬得极重，明璋听见却是一惊：“夫人这话的意思是……”

“意思是，妾身预祝两位能平安抵达京州。”出岫不冷不热解释一遍。

明璋冷笑，暗想出岫夫人果然软硬不吃：“承夫人吉言，倘若在下三个月内没有返回京州……后果您可自行想象。”

果然……看来明璋来房州之前都已经布置好了，倘若他没有如期回去，则云羡性命堪忧。出岫冷眸一凝，露出几分厉色，但没有再说话。

明璋也怕当真惹恼出岫，再笑道：“夫人今日高抬贵手之恩，我明氏兄妹必然铭记于心，不敢忘怀。”

“但愿如此。”出岫冷冷回道。

“今日说话多有得罪，实是迫不得已，还望夫人海涵。天色不早，我兄妹二人告辞。”明璋说着看了一眼明璎，见她还失魂落魄坐着不动，很是奇怪，只得起身碰了碰她的手臂：“小璎，走吧。”

明璎被明璋碰了一下，这才回过神来，见兄长已有去意，她也站起身，却是看着方才被明璋碰过的右臂，定定不语。

出岫知道明璎在想什么，可她已无暇再周旋下去，更不愿与明氏兄妹再多相处一刻。见明璎仍旧站着不动，她便从主位上起身道：“妾身还有庶务在身，恕不远送。”言罢边走边朝外头唤道：“云逢，送客。”

然刚走到明璎面前，出岫忽然感到一阵阻力，低眉一看，自己左臂的衣袖已被她紧紧拉扯住。

“明夫人这是何意？”出岫凝眸而问。

与此同时，明璋也很讶异：“小璎，你做什么？”

明璎却不管不顾，当众捋开出岫的左臂衣袖，将那一截玉臂皓腕裸露在外。恰在此时，云逢也进了屋内，见此情景不禁大怒，上前一把扣住明璎的手腕，冷喝一声："明夫人自重！"

明璎对周遭一切恍若不闻，只定定看着出岫光裸在外的手臂。但见那左臂之上，有星星点点的疤痕，虽然已变得很浅很淡，可仔细一看，还是能想象出从前那些纵横交错的伤疤是什么模样。

这些伤疤，都是当年明璎亲自用簪子划下的，一笔一笔，一道一道，她又怎会忘记？于是她倏然抬头看向出岫，语中爆发出无穷恨意："果然是你！晗初！"

"什么！"明璋与云逢异口同声惊呼，出岫反倒显得很平静，只冷冷道："放手。"

明璎又哪里肯放？不仅不放，还用指甲死死掐进出岫的肌肤里，一边使力一边大哭大笑："原来是你！你怎么阴魂不散！"

她似患了失心疯一般，双目猩红、面容狰狞，右手依旧掐着出岫的手臂，左手顺势抬起就要一巴掌扇去，破口大骂道："贱人！你害得我好惨！"

手起掌落，眼看出岫便要被这疯女人扇了巴掌，关键时刻，竟是明璋眼疾手快挡了一下，在离出岫眼前三寸之处，适时捏住了明璎的手腕。

与此同时，门外也传来两个男子的声音："住手！"

屋内几人循声望去，门外一人紫袍金绶，一人铠甲寒光，正是诚王聂沛潇和威远将军沈予。

话说这两人原本在城西设宴犒劳三军，都已到了城西大营，却发觉云氏未有一人前来恭贺，撇去沈予和出岫的关系不谈，按理说，明面儿上沈予还是云氏的姑爷，云氏又是这烟岚城的半个主人，为何今日这么大的喜事，竟不见一个云氏的人？这于公于私都很出奇。

聂沛潇越想越觉得蹊跷，便命冯飞去云府探探消息。一个时辰后，冯飞带话回禀，说是明氏兄妹今日拜访云府。

聂沛潇闻言大惊，犒劳宴上匆匆给沈予和先锋军们端了杯酒，便驭马朝城北的云府疾驰而去。冯飞见聂沛潇走得匆忙，也意识到将有大事发生，又不敢声张，只得带着沈予一并跟在他身后护驾。

沈予一路在聂沛潇身后驭马追随，这才发现他是朝着云府方向去的，于是连忙打马与之并驾齐驱，二人一边骑马一边说话，沈予这才了解内情。

若要说出岫与明璎之间的恩恩怨怨，这世上除了当事人之外，怕是没有比沈予更清楚的了。他不知晗初为何如此傻，竟要接见明氏兄妹，这不仅会将她出岫夫人的真实身份泄露出去，更难保明璎不会做出什么疯狂之举。

倘若世人得知，名满天下的云氏当家主母、忠贞节烈的出岫夫人，竟是当年醉花楼里的名妓晗初……沈予几乎可以想象，届时会有多少闲言碎语扑面而来，云氏的名望也必定会因此受到连累。

而这些恰恰是沈予最不愿意看见的，他不愿看到好友云辞的家族，还有他心爱的女子，再受到任何伤害……

于是，一位诚王、一位威远将军，两人因为同一个女子的安危，急匆匆赶来云府。聂沛潇平日与出岫往来甚多，更在她病重时经常探视，门童便也认得他，而沈予是云氏的姑爷，又曾长住烟岚城，门童更不会多加阻拦。两人顺顺当当进了云府，一问明氏兄妹仍在外院的待客厅，便亟亟赶来。

哪知他们还没跨进门槛，便瞧见了这一幕——明璎死死抓着出岫光裸的左臂，扬手作势挥掌而落。只差一点，那一巴掌险些落在出岫颊上了！

聂沛潇与沈予岂会善罢甘休，两人一并跨入待客厅内。聂沛潇自然认得明氏兄妹二人，率先冷冷开口："你们这是做什么？"

他说话的同时，沈予已一手推开明璎，护着出岫后退两步，低头查看她的伤势。但见两道猩红血痕蜿蜒在她手臂之上，另有几个深深浅浅的指甲印儿错综交叉，虽然知道伤势不重，可那鲜血淌过出岫白玉般的手臂，实在令人触目惊心！

沈予看得一阵心疼，转头对云逢命道："还不快去拿伤药！"

云逢这才想起来，连忙吩咐随侍的小厮去请大夫，并将府中的药箱拿过来。

这边厢，沈予见出岫的伤口流血不止，想要暂时为她包扎一下。怎奈他自己甲胄未脱，想要找块布都没有。耳中听着聂沛潇对明璋的质问，沈予脑中一转，视线最终落在狰狞愤怒的明璎面上，立刻上前拽过她的左臂，冷冷道："明夫人，得罪了。"

但听"刺啦"一声传来，沈予已将明璎的左袖当众扯下，任由其一条左臂露出来，好似刻意"以彼之道还施彼身"。紧接着，他将扯下的衣袖中，夹在中间的那层布料抽出来，去为出岫包扎伤口。

出岫本能地向后闪躲，却被沈予握住她光裸的左臂。那身铠甲骤然闪烁，寒光熠熠，他便在这片冷光之中抬目看她，关切嘱咐："别动。"说着又低下头去，仔仔细细为她包扎伤口。

直到方才沈予抬头的那一瞬间，出岫才真真切切看清了他的模样，在时隔近两年半之后。

沈予晒黑了，肤色比从前多了几分古铜色，更添阳刚之气。与早上她看到的一样，他身上那股肃杀之气分外慑人，至少，慑住了出岫本人。

不消片刻，沈予已将出岫的伤口包扎完毕，小心翼翼地卷下她的衣袖，轻声道："先将就着，一会儿药箱拿过来，我再给你仔细处理。"

出岫听了这话，没来由地鼻尖一酸，忽而理解了“久别重逢”该是怎样一种感动。此一时、此一刻，面对活生生的沈予，她竟是忘了今日发生的所有不快。

然这样的想法只是一瞬而过，出岫立刻想起明璋今日的来意，还有那五千万两黄金……既然下定决心守护云氏，出岫也立刻清醒过来，后退一步，对沈予道：“有劳姑爷。”

沈予眉峰一蹙，渐渐沉了脸色，俊目里似伤非伤。他看向出岫，正欲开口说句什么，此时却听聂沛潇一声喝问：“这府里的护卫都是白养的吗？眼看着夫人为疯妇所伤？”

聂沛潇这句话是冲着云逢说的，显然云逢也很自责，低下头去没有说话。

然而这事本就与云逢无关。出岫轻声开口，对聂沛潇回道：“殿下误会了，是我让竹影他们退下去的。”

“我”字一出口，沈予又是眉峰一蹙，为了她不自觉地亲昵自称。原来，出岫在聂沛潇面前不再自称“妾身”……

出岫却尚未发现沈予的不悦，她仍旧对聂沛潇解释道：“明公子与明夫人登门而来，说有要事相商，我便让竹影他们退下了。”

其实出岫扯谎了。事实上，是方才她在更衣时，竹扬忽然胃口不适、一阵作呕，出岫才知道这是怀孕了，小两口却一直瞒着不说。出岫为此将竹影喝斥了一顿，又许他两日假，让他陪竹扬出去透透气。

谁能料想，时隔多年之后，明璎的恨意竟还如此强烈，胆敢在云府公然出手伤人。到底是自己大意了，出岫不怪别人。

聂沛潇听闻出岫这一番解释，才算面色稍霁，问她：“这兄妹二人果真是有‘要事’找你？”

出岫先深深看了明璋一眼，才回道：“的确是‘要事’。”

“谈完了没？”

“谈完了。”

“很好。”聂沛潇点头，看向明璋，“你兄妹二人既然和夫人谈完了要事，也该与本王谈谈‘要事’了。”他脸色霎时一沉，高声命道：“冯飞，将明璋、明璎兄妹押走！”

“殿下！”明璋大吃一惊，“我兄妹二人何罪之有？”

“何罪？”聂沛潇目光落在明璎裸露的左臂之上，大感厌恶地道，“欺入民宅，动手伤人，不算有罪？”

“这是个误会！”明璋连忙解释道，“舍妹忽然抱恙，情绪失控，才会一时不慎伤了出岫夫人。”他瞥了一眼出岫，似威胁似恳求：“夫人，您快向诚王殿下解释解释吧。”

出岫看向明璋，见他凝眉沉目，话中颇具深意，又想起云羡的性命还捏在他手中，只得违心对聂沛潇道：“殿下，这的确是一场误会。”

“误会？”聂沛潇俊目闪过一丝寒芒，再看明璋，“你兄妹二人见到本王不下跪、不行礼，这行为算不算藐视天威？这罪名够不够打入天牢？”

“这……”明璋一时语塞，停顿片刻才道，“方才事态紧急，我兄妹于礼数上多有疏忽之处。可这屋子里没行礼的也不只我们两个，殿下理应一视同仁。”

还想拉人当垫背？聂沛潇冷笑一声：“本王偏不一视同仁。出岫夫人是圣上亲封的一等护国夫人，沈将军也有从三品官职在身。你明氏身为罪臣之后，还想与他们相提并论？”

聂沛潇没再给明璋还口解释的机会，他再看冯飞，面色更沉：“你还不动手？”

冯飞连忙上前，伸手对明氏兄妹相请：“两位请吧，莫让我难做。”

明璋见情形太过混杂，又有聂沛潇一句“藐视天威”压下来，他也不敢硬碰硬了，唯有再做计较。想到此处，他只得对冯飞道：“有劳大人带路。”

很早以前，明璋便听说慕王是个心狠手辣之人，在封邑房州的大牢里设置了许多酷刑，令人闻风丧胆。而如今看这情形，诚王是存心找碴儿，自己大约也逃不掉了。他拽着一动不动的明璎，道：“小璎，走吧。”

明璎却死死盯着出岫，刹那间犹如发疯一般狂笑不止：“原来你这下贱的娼妓还活着！世人都说你与慕王有私情，原来不止是慕王啊！哈哈！看来今日这屋子里，都是你裙下之臣！哈哈哈哈……”

她自顾自地疯狂大笑，哪里还有半分高贵仪态？尤其这话说得太过放肆，就连明璋也吓了一跳，连忙一把捂住她的口鼻。

明璎被明璋钳制住，本能地开始挣扎，口中还发出“呜呜”之声。那一双眼睛露着狰狞之光，仿佛要将出岫抽筋剥皮、啖其肉饮其血。

明璋见她越发失态，隐隐要将事情闹大，便下了狠手，死死拖着她随冯飞离开。

此刻厅内也算一片狼藉，余下的出岫、聂沛潇、沈予、云逢都站着不动。这三个男人不约而同想起明璎说的那句话——“看来今日这屋子里，都是你裙下之臣！”这话虽难听，倒也给她说中了……

四人心中各有所想，一时皆沉默不语，厅内的尴尬气氛便越发明显。最后，还是聂沛潇打破沉默，适时关切一句：“出岫，你怎么样了？”

出岫回神摇头：“不碍事，我很好。”

沈予听到聂沛潇连“夫人”二字都不称呼了，索性不再说话。

幸好，此时下人们掂着药箱匆匆进来，才使得气氛不再那么尴尬诡异。继而，迟妈妈也搀着太夫人进了门，门外还围着一堆下人。

太夫人显然已听说了整件事的经过，可她面上并无半分不悦，甚至还浮起一片喜色，对聂沛潇笑道："诚王殿下驾到，怎不通知老身一声？老身还没来得及恭喜您旗开得胜，平了姜地叛乱。"

姜还是老的辣，聂沛潇见太夫人有意解围，立刻笑回："您过誉了，这次多亏了子奉带兵神勇，才能顺利平乱。"

太夫人笑着点头，再看沈予道："恭喜沈将军。"她没有称呼沈予为"姑爷"，这倒是令在场所有人都略微惊讶。

沈予亦是颇感惊喜，并且喜多于惊，连忙拱手回道："太夫人客气。"

谁料就在此时，出岫很自然地接过话茬："母亲，姑爷得胜返回，我已吩咐云逢今晚设宴，为姑爷接风洗尘。"

又是"姑爷"？沈予被出岫一口一个"姑爷"惹得心底一沉，至此终是难以忍耐。他看出了出岫的闪躲回避，没等太夫人开口说话，已是脑中一热："我今晚有事，恐怕不能前来赴宴。"

闻言，出岫没有半分表情，只垂眸回道："那改日好了，正事要紧。"

沈予觉得嗓子发干，再也说不出半句话。方才的焦虑、急切、相思本是炽热难耐，如今都被出岫这态度给冻成了冰，凝在心头一阵寒过一阵。他从未觉得身上的铠甲如此沉重，几乎要压得他喘不过气来。

两年半，原来早已物是人非。当初他为她绾发、与她热烈相拥的过往，全部灰飞烟灭！他自问这些年来如此拼命，无非是为了换出岫高看一眼，可到头来都是徒劳，反而将彼此的距离越拉越远……

出岫与沈予的对话如此反常，屋子里每个人都看出了一丝端倪。聂沛潇自然也看出来了，但他不好多问，只得打圆场道："出岫，你伤势要紧。下人都把药箱带来了，先让子奉给你处理伤口吧。"

出岫没有做声，不置可否，沈予便上前接过药箱，想要给她上药。便在此时，又听外头传进来一声禀报："夫人，焦大夫来了。"

出岫立刻转身看向门外，客气笑道："有劳焦大夫了。"

这话一出，无异于打了沈予的脸面。他提着药箱的右手忽然一紧，然后沉沉地将药箱重新放回案上，神色如常地对太夫人道："城西还有一万大军亟需安置，我先走一步。"

说着他又瞥了出岫一眼，见对方还是面无表情，心中更凉，遂继续对太夫人道："我改日再来拜访您。"

这话说得极为生疏，哪里像女婿与岳母的对话？偏生太夫人点头："军务要紧，沈将军慢走。"

沈予颔首，又对聂沛潇抱拳告退："末将先走一步。"

聂沛潇眼见事情已了，出岫又反常得厉害，也认为不便多做逗留，便顺势笑道："本王也该离开了，正好同子奉一起走。"言罢他也看了出岫一眼，蔼声嘱咐她："你好生养伤。"

出岫正盼着他们赶紧离开，便立刻行礼道："多谢您记挂。"言罢让云逢送他二人出府。

聂沛潇与沈予匆匆而来，又匆匆而去，就此返回城西大营。

# 第十七章 前尘往事俱湮灭

出岫的伤并不严重，不必劳烦一个大夫日日往云府里跑。焦大夫简单地给出岫处理了伤口，又将换药的方法和养伤期间的注意事项叮嘱了淡心，然后便告辞离开。

时辰匆匆到了当天傍晚，云府为沈予准备的接风宴却没有如期举行。下人们不敢多问，唯有当时在场的云逢知道，出岫与沈予之间出了问题，而且，很严重。

事实上这两人也真正是彻夜未眠。出岫一直想着白日里所发生的事，沈予则为出岫的冷淡态度而神伤不已。有那么一瞬间的冲动，他甚至想要星夜闯进云府，去问问她到底是怎么了。

两年多的相隔，虽然在她生病时，他曾冒险来看过她，但毕竟一个清醒一个昏迷，彼此没有说过话。其实沈予有满腔肺腑之言，这两年里的心路历程、九死一生的遭遇……他统统想要告诉她。只可惜，她好像并没有兴趣了解。

时光犹如一只凶猛的野兽，将最鲜美的回忆生吞活剥噬入腹中，只留下一片残忍的骸骨。

夜里的城西大营一片孤清，沈予觉得心中好像被剜空了，躺在榻上辗转反侧、夜不能寐。忽而，在翻身之际，他被枕头硌了一下。确切地说，是被枕头下的那把匕首硌了一下。

沈予坐起身来，将枕下的匕首取出。绿宝石的璀璨在夜中闪耀着幽幽光泽，令人心折，匕身上的“情”字镌刻深沉，似能透骨。他还记得自己从清意手中收到这把匕首时的情形，当时他是多么欣喜若狂——

鸳鸯匕首，各执其一，说明出岫对他有情……她托诚王举荐自己，还转赠真金白银……他不是不知，却更恨自己一无所有，偏要她出手相帮。

沈予忽然后悔了，后悔自己不该赌气冲动，应该留在云府问个清楚明白。也许，出岫真有什么苦衷也未可知……

想到此处，沈予再也睡不着了，遂披衣起身走出营外。今晚是清意当值，瞧见这十八九岁的男子斜斜杵在那儿，连连捣头打着瞌睡，沈予只想发笑，但还是基于军纪把他拍醒："在主帅营前当值就这么困？站着你都能睡着？"

清意揉了揉惺忪睡眼，见是沈予看着自己，立刻打了个寒战，睡意全无站得笔直："属下知罪。"

沈予没打算真怪他，但还是戏谑着笑道："就凭你这瞌睡劲儿，若是有叛军潜伏进来割下我的项上人头，只怕你都不知道。"

"咱们这不是打胜了吗！"清意嘀咕一句，"都回到自己地盘上了，为何还不能松懈一把？尤其是您，分明在烟岚城里有私邸，要比这营帐舒服一万倍……您倒好，放着私邸不睡，非要睡在大营里！"

沈予闻言只笑："我作为主帅，自然要与将士们同吃同住。难道要我回私邸享福，将他们撂在这儿睡通铺，喂虫子？"

"那私邸是您自己买的，又不是公家的，您回去睡觉天经地义，谁还敢说什么？"清意不满地回了一句。

沈予拍了拍他的肩，无奈地笑道："我看是你想回去睡吧。"

清意被戳穿了心思，嘿嘿一笑，又捂嘴打了个呵欠，没再吭声。

沈予见他一脸疲倦，也有些不忍，再叹："这些日子辛苦你了，子涵姑娘都安置好了？"

提起这个名字，清意更有了几分精神，抱怨道："女人真麻烦，她一路上挑剔得很。"

"她是我的救命恩人，你可别得罪她。"沈予回道，"女孩子又不是大老爷们儿，挑剔一些、讲究一些都很正常。等咱们回到京州复命，你的任务便完成了。"

"啊？还要再护她一路？"清意哭丧着脸，"将军，换个人行吗？"

"不行。交给别人我不放心。"沈予轻咳一声，又补充一句，"她对我很重要。"

重要？难道能比出岫夫人还重要？清意心里嘟囔，口中却不敢说出来，更不敢妄加揣测那位子涵姑娘与沈予的关系，只得闷闷受命。

沈予见清意不再说话，于是笑问："子涵姑娘还在闹？"

清意摇头："按照您的意思，将她安置在您从前的私邸里。那条件多舒服，她当然不会闹了。"

"那不就得了，我的私邸给她住了，我再回去怎么合适？"沈予叹气，面上生出几分怜惜，"这一路也难为她，跟着我从姜地回来，她吃了不少苦……"

清意听闻这话，心中不禁“咯噔”一声。他原本想问问出岫夫人是否知道此事，可话到口边终还是咽了回去，转而问起云想容：“您带子涵姑娘回京州，那该如何向将军夫人交代？”

“向她交代什么？谁许你叫她‘将军夫人’？”沈予立刻冷下脸色，没了继续交谈的兴致，“你好生守夜，别再打瞌睡了。”说完转身返回营帐之内。

翌日，沈予换了便服，独自驭马前往云府。他特意挑了将近午时才过来，如此便可名正言顺留在云府用午膳，也可以借口探望世子云承，与出岫单独说说话。

门僮见是沈予过来，万分热络地迎道：“姑爷来了！快请进，奴才这就去禀报云管家。”

沈予听了“姑爷”二字，只觉得异常刺耳，但面上没什么表情，径直去了待客厅。他前脚跨进门槛，云逢后脚也跟进来：“沈将军，太夫人请您去荣锦堂。”

沈予应下，双手背负往内院而去。路过知言轩时，他特意多看了一眼，假作随意地问道：“夫人呢？”

“今日一早，诚王将夫人接走了。”云逢如实回道。

是“接”而不是“请”？沈予足下一顿：“去哪儿了？”

“夫人没说。”

听闻此言，沈予心中霎时划过浓烈的失望，又想起昨日出岫为明璎所伤，有些担心她的安危：“夫人身边带人了没？”

“竹影和竹扬歇假了，几个暗卫跟着，诚王殿下也特意派人随护。”

沈予见云逢回话回得利索，也没再多问，一路无话去了荣锦堂。太夫人看上去精神矍铄，特意在膳厅设宴款待，笑道：“只可惜你来得不巧，出岫今日不在府里，否则人可就齐了。”

沈予知道自己的心思瞒不过太夫人，事实上从云辞死后迄今为止，自己想了什么做了什么，太夫人都了若指掌。因此，他也自问没必要再拐弯抹角，便回道：“我有些话想要单独对您说，不知方便不方便。”

“有什么不方便的？”太夫人挥退左右，“你想说什么便说吧，不过我也能猜到几分。”

沈予便单刀直入：“昨日您也瞧见了，晗初一口一个‘姑爷’称呼我，她这是怎么了？还是说……我去姜地征战期间，发生了什么事？”

太夫人眯着眼睛似有所想，缓缓回道：“我只知道她昨天清早还好好的，天色未亮便换了男装出门，说是要去看大军入城。还特意让竹影在醉仙楼定了位置。”

昨日？出岫去醉仙楼看自己入城？沈予蹙眉回想，并未觉得有任何不妥之处。

想了想再问：“那她去见明氏兄妹，是在我入城之后？”

“正是。”太夫人叹了口气，“从前赫连齐和明璎多次送来拜帖，我都不曾过问，她也一直坚持拒见……可自从知道了五千万两黄金的事儿后，她改变主意了。”太夫人想了片刻，又自我纠正，“确切地说，是她病愈之后改变主意了。”

“看来她是怪我瞒着她了。”沈予苦笑，“当初我主审明氏一案，圣上已将此事的始末全都说了。当时我第一个反应就是，决不能让晗初知道，否则她不知会有多伤心……”

“这事是我失算了。”太夫人亦是感叹，“早知如此，我便不让云逢告诉她，没想到她会病成这个样子……”

“恐怕她如今更放不下挽之了。”沈予闻言黯然。他这个外人知道云辞的所作所为之后，都为之动容不已，遑论出岫是当事人……世间无论哪个女子，若能得到夫君如此深情相待，大约都会为之震撼，并心甘情愿为他守寡。

沈予薄唇紧抿，良久再次叹道：“当初我在刑部当差时，没将此事及时告诉她。她一定是在怪我……”

“那也未必。”太夫人神色莫测，反驳道，“也许她并非是因为此事耿耿于怀……”

难道还有别的事？沈予不解地问，“您这话的意思是……”

“意思是你不妨仔细想想，昨日你进城之时，是否做了什么让她误会的事儿？她可是一直在醉仙楼上看你入城，从头到尾看着。”太夫人说完便开始低头吃菜，再也不说一句话。

“从头到尾看着我入城……”沈予想了又想，忽然脑中一闪，掠过一个念头。若要说自己入城时做了什么让晗初误会的事，那必然是——子涵！

他似难以置信，再细想一层又觉得窃喜不已，遂迫不及待地向太夫人求证：“您说……晗初她生气是因为……”

“我可什么都没说。”太夫人头也不抬，一径品着汤羹，想了想，又道，“花氏听说你过来，闹着要见你。我可不掺和，你自己看着办。”

沈予原本窃喜，听闻此言又立刻头痛起来：“您这是帮我还是害我……”

“谁说我要帮你了？”太夫人面色清淡地道，“真要为出岫寻个下家，诚王比你更合适。”

“叮”的一声脆响传来，沈予不慎将筷子磕在了盘子上。

太夫人心中想笑，偏又装作正经万分，沉声再道：“你见不见花舞英我不管，可承儿唤你一声‘叔叔’，你还教过他功夫，总是要见见的。”

沈予一愣，尚未反应过来，太夫人已接着再道：“你用过午膳就去看承儿吧，他还没从知言轩搬出来……”

这是名正言顺给自己创造机会了！沈予大喜：“多谢您成全。”

太夫人笑而未答，只用筷子敲了敲面前的碗，示意沈予快些用饭：“我老太婆午后犯困，你别磨蹭，吃完快走！”

那边厢沈予去了云府，这边厢出岫也和聂沛潇来到房州大牢。昨日明氏兄妹一番折腾，伤在出岫身，疼在诚王心，因而今日一大早，他便亲自来云府接出岫，也不说去哪儿，一径卖着关子。

马车在路上足足行了两个时辰，一直到了烟岚城南郊，那座传说中森冷恐怖的大牢才映入眼帘。出岫四下望了望，其实这是一处风景很好的胜地，山水俱全，郁郁葱葱，正是踏青出游的好去处。

可房州大牢建在此地，又派了重兵层层把守，因此，这有山有水的好地方便成了军事重地，渐渐荒芜了。出岫有些不解，为何当初慕王要把房州大牢建在这么美的地方？且这里是关押重犯之地，聂沛潇为何要带自己前来？出岫心中如是想着，便问道：“殿下带我来此做什么？”

“替你出气啊！”聂沛潇翻身下马道，“走！去看看他们两兄妹如何了。”

原来聂沛潇将明氏兄妹关押在此了，这未免有些小题大做……出岫哭笑不得：“您这是何必。”

“怎么，明璎从前欺负你也就罢了，如今你是出岫夫人，她还敢公然在云府动手？这等骄纵恶毒的女子，难道不该教训教训？”聂沛潇冷哼一声，“还有明璋，我老早就看不惯了。”

出岫仍是站着不动，踌躇片刻道：“殿下，咱们还是回去吧。”

聂沛潇见她一副闲事不惹的模样，颇有些恨铁不成钢：“你怕什么？万事有我担待着。就算今日把她整死了，也不是你的责任。”

出岫一惊：“您对明氏兄妹用刑了？”

“用刑？倒还不至于。”聂沛潇薄唇如削，笑道，“我只是让他们看了看别人受刑。”

“别人受刑？什么刑？”出岫下意识地再问。

这一次，聂沛潇却没有回话，隐晦地道：“你不需知道。”他又作势推了出岫一把，“走吧，都到了门口怎能不进去？”

出岫被聂沛潇轻推着背部，被动地往前趔趄了两步。暮春时节衣衫单薄，她能感到背心正中有一只温热的手掌覆在其上，而那种感觉令她浑身不舒服。

出岫走了两步又停下来，向后闪身避开聂沛潇的手，道：“我自己走。”

聂沛潇也明白她在躲避什么，顺势收手背负身后，颔首笑道：“好，不过里头有点儿冷。”

出岫没再说话，其实心中多少有些忐忑。外人都以为她杀伐决断，可她何曾来过这种地方？尤其是想起这座大牢乃慕王主持修建，曾以种种骇人听闻的刑具闻名天下……出岫不禁打了个冷战，心中也添了几分胆怯。

“别怕。”聂沛潇见她神色犹豫，又道，“这条路很安全，没那些乱七八糟的玩意儿，外头的传言也不尽可信。”

出岫仍旧不大情愿，站定回道：“殿下，算了吧。昨日是我自己疏忽，才为明璎所伤……太夫人也责罚过我，说我半年不掌庶务，人都变得大意了。”

听闻此言，聂沛潇却忽然沉了脸色。他认为出岫是个考虑周全的人，为何昨日会疏忽大意，独自去见明氏兄妹？他百思不得其解，于是昨夜专程派冯飞去查了查云府的近况，这才得到一个消息——昨日一早，出岫去看沈予入城了。

这个消息实在微妙，聂沛潇有理由相信，出岫昨日的失常和沈予回城有关。但这两者之间到底有什么关联，他暂时还没想到，或者说，他不愿进一步深想。

沈予和出岫能互相影响着彼此，这个认知令他心底一沉。聂沛潇强迫自己挥退这些思绪，对出岫笑道：“既来之则安之，这么拖着也不是个办法，今日一并了断不好吗？”

一并了断？出岫斟酌片刻，想起自己与明璎的恩恩怨怨，这才点了点头，跟着聂沛潇迈进房州大牢。

幽森、阴冷、潮湿、不见天日……这是出岫走入牢中的第一印象。一条望不见尽头的甬道，周遭全靠火把照明，有一种如入阴曹地府的错觉。扑面而来的气息带着些微腥气，不，也许是……血腥气。

出岫原本以为会听到许多人的惨叫声，不过好在周围还算安静，甚至是安静得近乎诡异。耳中听着聂沛潇的脚步，她也知道自己不能退怯了，唯有硬着头皮往里走。越走越深，越走越冷，越走越黑，越走越诡异……

出岫的心跳越发快起来，竟觉得自己是在通往十八层地狱……她不自觉地收紧双手，强迫自己不去想、不去看，全然相信聂沛潇。

终于，也不知走了多久，聂沛潇停在了一座牢门前，这座牢门犹如密室一样，看不见里头半分情况。“打开吧。”聂沛潇对狱卒命道。

狱卒领命，在墙上的机关处拍了几下，出岫便听闻一阵“嗡嗡嗡”的声音响起，低沉有力，就连脚下的地砖都产生了震感。紧接着，面前这座严严实实的牢门缓缓朝上升起，露出里头的全貌——是用一根根生铁铸成的牢房，而每根铁柱之间的距离，仅仅够五六岁的小儿伸出一只手臂。

听到外层牢门开启的声音，牢内的两人迅速朝外看去。狱卒高擎火把为聂沛潇和出岫照明，让他们看到了明氏兄妹狼狈邋遢的模样。

明璋原本坐在地上，看清外头的来人之后，立刻起身行礼："罪臣见过诚王殿下。"

聂沛潇冷笑："称什么'罪臣'，你还当自己是'臣'吗？"

明璋立刻改口："草民失言。"言罢又侧首看向明璎，"小璎！快行礼。"

明璎只是坐着不动，目露凶光看着出岫，那目光中的恨意如此强烈，在这晦暗的牢房里还能闪出几分狰狞。

整整七年了，自己的夫君对眼前这个女子念念不忘。饶是明璎再不清醒，此刻也不得不承认，上苍对晗初是优待的、偏心的，将女人最好的一切都给了她。美貌、才华、身份、地位……还有一堆出众的男子围绕着她，如众星拱月一般。

明璎反观自己，虽然做了赫连氏的长媳，又是两个孩子的母亲，可惜家道中落，容颜也不如从前。在晗初面前，她一败涂地，或者说，对方从没将她当作对手。明璎在心中嘲笑自己，良久才从地上起身，徐徐走到牢门处，伸手想要拽住出岫。

聂沛潇眼明手快，护着出岫后退一步，明璎的左手便卡在了牢门两根铁柱中间。她使劲挥手想要去抓出岫，然而最终只是徒劳，唯有破口大骂以泄怨愤："贱人！娼妓！你怎么还不去死！"

"你嘴巴放干净点儿！"聂沛潇立刻喝斥，"是不是要拔了你的舌头，才会好好说话？"

明璎闻言倒抽一口气，似是想起了什么可怖的事情，立刻将左手从铁柱之间拽回来，双手抱头大叫："不要！不要！好吓人！好吓人……"

出岫在门外看着她惊慌失常的模样，大为惊异，连忙转问聂沛潇："她怎么了？"

"没什么。"聂沛潇隐晦一笑，"我方才不是说过了？仅仅是让她看了一场刑讯，如此而已。"

虽然聂沛潇说得隐晦，但出岫也大约能想到，那必然是一个惨不忍睹的场景。她知道聂沛潇是想为自己出气，也知道自己不该置喙他的手段，唯有说道："以后不必了，只这一次已够她害怕了。"

聂沛潇"嗯"了一声，仿佛是故意当着明璎的面说起："你可知，从他们兄妹二人下狱至今，已整整过了一天一夜，但赫连齐一直未曾出现。"

"什么？"明璋、明璎、出岫三人异口同声地反问，皆是难以置信。

尤其明璎反应极大，再次冲到牢门口，双手握住面前的铁柱子，迫不及待地问："你说赫连齐他怎么了？他没去找过我？"

“反正他没来我诚王府。”聂沛潇挑眉看向出岫，“难道他去过云府？”

出岫摇了摇头：“没有。”

聂沛潇笑叹一声，目光刻意投向明璎：“也不知这丈夫是怎么做的，眼见妻子和大舅子下狱还不闻不问……”

“不！这不可能！不可能！”明璎死死握住身前的铁柱子，凄厉地自言自语，“他不会不管我的……他一定是有事耽搁了……我是他的正妻……”

聂沛潇与出岫只看着明璎的失常行为，沉默不语。而明璋则是一脸担忧之色，终于忍不住开口道：“夫人，舍妹已经成了这样子，得饶人处且饶人，你放过我们吧。”

“我从没想过要为难你们。”出岫想起他拿云羡的性命要挟自己，心中忽然涌起怒气，“可你们偏偏要为难我！”

“不，这是个误会。”明璋一把拽过失常的明璎，澄清道，“殿下、夫人，求您二位高抬贵手，给我们兄妹一条生路……”

“那你们为何不给晗初一条生路？”聂沛潇锋锐的脸部轮廓在火光下显得异常冷峻，“尤其是明璎这个恶妇，她当初是怎么对晗初的？”

听到这个久违的名字，出岫恍惚了片刻。她正想开口说些什么，又听聂沛潇再对明璋冷冷道：“想让本王高抬贵手也行，不过本王有个条件。”

聂沛潇侧首看了看出岫，表情稍稍变得柔和，但说出的话语仍旧冷如刀锋：“昨日明璎在出岫夫人手臂上划了几下，本王就以十倍的数目，在她脸上割刀子。只要你们兄妹答应，本王用刑之后立刻放人，绝不再追究！”

在明璎面上割刀子？十倍的数目？那岂不是要让她毁容？“殿下！”出岫和明璋同时开口阻止。

聂沛潇眉峰微蹙看向出岫：“你不用劝我，你就是心肠太软了！”

出岫摇头轻叹：“我不是要劝您，我只是觉得……不值得。”她抬眸再看明璎，后者衣衫皱巴，鬓发凌乱，面上骇得惨白，如同一只鬼魅。这样的女子有什么可恨的？她只觉得明璎可怜。

“当初明璎在醉花楼里放火想要烧死我，我承认自己曾恨得要死，甚至为此失声……可这么多年过去了，我只替她感到悲哀……”

出岫话还没说完，却听明璎再次大哭大叫起来，双手不停地扑腾着：“不！我没放火！不是我烧死晗初的！你为何不信我？！”

“小璎！”明璋死死钳制着自家妹子，迫不得已想要去捂她的口。哪知手掌刚放到她嘴边，却被她死死咬了一口。明璋低吼一声，把手掌从明璎口中抽出来，但见好端端的一只右手，手背已被生生咬掉一块皮肉，变得鲜血淋漓，煞是骇人。

趁着明璋查看伤势一时不慎，明璎已借机挣脱开他的钳制，将整个身子往牢门铁柱之间的缝隙里挤。挤了半晌，她又忽然伸手拽住狱卒的衣服，放声大哭："你为何不信我！不是我放的火！我没有烧死晗初！"

眼见明璎如此失常，出岫很吃惊，尤其听了她这番话，更觉得难以置信。可事到如今，出岫认为她没有必要再骗自己，看这样子她说的是实话了。

于是出岫上前一步走近牢门："真不是你放火烧了醉花楼？"

明璎一边大哭一边摇头，手中还死死攥着狱卒的衣服："不是我……你为何把我想得那么狠心……"

出岫明白过来，明璎已将那狱卒当成了赫连齐。狱卒原本一手举着火把，见一个疯妇拽着自己不肯放手，不禁心中大恼，将手中火把捅到明璎手上烧了一下。

明璎痛苦地呻吟一声，连忙将手缩了回来，却顾不得手背上被烧伤一片，仍旧痛哭不止，已完全神志不清了。

出岫被眼前这一幕晃了眼，忽然有些不忍心再看下去。她正想开口询问火烧醉花楼的内情，却听聂沛潇在身边幽幽说道："的确不是她放的火。"

"那是谁？"出岫连忙追问。

聂沛潇没有立刻接话。唯有明璎的哭喊呻吟在这方狭窄的空间内凄厉回响，经久不散。半晌，一个名字才幽幽响起，出自聂沛潇之口："是赫连齐。"

"是他？"出岫大为诧异。

"的确是赫连齐，他亲口承认的。"聂沛潇将两年半以前赫连齐在千雅阁的那番醉话重复了一遍，包括他当年为何抛弃晗初，为何放火烧死琴儿，又是如何眼睁睁看着沈予救走晗初……桩桩件件事无巨细，说得一清二楚。

事隔经年，重新回忆起那场改变自己一生命运的大火，出岫沉默良久。尤其知道这番内情之后，她发现自己竟然无悲无喜。

明璎在旁自然也听到了一切，便渐渐停止哭泣，忽然清醒过来，尖声反问道："是他放的火？你骗我！那他为何不对我说？"

聂沛潇面上划过厌恶的神色："我怎么知道？你问赫连齐去！"

明璎睁大双眼深深喘气，眼珠子毫无焦点地来回乱转。半晌，她倏然抬头再看出岫，颤抖着声音问道："他是不是知道你是晗初？"

出岫垂眸没有应声，聂沛潇替她回上一句："你说呢？"

只这短短三个字，已给明璎判了死刑。她向后踉跄跌倒在地，双手死死撑着冰冷的地砖，失魂落魄嘲笑自己："难怪他不肯陪我去云府……难怪他不来救我……他是故意的！他要看我的笑话！故意让我去死！"

话到此处，明璎身子一软，再也无力支撑下去，趴在地上呜咽起来。相比方才的大哭大闹和精神失常，此刻她显得克制了许多，伏着身子颤抖不已，双手掩面哆嗦着低泣。

这一刻，明瓔不再是高高在上的公卿嫡女。出岫记忆中那个娇贵、矜纵、明艳、善妒的明大小姐，已被他夫君的冷漠烧为灰烬……

出岫觉得这个惩罚已经够了，相比明瓔而言，她自问要幸运得多，也快活得多。至少，这世上曾有个出色的男子真心喜欢过她，甚至甘愿为她付出生命……

这般一想，出岫深深地怜悯明瓔。她不忍再继续看下去，便低声对聂沛潇道："其实不必毁她容貌，这样的惩罚已足够残忍，您放他们走吧。"

"你不报仇了？"聂沛潇蹙眉问道。

出岫笑了笑："您不是替我报了吗？"

这句话刚说完，只见明瓔倏尔再次抬头，也不说话，只趴在地上仰头看着出岫。出岫则平静地回视过去，任由她打量。

半晌，牢内才响起明瓔颇为怨愤的声音："晗初，你毁了我一辈子！你这贱妓一定不得好死！"

"人必自毁而后人毁之。"出岫淡淡撂下这一句，然后再看向一言不发的明璋："明公子，一事归一事。往后请你自重，不要再拿我家三爷的性命来要挟抵债！"

言罢她轻轻扯了扯聂沛潇的衣袖："殿下，放了他们吧，别脏了你的手。"

聂沛潇深深看了一眼牢内的明氏兄妹，才点头道："好。我送你回去。"

出岫没有拒绝，与聂沛潇一并沿着来时之路往外走。沉重的牢门在两人身后重新落定，再次将脚下的地砖震得嗡嗡作响，也掩去了明瓔的指责与哭喊。

出岫情窦初开的那段岁月，属于晗初十五岁的恩怨情仇，统统在今日彻底埋葬，埋葬在了这座阴暗森冷的房州大牢内……

走出牢房，不知不觉竟已过了正午，出岫忽然有一种"重见天日"之感。目光适应了阴暗的牢房，此刻她竟被阳光刺得掀不开眼帘，只觉得眼中一片酸涩，想要流泪。

聂沛潇颇为感慨地道："出岫，你对谁都很心软，唯独对自己心狠。"

"是吗？"出岫摸了摸湿润的眼眶，竟分不清这是泪水还是别的什么。

"怎么不是？"聂沛潇似叹似笑，"还有，对我也挺狠的。"

话音甫落，恰时一阵暖风徐徐吹过，撩起出岫一缕垂发。她抬手将其绾在耳后，刻意转移话题道："其实这处风景真是不错，当初圣上龙潜房州时，怎会将大牢选址建在此地？没得破坏了好风景。"

终于再次适应了刺目的阳光，出岫放眼远眺，目光所及之处，到处是郁郁葱葱，青山流翠。从前知道烟岚城南郊有块好地方，但因为骇人的大牢建在此地，她从没来过。如今才知，当真是好山好水。

聂沛潇自然知道出岫是在回避自己，也不勉强，玩笑而回："也许七哥觉得，这里是个埋骨的好地方。若有哪些犯人不听话，直接扔出去喂林子里的野兽，连敛尸的草席都能免了。"

说到此处，聂沛潇刻意放低声音吓唬她："你知道为何这里的林子和花草长得好？都是用死人养出来的，这土地够不够肥沃？"

出岫剜了他一眼，没再说话。

聂沛潇怕她生气，也顾不得还有下人在场，立刻赔罪道："你可别生气，我说着玩儿的。"

出岫抿着樱唇仍不说话，埋头朝南走。聂沛潇抬手制止随侍跟着，自己陪在她身边，两人一并信步而行，都没有再说一句话。直至走到一眼汩汩的山泉处，出岫才俯下身子捧起泉水啜饮一口，啧啧道："真甜。"

久违的惬意之感也令聂沛潇大为放松，不禁盼着这一刻能永远持续下去。这天地间只有他和出岫两个人，清风、翠竹、鸟语、花香，还有高山流水。

聂沛潇笑而不语，看着出岫在泉水间肆意把玩，彼此都是前所未有的轻松自在。至少，他同出岫认识这么久，这是头一次，她在他面前卸下所有防备。

想着想着，聂沛潇却忽听出岫问道："殿下今日带箫了吗？"

聂沛潇整了神色颔首笑回："你难道不知我是箫不离身？"他从怀中取出玉箫，再问，"怎么，你想听我吹曲子？"

"《笑忘前尘》您会吹吗？"出岫毫不客气点了一首。

聂沛潇会心一笑，手持玉箫吹奏起来。天地之间，渺远辽阔，白云悠悠，泉水环鸣。只见一个紫衣男子长身玉立、执箫吹奏。他身旁的白衣女子静如烟尘、侧耳倾听。郁郁葱葱的山林将两人重重包围，这画面美得恍惚，时间仿佛也为之停留在这一刻。

玉箫的音色分明是该幽咽，但却被聂沛潇吹出了几分欢快之意，真真似这首曲子的名字一般，能令人笑着忘却前尘忧伤。

渐渐的，曲调变得低缓起来，沉远平旷悄于无声，便如同那个名唤"晗初"的绝代女子一样，消散于暮春的暖风之中，世间再无此人。

这首曲子将出岫的心境表达得淋漓尽致，待到一曲终了，她已噙上浅笑，玩笑道："赶明儿我也该作首诗来酬谢知音。"

"我等着。"聂沛潇说不出是失落还是高兴。

出岫再笑，抬袖遮住耀眼的阳光，望了望天色，道："我出来太久了，是该回府了。”

聂沛潇应了一声“好”，朝着空旷的山谷吹了声口哨。

清扬的哨声在山间来回飘荡，出岫正感到不解，便听闻一声马鸣遥遥传来，似在回应。不多时，一匹枣红色的骏马从远处奔驰而来，嘶鸣着停在了聂沛潇面前。

“我的坐骑，追风。”他颇为骄傲地介绍道。

“这马真有灵性。”出岫由衷赞叹，不禁走到马前，伸手抚了抚马背。然而下一刻，她突然头脑一晕，感到一阵天旋地转。出岫尚来不及惊呼出声，便发现自己已被聂沛潇抱到了马背之上。

“殿下！让我下来！”她惊得花容失色，脱口请求。

聂沛潇二话不说也翻身上马，坐在出岫后头将她圈在怀中，手握缰绳笑道：“坐稳了，我送你回府！”说着扬鞭一挥，驭马绝尘而去。

聂沛潇的坐骑“追风”是万里挑一的良驹，即便负着两个人仍旧能够风驰电掣。他一路环着出岫，驭马从南郊入城，那云雷飞掠的速度使得路人个个为之驻足侧目。好在追风的速度够快，也无人能瞧见马上一男一女的模样，否则出岫真是要羞愧到无地自容。

她从未坐过这么快的马，尤其还是与聂沛潇同乘一骑，这一路简直就是心惊胆战。既恼怒堂堂诚王的孟浪，也为这咋舌的速度又惊又惧，只怕自己一个不当心，从马上摔下来。她唯有死死咬紧牙关，才没让自己惊呼“救命”。

聂沛潇感到怀中的人儿一直瑟瑟发抖，再闻到出岫发间的清香和隐约的体香，他竟觉得有些心猿意马，便缓缓放慢了速度。

刚一放缓马速，聂沛潇立刻听到出岫的喝斥：“殿下自重，快放我下来！”

他这才勒马而停，垂目看向怀中的心上人：“恼了？”

出岫羞怒得耳根子通红，还大口喘着气，只觉得整颗心都要从嗓子眼儿里跳出来一般。她抚着胸口平复半晌，才冷着脸道：“敝府到了，不劳殿下大驾了。”

聂沛潇哈哈大笑起来，连忙赔礼道：“我是瞧着你近日过得不舒坦，才想出这么个法子让你缓解压力。我从前若有烦心事憋在心里不得抒发，便会驭马疾驰，着实会痛快许多。”

也不知是被聂沛潇戳中了心事，还是被他这不疼不痒的态度给治住了，出岫忽然一阵泄气，闷闷地再道：“让我下来。”

聂沛潇眼见已快到云府门前，两人共乘一骑容易落人话柄，于是便翻身下马，又扶着出岫从马上跳下来。他瞧见出岫仍旧沉着脸色，连忙再道：“别生气了，是我欠考虑，下次不会了。”

出岫垂眸也不看他，冷淡而回：“妾身在此与殿下作别，告辞。”说着她已自行转身准备离开。

聂沛潇见她又开始自称“妾身”，已知晓大事不妙，大步上前拦住她：“别……我真错了，我原本是好意。”

“殿下的好意还真是‘特别’。”出岫毫无表情地嘲讽一句，再道，“烦请您让让。”

聂沛潇对她这种态度大为无奈，又见这条路上较为僻静，行人不多，便当真存了几分哀求的口气：“你若心里难受，打我骂我都行，千万可别自己生气。咱们一路进城速度很快，没人瞧见马上是谁，我也是想到了这一点，才敢……”

“才敢什么？”出岫蓦然抬眸，一双清瞳泛着几分疏离冷意，“殿下难道忘了，妾身是个寡妇，您进城时穿过那座贞节牌坊，难道不觉得这行为过分了？”

话音出口，却没有听到聂沛潇再回话。出岫抬眸看他，见他不是看着自己，而是……看着自己身后的云府。出岫心中闪过一丝异样，便徐徐转身看去，眼底立刻撞进一袭湖蓝锦袍。

那个俊逸而又不失刚毅气概的男子，正双手背负站在云府门前的台阶上，面无表情地望着她，或者是……望着她和聂沛潇。

# 第十八章 身在局中人自迷

不知为何，出岫竟有些心虚，好似自己做了什么错事被人逮个正着。她张口欲向沈予打声招呼，却发觉自己咽喉发干，什么都说不出来，唯有立在原地“嗯”了一声，连看他一眼的勇气都没有。

沈予见出岫不看自己，也将目光从她面上移开，走下台阶对聂沛潇行礼道：“末将见过殿下。”

此刻聂沛潇也觉得尴尬，笑道：“你我私下不必拘礼。”说完此话，他也不知该继续说些什么，只好轻咳一声再问，“两日后启程赴京，一切都准备就绪了？”

“随时待命。”沈予敛声而回。

聂沛潇状若满意地点了点头，又想起出岫正恼着自己，便欲借机告辞避上一避：“子奉想必有要事找你，我就不耽搁了。”

出岫也不好在沈予面前对聂沛潇发作，只得俯身行礼：“恭送殿下。”

聂沛潇没再多言，牵过坐骑上马疾驰而去。沈予望着他离去的背影，心里却很是苦涩。他记得今早来云府时，云逢曾隐晦地说“诚王将夫人接走了”，而他方才在门口只看见了一匹马，还是聂沛潇的坐骑“追风”……这就意味着——聂沛潇是和出岫共乘一骑。

正想着，却听出岫轻声道：“别在门外站着了，有什么话进去再说。”

这次轮到沈予“嗯”了一声，与出岫一并迈进云府。

二人一路无话走入知言轩，气氛静默得令人窒息。原本今早沈予来时准备了一腔话语，可此时此刻他却一句也说不出来，好似失去了表达的欲望。

出岫自然不知沈予的心理挣扎，与他一并进了知言轩的小客厅，又命丫鬟奉了茶，屏退左右问道：“你……今日怎么来了？”

沈予见她没再称呼自己“姑爷”，才算好受一些，沉默片刻回道：“我来看看承儿。”

“见着了吗？”

“见着了。”

“怎么，有何感想？”

“他长高许多，也……越发像挽之了。”

两人一问一答，忽然发现这个话题无法继续下去，因为难免会让彼此想起云辞。沈予唯有再道：“承儿进步很快，方才我与他比试了一场射靶。”

出岫想起从前沈予曾教授云承武艺，也不经意露出一丝笑容：“承儿一定比不过你，他的骑射之术都是你教的。”

“启蒙，我只是教他启蒙。”沈予纠正道，“事实上我与他打了个平手。”

“这怎么可能？”出岫根本不信，“你是上过战场的人，承儿纸上谈兵如何能跟你比？必然是你让着他了。”

沈予并未否认，只是笑道：“给他一些信心也没什么不好，我看他很喜欢骑射。”

“这倒是。”出岫点头，“自你走后，我又请了别的师傅来教他武艺，他一直很有兴致。”

出岫说完这话，忽见沈予面有黯然之色，才发现自己说了一个很敏感的字眼——“自你走后”。也是，转眼间沈予已逃离烟岚城四年之久，而这四年内，他们又有两年半没有见过面，这期间发生了太多太多事，太令他们力不从心。

譬如，沈予与云想容有名无实的婚姻。

出岫自顾自感慨不已，同时沈予也在打量着她。昨日在云府待客厅匆匆一面，他记挂她的伤势，周围人又多，他几乎没能好好看她。而这一刻，四下无人，她就活生生地在自己面前，如此真实，再不是渺茫如天上之月，遥不可及。

时光没有在她身上留下任何败笔，相反沉淀了更多美丽。眼前这个女子便如美酒，时隔多年越发香醇，天生的丽质与后天的雕琢，使她成为苍天在芸芸众生中最完美的一幅作品。

沈予看着出岫，再想起这两年半以来自己在仕途上如何艰难，更是大有感慨。抄家明氏时曾遭受的暗杀，在战场上的九死一生……如此拼却性命，说是为了重振门楣，其实归根到底也是为了她。

为了她，他心甘情愿放弃仇恨，只被情爱盈了满怀。

这般一想，沈予好似又有了开口的勇气。他很想问问出岫，方才她是否与聂沛潇同乘一骑，二人又去了何处。但斟酌再斟酌，他还是忍住了，他不想将这次会面弄得更糟糕。

沉吟良久，他最终起了一个安全的话题：“你伤势如何了？”

出岫一怔，这才明白沈予所指。她下意识地抚上左臂，衣袖里明显凸起了一块，是包扎的结扣：“你若不提，我都忘了自己臂上还有伤。”她轻笑一声，再道，“你昨天也瞧见了，其实并不严重。”

沈予自然知道，却还是感到后怕：“幸好明璎的指甲里没有藏毒，否则……”

经他这么一提，出岫才意识到这一点，亦是长舒一口气：“看来我福大命大。”

沈予“嗯”了一声：“明氏兄妹现在何处？”

“被诚王关在了房州大牢。”出岫如实回道。

她原本还想再说一句“近两日就该放出来了”，可话没出口，沈予已先一步疑惑地问道：“房州大牢是关押朝廷重犯的地方，刑讯恐怖骇人。他兄妹二人还不至于……这是诚王的意思？”

“我也觉得诚王小题大做了。”出岫无奈。

沈予没有对聂沛潇的这番作为予以评判，只道：“明氏的水有多深，我再清楚不过。当初圣上信心满满想要对明氏赶尽杀绝，但他最后也不得不妥协，只处罚了右相明程及其妹明臻，仅仅是抄家了事。你可想而知，明家势力不弱……”

沈予说的这番话，出岫当然也想到了：“这话你应当说给诚王听，让他早些放人，若是把明家兄妹惹急了，怕是没什么好果子吃。”

沈予点头，又问：“那你还恨明璎吗？”

出岫摇头：“不恨了。她其实……也很可怜。”

“那……赫连齐你也完全放下了？”沈予再问。

出岫叹笑：“自从来到房州之后，我就再没记恨过了。昨日种种譬如昨日死，早就不记得了。”

听闻此言，沈予不知是该安慰还是该苦恼。安慰于出岫对赫连齐的释然，但也知道，能让她如此释然的原因只有一个——云辞。

唯有遇上更加刻骨铭心的男人，才能忘记从前的负心薄幸……

再联想自己，也不知究竟在她心中有没有占过一席之地。沈予终于鼓起勇气再问：“昨日……你去看我入城了？”

出岫脑子一蒙，下意识地想要脱口否认。可话到唇边转念一想，沈予既然问出了口，必然是笃定确有其事，那自己再否认也没什么意思了。于是她只得点头承认：“嗯，去了，没见过大军凯旋的气势，想去见识见识。”

沈予见她回答得云淡风轻，又怎会相信：“那你瞧见我入城了没？”

“见了，很震撼，也很风光。”出岫低眉想了想，又认为自己说得太过寡淡，便勉强扯出一丝笑意，由衷地赞道，“白马银盔、威严凛然，我都快认不出来是你了。”

“还有呢？”沈予盯着她。

"啊？还有什么？"出岫佯作不解。

"你没看见别的什么人？"沈予略略蹙眉，追问不舍。

出岫仍旧笑着，只觉自己两颊已有些僵硬，但还是故作认真地回想一番，道："军容肃穆、军威严整，诚王治军严明，你带兵有方。"

"还有什么？"沈予直直盯着出岫，不肯放过她面上一丝一毫的表情变化。

"还有……"出岫沉吟片刻，才继续道，"估摸这一仗之后，诚王在朝中的威望又该提升了。"

沈予听出岫越说越不在点子上，甚至还提及了聂沛潇，不由得面色一沉："没别的了？"

"嗯？这话什么意思？"

沈予也不想再继续卖关子，便将话挑明："我昨日回城之时，带回来一个女子，你瞧见她没有？"

带回一个女子……出岫眼前立时闪过那只盈白的玉手，还有那袭浅绿色的裙裾。

饶是时隔一日再回想起来，她也不得不承认，单单是那一个背影，看起来已和沈予足够匹配。然这话出岫并不打算告诉他，便朱唇微抿凝神片刻，故意笑问："哦？你还带了一个女子回来？"

"你没瞧见？"沈予分明看到出岫眸中闪过莫辨光泽，于是他眉峰更蹙。

出岫笑意未改，缓缓摇头："看到那一万先锋军撤去城西，我便离开了。你也知道我昨天约见了明氏兄妹，所以没在醉仙楼里耽搁太长时间。"

出岫一番话说得似真非真，似假非假，真真假假难以分辨，沈予也是将信将疑。他心想倘若竹影还在，他定会私下求证一番，可不巧竹影和竹扬都歇假出去了。

沈予沉吟片刻，正打算解释关于子涵的事，却听出岫已接着笑道："其实遇上合适的女子也好，你与想容终归不是长远之事。若是有了心仪的女子，她又能随军照顾你起居，再好不过。"

沈予霎时变了脸色："你真这么想？"

"嗯，真这么想。"出岫不再看他，垂眸一径看着自己的茶盏，伸手试了试，"这茶凉了，我让丫鬟进来换茶。"说着她便招呼了一声，立刻有丫鬟进来将两人的茶盏换上新的，然后又退了出去。

自始至终，沈予都没再说过一句话，但是他那股在战场上练就的杀戮之气又隐隐散发出来，无端令出岫感到一阵冷意迎面袭来，森寒不已。

屋子里静默了良久，出岫见彼此再也无话可说，便作势起身道："我手头的庶务还没处理完，先去清心斋了。你昨日刚刚返城，必定劳累，也早些回去歇着吧。"

沈予仍旧不做声，出岫便从椅子上起身，定下心思莲步轻移朝门外走。岂料刚走到沈予身边，却被他倏然拉住一只手臂，而且手劲极大。

出岫预感到两人之间将会发生一些不愉快的事，便有心避开。她克制着情绪不敢外泄，故作淡然地笑问：“还有什么事？”

沈予面色深沉，锋利如刃，缓缓抬目与之对望。他目中仿佛藏着一泓深秋寒冷的湖水，冷冽而又伤情：“她不是我心仪的女子，我心仪谁，你不知道吗？”

这句话莫名令出岫心中一紧，仿佛是被什么东西突然撞开了心扉。明明不是深情款款的一句话，更比不得从前沈予说过的万千情语，但她却清晰地记住了这个场景，还有此刻说话之人的表情。

出岫想要避开沈予的目光，怎奈事与愿违，她还是不自觉撞入了他深邃的瞳眸之中。那感觉就好像沈予眼中当真积了一泓湖水，而她无知无觉地跳了进去，溺得无法自救。

这个念头乍起，出岫也被自己吓了一跳。她立刻将手臂从沈予手中抽出来，答非所问，敛神回道：“我真的还有庶务在身，不能再耽搁了。”

“晗初，你这个借口真的很牵强。”沈予直白地指出。

出岫抿唇静默片刻，才又道：“我说的是事实，你要这么想，我也没办法……但我真的要去清心斋了。”

此言一出，沈予几乎能够笃定，出岫是在刻意避谈自己带回来的那名女子。这个认知令他更加确信了出岫是在意他的。可她如此回避也足以说明——她下定决心要和自己撇清干系了。

这般想着，沈予的紧迫感又增加了一分。他站起身来，再次捉住出岫的手臂，不容置疑地解释道：“你听着！子涵是我的救命恩人，我在姜地中了剧毒几乎丧命，是她救了我。”

中毒丧命？这么严重？出岫想要出语关切一句，可话到嘴边却成了：“你告诉我这些做什么？我不想知道。”

沈予只兀自继续解释：“子涵的母亲是姜族人，但父亲不是，因而她身上没有很明显的姜族血统，在姜地也屡遭歧视……她的生父早早抛弃了她们母女，后来她母亲也死了……子涵救过我一命，她求我带她离开，我总不能不管不顾。”

沈予的解释合情合理，出岫也说不清楚自己究竟作何感受。其实她不想再继续听下去，可偏生又迈不开步子，唯有轻声回道：“你做得对，是该好好安置她。”

沈予自觉已经解释得足够，但出岫又忽然忆起了昨日瞧见的那一幕。至少，那个绿衣女子能够光明正大地与沈予并肩而立，无关人伦纲常，更不用担心世人的流言蜚语。更重要的是，他们二者之间没有横亘着一个叫作“云辞”的男人。

想到此处，再想起云辞为自己所做的一切，还有那五千万两黄金……出岫胸口如遭猛击，心头一凝脚下踉跄，几乎又一次痛得窒息。

想忘而不能忘，那埋藏在脑海深处的记忆早已深入骨血当中，每一次触动都是撕心裂肺。出岫试图再次甩开沈予的手臂，奈何对方握得极紧，她唯有无奈地要求："你放手。"

沈予没说话，也没有任何动作，只定定看着她，目光灼烈。

午后窗外的蝉鸣声此起彼伏，捎带着越发炙热的阳光投射到屋子内，也令出岫感到烦躁、心焦、不安，甚至是忐忑。她的手臂还贴着沈予的掌心，虽然隔着衣衫，但却明显能感受到来自他的灼热温度。

一种肌肤相亲的罪恶感油然而生，出岫再次挣扎起来，不忘斥道："沈将军请自重。"

沈予寂寥地笑笑，状似嘲讽："你终于不再唤我'姑爷'了。"

"你要想听也可以。"出岫犹自挣扎。

"晗初！"沈予觉得她这两日简直不可理喻，"我说了这么多，你还误会什么？"

"我没误会。"出岫只好暂时停止抵抗，耐性解释道，"我是觉得，自古英雄救美，美人都是以身相许。你和那绿衣姑娘虽然颠倒过来，是美人救英雄，但也不妨碍她以身相许，如此你也能更好地照顾她。"

出岫的这番话，让沈予感到心头被重重划了一刀。然而几乎是同一时间，他脑中灵光一闪，立刻就抓到了她话中的重点："你怎么知道她身穿绿衣？你不是没瞧见她进城吗？"

"我……"出岫意识到自己说漏了话，便失措地垂下头去，不知该如何是好。

而与此同时，沈予却是精神一振，原本阴霾冷冽的面容涌出柔和的喜色。他急不可待地想要知道她的答案："你昨天在南城门看见她了是不是？你误会了，所以才对我不冷不热？"

出岫依然不肯抬头看他，还趁他喜色忘形之时猛然使力，挣脱了钳制。她连忙后退几步，给彼此拉开一个安全的距离，倔强否认："不！我没去看她……是竹影后来告诉我的。"这一句，她在骗他，也在自欺欺人。

沈予自然不会相信："竹影向来奉行'多一言不如少一语'，他才不会对你说这些……退一万步讲，即便竹影说了，也必定是他觉得这事非说不可。你若心里没我，他为何要对你说起子涵？"

两次听到这个名字，出岫才真正记下来，原来昨日的绿衣女子名唤"子涵"。她不想让沈予瞧见她的心虚，便越发将头埋得更低，不再多说一句话。

沈予见她如此，还是不肯罢休，非要逼出她的真心话来："晗初，你扯谎的水平太差了。如若你方才说的是真话，那你为何不敢抬头看我？你在逃避什么？"

逃避什么？出岫定了定神，压抑下心中逐渐翻涌的热潮，强迫自己与沈予对视：“我没有逃避，也不需逃避，我心里头从来只有侯爷一个人。你要我抬头看你，是想证明什么？沈予，你死心吧。”

“死心？”沈予往前走了两步，目中流露的炽热令出岫无法直视，很不自在。

“你别再过来了。”她见沈予一直朝自己的方向逼近，便不自觉地向后退去。

一个进，一个退，沈予沉默不语、步步紧逼，终是将出岫逼到了靠墙的角落里。出岫大为手足无措，羞怒地再次喝斥道：“你别再过来了！”

可沈予偏偏反其道而行之，又是逼近两步，与出岫面对面站定。此刻两人之间的距离已近得不能再近，沈予只要一低头，便能贴到出岫的脸颊上。

他身上带有长年累月的淡淡药香，她身上是女子天生的幽幽馨香，两种气息在此刻融为一体，变作了另一种极为契合且诱人的香气。沈予深深嗅着，几乎就要把持不住，他挺拔高大的身躯在墙角投射出一片浓重的阴影，将出岫整个人缓缓包围。

这是一个极为暧昧的姿势，出岫下意识地别过脸去，惊慌地弯下身子，试图从沈予的肋下钻出去。谁知对方眼疾手快，一个俯身阻拦住她，出岫躲避不及向后一闪，却又用力过猛，后脑勺眼看就要磕在墙上。

说时迟那时快，沈予忽然伸出右掌护在她脑后。但听“砰”的一声震响，出岫感到后脑勺抵在了一个宽厚温热的物什上。她合上双眸定了定神，这才发现，沈予竟用手掌为她卸去了力道，护着她的后脑没有碰到墙上。

“你受伤了？”她看到沈予右手手背的骨关节处留下几道血痕，显然是方才被墙体蹭破了。

“不碍事，你伤着没？”沈予反倒很紧张地抚上她的后颈，作势探首要去查看她的脑后。

出岫愣怔一瞬，才意识到这是一个多么亲密的动作，远远望着便如两人正在相拥一般。她只觉得脸颊发烫，连忙推了推沈予：“我没事，你快放开我。”

沈予身形一顿，好似犹豫了一瞬。但下一刻，他已更为使力，顺势一把将出岫搂入怀中。他将下颌抵在她的香肩之上，深深叹息：“你怎么这么倔！让你承认在乎我，就这么难吗？”

他说话时呵出的热气一点一点掠过出岫的耳垂，更令对方感到羞赧，出岫只用双手死死推拒着他，一下比一下手劲更重。

然而这点力道又算得了什么？对于沈予而言便如小猫挠痒一般。他轻笑一声，将怀中的娇躯搂得更紧：“两年半了，我真的很想你……你呢？可曾有一丁点儿想起我？”

这短短两句话，便让出岫立刻软了心，原本狠命推拒着的双手也渐渐变得无力，顺着沈予的衣袍缓缓落下。她不知该如何回话，那积郁在心内已久的种种辛酸好像终于找到了宣泄口……

忽而，出岫毫无顾忌地放声大哭起来，泪水汩汩滑落，最后竟不知不觉地伏在了沈予怀中，浑身哭得颤抖不止。从两年半前的那个除夕夜开始算起，直到如今，这中间发生了太多的故事，她独自一人扛着、忍着，实在太累太累了：

一座贞节牌坊、云慕歌的不幸、老管家云忠的病逝、明氏的倒台、南熙局势的变化……还有那突如其来的五千万两黄金，以及云辞所做的一切……每件事都如一座大山压在她身上，令她殚精竭虑、心力交瘁。

不是不想找个人倾诉一番，但又哪里能找得到一个合适的倾诉对象？而此刻面对沈予的咄咄相逼，出岫终是忍不住了，只想大哭一场，将心底所有的艰难辛苦都抛诸脑后。

沈予也没再多说一句，只拥着她，由她在自己怀中哭泣。暮春单薄的衣衫已被出岫的眼泪浸透，胸前一整块布料湿漉漉地贴在他的胸膛，这本该是一种难受的感觉，但沈予却觉得异常幸福。这一刻，等待出岫敞开心扉的这一刻，他已等了太久太久。

从十四岁的晗初，到二十二岁的出岫，八年时间，他人生里最风光无限，也最落魄潦倒的八年，最放纵无知，也最幡然醒悟的八年，最安逸淫乐，也最生死险困的八年，统统在这个女子的见证下走过。

此一时，此一刻，一对紧紧相拥的人儿已经不必再说任何一句言语。出岫这般哭着，痛着，也不知过了多久，她眼底蓦地闪现一丝清明，下意识地向后一躲，停止了哭泣。

沈予见她又开始躲闪，眉峰再次蹙紧："怎么了？"

出岫只觉得眼里一片模糊，被溢满的泪痕挡住了视线。可一并模糊的还有她的心、她的神志，令她不敢去回想自己方才都说了什么、做了什么。明知有些话不该说出口，可她还是说了："抱歉，我方才精神恍惚……将你当作侯爷了。"

一句话，立刻将身在云端的沈予打回地狱："你说什么？"他周身的肃杀冷意又再次弥散开，丝丝缕缕射向身边的娇人儿。

出岫脸色刷白，不敢再看他一眼，狠了狠心，解释道："你身上的药香与侯爷相似……我思念甚深，认错了人。"

"认错了人？"沈予面沉如水，敛声反问。若是此刻出岫抬头看他一眼，便会瞧见他的脸色有多么难看——

寒冷、锋锐、残忍、破碎……一一在沈予面上交织，最终化成濒临崩溃的失望。

那种美梦迷醉之后落空的痛，那种被残忍现实剥落伤口的痛……他觉得出岫身上长满了荆棘，无论谁想靠近，都会被刺得浑身是伤，而他尤其伤痕累累。

痛归痛，失望归失望，但沈予也清楚感受到了出岫的动摇。他有理由相信，她只是在找一个自我安慰的借口，而他也心甘情愿做这个借口："就算你把我当成挽之，我也认了……总有一日，你会看清我是谁。"

这是怎样一种深沉而又卑微的情感？竟能令从前骄傲的沈小侯爷妥协至此？出岫听得直想再次落泪，不禁抬手捂住樱唇，哽咽着道："可我已经清醒了，你不是他，永远不是。"

她不想再耽误沈予了，他今年已经二十有五，别的男子在这个年纪上早已妻妾成群，做了几个孩子的父亲，而沈予却要背负一段有名无实的婚姻，无望地等待着，辜负着旁人，痴痴地继续蹉跎岁月……

沈予自然不知出岫心中所想，可他也不欲再进行这个话题，唯恐说到最后彼此又是不欢而散。他不是抱着吵架的目的而来，他想把握住这机会，于是就势转移话题："时辰不早了，一会儿我还要赶回城西大营。你不是要去清心斋吗？我送你过去。"

暮春的午后已有些燥热，阳光似金，纯净而透明，熠熠铺泻于长空之中。沈予陪着出岫走到清心斋门外，额上已渗出薄汗。他大步跨入垂花拱门，望着这一草一木、一屋一瓦，更是不胜唏嘘。

这是好友云辞生前停留最多的地方，每日总有一多半时间耗在这座清心斋，研读诗书、编纂书籍、处理庶务……许久未踏足此地，可沈予觉得，这里好像从未变过，处处都充满云辞独有的气息，仿佛那个恍如谪仙的白衣男子从未离去。

沈予自问，这几年在仕途上、沙场上也算见惯生死无常，与敌对阵时都是流血不流泪，然而此刻想起云辞离世前的嘱托，却禁不住眼眶一热，冥冥中好似有个声音提醒着他——珍惜当下、把握未来。

他情不自禁侧首去看出岫。碧空如洗，衣白如雪，春风吹得她衣襟轻拂，发丝飘扬。可她脸上的表情，好像是……羞愧？

沈予见她这副模样，不禁心底一沉，便假装没瞧见，蹙眉问道："你来清心斋要做什么？"

出岫没有应话，径自走入云辞的书房内，从书柜上取出一本书稿。她不知道自己为何要来此，方才说要来清心斋，不过是个借口罢了，可真的来了，她又不想走了。

也许，唯有处在这个地方，她的心才能够真正平静下来，真正地属于她自己，属于云辞："你回去吧。我听诚王说，你们两日后要启程去京州复命……这几日你该好生休息。"

这么快就下逐客令？沈予的目光缓缓向下，最终落在出岫手中的书稿之上。只看了一眼封皮，他便知道这是云辞的亲笔手稿。

沈予恍然明白出岫的来意，但他不想再给她逃避的机会，遂道：“晗初，你是耍弄我玩儿吗？两年多前你劝我振作，我也抱过你也亲过你，还亲手为你绾过发，你都忘了？”

听闻此言，出岫脸色变得更加惨白，连樱唇也没了一丝血色。她将视线看向别处，低声回应：“你也说了我是在劝你振作……那只是安慰你的一种手段罢了。”

“那方才呢？你连我的前襟都哭湿了，作何解释？还有你吃子涵的醋，又怎么说？”

出岫只一味看着手中的书稿，其上那瘦金字体是如此熟悉，宛如出自她本人之手。一撇一捺藏着锋刃，就像在勾着她的心，生生撕裂开一道口子，终生难以愈合。

“该解释的我都解释过了。”出岫唯有如此再道，“我们以后……不要再私下见面了。”

“为何？你又要放弃我？”

“我从没选择过你，何来放弃一说？”出岫唇畔勾起一丝嗤笑，也不知是在嗤嘲自己，还是在嗤嘲沈予。

一声哂笑传来，沈予的话语却很是坚定，字字击入出岫耳中：“若是从前你这么说，难保我就信了。可今日你这么说，我绝不会相信……你扪心自问，这话你能说服自己吗？若是连你自己都说服不了，我还怎么信服？”

无论沈予说什么，出岫只是死死咬住下唇：“信不信由你，我只是来找一本书，现在我要走了。姑爷你是走是留，随意吧。”

又是“姑爷”！沈予恼得一把从她手中夺走书稿，冷冷道：“晗初，你的借口越来越拙劣了！”

借口拙劣？出岫低头望着自己空荡荡的双手，忽然反应过来云辞的书稿被夺走了。她立刻朝沈予伸手想要抢回来：“你还给我！那是侯爷的东西！”

沈予将手高高举起，不让出岫够到那本书稿，非逼着她回答自己的问题：“你当真要守着那座贞节牌坊？”

出岫仰头盯着那本手稿，檐廊下徐徐射入的阳光刺得她眼睛酸涩不堪。她合上双眸稍稍缓解泪意，才重新昂首倔强回道：“是！我会一辈子守着云氏。”

一辈子……沈予倒抽一口凉气，森然如墨的眸子里泛着冷光：“你敢再说一遍？”

“我会一辈子守着云氏！”出岫使劲仰着头，好像唯有如此才能不再流泪。她刻意提高声调重复一遍，是在说给沈予听，也是在说给她自己听。

“好，你要一辈子守着云氏，我便一辈子守着你。看看咱们谁的一辈子更长！”沈予斩钉截铁地说道，目中的阴霾浮浮沉沉，敛入光影万千，竟生出一股金戈铁马的惊心动魄。

四目交对，沈予和出岫都在彼此眼中看到了坚定和深沉。最终，还是出岫先在这强悍的注视中败下阵来，眸光渐渐变得冷寂：“你放手吧，咱们绝无可能。”

“为何？挽之临终前明明说……”

“我不管他如何说，但我真的无法释怀……即便我曾经动摇过，但那五千万两黄金……”出岫打断沈予未说完的话，暗自告诫自己不能再掉一滴眼泪，“侯爷待我如此，往后无论我再喜欢上谁，都是一种罪孽。”

“我早就知道……”沈予已料到这一点，闻言也逐渐冷静下来，“当初主审明氏一案时，我查出了这笔债务，圣上便将实情告诉我。我当时就在想，绝不能让你知道此事。”

“所以你就瞒着我？一个字也不透露？”出岫语中带着一丝怨恨，“沈予，你太自私了！”

“我不是为了我自己，我也并不觉得自私。”沈予坦荡澄清，“我不告诉你，是因为我不想让你伤心。挽之的死对你打击已经够大了，我不敢想象你知道以后会做出什么……再殉情一次吗？”

沈予停顿片刻，再道：“挽之若想让你知道，他生前就告诉你了，何须一直瞒着？还有当今圣上，这么多年他一直在房州，有多少机会能告诉你实情，可他为何不说？必然是挽之生前不让他说……明氏的水太深了！”

“明氏水深水浅与我无关。”出岫干脆回道，“我如今只想收回那五千万两黄金，从此与明氏、赫连齐撇得干干净净，再无瓜葛。”

“你还想收回那五千万两黄金？”沈予直感到一阵诧异，“我以为你会就此罢手……晗初，放过他们两兄妹吧。”

听闻此言，出岫秀眉微蹙：“你怎知我没有放过他们？但放人是放人，还钱是还钱，一码归一码，不能混为一谈。”

“怎么不能？”沈予反驳，“明氏已经倒了，你何必拽着他们不放？狗急了还会跳墙，若把明璋逼急了，只会对你不利。”

“他已经被逼急了。”出岫凝声回道，“明璋用三爷的性命来要挟我，让我免去两千万两黄金的利息。”

沈予面上一诧，又立刻恢复如常：“这倒像是明璋的作风……你没答应他？”

“我怎么可能不答应？”出岫恨恨地道，“三爷是老侯爷仅剩的血脉，单凭这一点，我就不得不答应。”

闻言，沈予迟疑片刻，再道：“你做得对……但我还是希望你能将这笔债务彻底免去。”

"彻底免去？"出岫似听见了什么好笑之事，"你是在玩笑吗？五千万两黄金是云氏十年的积蓄！"

"我知道。"沈予点头，"但我更明白，当初挽之肯花费这么大笔钱，他就没想过再要回来。"

"你大可说我是'锱铢必较'。"出岫这一次是真真正正地自嘲，"侯爷为我花了这笔钱，我必须得想办法讨回来。"

"讨回来又有何用？"沈予觉得出岫钻进了牛角尖，"讨回这笔钱，挽之就能复活吗？你失去的童贞、你受过的屈辱就能当作没发生过？五千万两黄金数目虽大，云氏难道扔不起？"

此时此刻，出岫又哪里听得进去，也自觉没必要再听了。她朝着沈予伸出右手："我不想跟你吵，你将侯爷的书稿还给我。"

"啪"的一声，沈予将书稿重重撂回出岫手中："挽之瞒着你扳倒明氏，就是想替你报仇，不让你再沾上这些龌龊事……你如今执着追债，才是辜负了他的心意！"

出岫低眉看着自己手中的书稿，面无表情道："云氏是商贾，不能白白花出去几千万两黄金，还让人捏着性命不放。"

"怎会是白白花出去？难道让整个明氏陪葬还不够吗？"沈予恨不能让云辞复活，他觉得唯有云辞本人才能劝动出岫，"你平日绝不是这么计较的人，就因为关系到挽之，你才会乱了心神。既然你肯原谅明璎与赫连齐，那为何不肯放过这笔债务？对你、对明璋、对云羡，都是好事。"

沈予重重叹了口气，继续劝道："我若是你，就拿这五千万两黄金去和明璋做交易，让他放过云羡，再想法子封住明璎的嘴，不要坏了你的名声。这买卖是双赢，明璋一定会同意，若能免去这笔债务，他自然不会傻到再和云氏作对。"

不可否认，沈予说得很有道理。可出岫只一味地固执己见："我不想听你说了，我有我的主意，我要走了。"说着她便朝清心斋的垂花拱门而去。

这一次，沈予没有再拦着她，只在她身后继续说道："你的名声、云羡的性命意味着什么，你自己心里最清楚，这远远超过五千万两黄金的价值！"

出岫仍旧走着，没有半分停步的意思。

沈予见状亟亟再劝："晗初，得饶人处且饶人。你追讨这笔债务，难道不觉得心虚？当初若不是挽之设下这个陷阱，明璋怎会中计欠债？明氏怎会如此轻易就倒了？说到底，你已经赚了，挽之用整个明氏来给你报仇了！"

原本出岫已经走到了垂花拱门处，听到沈予在自己身后说的这番话，她终于停下脚步，回过头来。

她缓缓伸出右手，扶着门框向内眺视，清心斋里用来晒书的那块巨石便映入眼帘——平整、宽阔、厚重、沉稳……宛如不远处那个男人的胸襟，早已在人生的跌宕起伏中练就原谅与释怀的本领。

沈予看出岫迟迟不再说话，知道她已有所动摇，想了想，最后说道："三年前文昌侯府被满门抄斩，是你亲口告诉我，让我别去恨，别去报仇……怎么如今反倒是你自己忘了？"

"这几年我不是没有接近聂七的机会，但我从没动过杀意，相反还在为他卖命。如今我也想把这话还给你，别恨、别想着报仇，过去的就让它过去吧。"

沈予边说边往门外走，走到与出岫并排的地方，低头再看她，那目中的款款深情与沉稳大气令人心折："两日后我随诚王赴京，也不知下次咱们再见会是什么时候……无论你如何想，这次回京，我会与云想容和离。"

语毕，沈予飒飒离去。徒留出岫立在原地，将云辞的手稿捧在怀中，再次潸然泪下……

翌日，出岫找出明璋留下的契约，吩咐云逢重新誊抄三份，只是将"免去黄金两千万两"改为"免去黄金五千万两"。然后，她带着这三份一模一样的契约去了一趟诚王府，将明璋欠债的前因后果如实相告。

聂沛潇听后并未流露一丝惊讶，显然当今圣上、他的皇兄天授帝已将此事提前告诉过他。但云辞设下这个陷阱的初衷是什么，又是为了谁，聂沛潇并不知情，只单纯地以为这是云氏支持他七哥的一个筹谋。

出岫也不愿对聂沛潇解释太多，只请他立刻放了明氏兄妹，又将明璋带入诚王府中。两人当面签下这份契约，由聂沛潇做了见证人。当然，明璋也痛快地同意了出岫所提出的条件——一是放过云羡，二是将出岫的真实身份保密。

契约一式三份，三人各执一份。自此，关于这五千万两黄金的债务一笔勾销，云氏与明氏再无任何瓜葛。

也许恨的反面是爱，但爱的反面绝不是恨，而是漠然。

# 第十九章 情途仕途费思量

大军启程前往京州的头一晚，一切都已准备就绪。烟岚城西的平姜大营里，随处可见堆堆的篝火，入耳可闻豪迈笑声——诚王麾下的一万先锋军正在进行出发前的狂欢。

比拼身手、对酒当歌，铁签子上串着各种野味在火上烧烤，每一块肉都是金黄焦脆、嗞嗞冒油。

外头的将士们闹成一团，主帅营帐里却是灯火通明，极为安静——沈予正赶着写战事奏报，好在回京复命时呈给天授帝。

野味香气四溢，连带欢声笑语一并飘入帅营之内，是对听觉、嗅觉、味觉的三重考验。然而沈予就着灯火伏案疾书，对外头的一切诱惑都无动于衷。

“将军。”贴身随从清意的声音适时响起，“将士们让我给您送点儿野味。”

“进来吧。”沈予停笔。

清意掀开帘帐，端着一盘野味入内，盘子里是一只体格不大的羊崽儿，皮肉已被烤得金黄焦脆。他恭恭敬敬走到沈予面前，道：“这是将士们的一点儿心意，特意拿来请您尝尝。”

沈予闻到一阵烤全羊的香气，点头道：“还挺香，搁下吧。”说着又重新开始执笔疾书。

清意见状颇有些心疼：“将军，写奏报也不急于这一晚，大家都盼着您‘与众同乐’呢！”

沈予蘸着砚台里的墨汁，头也不抬：“等到大军上路，我要操持的事情太多，便顾不上写了。你跟他们出去闹吧，今晚让我专心写完。”

清意知道沈予的性子，只得叹了口气：“那您好歹把烤全羊吃了。”

“好。”沈予伏案疾笔，口中虽如此答应，却不见任何动静。

清意很想再劝一句，可又不知该如何开口。自从沈予从云府回来之后，便开始充耳不闻外物，一心埋首于军务之中。先是给后续返程的大军传消息，然后又斟酌处置战俘，如今还忙着写奏报……清意觉得，沈予看似忙碌，其实是有心事，所以才假借军务遣怀。

他兀自想得出神，忽见沈予抬头望过来，那清冽的目光在烛火下泛起丝丝浮影："清意。"沈予唤他。

"啊？"清意愣了一瞬，立刻回应，"卑职在！"

沈予笑了："不必紧张……你挡着我的光了。"

清意这才发现，自己站在沈予案前，被灯火映出了一片阴影，好巧不巧正落在那封奏报上。他立刻后退几步，重新站定："卑职不是故意的。"

沈予再次失笑："我这里没什么事，你今晚可以和他们闹一闹。等到明日大军赴京，我可就管得严了。"

清意"哦"了一声，打算退出去，却听沈予停笔又问："还有……子涵姑娘如何了？都收拾妥当没？"

听到这个名字，清意只觉得头大："收拾妥当了，但她抱怨得厉害，说是路上又该吃不好睡不好了。"

沈予闻言没多做评价，只道："明日启程，你多照顾些，尽量给她安排舒适点的营帐。"

"卑职明白。"清意极不情愿地领命，嘴里又嘟囔一句，"为何让我照顾这个麻烦女人……"

"下去吧。"沈予假作没有听见，冲他摆了摆手。

清意再瞥一眼那一大盘烤肉，忍不住又一次劝道："将军，烤全羊凉了就不好吃了。"言罢他不等沈予回话，便识趣地退了出去。

沈予顺势看向那盘烤全羊，可他没有半分食欲，想起前日去云府和出岫闹得不欢而散，心里的无力感便一阵重过一阵。他强迫自己不去胡思乱想，将思绪都转到奏报上来，正待重新提笔，才发现砚台里的墨汁全干了。

沈予只好从案前起身，打算寻些清水重新研墨。人还没走出营帐，却见清意又迎面进来，这次连禀报都没顾上，喘着大气道："诚……诚王殿下来了！"

许是为了印证清意的话，方才帐外还喧天的吵闹声戛然而止，变作悄无声息。沈予见状也不敢怠慢，连忙出去相迎。

放眼望去，一座座营帐前，将士们都已原地下跪。大营里变得鸦雀无声，唯有篝火燃烧的"噼啪"声和野味冒油的"嗞嗞"声隐隐传来。

沈予往大营门口疾步走去，不消片刻，便望见聂沛潇一身便服悠悠而来，身后只跟了几个侍从，看样子很是闲适。沈予见他这副模样，知道不是紧急军务，遂长舒一口气，上前行了军中大礼："末将恭迎殿下。"

"子奉免礼。"聂沛潇虚扶一把，转而又瞧了瞧那堆堆篝火，笑道，"一路走来，只闻阵阵香味儿，把人馋得不行。让将士们免礼吧，该干什么干什么，不必顾忌本王。"说着他已径直往主帅营帐走去。

沈予发现诚王府的侍从没有跟进去的意思，一个个站在外头候命，便吩咐清意："给几位大人准备些野味。"

清意领命，沈予这才掀开帐帘入内。刚一进去，他便瞧见聂沛潇已坐在案前，正垂目看着他那封未写完的奏报。沈予不禁轻咳一声，谦虚回道："末将才疏学浅……还得请您多指点才行。"

聂沛潇闻言搁下奏报，抬目笑回："又不是吟诗作赋，你还讲究什么文采？依我看，这封奏报字迹工整、格式规范、行文流畅、言简意赅，可以直接面呈皇兄了。"

"末将还没写完，您就下批语了。"沈予再笑，又问，"您深夜前来，可是有什么紧急军务？"

聂沛潇摆摆手："没有，就是想找你随意聊聊。"他贵气的面庞流露出一丝感慨，"自从你去姜地平乱，转眼小半年了，咱们都没好生说过话。"

语毕，帐内一片沉默。沈予心知肚明，当初自己听闻出岫重病，不管不顾私自离京，这是带兵之人的大忌，若要按军法处置，即便问斩也不过分。尤其，当今天授皇帝还是个性情多疑之人，而自己更是戴罪之身。

沈予斟酌片刻，颇有些担心地问道："这次我平乱有功，您说……圣上是否会将功折罪，对我从轻发落？"

这一问，聂沛潇没有回答。事实上，自从沈予凯旋之后，两人间便有了一个禁忌话题——出岫。他们是多年的好友，又是军中的上下属，如今却喜欢上同一个女人……无论怎么想怎么说，都避免不了尴尬。

尤其，两人都没有割爱退让的意思，于是，只得心照不宣地避开关于出岫的任何话题。

帐内的气氛正有些沉窒之际，聂沛潇的侍卫适时解了围："殿下，圣上有密旨传来。"

天授帝的密旨？两人立刻打起精神，聂沛潇朝外命道："进来。"

侍卫领命入内，将一个密封严实的蜡丸送了进来。聂沛潇伸手接过，就着案上的烛火将蜡丸缓缓融化，露出里头一个更小的圆球，也不知是什么材质做的，竟不怕火烧。

聂沛潇并不避忌沈予在场，将那蜡丸拆开，其内的纸条上只有寥寥数字：

“帝微服出巡，不日将抵烟岚，传令大军待命房州。”字条末尾还有一个特殊的标志，表示这条消息并不是绝密，可以告诉亲信。

聂沛潇看完字条之后面有喜色，对沈予笑道：“这次你有救了。皇兄要来烟岚城，让咱们不必赴京，留下待命即可。”

“当真？”沈予又惊又喜，“您没诓我吧？”

“诓你做甚？”聂沛潇再笑，“若是回京州，我还担心有人拿你离京之事大做文章，撺掇皇兄治你的罪。这下可好办了。”

自从聂沛涵登基称帝之后，聂沛潇也不再唤他“七哥”，而是改称“皇兄”。

沈予自然明白这话的意思。自己不去京州，就不用面对朝内那些煽风点火的小人，届时再由聂沛潇从旁劝说几句，天授帝也许就略施惩戒不予重责了。

这真是个天大的好消息，沈予不由得心头一松：“圣上几时抵达烟岚城？”

“密旨上没说，应该是快了。”聂沛潇用手指敲打案几，笑道，“其他的你无须担心，只管负责治军，别让我在皇兄面前丢脸就成。”

“末将领命。”沈予立刻变得神采奕奕，这几日的颓靡也一扫而光。想了想，他又问出一句略显僭越的话，“圣上初登帝位，为何不在宫里坐镇，会突然微服出巡？”

聂沛潇迟疑一瞬，才低下声音，缓缓吐露实情：“皇兄从前龙潜房州时，曾娶过一房侧妃名唤‘鸾夙’，是个风尘女子。皇兄对她用情至深，怎奈她心系别人，皇兄不忍她日渐憔悴，最终选择放她离开……”

话到此处，聂沛潇也不禁语带一丝黯然：“皇兄这辈子就用过这么一次情，还没落下个好结局。我猜他是太过伤情，才会出来微服散心，顺道回烟岚城缅怀故人。”

听了这段秘辛，沈予也不好多说什么，只唏嘘道：“圣上这般胸怀天下的帝王，原来也会儿女情长。”

“怎么不会？”聂沛潇进而再道，“当初皇兄执意要娶鸾夙，此事闹得挺大……我也见过她，单论性子和长相，也没见有什么特别之处，不知皇兄看中了她哪一点，为她伤情了这么多年。”

“许是缘分到了。”沈予叹道，“‘情’之一字，谁又说得准。”

“是啊！”聂沛潇无比感慨，“就如今我诚王府里，鸾夙住过的院子还空置着，谁都没让住进去，务求保持原貌。当初我来接管房州时，皇兄还特意吩咐过，让我好生照料里头的兰芝草圃……我估摸也是鸾夙种下的。”

沈予闻言笑着摇头：“您对我吐露这么多圣上的私事，我可是要遭杀头之罪的。”

聂沛潇大笑着从案前起身，一掌拍在他肩头：“你这项上人头长得挺牢，一时半刻还掉不了。”

饶是听了这话，沈予还是有些担心："怕只怕圣上如今正值伤情，会拿我开刀发泄。"

"别担心，我还有秘密武器。"聂沛潇颇有深意地笑道，"一旦使出来，你的事必定水到渠成。"

"哦？"沈予也立刻会意，"您指的是……恐怕不行吧。"

"那咱们走着瞧。"聂沛潇仿佛胸有成竹。

事到如今，沈予也别无他法，唯有选择相信他："承殿下吉言，但愿如此吧。"

两人说了这么久的话，沈予忽然发现帐外的喧嚣声小了许多，至少没有聂沛潇来之前那么恣意。显然聂沛潇本人也意识到了，他侧首看了看搁在毡毯上的烤全羊，笑道："这都凉了，一股子膻味。"

"我命人端出去。"沈予沉吟片刻，"要不让他们再烤一只？我陪您小酌几杯？"

聂沛潇摆手："不了，有我在此，将士们也拘束得很。但过了今晚你可要立威，不能让皇兄看到大军在吃吃喝喝。"

"这是自然，只准他们放纵这一晚。"沈予笑回。

聂沛潇没再说话，掀开帘帐走了出去。诚王府的随侍们立刻跟上，将士们也再次下跪，纷纷恭送诚王殿下。沈予将聂沛潇一路送到城西大营之外，才听他最后嘱咐一句："篝火虽热闹，但今夜有风，注意别走水。"

在外人面前，沈予也十分注重措辞："末将领命，多谢殿下体恤。"

聂沛潇"嗯"了一声，抬手示意沈予留步，此时侍从也牵了他的坐骑过来。聂沛潇干脆利落地翻身上马，马鞭一挥扬长而去。

夜色光影之下，城西大营的火把高照，映得那紫衣背影格外潇洒，驭马绝尘犹如战神。

十五日后。

南熙天授元年，五月初七，天色初明，夏风习习。在鸾夙出海避世整整一月之后，天授帝聂沛涵再次回到自己曾经的封邑房州，抵达首府烟岚城。

天还未亮，诚王聂沛潇已率领亲信来到城门外，在十里长亭处等候接驾，自然，威远将军沈予也在其中。众人足足等了一个半时辰，天授帝才轻车简从而来。

乌金朝阳洒落在南城门的雕石大字之上，将"烟岚城"三个字镀了一层清浅的淡金色。天授帝行至南城门下，特意勒马而停，凤目沉沉望向这座高大肃穆的城门。

从前他龙潜房州时，已将此地治理得颇为井然，再加上云氏扎根在此，使得整个房州都富庶非常。如今，他即位登基，这里也自然而然成为风水宝地，南熙不少望族纷纷举家迁移至此，盼着能沾一沾龙气，再和诚王府、离信侯府攀上些交情。

想到此处，天授帝龙心甚慰。犹记十年前，他刚受封慕亲王时，便曾在这座恢宏的城门下立过重誓：有生之年，从京州风光而来，必要从此地风光而返。

整整十年，他真的做到了！望着南城门重重喟叹，年轻绝世的天授帝驭马入城，又在那四座牌坊下停留片刻，赞了一句这工程细致华美，叹为观止。

兄弟两人一路叙旧，来到诚王府，也是从前的慕王府。天授帝看着府中多出来的花花草草，调侃聂沛潇："你倒很会布置。"

"我没敢动格局，您还不许我种些花草养眼？"聂沛潇笑回。

"哦？光有花花草草？没有莺莺燕燕？"天授帝戏谑一句，显然知道某人已散尽府中姬妾。

聂沛潇面色立刻尴尬，接不上话，余光扫了一眼右后方向的沈予。

天授帝见状凤眼微眯，眸中也泄露出一丝落寞笑意，径直往一处院落而去。聂沛潇知道他要去往何处，便特意让侍从们留步，独自跟着他过去。

果不其然，天授帝来的正是鸾夙曾住过的地方。聂沛潇知道皇兄睹物思人，便无声地陪在一旁。兄弟两人皆是天潢贵胄、器宇不凡，对着一片兰芝草圃默然驻足。

日渐升高的朝阳散发出一丝暑意，间或有热风徐徐而来，将兰芝草的香气吹散了满园。良久，天授帝才低声道："这片草圃，是我与她共同种下的……兰芝草，是她最喜欢的香料。"

原来如此，难怪皇兄这么重视这片草圃。聂沛潇心中如是想，便也劝道："天涯何处无芳草，失了一个鸾夙，还有别的女子。"

闻言，天授帝勾起魅惑的唇角，自嘲地笑了笑，转问他："你与出岫夫人可有进展？"

这一次轮到聂沛潇神伤了："没有……不过来日方长，我不着急。"

"你倒挺有耐性。"天授帝不禁慨叹道，"从前我不赞同你追求出岫夫人，一来是顾虑太多，二来也觉得你们不合适……不过如今瞧你如此执着……"

"您同意了？"聂沛潇没等天授帝说完，已亟亟问道。

天授帝望着眼前的兰芝草圃，半晌才回道："我自己都喜欢上了臣暄的女人，又有什么资格来管你？如今我也想明白了，顺其自然吧！"他重重拍了拍聂沛潇的肩膀，"'南晗初，北鸾夙'，但愿我与鸾夙的遗憾，能在你和晗初身上弥补。"

"不过，若真是爱而不得，你也不要强求。"天授帝又刻意强调。

听闻此言，聂沛潇既唏嘘又动容，想要言谢却不知该如何开口，一时立在原地默然无语。

天授帝一副了然的模样，再笑："别说我不给你制造机会，今晚在诚王府设宴，你以我的名义邀请她过来吧。"

这话说完一个时辰后，宴请的帖子便已送到出岫手中。其实天授帝要来房州微服私访的事，出岫早就知道了。由于诚王大军没有按时赴京，她便觉察到了异样，派云氏暗卫打听了消息。

可知道归知道，知道了还要假装不知道。这半月里出岫没再见过沈予和聂沛潇，他二人为了迎接天授帝而忙得不可开交，出岫也是足不出户。

眼下竹扬怀有身孕，女护卫的差事是不能再做了，依照太夫人的意思，是要再配个新的女护卫来接替竹扬。可出岫懒怠折腾，况且她也在逐渐减少抛头露面的次数。左右云承已经十四岁，也接手了不少生意，出岫准备退居幕后，以教导他为主。

因而，接到天授帝的宴邀时，她计划趁机为云承筹谋一桩好婚事，然后，便彻彻底底退下来。

新月如痕，清疏皎银。出岫特意穿了一身华美郑重的裙裾，打算前去诚王府赴宴。浅蓝色的烟纱用金丝绣满惑人的祥纹，繁复精致，使得原本素简的布料因此变得锦绣非常。

这边厢刚梳妆完毕，那边厢竹影已在外头禀报："夫人，诚王府的马车到了。"

出岫应声，莲步轻移绕过屏风，款款走向寝闺门外，道："竹影，你随我一起去。"

竹扬有些担忧，自告奋勇道："夫人，要不我也随您一起吧。"

"不行！"竹扬刚一提出这要求，出岫和竹影同时脱口拒绝。出岫望了望对方仍旧平坦的小腹，笑道，"都快三个月了，你怎么能乱动？在知言轩里好生养着，若是出个什么差池，竹影定不会轻饶于我。"

可竹扬依然不放心："那您多派几个暗卫跟着。"

出岫摇头："这是天授帝亲自宴邀，我若浩浩荡荡带了一众护卫，岂不是冒犯天颜？让人以为我云氏在向他示威。"

出岫转而再看淡心，接着道："去的人越多，越是容易招惹事端。你和竹影随我同去，足够了。"

淡心点头称是，想了想也劝道："夫人，好歹你也带一件防身的利器吧？"

出岫迟疑一瞬："诚王府戒备森严，还有天授帝的护卫在旁，你们怕什么？"不过话虽如此，她还是对淡心命道，"你去将我案头的匕首拿来吧。"

淡心领命匆匆而去，不多时捧着一把匕首过来："这等冷硬之物您还放在床头，我光拿着都觉得寒气逼人，想打哆嗦。"她边说边将匕首奉至出岫手中，评价道，"不过这匕首真好看。"

与其说这是把匕首，不若说是个精美的玩件，因为实在太过华丽。匕鞘上镶嵌的红宝石色彩剔透、耀眼夺目，匕身上镌刻的“深”字如此刻骨，令人不得不铭记于心。然而出岫已记不得，当初她留下这把匕首的初衷了。

敛回神思，出岫匆匆将匕首收入袖中，抬眸望了望这清辉夜色，嘱咐道：“今晚你们一切小心。”

“是。”竹影和淡心齐齐回道，跟随出岫往大门方向而去。这繁盛数百年的云府恢宏庄严，朱漆正门缓缓开启，发出低沉肃穆的声响。主仆三人上了马车，去赴这一场微妙的夜宴。

# 第二十章 摘星夜宴诚王府

今夜的小宴设在了摘星楼。这是诚王府内最高的一栋建筑，十层高，一层一层越来越尖，从外观看，便是一座底宽头尖的宝塔。楼顶的琉璃瓦上点缀着金漆，第十层的屋檐外挂满了灯笼，映射出瓦片上星星点点的光泽。无论是谁登上最高一层，都会产生一种执灯摘星的错觉。

夜风中传来若有若无的荷花清香，烟波送爽，分外怡人。出岫带着竹影、淡心，在侍从的引领下朝摘星楼走去，刚走到小园深门，便有一人将他们拦下："夫人莫怪，奉圣上旨意，入园者一律需要搜身。"

搜身？那自己袖中的匕首岂不是也会被搜出来？出岫懊恼自己大意，竟忘了御前不能携带利器。眼看着竹影被迫交出佩剑，她便只能将匕首交出来了。

出岫斟酌片刻，对那颇为眼熟的侍卫问道："您是岑大人？"她记得从前慕王身边有个侍卫名唤"岑江"，想必该是此人。

那年轻侍卫轻笑起来："夫人还记得？在下正是御前三品带刀侍卫，岑江。"

"岑大人，许久不见。"出岫淡笑着道，"实不相瞒，妾身揣了一把匕首防身，自然是要交出来，但烦请夜宴之后再归还妾身。"出岫停顿片刻，补充一句，"这把匕首对妾身很重要。"

岑江沉吟片刻，正打算说出一个"好"字，却忽听身后响起一声招呼："岑大人，出岫夫人到了吗？"

这个声音是……出岫陡然一慌，莫名地竟有心虚之感，连袖中的匕首也霎时变作千斤之重，重得令她不堪负担。

岑江并未察觉出岫的异样，循声望向身后，问道："沈将军，圣上可是等急了？"

沈予没再回答，迈步朝深门处走来。今日他亦是一身便服，仍旧是他惯穿的湖蓝色，倒与出岫的水蓝裙裾相得益彰。他身姿挺拔走到深门处，率先向岑江行礼：

“岑大人。”如今他是从三品，而岑江是正三品，他理应向后者行礼。

岑江也客气颔首：“沈将军不必多礼。”

沈予面上表情如常，又客气地问候出岫：“夫人既到了，快请进去吧，方才圣上还问起您。”

在外人面前，他们彼此都是恪守礼节，于是出岫微微颔首，算是对沈予还礼。

岑江也不多做为难，只对出岫道：“那烦请夫人将匕首交出来吧，待到宴后，在下必当原物奉还。”

此时此刻，出岫竟不敢当着沈予的面将匕首掏出来。她觉得自己就像个感情的逃犯，被沈予死死追击不放，而眼下她已无处可逃，唯有现形伏法。

出岫不敢抬眸去看五步之遥的沈予，只得将袖中那柄匕首缓缓取出，交到岑江手中。后者立时发出低声赞叹，评价道：“这把匕首小巧精致，入手生寒，不是俗物，难怪能得夫人青睐。”

出岫仍旧垂眸不语，那边厢一个女护卫已走到她身前，恭恭敬敬道了一声：“夫人，得罪了。”然后便在她身上略略搜了一遍。

出岫如同石化一般呆立原地，一直等那女护卫搜完身，才埋头往摘星楼而去。待走过沈予身边时，听他低声唤了一句：“夫人。”

出岫脚步微顿，凝声低问：“沈将军有事？”她佯作不经意地看向沈予，只见他俊目中耀着斑斓星辉，藏匿于其中的是丝丝笑意，既惊且喜。

沈予唇畔微勾，低沉而富有磁性的嗓音徐徐响起：“夫人的匕首很精致，也很……配你。”

听闻此言，出岫悔得肠子都青了，心中的慌乱再也无法掩饰，口不择言地道：“多谢将军夸奖，这把匕首是先夫遗物，妾身自然爱惜。”

“是吗？”沈予云淡风轻地笑问一句，分明看出了她的心虚。

此处人多口杂，出岫唯恐说多错多，便连忙转移话题，对淡心和竹影命道：“见了姑爷，怎么都忘了规矩？”那口气，是鲜少的急切与喝斥。

淡心与竹影立刻会意，齐齐对沈予行礼：“见过姑爷。”

这一次，沈予听到“姑爷”二字并没有发脾气，甚至连一丝冷意也无。他深如幽潭的眼底流泻出涌动的情潮，对两人朗声笑道：“不必拘礼。”

出岫再也不敢看沈予的表情，朱唇紧抿匆匆进了园内。

流光溢彩的琉璃灯火将整座摘星楼映得熠熠生辉，出岫及淡心、竹影随着引领上了三楼，转入接连回旋的露天廊台。

因为一把匕首而引发的暧昧被她暂时压制心底，只一眼，出岫望见两位身姿挺拔的男子，正背对自己凭栏远眺。

“圣上、王爷，出岫夫人到了。”侍卫恭敬回禀。

闻言，天授帝与聂沛潇同时转身，齐齐看向连廊的回旋处，一个面带深意，一个面露乍喜。

出岫款款行礼，清喉婉啭：“妾身云氏出岫，愿吾皇万岁、王爷千岁。”

“平身。”天授帝略显冷凝的声音传来，“朕乃微服出巡，今日又是私宴，夫人无须多礼。”

出岫这才颔首而笑，抬眸打量近一年未见的天授帝聂沛涵。他仍旧和从前一样喜穿黑衣，今夜也是一件黑色锦袍，布料上乘，裁剪得宜，袖口处金银交织的云纹暗起，劲腰上缠以金丝腰带，两条精绣的金龙盘旋其上，显得锐意逼人。

出岫一看便知，这身衣裳是云氏名下云锦庄的特供织造，而今日天授帝特意穿出来，可见深意。

再看天授帝身侧的诚王聂沛潇，虽然气质清贵，但只穿了一件式样简单的紫袍，衣襟、袖口、腰间、下摆均绣着墨黑麟文，除此之外再无任何繁复的点缀。若不是那衣料在灯影下闪着隐隐幽光，暗示这是难得一见的天光紫锦，出岫几乎要以为，聂沛潇是随随便便穿了件衣裳过来。

这念头只一闪而过，出岫立刻明白了聂沛潇的用意——他对这个皇兄是有所顾忌的。天授帝登基之前，两人兄弟同心筹谋帝位，是以手足相称。可登基之后，便是君臣了，聂沛潇自然格外注重礼数，就连衣饰也不敢逾越天授帝。

不得不说，这是一个韬光养晦的好法子，从表到里，处处用心，又处处不让人看出用心。

手足兄弟尚且如履薄冰，何况别人？想到此处，出岫也立刻打起精神，唯恐自己一时不慎，会掉入天授帝挖好的陷阱之中。

而此时此刻，天授帝也正在打量出岫。后者心思百转之际，忽而抬眸与其视线撞上，立刻漾起笑意：“自京州一别，妾身与圣上有近一年未见了。您登基之时妾身正值染恙，竟是错过了您的登基典仪，每每想来都深以为憾。”

从何时起，自己说话变得如此虚情假意了？出岫在心中自省自哂，面上依旧笑意不变。

天授帝与聂沛潇见她话语诚惶诚恐，并非从前的不卑不亢，也是大为诧异。聂沛潇尚且知道掩饰几分，天授帝却已直白问道：“数月未见，夫人的口气变了不少，倒是比从前知情识趣了。”

出岫干笑一声：“今时不同往日，您是即将统一南北的千古帝王，云氏自当俯首称臣。”

“夫人切莫妄自菲薄。”天授帝笑得隐晦，意有所指，“倘若云氏想要这天下，朕还不是要拱手相让？”

“圣上折煞妾身了。如今云氏一门仅剩老弱妇孺，要这天下又有何用？”出岫深知天授帝的脾性，越是说开了越是无妨，倘若遮遮掩掩反倒会引起他的猜忌。

果然，天授帝朗声大笑起来：“夫人此言差矣，云氏不还有世子和云三爷吗？”

“嗣子云承年幼无知，又非嫡亲血脉；三爷只会经商，又是儿女情长……倘若云氏妄图染指这天下，与您比起来岂非以卵击石？”出岫坦然回道。

这话令天授帝大为受用，于是他再次笑道：“夫人越发能言善辩了，朕已不知该如何接话。”

“不敢。”出岫想了想，既然天授帝已将话说到这个层面上，她也没必要隐瞒了，便索性挑明，“不瞒您说，妾身已打算卸下主母一职。今日之所以‘能言善辩’，是想为嗣子云承求一门指婚。”

“指婚？”

“退居幕后？”

天授帝与聂沛潇同时反问，但注意力却不在同一处。天授帝对于出岫为嗣子请求指婚而感到诧异；聂沛潇则认为，倘若出岫卸下主母一职，则更有利于彼此发展感情。至少，没了“云氏当家主母”这个头衔，世人的风言风语会少很多。

这两位贵胄的反应都在出岫意料之中，她笑着解释道：“如今嗣子云承年十四，按照云氏祖传的规矩，世子十五岁便可大婚，也有资格继承侯位。因而妾身想趁今日向您讨个人情，为我云氏另觅贤妇。”

出岫顿了顿，无比郑重地补充：“觅一位身份高贵、堪当主母的贤妇。”

“夫人是想早日看世子传宗接代、开枝散叶？”天授帝似笑非笑地反问。

出岫没有否认：“您也知道，云氏嫡支向来子嗣单薄，这一代尤为严重……承儿若能早日绵延香火，妾身也算了却一桩心愿。”

“哦？夫人莫不是想在府上含饴弄孙？”天授帝笑着再问，这一句话明显是调侃了。试想出岫才二十二岁，倘若云承当真今年大婚，明年诞育嫡子的话，出岫二十三岁就要当上祖母了！

聂沛潇听了“含饴弄孙”这四个字，也觉得别扭非常，不禁出言转移话题：“皇兄，今夜本是私宴，出岫夫人都来了半晌，您怎么还不赐座开宴？”

天授帝这才再次大笑：“是朕怠慢了，夫人莫怪，入座吧。”

出岫也未再多言，款款入座。廊台上是一张四角仙人桌，三人各坐一角，身后都跟着随侍之人。不消片刻工夫，婢女们鱼贯而入，将酒菜一一上齐。

天授帝示意婢女将三人的酒杯斟满，率先举杯笑道：“故地重游，别有一番滋味。满饮这一杯吧。”说出这句话的同时，他那张绝世魅惑的容颜上分明难掩寂寥之色。

而聂沛潇此时亦不甚开怀，方才天授帝那句“含饴弄孙”令他郁闷至极。纵然知晓世子云承是过继而来，但他还是无法接受这个事实，每每想起出岫有个儿子，并且仅仅比她小八岁，他便觉得烦躁。

从前云承年纪尚幼，有些事他也无须太过担心，可如今云承渐渐知事，万一对出岫心存妄想怎么办？有云羡娶庶母的前车之鉴，聂沛潇唯恐云承有样学样，效仿自家三叔。

他越想越是烦躁不堪，仰头将满满一杯酒饮入愁肠。天授帝见他如此，有意设计他与出岫亲近，便笑道：“经铎，本王知你轻功了得，这些年也不见你用功，不知功夫退步了没？”

聂沛潇没明白他话中之意，只道：“您若想过招，臣弟奉陪便是。”

天授帝即刻摆手：“朕只想看你露一手功夫……”他斟酌片刻，抬手朝上一指，“这样吧，你若能在一炷香内攀上这座摘星楼的顶层，朕便允你一个条件，如何？”

天授帝的本意是想让聂沛潇光明正大地赢，再让他卖给出岫这个人情，为云府的世子请旨赐婚。自己则顺水推舟点头答应，如此一来出岫必定感激聂沛潇。

这原本是个培养感情的大好机会，可聂沛潇却会错了意，他一听皇兄允诺了一个条件，立刻问道：“是否什么条件您都答应？”

“只要朕能力所及。”天授帝毫不含糊。

聂沛潇大喜，认为这是个能让沈予免罪的好机会，连忙再道：“臣弟独自一人又有什么意思？不如让子奉与臣弟比试一番，为今晚助兴。皇兄觉得这主意如何？”

“沈予？”天授帝的狭长凤眸闪烁出莫辨光泽，并未及时表态。

出岫见天授帝不置可否，一时有些不解。沈予不是从姜地打了胜仗吗？按理说他是平乱功臣，应该重赏才对。为何天授帝听了他的名字会是这个反应？还是说……天授帝一直对文昌侯府的事耿耿于怀？

这般想着，出岫不禁担心起沈予的前程。岂料便在此时，天授帝忽然对聂沛潇回道：“也好，就让朕瞧瞧，你二人究竟谁更胜一筹。”最后这四个字，他分明说得别有深意。

显然，聂沛潇也听懂了，更是直白地笑道：“恐怕皇兄想看的，不是谁的武艺更胜一筹吧？”说着他已目光灼灼看向出岫。

这一句话如此直接，不禁让出岫尴尬，好在灯色流溢，倒也遮住了她的表情。

天授帝顺势再行调侃：“你可别让夫人受惊了。”

聂沛潇但笑不语。他之所以这么说，是刻意转移天授帝对沈予的注意力，也并非完全是向出岫表白，于是他再道：“既然皇兄不反对，那臣弟便让子奉过来助兴了。”

天授帝的脸色显然缓和许多，“嗯”了一声未再多言。聂沛潇随手招来侍从，低声吩咐了几句，不多时，出岫便听到楼梯上传来沉稳悄轻的脚步声，一步一步朝三楼而来。

出岫刻意不去看那个渐行渐近的人，沈予也没有看她一眼，走上廊台面色郑重地拜道：“微臣沈予，见过圣上，见过殿下。”许是方才侍从已将比武之事对沈予说了，此刻他显得很镇定，亦没有开口多问。

天授帝打量他半晌，情绪莫辨：“朕还没见过你的身手，别教朕失望。”

沈予双手抱拳，仍旧保持跪地的姿势，沉声领命：“微臣必当竭尽全力。”

聂沛潇也适时开口：“子奉，你我二人以一炷香为时限，从摘星楼外施展轻功而上，谁先到达楼顶，谁便胜出。”

谁知沈予沉吟片刻，提出了不同建议：“单只是施展轻功而上，没有多大意思，微臣斗胆提议，不若找个物件置于摘星楼顶当作彩头，谁先摘得此物，谁便算赢。如何？”

天授帝尚不及开口，聂沛潇已拊掌笑道：“这主意不错。”

然而出岫闻言却是一惊。若单单比试轻功，自然并无大碍，不过是输赢而已。但若争夺彩头，聂沛潇与沈予必将互相拆招，如此一来风险极大……再者言，聂沛潇毕竟是堂堂诚王，倘若沈予不慎伤了他，岂不是以下犯上？

想到此处，出岫脱口而出：“这主意不好。”

“哦？夫人为何有此一说？”天授帝终于来了兴致，挑眉问道。

出岫沉吟片刻，只好找个借口：“刀剑无眼、攀高凶险，若是再争抢拆招，万一失手不慎……”

她未及说完，天授帝已笑道：“堂堂诚王和威远将军可不是等闲之辈，夫人别小瞧他二人。”

聂沛潇亦是自信满满：“我们赤手空拳，点到即止。夫人放心。”他想了想，又蹙眉自言自语，“要将什么物件放到摘星楼顶，才能既明显又容易争夺？”

“出岫夫人今日随身携带了一把匕首，甚为小巧精美，方才进园时被岑大人扣下了。微臣以为，那把匕首作为彩头甚好，沙场之人本就该以利器相争。”沈予不紧不慢，看似云淡风轻地接了话。

他边说边朝出岫看来，目中蓦然流露出一抹灼烫的热度，仿佛是有千言万语，耐人寻味。

一股说不出的滋味在出岫心底流蹿开来，心虚、焦灼、赧然、无措……她想要避开沈予的目光，可偏偏对方的视线直直射来，令她无从躲避。

恰在此时，天授帝也看了出岫一眼，意有所指：“原来夫人还有携带匕首的习惯？”

出岫见沈予步步紧逼，天授帝也是一副看好戏的模样，只得勉强笑回：“妾身的女护卫近来有了身孕，行动不便，因而妾身才会带上匕首防身。”这理由合情合理，也算事实。

天授帝似是信了，转对聂沛潇道：“既然如此，便让岑江将匕首送过来吧。”

聂沛潇立刻命人传话，须臾，岑江捧着匕首而来，径直送至天授帝面前。后者手握匕身摩挲其上，赞道：“果然是把好匕首，怎么瞧着有些眼熟？”他依稀记得这是哪个世家的家传之物，但到底是在哪儿见过，一时却想不起来了。

出岫听到天授帝说“眼熟”二字，心中不禁“咯噔”一声，忙道：“这匕首几经辗转，被一个友人买下赠予先夫，也许是您从前在别处见过也未可知。”

她这般说着，更不敢去看沈予的表情。

天授帝也没在此事上多做纠缠，将匕首递给聂沛潇：“你和沈予好生看看，可别认错了。”

聂沛潇接过此物，又是赞叹一番才传给了沈予。后者倒显得很平静，接过匕首面无表情道：“微臣已准备就绪，随时可以开始。”

天授帝闻言，便让岑江从楼梯拾阶而上，将匕首拿到楼顶放妥。继而，他从座上起身，率先往楼下走，边走边道：“清园子，今晚这一出必定精彩至极。”

聂沛潇与沈予随步跟上，两人刻意慢下脚步，前者对后者悄声道：“这场比试我不会尽全力，你要把握机会，请求皇兄不予追究你离京之事。”

沈予稍微蹙眉，只道：“殿下用心良苦，末将不胜感激。”

出岫见几人都走在前头，才在淡心的搀扶下往楼下行去。待她走到园子里时，下人们已重新摆了一张八仙桌和数把椅子，天授帝径直走到主位旁，大马金刀地坐下。

此时岑江也去而复返，端着个香炉放到案几中央，对天授帝回道：“都已准备妥当。”他又取过两条长得骇人的绳索，对聂沛潇和沈予道：“为防万一，还请殿下和沈将军将绳索系在腰间，另一头会系于楼顶的扶栏之上，防止您二人脚下打滑。”

岑江此言，聂沛潇与沈予却不领情，两人异口同声回绝：“不必。”

天授帝见两人皆是自信满满，颔首笑道：“那便开始吧。”说着他伸手对出岫相请：“劳烦夫人发号施令。”

话音刚落，岑江已将香炉点燃，一缕烟气袅袅升空，最终消散于清爽微凉的夜风之中。出岫心中一紧，勉强笑道：“一炷香的工夫，二位当心。”

“心”字一出口，她直感到面前飒飒生风，连带发丝都飘扬起来。再定睛一看，聂沛潇与沈予已奔至摘星楼下，同时纵身跃上了第二层。

“好轻功！”天授帝立刻低声赞叹，目不转睛看着他二人比试。出岫也不敢分神，唯恐他们脚下一滑，从楼上掉下来。

再看聂沛潇与沈予一路上行，间或不忘出手过招。两人皆是一手攀着扶栏，另一只手与对方比试。从拳到掌、从掌到腕，出岫只看到两人的手臂来回舞动，却看不明白他们使了什么招数。

聂沛潇原本还存了谦让之意，想故意让沈予胜出，可一路比试一路攀楼，他竟也来了兴致，不禁认真起来。

此刻但见沈予单足使力向上一蹬，另一只腿大跨一步跟上，倾身向前一翻，竟还领先几步。他俯身看向脚下的聂沛潇，笑道：“殿下切莫让我，各凭本事吧。”

聂沛潇仰首而笑：“好，即便我赢了，也是要替你求情的。”说着他便借力使力，伸手拽住沈予的足跟，大笑一声借力攀爬。

沈予险些被他扯得失足坠落，稳下心神附和道：“这才有意思！看谁先到顶楼！”

两人真正开始比试起来，沉心摒除一切外物，聚精会神地过招。时而上、时而下、时而结结实实凌空一掌、时而闪身出拳虚晃一招……直让楼下观战之人看得眼花缭乱。

尤其出岫看不出其中门道，若是见谁“失足”下滑，都要忍不住心中一紧，再看原来是个障眼法，又不禁安下心来。她用眼风悄悄去看天授帝，见他正看得津津有味，时不时还与身侧的岑江低语几句，评价一番。

而楼上的两人也各出奇招，越发兴奋。聂沛潇胜在腿部力量与腰部力量强劲，每每起于足、变于腿、发于脊背、出于掌，但他这种招式袖风太强，总能令沈予先知先觉躲避过去。

而沈予则是臂力惊人，不仅能长时间攀于扶栏之上，还能负重全身力量在空中变幻身法。他出拳劲猛沉稳不动，总是在意料之外发拳进攻，却失于下盘太弱，每被捏住弱点。

那幽光紫金和深静湖蓝的身影在空中屡屡交错，映着每一层的琉璃灯火都是炫目非常。不知不觉，两人已齐头并进攀至第九层，而出岫去看案上的香炉，此时才仅仅烧了一半而已。

最后一层，两人都是屏息凝神。聂沛潇掌风越发刚劲，面上带笑：“你真的不让我故意输给你？”

沈予右手攀着扶栏，颀长的身形向后一仰避过掌风，继而伸出左手捏住聂沛潇的手腕，猛然抬腿攻他下盘，口中不忘笑回：“诈赢有什么意思？”

这句话仿佛惹恼了聂沛潇，他冷哼一声，收手上攀：“你这口气挺大。”

沈予不甘示弱随步上移，笑而不语。

摘星楼的最后一层灯影流照，两人过招之余将灯笼打掉了好几盏。那些灯笼从高处倏然落下，在夜风的吹拂中迅速自燃，宛如颗颗坠落的星辰。再看摘星楼顶层那两个男子，犹如主宰星辰的两尊神祇，在一盏盏灯笼之间来回穿梭。

此时已到了最关键的时刻，聂沛潇抢先一步登上楼顶，沿着琉璃瓦的阶势亟亟上行，想要寻找那把寒光冷冽的匕首。而匕首搁放的位置十分惹眼，恰好就在楼顶的制高点上，聂沛潇心中一喜连忙上前，正欲出手去取，便听到身后传来琉璃瓦被踩动的声音。

聂沛潇情知沈予追了上来，不敢怠慢连忙伸手去握那柄匕首。然而楼顶是阶梯状的斜坡，聂沛潇上来时还没什么，待到沈予的脚步沉沉踏上，几片琉璃瓦已不堪负载两人的重量，连连碎裂，最后竟震动了那柄匕首，顺着琉璃瓦的斜坡直往下滑，势不可当。

匕身上的红宝石犹如一道红色闪电，在夜空中迅速划出耀眼的红痕。眼看匕首已滑到了檐牙边儿，再有一寸便要从摘星楼上掉下去，沈予霎时变得惊慌失措，竟是不管不顾地纵身跃下，想要去捡起那把匕首。

聂沛潇见状大为吃惊，不禁惊呼阻止："子奉！"说着他亦是躬身向前，奋力想要拽住沈予的衣袖。奈何这楼顶的斜坡实在太滑，被那重量一带，聂沛潇也不由自主地向下滑动，难以遏制自己的身法。

此时此刻，沈予眼中只看得见匕首，唯恐从十层高的摘星楼上掉下去，这把匕首会有所损坏。因而，他在匕首即将跌落楼顶的那一刻，及时揽手握住，这才反应过来自己已是摇摇欲坠，而聂沛潇也被连累，站在斜坡上拽着自己的一截衣袖苦苦支撑。

"放手！"沈予一手握着匕首，另一只手死死抓住屋檐。其实若换作别人，这一刻必定会借力使力，借着聂沛潇的搭救而旋身向上。这样做的后果是——自己会安然脱困，但施援之人可能会被拽下摘星楼。

显然沈予没有这样做，他宁肯整个身子悬空向下，也不肯借助聂沛潇的半分力量。眼看对方将重心不稳一头栽下去，沈予再次大喝一声："殿下松手！"

聂沛潇拼尽全力阻止自己下坠的趋势，脚底的琉璃瓦又被他踩碎了好几片。他额上青筋暴起、俊目瞠得欲裂，狠狠对沈予斥道："为了这把匕首，你不要命了！"

沈予面无表情并未回话，不由自主垂目朝下看去，他此刻视野有限，便也看不到出岫和天授帝的反应。他只能望见自己脚下悬空，而那一片土地离他很远很远。

此时此刻，摘星楼下，从出岫的角度向上看，仅能看到沈予摇摇欲坠，却看不到楼顶上的聂沛潇也在奋力援救。她惊得双腿一软，忍不住出声求援："圣上！救人要紧！"

其实岑江早已在摘星楼的每一层都安排了侍卫，只要天授帝一声令下，便会齐齐出动救人，但……帝王不言，他们只得待命。

与此同时，天授帝也发现了异常状况。他倏然从座椅上起身，却没有及时发号施令救人，只是一动不动仰首看着楼顶，作壁上观。

看到天授帝一直沉默，出岫心中顿时一凉，再次亟亟劝道："圣上！晚了就来不及了！"

天授帝这才徐徐看向出岫，沉声开口："朕要的是良才而非庸才。沈予若连这点自救的能力都没有，朕为何用他？为何要许他高官厚禄？"

两句质问，出岫哑口无言。是啊，对方是皇帝，高高在上掌握生杀大权，人命于他如同草菅，更何况沈予还是罪臣之后……

出岫的心死死揪到一处，抬眸紧紧盯着摘星楼上。她暗自告诫自己，天授帝最恨旁人忤逆于他，挑战龙威。此刻绝不能派竹影上去救人，否则即便救下沈予的性命，事后也不会有好果子吃，还会连累云氏一族。她唯有寄希望于聂沛潇。

时间缓缓流逝，桌上的香炉又烧掉了一段香灰。香头上星星点点的颜色仿佛并不是香火，而是凶兽的血盆大口，正一点一滴吞噬掉一个人的生命。

摘星楼檐牙上的身影仍旧没有动静，就这么悬空吊着，也将出岫的心高高吊起。她几乎要忍不住了，正打算冒险开口命竹影救人，然就在此刻，忽有一阵夜风从背后吹来，依稀掺着隐隐的荷香。

能将两园之隔的池塘荷香吹送到摘星楼，可见这股风力不小。出岫撩起挡住眼帘的发丝，只一眨眼的工夫，但见那高高悬空的湖蓝身影忽然松了手，眼看就要往下坠落。

出岫再也忍不住惊呼出来，淡心也是"啊"的一声。就在众人以为沈予即将摔得粉身碎骨时，他却在半空中向前倾身，凭借腰力将身体弯成弓形，下坠的同时蓄势发力，一头撞进第五层的扶栏之内，滚落进了露天的廊台。

这一套动作一气呵成，如行云流水，身姿变幻迅雷之势，中间不见一分凝滞，细节也算得极为精准——

首先，要有这阵夜风助力，吹着沈予向楼内靠近。

其次，要将动作设计得连贯，身法不能有半分迟钝。

再次，要算好撞进哪一层楼内，早一步或晚一步都会撞到楼体的岩壁上，血溅当场。

而且，力度要把握得恰到好处，使力太轻难以自救，使力太重必然会加重下坠趋势。

尤其，下坠的过程中没有着力点，整套动作无法运用腿部力量，只能凭借腰部以上发力。

出岫无法想象，沈予需要斟酌多久，而且还是在悬空的当口。此一时、此一刻，她油然生出一种敬服，为了沈予的身手，更为了他这份沉着冷静。

竹影和淡心亦是看得瞠目结舌，为沈予捏了把冷汗。

饶是天授帝征战无数，身边高手如林，见了这等功夫也是肃然赞叹：“好身手！”言罢再看侍立一旁的岑江，问道：“这功夫你能比得过吗？”

岑江早已看得目瞪口呆，摇头道：“臣自愧不如。”



摘星楼下，几位看客都沉浸在惊叹之中，聂沛潇也已跃入第十层的露天廊台上，顺着回旋楼梯走了下来。

再看第五层，沈予径自从地上起身，轻拍自己衣服上的灰尘，又躬身拾起了一样东西。然后，他从五层高的楼上凭栏一跃，似蹑云逐月般轻身落地，步伐沉稳走到天授帝面前，下跪行礼道：“微臣罪该万死，让圣上受惊了。”

天授帝没有即刻回话，缓缓看向他手中的匕首，笑道：“为了赢朕一个承诺，你算豁出性命了。”

闻言，沈予将头埋得更低：“方才是诚王殿下君子仁义，没在微臣坠楼之时夺走匕首，否则它早已不在微臣手中……”他顿了顿，沉声再道，“这一次比试，微臣认输。”

出岫瞧不见沈予此时的表情，仅能通过他的身形和语调来判定他的心情。他虽是跪着的，但身姿依旧挺拔清俊，铮铮骨气难以遮掩。他语调沉稳铿锵有力，并无半分惊慌埋怨，甚至连一丝后怕也无。

可出岫自己却觉得后怕，越想越是一身冷汗，一颗心几乎要从嗓子眼儿里蹦出来。

此时聂沛潇也从摘星楼里走出来，径直来到天授帝和出岫面前，亦是下跪请罪：“让皇兄受惊了，臣弟领罪。”

天授帝露出寥寥笑意，道：“你来得正好，沈予正在夸你没有乘人之危去抢匕首。”

聂沛潇干笑一声，郑重回道：“其实子奉也是君子，方才臣弟见他坠楼便有心拉他一把，他其实可以借力上攀，但他宁肯自己悬空，也不愿借力。”

原来还有这一出！出岫更觉虚惊，天授帝却是冷哼一声：“沈予若敢借你之力攀回楼顶，害你坠楼……即便他活着下来，朕也必定要他偿命。”

这话说得重了，聂沛潇立刻打圆场：“这不是虚惊一场吗，再者子奉与臣弟相识多年，他绝不是那种人。”

天授帝仍旧不松口，又道：“下次再有这种比试，还是先绑上绳子吧。”

聂沛潇哈哈大笑：“不会再有下一次了，遇上子奉这等对手，估摸此生也就这一回了。臣弟遗憾自己方才身在楼顶，没能看清他自救的全过程，反而不如皇兄和夫人有眼福。”

“风凉话！”天授帝斥道，带着几分亲近之意。

聂沛潇见沈予仍旧不言不语地跪着，再想起方才天授帝允诺过的事，遂小心翼翼地试探：“皇兄，那今晚的比试算不算子奉赢了？”

天授帝凤眼微眯，面上闪过一丝戾气。他转而看向桌案上的香炉，那炷香早已在沈予坠楼自救时燃到了尽头，只剩下一炉子细细的香灰。

天授帝淡淡说了一句：“时辰过了。”

聂沛潇面上顿生失望神色，他没料到会是这个结局。他本以为要么自己赢，要么沈予赢，总归能有一人开口求情……

沈予反倒显得很坦然，依旧跪地等待发落，声音没有一丝起伏：“微臣惊扰圣驾，甘愿领罪。”

“是该领罪。”天授帝意有所指。

四人之中，唯有出岫不知内情，不禁在心中诧异。领罪？沈予险些连性命都丢了，怎么还要领罪？况且他是平乱有功的人！

出岫只觉得帝心莫测，想要开口替沈予讨个饶，遂故作镇定地从座上起身，笑道：“圣上，沈将军好歹是我云氏的姑爷，您不奖赏便算了，怎么还要罚？”

“哦？夫人还不知道吗？”天授帝挑眉，重新坐定在椅子上，道，“沈予擅自……”

“离京”二字尚未出口，众人忽听一个娇俏的女声嚷道：“咦？这炷香还没烧完！”说话之人是淡心。

若在平时，出岫必定要斥责淡心僭越，但此刻听了这话，她是惊喜万分，连忙朝那香炉看去。只见淡心素手伸出，徐徐拨开香炉里层层覆盖的香灰，果然有一小截香倒在香炉里头，而且，真的还在冒着星火！

这实在难得一见，竟连苍天也在帮着沈予！天授帝自然看到了这一幕，薄唇紧抿不发一语。

聂沛潇连忙走到案前求证，喜道：“皇兄！这次算子奉赢了吧？”

“君无戏言。”天授帝拈起一指香灰，在两个指尖细细研磨，再看沈予道：“你先平身吧。”

“谢圣上！”沈予终于从地上起身，绕步走到出岫面前，将掌中握住的匕首缓缓递过去：“物归原主。”四个字，重逾千斤，是他用性命换来的完整。

出岫方才在楼下观战，并不知道沈予为何会失足坠楼，更不懂他此刻平静语气中潜藏着的翻涌情绪。她皓腕伸出，接过那柄寒冷之物：“多谢将军。”

聂沛潇将这一幕看在眼中，终于醒悟到了什么事。别人不知沈予为何会失足坠楼，他却看得一清二楚——因为那把匕首。他原本以为，沈予是太想赢，太想谋求这个免罪的机会，才会不顾性命去保下匕首。

可眼前沈予和出岫之间的暗潮涌动如此明显，尤其沈予，在经过方才的惊魂坠楼过后，他的平静实在太过异常，显然不是常人该有的反应。这意味着这把匕首有故事，而且出岫是这故事的主角。

聂沛潇脑中闪过几道思绪，心底变得黯然起来。沈予此刻也已退回原位之上，等待天授帝开口示下。后者敛声笑道：“朕知道你们所求为何……既然沈予夺了这把匕首，朕自然履行诺言。”

天授帝沉吟片刻，继续道：“沈予此次平乱有功，功过相抵，他擅自离京之事朕就不予追究了。”

擅自离京？沈予何曾擅自离京了？出岫不明所以，一时忘记自己曾卧榻养病半年，错过了许多事。她原本想要问个究竟，但转念一想，既然天授帝已发话“不予追究”，自己再开口询问也没什么意思了，总之事情过去，有惊无险。

这边厢出岫兀自转念思量，那边厢聂沛潇亦是苦涩难当，再加上沈予心中翻涌起伏，这三人此刻竟没有一个是正常的。

天授帝自己是过来人，也知道三角关系最令人头痛，眼见聂沛潇没有为云承请旨赐婚，暗道九弟为他人做了嫁衣裳。

至此，这顿夜宴也算到了尽头，天授帝适时抬首望了望天色：“今夜不早了，都散了吧。”

他边说边欲起身，岂料淡心娇滴滴的脆声却再次响起：“圣上！您还没奖赏沈将军呢！”

天授帝闻言不解，再看说话的是出岫的贴身婢女，也不好发怒，遂装作没有听见。

“淡心！”出岫见她忽然开口说话，也是吓了一跳。

聂沛潇唯恐天授帝再恼起来，也顾不得身份地位，连忙放下身段对淡心解释道：“你有所不知，子奉前些日子犯了件错事，今晚他抢得彩头，圣上便许他功过相抵了。”

淡心闻言“咦”了一声：“奴婢正是疑惑在此。方才圣上明明是说‘沈予此次平乱有功，功过相抵，他擅自离京之事朕就不予追究了’。听这话的意思，不该是说沈将军平乱有功，才功过相抵的吗？那与他今晚抢得匕首有什么干系？这彩头的赏赐还没给呢！”

淡心此话一出，聂沛潇也被堵得无话可说。方才皇兄的确是说沈予“平乱有功、功过相抵”，与今晚夺得匕首的赏罚没有一丝干系……

聂沛潇与出岫皆大为无奈。天授帝反倒挑眉，神色莫测地看向出岫：“连夫人的婢女都如此伶牙俐齿……该不会是夫人事先设计好的吧？云氏想为姑爷谋求高官厚禄？”

出岫心中一惊，正待开口回话，只见淡心“扑通”一声跪在了地上：“奴婢斗胆，还是有话要说。”

天授帝转而看她，冷冷吐出一个“说”字。

淡心不愧是云辞教导出来的大丫鬟，此刻面对帝王迫人的气势竟没有一丝畏惧，吐字清晰流畅：“圣上您方才说‘云氏想为姑爷谋求高官厚禄’，这句话真是冤枉我家夫人了。”

“哦？”天授帝不耐地蹙眉，以为这小小奴婢要为出岫开脱。

岂料淡心神色沉稳盈盈回道：“方才沈将军悬于半空中时，是您亲口说的‘沈予若连这点自救的能力都没有，朕为何用他？为何要许他高官厚禄？’这话难道不是您自己许诺他高官厚禄吗？那又关云氏什么事儿？”

淡心这番话说得着实大胆，出岫在旁听了，立刻行礼请罪：“妾身的婢女出语无状，还望圣上恕罪。”

聂沛潇也反应过来，开口帮腔：“皇兄，切莫和一个小小婢女一般计较。”

天授帝并未回话，只从座上起身，双手背负走到淡心面前。他的皂靴上绣着长盘金龙，威严凛然，淡心跪在地上瞥见那双靴子，便咬了咬自己的舌头。待口中传来一阵刺痛，她才后知后觉地发现自己这么大胆，给出岫添了麻烦！

而天授帝依然不语不动，也不去看淡心，不知在想些什么。半晌，他忽而转身看向沈予，冷声问道：“你认为这婢女说得有道理吗？”

这明显将难题扔给沈予了。倘若沈予回答淡心在理，便是间接斥责天授帝没有践约；倘若他回答淡心不在理，只怕天授帝会顺水推舟给淡心治罪。

沈予与淡心相识多年，自问这话实在难以开口，更何况淡心话中句句维护他，他又如何能反咬一口、恩将仇报？沈予唯有保持缄默，不予回答。

天授帝见状长叹一声，自行替他答话：“看来你也觉得朕说话不算数。”

“微臣不敢。”沈予跪地回道。

天授帝没再多说，也没有发怒的迹象，抬首望着天际那轮新月，良久长叹：“朕贵为一国之君，怎能在一个婢女面前失言？沈予你说，你要什么赏赐？”

“圣上！微臣惶恐！”沈予很是讶然。

天授帝却脸色更沉，一副不耐烦的模样：“既然朕方才都说了，要许你高官厚禄，而如今你也安然无恙，那朕自然是要践言……否则，朕岂不是失信于出岫夫人和她的婢女？”

天授帝说到最后一句时，还带着些似笑非笑的意思。他边说边瞟向出岫，阴测地再道：“沈予不说，不如夫人来说，朕该赏赐什么高官厚禄给他？”

出岫垂眸：“妾身一介妇人，不懂朝政大事。”

气氛忽然变得凝滞起来，无人敢再多说一句。半晌，还是聂沛潇迟疑着道：“臣弟斗胆有个提议。”

“你说。”天授帝的语气稍有缓和。

“您登基时曾大赦天下，文昌侯阖府也在大赦名单之内……既然沈将军该赏，臣弟请求恢复文昌侯的爵位，由次子沈予承袭。”聂沛潇顿了顿，重点是在最后一句，“同时，撤销沈予的从三品将军职。”

此话无异于平地惊雷，这下子不仅沈予和出岫难以置信，就连天授帝本人也没想到，聂沛潇竟会说出如此请求。天授帝看向聂沛潇，见他面上坦坦荡荡毫无遮掩，便也想到了他话中之意——

侯爵之位有无实权，全由皇帝说了算，倘若只是恢复文昌侯的爵位，却让沈予卸下威远将军一职，其实是明升暗贬，将沈予的兵权剥夺去了。

与此同时，出岫也想到了其中关窍。聂沛潇的这个提议，不仅能够消除天授帝对沈予的疑心，也是保下沈予的一个方法。没有皇帝会抓着手无实权的侯爵不放，皇帝只会忌惮手握兵权的臣子……

显然，如今的沈予在天授帝心中，是后者。

不得不说这法子极好，皆大欢喜，但天授帝也有自己的思量。如今南北统一在即，虽说计划和平统一，可难保不会再起什么事端。如今南熙朝内文臣众多，武将却后继无人……

如若此时架空沈予，剥夺了他的兵权，其实并非明智之举，更何况沈予的确有带兵之才，不用也很可惜。天授帝在心中暗自思忖，忽然心生一计——闲时可以免了沈予的兵权，等到战时再起用他。

想到此处，天授帝便对聂沛潇道：“你这个提议不错，但有欠考虑。抄斩文昌侯府是朕摄政时亲自下的旨意，倘若再恢复这爵位，岂非是朕自食己言？”

聂沛潇一听这话，以为自己的提议没戏了，便道：“是臣弟考虑不周。”

天授帝却没说完，转而看向沈予：“当年你父文采出众，才会获封‘文昌侯’，如今你是武将，再承袭这个爵位也不妥当。朕免去你的从三品将军职，册封你为‘威远侯’，将原来的文昌侯府改为威远侯府，也算变相遂了你的心愿。”

从威远将军擢升为威远侯，看似都在武职一行，日后若有战事，再重新加封沈予为“威远将军”也是光明正大。天授帝没等沈予本人反应，又开口补充：“这爵位不世袭。”

至此，众人才反应过来，天授帝金口玉言，赐沈予封侯了！不世袭的爵位只册封本人，不荫及子孙，虽然比别的侯爵矮了半头，可到底是封侯了！况且沈予还是罪臣之后！

出岫最先明白过来，几乎要喜极而泣。她情不自禁看向沈予，见他胸前起伏不定，两手在身侧紧握成拳，一副匪夷所思的表情。

出岫立刻提醒他：“还不快谢恩！”

沈予这才回过神来，心中五味杂陈、喜不自胜，连忙下跪拜谢道：“微臣，谢主隆恩。愿吾皇万岁！”

说出这句话时，沈予的声音还隐带颤抖，难以遏制的复杂情感从他心中喷涌而出。他终于等到了！等到了重振门楣的这一刻！

从文到武，从文昌侯到威远侯，他终于为沈氏一族洗清了罪臣之名！纵然要交出兵权，他也认了！何况他从不稀罕这兵权，他之所以带兵打仗，也不过是因为擅长此道，别无出路。如今能够轻装卸任，他求之不得！

疏朗清辉的月色之下，出岫分明看到沈予目中隐隐泛起水光。是的，她明白，她懂得，兵权对于沈予而言绝不重要，他更看重“威远侯”三个字。

从文昌侯府获罪迄今，他只用了短短三年半就完成了蜕变，重振了门楣！

沈予、出岫、聂沛潇此刻都处于狂喜之中，只觉今晚所发生的一切犹如梦境一场。而天授帝却万分清醒，淡淡垂目瞥着一直跪地的淡心，冷哼一声：“你还要替你家姑爷说话吗？”

淡心娇脆一笑，深深行了一个叩拜大礼：“圣上英明神武、金口践诺，奴婢无话可说，唯愿吾皇福寿永享、寿与天齐，万岁万岁万万岁。”

天授帝凤眼微眯看着淡心，也不命她起身，不知在想些什么，良久忽而对她道：“你倒是牙尖嘴利，很像一个人。”

淡心不解，抬眸望去，脱口反问：“像谁？”

天授帝转而看向出岫，话却是对着淡心说的：“怎么，你家夫人没对你提起过？”

听到此处，出岫和聂沛潇同时反应过来天授帝所指何人——鸾夙。的确，鸾夙便是个伶牙俐齿的女子，性子直爽、胆子也够大，不可否认在这点上，淡心的性子与鸾夙极为相似。

出岫心中忽然闪过一个想法，唯恐天授帝情殇至极，会将淡心看作鸾夙的替身，再让她进宫侍奉。她越想越觉得大有可能，已是惊得背脊发凉，更加觉得此地不能久留。于是出岫灵机一动，抚着额头佯作脚步踉跄，顺势往后栽倒。

“夫人！”淡心、竹影、聂沛潇、沈予齐齐开口，唯恐她有什么闪失。

聂沛潇离出岫最近，眼疾手快扶她一把，任其靠在怀中，关切问道：“你怎么了？”

出岫秀眉微蹙，不动声色与聂沛潇拉开距离，一手仍旧抚着额头，一手支着座椅靠背：“妾身忽然觉得头痛……许是吹风受了凉。”

聂沛潇想起出岫今年三月才病愈，心中焦急，连忙招呼沈予：“你来替出岫把把脉。”

出岫缓缓坐回椅子上，摆手轻道：“不必，妾身还是早些回府歇息吧。”她想用这个借口光明正大地回府，如此一来淡心也就跟着回去了。

岂料天授帝并不松口，也对沈予命道：“你医术不错，去给夫人瞧瞧是什么毛病。”

沈予亦是担心不已，连忙为出岫把脉，诊了半晌却没发现异样，不禁抬目看着她无声询问。

出岫虚弱地蹙着秀眉，仿佛真的头痛一样，咬着下唇回看他一眼。

沈予立刻会意，再听出岫气息沉稳不似有恙，心中也清明过来，忙对天授帝禀道：“圣上，夫人是旧疾复发，须得尽快吃药安神。”

天授帝闻言将信将疑，反道：“此处距云府得半个多时辰路程，不如你就地开方熬药，诚王府里长年备有药材。”

言罢他又看向跪地的淡心，似戏谑似郑重地命道：“你平身吧，好生照看你家夫人，若有什么差池，即便朕饶了你，诚王也会治你的罪。”

此话甫毕，天授帝竟是亲自上前，躬身虚扶了淡心一把。这一幕落在出岫眼中，她觉得自己真的要头痛了……

# 第二十一章 新人双双似旧人

诚如天授帝所说，云府在城北，诚王府在城南，出岫倘若此时返回云府，路上耽搁时间太长，不如就地在诚王府医治。

他这番话说得在情在理，出岫和沈予皆抓不住漏洞，后者唯有抱拳称是，向聂沛潇问道：“殿下，府上的药材库在何处？微臣需要去找几服药材。”

聂沛潇沉吟片刻，道：“摘星楼里有笔墨纸砚，你只管开方子，本王亲自陪你走一趟药材库。”

沈予摆手否道：“无须笔墨纸砚，药方已在微臣心中，劳烦殿下带路了。”说着他又瞟了一眼出岫，似在暗示对方稍安勿躁。

既然沈予明白了自己的意思，必然会借机出去和聂沛潇商量对策，如此一想，出岫也稍感安心，用左臂撑着座椅扶手，抚着额头娇弱地回礼：“有劳殿下和侯爷了。”

“夫人倒是改口挺快。”天授帝话中不乏暗嘲，出岫假作没听出来，仍旧装病，犹如一朵发蔫的花儿静坐无声。

聂沛潇担心出岫是真病，便催促沈予：“事不宜迟，咱们走吧。”两人立刻朝天授帝告退，匆匆出了摘星楼的园子。

出岫眼见两人走远，心中长舒一口气，这才悄悄抬眸去看天授帝。不看还好，一看真是吓一跳，天授帝的目光正正落在自己身后的淡心身上，一副若有所思的表情……

这个意思是……出岫心中越发有种不祥之感，忍不住开口道：“圣上……”

与此同时，淡心也开口请道：“圣上，可否唤人给我家夫人添盏热茶？奴婢瞧她冷汗直流。”

淡心真是越发大胆了！这不是找死吗！出岫情急之下喝斥她：“淡心，我平时如何教你规矩的？今日你三番两次顶撞圣上，圣上宽宏大量没有降罪于你，你还得寸进尺了？”

淡心以为出岫是真病，也不知道这其中内情，便一番委屈的模样，咬着下唇不敢多言。

竹影见状，连忙在旁低声劝道：“夫人您注意身子。淡心不知礼数，您回去慢慢教便是了。”

天授帝冷眼旁观这主仆两人一唱一和，亦是笑道：“夫人有忠婢如此，不该生气反该欢喜才对。”

闻言，出岫沉默了，她唯恐自己无论说什么，天授帝都能扯到淡心身上来。再者淡心如今这副委屈又着急的模样，还真是见者堪怜。

一时间，园子里陷入一片诡异的气氛，无人再说话。好在这情绪没有持续太久，聂沛潇与沈予便去而复返。两人身上都有一股浓重的药香，可见方才是真的去了一趟药材库。

聂沛潇先对出岫道：“夫人莫急，药已经熬上了，一会儿会有婢女送过来。”

“多谢殿下。”出岫颔首而回。

天授帝听了这话，十分犀利地道：“也许你二人是白跑一趟了，朕瞧着夫人已经好多了。”言下之意，直指出岫装病，沈予包庇。

聂沛潇方才也听沈予说了内情，便替出岫打圆场：“夫人去年年底生了一场大病，今年春上才将养过来，方才又瞧了一场惊心动魄的比武，一时抱恙也是寻常，她若能自行缓过来，最好不过。”

沈予亦道：“脸色是好一些了，方才煞白得厉害。”

出岫暗道自己是被淡心吓白的脸色，正待开口说句什么，但见一个侍从匆匆跑过来禀道：“启奏圣上、诚王殿下，园子外头来了个婢女，说是送药来的。”

聂沛潇立刻精神一振，露出一抹难以辨认的狡黠笑意：“让她进来。”

片刻，众人遥遥瞧见一个绿衣女子端着托盘走来，其上放着一个药盅。出岫眯着双眸仔细打量，只觉这女子身段娉婷，窈窕可人，那身绿衣甚为眼熟……

还没等出岫反应过来，那绿衣女子已手执托盘走到天授帝面前，黄莺出谷般盈盈行礼：“民女子涵，愿吾皇万岁。”

一股药香霎时从药盅里飘出来，弥散在几人之间，也遮挡了子涵身上的兰芝草香气。天授帝看都没看她一眼，命道：“服侍夫人喝药吧。”

子涵身形一顿，似乎有些意外，继而低低回了一声：“是。”那语气分明带着几分失落。

原来她就是子涵。出岫循着灯影望去，只能瞧见一个侧脸，面容不是特别真切。可她怎会出现在此地？出岫心思顿时一沉。这意味着什么？意味着沈予今晚来诚王府戍卫还要带着这位“救命恩人”！

想到此处，出岫只觉口中泛起阵阵苦涩，分明这药还没下肚，缘何会比喝了药还苦口？眼见那子涵姑娘朝自己越走越近，出岫刻意不去看她，拒道：“妾身觉得好多了，不必再喝药。”

而此时子涵已走到出岫身边，正打算端起托盘上的药盅递给她，听了这句话，手便晾在半空中，语气有一丝不耐：“这药您到底喝不喝了？”

出岫只得回眸看她，尚未回话，却因她的长相而大吃一惊：“鸾夙？！”

粉腮朱唇、颜如渥丹，眉宇间难以遮掩的清高倨傲，以及那淡如烟的远山眉目……不是鸾夙是谁？

然而子涵却没有反应过来，杵在那儿一脸不解地问：“鸾夙是谁？”

只这一个表情，出岫已知道自己认错人了。这位子涵姑娘静默时，那长相还当真像极了鸾夙，可她一开口说话，那语态神情就与鸾夙相去太远了。

鸾夙虽然是风尘女子，但好歹出身于名门大家，又与几位人中之龙交往过密，浑身都是清高气质。反观这位子涵姑娘，估摸是在姜地受惯了欺负，有些土气，与鸾夙相比只是形似而神不似。

若不是方才天授帝提起，出岫真没觉得淡心与鸾夙相像。可如今与子涵一比，出岫竟也觉得淡心像了，气质很像，虽然长得并不像。

出岫暗自对比着淡心和子涵，不远处的天授帝也成功被“鸾夙”二字吸引了注意力。他大步走到出岫身边，一把抓住子涵的胳膊，狠狠强迫她转身。

子涵不期然地被人一拽，脚下趔趄手上不稳，捧着的药盅立刻向外甩了出去，不偏不倚正朝着对面的出岫。

滚烫的药汁从盅内洒出，在夜空中还隐隐可见热气蒸腾。眼看药汁即将泼到出岫身上，聂沛潇与沈予都是万分焦急，偏生两人离得太远，中间又隔着天授帝和子涵，想去搭救都来不及。

就在此时，一个鹅黄色身影忽然扑向出岫，将她紧紧护在怀中。只听一声痛苦的呻吟随之响起，下一刻，滚烫的药汁已全部泼向淡心背部，就连药盅也撞在了她的脊梁骨上。

“咣当”一声，药盅落地，摔得粉碎。而淡心还死死护着出岫，强忍疼痛道：“夫人……”只吐出这两个字，她整个人已疼得再也说不出话来……

出岫见她替自己挡下汤药，霎时惊得花容失色：“淡心！你怎么样？”

夏季炎热，衣衫本就单薄，那滚烫的药汁泼在淡心背上，尽数被她的衣衫吸透，热度却依然不减。热烫的湿衣紧紧贴着她，那种痛苦不亚于切肤，令她有口难言。

出岫见淡心被烫得脸色惨白，还有昏迷的趋势，也不敢再随意触碰她的后背，只能维持着两人面对面的姿势，负着她的重量。

沈予也及时开口：“别动她，快让人去取冰块！”言罢又上上下下打量出岫，紧张地问道，“你烫着没？”

出岫只有裙裾上被溅了少许药汁，并无大碍，遂摇头道：“我没事，先给淡心诊伤！”

沈予立刻转问聂沛潇：“离此地最近的房间在哪儿？”

“摘星楼上就有。”聂沛潇忙对侍从命道，“快去冰窖取冰块。”

侍从领命而去。竹影也小心翼翼扶过淡心，背着她往摘星楼里走。

现场顿时乱成一片，与此同时，天授帝还在和子涵僵持着。前者狠狠握住后者的手臂，目不转睛盯着她看，想要确认什么。清风徐来，暗香浮动，没了药香的遮盖，那股兰芝草香气恰恰袭来，正是从前鸾夙最爱佩带的香料。

子涵此刻已是满脸娇羞，盈盈水眸望向天授帝，欲拒还迎地轻唤：“圣上……”

只这一个表情、一声称呼，天授帝顿觉失望至极。不是鸾夙，不是她！长相肖似又如何？香气一样又如何？她终归不是她。

刹那间，天授帝怒气横生，一把放开子涵的手臂，厉声喝问：“这是谁的主意？！”

沈予正打算进楼为淡心诊治，听了这喝问只得停下来，跪地请道：“圣上恕罪，这女子名为‘子涵’，有一半姜族血统，此次微臣领军叛乱，多亏她从旁提点，提供地形，也是她救了微臣一命。”

“哦？所以你带她回来了？”天授帝脸色更为阴沉，勃怒再斥，“你看中了她这张脸是不是？”

“皇兄别误会。”聂沛潇亦是下跪解释，“子奉带她回来只是巧合，是臣弟见她长得像……才出了这主意。”他面有愧色，再道，“臣弟恳请皇兄降罪。”

天授帝此刻是真的恼极了，竟连兄弟之谊都不顾，抬脚作势要往聂沛潇肩头踹去。他凌空一脚已沾到了聂沛潇的衣衫，却又倏尔收回，隐忍着道：“荒唐！”

事到如今，出岫也明白自己误会沈予和子涵了，可她已无暇顾及这些，只一心记挂淡心的伤势。她急得眼泪都快掉出来，也顾不得天授帝的怒火：“圣上！方才妾身的婢女被药汁烫伤，请您先让沈予前去医治！”她急得口不择言起来，直白唤了沈予的名讳。

天授帝这才想起，方才自己去拽子涵的时候，对方不慎将整盅汤药洒了出去，而那个伶牙俐齿的婢女护主心切，被泼了一身汤药。

不知为何，想起这个场景时，另一个相似的场景也浮现在了天授帝眼前。那时他与鸾夙相识不久，鸾夙曾救过他一次，甚至险些废了一双玉手。

心痛的感觉一如从前，一刀一刀凌迟着帝王的心。天授帝觉得有些恍惚，声音也渐渐沉缓："她受伤了？"

出岫泪盈于睫："淡心已经昏过去了。圣上，虽然她只是个婢女，但与妾身情同姐妹……恳请圣上先不予追究其他事宜，为淡心治伤要紧！"

天授帝蹙眉，转而看向那一炉早已燃尽的香灰。方才淡心屡屡顶撞的情景又再次浮现，不卑不亢、无所畏惧。尤其是她一双素手拨开这层层香灰，迄今为止，还留下了几个指印在上面，宛如他见过的另一双玉手。

"不愧是云府的丫鬟，胆色过人，也很忠心。"天授帝已恢复了冷心冷面，仿佛方才的暴怒和伤情不曾出现过。他依旧盯着那一炉香灰，沉声道，"你们去吧，方才是朕害她被烫伤了。"

此话一出，出岫再也等不及了，连忙行礼道："谢圣上体恤。"然后她迅速起身，匆匆往摘星楼而去。沈予也随之入内为淡心诊治。

眼看园子里只剩下寥寥几个人，聂沛潇才肯放下颜面，低声对天授帝解释："皇兄，子涵的事是我想错了，我本以为鸾夙一走，您必定要再找一位解语花……"

"难道皇后不是解语花？"天授帝面沉如水，凌厉注视着聂沛潇。须臾，又凤目沉沉再看子涵，惜字如金只说了一个字："滚！"

而子涵还愣怔在旁犹自不解。她抬手抚着自己的胳膊，方才那被帝王拽过的地方生疼不已，想必已是一片淤青。子涵暗自腹诽天授帝不懂怜香惜玉，面上却是一副楚楚可怜的模样，站在一旁不敢做声。

天授帝见状冷笑一声："蠢笨不堪！"言罢拂袖而去，岑江赶忙迈步跟上。

聂沛潇眼见园子里的人走得一干二净，而子涵还不明所以，亦是叹道："真可惜了这张脸。"

子涵下意识地抬手摸了摸脸颊，疑惑地问："殿下在说民女吗？"

聂沛潇不欲与她多做纠缠，只道："你先回去吧，这儿没你的事了。"语毕也往摘星楼走去。

楼内二层的小卧房里，淡心正趴在床榻之上，已近昏迷。竹影避嫌站在门外，屋内唯有沈予和出岫两人。出岫用剪子剪开了贴在淡心背上的衣衫，只是轻轻揭开，已见到一片水泡，很是骇人。

出岫不忍再看，捂着朱唇止不住地落泪。沈予却一眼瞧见淡心腰部还有一块淤青，应是方才被那药盅砸的。再看出岫哭得伤心，他便劝道："你别哭，诚王府内尽是奇药，云府也有，淡心不会有事。"

沈予这么一说，出岫也反应过来。诚王府里有没有奇药她不知道，但云府却有不少珍藏的药材！她立刻醒悟过来，对沈予道："我派人回去取药！"

正说着，聂沛潇的侍卫冯飞也带着几个下人走到门外，被竹影伸手拦下。冯飞立刻对着门内道："沈将军、出岫夫人，卑职奉诚王殿下之命，来给淡心姑娘送药。"

出岫连忙擦干泪痕，又看了一眼淡心，道："她这样子没法见人，我去把药箱拿进来。"

沈予"嗯"了一声，出岫便径直走出去。刚接过药箱，一阵脚步声也急促传来，是聂沛潇走上了二楼。

"殿下。"出岫眼眶微红地见礼。

聂沛潇微微颔首算是回应，只问出岫："方才你真没烫着？"

出岫摇头："我没事。倒是淡心……"她忽然意识到有许多男子在场，不方便将女儿家的事情说出来，便半道住了口。

聂沛潇看到出岫的裙摆上沾了星星点点的药汁，便瞥了冯飞一眼，命道："想办法给夫人找件衣裙过来。要新的。"

冯飞立时领命，带人退下。竹影仍旧杵在原地，不闻不动。

聂沛潇见外人都已撤了出去，也没将竹影放在心上，继续问道："淡心情况如何？很严重？"

出岫点头："还在诊治，背上烫得全是水泡，怕是要留疤了。"

"需要什么药材，只管开口。"聂沛潇再道。

出岫道了声谢，但显然还是提不起精神："我府里也有几味珍贵药材，不知道淡心用不用得上。"

聂沛潇摆手道："谢太夫人年事已高，少不得要用几味好药。我正值盛年，那些药材搁在库房长年无人问津，也怪寂寞。你先别来回折腾，看看情况再说。"

原来高高在上的诚王也会替人着想了……出岫不禁鼻尖酸涩，颇有些动容："我代淡心向您道谢。"

聂沛潇叹了口气："不管你信不信，我很感谢淡心。若不是她替你挡着，恐怕你会……"

"毁容"二字他没说出来，可出岫也能猜到。是啊，万幸淡心伤的是背部，倘若方才她是正面朝向子涵的话，那盅汤药会尽数泼到她脸上，毁容是必然的。但她宁愿自己毁容，也不愿淡心替她遭罪。

聂沛潇也明白出岫心里难受，不禁劝慰她："我已派人去找精通烫伤的大夫了。你也要相信子奉的医术。"

"但愿如此。"出岫只能寄希望于沈予，眼泪再次簌簌而落。她平生最不愿意欠别人的，可偏偏又亏欠良多。欠云辞的命，欠沈予和聂沛潇的情，如今又欠了淡心……

一颗颗晶莹剔透的泪珠顺着脸颊滚滚而落，聂沛潇眼见出岫流泪不止，心中亦是软成了一泓水。他一时忘记竹影在场，上前作势要为出岫拭泪，右手刚一抬起，隐在一旁的竹影倏然现身阻止道："殿下。"

经竹影一提醒，聂沛潇也意识到了自己的失态，于是只得收回了手。

被这么一幕闹了一下，楼里的三人俱是沉默，气氛渐渐尴尬起来。好在此时，下人们将冰块运了进来，算是适时解了围。

聂沛潇知道淡心伤在背部，男子不宜入内，便吩咐几个婢女将冰块运了进去。

出岫欲向他道谢，朱唇微启话还未出口，聂沛潇已摆手道："不必谢我，我也是为了你。"

他如此一说，出岫反倒不好说什么，只道："我也进去看看淡心。"说完便随婢女们入内。

放轻脚步绕过屏风，出岫一眼瞧见沈予正坐在榻边，为后背光裸的淡心挑着水泡，而淡心依然陷于昏迷之中，秀眉紧紧蹙起，似在表达她的痛苦。

沈予极为认真，棱角分明的侧脸凝成了一道山川，在烛火的映照下显出一种难见的静谧与柔和，仿佛是被雨后云雾缭绕一般，很不真实。他右手执针，左手执着一个药瓶，每每挑破一个水泡，便会就势撒药上去，动作既熟练又谨慎。

听到屏风后头响起阵阵脚步声，沈予头也不抬地命道："冰块搁下，留一个人在此伺候，其他人先出去。"

他说话的声音不大不小，正好能让屏风外头的一众婢女听到。大家一并行礼称"是"，只留下一个人帮忙。至此，沈予才意识到屋内还多了一个人，不禁抬目看去，便看到出岫正站在屏风处。

沈予心中一抽，招呼仅剩的那个婢女："用汗巾裹着冰块，将她背上的黄水擦干，切记不要碰到伤口，也不要把伤药擦掉。别盖被子，让伤口晾着。"

婢女连连点头，沈予便从榻上起身，将手上的药粉擦掉，走到出岫面前问她："又哭了？"

出岫连忙垂眸否认："没有。"

"那怎么眼睛红得跟兔子眼似的？"沈予低沉着嗓音关切地问，又道，"别担心，至多是留下一身疤，没有比这更糟的了。"

出岫闻言哽咽了一瞬，又想起淡心腰椎上那一块淤青，连忙再问："她腰上的伤势如何了？"

"没伤到骨头，并无大碍。"沈予见她一副着急神色，安慰道，"你放心，我认识淡心比你更早，我也将她看成妹子，必当尽心而治。”

出岫还是忍不住往屏风里看：“那淡心怎么还不醒？她昏迷很久了。”

“我给她用了点儿麻沸散。”沈予解释，“方才挑水泡时，她已经疼醒了，我怕她疼得咬舌头，便给她用了点药。让她趴着睡一觉，明日一早就会醒了。”

出岫点头，想了想才道：“还没来得及恭喜你，得偿所愿重振门楣。”

沈予轻笑：“只能算是‘重振门楣’，算不上‘得偿所愿’。除非……”他刻意没将话说完，清朗眉目看向出岫。

这句话出岫也接不下去，只得默然。她忽然发现此刻的沈予是鲜少的温润，至少自他们彼此相识以来，她见过沈予跋扈、放浪、深情、肃杀、伤心、失望，甚至是消沉……她自问见过他的种种模样，却从没见过他的温润。

她以为自己看见了云辞……

出岫狠狠闭上双眸，定神半晌才又重新睁眼，奈何被沈予身上的药香激得头晕目眩。她身形一晃险些站立不稳，沈予伸手扶她的同时，突然有一道剧烈的闪光掠过两人之间，也将彼此的表情照得分外清晰。

沈予开口说了句什么，却消散在了楼外的电闪雷鸣之中。瓢泼大雨忽然倾盆落下，“哗哗”的声响令人心惊，出岫不由自主望向窗外，发现下雨了。

这是今年夏季烟岚城的第一场雨，恰好选在天授帝抵达的当日来临。不仅来得毫无征兆，也将方才沈予和出岫酝酿的情愫淋得散尽。

雨声渐隆，闪电渐烈，出岫更加担心起来。此时门外又传来聂沛潇的敲门声：“出岫。”

出岫连忙回神，前去开门，瞧见聂沛潇和竹影一并出现在门外。

聂沛潇看了一眼屋内，才道：“外头雨大，淡心又伤得不轻，不若你今晚留宿在此？”

留宿在此？出岫不假沉吟地拒绝：“不行，我必须要回去。我一个寡妇，又是云氏主母，夜宿在此于礼不合。”

这个回答也在聂沛潇意料之内，他并未流露出太多失望。

出岫转而看向身后的屏风，再叹：“不过淡心恐怕不宜移动，还要在府上叨扰您几日。我会每日过来看她的。”

聂沛潇点头：“这个好说，你放心，我定会派人照顾好她。”

说是这样说，可出岫依然不放心将淡心留在这里，还有沈予……天授帝是出了名的喜怒无常，万一这几天又想起什么事儿，再治沈予的罪又该如何是好？出岫想将竹影留下，这样一来，无论诚王府里有什么动静，竹影也好想法子通知云府。

出岫万万没想到的是，沈予和她想到一块去了：“出岫夜宿诚王府的确不合适，外头雨大，不知能否劳烦殿下亲自送她回去？微臣与竹影会留下照看淡心姑娘。”

亲自？出岫有些诧异地转身去看沈予，恰好与他的目光撞在一起，后者很是慎重地解释：“别人送你，我不放心。”

沈予就站在屏风前，屋内影影绰绰的烛火映在他面上，洒下一片浓重的阴影，沉如山峰，深如瀚海。忽明忽暗中，出岫感到心思安稳了下来，已不是方才那种焦虑和伤心。

“子奉说得对，别人送你我也不放心，还是我亲自送你回去。”聂沛潇立刻附和，又问出岫，“外头雨大，咱们等到雨小些再走？”

出岫望了望窗外势头不止的大雨，这样大的雨，恐怕再好的马车也跑不动。她只得无奈点头：“好。”言罢再对沈予道：“我把淡心交给你了。”

沈予郑重点头，并未多言，转回屏风后继续为淡心医治。

出岫见状也对聂沛潇和竹影道：“男子不便留在此地，咱们出去吧，别扰着淡心治伤。”

三人一并走到廊台之前，雨声潇潇飒飒，未有半分停歇之意。夜风时不时地吹过，将丝丝雨水带入廊台之内，空中也浮动着一股潮湿而又清新的雨味，煞是好闻。

三人说是看雨，其实不然，只是无处可去罢了。有竹影在旁，聂沛潇也不知该安慰出岫什么，便道：“今晚你受惊了，先去歇会儿，等雨势小些我再送你回去。”

“嗯，有劳殿下。”出岫俯身行礼。

岂料话音刚落，外头的雨声忽而小了起来，聂沛潇朝外望了望，笑叹：“夏天的雨真如女人的性子。”

“怎么讲？”

“说阴就阴，说晴就晴，没有丝毫预兆。”

语毕，两人齐齐笑出声。聂沛潇见雨势已转为淅淅沥沥，也不再耽搁，道：“我吩咐下人套车，这就送你回去。”

辞别竹影，两把油纸伞在雨中缓缓撑起，聂沛潇与出岫并肩朝诚王府门外走，一路难免沾湿鞋尖。为了出岫的名誉着想，又有上次共乘一骑的教训，聂沛潇也懂得了分寸，特意备下两辆马车，他和出岫分开乘车，一前一后朝云府驶去。

雨中路上打滑，马车行得并不快，待平安抵达云府，子时已过。雨还在下，但已没了闪电雷鸣，雨势也不如方才那样气势磅礴。

聂沛潇率先跳下马车，很有风度地走到另一辆马车跟前，亲自扶着出岫下来。车夫立刻为两人撑伞，出岫顺手接过一柄，对聂沛潇道谢：“今晚真是多谢殿下，时辰太晚，您快回府歇着吧。”

虽有车夫撑伞，但聂沛潇的右肩还是被雨水淋得湿透，他却浑然未觉，俊目泛着清光：“但愿有一日，你能光明正大夜宿诚王府，不必我再送你回来。”说罢不等出岫答话，已转身回到马车内。

淅淅沥沥的雨声中，诚王府的两辆马车渐渐消失，出岫才猛然想起来一件事——

两年前，就在诚王府里，曾有个侍妾在雨天给聂沛潇送过披风。她依稀记得那侍妾说过，聂沛潇的右肩在战斗中受过重伤，每到刮风下雨便会疼得锥心刺骨……

可他却神色如常地，陪她度过了一整个晚上。

# 第二十二章 为谁风雨立中宵

聂沛潇一路之上强忍肩伤，待返回诚王府时，整条右臂已痛得失去知觉。他唤来御用的大夫为自己诊伤，又特意吩咐封锁消息，以防有人知道他旧疾复发，会趁机图谋行刺。

冯飞知道聂沛潇的旧疾，便对外宣称诚王殿下有紧急公务需要处理，闲杂人等一概不见。当然，除了天授帝和出岫以外。

那边厢沈予彻夜在给淡心治伤，对聂沛潇的肩伤丝毫不知。后来诚王府连夜请了皮肤科圣手焦大夫，他才得以脱身歇息片刻。王府管家见他劳累，便安排了一间厢房供他休息。

经过昨夜的比武、坠楼、自救、晋封，又接连为淡心和聂沛潇医治伤势，沈予已是困顿不堪。他见淡心状况稳定已无大碍，便去了厢房小睡。倒在榻上的同时，才隐隐感到腰上和膝盖有些疼痛，想起是昨夜坠楼时略有擦伤，便也不太在意。

许是太过劳累，沈予很快陷入睡梦之中。也不知睡了多久，头脑还是一片昏昏沉沉，却忽然被外头女子的喧闹声吵醒。

厢房大多是在外院，离正门较近，沈予住的这间也不例外。他被吵得实在睡不着，只得起身招来仆从问道："外头何事这么吵？"

仆从斟酌片刻，才道："外头有个年轻姑娘一直等在王府门口，说是要面圣。门童见她是您昨夜带过来的人，也不好赶她走，眼下争执起来了……"

沈予没等仆从说完，已迅速下榻整理衣衫，大步流星往外走。他循声来到府门前，一眼便瞧见子涵正拽着门童的衣衫，一把鼻涕一把泪地诉说着什么，不明所以的人，还真会被她那楚楚可怜的模样骗到。

子涵一个娇滴滴的姑娘在闹，其他男侍卫也不好动粗，只得在旁伸手拦着，脸色皆是无奈至极。

“怎么回事？”沈予快步上前，一把将子涵拉过来，严肃斥道，“子涵姑娘，这是诚王府，你喧闹什么？”

子涵被沈予拉得踉跄一步，见他不但不护着自己，反而恼怒喝斥，立时气得她气不打一处来，指着沈予破口骂道：“好啊！原来沈将军也是个忘恩负义的东西！我在姜地拼死拼活救你一命，当初你是怎么承诺我的？怎么，如今看圣上和诚王都不待见我了，你也要对我翻脸？”

子涵一张娇颜气得满脸通红，作势就要掉泪：“枉我对沈将军你信任有加，抛离故土背井离乡……如今，如今是有家归不得，什么地方都去不了，还要被人嫌弃！”

沈予听闻此言，亦是恼怒不堪：“子涵姑娘，我敬重你是我的救命恩人，一路上以礼相待，也诚心为你安排前程。我与诚王殿下有心助你一臂之力……圣上他不喜欢，我也没法子，但你不该闹到诚王府来，让这一屋子人作难。”

沈予边说边打量子涵，语气更为不耐：“烦请姑娘先回我的私邸，你的前程我会另做安排。”

“另做安排？什么安排？”子涵依旧不依不饶，声音也变得越发尖刻，“再好的安排，能比得上进宫当娘娘，还是进诚王府？我告诉你，别想随随便便打发我！”

沈予颇为诧异，似是不认识这位救命恩人一样。他知道子涵的性子很挑剔，但他一直感激、同情、敬重她……沈予自问对女人向来算有耐心，却不知为何，此刻竟这般瞧不起子涵，忍不住斥道：“你再这么无理取闹，惊扰了圣上，大罗神仙都救不了你！”

子涵这才意识到了什么，从破口质问改成小声冷嘲：“你什么意思？用皇帝来威胁我？你要治我的罪？！”

…………

这边厢子涵与沈予僵持不让，那边厢聂沛潇也得知了此事，唯恐子涵惊扰圣驾，便问道：“皇兄现在何处？”

“用过午膳便出去了……圣上吩咐过，让您安心养伤，不让属下告诉您。”冯飞顿了顿，迟疑片刻又道，“中午您小睡时，出岫夫人也来探过淡心姑娘了，见您在午休，便没打扰您。”

闻言，聂沛潇苦笑一声。这哪里是出岫不想“打扰”他，分明就是不想见他，才刻意挑了他午睡的时候过来。

“夫人呢？还在府里吗？”聂沛潇再问。

“看过淡心姑娘便走了……也没去见沈将军。”后半句，冯飞特意强调。

聂沛潇无奈地点了点头，这才转移话题道：“那个子涵很是泼辣，子奉怜香惜玉，恐怕拦不住她。你去将她打发了，别让皇兄回来撞见。”

冯飞领命："卑职这就去瞧瞧情况。"说着他已躬身退下，聂沛潇重又开始闭目养神。

昨夜淅淅沥沥下了一夜雨，今日阴了一整天。冯飞从聂沛潇的屋子里出来才发现天已黑透，遂连忙朝王府外院走去。还没走到地方，他便听到一个女子的哭闹声。

从前天授帝龙潜房州时，冯飞是天授帝的贴身侍卫，就在这座慕王府里当差。后来他因调戏鸾夙而惹怒天授帝，便被贬去做了个小小的守城将士。

不过冯飞倒当真有些能耐，戴罪立了功，聂沛潇见他是个人才，便开口讨要过来做了自己的贴身侍卫。由于这段往事，但凡是在天授帝面前，聂沛潇一直都让冯飞回避，因此他昨夜并没瞧见子涵的相貌，只是后来才听人提起这档子事儿。

饶是做足了心理准备，可见到子涵时，冯飞还是大吃一惊。这张脸……与鸾夙实在太像了！他几乎呆立当场，瞬间忘却了聂沛潇嘱咐的差事，就着院墙上升起的灯笼，仔细打量子涵的脸。

像，但又不大像。虽然长得像，可气质神情南辕北辙。这个子涵……有些土气。冯飞了然，也明白过来为何昨夜天授帝会大发雷霆。

而此时此刻，沈予与子涵的争执也到了白热化程度。后者一径梨花带雨，若是有不明内情的人瞧见，必定会以为这是弃妇在指责负心汉。

冯飞见沈予一脸隐忍模样，心中顿生同情之意，连忙稳住心神过去，掂起未出鞘的佩剑直指子涵咽喉处，毫不客气地喝斥："这里是诚王府，姑娘闹什么？"

子涵被人用剑鞘指着，又见冯飞一脸肃杀，立刻吓得住了口，后退一步惊恐地道："不……我……我……"

她看向沈予，用眼神求救。沈予虽然对她感到无奈，可毕竟受过她救命之恩，也只得为她开脱："冯侍卫无须动怒，我这就送她回去。"

"不！我不回去！"子涵立刻反驳，"见不到圣上和诚王，我绝不回去！"

话音刚落，便听到一个冷鸷的声音在她身后幽幽响起："哦？你要见朕？"

众人循声望去，看见天授帝就站在外院的入口处，双手背负，身姿挺拔，一袭黑衣隐在漆黑阴沉的夜色里，与之悄无声息融为一体。他如同一座岿然而又寒冷刺骨的冰山，周身散发着冷冽阴鸷的气息，表情莫测。

沈予、冯飞两人蓦地为这股突然袭来的阴冷所震慑，心中俱是一惊，片刻后才纷纷反应过来，躬身下跪行礼："微臣（卑职）见过圣上，愿吾皇万岁。"

子涵后知后觉转向身后，亦是瞧见了那一袭黑衣的帝王。眼见沈予等人下跪行礼，她也反应过来，连忙盈盈一拜，话语不复方才的泼辣，转为一股轻柔："民女子涵见过圣上。"

天授帝不动声色，只沉沉迈步渐行渐近，他步子缓慢而沉稳无声，停在三人面前，语调平平再度开口：“平身。”

沈予与冯飞齐道：“谢陛下。”子涵也连忙提起裙裾起身，一张娇颜上泪痕未干，在夜色与灯笼的映照下显出几滴晶莹泪珠，就这般楚楚地看着天授帝。

恍惚之间，又是透过她看到了另一个女子。天授帝凤眼微眯，那深如幽潭、冷如湖泊的眼底无情无绪，偏又隐藏了万千深意，平静之下尽是波澜，无比耐人寻味。

子涵也不敢再胡乱开口，面颊上的清泪水痕闪着柔和的光色，无端令人想要怜惜。有那样一瞬，天授帝似被这泪痕耀了眼，可只是一瞬，他又回过神来看着沈予等人，沉声问道：“何事喧哗？朕在门外都听见了。”

沈予自不知天授帝内心起伏，再想起他昨夜如此抗拒子涵，也是一阵心惊：“微臣惶恐，子涵姑娘……是来找微臣的。方才她口不择言，还请圣上莫怪。”

“哦？”天授帝勾起一丝魅笑，“可朕方才听她说，她是来找朕的？”

沈予心中暗道糟糕，尚未来得及回话，但见天授帝已转而看向子涵，挑眉问道：“何事？”

子涵连忙拭干泪痕，回道：“民女有要事向您禀告。”她昨夜细细想过了，既然大家都说她和某位姑娘长得像，她不妨就拿身世来做做文章，也许还能重新得到天授帝的青睐。更何况，她父亲本就不是姜族人，也早早弃她母亲于不顾，兴许她与天授帝喜欢的姑娘真的是同父异母的姐妹呢！

即便不是，反正十六七年过去了，查无对证，她也自信能将黑的说成白的。如此辗转思索了一夜，子涵决定孤注一掷，今日才特意前来想要见一见天授帝，好诉一诉自己的身世，只要略微能让天授帝生出一点怜惜，她便算成功了。

想到此处，子涵连忙再看天授帝，神色故作郑重地补充道：“民女要对您说的是……民女的身世。”

果然，听到“身世”二字，天授帝脸微微变色，似是意识到了什么。他上下打量子涵一番，越发觉得这张脸与鸾夙太过相似，足有八成相像。而且鸾夙爱穿淡青色，眼前这女子又总是穿浅绿色，衣裙颜色的接近也越发使两人相似起来。

若要说是巧合，也不无可能，毕竟天下女子千千万万，偶有两个毫无血缘关系的人能够长得相像，也是常事。就连从前云辞的原配夫人夏嫣然，不也和出岫长得相像？

可若要说完全是巧合，又无法令人信服。尤其听这绿衣女子的口气，仿佛她的身世当真有什么隐情……如此一想，天授帝也怀了一分期待之意，再看子涵，问道：“你叫‘子涵’？”

子涵连忙点头：“正是民女的闺名！”

天授帝强忍着那股没来由的厌烦，又问她："你要说的身世是什么？"

子涵看了看左右，还故意狠狠瞪了沈予一眼，才娇滴滴地回道："此处并非说话之地，民女……"

天授帝没等她说完，已一语不发迈步而去。子涵有些摸不着头脑，御前侍卫岑江便上前对她低声道："姑娘，圣上的意思是让您跟过去。"

子涵立刻醒悟过来，提起裙裾一路跟在天授帝身后。帝王步伐大阔而进，累得子涵在后头小跑才能跟上。

岑江刻意缓行两步，对沈予和冯飞诚恳道："两位大人快走吧，今日是遇到圣上心情不错……日后这种事情，还是小心为妙。"

"多谢岑大人提点。"沈予与冯飞齐声回话。岑江略微颔首致意，便大步跟了过去。

沈予见几人走远，才转回头对冯飞道："听说您从前就是圣上的贴身侍卫，后来是诚王殿下将您讨要走了？岑大人是接替您的差事？"

冯飞沉默一瞬，才低低回了一个字："嗯。"他曾经是慕王的贴身侍卫，这事很多人都知道，后来跟了诚王，大家也都听说了。但这其中的隐情究竟是什么，乃是一段不为人知的秘辛，除却他与天授帝两个当事人之外，就连诚王聂沛潇也不是完全清楚。

若非今晚这位子涵姑娘长得太像鸾夙，冯飞自问也不会乱了分寸，让天授帝瞧见这一幕。如此倒是成就了子涵……

他正犹自感慨，但听沈予再叹："倘若冯侍卫如今还跟着圣上，想必该是岑大人的位置了——御前带刀侍卫总管，正三品。"

显然沈予是不知道内情的，否则必定会对这个话题讳莫如深。然此事过了数年，冯飞也早已淡忘，只觉得当初自己年少气盛，还不懂何为"色字头上一把刀"。

想到此处，他也不禁笑叹："个人有个人的圆法，我如今跟着诚王殿下已很满足。况且……我对这座慕王府很有感情。"

沈予闻言调侃他一句："嗯，看似这辈子你是出不去了。"

冯飞哈哈大笑，继而再往内院方向望去，隐晦地道："也不知这一次，这位子涵姑娘能否把握住机会。"

"看她自己造化了，但愿别再惹恼圣上。"沈予无奈，又打了个呵欠，"方才被她吵醒了，我再去睡一会儿。"言罢便与冯飞告别，疾步而去。

半盏茶后，天授帝将子涵带入了书房之内，岑江在外待命。

一屋子书香萦绕，子涵见是两人的独处时光，不禁有些窃喜，再瞧见套间里头是休息的卧榻，又是脸色一红。

幽幽咽咽的烛火在案上摇曳不止，天授帝沉沉看着那绿衣身影，道："说吧，你是什么身世？"

子涵回神，细想一遍昨夜的说辞，娓娓道来："民女的母亲是姜族人，但父亲不是。他自称是生意人，在姜地时与母亲相识，后来……就有了民女。怎奈父亲薄幸，没过多久便弃我母女二人离去，临走前他才对母亲说了实话，原来他在北熙是有家室的，也有妻女！"

说到此处，子涵故作哽咽地道："民女自小与母亲相依为命，因为身上仅有一半姜族血统，长得又不像姜地人，便备受族人歧视。后来母亲也病逝了，徒留我一个人在荒山野岭里长大……甚至险些被人掳走糟蹋……"

"后来遇到沈将军和手下在山里窥探地形，他不幸被山中的毒物咬伤，又中了我族人的毒箭，两毒叠加险些丧命。是民女替他解了毒，他见民女孤身一人实在可怜，才带着民女来到南熙，还承诺要帮民女寻找亲生父亲……"

子涵边说边止不住地落泪："后来沈将军带着民女回城，无意中见到诚王殿下，可他从没提过民女长得像别人……昨夜民女奉命前来送药，那位出岫夫人一提，我才晓得原来他们都将我看成是另一个女子……这世上绝无这么巧合的事，兴许那位姐姐或者妹妹，与民女会有血缘关系呢？毕竟我父亲临走前坦白说过他曾娶妻……"

烛火在此时响起一个爆栗，摇曳的光亮照射出子涵颊上的泪痕。她一双眸子闪着明动的泪光，忽然走到天授帝面前徐徐下跪，盈盈请道："还请圣上告知那位姐姐或妹妹姓甚名谁、家在何处。也许……民女真能找到自己的亲生父亲！"

天授帝将信将疑瞧着面前低泣的女子，幽幽开口，只问出四个字："你多大了？"

多大了？子涵愣了愣，没想到天授帝会问出这个问题。其实她今年已有十八岁，可想到男子都爱女子芳华正茂，她便下意识地减掉两岁，羞赧回道："民女今年……十六了。"

在她眼里，这个年纪是女子最好的时光。

闻言，天授帝面上露出一丝莫测表情，似笑非笑地反问道："当真十六了？"

子涵咽了下口水，记得自己从没对沈予和诚王提起过年龄，这才壮了壮胆，承认道："回圣上，民女的确十六了。"

天授帝终是笑了："那你与鸾夙没有任何关系。"

鸾夙今年已二十有三，这位子涵姑娘若当真只有十六岁，便是比鸾夙小七岁。可鸾夙八岁那年举家被满门抄斩，她自己也被没入妓籍。

往前推算一年，当是时，鸾夙的父亲已在北熙朝内为官多年，根本没有踏出过北熙国门一步，又怎会千里迢迢跑到南熙姜地，与姜族女子生育儿女？

因此天授帝一口笃定，子涵与鸾夙没有半分干系。如此一来，他也没了再与子涵纠缠的兴致，遂从座椅上起身，道："你的身世也讲了，朕也听了，你告退吧。"

这就让自己走了？子涵一听极为诧异。她好不容易才见到天授帝一面，并成功与之交谈，怎能铩羽而归？想到此处，她忙又起了个话题，故作自责地道："其实，关于昨夜发生的事，民女一直很愧疚。也不知那位黄衣姑娘伤势如何了？被烫得严不严重？"

说着说着，她的语调又有些哽咽起来："民女今日前来，也是想看一看那位姑娘的伤势，当面向她道个歉。若非昨日民女一时失手……"

她边说边抬起一双玉手，作势拉住天授帝的黑袍下摆，面上又是一阵娇红，语调更是低不可闻："倘若圣上肯原谅民女昨日的唐突……民女心中也会好受一些。"

她抬眸再看天授帝，眼底的渴盼与面上的娇羞形成了鲜明对比，哪里还能瞧见一丝愧疚之意？竟连方才诉说身世时的苦楚也都消失无踪。

天授帝眼底映出一双玉手，正轻轻拽着他的衣袍下摆晃动，这等乞求的手段令他顿时明白过来，方才那段"身世"不过是子涵邀宠的借口！天授帝止不住地涌起一阵狂怒，慑人目光如同一把利剑直逼子涵，正好击入她的眼中。

子涵吓得手上一抖，立刻松开了天授帝的衣袍。她说不准帝王是恼怒还是什么，总之那股忽然生出的杀意十分凛然，令她顿生畏惧。

终于，她想起来，这位俊美无双的天授帝是以"冷酷、无情、杀人如麻"而闻名于世，更以军中的铁血手段而威震四方。直至这一刻，她恍然明白了为何天授帝会让敌人闻风丧胆，为何他会夺得南熙皇位——

他的目光实在太过慑人，再厉害的敌人也会抵不过他凌厉的注视而缴械投降，遑论自己这个渺小的女子。子涵吓得立刻跪地叩头，口不择言颤抖地道："圣上饶命！民女知错！"

天授帝冷笑一声："朕又没说什么，你何错之有？"

"这……"子涵亦不知该如何回答，感到自己背上已沁出了一层冷汗。

而天授帝此时却已收回那道凌厉目光，转望窗外的夜色，声音低沉隐含杀机："再不滚出去，朕让你生不如死。"

听到那个"死"字，子涵吓得不敢多做逗留，连忙从地上爬起来。她早已忘却了刚才矫揉造作的娉婷举止，立刻慌不择路跌跌撞撞地跑出书房，连一句"民女告退"都忘了说。

恰在此时，“噼啪”一声响起，案上唯一一根蜡烛吐出最后的火舌，突地归于黯灭。书房里顿时陷入无边无际的黑暗，唯有园子里的灯火透过窗户和屋门映进来丝丝光影。

门外戍卫的岑江感受到屋内的漆黑，站在门口询问道：“圣上，可要让下人们再来点烛？”

天授帝没有回话，亦没有起身离开的意思，静默独坐于这悄无声息的黑暗之中。

岑江见状也明白圣心，又默默地退了出去。如此过了良久，他才听到书房里渐渐响起脚步声，天授帝独有的霸气气息从屋内飘散出来，无端令人肃然。

“那女子名唤‘淡心’？”帝王忽然没头没尾问了一句。

“是叫淡心。”岑江似乎意识到了什么，但又不敢相信。

而此时年轻冷肃的帝王已迈出书房，无声走下层层台阶。那一袭黑衣立刻与无边夜色融为一体，唯有衣袍下摆环绕的绣金蟠龙依稀可见，随着帝王的走动而盘旋于夜中，仿佛即将凌空腾起。

岑江习惯性地跟在天授帝身后，一直跟了良久，才听到前方再度传来帝王的声音：“朕独自去摘星楼。”

岑江提起精神，在他身后恭敬回道：“臣在园子外头候驾。”

帝王未有反驳，步伐不急不缓沉稳而去……

摘星楼下。

值守的侍卫见天授帝前来，立刻下跪行礼：“见过圣上。”

天授帝“嗯”了一声，问道：“昨夜烫伤的女子住在几楼？”

“回圣上，在二楼。”

当初修建摘星楼时，主要目的是观景，整整十层都是四面环绕的露天廊台，旋梯往上的每一层，仅有三间屋子，一间是室内观景点，另有两间供休息使用。每层格局都是如此。

因此，天授帝也没再询问淡心住在哪一间，便兀自入内上了二楼。他脚步虽轻，却经不住木质旋梯的中空声音，依然发出了轻微的“咚咚”声，不疾不徐，煞有节奏，可辨步伐矫健有力。

他先去了二楼东头的卧房，推门而入，见其内摆设纤尘不染，空无一人，便徐徐关上屋门，再朝二楼西头走去。这次刚走过通廊，天授帝已瞧见卧房门外守着个婢女，但没瞧见云府的侍卫——被出岫留下的竹影。

婢女见到来人，为那张渐行渐近的魅惑容颜所慑，一时怔在原地。天授帝见她半晌没回过神来，也未出言怪罪，径直站到门外，问道：“屋子里还有谁？”

婢女有些难以置信眼前这人的身份，待低头瞧见他衣袍上盘旋着的金龙，才吓得跪地行礼："奴……奴婢见过圣上。"

天授帝垂目瞥了那婢女一眼，见她瑟瑟发抖没有回话，便重复问道："屋里还有谁？"

婢女这才回过神，忙道："没了，姑娘不让人伺候。"

"她还躺着？"

"是……趴着，姑娘伤在背部。"

天授帝沉吟须臾，再道："你进去扶着她，别让她从榻上掉下来。"

婢女不明所以，但也不敢多问，连忙轻叩门扉，继而推门进去，轻轻绕过屏风转入卧榻之旁。

天授帝跟在婢女身后进门，隔着屏风站定，不语不动。

那婢女不敢多话，只站在淡心身旁，低声唤她："姑娘醒醒。"

此时此刻，淡心整个背脊都光裸着，一张脸贴在枕头上，青丝绾成高高的发髻，防止蹭到伤口。经过一天的将养，她恢复得还不错，只是腰椎上被药盅撞得太狠，下床走动时会稍嫌疼痛吃力。

中午出岫过来探望时，两人说了好一会儿话，淡心没有午睡，因而今夜困得极早。她本已迷迷糊糊快要睡着，听到有人说话，也没睁眼，恍惚地开口询问："谁啊？这么吵。"

婢女正欲回答，却被屏风外的帝王抢了先，凝声回道："是朕。"

"朕？"淡心口中嘟囔一句，一个激灵清醒过来，吓得睡意全无。她慌忙用手撑在榻上想要起身，哪知起得太急太猛，一头撞在床柱上，"咚"的一声动静很大。

婢女见状，终于明白为何天授帝让自己进来，于是连忙伸手扶住淡心："姑娘当心，别碰着伤口。"

屏风外再度响起天授帝的声音："你身上有伤，不必行礼，趴着吧。"

"趴"字一出，再想到自己的姿势极为不雅，淡心双颊噌地一下变得通红，也不知是害怕还是羞赧。她一只手撑在榻上，另一只手抚摸被撞的额头，边揉边问："您真的是圣上？"

天授帝挑眉："怎么，你要亲眼鉴定？"

"不，不必！"淡心吓得有些结巴，背上的伤口又疼又痒，忙道，"这屋里晦气，您快出去吧。"

"你在赶朕走？"天授帝含有一丝不悦，他明明声音低沉，但穿透力却极为强劲，透过屏风直击淡心耳中。

“不，不是！”淡心连忙再解释道，“奴婢命贱，劳您圣驾前来，实在惶恐至极……奴婢怕折寿啊！”

“折寿？”天授帝越发觉得淡心有趣，刚才因子涵而勃发的怒意也渐渐消散。他抿唇掠过一丝无声的笑，再道，“你若趴好了，便让她下去，朕有话单独问你。”

婢女在榻前听着，忙识趣地道：“奴婢这就告退。”语毕，不给淡心开口挽留的机会，便低头恭顺地退了出去，还不忘将门关上。

淡心见留不住人，不禁懊恼地用双手捶床，片刻后，又故作镇定地试探对方：“圣上，您……怎么来了？”

“怎么，朕不能来探望你？”天授帝回得随意。

探望？淡心吓了一跳。先且不论她此刻衣衫不整、姿势不雅，单是昨夜刚顶撞过天授帝，便是大罪一桩，帝王又怎么可能来“探望”她？

只怕探望是假，问罪才是真！如此一分析，淡心更觉惊慌失措，忙磕磕巴巴地道：“您……别进来……您还是回去吧。”

天授帝听出她话中的惧怕，不禁戏谑道：“昨夜明明胆子很大，这会儿怎么转性了？”

淡心没敢接话，也不知该如何接话。

天授帝见屏风里一阵沉默，知她心意，于是再道：“昨夜是朕间接害你烫伤，如今两相抵消，其他事不予追究了。”

间接？明明是“直接”好吗？那绿衣姑娘端盘子端得好好的，皇帝忽然拽人家一把，任谁都要手滑把药盅泼出去。淡心如是腹诽，同时也松了一口气，连忙回话：“不敢当，保护主子是奴婢的本分。您宽宏大量，不与奴婢一般计较，奴婢感激涕零。”

她说得自然，仿佛为出岫送命也无怨无悔，可天授帝心底却浮起一丝涟漪，昨夜淡心护主的情景好像也有了些印象。只是当时他的注意力都在子涵身上，并未看到整个过程。

想到此处，天授帝再问：“你伤势如何？”

“没事，没事。”淡心颇不自在地讪笑，“不严重，不会送命。”

“会留疤？”天授帝又问。

“留就留呗！至多没人要。”淡心对留疤一事浑不在意，至少没有出岫那么在意。

没人要？天授帝觉得这女子实在好笑：“背上有疤就没人要了？朕身上也有许多伤疤，刀伤剑伤都有。”

“男子和女子怎能一样？况且您是皇帝。”淡心低声嘟囔一句，“皇帝就算又老又丑，也能娶一堆妃子。”最后这句话，她刻意放低声音，说得也含糊不清，便是不想让天授帝听见。

然而帝王的耳力非比寻常，不仅听见了，还听得清清楚楚：“朕又老又丑？”

淡心一个激灵：“不！奴婢不是这个意思……您丰神俊朗风华正盛、文韬武略绝世无双、前无古人后无来者……”

她一口气说了一大串儿成语，一句比一句虚伪逢迎。可天授帝竟没觉出半分谄媚的意思，反而觉得这婢女伶牙俐齿极为逗笑。

蓦地，他又想起了鸾夙，那个同样尖酸刻薄、牙尖嘴利的女子。意料之中的伤痛再度锥心刺来，铁血的天授帝缓缓长叹：“也不知你和鸾夙若吵起来，谁输谁赢。”

他语气黯然极为明显，淡心听了出来。再想起从前出岫说过天授帝情殇之事，也不禁心生同情。谁没单恋过？她也曾单恋竹影未果，更知道这滋味不好受。

想着想着，淡心忽然对天授帝生出一股同病相怜之感，不禁侧首朝屏风外看去。明明灭灭的屋内，隐约可见一个黯淡孤独的影子，隔着屏风似在演绎一段皮影戏，只不过是独角罢了。

望着屏风上映出的那个身影，淡心陷入了恍惚之中，竟能感受到帝王身上的那股悲伤。她仿佛也沉沦在了这段皮影戏里，成了一个入戏的观众，忍不住要潸然泪下。

眼眶干涩，又有些刺痛，就连背上也是痒极。淡心极力想要撇开这股毫无因由的悲伤，一时便有些烦躁起来。她想伸手去挠背上的伤口，奈何够不着，急得再次暗自捶床。

这一次响声也不大，可天授帝又听到了。他见淡心良久没有回话，也意识到淡心确实不认识鸾夙，两人更是无从比较——鸾夙无人可比。

想起鸾夙，天授帝忽然觉得自己不该来，也不知自己为何前来。他顿生去意，便沉声再对淡心道：“你好生将养，诚王会替你安排妥当。”

“诚王？”淡心哭丧着脸，“奴婢不敢打扰诚王殿下，您能派人送奴婢回云府吗？”

天授帝沉吟片刻，不知为何，忽然不想让淡心离开，便随口扯道：“近日天阴雨多，你这伤势出去必受湿气，伤口容易化脓。再者你出门要穿衣裳，蹭到伤口就麻烦了。”

最后这句话从堂堂帝王口中说出来，真真是让淡心羞红了脸。事实上今天出岫过来时，她早已表示过回府之意，也被出岫用同样的理由拒绝了。

此刻再听天授帝这么一说，淡心也只好死了心，安安分分留下将养。她见帝王已有去意，更是巴不得他赶快离开，便道：“多谢圣上体恤，夜色已深，您快回去歇着吧。慢走啊！”

天授帝听她迫不及待地赶自己出去，与子涵的邀宠形成鲜明对比，也不禁对她另眼相看几分：“那你歇着吧。”说着已转身朝门外走。

人已走到门口，又再次停步戏谑她：“以后别再捶床了，动静太大，瞒不了朕。”

语毕，他又听到“咚”的一声响，分明是淡心再度撞到了床头之上。但这一次，她显然学乖了，连一句呻吟都没发出来，屏风之后变得寂静无声。

明明只是昨夜见过淡心一次，可天授帝几乎能想象得到，她这会儿该是怎样的懊丧克制。想着想着，竟又浮起一丝笑意，打开房门离开。

岑江候在园子外头，见天授帝出来，连忙跟上，也不敢多问一句。君仆二人默然走上汉白玉拱桥，远远瞧见沈予和竹影埋头走过来，看样子，方才竹影是去找沈予了。

天授帝刻意往旁边避了避，不想让这二人发现他来过摘星楼。而沈予和竹影也不知在说些什么，步子走得很急，再加上夜已深沉，两人竟真的没有看见天授帝，径直去了摘星楼为淡心复诊。

直至他两人走得远了，帝王才重新举步，忽然没来由地长叹一声：“九弟危险了。”

岑江意识到这话中深意，不禁在帝王身后笑道：“也不尽然，沈予是云氏的姑爷，这层身份很尴尬。”

“尴尬？他若和出岫夫人远走高飞，还在乎什么身份？”天授帝摇头，“沈予肯为了一个女人违抗军令，也算是个痴心人。”

天授帝又想起出岫曾帮沈予逃离房州，甚至不惜拿云氏来冒这个风险。他们彼此经历过相互扶持的患难之情，九弟焉能比得过？

“既然您知道沈予是为了出岫夫人才擅自离京，而并非有心为之，那您为何还如此忌惮他？”岑江不解，也想不通，终是忍不住问道。

“他？”天授帝停下脚步，沉吟着回道，“他如今敢为了出岫夫人而擅自离京，若有朝一日云氏造反，他岂不是也要出手相帮？”

“这……”岑江说出自己的想法，“出岫夫人看着不像有野心的人。”

“你没听见昨夜她为嗣子请婚？”天授帝冷冷再叹，“女人倒是不会，云辞也不会，可谁知道这个过继的世子将来如何？万一是个有野心的，云氏焉能忍得住？”

原来帝王是担心新的离信侯继承人……岑江小心翼翼再问：“那您不打算赐

婚了？”

“赐！人选朕都想好了。”天授帝显然不欲多言，岑江也不再多问。

不知何时，天上又下起了淅淅沥沥的小雨，将整个夜色弥漫上一层氤氲的湿气，显得如此朦胧而寂寥。天授帝拒绝侍卫送来的伞，迈步雨中，潇潇而去。

缠绵思尽抽残茧，为谁风雨立中宵？

# 第二十三章 多情却被无情恼

这一夜，沈予给淡心复诊完毕，从摘星楼里出来。如今子涵住在他的私邸，他无处可避，便打算向聂沛潇说上一说，想在诚王府借住几日。

竹影见他如此苦恼住处，不禁提醒道："您如今是云氏的姑爷，其实可以回府里住的。"

沈予何尝不想去云府安置？可想起出岫，还有太夫人，他唯恐吃了这婆媳二人的闭门羹，于是便打消了这念头，打算留在诚王府。

恰逢聂沛潇肩伤复发，拒见外人，冯飞便以"殿下有紧急公务"为由，将沈予拦在外头。沈予没见到聂沛潇，只得将难处向冯飞说了。后者也知道沈予对子涵避之不及，便做主安排了一间上房供他小住。哪知下人们刚把屋子收拾好，竹影却带话过来，说是谢太夫人要见姑爷。

虽然太夫人深夜召见沈予不符礼数，可这毕竟是云府家事，冯飞也不好多问，便给沈予备下马车。沈予过府之后，去了一趟荣锦堂，然后直接在云府歇下。

出岫自然也听说了此事，虽不知太夫人为何要见沈予，但也没敢怠慢，吩咐云管家找了几套换洗衣裳给他送去。

到了半夜，外头雨势越来越大，雨声泄泻令出岫难以安睡，总是阵阵心慌。又想起沈予眼下也在府里，心里稍微踏实了些，寅时末才勉强入眠。

大雨下了一夜，出岫亦是挨了一夜。清晨，令人心慌的大雨终于停了，她原本打算晚起补眠，岂料荣锦堂的大丫鬟却过来传话，说是太夫人请她过去用早膳。

出岫脑子昏昏沉沉没想太多，只得洗漱后起身往荣锦堂而去。到了膳厅才发现，除却太夫人坐在主位上以外，还有另一人在座——沈予。后者穿着一件松松垮垮不大合身的蓝色衣袍，正与太夫人相对说笑。

沈予与太夫人说话之余，眼风还时不时地扫向门外，有些心不在焉。一直到出岫出现在门口，他才算定下神来。太夫人也很自然地朝门外招手，对出岫道：“今日你比往常迟了一些。”

出岫只得进门入座，定了定神，回道：“昨儿下了一夜雨，路上太滑，我走得慢些，让您久等了。”

这理由也算得体，太夫人看了她两眼又问：“你脸色怎么这么差？”问罢不等出岫答话，已兀自叹道：“淡心一受伤，你也缺个知冷知热的贴身丫鬟，我先从荣锦堂拨一个给你使唤着。”

“多谢您。”出岫客气回绝，“知言轩里几个小丫鬟都已调教出来，如今用着都不错。”

“怎么，我荣锦堂的人你看不上？”太夫人笑问。

出岫惶恐，连忙否认：“哪里，我是怕您这儿缺人手……再者，我这是昨夜没睡好，与淡心无关。”

“我猜也是昨夜没睡好。”不等太夫人再开口，沈予已自然而然地接过话茬，故作正经看向出岫，蹙眉打量她道，“脸色苍白、眼底泛青、神色游离、说话中气不足……正是夜中难寐的症状。”

出岫瞥了沈予一眼，见他装得一本正经，便也得体地笑回：“多谢姑爷关心，我并无大碍。”

沈予却是眉头更蹙，追问不止：“夫人为何昨夜没睡好？是雨下得大，屋子里湿气太重，还是担心淡心的伤势？又或者……是有其他心事？”沈予见出岫唤他“姑爷”，也开始以“夫人”回称。

出岫自然知道他的鬼主意，便下定决心不搭理他，兀自执起筷子为太夫人夹了一块芙蓉糕，转移话题道：“还是母亲疼我，我瞧这一桌子的菜式点心，无一不是我爱吃的。”

太夫人眼角露出一丝笑意，低头用筷子将芙蓉糕戳开，立刻有一股馨甜的荷香飘散出来，不禁令人食欲大增。她夹起小半块芙蓉糕入口，细嚼慢咽了半晌，才缓缓回道：“我老太婆记性差，你爱吃什么不爱吃什么，我可记不住。”

说着又端起羹汤抿了一口，悠悠再道：“今早这一桌子菜，全是沈予点的。”

此话一出，出岫双颊噌地烫了起来，似能冒出三昧真火。她不自觉地抬眸去看沈予，一眼撞入了他的深邃目光之中，那目光灼热之余又带着些戏谑，顿时令她无处可逃。

出岫慌忙再次垂眸，食欲霎时消失无踪，不知该如何接话。

而沈予仿佛是特意为难她似的，又拾起方才的话题，轻咳一声再笑：“其实你不必谢我，你爱吃的菜式点心，正好我也爱吃，不是刻意为你点的。”

听闻此言，出岫勉强扯出一丝笑意，头也不抬地敷衍回道："那还真是巧了，原来我与姑爷的口味相似。"

她这副恹恹的表情正中沈予下怀，后者好像笃定出岫有什么心事，很是严肃地再道："诶？夫人今日还真是精神不济，看着也恍惚得很。你若有事郁结在心，不妨说出来，兴许我能为夫人'分一分忧'。"

"啪嗒"一声，出岫再也忍不住了，她将筷子搁在碗碟上，也不顾下人在场，恼羞地讽刺沈予一句："姑爷虽是屈神医的关门弟子，也当知医海无涯、博大精深。妾身是否难眠、是否有心事，姑爷未必就猜得准了，您还是打仗比医术更高明些。"

沈予见出岫如此反驳自己，只一径逼着她面对自己的心意，隐晦地再笑："夫人若是质疑我的医术，不妨饭后让我把一把脉。看病讲究'望闻问切'，我方才只是'望'，你总得给我机会把其余三项都试了，再来评价我医术如何。"

望、闻、问、切？沈予这是明目张胆用言语轻薄自己！没动手，但动了口！出岫死死咬牙，也自知没沈予这么厚脸皮，唯有采取冷待的态度不予作答。她低头用汤匙舀着羹汤，一勺一勺搅着，只是不见往嘴里送。

她原本以为冷着脸不接话，对方应该收敛了。谁知沈予却变本加厉，也不动筷子吃饭，只直直盯着她抿唇浅笑，似是个恬不知耻的无赖，可又长得十分英俊，竟让人厌恶不起来，只能恨得牙根发痒。

沈予大胆热烈，出岫恼羞冷淡，太夫人如同看戏一般瞧着他两人打情骂俏，倒是有些趣味。她也知道这个媳妇还在苦苦抵抗，不想对沈予敞开心扉，于是便冷冷瞪了一眼沈予，警告他小心分寸，注意收敛。

沈予看懂了太夫人的示意，不得不老实起来，收回注视着出岫的目光，埋头用起早膳。

太夫人再看出岫，见她毫无食欲，早膳一口没动，便开口劝道："怎么，方才还说一桌子都是你喜欢吃的菜，如今又吃不下了？"

出岫垂眸盯着碗中的羹汤，低若蚊蚋地回道："今日不大有食欲。"

"你方才说话还能让人听见，如今饿得都没声儿了，还说自己没食欲，可不就是中气不足吗？我看沈予也没说错。"太夫人做出一副关切的模样，眯着双眼再对出岫道："饭后还是让沈予替你把一把脉，也不必再请大夫，'望闻问切'都用一遍，兴许就把你治好了。"

这番话说得滴水不漏，更不乏调侃之意，偏生太夫人一副严肃正经的模样，看起来没有半分玩笑的意思。

然而出岫却手足无措起来，慌忙喝了两口羹汤，提声回道："多谢母亲关心，不必劳烦姑爷了，我回去补一觉即可。"

话音刚落，又是“啪嗒”一声，这次轮到太夫人放下筷子，却不是对出岫说话，而是对一屋子的下人命道：“你们都退下。”

每次太夫人用这种表情喝退下人，出岫都知道她是要训斥自己。果不其然，待迟妈妈和丫鬟们走光之后，太夫人立刻板起脸来，对出岫斥道：“你一口一个‘姑爷’是什么意思？我都唤他‘沈予’了，你没听出来？”

出岫自然听出来了，也是想刻意与沈予保持距离，她才会开口称他为“姑爷”。出岫不明所以地看向太夫人，不知她老人家为何要在称呼上挑剔自己。

太夫人见出岫一脸迷茫不解，冷哼一声再道：“方才下人们都在，我也没问你，沈予封侯这么大的事儿，你怎么没对我提一个字？”

原来太夫人是在恼这个……出岫连忙开口认错：“前夜从诚王府回来得太晚，您已经歇下了，我想着不打扰您……昨日光顾着淡心的事儿，也忘了向您提起。是我的错。”

“若不是昨夜沈予住进府里，自行向我提起此事，我还一点儿都不知道！”太夫人显然十分不悦。

出岫自知理亏，便一径认错，没再解释。

太夫人仿佛还没斥责过瘾，颇有些声色俱厉：“还有，在外人眼里，沈予好歹是云氏的姑爷，且有官职在身。你不为他打点吃住，就让他宿在诚王府里，这成何体统？诚王府的下人会怎么看？这就是咱们云氏的规矩？”

出岫被斥得哑口无言，也不怕在沈予面前丢脸，只得恭谨回道：“我是想着他要为淡心治伤……您别生气，我这就让人将大小姐的霓裳阁收拾出来，姑爷今晚便可住进去。”

就在此时，一直旁观着的沈予终于“适时”开口，笑着缓解气氛：“您老人家别吵她，是我自己没想着住回来。我原本以为，您老人家也不会同意……”

“出岫糊涂，你也糊涂？”太夫人转而开始斥责沈予，“你从前是什么身份？如今又是什么身份？一个有官职在身的姑爷，回了烟岚城还要住在外头，这合适吗？”

“是不大合适。”沈予不动声色，做出一副恍然大悟的模样，“是我欠考虑了。”

太夫人这才算是平息了情绪，又上上下下打量他一番，颇为挑剔地再道：“我方才就憋着想问你，你这身衣裳哪儿来的？料子差，也松垮，你就穿成这样来见我？这是向我请安的礼数？”

听闻此言，沈予瞥了一眼出岫，才对太夫人回话：“昨夜雨大，我来时路上淋了雨，这是云管家给我找的衣裳，还是新的呢！”

太夫人勉强“嗯”了一声，沉吟着又问：“你打算在这儿住几日？”

“说不准。”沈予故作一叹，“圣上微服出巡，也不知下一步要如何安排。册封‘威远侯’的旨意一旦下来，我就得回京受封，如今还真说不准日子。”

太夫人便摆摆手：“也罢，那让云锦庄赶工做几件衣裳，你总归穿得住。”

沈予连忙讨好似的笑回：“多谢您体恤。”他口中对太夫人说话，眼角余光却是瞥着出岫。

太夫人便顺着他的目光，抬手指向出岫：“这事儿交给你来办，给沈予弄几身衣裳。用什么料子做什么款式，大可问问云逢。”

云逢从前是云锦庄的总管事，对衣料材质最熟悉不过。可出岫不明白的是，太夫人为何要将此事安排给她？直接指派给云逢不行吗？

她觉得太夫人今日甚是反常，正有些疑惑不解，此时但听膳厅外响起一声禀报，恰好就是管家云逢：“太夫人、夫人、姑爷，诚王府有拜帖送来。”

送拜帖？难道是……太夫人与出岫立刻提起精神，彼此对望一眼，齐声招呼道：“进来吧。”

云逢恭敬地走进来，躬身将手中的烫金拜帖递给太夫人，再道：“南熙天授帝微服出巡至烟岚城，想要专程登门拜访，让您挑个日子。”

这一番话，倒是给足了谢太夫人面子。试想云氏大举支持天授帝登基，如今又对他俯首称臣，他堂堂帝王登门云府，竟还送上拜帖，足见礼数之周之尊敬。

迎接真龙天子驾临，这并非一般人能承受得起，若不是福泽深厚的人家，也许还会因此折寿。自然，云氏受得起这礼数。

太夫人越想越觉受用，方才一直冷着的脸色也好转起来。她打开拜帖仔细一看，见是天授帝亲笔所书，更觉心中畅快。这帖子上只寥寥数语，大体是说天授帝要登门问候，最后还附上几个近期的吉日，让太夫人挑选一个。

太夫人大眼一扫，发现备选的吉日都在十日之内，也就是说，天授帝至多在房州再住十日。她想了想，询问出岫：“我若定在七日后设宴款待聂七，你可来得及准备？”

出岫仔细算了算时日，点头道：“应当来得及。只是有几道菜式要麻烦一些。”

“他是天子，什么菜肴没吃过？佛跳墙煮个三四天就成了，你非要照着十天八天去煮吗？”太夫人很是不耐，再次教训出岫。

后者唯有领命：“那应当来得及。”

太夫人思索片刻，再嘱咐道：“要将宴客厅重新布置，该换的东西都换上新的。”

“这您放心，我省得分寸。”出岫郑重再回。

太夫人这才点了点头，合上拜帖按在桌案上，对云逢命道：“你亲自去诚王府回话，七日后，云府上下恭候圣驾。”

云逢也很紧张，他接任总管职位以来，还没遇到过这么重要的客人。于是他小心翼翼称是，匆匆前去回话。

太夫人倒显得很稳重，笑眯眯地看向出岫：“借此聂七登门的机会，我要为承儿求一门指婚。”

婆媳两人想到一块去了，出岫不禁笑道：“不瞒您说，前夜我去诚王府赴宴时，已自作主张开过这个口了。”

“哦？聂七如何回话？”太夫人来了兴致。

出岫摇了摇头：“他不置可否，没有同意也没有拒绝。”

“那就是有戏！”太夫人颇具自信，“我想请他将左相庄钦的幺女指给承儿，你觉得如何？”

左相庄钦？天授帝的岳父？出岫和沈予都是大吃一惊：“您要与庄氏结亲？”

太夫人点头，半真半假地戏谑出岫：“庄钦是国丈，他的幺女就是聂七的小姨子。这事若当真成了，你就比聂七高出一个辈分了。”

出岫闻言哭笑不得，方才因沈予而升起的恼火也渐渐消弭，她开始慎重斟酌起这门亲事的可行性。

反是沈予出言提醒：“但我记得，庄相的幺女是庶出……”

“那也得看是谁家的庶女。”太夫人已考虑得清清楚楚，“庄怡然今年十四岁，与承儿同龄，虽是庶出，但毕竟是当朝皇后庄萧然的妹子。况且论起血统，承儿也是过继来的，与庄怡然也算合适。”

“就怕天授帝不会同意。”出岫顾虑重重，觉得这步棋很是艰难。当然，若是云承能娶到当朝皇后的妹子，那便与天授帝成了连襟，这自然再好不过。

“不怕他不同意。”太夫人胸有成竹自信满满，“如今聂七初登帝位，又有野心要统一南北，只要他有这个打算，便少不得需要咱们的支持。此事有戏！”

既然太夫人如此笃定，出岫也不好再说什么，只道：“我今日就派人去打听庄怡然的人品样貌。”

“庄氏教出来的姑娘，品貌都差不了。”太夫人如是评价，又隐晦地笑道，“立大志者得中志，立中志者得小志……倘若求娶庄怡然失败，我心里还有第二个人选，退而求其次，聂七总该同意了。”

“原来您还有后招，我真是受教。”沈予无比叹服，好奇地问，“您心里的第二人选又是谁家千金啊？”

这一次，太夫人反倒卖起了关子：“咱们要以第一人选为主，若是不成，你们早晚会知道备选是谁。若是成了，备选不提也罢，免得坏了那姑娘的名声。”

“还是您考虑得周全。”沈予点头附和。

太夫人见沈予如此顺从，撇了撇嘴，再次冷哼一声：“别光说好听话哄我开心，我老太婆记仇得很，你从前与我做对，我可都记得清清楚楚。”

这话说得很直白，沈予也大为尴尬。从前云辞在世时，这母子二人关系疏远，他一直都站在云辞那边。后来云辞去世，太夫人想让出岫嫁进来，他也曾大为抗拒，甚至说过许多大不敬之语。

其实直到此时此刻，沈予都不知道自己当初是对是错。签下那纸婚书做了媒证，究竟是把自己和出岫拉得更近了，还是推得更远了？

一时间，三人各有各的心思，都沉默起来。须臾，还是太夫人先用筷子敲了敲桌案，对出岫道：“我看你也没什么食欲，那就回去准备宴请之事吧。你若想吃什么喝什么，知言轩里也有厨子。”

出岫此刻的确没食欲，心思满满都是太夫人所看中的孙媳人选，便道：“那我先告退了。”

太夫人顺势再看沈予：“你如今还是云氏的姑爷，自然要为云氏出力。这一次聂七亲自登门，你去给出岫打下手吧。”

“打下手？”沈予愣怔，然而只是一瞬，他又立刻反应过来，窃喜地朝太夫人领命称是。

再看出岫，果然是一副抗拒的表情。

太夫人假装没看见，更不给她任何反对的机会，自顾起身下了逐客令：“你们好生商量商量，别出什么纰漏。承儿的婚事成与不成，就看七日后了。”

出岫闻言也只得起身，一同与沈予行礼退下。刚走出荣锦堂，她便沉下脸色加快脚步，不欲与沈予同路而行。偏生沈予不紧不慢跟在她身后，不近不远保持着距离。

如此前后脚行了一段路，出岫终于忍不住发作，霎时莲步一顿，转身看向沈予：“你得逞了，也如愿搬进内院住了，还跟着我做什么？”

沈予只是淡定地笑着，答非所问：“别恼，你不是昨夜没睡好？我正要去知言轩看看承儿，顺带为你‘望、闻、问、切’如何？”

“望、闻、问、切？”出岫听见这四个字，简直气得说不出话来。她冷眸狠狠剜了沈予一眼，咬牙不发一语，遂又转身快步而行。

沈予抿唇无声地笑了笑，连忙赶了两步走到她身后：“你不说话，我就当你同意了。”

出岫打定主意不理他，越发加快脚步往知言轩而去，可无论她走得是快是慢，沈予总有法子不紧不慢地跟着，令出岫无可奈何。

两人一前一后进入知言轩，出岫对值守的侍卫命道："带姑爷去世子屋里。"撂下这句话，她头也不回地拂袖而去。

然而回到屋里不多时，沈予又寻了过来。出岫直恨得牙痒痒，沉声问他："你做什么又来？不会先敲门吗？"

沈予双手一摊，故作无奈地耸耸肩："承儿不在府里，听说是被骑射师傅带出去打猎了。"

经沈予这么一提，出岫才想起来，前几日她的确听云承提起过这桩事，也是她点头同意的。都是因为这些日子太忙了，她竟将此事忘得一干二净。

难道沈予提前知情？否则他早不来晚不来，为何挑了云承不在的日子来知言轩？出岫不信这是巧合，便对沈予道："既然承儿不在，姑爷改日再过来吧。"

"如今四下无人，你不必叫我'姑爷'了吧？"沈予蹙眉。

出岫见他总是答非所问，也不欲与他多说废话，便狠下心道："沈予，你不必对我软硬兼施设法纠缠，上次咱们已经说得很清楚了，况且，你也未必就能铺好前路。"

铺好前路？终于，沈予整了整神色："你这话什么意思？"

出岫沉吟片刻，似在斟酌如何开口，半晌，郑重地道："我是云氏当家主母，有天授帝赐的贞节牌坊压在身上，何况诚王也对我有意……这些阻碍，你可都仔细考虑过？你都知道该如何解决？"

她没有给沈予开口的机会，继续说道："文昌侯府满门抄斩，唯独你一个人活了下来，阖府振兴的重担压在你肩上……你可曾想过，若是你执迷不悔，该置那座贞节牌坊于何地？置天授帝的颜面于何地？置诚王的心思于何地？"

"晗初……"沈予张了张口，只说出这两个字。心爱女子的肃声质问犹如沙场上的冷硬刀剑，无情地穿刺了他的心房。家族的振兴、责任的压力、前程的光明……与他心心念念的这份情爱相比，到底孰轻孰重？

出岫见他流露出一丝惶惑的表情，立刻再劝："现如今，你即将成为威远侯，千万不要为了一时的儿女情长而前功尽弃。还有诚王，他与你称兄道弟，这份情义不可谓不珍贵……倘若你执意纠缠于我，你们两人的情义也就到头了，失去他这个朋友，你不觉得可惜吗？"

"退一万步讲，即便天授帝不计较，诚王也重友轻色，但，你我之间还有一个云想容。"提到这个名字，出岫的话戛然而止，也自问没必要再继续说下去。

而沈予，显然也陷入了沉思之中。

出岫见状想笑，不知为何更想要哭，眼底的酸涩和心里的悲哀如同洪水一般汹涌袭来，仿佛要将她淹没在绝望的深渊里。

明明这人近在眼前，明明没有生死相隔的距离，可彼此依然遥不可及，那经年累月所沉淀出的情分其实只是梦幻泡影，只需手指轻轻一戳，立刻无情破碎。

她有云辞的深情凝在心头，更有云氏的重担难以卸下。

他有家族的振兴压在肩上，更有远大的前程就在脚下。

八年前他们错过，现在又各自有了新的身份与顾虑，则更无可能抛却一切。迟来的一场相知，终究注定了无望的结局。

出岫说了这么多，见沈予始终蹙眉一语不发，也自知这番肺腑之语起了作用，不禁再道："我承认，你在我心里很特别。因为没有一个男人像你这样喜欢我八年，救我性命、待我甚痴。但我并不是针对你，若是换作其他人……无论是哪个男人，我都会……"

"可我就是那个男人！"出岫话到此处，沈予忽然开口打断，脸色沉如北地风雪，寒气逼人。他毫不掩饰黯然神伤，一字一顿沉沉回道，"只有我陪你八年，所以你只对我特别，这就够了。"

"你还是没明白……"出岫想说沈予是在自欺欺人，可转念一想自己不也是如此吗？又有什么资格说他？各人有各人的痴法罢了。

想到此处，出岫深吸一口气，似在鼓励自己继续说下去："我知道你不喜欢想容，你坚持和离，我也不反对。做不做云氏的姑爷，都不会影响咱们的情分……但你已经二十五岁了，早该成家立业、绵延子嗣，如此才对得起你的父兄……你若执意在我身上花心思，别说我不会动摇，天授帝和诚王也不会允许，届时，你的一切努力都将前功尽弃。"

"那你呢？"沈予接话又问，"我该成家立业、绵延子嗣，你就该孀居一生守着云氏？殚精竭虑一辈子？"

他逐渐变得激动起来，烦躁地伸手指向西北方向，那个方位正是荣锦堂的所在地："你是要走太夫人的老路？你觉得她过得很开心吗？"

"没什么开心不开心。"出岫轻微合上双眸，语中带了一丝哽咽，"我与太夫人选择这条路，只因我们都放不下。"

听闻此言，沈予沉默了，或者，他无话可说。的确，他和出岫之间存在太多问题，而他还没有想到一个万全之策……是他等不及了，聂沛潇对出岫的意图太过明显，这两人又长期同处一地，单凭此点，他远在天边已处于劣势。

沈予思绪万千，良久才开口回话："君子坦荡荡，以诚王殿下的为人，他不会迁怒于我，更不会迁怒于云氏；想容的事也好办，我会劝她再嫁；至于圣上……倘若他真要阻止，我就放弃一切。"

放弃一切？这话的意思是……出岫尚未意识到这承诺之重，但听沈予已郑重再道："若只有虚名在身，而不能娶我喜欢的人，那这个威远侯也没什么意思。重振门楣我已经做到了，想必父侯和大哥在天之灵也会支持我的选择。"

那是一种千帆过尽之后的大彻大悟，他缠绵过百媚千娇樱红柳绿，他享受过富贵荣华人间风流，他经历过大起大落生死劫难，所以他懂得自己最想要什么——女人，这世上绝无仅有的一个女人。

沈予再次向出岫靠近，反手握住她一只柔荑，俊眸清朗而又坚定："大不了我们换个身份，隐姓埋名重新来过。什么贞节牌坊，什么前程功名，都阻止不了我的决心。"

他说得如此随意，如此坚定，又如此荡气回肠。

一种细碎而曼妙的动容瞬间入侵，几乎将出岫的心完全占据。然而只差那么一点点，这种情愫终究没有宣泄出来，仍旧被控制在一片平稳的角落里。继而，被陌生的荒芜感渐渐取代。

出岫缓缓抬眸凝神看去，想要将此刻的一切镌刻在脑海最深处——曾有一个男人郑重发愿，宁肯放弃身上的责任与重担，宁肯放弃唾手可得的功名与利禄，选择与她携手归隐。

她是幸运的，先有云辞抵命的深情付出，再有沈予全然的痴心等候。但她又是不幸的，先失去挚爱的云辞，再辜负痴情的沈予。

她已害得一个男人丢掉生命，绝不能再害另一个男人一无所有。更何况，隐姓埋名她做不到，也放不下。

出岫笑了，笑得好像没心没肺。她固执地将双手从沈予掌中抽出来，做出一副嘲弄的笑容："谁要隐姓埋名？我的名字是侯爷给的，即便是死，我也不会更名换姓。你死心吧。"

这一句，是说给沈予听，同时，也是在说服她自己。"云无心以出岫"，从云辞给她名字的那天起，她已注定要与云氏融为一体。

云辞……此生既无法与你相守，我所能做的，便是珍惜你曾给予的一切，不离，不弃，无悔，无怨。

# 第二十四章 夜宴处处藏心机

出岫不知自己究竟哪句话说动了沈予，抑或他并未动摇，只是需要时间去冷静一下。总之，她这几日再也没瞧见那个湖蓝身影。

庶务的繁忙令她暂时忘怀了那些难过。尤其是迎接天授帝的宴请在即，菜色式样、酒品种类、碗筷材质、厅内布置都需要她亲自拿主意，这桩桩件件目不暇接，她刻意投入其中，如此便可分去些心神，不必担心沈予。

因为这一场宴请，整个云府被折腾得人仰马翻，几乎是里里外外翻新了一遍。出岫每天都去荣锦堂向太夫人禀报进度，有拿不准的地方还会顺势请教一番。

时光如水飞逝，太夫人对出岫的精心准备还算满意。转眼到了开宴当天，正好是个月圆之夜。说来巧得很，入夏之后烟岚城一直雨水不断，时而倾盆时而绵绵，从没断过水汽。

可到了宴请的那一天，天气忽然开始转晴，白日里是艳阳高照，晚间是圆月高挂，洒向人间一片清辉。再加上前几日的雨水充足，使得这夜晚清风徐徐很是凉爽。

酉时，天授帝聂沛涵、诚王聂沛潇准时登门。云府一众都在府门前迎接圣驾，却唯独不见沈予——确切地说，已好几日没见到他的踪影。

然令众人惊诧的是，沈予竟是跟着天授帝而来，并且护送着一辆女眷制式的车辇，车里坐的不是别人，正是淡心。今日天授帝前来赴宴，见淡心伤势好转许多，也耐不住她思主心切，便捎带将她送回来。

这倒是让出岫非常惊喜，又碍于帝王在场不好当面问候。淡心仿佛也知道出岫的心意，觑着空闲偷偷地挤眉弄眼，脸色看着很不错。她随天授帝进府之后，连连惊叹府里焕然一新，出岫担心她背伤未愈，便在半路上将她赶回知言轩休养，又让浅韵去照顾她。

此后，几人前前后后进了宴会厅，天授帝、诚王、太夫人、出岫、沈予、云承一共六人在座，位置也安排得极为微妙——

天授帝与太夫人同在丹墀上的主位，一在东、一在西；

诚王聂沛潇独自坐在东侧的客座上；

出岫、云承、沈予坐在西侧，与聂沛潇正面相对，出岫在上手，云承在中间，沈予在下手。

看似主客分明的座次，也彰显了亲疏尊卑。

落座之后，出岫刻意不看沈予，更不敢看聂沛潇，只一径与天授帝、太夫人说笑，然后便是张罗传菜，浅笑饮酒。

从前天授帝龙潜房州时，便对太夫人甚为忌惮，只不过碍于身份鲜少登门造访。这一次，两人同坐主位，从客套话讲到云府的生意，再讲到南北时局，侃侃而谈、话里有话，直教出岫听得云天雾地，摸不着其中玄机。

直到宴过大半，太夫人与天授帝才终于聊到正题之上。但见太夫人先行举杯，说了几句祝词，然后故作两声咳嗽，撑着额头缓缓叹气："人不服老真是不行，两杯酒下肚，老身已不胜酒力。"言罢她朝下座的云承招手："承儿快过来，代祖母敬圣上一杯。"

云承立刻从座上起身，执着酒杯酒壶朝主位走去。他今晚身穿一袭白衣，面相越发肖似云辞。十四岁的年纪其实有些尴尬，不算少年，又不算壮年，可云承身上偏偏有种成熟的气质，能令人心安折服。他执着酒杯奉于头顶，躬身对天授帝道："云承初次面圣，恭祝圣上鸿猷丕展，福寿绵延。"

天授帝是头一次见到云承，只一眼，也明白了这个世子为何会被选上。单单这份模样气度，依稀便是云辞重生。于是，他接过酒杯一饮而尽，点头赞道："世子一表人才，离信侯后继有人。"

太夫人等的正是这句话，便再次笑道："虽是'后继有人'，但也仅止于承儿。当务之急，须得云氏嫡脉早日开枝散叶、传承香火，如此才算真正的'后继有人'。"

太夫人将话说到这份儿上，天授帝又岂会听不出来？更何况前几日摘星楼夜宴时，出岫已提过云承的婚事。天授帝见今日场合恰当，自己又回京在即，便顺势问起云承的年龄："世子今年可是十四岁了？"

云承破天荒地露出一丝无措，显然他也听出来了太夫人的意思，便恭谨回道："禀圣上，刚过完十四岁生辰。"

天授帝勾起一丝魅笑，转对太夫人再道："世子这个年纪上，也该定亲了。不知哪家的千金有这个福气，能与世子共结良缘？"

太夫人眸中精光一闪，摆手让云承返回座位，再次叹道："也不是咱们挑剔，可这家来说，那家来提，竟没有一个合适的，八字总是对不上……因此，迄今不曾为承儿选到中意的正妻。"

"唔……朕想起来了。"天授帝这才做出恍然醒悟之状，"九日前朕在诚王府设宴，出岫夫人曾为世子请旨赐婚，瞧朕这记性竟忘得一干二净，看来朕也喝醉了。"

天授帝先将这话撂出来，万一一会儿赐婚的人选与云府有分歧，他也可推说是自己酒后乱语，明日醒来权当不曾说过。既打定了这个主意，他便再对太夫人笑道："不如您将世子的生辰八字告诉朕，朕带回京州让钦天监算一算，看看朝内哪家千金与之匹配，太夫人意下如何？"

听闻此言，太夫人连连点头："您与老身想到一块儿去了！老身一生笃信佛祖，前几日特意请了几位高僧为承儿算命……几位高僧一致表示，承儿是过继来的，命中缺运，须得找一位从文的同龄姑娘，方可助其增添运术……否则将会影响后嗣。"

太夫人边说边叹："您也瞧见如今敝府这状况了，我们一门寡妇，唯有一个老三远在京州，人丁真真儿单薄至极。若是承儿娶不到符合条件的姑娘，我云氏便要'后继无人'，这与您方才御口所言刚好相反。"

说来说去，天授帝明白太夫人心里已有人选了，便顺着她的话再问："哦？那您是否打听清楚了，朝中哪位大臣有合适的千金？"

"有是有，不过……"太夫人缓缓看向出岫，继而再看她对坐的聂沛潇，最终目光才回到天授帝面上，欲言又止，"老身打听来打听去，唯有一个姑娘最符合要求……"

"谁？"天授帝与聂沛潇同时开口问道。

"说来凑巧，正是曲州叶氏当家人的嫡幺女，太后娘娘的小侄女，您与诚王的表妹——叶灵媗。"

太夫人此话一出，不单是天授帝与诚王惊讶不已，就连出岫与沈予也大为吃惊！那天用早膳时，太夫人明明属意庄相的女儿，怎么又扯上曲州叶家了？太夫人与叶太后不是死对头吗？

然而只一刹那，出岫恍然大悟，这个叶灵媗，便是那天太夫人说的"备选"。

果不其然，谢太夫人对众人的震惊神色当作没瞧见，故作遗憾地再叹："唉！若要说身份血统，叶家小姐最合适不过……但老身也没指望太后娘娘能同意这门亲事，因而又找了一位千金。"

她刻意顿了顿，再对天授帝道："左相庄大人的三小姐恰好年方十四，只不过是庶出。老身前思后想，娶妻求贤，不该过分看重门第，更何况又是庄大人的女儿……也不知云氏有没有这个福气，能与圣上攀一攀亲？”

“您看中了庄相的庶女？”天授帝眸中闪现一道锋利光芒，但又立刻化于无形，为一层薄薄的醉意所覆盖，令人来不及察觉出来。

然而太夫人离得最近，已捕捉到了天授帝的眼神，于是她摇头再叹：“唉！老身真是不中用了，如今连个孙媳都挑得头痛。既不敢高攀太后娘娘的侄女，又要顾虑庄大人的国丈身份，真是左右为难啊！”

言罢，太夫人侧首再看云承，但见这位十四岁的世子正垂头不语，面上一副不自在的表情。太夫人见状揉了揉眉心，悲伤之情溢于言表，几乎要当场老泪纵横：“云氏数百年来乐善好施，老身也是一生吃斋念佛，可到头来还要香火无继！也不知是造的什么孽，后继无人！后继无人啊！”

太夫人一副隐忍悲戚的表情，边说边作势捶腿。她自顾自地演着戏，毫不在意看客们的想法，又掏出帕子擦了擦眼角，这才勉强扯出一丝笑意：“瞧我这老家伙，可真是喝醉了，竟在圣上面前絮叨这些不吉利的家事。唉！”

今晚太夫人已叹了无数次的气，天授帝也看了一晚上的戏，他心中对这位谢太夫人是既忌惮又钦佩，不屑的同时又想要为之拊掌赞叹。

不可否认，她谢描丹是个“能屈能伸”的寡妇，该示弱的时候示弱，该精明的时候精明，该逢迎的时候逢迎，该放下身段演戏时绝不端着架子。就如今晚这哭天抢地的戏码，换作出岫绝对演不出来。

一下子，两道难题摆在了天授帝面前：叶家的嫡幺女叶灵媗、庄家的庶女庄怡然。

先看叶家的女儿。众所周知，叶家与谢家是死对头，叶太后与谢太夫人也是几十年的宿敌。光凭这一点，叶太后就不会同意让侄女嫁入云氏。

退一万步讲，即便这桩婚事叶太后毫无异议，天授帝自己也不会同意。试想叶灵媗若嫁给了世子云承，叶氏与云氏便会同气连枝，叶氏的名望也会更上一层楼。作为太后的娘家，这种强大的外戚势力，历来是帝王最忌讳的事。更何况聂氏本就是外戚篡权，因此更加清楚外戚所带来的隐患。

再者，叶太后是天授帝的养母，倘若她为了家族考虑，将族中女子送进宫里为妃，天授帝出于孝道，根本无法拒绝。一旦这位妃子生下皇子，叶太后必定要扶持有叶家血统的孩子上位。届时若有云氏与叶家联手，储君之位势必风波不断，皇后的娘家庄氏必定落败。

而且，诚王聂沛潇是叶太后的亲生儿子，身后有强大的母族支持。万一云、叶两家联姻之后，叶家企图染指皇位，叶太后难保不会动了心思，联合云氏推举聂沛潇登基。虽然如今看来，聂沛潇乐得当个闲散王爷，但叶家未必就能安分守己，叶太后也不是本分之人……

即便这种可能性微乎其微，但天授帝还是有所顾虑。这种种原因分析下来，他已暗自否定了叶灵媗这个人选。

自然，天授帝所能想到的事，谢太夫人也想到了，因此她才会“抛砖引玉”，先将叶家的女儿撂出来做幌子，便是想让天授帝对比一番再做决定。

可若要同意庄氏与云氏联姻，天授帝也有所顾虑。庄萧然是皇后，左相庄钦是当朝国丈，门生众多，庄氏一门本已荣极；云氏也一样，不仅是天下第一巨贾，还手握自己的暗卫力量。

庄氏与云氏，一个是仕途的顶峰，一个是财富的顶峰，这两个家族倘若携手联姻……云氏干涉朝政就更加名正言顺了，地位岂不是要更上一层楼？

只一闪念的工夫，天授帝心中已划过万千思绪，将这两位小姐背后的势力分析得清清楚楚，更将联姻的利弊看得透透彻彻。最终，他得出一个结论——叶家和庄家的女儿，云承一个都不能娶！

如此一来，天授帝也故作朗声大笑，边笑边安慰谢太夫人：“您先别急，如今世子年纪不大，定亲也不急于一时。朕知道太后与您有些误会，所以这叶家的女儿还是不要考虑了，即便朕应允这桩婚事，太后她老人家也未必肯答应。”

太夫人闻言，立刻点头附和，很是遗憾地道：“其实灵媗小姐最为合适，老身也喜欢得很……怪只怪她与我们承儿无缘，老一辈的恩怨要让小一辈来承受。”

天授帝没再往下接话，另起话题再道：“至于庄相……您也知道，他门生遍布朝野，又是朕的岳丈，已算位极人臣。倘若他再与云氏联姻，这岂不是让外戚坐大？别说朕有所顾虑，只怕朝中那帮老臣也不会同意。”

听到此处，太夫人不禁暗道天授帝精明。他显然话里有话，明面上是拿庄氏开刀，其实是忌讳云氏罢了。太夫人心中如此想着，面上故意流露出失望神色，垂首摇头：“是我们承儿没福分，高攀不起国丈大人。既然圣上如此回绝，老身也不敢再提了，您就看着给指一门亲事吧。”

其实，天授帝私心里也想从文臣之中找一户人家，他更忌讳武将手握兵权，与云氏联姻会多生事端。他以为，若要给云府的世子赐婚，这家姑娘不仅要品貌端庄、担得起未来当家主母之名，身份血统上也不能太低，必须要门当户对。

在来云府之前，天授帝心中已有了一个合适人选，此刻他见太夫人给了一个台阶下，便毫不客气地一脚踩上去，噙笑问道：“太夫人，您看赫连氏的千金如何？”

赫连氏？赫连齐的妹妹？天授帝话一出口，太夫人尚且不动声色，出岫和沈予却是脸色发沉，尤其后者险要发怒。

然而，未等这几人反驳出口，聂沛潇已率先从座上起身，冲口而道：“不行！

我不同意！”

天授帝见自家九弟站出来拆台，心中很是不悦。但他也不好当着众人的面发作，唯有再对太夫人解释：“赫连氏百年公卿世家，族内出了文官无数，更有诸多才子、大家。云氏富贵满身，赫连氏书香世家，朕瞧着再匹配不过。”

最重要的是，自从姻亲明氏倒台之后，赫连氏手中已没了实权，在朝内所担任的都是虚职，看似官阶极高，其实可有可无。当然，这话天授帝不会说出来。

可聂沛潇却是不管不顾，继续接了话：“皇兄，赫连氏绝对不行！您不知道，前些日子明氏兄妹才来找过出岫的晦气，明璎更是一个疯妇。倘若云氏与赫连氏联姻，明氏兄妹又该借机惹事了！您也不希望看到明氏东山再起吧？这门亲事您要三思！”

聂沛潇说得如此急迫，竟比太夫人和出岫还要着急上火。有人将自己想说的话给说了，出岫也不好再开口，她忍不住与沈予对望一眼，两人目中都是一片担忧，各自沉默。

反观太夫人，依旧沉稳自如，终于接过话茬低低轻叹：“多谢诚王殿下为我云氏考虑。其实这倒是其次，圣上金口赐婚，难道那明氏兄妹还敢再闹不成？只不过……”

太夫人轻咳一声，又叹：“不瞒您说，赫连氏未出阁的几位千金，老身都已仔细打听过。一个十六，年岁太大承儿不喜欢；一个十二，年岁太小不好生养。还有一个十四岁的，年纪倒合适，可听说命中主水……我们承儿命里带火，水火不容，这岂非夫妻不和睦？”

天授帝属意的正是那位十二岁的赫连小姐，听后不禁回道：“世子十四，赫连氏有位小姐十二，两人年岁相当，珠联璧合，很是般配。”

太夫人连忙摆摆手，渐渐浮起哀戚之色：“不行，承儿娶亲当务之急是要绵延子嗣，十二岁太小，再等几年才能生养。我老太婆是一只脚迈进棺材的人了，指不定哪天就合上眼了，倘若不能看见曾孙出世，老身死不瞑目呢！”

天授帝听此一言，仍不肯放弃，接着再劝：“其实那位十四岁的小姐也不错。这命中带火带水的，信则有不信则无，不能尽信吧。”

太夫人再次摇头否决：“倘若承儿主水、赫连小姐主火，那就好办了。水能灭火，我们承儿总能压在她上头。可两人偏偏反过来了！赫连小姐带水，是要灭了我们承儿的火啊！云氏本就阴盛阳衰，倘若再娶个这样的媳妇，承儿岂不是要被妻子压制住？云氏又该被人诟为‘牝鸡司晨’了……”

话到此处，太夫人再看天授帝，语中分明带了几分不满：“况且，不知圣上是否打听过，这位赫连小姐才貌平平，如此资质又怎能担得起云氏主母一职？”

面对太夫人的不满质问，天授帝无从反驳，况且对方说得合情合理，滴水不漏。今晚与之一席对话也使天授帝明白，无论自己指婚哪家千金给云承，谢太夫人都能找出一大堆理由来反对，唯有叶家和庄氏的女儿才能正中她的心意。

是要冒险得罪云氏，将云承的亲事丢出去，还是遂了谢太夫人的心愿，将叶家小姐或者庄家小姐赐婚云承为妻？一时间，天授帝陷入了两难之中。

前思后想，他只好做出一副斟酌的模样："这可为难朕了，朕平日对各家小姐不大上心，也不知究竟谁最合适。不若您将世子的生辰八字写给朕，朕务必给您物色一个最合适的孙媳人选，不知您意下如何？"

"事到如今，也唯有如此了。"谢太夫人点头，再次表露出无力之意，又命云承去将自己的生辰八字写出来。

待云承一走出宴客厅，太夫人立刻肃然，再对天授帝郑重地道："其实想要迎娶叶家小姐，最大的障碍是在太后娘娘，只要她老人家点头同意，这桩婚事不会太难。老身知道圣上不好开这个口……老身愿意亲自走一趟京州，也有信心劝动太后娘娘，不知您意下如何？"

闻言，天授帝也被噎了一道，他发现竟然寻不出拒绝的理由！于是，他故意执起酒杯自斟自饮，借此机会来拖延时间，等到一杯酒入腹，才想出一个借口："您年事已高，舟车劳顿实在辛苦。您若信得过朕，便交由朕来斡旋此事如何？"

太夫人还是不肯罢休，亟亟再问："那您多久能给个答复？老身实在等不及了，万一这期间老身有个三长两短……"

天授帝还没顾上接话，沉默了一整晚的沈予终于适时开口，为两方人马缓和气氛："太夫人千万别说丧气话，云氏昌盛繁荣还得靠您指点呢！再者圣上金口已开，必定会给世子选一门好亲事！"

出岫也怕太夫人将天授帝逼急，便出言附和："姑爷说得对，您精神矍铄身体康泰，可不能自己咒自己。"

太夫人见两个小辈按捺不住，不禁暗道他们沉不住气。如今南北统一在即，天授帝忌惮云氏，又岂会轻易翻脸无情？也唯有出岫这个吃硬不吃软的脾气，才会将三两句威胁放在心上。

太夫人越想越觉得两人坏事，可又不能表露出来，只得硬生生收回这个话题，故作恹恹地道："那就有劳圣上了。"言罢还不忘再看出岫一眼，轻斥一句："都是你这个做母亲的失职，若不是你下手晚了，那些个好姑娘怎会都许了婆家？"

出岫连忙垂眸认错。

天授帝见出岫替自己解围，有些看不懂这婆媳两人的招数，但总归让他松了一口气。他顺势问起出岫关于生意上的事，后来又说了些别的话题，云承也将自己的生辰八字递上。

这一顿宴席在各自的心思中热闹散场。

走出宴客厅，天授帝依旧是在最前面。太夫人觑着空隙瞪了出岫一眼，无声斥责她的软弱怕事。两人正用眼神互相交流，走在前头的天授帝却倏尔停下脚步，转身肃然道："来云府一趟不容易，朕想去祭拜两任侯爷。"

无论天授帝这番话是流于表面，还是出自真心，太夫人与出岫都很动容。尤其太夫人，面上虽无伤感神色，可话语已逐渐无力起来："请恕老身精神不济，不陪圣上去祠堂了，让出岫带您去吧。"

天授帝也看出了太夫人的克制，再想起她痛失丈夫与独子，也能体谅一二，便收起成见客气道："今夜是朕叨扰了，连累您操劳一个晚上。"

太夫人笑着接话："您离府时，老身再来恭送。"

"不必。"天授帝摆手，"朕去祠堂祭拜之后会直接离开，由出岫夫人相送即可。"

太夫人没再出言客套，事实上今晚云承的婚事没能说成，她到底是对天授帝有所不满，不愿勉强自己，也自问没这个必要："多谢圣上体谅，那老身先行告退了。"说着微一躬身，作势要往荣锦堂方向走。

"夜路难行，还是让沈将军送您回去吧。"明明太夫人身边跟着丫鬟，云府也是灯火通明，可天授帝偏说出这句话来。

太夫人隐晦地看了沈予一眼，倒也没反驳："还是圣上想得周到。"

沈予亦知天授帝之意，便护送太夫人一并返回荣锦堂。

余下的几人，除了天授帝和出岫之外，还有诚王聂沛潇和世子云承。云承见状也识趣地道："母亲，今晚我刚写过生辰八字，不宜去祠堂祭拜。"

南熙自古有个规矩，当天论过亲的人，不能进阴晦之地。这借口说得很是时候，天授帝也对年纪轻轻的云承刮目相看。后者则一直垂首敛目，礼数十足。

出岫听了云承的话，也颔首而回："你去吧，早些休息。"

云承就此恭谨退下，返回知言轩。而此刻只剩下天授帝、聂沛潇和出岫，以及各自带出的侍卫。

三人一路无言往祠堂方向走，越是靠近越是心情沉重。如此默默走了半晌，天授帝才忽然开口问道："谢太夫人究竟看上了叶灵媗，还是庄怡然？"

这一问出岫不好接口："她老人家的心思，妾身摸不透。"

天授帝冷笑一声，不再多问，直至走到祠堂门外，才转对出岫幽幽评价："你与太夫人皆是妇人手段，要论光明磊落，还是云辞。他从不用阴谋，只用阳谋。”

这该当是一句极高的评价，遑论出自帝王之口。只可惜被夸赞之人如今已变作一堆骸骨，便使这句夸赞显得极为悲戚，令出岫忍不住想要垂泪。

天授帝没再注意出岫的表情，兀自迈步走入祠堂。聂沛潇这才低声劝道：“皇兄不是针对你，他是在恼谢太夫人。”

“恼谁都一样，恼的都是云氏。”出岫低声接话，言罢亦跟进祠堂。

云氏宗祠内供奉着历代离信侯的牌位，由于牌位都是木材制成，为避免祠堂走水，这屋子内并未昼夜点灯。守祠人没想到出岫会夜里前来，连忙端起一盏烛火出门相迎。

饶是云氏再繁盛荣耀，饶是世代离信侯再文韬武略，也终究逃脱不过生老病死，化作这祠堂内的一座座牌位。这里是云氏的主心骨，同时又是云氏的伤心地。

天授帝与聂沛潇皆为这肃穆的气氛所慑，竟也无端感染了黯然情绪。就着微弱烛光，两人分别上了一炷香，又默默站了一会儿才走出来。

自始至终，出岫只说过一句话：“妾身代先夫谢过圣上，谢过诚王殿下。”

天授帝此时是感慨万千：“走吧！”

这是要摆驾回诚王府了。出岫默默跟上，一路往外院方向送行。聂沛潇从祠堂出来之后，心情也变得五味杂陈，亦是一语不发。几个侍卫跟在后头，更似隐了形。

夜晚的云府显得很寂静，甚至寂静得近乎诡异。那些隐在暗处的护院如同行走在人世间的鬼魅，暗暗注视着几人的行踪，悄无声息。

从云氏宗祠往外院而去，途中要经过知言轩。走到那处垂花拱门时，天授帝再次停下脚步，举目打量门上的瘦金大字：“知言轩？云辞写的？”

出岫点头：“正是先夫所书。”

天授帝凤眼微眯看着这三个字，似在缅怀云辞其人。最终，他只发自肺腑说了四个字：“天妒英才。”

语毕，一股药香缓缓飘来，是浅韵端着一盅汤药从对面走近，看样子刚从药材库出来。汤药在夜里冒着丝丝热气，烟雾袅袅很是明显，也将浅韵整张脸隐在了雾气之中。她步子走得极快，又被烟雾扰了视线，并未发现对面有人，径自走入知言轩内。

出岫不知天授帝想起了什么，只听他忽然侧首问道：“这是给谁的药？”

出岫方才让浅韵去照顾淡心，自然猜到这是给淡心的伤药，便脱口回道：“是淡心。”

话出了口，出岫又后悔了。她面上浮起些微紧张，既怕天授帝对淡心有意，又怕他对淡心的顶撞耿耿于怀……于是忙再解释一句："妾身只是猜测而已。"

然而这一次，帝王没再回话。闻着空气中弥留的药香，他再次陷入沉默之中，半晌，似笑非笑再问出岫："她住哪一间？"

出岫迷惑一瞬，才恍然大悟，帝王口中的"她"，指的是淡心……

# 第二十五章 孰是巫山孰是云

出岫不知天授帝心里在想什么，又为何提出要去看淡心。可帝王既然有此一问，她也不得不答：“回圣上，淡心是妾身的大丫鬟，在知言轩后院里，独自住一间屋子。”

她老老实实回话，天授帝的贴身侍卫岑江却是哭笑不得，心中暗道出岫夫人不解风情。试想方才帝王问起淡心的住处，显然是有意前去探望，若是个明白人，此刻必定直接带路了，可偏偏这位出岫夫人只是干巴巴地回话，没有半分行动。

聂沛潇亦是感到无奈，在天授帝后头使劲给出岫使眼色，出岫只假装没瞧见，反而劝道：“丫鬟们的住处简陋，怕是委屈了圣上。”

闻言，天授帝沉吟一瞬，才面无表情回道：“无妨，劳烦夫人带路，朕过去看看。”

真是怕什么来什么，出岫心中叹气，只得带着天授帝和聂沛潇往知言轩里走。她刻意走得极慢，暗自祈祷淡心此刻已经喝药睡下了，如此便可逃过一劫。

可出岫失望了，待几人走入丫鬟们住的小院时，所有屋子都已灭了灯火，唯独淡心的屋子依旧亮着。影影绰绰的烛火透过窗户流泻一地，隐约可辨屋内有两个女子身影。

浅浅的絮语声从屋子里飘出来，循入天授帝等人耳中，但因为离得太远，大家都听不清楚屋内两人在说些什么。出岫想要上前敲门提醒淡心，却被天授帝抬手阻止。他独自一人走近几步，不动声色站在窗下，也不知在想些什么，又或许只是想听到屋内的说话声。

而此时屋子里，浅韵正在给淡心换药。因为是伤在背部，淡心上半身只穿了一件兜肚，整个玉背都光裸在外。她闲闲地趴在床榻上，双腿抵着膝盖向后翘起，有一搭没一搭地来回甩动，一双玉足和两截小腿都露在外头。这姿势，既俏皮又不雅。

浅韵细致地为她换药，口中还心疼地埋怨："你怎么就被烫成这样？铁定是要留疤了！"

淡心长长"唉"了一声："全是拜那个皇帝所赐呗！也不知他哪根筋不对，人家姑娘好端端地捧着药盅，他忽然上前拉了一把，那姑娘手一滑，药盅就砸在我身上了。"

淡心没说自己是为了出岫而受伤，因为她知道浅韵对出岫有意见，倘若她说出实情，只会增添二者间的矛盾。

听了淡心的解释，浅韵果然是信了，而且好奇地追问："皇帝为何要拉那位姑娘？难道是那姑娘长得美，皇帝看上她了？"

淡心轻哼一声，本想将"鸾夙"二字说出来，可就在出口之际，她忽然想起摘星楼屏风后那个孤独的黑影……她忽然没了说出来的欲望，且还下意识地想要替天授帝保密，保密他这段无疾而终的深沉情事。

想到此处，淡心转移了话题，撇嘴抱怨道："反正世人都说'伴君如伴虎'，从前我以为太夫人就算难伺候了，如今见到天授帝，我才知道太夫人可真是慈蔼呢！"

浅韵噗地笑出声来："你胡说什么，这可是杀头之罪，小心隔墙有耳，被别人听见传了出去。"

"怕什么！如今天授帝正在宴客厅吃菜喝酒，太夫人没灌醉他就算好的，难道他还长了顺风耳不成？"淡心边说边惬意地笑了笑，"还是自己家好啊，住在诚王府那劳什子的摘星楼里，我都快闷死了！"

淡心兀自说着，却没发现浅韵上药的双手微微一顿："你方才说……天授帝在咱们府里？"

淡心"哎呀"一声连忙捂嘴，自知失言。然她转念一想，又觉得浅韵不是外人，便如实答话："是啊，今晚他来府里赴宴，世子也去了。怎么你不知道吗？为了这事，听说夫人都忙活好几天了。"

浅韵如今不闻外事，一心照顾世子云承，她只知道今晚云府来了贵客，云承也要出面接待，却并不晓得来者是南熙天授帝。但她没少听闻关于天授帝的传言，便忍不住好奇问道："天授帝是个什么样的人呢？"

"喜怒无常的人！"淡心不假思索地回话，"长得很标致，男生女相。唔……他不仅长得不正常，脾气也不正常，总之，就不是个正常人！"

言罢，淡心又自言自语地评价道："长相阴柔标致，性格狷狂邪魅，手段铁血狠辣，而且喜怒无常。反正吧，一看就是个人物，和正常人不一样。"

“你这是夸还是贬？倒也摸得透彻。”浅韵轻笑。

“当然是贬！”淡心低呼，“以后见他一定要绕路走，否则小命不保。”她说出这话时，语中不自觉带了一丝黯然，连她自己都没有发现。

浅韵听后“嗯”了一声，不忘玩笑道：“你当心隔墙有耳，兴许现在皇帝就站在你门外呢！”

淡心咯咯地笑起来：“哎哟！他若真是站在我门外，那我只管色诱他好了！本姑娘一出马，难道他还能治我的罪？”

“你呀你！真不害臊！”浅韵伸手捏了捏淡心的脸颊，“都二十三岁的老姑娘了，说话还没个正经！”

“谁说我老了？我永远十八岁！”淡心立刻反驳。

“行！您姑奶奶说什么都行！”浅韵将最后一指药膏抹在淡心伤口上，盖上瓶盖道：“药膏用完了，不多不少恰好够用。”

淡心点点头：“明日还得找‘沈大将军’再要一瓶，他这个药膏很管用，涂在背后凉凉的。不过不知为什么，今晚我背上格外凉。”她想了想，又形容一句，“凉飕飕的，好像天授帝站在我身后似的。”

“瞎想什么呢！快睡吧，睡着就不凉了。”浅韵从榻上起身，适时打了个呵欠，“你晚上有事就起来叫我，今夜我不当值。”

“好。”淡心毫不客气地答应，还不忘讨浅韵欢心，“姐姐你不知道，我在诚王府里可想死你了。”

浅韵显然不吃这一套，狠狠在她额头上戳了一下：“我看你不是背上凉飕飕，是嘴上甜蜜蜜！”

浅韵将药盅和药瓶相继收好，端在手中朝门外走，边走边道：“你好生休息，千万别挠伤口。”

淡心从榻上坐起来，顺势活动一下筋骨，摆摆手道：“多谢姐姐，你快回去睡吧。”

浅韵也未再多言，挪出一只手打开房门。岂料她左脚刚迈出去，眼风便扫见一个黑色身影站在外头，明明灭灭很是骇人。浅韵猝不及防手一哆嗦，药盅立刻从手里打滑掉落，眼看就要摔碎在地。

说时迟那时快，天授帝眼明手快俯身一接，一阵袖风微微掠过，药盅已稳稳地落在他手上。他抬手将药盅递回给浅韵，魅惑的凤眸里泛着精光，唇畔微勾似笑非笑：“姑娘小心。”

浅韵接过药盅，胆战心惊地抬眸打量眼前这人。男生女相、雌雄莫辨、凤眼狭长、狷狂邪魅……和淡心说得一模一样！而且，他黑衣下摆还绣着金龙……

天授帝今晚就在府中饮宴！浅韵霎时反应过来，无意识开口："你，你是……"

方才天授帝阻止其他人靠近窗下，因而出岫也没听见屋里人说了些什么，更不知天授帝是喜是怒。此刻她眼看事态不对，也终于找到开口说话的机会，忙对浅韵道："不得无礼！"

她上前两步走到淡心窗下，刻意提高声调斥道："瞧见当今圣上，还不下跪行礼？！"

眼前这人果然是天授帝！浅韵暗道糟糕，立刻俯身跪地。她瞧见帝王的衣袍下摆已隐隐有了湿气，可见在外头站了许久……浅韵不敢再继续想下去，连忙磕头叩首："奴婢见过圣上，愿吾皇万岁万岁万万岁。"

话音刚落，众人只听屋内"啊"的响起一声尖叫。紧接着，一阵窸窸窣窣的声响也传了出来，应是淡心在起身穿衣裳。

片刻之后，淡心才从屋子里匆匆跑出来，脸上一副惊慌失措的表情。她依然穿着晚上那件鹅黄衣裙，披头散发青丝垂泻，显然是没来得及梳头。

"奴……奴婢淡心，见……见过吾皇万岁万万岁……"淡心麻利地跪在浅韵身旁，心虚得冷汗直流，连话都说不囫囵。她不知方才天授帝听见了多少，此刻她心里只有一个念头——大事不妙！

越是如此想，她越是背脊发凉，就连方才涂抹的药膏都好像变成了索命的魂钩，正在勾着她的魂魄脱离躯体。难怪会觉得背后凉飕飕，原来是……

淡心不敢抬头，便也没发现天授帝凤眸中一闪而过的笑意，迅速、轻微、不可分辨。他没有命两个丫鬟起身，只垂目看着淡心略微瑟瑟的身影，几乎能想象出她是如何的惊恐交织。

"怎么，淡心姑娘害怕朕？"终于，他悠悠开口。

淡心深深吸了口气，勉强扯出一丝笑意："圣上是真龙天子千古一帝，奴婢得见天颜实在是……唔，激动至极，失了分寸……"

"哦？原来你是激动至极，而非厌恶至极？"天授帝垂目挑眉再问。

淡心已是惊得渗出冷汗，连忙摇头否认："圣上说笑了，奴婢是敬畏至极……"

听闻此言，天授帝终于邪魅地笑出声来，凤眸之中闪着精光："你为何敬畏朕？难道是因为朕的长相阴柔标致，性格狷狂邪魅，手段铁血狠辣？"他自顾自说着，又补充道，"还有，喜怒无常？"

他全都听见了！淡心吓得几乎咬断舌头，唯有强自否认道："圣上说笑了，哪儿能啊！您分明是长相俊逸无匹，性格温润如玉，手段光明磊落，嗯……也没有喜怒无常。"

“是吗？方才朕听你可不是这么说的。”天授帝心中发笑，觉得淡心这婢女很吃逗，忍不住继续吓唬她。

淡心闻言讪笑一声：“方才吗？必定是您今夜不胜酒力，幻听了吧？”她边说边悄悄去看天授帝，故作一副无辜的模样，“对！必定是您不胜酒力，否则您怎会走到这里来？这都是下人们住的地方。”

“你的意思是，朕醉了？”天授帝反问。

淡心忙不迭地点头：“路都走错了，听错两句话也很正常。”

“只可惜，朕不是个正常人。”天授帝又拿她方才说过的话来噎她，“朕从前还不知道，原来朕不仅长得不正常，脾气也不正常。”

天授帝是惯常的阴晴不定，比烟岚城的天气还要诡异三分。淡心摸不准他是生气还是怎的，连忙再次吹捧：“不是‘不正常’，您这是‘独一无二’！您是千古一帝，励精图治鸿猷丕展，哪能和正常人一样？必定是特别的。”

“你倒牙尖嘴利。”天授帝只想笑出来，又轻咳一声故作掩饰，“你对朕也有几分不同见解，可是真心话？”

淡心不知天授帝指的是哪一句，却也不敢不回话，便道“反正奴婢在您面前说的，都是真心话！”

言下之意，她在他背后说的坏话不能当真。

原本今夜天授帝被云承的婚事搅得暗恼，如今被淡心这么一闹，怒意反而烟消云散。终于，他不紧不慢地对淡心和浅韵道：“跪了半天，你们起来吧。”

浅韵没有多说一句，扶墙缓缓站起来。淡心已骇得腿上发软，站都站不起来，还是浅韵扶了她一把。

出岫在旁听了好半晌，也终于明白过来。原来是淡心在屋里说了天授帝的坏话，却恰好被当事人在外“偷听”，逮个正着。别说淡心害怕了，出岫也觉得后怕，再看淡心吓得腿软，连忙开口解围：“圣上，我这婢女不懂事，言语无状冲撞了您，万望您海涵见谅。”

聂沛潇也怕天授帝会迁怒出岫，连忙开口帮腔：“皇兄，时辰不早了，咱们该回府了。”

天授帝凤眸沉沉瞥了聂沛潇一眼，又抬首望了望天上的圆月，笑道：“时辰的确不早了，朕醉意正浓，打算夜宿于此。”他刻意指了指淡心，看似严肃地道，“你来侍寝吧。”

“侍寝？”天授帝此二字一出，在场所有人都大吃一惊，异口同声地反问出来。

天授帝面无表情“嗯”了一声，又看淡心：“怎么，你不肯？”

淡心睁大清眸似没反应过来，脑子里蒙得一片空白。

出岫更觉得难以置信，唯恐天授帝要折磨淡心，新仇旧恨一起算，于是忙道：“圣上，我这婢女伤势未愈……”

“无妨。”天授帝只说了这两个字，没有改变主意的意思。

出岫再道：“淡心出身低微，此处又简陋得很，妾身恐怕折辱您九五之尊。”

“无妨。”天授帝还是这两个字，又加上一句话，“朕从前戎马军中，条件比这艰苦得多。至于她的出身高低，你觉得朕会在乎吗？”

是了，出岫知道天授帝不在乎，鸾夙就是出身风尘，他不照样爱得死去活来？堂堂天潢贵胄，连青楼女子都能喜欢，何况是干干净净的云府大丫鬟。光是这个身份，已不知要强过多少小家碧玉。

天授帝也没给出岫再次阻止的机会，已双手背负迈进了淡心房内，闲适地坐到她屋里的靠背椅上。

淡心死死拽着浅韵的衣袖，脸色已是惨白至极，哪里肯跟进去？她娥眉紧蹙一径摇头，无声地表示着害怕和抗拒。

出岫求救地看了聂沛潇一眼，岂料后者低声道：“别怕，皇兄十之八九是逗逗淡心。”

“逗？”出岫疑惑地询问，“圣上为何要逗她？”

聂沛潇摇了摇头：“原本我还拿不准，不过方才听皇兄说要让她‘侍寝’，我才笃定几分。”他说完便对淡心劝道：“快进去吧，你若进去晚了，皇兄才是真的恼。”

淡心仍旧抗拒着，一副即将哭出来的模样。出岫更是担心不已，再问聂沛潇：“您能保证淡心平安无事吗？”

聂沛潇胸有成竹地点头：“让她进去吧，别说皇兄不近女色，就算他‘近’，也不可能选在这种地方。”为了让出岫安心，他想了想又道，“咱们就等在院子外头，万一有个什么事儿，我会处理的。”

淡心还是不肯进屋，简直是欲哭无泪：“殿下，您替奴婢求求情吧，奴婢方才不是故意的……”

聂沛潇浮起一丝俊笑：“快进去吧，本王保你平安无事。”

屋内的天授帝一直不发一语，也不见开口催促。淡心忍不住透过窗户缝隙往里看去，见他正挺拔身姿坐在椅子上，左手食指“嗒嗒”地敲着桌案，似在沉思，又似无聊，看起来并不像是色急的模样。

淡心稳了稳心神，终于认命，又对出岫请求道：“夫人，您可千万别走远，万一……万一我有什么事儿，我会叫出来。”

出岫连忙安慰：“你放心，我与诚王殿下就在外头守着。”

淡心这才拖着沉重的步子缓慢往屋子里蹭，人还没走到门槛处，已听屋内传来帝王的问话：“这么慢？”

淡心只得一咬牙，硬着头皮走了进去。

“关门。”帝王又命道。

淡心哭丧着脸，转身将房门关上。“吱呀”的声音缓缓响起，屋门缓缓掩紧，不仅将其内的光亮挡得严严实实，也让众人无从探听屋内的情况。

淡心从未觉得时间如此难挨，更没觉得自己的寝闺如此冷寂。因为天授帝的赫然出现，原本这间供她衣食起居的地方，刹那比修罗地狱还要令人胆寒三分。

案上的烛火左右摇曳，好似阴曹地府的幽冥鬼火，眼看就要烧到尽头。淡心瑟瑟地站着，而天授帝一直闲适地坐着，两人都没有任何动静。想了又想，淡心终于决定打破这骇人的死寂，于是她十分尴尬地挑起一个话题：“这蜡烛要灭了，奴婢去换根新的。”

天授帝仍旧没有开口的意思，只凤眸聚光盯着她看。淡心被帝王那道慑人的目光惊得肝胆欲裂，忙强作镇定地走到柜子旁，从抽屉里取出两根蜡烛，放到烛台上一一点亮。

屋里霎时比方才敞明许多，气氛也没那么骇人了。至此，天授帝才终于沉声开口，话中带着几分清冷的戏谑：“你胆子挺大。”

“大”字一出口，淡心立刻“扑通”跪倒在地：“圣上恕罪，奴婢其实胆子小得很。”

“你胆子还小？”天授帝薄唇微勾，“前次在摘星楼上，你将朕驳得哑口无言；今晚又在背后妄议朕的是非，这胆子难道不算大？”

淡心苦笑一声，连忙否认：“回圣上，并非奴婢胆子大，而是奴婢嘴巴太快。其实奴婢每次说话之后，都悔得肠子疼。”

天授帝闻言嗤笑：“哦？你也知道害怕？”

“怎不害怕？”淡心无奈地抱怨，“口在上，肝胆在下，说话时又不经过胆子，自然容易祸从口出；倘若肝胆在上，口在下，说话时每每过滤一遍，就凭奴婢这小胆子，十句里有八句都得过滤回去。”

她越说越觉得后怕，不禁将头埋得更低。那一头漆黑丰盈的青丝披肩流泻，直溜溜地垂在地上，犹如两道黑色的丝缎帘幕，令人忍不住想要伸手抚上一抚。

天授帝的视线在那青丝上流连不去，突然转移话题问道：“你伤势如何？”

这原本是一句平平常常的关切，可淡心联想起“侍寝”二字，还以为天授帝话里有话，遂做出一副痛苦万分的模样，佯作虚弱地道：“疼！疼得厉害！伤口一直不见好转，还有……溃烂的迹象！”

“是吗？”天授帝显然看出了她的小心思，故意作势起身，“朕从前带兵之时，对皮外伤也有些研究。不若教朕瞧瞧。”

淡心哪里肯让，慌忙摇头拒绝：“不！不！圣上九五之尊，怎能……”

“怎么不能？”天授帝及时开口打断她，似玩笑又似认真地道，“朕是害你受伤的罪魁祸首，倘若不亲眼瞧瞧你伤势如何，实在难以心安。”

听闻此言，淡心已惊得说不出话来，想哭又觉得眼底干涩无泪。她上下牙关死死咬紧，精致的容颜在烛光下显得分外苍白。天授帝见状这才朗声笑起来，笑得淡心一头雾水，更是无措。

天授帝笑了半晌，才大马金刀地重新坐定在椅子上，看似随意地对淡心道：“你喜欢跪着？起来说话吧。”

“奴婢遵命。”淡心用双手使劲撑地，慢慢地站起身来，但她不敢坐下，只神色紧张地站着，双手掩在袖中紧紧交握，一如她此刻纠结难解的心情。

“真的害怕朕？”天授帝悠悠开口再问。

“奴婢知错了！”淡心有气无力地回答，说罢又发现自己答非所问，连忙再回，“的确害怕您　　不！不是害怕，是敬畏！”

都到这个节骨眼上了，她还记得抠字眼……天授帝心中如是想着，面上继续追问：“你是害怕朕降罪你口无遮拦，还是害怕朕让你侍寝？”

“圣上想听实话吗？”淡心哭丧着脸，“两者都有，排名不分先后。”

天授帝暗自笑得一阵内伤，忽又想起方才太夫人择媳时的表现，心中转而一沉，笑着嘲讽她：“不愧是云府的丫鬟，以退为进，将谢太夫人的招数学了十足十。”

“太夫人怎么了？”淡心明知不该问，可又实在忍不住。

天授帝瞥了她一眼，目中露出一丝怀疑神色，怀疑她是明知故问。

淡心这次倒是会察言观色，也意识到天授帝的不信任，便理直气壮地反问：“怎么，您以为奴婢在演戏？”

天授帝仍旧不说话，上上下下打量她，好像在斟酌她这番话是真是假。

淡心没来由地感到心中憋屈，轻哼一声道：“天地良心，奴婢这几日一直在诚王府养伤，又怎会知道太夫人使了什么‘招数’？奴婢既没有千里眼，也没有顺风耳，更不会未卜先知！”

大约是她说得太过理直气壮，又带着几分委屈，天授帝觉得不像伪装，便也信了，对她如实道：“你可还记得那夜摘星楼上，你家夫人要为云世子请旨赐婚？”

淡心点头：“自然记得。”

“谢太夫人今晚重提此事。”天授帝顿了一顿，冷笑再道，“她中意叶太后的侄女和庄相的庶女，想从中二选一，让朕赐婚保媒。”

"叶太后的侄女、庄相的庶女……"淡心了然，惊声叹道，"不愧是太夫人，她老人家可真会选！"

"的确会选。"天授帝再次冷笑，脸色变了一变。

淡心犹豫片刻，试探地再问："那您……同意了吗？最终定了哪位小姐？"

天授帝也没指望她一个小小婢女能懂得其中的厉害关系，便沉默着没有作答。

瞧见天授帝的反应，淡心也醒悟过来他的心思。她在心底将这两位千金来回比较一番，才开口叹道："的确不好选，恐怕选谁您都不乐意。"

"哦？"天授帝来了兴致，有些意外淡心会说出这句话，"你真这么想？"

淡心张口欲答，原本话已到了嗓子眼儿里，她又生生咽了回去，只道："奴婢不敢说。"

"朕恕你无罪。"

"那也不敢说！除非……您赐给奴婢一块免死金牌。"

这个淡心实在太过单纯，还敢在帝王面前讨价还价。天授帝不住地失笑摇头："倘若朕想要你的命，即便你有免死金牌，也一样得死。"

他虽是笑着说出这话，可淡心却觉得一阵阴风袭来，背脊上又开始阵阵发凉。她下意识地抬手摸了摸自己的脖子，不敢再开口说话，天授帝却不肯轻饶于她，再次逼问："你到底说是不说？"

淡心抬眸望去，只见对方一脸山雨欲来的表情，果然是喜怒无常。此时此刻，她巴不得将一张嘴缝起来——"祸从口出"这四个字真真是让她深有体会。

犹豫来，犹豫去，淡心终于还是说了："奴婢觉得，太夫人属意的应该是庄相之女。"

天授帝目中精光毕现，凤眼微眯打量着她："说下去。"他想听听淡心如何分析谢太夫人。

"恕奴婢说句大不敬的话，别说如今叶家难以服众，即便是叶家德高望重，也不值得我们太夫人去'巴结'。再说太后娘娘年事已高，是半只脚踏进棺材的人了，她薨逝之后叶家是兴是衰、前程如何都很难说，太夫人不会在一个前途未明的世家身上下功夫。"

淡心说到此处顿了顿，又道："至于庄大人……他可是桃李满天下，门生之多遍布朝野，至少可以再影响南熙朝政一二十年，何况又是您的岳丈。太夫人和夫人既然支持您，自然也会更加看重庄大人。"

听闻淡心的分析，天授帝略微惊讶，他没想到一个小小婢女能说出这番见解，目光里也不禁带了几分审视："这些话是谁告诉你的？"

"没人教过奴婢。"淡心撇了撇嘴，"奴婢好歹是云府的大丫鬟，贴身侍奉过侯爷与夫人，您当真以为奴婢只会抠字眼儿、耍嘴皮子吗？”

“原来你还会别的。”天授帝语带戏谑，“如今看起来，你虽然说话不过胆子，倒还知道过脑子。”

淡心吃了个瘪，也不忘自夸一番：“您是‘门缝里看人——把人看低了’。从前奴婢可是侍奉过侯爷笔墨的！没少听他提起朝政时局，耳濡目染也该知道几分。”

“那依你看，这门婚事朕该不该同意？”天授帝忽然想要试探淡心的深浅。

“该！您该痛快地应承下来！”淡心一口回道。

听到此言，天授帝霎时沉下脸色，凝声冷笑：“你是太夫人的说客？朕倒忘了你的身份。”云府的丫鬟，自然要为云府说话。

被天授帝这么一说，淡心也窜出一股小小火气：“奴婢不想说，您偏让奴婢说。奴婢如实说了，您又说奴婢是说客……”她双手一摊，“这事儿对您又没坏处，奴婢不明白您为何不乐意赐婚。”

“您不乐意赐婚叶家，奴婢倒能理解。太后娘娘的家族倘若太过强大，势必会威胁您的地位，也会让诚王殿下身份尴尬……”淡心说到此处，偷偷瞄了天授帝一眼，见他虽然脸色阴沉，但也似有意听下去。

于是她壮了壮胆，继续说道：“倘若不联姻，南熙世家便是三足鼎立——云氏、庄氏、叶氏各有势力，其实不好把控。可云氏若与其中一家联姻，那另一家自然也就不敌了，只要您不让云氏和叶氏联姻，太后娘娘的家族便无须忌惮。因为您不必亲自出马，叶家也会在无形中被打压下去。”

这话是有几分道理，淡心能想到这一层已是不易。天授帝对她也有几分刮目相看：“说来说去，你还是在为谢太夫人做说客。”

又是这句话！淡心听了有些负气，说话也不大中听了：“奴婢不明白，您为何不让我们云府与庄大人联姻？其实这事儿对您根本就没任何实质性的影响，不过是面子上好看罢了，您又何须斤斤计较？”

天授帝冷笑一声：“朕一直都很斤斤计较。”

“那您这帝王心胸可不够宽广。”淡心又开始口无遮拦，“我们云氏倾力支持您登基称帝，如今换到了什么？不过就是四座牌坊而已！甚至还为此丢了北宣的生意！我们对您俯首称臣，您却一直疏离着，这岂非教人寒心？”

“太夫人和夫人若想干政，大可绕过您直接去联姻。虽保不准能说动庄大人，但以诚王殿下对我们夫人的情意……只要他出马保媒，必能说动叶太后。”

淡心嘟着嘴，接着道：“还不是因为我们尊敬您？这才请您赐婚，也是为世子争取荣耀罢了。您当真以为不开口赐婚，我们世子便娶不到媳妇了？”

她话到此处，天授帝已隐隐有了恼怒的迹象，目光慑人犹如肆虐的闪电。

淡心却是“破罐子破摔”，一副忠言逆耳的样子：“庄大人和您一条心，我们云氏也和您一条心，两家联姻只会使您的帝位更加稳固。退一万步讲，即便云氏有所图谋，庄大人难道还能倒戈向着我们？”

淡心见他还是不表态，便有心再刺激他一下：“难道您觉得，您与世子同是庄大人的女婿，他就不帮您了？您连这点自信都没有？”

“一派胡言！”天授帝果然怒了，犀利的目光朝淡心扫来。

“这不就得了。”淡心耸了耸肩，“太夫人想与庄大人联姻，其实是为了云府的荣耀，也不为旁的什么。为钱？云氏富可敌国；为权？云氏早就干政了，想要出仕也不会等到今日。”

淡心这话说得极为大胆，还隐隐带着几分自恃之意。天授帝脸色越发阴沉：“你一个奴婢，好大的口气！”

“奴婢只是实话实说。”淡心坦白得有些尖锐，“其实您心里也知道，奴婢说的都是事实。奴婢私心里觉得，您最好赶快应承这门婚事，不仅我们云府上下欢欢喜喜，对您的地位也是一个巩固，否则……”

“否则什么？”

“否则太夫人选择了叶家小姐，云氏和叶氏一旦联姻，您所倚仗的庄氏必定走向衰落，您得不偿失。”说完这句话，淡心立刻识时务地跪下，“奴婢方才言语冲撞，说了许多实话，还请圣上恕罪。”

就着屋内烛火，天授帝垂目去看跪地的那个窈窕身影。方才还瑟瑟发抖的淡心，此刻竟有些大义凛然的意味，不再畏首畏尾。这样的淡心显然更令他感到熟悉，那夜在摘星楼上她反驳他的画面再次浮现出来，连同眼前这一幕，都像极了鸾夙。

都说帝位孤高，他身边从没有一个人敢如此忤逆于他，尤其是女人。久违的感觉再次涌上心头，虽然被淡心说得一腔怒火，可他却觉得异常亲近。

明明只是第三次见她，其中还有一次隔着屏风，但每一次见面，她都给他带来了惊讶与……惊喜。

不可否认，淡心方才分析得极为正确。他身为帝王没有强大的母族，便只能倚靠岳丈庄钦在背后支持。叶太后虽是他的养母，但其实也是各为利益，到了如今这地步仅仅能维持表面上的母慈子孝，九弟聂沛潇夹在其中也甚是为难。

天授帝当初将房州赐给聂沛潇，一来是聂沛潇自己所求；二来是彰显他对这个九弟的看重。但最重要的一点，是想隔绝聂沛潇母子二人，也是想让叶太后知道，聂沛潇在他手上。毕竟，房州是他起势的地方，也尽是他的亲信。

自然，这事聂沛潇是想不到的，可叶太后定然有所顾忌，不敢轻举妄动。可倘若云氏真与叶家联姻，自己辛苦布置的这步棋就算毁了。云府也在房州，又有强大的暗卫力量，当初出岫能平安送走沈予，往后谢太夫人也能送走聂沛潇……

事实上在天授帝私心里，他与聂沛潇很亲近，但只要叶太后还活着，他便要提防老太婆扶持亲生儿子登基。因此，叶氏的强盛是他最不愿意看到的。

事物都有正反两面，如此一分析，天授帝也不得不说，淡心一语中的。当务之急，的确是要阻止云氏和叶氏联姻。既然自己有意扶持庄氏，那为何不利用云氏的资源？只要云氏娶了庄氏的女儿，其实无形中也提高了庄氏的地位，更对自己有所助益。

至于联姻之后云氏会有何动作，不外乎四个字——争权、夺名。诚如淡心所言，即便不与庄氏联姻，谢太夫人也一直在做这两件事，而且做得极为出色。既然如此，自己还有什么可顾虑的？

左右谢太夫人年迈，再风光也不过就是十年的工夫。至于出岫夫人，他自问还能掌控得住。想到此处，天授帝心里也清明许多，不禁再看淡心："照你这么说，朕该与云世子做连襟了？"

连襟？淡心立刻出口逢迎："您说笑了，普天之下莫非王臣，纲理伦常君臣为先，谁敢与您'连襟'？不过都是外人说说而已。"

她顿了顿，又举例道："譬如庄大人，虽有'国丈'之名在身，可他见了您照样不得下跪行礼吗？"

淡心这话正中天授帝之意，他脸色也霎时转晴："原来你不仅会讽刺人，吹捧的功夫也不在话下。正话反话都让你说尽了。"

淡心连忙干笑一声："奴婢不是吹捧，只是说出事实。世人都道'锦上添花易，雪中送炭难'……当初我们云氏耗资支持您登基，是为'雪中送炭'，如今您又何必吝啬为我们'锦上添花'？"

"啪啪"两声，天授帝已是拊掌笑道："听你这一席话，倘若朕阻挠联姻之事，反倒成了不懂得知恩图报的小人。"

淡心立刻否认："奴婢可没这么说！"

天授帝再次低笑，终于从座椅上起身："你一直跪着，膝盖不疼？"

"奴婢跪习惯了。"

"歇着吧。"天授帝未再多言，径自起身便朝门外走去。

淡心直感到一阵惊讶，不是说要……侍寝吗？她见天授帝已走到门口，心中暗自窃喜，赶忙从地上站起来，朝着天授帝的背影盈盈一拜："奴婢恭送圣上。"

许是她话音太过愉悦，天授帝原本已打开房门，脚步却又停下来，转身再问："赶朕走？"

淡心迅速捂嘴摇头。

天授帝有心再逗逗她："真要侍寝，其实背伤无碍。"

淡心即刻摇头，既赧然又骇然："奴婢……奴婢……"支吾了两声，却是一句话都没说出来。

此时恰有一阵夜风送入门中，吹起淡心一头披肩青丝。黑色的丝缎帘幕徐徐拨开，正如同一场戏文就此落幕，可这一次的落幕，也是为了下次的开幕吧！

天授帝收回戏谑目光，最后睇了她一眼："你二十三了？"

淡心不敢再说话，只点了点头。

"宫中女官若无婚配，二十五岁就能自行出宫了。"天授帝撂下这句没头没尾的话，便走出了淡心的屋子。他举步迈出院外，一眼瞧见出岫与聂沛潇。两人后头还跟着各自的侍卫，俱是静默，相对无言。

岑江作为御前侍卫，最先看到天授帝出来，他先是一愣，再是一惊，继而才躬身行礼："圣上。"

聂沛潇亦回过神，看向天授帝："这么快？"话一出口，他便自知失言，抿唇不再说话。

反倒是出岫见帝王衣装整齐，神色清冷，不禁长长松了口气："圣上，我那婢女毛手毛脚，望您海涵……"

"夫人的婢女没少冲撞我。"天授帝没等出岫话音落下，便兀自接过话茬，抬首边看月色边道，"不愧是云府的大丫鬟，夫人教得不错。"

出岫被这句话弄得忐忑起来，听前一句，帝王分明是怪罪之意；再听后一句，分明又是赞许。天授帝究竟是怪罪淡心，还是赞许淡心？出岫揣摩不清。她正兀自想着，但听天授帝忽而问道："淡心为何一直没嫁？"

出岫不好开口说竹影的事，又怕天授帝惦记，忙道："是妾身的失误，一直耽搁了她。今年刚寻到一门合适的亲事，正打算做主让她嫁了。"

天授帝表情莫辨，隐在月清光华下看不出喜怒："谁？"他淡淡问道。

出岫琢磨不透他的心思，唯有如实道："淡心不愿出府远嫁，妾身也中意府里的管家，打算为他二人保媒。"

话音落下，天授帝并未立刻表态，沉吟片刻又问："可曾议亲定亲？"

"尚未。"

这一次，天授帝没再继续问下去，转而对岑江命道："带路，回诚王府。"

岑江领命走在最前头，天授帝沉默着疾步而行。几个男人都迈开步子跟在后头，唯连累出岫要小跑才能跟上。

眼见天授帝即将离府，出岫便对竹影道："你快去吩咐云逢，该迎人的迎人，该备车的备车。”

竹影称是，先走一步前去安排。

随后，几人一路无话走到外院，直至此时天授帝才再次开口，对出岫道：“朕三日后返京，离开之前政务繁多，便不再特意叨扰夫人了。”

算算日子，天授帝的确是该回朝了，出岫颔首行礼：“妾身届时再去恭送圣上。”

天授帝摆摆手：“不必。教云世子送行即可。”

出岫微讶：“承儿才十四岁，这不合礼数。”

“为何不合礼数？”天授帝轻笑，“都是快要大婚的人了，难道连这点儿能耐都没有？”

这话的意思是……出岫猛然反应过来：“您要为承儿指婚？”

天授帝“嗯”了一声：“朕前思后想，怡然不错，虽是庶女，但也是庄相的老来女，在家中颇受疼爱。回宫之后朕让皇后去问问她本人之意，倘若她愿意，朕便成人之美。”

这突如其来的转变实在太快，令出岫感到难以置信。当然，她是惊喜得难以置信：“妾身谢过圣上恩典！”当着这许多人的面儿，天授帝既然应承了婚事，便绝无反悔的余地了！出岫面上笑意越发显露，含风而立翩跹绝色，胜过百花齐放，出尘脱俗。

天授帝眼风扫见出岫的绝艳之笑，亦是魅惑勾唇：“不必谢朕，去谢淡心吧。”

“淡心？”这又关淡心何事？

然而天授帝没再多做解释，步速不减一直走到云府正门前，沈予早已等候在此恭送圣驾。

天授帝放慢脚步，路过沈予身边时停了下来，对他道：“三日后你随朕返京受封，顺便复命卸任，与兵部交接。”

受封？看来“威远侯”的封号也坐实了，沈予心中既喜且忧，喜的是自己终于封侯，忧的是他即将再次与出岫分别。

沈予正想着，又听聂沛潇主动问道：“皇兄，那臣弟是否也要随军返京？”

“不必。”天授帝先是扫了出岫一眼，才利落下命，“你留在房州吧，由沈予代你述职复命。”

聂沛潇情知天授帝是给自己制造机会：“臣弟领旨。”

天授帝“嗯”了一声，复又抬步而行。云逢站在靠门处跪地送驾，天授帝刻意在他面前停步，似是想起来什么，又对出岫道：“夫人，朕向你讨个人。”

出岫心中“咯噔”一声，她不敢开口询问是谁。

天授帝也没给她询问的机会："你那婢女不错，朕打算让她进宫历练两年，专职伺候笔墨。"

"圣上！"出岫大吃一惊，没有料到天授帝竟会做出这个安排，下意识地想要开口推拒。

天授帝只自顾自说着，仿佛没将出岫的神情看在眼中："宫中规定，女官二十五岁可出宫自行婚嫁，她如今都二十三了，也就两年光景。只要她言行得体无有差错，待她出宫之时，朕自会嘉许一番，为她寻一门好亲事。"

听到"二十三岁"这四个字时，跪地的云逢脸色一变，当即猜到了天授帝口中的人选。他猛然抬头看去，恰好瞧见帝王魅惑狭长的凤眼扫来，视线似有若无地在他身上停留一瞬。

这道目光快得不可思议，待到云逢定睛反应时，天授帝已收回目光，转看出岫："她如今身上有伤，不便上路，朕许她休养两月再启程赴京。"

言罢又指了指聂沛潇："这事交予你来办，派几个可靠之人送她赴京，夏季路上炎热，注意防暑。"

"臣弟遵旨。"聂沛潇亦是诧异不已。先且不说天授帝破天荒地开口讨要婢女，单单是这份嘱咐就是前所未有。什么"夏季炎热"，什么"注意防暑"，自然是在关照淡心！

聂沛潇不动声色递了个眼神给岑江，岑江瞥了一眼跪地的云逢。只这一个眼色，聂沛潇立刻反应过来，意味深长地补上一句："皇兄放心，臣弟保证淡心姑娘安然入宫。"

天授帝"嗯"了一声，最后转向出岫道："今日叨扰了，多谢夫人款待，代朕向太夫人问安。"言罢飒飒上马而去，聂沛潇骑马跟上。

大约戎马之人都有这习惯，天授帝与聂沛潇一样，不喜坐车只喜驭马。目送这两位贵胄疾驰离开后，出岫也陷入了无尽的担忧之中。

送淡心入宫，她是一万个舍不得，想必淡心也不会愿意。可拒绝送淡心入宫，云承这桩婚事也许就黄了。天授帝分明是拿此事当借口，变相讨要淡心。

一入宫门深似海，入宫容易出宫难。虽说天授帝心系鸾夙，可他是否能抵挡得了宫中的难耐岁月？淡心的性格与鸾夙肖似，进宫又是侍奉笔墨，日日常伴君侧……万一天授帝看中她又如何是好？

退一万步讲，即便天授帝无意，可淡心是出名的口无遮拦，倘若说话不慎触怒了龙颜，一条性命就丢在应元宫了！

出岫越想越觉得六神无主，再看门前云逢等人也是各有所思，有人失魂落魄，有人兀自揣度，有人惊魂未定，有人后知后觉……

出岫目光在每个人面上扫了一遍，凝声开口嘱咐道：“今夜之事，谁都不许对外说一个字！太夫人那儿由我来说，倘若有人先走漏半点风声，便是泄露天家秘密，届时我也保不住你们。”

众人领命称是，云逢却还是一副失魂落魄的模样。出岫见他如此，也忍不住开口安慰道：“你先回去歇着，此事或许还有转机。”

事到如今，云逢也别无他法，唯有苦笑着道：“谢夫人体恤。”

出岫颔首，再看沈予。近几日彼此一直没有见过面，她也不知该开口对他说些什么。斟酌片刻，又觉得淡心之事才是当务之急，于是便对沈予道：“霓裳阁已收拾妥当，姑爷今晚便可住进去了。”

沈予眉峰一蹙，为她这份疏远而感到失意：“我就住南厢。”

“母亲会怪罪我的。”出岫再道。

沈予也不顾下人在场，灼灼看她：“太夫人怪罪的不是此事。”

出岫被这话驳得尴尬，有心回避道：“我去找淡心问些事情，姑爷请自便。”她不想在下人面前和沈予多做纠缠，于是不再说话，径自而去。竹影深深看了沈予一眼，随后跟上。

# 第二十六章 巫山云雨断人肠

出岫此刻早已将沈予抛诸脑后，只一心想去找淡心求证，问问她到底是如何劝动天授帝赐婚，天授帝又为何要命她入宫。

出岫与竹影亟亟返回淡心的院落，岂料屋子里已黑了灯。竹影率先笑出来："遇上这么个情况，淡心居然还能睡着。"

出岫长叹一声，言语之中不乏担忧："她这没心没肺的性子，也不知是好是坏。"

竹影想了想，接话道："左右还有两个月，也不急于这一时，想必入宫的事她还不知道。您不如明日先去禀报太夫人，商量出对策再告诉淡心不迟。"

出岫沉吟一瞬，才道："也好。"

"那我送您回去休息？"竹影请示。

出岫点头。主仆两人便返回知言轩主园，又同时停在入口之处——但见出岫寝闺门前，一个挺拔身姿独立夜风之中，有一种说不清的孤寂惆怅。

出岫迟疑起来，对竹影吩咐道："你去问问他要做什么，这么晚了还站在这儿不走？"

竹影反而劝道："解铃还须系铃人，夫人您别犟着了，其实……主子临终之前也很属意沈将军。"

饶是竹影如此相劝，出岫还是站着不动，再道："你让他回去吧。"她目不转睛看着那个立在庭下的痴情男子，心中酸涩之感蓦地涌出，想哭，可又哭不出来，唯有强忍道："你既然唤我'夫人'，就该知道我是谁。五年前，我已嫁了。"

出岫话已至此，竹影也只得听命前去将沈予赶走。

沈予瞧见竹影朝自己走来，自然也看到了那个站在门口的娉婷身影。但他没有上前惊扰她，而是等着她自己过来。

“沈将军。”竹影走到他面前站定，颇是为难地道，“夫人说夜色已深，问您有何要事。”

沈予面色微沉，须臾，答话道：“你去告诉她，她若不愿见我，今晚我不会离开。”

竹影叹了口气，又无奈地去向出岫转达。出岫怕他当真赖着不走，只得故作脸色清冷地走到他面前，问道：“什么事？”

“要事。”

“明日再说不行？”

“不行。”

出岫垂眸，竟是不敢面对沈予坚定的目光：“那你说吧，我听着。”

而此刻，竹影已悄无声息地退了出去，还不忘把值守的护院也赶走，将空间单独留给两人。

沈予便沉声道：“三日后我会随圣上返京。”

出岫点头：“我知道。”

“我会尽快回来。”

“回来？”出岫抬眸看他，“回来做甚？”

“回来拆了那座贞节牌坊。”沈予的语气清冷而霸气，不自觉地伸手想去抚摸出岫的脸颊。

出岫立刻后退一步，别过头去讪讪笑着：“你说笑了。”

沈予脸色清寒，衬得天上那轮圆月也是冷如白霜：“晗初，这么些年了，就算是块石头也该焐热了！”他语中不乏失意，甚至还有一丝不忿，“我一直没问，你一而再再而三地拒绝我，是不是因为诚王？”

“你胡说什么？”出岫眸中霎时闪过薄怒，开口斥道，“沈予，你今晚喝醉了吧？”

沈予左手紧握成拳：“你先回答我的问题。”

出岫见状，心底也升起一丝怒火，连带这几日的焦灼、不安等情绪一并爆发出来，二话不说就往寝闺里迈步。

沈予眼明手快，伸手拽住她的左袖：“我不甘心，除非你有了别人。”

“别人？”出岫落寞地笑了，“我早就有了别人，六年前就有了。”

“可他已经死了！”沈予忍不住提高声调，难以掩饰的急迫感宣泄而出。

出岫使劲儿拽了拽自己的袖子，奈何被沈予攥得死紧：“你放手，我要歇下了。”

“是不是诚王？”沈予执着相问，“除非是他。”

“没有任何人。”出岫索性停止挣扎，“沈予，你还不明白吗？你即将受封威远侯，你我之间只会越走越远。”

“这些事我来解决，你只需承认自己的心意，其他无须操心。”沈予很是认真地回道。

出岫闻言更觉无奈，又似动容，她缓缓合眸似在缓和心情，语气也渐渐软了下来：“我以为上次我说得很清楚了……此事与诚王无关，也和贞节牌坊无关。无论有没有那座牌坊，我都不会和你离开。”

她神色无比坚定，语气也无比郑重：“我的名字是侯爷起的，命也是他给的，只要我活着就不可能隐姓埋名，‘出岫夫人’四字是我的底线。”

“好！你不想改名我不逼你，不想随我远走高飞也行。”沈予一口应承下来，“我会设法来烟岚城陪你。”

“设法？”出岫秀眉紧蹙，“怎么‘设法’？如何‘陪我’？一个诚王还嫌不够吗？当务之急你该振兴家族，绝不是儿女情长！”

今夜发生的事情太过复杂，出岫精力有限，已觉得自己应付不过来。此刻她的额头似被针扎一般隐隐发痛，又有些晕眩，心中虽恼怒沈予苦苦纠缠，却更加担心他以后仕途艰难，因情误事。

“多说无益，你若还尊重我，现下就回去睡觉。”出岫抬手指向知言轩的垂花拱门，下了逐客令。

沈予的目光在她面上仔细打量，将她的一言一行和每一个神情都看得清清楚楚，似要挖出她心底最深处的秘密。

“我再问你一句话……”他富有磁性的声音带着不可动摇的坚定，质问出岫，“那日去摘星楼赴宴，你为何要带着那把匕首？”

出岫一愣，下意识地保持沉默。

沈予见状更有几分笃定：“你心里有我，否则也不会只托清意捎去一把匕首，更不会将另一把带在身上！”

面对这笃定的语气，出岫心底升起一股惊慌无措，不知该如何解释。斟酌片刻，她终于狠狠咬牙：“那匕首精致小巧，携带方便，聊以防身再合适不过。倘若因此让你产生误解，我很抱歉，明日就原物奉还。”

“自欺欺人！”沈予克制着的情愫、恼怒、气馁、迫切，统统都化作这四个字。

“并非我自欺欺人，而是你自作多情。”出岫清冷地撂下这句话，趁着沈予黯然恍惚之际，狠狠扯出自己的衣袖，转身进了寝闺之内。

门外，沈予双手紧握成拳。他胸腔之中的伤情与愤怒同时叫嚣起来：他不甘心！这么多年了，原本以为彼此越来越近，从姜地回来之后，出岫明明吃过子涵的醋，也明明万分在意他，可为何还要如此违心？！

圆月不知何时已悄然隐入云层之中，夜色逐渐被一片阴沉笼罩，正犹如此刻沈予的心境。他不知在庭下站了多久，伤了多久，又痛了多久，蓦地，夜空中划过一道凌厉的闪电，知言轩里亮如白昼。

这庭院里的一草一木忽然变得清晰起来，连同云辞临终的那句交代，都被这道闪电一击劈开，再次涌上沈予心头。过往一切开始犀利地侵犯他的感官，如同势无可当的千军万马，残忍地攻城略地。

“轰隆”的雷声滚滚而来，一如战鼓擂鸣。烟岚城在放晴一日之后，终于又淹没在倾盆大雨之中，也淹没了庭下这个男人的心。

尘封已久的冲动再也无法遮掩，太夫人多年前的那句评价随着倾盆大雨汹涌而出，充斥在他耳中叫嚣——

“出岫是个吃硬不吃软的人……”

“出岫是个吃硬不吃软的人……”

他不甘，他冲动，这暴雨将他淋得湿透，却没能熄灭他的怒火，没能湮灭他的欲望，反而令他周身都爆发出无穷的渴望，如此迫切而又难以忍耐。

太夫人说得对！若想逼出她的真心，必须要用强势的手段……

与此同时。

窗外，雨声渐大，比之摘星楼夜宴那晚有过之而无不及。出岫不知沈予到底走了没，但淋雨是肯定的了，她能想象到沈予浑身湿透的失意模样。

事实上，淋湿的不仅是沈予，出岫的一颗心也湮灭在这无情的雨夜之中。她清醒地意识到自己遗失了什么，便再也无法支撑下去，和衣倒在榻上。她双手轻轻置于双眸之上，竭力克制肆虐的眼泪，竟有一种想要窒息而亡的感觉。

突然间，屏风之外好似发出一声若有似无的动响，但因为外头雨声太大，她的心绪又太过纷乱，便没听得太清楚。直至一阵潮湿的气息扑面而来，出岫才猛然起身，望着屏风处突然出现的那个男人，那个已然浑身湿透的男人。

屋里没有点灯，可窗外的闪电一道接着一道，惊心动魄令出岫无法忽视。借着忽明忽暗的闪电光亮，她分明看到沈予隐忍狂怒的脸色，看到他惊痛交织的表情，还有，那隐藏万千情绪的深沉瞳眸。

这样的沈予让出岫感到害怕，那一股迫人的气势令她无比压抑，仿佛对方是一只濒临崩溃的野兽，而自己，是他最觊觎的猎物。

出岫心中起伏不定，想要开口问他一句，话到唇边却成了关切：“小心着凉。”

沈予依旧站着不动，闪电依旧凌厉肆虐，屋内依旧沉闷窒息，出岫则更加忐忑害怕。她隐隐意识到会发生什么，却又不敢相信，只想快些将沈予打发出去。

如是一想，她连忙从榻上下来，低头寻找自己的绣鞋。再一抬头，沈予却已走到榻前，如同巍峨的高山耸立在狂风暴雨之中，挡住了她的一切视线，蒙蔽了她的心神。

出岫不自觉地站起身来，强自按捺下不安与害怕，借口道："我先给你找件衣裳。"说着便要绕过屏风逃出去。

然她只走了两步，腰上便传来一股强劲的力量阻止了她，继而一阵头晕目眩，整个人已被横空抱起。紧接着，她被暴虐地放在床榻之上。

沈予抱起她时虽野蛮，放下她时却很轻柔。但这股轻柔她并未享受多久，下一刻，那迫人的气势已再次迎面袭来。

沈予欺身将出岫压在榻上，两人隔着衣衫肌肤紧贴，他湿淋淋的衣袍霎时将她单薄的衣衫洇透。明明是湿黏冰凉的触感，却因为身上有个炽热火烫的男人，使出岫身心都沸腾起来："你做什么！"

她终于吓得花容失色，难以置信地看向沈予。而对方的眸子里，也倒映着她的轮廓，如此……清晰。淡淡的药香混合着雨水的气息，还有些微的酒气，依稀可辨是今晚宴上饮用的十里醉人香。

酒是香醇美酒，人是心上美人，失去理智的沈予为双重刺激所驱使，再也不顾出岫的挣扎，开始摸索她的腰带。

"沈予！"出岫再次惊恐地大叫，下一刻，却被他温热滑腻的唇舌堵入口中，也将她未出口的惊呼尽数吞咽，融化在缠绵的唇舌交融之中。

沈予没有给她反抗的机会，大掌捉住她的两只皓腕，干脆利落地钳制在她头顶之上。

出岫拼尽全身力气想要反抗，奈何只能发出"呜呜"的声音。她的双手使劲抵着他的胸膛，却犹如蚍蜉撼树一般显得无力。唇齿依然在纠缠不休，出岫浑身都失去了反抗的力量，每一个发力点都在沈予的钳制之中。

"唰"的裂帛声刺耳划过，下一刻，她的衣裙已被扯了开来……沈予的力气极大，专挑她最敏感的地方下手，裂帛之声此起彼伏，出岫的腰带、裙裾、衬裙被一一扯下，甚至撕碎。片刻，她已近乎全裸，唯有上半身的水色兜肚依旧负隅顽抗，正代替主人做最后的挣扎。

玉颈之后缓缓探入一只灼烫的手掌，不费吹灰之力寻到了兜肚的肩带，又轻而易举地解开那个结节。出岫立刻觉得胸前一凉，浑身毫无遮挡的感觉令她羞耻、愤怒。

她想要惊声尖叫，奈何口唇被沈予的唇舌死死占据，闷得几乎快要窒息。她狠心在沈予唇上咬下去，原本以为能有所阻止，岂料换来的，却是他更加激情的肆虐。

他几乎要将她拆吃入腹，贪婪地品尝着她甜美的丁香小舌，逼着她与他唇舌共舞，纠缠不休。她想要挣扎，却被束缚着，最后也渐渐变得手脚无力。

出岫清眸之中开始垂下惊恐的眼泪，在闪电映照下显得清晰刺目。沈予看到了，动作也稍稍停顿片刻，又轻柔吻去她的泪珠。

出岫此刻宛如砧板上任人宰割的鱼肉，毫无反抗之力……她原本以为，沈予会借机粗暴地占有她。但对方没有，相反动作渐渐变得温存起来。沈予的唇舌开始一路向下，她的耳垂、额头、眼睫、樱唇……无一遗漏。

明明已经可以叫出来，明明已经解放了口唇，可出岫却不敢叫。如今彼此的身躯已纠缠在了一起，一旦招来外人，不但她名节不保，沈予也会身败名裂，更会连累云府数百年威名沦丧。

沈予也是料到了这一点，才会越发肆无忌惮。他希望两人的初次能够鱼水尽欢，给出岫带来极致的愉悦。而他，也绝对有这个自信。

纵然见识过许多女子，他也不得不承认，出岫的确是上苍最完美的作品，玲珑有致的身段，盈盈一握的腰肢，触手滑腻的肌肤……每一处都是天生丽质，神来之笔。

他如同一个迷路之人，反复在出岫身上寻找出口。他爱她、怜她、惜她，不愿让她产生一丝痛苦。于是，他便强忍着自己奔涌的欲望，一点一点滋润她，让她全身心地为他绽放。

至此，出岫再也无法忍耐，不禁大声惊呼出来。可是窗外雷声滚滚、雨声阵阵，她的惊呼与呻吟渺小得如同一滴雨水，瞬间湮灭在这雷电交织的夜晚，寂于无声。

出岫不知自己被撩拨了多久，她觉得像过了一生的漫长时光。她死命地踢腿，有两次几乎要成功摆脱沈予的钳制，岂料对方只是稍稍使力，便让她的努力变成徒劳。于是她开始求饶，乞求沈予放过自己，她终于明白多年前，为何醉花楼的姐妹们会对沈予又爱又恨。

他还没有真正地占有，便已让女人死在他的身下，被一波一波高涨的快感所淹没。他有高超的手段和无比的耐心，纵然是冷若冰霜的圣女，也会融化在他的热烈之中。

便如此刻，他终于蓄势待发。而她，已再没有一丝力气能够反抗……

有那样一瞬间，出岫几乎就要认命了。既然此生不愿改嫁，既然无法回报他八年的深情厚意，也许这样的方式也能算是一种变相的补偿。她献上自己的身体，以此作为他入京封侯的馈赠。

然而，这念头乍起的瞬间，云辞的身影立刻浮现在出岫脑海之中，连同窗外雷电滚滚的暴雨，都成了上苍对她的无言指控。

“不！”想到云辞，出岫再度惊呼，双腿奋力挣扎想要合拢。

沈予意识到出岫又开始重新抵抗，不禁心中微恼，倾身在她耳畔道："我停不下来，你知道的，我控制不了。"

黑暗中，沈予如同一个蛰伏的猎人，目不转睛盯着他身下的猎物。他有鹰的双目、豹的矫捷，先知先觉动作敏锐，总在出岫发力逃脱的最后一刻，使力将她重新按下。

"沈予！这是云府！"出岫试图唤醒他最后的神志。

"就是要在云府！"沈予脱口而出，又将右手两指放入她唇中，面上漾出一丝危险的笑意，低声道，"你很久没有过，这次会有些疼，别忍着，可以咬我。"此一时此一刻，他藏匿已久的欲望再也无法隐忍，腰身已开始缓缓发力……

"不！"出岫又惊又怒，惊慌失措之下，她忽然意识到案头还放着一样东西——匕首！

刹那间，出岫脑中变作一片空白，所有的思绪都被恐惧取代！她伸手摸到那把匕首，鞘身直指沈予的胸膛："放开我！"

沈予感到有一个冰凉冷硬之物抵在了自己的心房位置，其上的红宝石在夜色里散发出诡异的光泽，似在渴望蚀骨饮血。

沈予脸色一寒，深如幽潭的眸子狠狠一紧，动作也在千钧一发之际停止。他难以置信地看向出岫，在暴雨如注的夜晚凝声质问："你要杀我？"

出岫的双手颤抖不止，紧握匕首死命求饶："求你……不要……"

匕首的凉意缓缓渗入沈予心房，彻骨断肠。他定了定神，露出一丝残忍的笑意，忽然伸手拔掉匕鞘，让利刃的寒光在眼前幽幽闪烁。

沈予握住出岫的双手，将匕尖顶在自己心口处，沉声笑道："今日即便你要杀我，我也要定你了。"

听闻此言，出岫大口喘着气，竟不敢面对沈予鹰隼一般犀利的眼神。明明是一片漆黑，她却能感受到他的诧异、伤情，还有决心。

此刻出岫已忘记挣扎，全副注意力都集中在双手之上。她生怕自己手上一个颤抖，会将匕首送入沈予胸膛之内："别逼我……你别逼我……"

"是你在逼我。"沈予笑得狂肆，周身重新散发出一股肃杀的气息，仿佛他刚从杀戮深重的战场上归来。他垂目扫向胸前寒芒冷冽的匕首，立刻被那颗熠熠的红宝石耀了眼，于是迫切问道："你一直将它放在床头？"

出岫哪里还顾得上回答，只一径摇头："求你放开我……"

沈予仍旧无声地笑着，毫不惧怕她的威胁，反而说道："你若下得去手，尽管往我心口戳刀子。"他感受到出岫的手一直在发颤，不禁哂笑一声，再道，"别抖，抖了就戳不准了。"

等了片刻，不见出岫下手，他危险地眯起双眼，俯身作势再去吻她。

“不！不！”出岫连忙将手挪开，生怕匕尖划到他肌肤之上。奈何沈予本尊不怕，一口含住她的朱唇，几近威胁地道：“你若再不动手，我便不客气了。”说着他腰部开始重新发力。

出岫终于失声痛哭，整个人仿佛被点了穴一般，再也动弹不了。她唯有嘶声斥道：“无耻！这是侯爷的屋子！”

“挽之会理解我。”沈予不假思索地回话，腰身又往下沉了一分。终于，未等出岫将匕首戳来，他已自行将胸膛送到匕尖之上，微微刺破肌肤。

“只要你稍微使点力，就能杀死我。”他咬牙切齿地道，“晗初，我恨不得剖心给你看……”

剖心……出岫已被吓得不知该如何是好，失贞和伤害沈予的痛苦同时折磨着她。她能感到匕首的尖端已见了血，正顺着匕身缓缓下淌，全部流在了她的双手之上。

她怕了，真的怕了，退缩着想要收手，沈予却一把抓紧匕首，直直往自己心口再戳进一分，逼着她承认心意：“把你给我……或者，现下就杀了我，让我解脱。”

明明是裸裎相对的两个人，明明是极为缠绵的姿势，却因为这把匕首的出现而变得残酷起来。

出岫听到利刃切入肌肤的声音，空气中也逐渐弥漫起浓重的血腥气味。汩汩的鲜血从沈予胸膛不停流出，犹如火焰一般灼烧着出岫的双手……她已握不住那匕首。

“你别逼我……”眼睁睁看着沈予自残，出岫已是泪痕满面，心中纷乱不知所措。她甚至能感到沈予的鲜血已顺流而下，滴在了她光洁的肌肤上，显得无比……香艳骇人。

是失贞，还是伤人？是背叛云辞，还是逼死沈予？无论选择哪一个，她都将饱受煎熬，注定亏欠。

沈予见她依旧迟疑不定，他周身皆是痛楚煎熬，也不知是发肤之痛还是内心之痛，抑或，双重交织。

自文昌侯府被满门抄斩的那一刻起，他已一无所有，犹如行尸走肉在这世间苟活。沙场上九死一生，仕途上屡遭暗杀，他早已将生死置之度外，能活到现在，无非是为了身下这个女人。

既然他注定一无所有，又何须稀罕这条性命？为她生，为她死，只要她肯，他的一切随她拿去！如此，也不妨破釜沉舟、背水一战，只要能逼出她的心意，生死何惧！

他不信！不信她不动情，不信她能狠心！何况，他是医者，他懂得分寸。匕首的这个力道，刺入的这个位置，一时片刻死不了人。

想到此处，沈予闭紧双眼，又是一声自嘲的哂笑："死在你身上，也算得偿所愿。"语毕，俯身一口含住她的耳垂。

利刃又刺进胸膛一分，这一次，心口实在疼得厉害。沈予蹙眉，在她耳畔无比坚定地下了命令："给我！"

"我答应你！我答应你！"出岫终于松了手，那双手沾满了沈予的鲜血，在这个雨夜显得分外血腥。险些，她就杀了他！而这个认知，她无法接受！

得到出岫的允诺，沈予只感到一阵恍惚，欲望还没得到纾解，可伤口失血又实在煎熬。此时此刻，他还剩下最后一丝清醒，遂连忙追问："你心里……有没有我？"

出岫也不管他是否能看得见，只是在他身下垂泪点头："有，有的……"她眼前一片漆黑，胡乱地去摸他的伤口，惊慌无比地哭道："求你……你这样会死的！"

说着，她已颤抖地摸到那把匕首，试图将它从沈予胸膛里拔出来。

"不能拔……"沈予小心翼翼避过伤口的位置，拼尽全力翻身倒在出岫身旁，他生怕压着她，也怕匕首会承受不起他身体的重量，尽数没入心房。

"去找……竹影。"他最后虚弱地道出这一句，语毕，唇畔勾笑昏死过去……

出岫以最快的速度穿上衣裙，跌跌撞撞出了门，冒着大雨直奔竹影的院落。雨水倾盆如注，噼噼啪啪拍打在她的颊上、身上，阵阵生疼。

可再疼，也敌不过心里的疼，仿佛被人剜掉了半颗心，胸腔里是一片空空荡荡，痛得似乎要忘记如何呼吸。

沈予快死了！她几乎是亲手将利刃插进他的胸膛！出岫没想到会是这个结局，她只是一刹那的反应，她只是不愿这样不明不白地失去贞节，尤其是在云辞住过的屋子里。

可沈予却……她已经失去了云辞，她再也无法忍受失去！

出岫不敢再继续想下去，那股惊魂与害怕如此强烈，迫使她一路冲进了竹影的院落。大雨滂沱，迷住了双眸，雨夜中她根本看不清路。跌倒了两次，手腕与膝盖摔得生疼，她却强忍着爬起来，生怕自己再耽搁一刻，沈予真的会就此丧命！

而她早已分不清楚，颊上汩汩流淌的，究竟是雨水还是泪水。

敲开竹影的院门时，出岫已是一身泥泞。雨水顺着她披散的青丝漉漉流下，一身白衣早已脏得看不出颜色。这平日里国色天香、端庄脱俗的云氏主母，此刻竟是狼狈至极！

出岫三言两语对竹影说了情形，后者二话不说撇下竹扬便走，连伞都顾不得找一把，与出岫冒雨返回知言轩主园。

掏出火折子将案上的烛台一一点亮，竹影秉烛走到出岫榻前，只一眼，已为眼前的景象所惊骇。

但见床榻之上，浑身赤裸的沈予胸前插着一把匕首，不偏不倚正好是在心房位置。鲜血从他的心口处不停涌出，顺着胸膛直往下淌，已将床单洇了近乎一半。夜色之中，沈予身下绽放出一朵朵嗜血的殷蕊，恐怖而残忍。

可他虽然昏迷着，表情却含带满足的笑意，好像他只是陷入了一场美梦之中。

竹影能想象方才发生了什么，不过他也只是想想而已，他明白，此事绝不能再让任何人知晓。

好在竹影统领暗卫多年，刀伤枪伤见过无数，也知道该如何处理伤口。他简单地为沈予包扎之后，又与出岫合力替沈予穿上衣服，小心翼翼地将他抬到隔壁屋子里。

“再深一寸，再偏一毫，他必死无疑。”竹影很是庆幸地叹道。

出岫朱唇微翕，却哑然于这凝滞惶恐的气氛中，不知该如何接话。

直到确定了沈予没有性命之忧，竹影才吩咐护院们冒雨去请大夫。对外只说是知言轩进了刺客，沈予不慎在此受了伤。

而出岫，则赶在此时将染血的床单被褥全部烧毁，连带那件被沈予撕碎的烟纱罗裙也不能幸免。

细碎的火星在檐廊下忽明忽灭，与外头的暴雨比对鲜明。看着面前一盆子火灰，出岫心中的惊慌失措终于克制不住，一鼓作气宣泄而出。

清泪尽，飞灰起。无人能够想到，此刻这个满身泥泞、浑身湿透、跪坐在一盆黑灰前埋首低泣的狼狈女人，竟会是传说中巾帼不让须眉的出岫夫人。

好在，大夫来得及时，诊断过后也说沈予没有性命之忧。至此，沈予在知言轩遇刺的事终于惊动了府内众人，为了避嫌，竹影劝说出岫回到寝闺之内，他则与云逢等人轮流守着沈予。

淡心作为出岫的大丫鬟，此时也从睡梦中被叫醒，她听信了竹影对外宣布的说辞，匆匆穿戴好衣饰冒雨前来探望沈予。竹影挡着没让她进去，只吩咐她去服侍出岫沐浴涤发，淡心一句话没问，麻利地烧了热水，为出岫洗去一身狼狈。

榻上的被褥已被换过新的，空气中还残留着一丝腥甜的气息。这注定是一个无眠之夜，出岫沐浴过后，和衣躺在床榻之上，只要合上双眸，眼前便会浮现出方才的一幕幕。沈予的强势、深情、撩拨、挑逗……一直到最后的威胁、质问、剖白、昏迷……漆黑夜色里，每个情节她都记得清清楚楚。

而且，永生难忘。

如此一直熬到翌日清晨，丫鬟来报，说是沈予醒了。出岫一个翻身下了床，穿上绣鞋便往隔壁屋子里去，此时此刻，她再也顾不得什么风言风语，只要知道他平安无事，她便于心足矣。

出岫匆忙赶到沈予榻前，入眼便是一张苍白但又难掩英挺的面容。他上半身赤裸在被褥之外，从右肩开始被一条绷带斜压包扎，绕过左臂腋下将他半个胸膛都裹在其内，而胸膛左侧的心口位置，绷带依旧见红。

看到出岫前来，沈予勉强笑了笑，伸出右手想要触碰她。这一次，出岫没有拒绝，她轻轻坐在榻前的椅子上，主动将柔荑放在他手掌之内，任由他紧紧握住。

因为失血过多，沈予向来温热的掌心变得微凉。但无妨，这一次出岫的手心是热的，换成她来为他传递温暖。

竹影识趣地将下人们都赶了出去，自己也守在门外。直至屋内只剩下他们两个人，出岫才真正地垂下眼泪，伏在沈予的枕畔失声痛哭。

那泪水之中，有害怕，有担忧，有后悔，有自责……种种情绪交织，令沈予心疼得难受。他轻轻握住掌中那娇软的柔荑，虚弱地笑道："哭什么，我可高兴坏了……昨夜你答应过的事，不能反悔！"

"好，不反悔。"出岫哭了半晌才抬眸拭泪，昨夜险些失去沈予的惊慌再次占据心头，令她不禁斥道："你疯了！竟往自己心口上戳刀子。"

"若不戳这一回，你如何能接受我？"沈予轻咳一声，英俊的面上露出一丝得逞的笑意，"晗初，我如今就是死了也值得！"然而说完他又后悔了，便一口推翻自己方才说过的话："不！我还不能死！有了你，我怎么舍得去死！"

出岫更不知该如何接话，唯有死死咬着下唇，良久才道："你先养好伤，别的事以后再说。"

沈予面上立刻浮起一丝紧张："你想反悔？"

出岫缓缓摇头："经过昨夜，你还会给我反悔的余地吗？但我需要时间，眼下不行。"

"有你这句话，多久我也等得起。"沈予笑了笑，面上虽憔悴，却掩饰不住目光中的那份狂喜，"晗初，我觉得像在做梦。"

"那也是场噩梦。"出岫被逗得破涕为笑，反手覆在他手背之上："认识我之后，你就一直厄运不断，也一直被我连累着。"

"我心甘情愿。"沈予轻轻抚上胸前的伤口，目光灼灼地看向她，"你想等到承儿大婚，还是想等到南北统一？"

"都有。"出岫很安慰，沈予懂得她的难处。她的确需要时间好好安顿云府上下，为云氏筹谋一条更为妥当的道路。否则，太夫人太过强势，云承又羽翼未丰，她若在此时放手不管，云氏会任由天授帝拿捏，即便能保住满门性命，但权势与财富必定逐渐衰退。

想到此处，出岫有些愧疚："你知道我放不下，从前我不想耽误你，才会屡次拒绝……如今我亦不知还要再筹谋多久，只怕得让你继续等下去。”

“无妨，我也不在乎多等两年。”沈予好似吃了一颗定心丸，使力抬臂轻抚出岫的脸颊，深情款款地道，“挽之的家人也是我的家人。你担心云府，我何尝不担心？咱们一起给云府寻条出路，也给彼此留足时间。嗯？”

原本在这之前，出岫还有一丝犹疑，然此刻听了沈予这番话，她也坚定了。所有的疑虑，所有的执拗，都融化在了他那个长长的尾音之中。

他说，云辞的家人也是他的家人。

他说，要与她共同担负起云氏的兴衰。

他说，要给彼此留出充足的时间……

那她还有什么好顾虑的？“我答应你……至多三年。三年之后，成与不成，我都随你离开。”语毕，出岫眸中再次涌出两行清泪，但这一次她是动容的，亦是不舍的，留恋的。

“三年……”沈予低沉而笑，却因为太过激动牵扯伤口，又是蹙了蹙眉，“三年之后，你二十五，我二十八。咱们可得抓紧了……”

抓紧什么？出岫一愣，没听出沈予话中深意，便点头道：“是啊，三年之内要让承儿独当一面，还要为云氏安排后路，时间的确很紧。”

她原本不愿意抛下这一切，云辞死后，整个云氏好像也变成了她的责任，连带那个名满天下的称呼“出岫夫人”，都成了她甘之如饴的枷锁。

而如今，有个男人愿意替她分担，帮她解脱出来。经过昨夜一场痴缠残忍的角力之后，她也终于肯承认，自己真的太累了，也许，过往的一切是时候该告一段落了。

想必云辞在天之灵，也是安慰的吧？和沈予携手共度余生，他是否也能瞑目了？出岫正分神感慨万千，忽听沈予的声音再次响起，带着几分戏谑：“我说的‘抓紧’可不是这个意思……”

“诶？”出岫望向沈予，一刹那间，在他戏谑而炽热的目光中寻到了答案。她羞赧地垂首，作势要起身离去，不想沈予竟握着她的手不放，而她又不敢太过使劲，生怕牵扯他的伤口。

“你……放手……”她低声斥道。

这一次，沈予痛快地松手，正色道：“待我伤好之后，我就和云想容和离，也会向圣上回拒威远侯的封号。晗初，往后山长水阔，咱们就做神仙眷侣。”

山长水阔、神仙眷侣。这八个字勾勒出了一幅美丽画卷，将遗世独立的桃花源呈现在出岫眼前……不可否认，这对于她而言是个极大的诱惑。

然在前路上却也是荆棘密布，困难重重。云氏的荣耀及后路、贞节牌坊的负担与阻挠、聂沛潇的情义和守护……如今已不单单是她一个人的事，从此成了她和沈予共同的事。

但这一次，她没有给自己留任何退路了。她也终于愿意相信，云辞是在天上祝福着她，为她觅得了这一个归宿。

“我受伤的事瞒不过太夫人。”沈予适时打断出岫的胡思乱想，提醒道，“不过太夫人未必会生气，你若主动招了，兴许她不会怪罪咱们。”

“招什么？”出岫的双颊霎时艳若桃李，两腮绯红羞赧至极。难道她要将沈予受伤的经过实话实说吗？她自问实在……难以启齿。

“去吧，不必想太多，只管将罪行都推到我头上。”沈予露出风流的笑意，补充道，“反正我觊觎你也不是一日两日了。用强未遂遭你反抗刺伤，也在情理之中。她老人家必定会这么想，你不妨就这么对她说。”

出岫没有应承也未曾拒绝，不置可否地道：“你先养好伤，旁的事不要多想。”

沈予“嗯”了一声：“两日后圣上要启程回京，只怕我这伤势也走不了了……不过正合我意。”如此，他便可名正言顺地留在云府养伤了。

出岫也想到了这一点，便回道：“我先去荣锦堂，待问过母亲的意思，再亲自去一趟诚王府。”

“你万事小心。”说了这半晌的话，沈予也是一阵乏力，精神逐渐有些不济。

出岫自然发现了，从椅子上起身道：“好生歇着，我晚些时候再来看你。”言罢转身款款而去。

沈予躺在榻上侧首看她，目送那个白衣身影绕过屏风：“晗初……”他忽然开口，在即将看不见她的那一刻。

出岫的莲步停在屏风前，微微转身侧首看来：“还有事？”

“谢谢。”沈予只说出这两个字，便满足地闭目养神。

谢谢你，终于肯爱上我。

既有幸相识，既有幸相知，又何必吝惜相守？从此以后，任他关山明月，我自天长地久……